玉梯

當代中文詩敘論

秦曉宇

玉梯上的眺望

楊煉

　　我曾把當代中文詩批評的理想境界形容為：像陳寅恪那樣研究，像愛因斯坦那樣思想。再概括些，就是兩點：專業性和思想性。本來，這也是一句大白話。沒有專業的深與精，「思想」在哪兒立足？缺乏尖銳思考的挑戰，專業研究又如何突破？但，二十世紀的中國歷史，攪亂了許多本該不言而喻的常識和共識。專業和思想，曾被簡化為「問題」與「主義」，無端一分為二，又惡性循環著由對立而鬥爭，結果匯合於慘痛：既無專業又無思想。回到詩，在徹底「非詩」的時代，這本該專業門檻最高的「斯文」，曾被逼著滿街「掃地」。陰影拖延至今，就是標榜的「詩國」，本質上卻仍在貶低詩歌。所謂「詩人」，識幾個漢字，瞎寫幾個分行句子，就自認為登堂入室了。所謂「詩評家」，靠封閉自欺欺人，仗淺薄互封權威，真誠的幼稚尚可原諒，老到的油滑卻惡俗難忍。「偽學」昌盛，反襯出的，恰是陳寅恪的「做人」底蘊，和愛因斯坦的「深度」追求。要達到理想境界，真詩評家，必須比詩人還信念鮮明、特立獨行。

　　這篇文章的主題，是推重「成熟的」中文詩思考。這聽起來有些可笑，這麼多中文詩人，寫了這麼久（我們中不少人，早可以用「寫了一輩子」之類嚇人說法了），而「成熟」一詞，竟如此姍姍來遲？！可惜，這是事實。當代中文詩起點之低，幾乎像一種命運。「語齡」剛滿一世紀的白話文，讓我們既披不上古典那張虎皮，又隔絕開西方的海市蜃樓。從創作到思想，只用得上一個動詞：摸——摸索我們自己的成熟之路。猶如，當年我站在臨潼兵馬俑坑邊，俯瞰那個近在咫尺、卻又被忽略千載的地下世界，一個句子，跳入我頭腦，而後跳入長詩〈與死亡對稱〉：「把手伸進土摸死亡」。這裡的成熟，是一個完整的概念。既是詩的，更是人的。人領悟詩，詩完成人。職是之故，中國現實的艱難、文化的複雜，不僅不負

面，反而正是對人對詩的必要歷練。不僅不「漫長」，反而經常太快太匆促，無數的「凌波步」，總是輕功有餘捷徑有餘，宣言口號有餘，卻來不及沉澱鐫刻成作品。於是，我們年復一年，品嚐「不成熟」的青澀：掙脫文革宣傳的朦朧詩，用意象點綴社會批判，仍一派幼稚和浪漫。引發軒然大波的「三個崛起」，與其說是詩學之爭，不如說是不徹底的社會觀念之爭。八十年代層出不窮的「詩歌群體」，對運動的嗜好遠勝過寫作，那冗長的青春期，幾乎成了中文詩的不治之症。九十年代末，一場「民間」和「知識分子」的辯論，喧囂而語焉不詳，但如果把「中年」一詞換成「成熟」，那對自覺的「個體詩學」的呼喚會清晰得多。從那至今，權／利夾擊下，詩人落回孤獨的實處，這本該是真正的開始，但更觸目的，是中文詩思想的弱化。一個「偽學」盛世的有機部分：從無視自身困境的「偽人生」，到等同無聊裝飾的「偽文學」，關起門來，總不缺團夥式的「偽價值」，在互相吹捧中沾沾自喜……太低的起點，被後天的發育不良變得更低。突然，朦朧詩人們已白髮蒼蒼，「後朦朧」們近乎知天命，連「七零後」也開始老了，當我們翻看手裡揮舞了太久的那幾首詩，心裡可能泛起一個疑問：這輩子，值嗎？

　　我不想給秦曉宇套上「某某代」的稱呼。一個特立獨行者，不會類同於批量生產的一代人。相反，他的思想，得滋養每一代。我們的初次見面，鉚定於林立的啤酒瓶和一本《七零詩話》。後者更鮮明有趣得多。因為「詩人」太多了，而敢把自己定位為詩歌批評家的人很少，拿出第一本論著，就直接冠以古稱「詩話」的人，我此前從沒見過。我的神經，被「詩話」一詞觸動，因為那遠不止一個古意盎然的標題，甚至不只是中國「傳統的」詩論形式。它有意思，是因為特定的形式能包含特定的思想。我面前這個人，肯定仔細思考過「怎麼寫」，而不僅僅把一些想法塞進散漫的文字了事。這個感覺，完全被閱讀《七零詩話》所印證。一如古典詩話，這本書也由大量片斷拼貼而成：詩人趣聞、詩作擷英、古典佳話、舶來思緒、他人之諷議、一己之心得，以至貌似離題的隨想漫筆等等，材料從紀實到思辨到想像，性質絕然不同，卻又統一於書寫的文學風格。正是我強調過的獨特「散文」風格，一種僅存於中文裡的傳統（見拙文〈散文斷想〉）。「七零」既是他出生的年代，更是一個回溯的角度，讓他檢視「當代中文詩」招牌下的雜交奇觀。我們懷有它們全部，卻又不同於其中任何一個。由是，我們的原創性，也

是一種不得不。我說過，「當代中文詩」的特徵，在其觀念性和實驗性，因為，它沒法因襲任何現成觀念，也只能用每一行詩實驗存在的可能。我們的尷尬和機遇都在這裡。從《七零詩話》起，秦曉宇的一系列精彩文章，已經引起了人們的極大注意。對我（我的詩！）來說，更堪稱期待已久、終逢知己！他的蒙古大漠生長背景，他理工科學歷包含的求「真」執念，他廣博的古典學識和化古鑠今的能力，他對西方詩學的深入和對自身創造性的自覺，在在成為一種標誌：當代中文詩，終於有可能突破過去零積累、甚至負積累的窘境，進入正積累的階段了。我很高興，這變化不曾減少思想深度，相反，得之於在深度中的會合。

秦曉宇自己的〈序序〉，已經提到了他寫作此六篇大文的緣起。這組文章，是首次對當代中文詩歌的系統研究。它們既是應邀之作，更有其生而逢時的必然性。因為，編輯詩選《玉梯》的初衷，本來就是用冷卻下來的目光，審視過去三十年的作品，剃去種種附加值，辨認詩作的真實質地。選擇本身就在確立標準。這部詩選，既是一次大掃除，還給我們的創作一個本來面目，又是一次「末日審判」，只允許古今中外的傑作坐在裁判席上。它將用英文出版，其意義，也在於廓清此前若干「當代中文詩選」的粗陋，那些人云亦云「挑選」的原作，那些無須費力就做完的「翻譯」，方便了編者，卻毀了中文詩的信譽。不，《玉梯》必須吻合當代中文詩的價值，非但如此，它本身也該是一部「極端之作」！就是說，它要比作品走得更遠，去「打開」詩人和讀者的視野。其方式，就是結構上那個獨創：全部入選作品，按六種不同詩體分類。其中，抒情詩是中文詩的最長項；敘事詩堪稱最短項；組詩，必須有清晰的結構；新古典詩，一個折磨現代中文詩人的獨特噩夢；實驗詩，漢字的觀念藝術；長詩，曲折地回溯源頭（「屈源」！）。由是，每個詩人有多少個創作側面、每個側面的「完成度」如何也清晰了。這僅是歸納？抑或更在提醒？詩人，反省你自己！從一開始，我就希望這部書能勾勒出一張當代中國的「思想地圖」，但這企圖，只有當落實為曉宇的「組文」（又一個獨創！）時，我才意識到，這「思想」二字的分量有多大；環顧世界，它多麼獨一無二！它是「敘」，也是「論」。我能感到，思想怎樣從命題開始，越來越獨立發育，直到突破原定的「序言」概念，長成一本任何詩選都不可能容納的著作。但，對詩歌而言，這充分的思想何其必要！形象地說，《玉梯》上眺望到的詩歌風景，獲得

的不是一本導遊手冊，而是一部透視地層的地理學。通過它們，個案被剖析，整體被把握，當代內涵，呈現出考古學的豐富。我很清楚，「活兒」的難度決定了，沒有外人能完成它，只有我們自己做這件事。它，就，是，中，文，詩，的，自，覺。我喜出望外，僅憑招魂般招來這個收穫，《玉梯》也成功了！

　　我在本文開端提到，「像陳寅恪那樣研究，像愛因斯坦那樣思想」，這組文章，是對那呼籲迄今為止的最佳回應。這裡的標準很清楚：專業性和思想性。秦曉宇的「絕活兒」，可以概括成三點：細讀，博考，深思。專業性，首先體現於對文本的細讀，和理解「互文」重要性的博考，一架儀器般的精微觀察，加上全方位的智能聯想、觸類旁通，其結果，常常令被閱讀的詩人拍案稱奇。例如在討論實驗詩的〈璇璣〉中，他挑出我的〈同心圓〉第五環（這首長詩的壓軸部分），把我從「詩」字拆解開的言、土、寸，破譯成「詞與物、言說與不可言說的問題」（言），「漢語裡本來就有根之意」（土），「竟然成為一種微妙的、與內心或時間有關的單位」（寸）。且在引用大量與「寸」相連的古典詩句後，結合我〈寸〉詩裡隱隱滲透的〈長恨歌〉，一舉點破「再長的恨與歌，都在寸心之內」。這學問真做得有點兒北京人說的「寸勁」了！是我還是他？或者詩與評一起，從「宛轉蛾眉」引申出「輓歌的輓」、「婉轉／的婉」、「宛如的／宛」，猶如一個延長音，「宛」然貫穿起那些同樣被一條白綾勒斷的句子（「脖子美如一個斷句」），連死也如此嬌豔的語言，遺下一灘灘空白的血痕。那麼，是唐明皇、楊煉，或秦曉宇在聽「鈴」──聽「零」？零聲叮叮，斷腸人都是領悟「消失就是思想」那人？我無意在此培養讀者的懶惰，他們該自己去品嚐這藝術的盛宴。我想指出的，是秦曉宇的研究方式，在「神似」意義上創造性轉化了中國古典詩歌的形式主義批評傳統。請注意，不僅「形式」，而且「主義」！這肯定句，是不是對胡先生「問題／主義」兩分法的微微否決？這裡的「陳寅恪那樣研究」，可以落實到以下各層面：一、文字層面，讓我們盡享「訓詁」之美，深究詩句的「用字」，詳查字的構成、字源學的出處，從而推進和逼近它此處的用法。二、文本關聯層面，銜接中文古詩的「用典」，以「考據」學力發掘一件作品內的整個傳統，不僅研究其「用法」，更研究其「重寫」和「改寫」法，因為貌似關聯處，常常正隱含著深刻的區別。這樣的閱讀，並非都以句號結束。相反，越深的探索，在敞開越多的問題，就像陳寅恪文章中，當

他最充分地「發人所未發」之後，仍留下無數「待考」、「備考」一樣，大家巨匠的存疑，焉能由黃口小兒之「確信」望其項背乎？三、文學形式層面，從「四聲八病」到對仗、平仄，中文古詩裡視覺和聽覺的精美形式，不應該也不會在當代失傳。它們必須轉世輪迴，成為我們作品中的形式意識，且以個人獨創性為能源，極力發揚光大之。我說「把每首詩當作純詩來寫」，秦曉宇則深諳「把每首詩當作純詩來評」之道，差堪告慰古人的是，偉大的中文形式主義傳統仍在延續。四、詩學和哲學層面，漢字的空間性是我們的命運，它引申為一種「有界無限」的結構，把時間納入其中，成為流淌輪迴的一個層次。這不僅是停留在群體意義上的「東方時間觀」，更是每個詩人「自己的空間／時間觀」，而且要能夠被「個體詩學」統攝的作品所印證。一個中文文本，是雙重的永恆象徵：指出人類的根本處境，同時指出人類的精神超越。此中詩意，又哪裡限於一國一文？至此，我是不是已經在談論「思想性」了？正是這樣，誰能在專業研究中，主動拒絕空泛、膚淺、煽情，而執著於誠摯、踏實、真本事、硬功夫，就一定會詩、人合一，直抵存在本質。尤其在這個毛糙浮躁、急功近利的世界上，蠅頭障目，思想危機掏空了一切，肯（敢！）活得「笨」一點兒，下此「漸悟」功夫的，不得不說是個巨大的異數。但再多一想，我們在談詩啊。什麼時候，詩是走捷徑、撿便宜、玩玩頓悟遊戲就能撿到的？詩，是世界永遠的異數。即使當下，這個社會理想最貧乏、每個人感到最無力的時代，當你自稱「詩人」，而又迴避詩「個人美學反抗」的本質，寫什麼寫？該問的簡單得多：值嗎？

　　我在《玉梯》詩選序言中寫道：「《玉梯》……讓我想起中國神話裡的崑崙山，就是唐朝李賀的儷句『崑山玉碎鳳凰叫，芙蓉泣露香蘭笑』那座山。古人想像，那是一架神人上下天地之間的『天梯』。這不也正是當代中文詩的最佳比喻？每個詩人、每首詩都是一架登天的玉梯，下抵黃泉上接碧空，既沉潛又超越。巴別塔從未停建，它正在每個詩人的書房裡增高。寫作的含義，不是別的，恰是一步步繼續那個生命的天地之旅。」秦曉宇這本大書，終結於論述長詩的〈屈源〉，這篇比任何中文長詩都長、占全書四分之三的論文，曲折迂迴地上溯了屈原那個「源頭」，給「思想性」下了「發出自己的天問」這個最佳定義。我感到榮幸，此文以我的《敘事詩》結尾。讓我的「思想—藝術項目」，在他專業性的透鏡下，解析成

具有普遍意義的光譜。於是，我的詩，所有詩，所有詩評，特別是這部「當代中文詩首次系統研究」，都匯入了思想－藝術的同心圓，「在人心萬古蒼茫之處，架設那架玉梯，讓詩成為超越自身的原型」（同前文）。兩年前夏季的某個晚上，曾被我寫進〈現實哀歌〉的記憶，不約而同刺痛了我們，在「死者的月亮傍著簇新的牌坊」之處，夜色飄雨的空曠中，他佇立，回家就讀到了我從倫敦發來的詩。這種心之契合，才是詩作詩評相遇的前提。歸根結底，人有個質地。你寫不出你沒有的。這讓我想起和詩人、收藏家鍾鳴通電話時，半開玩笑的說法：「至少得對得起石頭！」戲仿訓詁，「曉宇」二字，已包含了「通曉古往今來」之意。我強調「共時」，就是強調這種內心的淡定沉靜。從「玉梯」上眺望，我們始終都在「一個人和宇宙並肩上路」。愛上茫茫之美，就是成熟。

2011 年 5 月 20 日

序序

　　2007 年 11 月，楊煉發來郵件，邀我選編一本汰莠稗、出菁華的《當代中文詩選》，這項計劃他已醞釀了一些時日，並得到英國藝術協會、血斧出版社的支持。楊煉提議由我們二人精挑細選中文原作，將其分門別類，再由與他合作多年的譯者 Brian Holton 及英國詩人 William Herbert 負責翻譯和譯文總驗收，共同編輯一部不被各種俗套的文化趣味或政治用心裹挾、簡化的選本，以此選本批評的方式，廓清「當代中文詩」的獨特內涵。茲事體大，卻值得一做，我愉快地接收了邀請。網路時代的便利得以讓我們「天涯若比鄰」地展開工作，一時郵件頻頻，稍加整理，儼然就是一輯主題明確的詩話；楊煉每次回國我們都會聚一聚，雞毛小店，品詩論文，不時為某一首詩是否值得入選爭論一番，可謂「相非相」式的編務會了；2008 年歲末某日，在天津楊煉父親家中，我們一大早便開始工作，俟詩選篇目最終確定下來已是次日黎明，我們毫無睡意，把酒相慶。我日後多次憶起這個極端的黎明，詩歌們的黎明，並用楊煉二十年前的一句詩來理解它：

> ……詩在沉默中運動，這整個早晨因此重新命名，重新誕生於死亡的高峰上。那是：群鳥翱翔、魚兒遨遊的時辰。天地間一片潔白的時辰。

——《魄》

　　在整體結構設計上，與一般的詩選在作者姓名下簡單羅列作品不同，我們將全書分為六部，每部聚焦一種詩體，分別為：抒情詩、敘事詩、組詩、新古典詩、實驗詩、長詩。我的另一項更艱鉅的任務，是為這六部撰寫六篇序言，即：基於不同的詩體特徵，在細讀深讀的基礎上，從古典資源、外來影響、歷史源流、現實因素、形式美學、思想價值、中文特質等方面，充分回應當代傑作，並力求在「詩的詩學」意義上有所建樹，由此引導讀者進入當代中文詩歌的無限風光。這

六篇文章，我一寫就是兩年，近四十萬字的篇幅遠遠超出序言的字數限制，以至於成為一本獨立的著作。

我們之所以根據體裁而非年代、流派進行分類，是因為後者作為分類標準要麼粗率，要麼可疑，且會使人陷入一種庸俗進化論或薄描性的「現象學」。體裁卻是個古老、穩定而又具有普遍詩學意義的範疇，它往往意味著某種特殊的文學運作模式或結構類型，甚而被視為文學言語的原型、「文學的語法」，或文學交際活動的參與者之間簽訂的一系列「公約」[1]，雖然自現代以來，體裁已失去它在古典時代那種明顯、有力的規範性了。巴赫金深刻指出：「文學體裁就其本質來說，反映了文學發展的一些最為穩定的、『經久不衰』的傾向。體裁中，總是保存著那些不會消亡的古風的成分。自然，這古風所以能保存下來，只是由於對它的不斷更新，這麼說吧，使它現代化……體裁過著現今的生活，但總在記著自己的過去，自己的開端。體裁──是文學發展過程中創造性記憶的代表。」[2]為了突出體裁超時代的一面，這位泛體裁問題專家似乎有意忽略了那些較晚近出現的或曇花一現的體裁。而上述六類詩體全都是跨語言、超時代的體裁類型。抒情詩、敘事詩、組詩、長詩自不待言，新古典詩指的是語言形式上的復古主義傾向，在東西方文學傳統中，這都是比較普遍的歷史現象，只不過「百年多病」的現當代中文詩的復古，顯得尤為「艱難苦恨」，也帶有更多溢出文學的意義。當代中文實驗詩是以漢字的一切可能性為基礎的實驗，與普通語言學有所不同，它更關注**符號的非常規運用**。在〈璇璣〉中，我談到了它的一支遠親和一個近鄰：古典回文詩與美國語言詩。然而不同於遠親，當代中文詩人擁有語言學、語言哲學、符號學等現代知識，可以藉此加深其實驗性，從而走得更遠；與近鄰最大的區別則在於，漢字這種獨一無二的文字構成了當代中文實驗詩的實驗空間。

當然詩學研究不大可能建立生物學那樣精密的分類系統，一方面，任何文學分類多多少少都有點福柯《詞與物》開篇提到的那種畸形分類的意思，在大致劃分的類型中，也並不存在根本的區分特徵，體裁與體裁相互重疊、盤根錯節；另

---

[1]　參見米哈伊爾‧格洛文斯基：〈文學體裁〉，《問題與觀點──20世紀文學理論綜論》，河南大學出版社 2010 年版，76～81 頁。

[2]　巴赫金：〈陀思妥耶夫斯基詩學問題〉，《巴赫金全集》第五卷，河北教育出版社 1998 年版，140 頁。又根據哈利澤夫《文學學導論》（北京大學出版社 2006 年版，415～416 頁），對明顯的訛誤加以更正。

一方面，當我們將遴選出的作品一一歸入不同的詩體時，我們是以俄國形式主義者提出的「占支配地位的手法」作為分類依據的，後者認為一部作品主導的、首要的手法（稱之為方式更恰當），是形成體裁的決定因素，但這條貌似客觀的標準其實帶有很強的主觀性，某些詩的歸類因而有多個選項，此外我們還不得不面對一些無視或刻意挑戰體裁的作品。有鑑於此，我想說《詩選》的分類只是方便法門，讓我們從不同的角度觀察當代中文詩歌，而六篇縱論詩體的文章，完全可以理解成是在探討詩歌方式。譬如〈宇宙鋒〉談詩歌的抒情問題；〈時間的迷樓〉談詩歌的敘事問題；〈蟠結〉談結構問題；〈江春入舊年〉談形式、格律問題；〈璇璣〉談漢字的符號詩學問題；〈屈源〉談詩歌的重大主題、思想性和綜合創造問題。從《詩經》到當代，抒情詩一直是中國詩歌的絕對主流，故〈宇宙鋒〉居首；〈屈源〉殿後則是因為，討論綜合創造，必須先把詩歌的各種方式講清楚。詩歌乃大象無形之物，而我就是那些摸象的盲人，我把摸到的印象拼湊起來，以期形成一個相對真確、完整的認識——我的確煞費苦心，力圖使這批文章不僅在論述層面，而且在文本結構方面，具有類似組詩那種整體性。

　　這批文章論及的當代詩作，一半以上未被人評論過，這其中又以長詩受到的冷遇為最。鍾鳴營造了偌大一個「樹巢」，二十年來人們視而不見；西川算是被談論最多的詩人之一，可他最重要的作品〈鷹的話語〉，卻無人問津。長詩是一類你不深入去談就等於沒談的事物，一首傑出的長詩就是一個巨大的難題，面對它你別無他法，首先要做的就是把它讀上至少五十遍，好讓詩中那些詞語的草蛇灰線、隱微意旨、主題意象、總體結構等，在一種漸漸形成的整體意識中明朗起來。這時恐怕還會有一些難以索解的部分，你需要帶著這些問題通讀這個詩人的一切文字：詩歌、隨筆、評論、札記、訪談、書信……它們不一定給出答案，但往往會提供線索和啟示；你還應當盡可能地研究這位詩人的家數，因為長詩總是在與經典的深刻對話中、在「影響的焦慮」中完成的。我們知道，詩歌語言總會突破一般言語習慣，將實用性、工具型表達符號，轉變為以自身為重心的詩性結構，「語言表現」由此獲得獨立而突出的價值；相應的，詩歌批評不但要重視語義學（艾略特曾抱怨人們「對詞源和文字的歷史越來越漠不關心」[3]，這種狀況在當代批評中更加嚴重

---

[3]　艾略特：〈批評家和詩人約翰遜〉，見《艾略特詩學文集》，國際文化出版公司 1989年版，237 頁。

了），還應當關注語音的肌質、詩行的韻律、語詞的順序、語調的變化、節奏的脈動、音節的安排、語法的模式等語言形式要素。詩歌批評對於語言及「語言表現」問題的細察與深究，乃是它與散文批評、小說批評最顯著的區別，長詩批評因此成為一項繁難的，近乎不可能完成的工作。最後，批評是一種深情而無情、沉浸而超然的行為，除了用修改舊作的方式，幾乎沒有一位詩人會自曝其短，而批評家卻有此義務——在做出恰如其分的評價之前。總而言之，長詩被批評打入冷宮，恐怕還不是某些流行的錯誤觀念在作祟，而是人們不願為它花費大量的時間和心血。

長詩批評的缺失，並不影響我們時代文學批評的繁榮。這種繁榮首先表現在批評的話語資源、理論範型、關注重點、價值標準，已豐富到混亂的地步。毫無疑問，每一件文學作品都是基於一定的性別、性向、心理、信仰、族裔、地域、階級……的個人的創造，這創造也總會將上述因素內在化，從而為相應的理論闡發提供可能；正如每一種有價值的批評理論，都會照亮曾被我們忽視的文學中的某些因素、特色、環節，從而拓展我們的認識，印證文學的無限可解釋性神話。但是一種理論的聚焦常常會有意無意誇大某些因素、特色、環節的重要性，宛如「狸貓換太子」的批評戲劇，經常用一些次要議題篡奪我們的核心關注；更有甚者，文學研究本身成了批評家的政治立場、社會價值訴求的一種隱喻模式，文學已淪為批評展開自身，進行理論表演的道具了。所以一個批評的時代，也可以說是各種觀念、思潮以文學為質子的戰國時代。我不是文學的原教旨主義者，也不憎恨「憎恨學派」，我甚至很樂意在認識論問題上，做一個愛因斯坦那樣的「肆無忌憚的機會主義者」[4]——前提是充分尊重作品本身。批評家首先應當是一個誠摯的讀者，一個篤信知音神話的人。在這個批評的亂世，有必要重申莊子洗滌欲念、「虛而待物」的「心齋」的意義。

批評的繁榮，歸功於國家學院體制的擴張推動了知識產品的生產，不過學院派有他的問題，被體制招安、與資本結盟就不必說了，僅僅論文發表的有關規定就可能導致犬儒化。不久前，金觀濤主編的《中華人民共和國史》在香港出版，像這樣一套恪守中立，不設禁區，秉承民間著史傳統的著作，很難想像能夠在大

---

[4] 愛因斯坦的研究者大多為其在認識論上表現出的多元哲學立場所困惑，認為：「從一個有體系的認識論者看來，他必定像一個肆無忌憚的機會主義者」。見A‧佩斯：《上帝是微妙的——愛因斯坦的科學與生平》，科學技術文獻出版社1988年版，12頁。

陸出版發行。同樣的道理，當代中文詩歌批評，只能像它的研究對象一樣，歸入地下文學傳統：詩歌還有其修辭藝術的「掩護」，批評卻在締造一個洞幽燭微、直言相告的世界。

這六篇文章涉及的所有詩學問題，大體可以分為文化詩學、形式詩學、漢字的符號詩學這樣三個相互關聯、相互包含的層次。文化詩學將一種多元文化主義立場預設為前提，其核心是一種探求意義與價值的解釋學，為此它不僅在知識學的層面上展開，更是在思想層面上展開的；就文化詩學而言，東西方可以充分共享，於相互吸收、深度對話中實現互釋、互證與互識，進而達至跨文化的創構。形式詩學反對一切粗糙、粗陋、粗浮、粗俗的寫作，同時亦有別於形式主義。正如某位哲學家所說，形式主義者不重視形式到了任由其脫離內容、意義的地步；而形式詩學不僅關注形式本身，而且重視形式說服力、形式必要性、「形式之責任性」（羅蘭・巴特語），也就是從形式到內容的過程。對於形式詩學，東西方可以相互借鑑，但只能部分共享，譬如中國詩人完全可以寫十四行詩，而一位英國詩人卻沒法寫一首七律，因為七律的形式已然不是一個純形式問題，它牽涉到漢字性這一中文詩學的「獨得之秘」。漢字是漢語及華夏文明的內在形式，中國文學真正的特殊性說到底就是漢字性問題，每個傑出的中國詩人，都會在寫作深處觸及這個問題。對於漢字的符號詩學，以及如何將其運用於批評實踐，我希望我做了一點有益的開拓性的工作。

本文是為一束序言的結集所寫的序言，故名「序序」，本以為首創，忽然想到博爾赫斯的〈序言之序言〉，那就權當用典吧——該文「一次序言的平方」[5]的說法正合我意（而批評是自我的「平方」）。兩年來我辭去一切俗務，閉門造車，心有天遊，卻非武陵人遠：正如世上沒有純詩一樣，純批評也並不存在，任何批評都不僅僅指向作為批評對象的作品本身，它同時也構成對自我和現實世界的批評。最後，我要感謝摯友楊橫波以其驚人的淵博和細緻審校了全書，他甚至僅憑記憶，便糾正了我對《管錐編》的一個引用的頁碼錯誤，令我感佩不已。

2011 年 4 月，於百望山

---

[5] 博爾赫斯：〈序言之序言〉，見《博爾赫斯全集・散文卷》上，浙江文藝出版社 1999 年版，515 頁。

目　次

宇宙鋒

　　抒情詩是一類極具主觀性或者說自身性的詩體，往往篇幅不長，詩人藉此著力表現自我以及自我與世界的關係。與敘事文學不同，抒情詩中的人物寥寥無幾，一般不超過三個，最常見的是詩中只有一個人。可以說，抒情詩隱喻了人的根本處境，它提示孤獨，也證明「萬有引力」。它更傾向於共時呈現而非歷時發展的方式，傑出的抒情詩人會通過強有力的修辭、微妙的形象、對聲韻的講究來強化呈現的效果。

　　自《詩經》始，抒情詩一直作為中國詩歌的絕對主流，「確定」著詩歌的涵義，「緣情」、「言志」之辯，說到底是對古典抒情詩的本質屬性、抒情基點的不同認識。中國現代抒情詩肇始於五四新文學運動，它在語言、形式上顛覆了舊詩的儀軌，在觀念上解構了政教功用論的傳統詩學理念，其美學風格也大大突破儒家「中和」原則的規約。被認為「完全脫離舊詩羈絆」的新詩人郭沫若，在新詩起點處開啟了「天狗吠日」的詩風；五十年後，這隻「我齧我的心肝，我在我神經上飛跑」的「天狗」，又成為當代中文詩歌「首發陣容」——今天派的歷史形象。1972年北島寫下「綠色的陽光在縫隙裡流竄」（〈你好，百花山〉），1973年芒克寫下「太陽升起來，／天空——這血淋淋的盾牌」（〈天空〉），三十多年後北島為之不勝感慨：「今天人們很難想像，為太陽重新命名意味著什麼。」[1]是的，今天人們確實已很難想像那「雷霆的威脅」下「吠日」的勇氣，然而就是這種勇氣構成了朦朧詩最有價值的部分——破土於艱難時世的風骨！

　　現代抒情詩與古典抒情詩的關係（很大程度上也就是新詩與舊詩的關係），剪不斷理還亂，迄今仍是一個聚訟紛紜的話題。相信萬變不離其宗的「同質」論者，否認現代性是一種自足的審美價值，他們設定了繼承與評估的價值預期，卻難以兌現；「異質」論者視斷裂為新詩／現代抒情詩合法性的起點，將新詩打入另冊，

---

[1]　北島：〈漢語詩歌再度危機四伏〉，見《文學報》2009年11月19日。

以便「從其本身內部獲得一切它所遵循的準則和基礎」[2]。在這個問題上我認為，的確發生了一場深刻的、絕對無法類比於唐詩、宋詞、元曲之更迭的裂變，並由此打開了「一個越來越開闊的審美空間」，但它並沒有消除兩者間的結構統一性，無論古典還是現代，抒情詩都是以擺脫黑格爾所說的「散文性現實情況」為旨歸的。耀斯在《審美經驗與文學解釋學》一書中更詳盡地指出：

> 儘管古代和現代抒情詩在現代性這一點上形成了根本的對比，並且在抒情感受過程中變得十分明顯……兩者依然有其共同之處。在這兩種詩歌中，讀者的期待並沒有轉向去認識一個被描繪的、已經為人們所熟悉的或者說經歷過的現實，而是轉向陌生的世界的表象。不管抒情感受是在遠離「自主藝術」的情況下把它的描寫對象帶回神話理想的視域，還是在此以後從一個因人人皆知而顯得空洞無意義的現實中發現了世界的新面貌，抒情詩的經驗總是超越日常和歷史生活的真實視域。[3]

對於詩人，與其說這是個需要探討的問題，不如說是必須應對的命運。在新的歷史語境下如何化古，如何運用創造力與傳統發生深刻關聯，從而避免陷入歷史虛無主義的妄自尊大，不同的詩人有不同的「重新發現」與「鑠古鑄今」。

跟傳統抒情詩人相比，現代詩人的抒情形象顯得頗為異端，往往也更模糊和複雜，但並不是不能大致歸入某些角色類型：本雅明從波德萊爾的詩裡總結了遊手好閒者、流氓阿飛、紈絝子弟以及撿垃圾的人等幾種承擔現代美學悲劇命運的形象；而預言家、革命者、聖徒、神經疾病患者、死亡愛好者、通靈者、頑童、旁觀者、鬼……也是現代詩人樂於自我描畫的臉譜。在這點上蕭開愚的「傳統」顯得十分「反動」，他為自己設計了一個「官僚」的形象。詩風沉毅淵重的蕭開愚相信「幫助我國詩人成熟性格和風貌的唯一位置是官僚位置……儒家傳統揮之不去；不是皇帝和人民（人民是皇帝的嘴臉），不是無所顧忌的超專業知識分子（我國的超專業知識分子如同官僚，斟酌實用價值），只是斡旋實效的

2 鄒羽：〈社會與文化：哈貝馬斯的現代性理論〉，轉引自臧棣：〈現代性與新詩的評價〉，見《現代漢詩：反思與求索》，作家出版社 1998 年版，87 頁。
3 漢斯‧羅伯特‧耀斯：《審美經驗與文學解釋學》，上海譯文出版社 2006 年版，315～316 頁。

官僚」[4]。西方詩人多具宗教精神,而廟堂抱負是中國詩人根深蒂固的傳統,王國維指出:「至詩人之無此抱負者,與夫小說戲曲圖畫音樂諸家,皆以侏儒倡優自處,世亦以侏儒倡優畜之。所謂『詩外尚有事在』,『一命為文人便無足觀』,我國人之金科玉律也。」[5]這種傳統觀念固然削減藝術的獨立價值,但也為其灌注了充沛的現實感。蕭開愚宣稱:「我很少單獨考慮詩歌方面的事情」[6],暗含了「儒林」對「文苑」的傳統輕視;他會專門為《中美上海公報》、《十六屆六中全會公報》寫詩(見其〈兩份文件的旁注〉);他用金斯堡〈嚎叫〉的語言風格書寫「三農問題」的那首〈破爛的田野〉(仍不出傳統憫農詩的範疇),以一段「補充說明」大談「圍繞縣城全面建設鄉鎮生活是解決農民問題的唯一途徑」[7]。蕭開愚實際上是要藉官僚這一身份,讓寫詩重新成為一件正經事。他不希望詩歌被歸入愉悅視覺、聽覺的「服務業」,或僅僅作為「語言的一連串奇觀」而被讀者「高高掛起」,他想用「斡旋實效」把詩歌拉回到「普通相關性」[8]。儒家文學觀主要包括經世(廟堂抱負)、致用(斡旋實效)兩方面,用沈德潛的話說:「詩……關乎人倫日用及古今成敗興壞之故者,方可為存」[9]。漢代博涉眾流之奇儒王充在許多方面均質疑正統,但對文學卻抱持典型的儒家實用主義態度,一如蕭開愚反對詩歌僅是「語言奇觀」,王充也曾反問:「文豈徒調墨弄筆為美麗之觀哉?」[10]而經世、致用恰能很好地統一於官僚,這便是蕭開愚以此自況的緣故(他的「斡旋實效」、「普通相關性」,似乎也有南禪「不離世間覺」、「但盡凡心」思想的影子)。

在張揚個性的當代詩人群像中,「官僚」這一非個性化詩學的中國版本被反襯得另類無比,這種對比可以用蕭開愚〈菩提樹下〉中的一句詩來形容:

---

[4] 蕭開愚:〈迴避〉,見《此時此地——蕭開愚自選集》,河南大學出版社 2008 年版,384 頁。

[5] 王國維:〈論哲學家與美術家之天職〉,見《王國維遺書·靜庵文集》,上海古籍書店 1983 年影印本。

[6] 〈迴避〉,見《此時此地——蕭開愚自選集》,383 頁。

[7] 蕭開愚:〈破爛的田野〉,見《此時此地——蕭開愚自選集》,318 頁。

[8] 蕭開愚等:〈當代詩歌需要一場思想運動〉,見詩生活網站「詩觀點文庫」。

[9] 沈德潛:《清詩別裁集·凡例》,見沈德潛等編:《歷代詩別裁集》,浙江古籍出版社 1998 年版,365 頁。

[10] 王充:《論衡·佚文》,見郭紹虞主編:《中國歷代文論選》上,中華書局 1962 年版,72 頁。

又一塊中國的膏藥在肉林中。

此詩的背景是：一向拘謹嚴肅的蕭開愚旅居柏林時，某天偶然「捲入」正通過菩提樹下大街的「愛之大遊行」裸體狂歡（即使沒有這遊行，一個中國人走在這條路上也會感慨不已，因為它穿越冷戰記憶，通向馬克思恩格斯廣場），正如「菩提樹下」虛實雙關一樣，這句詩同樣既實寫又另有深意。「膏藥」是詩人對自己衣著古板嚴實、為人四平八穩的自嘲；用來狀寫遊行的「肉林」，典出人欲盛宴的「酒池肉林」，乃內含褒貶的春秋筆法。「膏藥」又有療治之用，這句詩的另一層意思是，中國文化的某些因素，或可對症西方染布世界的欲望世紀病。蕭開愚在一首論道詩〈星期天誑言，贈道元迷〉中也表達過類似的看法：「佯死的耶教終須打雜的慧能。」這句詩不算「誑言」，破除我執、講求自性自度的禪宗智慧，應該可以對基督教有所啟示；事實上自 1960 年代「梵二會議」以來，已有人提出「基督禪」的設想，而道元的家鄉日本，也建起了天主教的禪宗中心，藉禪法服務於基督徒的靈修。蕭開愚的「援禪入耶」並非僅是這一構想的老調重彈，他還類比佛教的興衰大膽預言：「尼采稱上帝死後，基督教須得到中國找到新時代的慧能，才有望復活或維新。」[11]——這就有些「誑」了。〈菩提樹下〉從「雨」、「人流」（又是雙關）寫起，牽出身心與救贖主題；勃蘭登堡門、菩提樹下大街、六月十七日大街、阿德隆飯店，牽出四川、北京、鄱陽湖、江西、徽南等「剜心地址」；其間牽動他的還有長江下游的洪水、他的男朋女友及東西方文化關係問題。詩中有「口哨聲，尖叫聲，罵聲。哀求和讚美，／和毫無意義的嘟噥，和警笛，／……在雷聲的恰接中多麼和諧」這種聲聲入耳的敏感，詩中亦有「家事國事天下事，事事關心」的情懷，確乎展示了一個以禪濟儒的傳統士大夫形象。

張棗寫作之初便「試圖從漢語古典精神中演生現代日常生活的唯美啟示的詩歌方法」[12]。1984 年，二十二歲的張棗寫出了他的成名作〈鏡中〉，日後「錯彩鏤

---

[11] 蕭開愚為〈星期天誑言，贈道元迷〉一詩所作的注釋，見《此時此地——蕭開愚自選集》，297 頁。

[12] 引自張棗為柏樺《毛澤東時代的抒情詩人》一書所寫的序言〈銷魂〉，香港牛津大學出版社 2001 年版。

金，雕繢滿眼」的詩風已初露端倪。這首並非特別出色的短詩有「花間詞」的風味，張棗不僅運用了古典詩詞常用的主語省略的手法（一種表現「在猶不在」的修辭手法，它意味著你看到的並非真容，而只是「鏡中」影像），而且已開始嘗試一種張棗式的**樂音語言**，即在現代口語語調的自然節奏的基礎上講究聲音儀制，趨近詞體的聲韻美。譬如：

> 危險的事固然美麗
> 不如看她騎馬歸來

可謂韶音令辭，琅若叩瓊。古典詩學平仄理論的要旨是：一句之內平仄錯落有致，對句之間平仄相反相成，這樣就形成了抑揚頓挫的鮮明節奏。我們來看這兩句詩的平仄：

> 平仄平仄仄平仄仄
> 仄平仄平平仄平平

完全符合這一規律。在句度規整、平仄相諧的兩句詩後，張棗立刻錯之以「面頰溫暖，／羞慚」，頗得長短句之妙。

　　張棗「鑠古鑄今」的嘗試還表現在他將古典主義的一般象徵轉化為一首現代抒情詩的「客觀對應物」。〈鏡中〉起句為：「只要想起一生中後悔的事／梅花便落了下來」，結句稍有區別：

> 望著窗外，只要想起一生中後悔的事
> 梅花便落滿了南山

梅花、南山均是古詩的一般象徵。梅花有耐寒傲雪、獨入清香之高潔，常喻君子忠臣、隱者高士、貞女仙子。南山象徵永恆，《詩經·小雅·天保》「如南山之壽」，大概是這種寓意的來源；魏晉玄言詩中亦被用作道的化身，係「象」與「悟」的合一。〈鏡中〉起結句均合古典意境。宋潘檉〈歲末懷舊〉有云：「梅花眼中春，故情千里遠。」宋杜耒〈寒夜〉：「尋常一樣窗前日，才有梅花便不同。」有些讀者不理解詩人的極端唯心主義邏輯，質問為何「只要想起一生中後悔的事／梅花便落了下來」？其實這不過是老杜「感時花濺淚」的寫法，物我感應、相互生發

乃古今抒情詩都很常用的手法；如果落下的是淚水便俗了，梅花之妙在於不是淚水，卻在「落了下來」中帶出淚意。較真的讀者可能會繼續追問：為什麼是梅花，而非桃花、櫻花？除了要取用梅花的象徵義之外，或許還有一個與漢字性詩意有關的原因：「悔」與「梅」不僅同韻，字形也極為相像！在充滿魔力的「鏡中」，我們幾乎覺得「悔」即心中的「梅」，「梅」即具象的「悔」。無論年輕的張棗是否意識到這一點，他都以一個傑出詩人對語言的敏慧，寫出了漢字的詩性之美。

落花自古象徵時間的流逝，〈鏡中〉亦然，在對「一生」、「後悔」的反覆強調中，更透出「無可奈何花落去」的惆悵；然而另一方面，花落的瞬間也接通了南山之永恆。張棗像許多古典詩人一樣執著於此刻和此刻的追憶，因為惟有被追憶的時間才是超越現實的真實；而抒情詩賦予一切「如露亦如電」的事物以持久的主觀價值，甚至將它們凝聚成一個永恆，彷彿張棗詩中那面「永遠等候著」的「鏡子」，千百年後的知音依然可以鑑賞觀照，在「視界融合」中俯仰低迴。

雖然處處體現師古的用心，張棗仍是一位於傳統入而能出的典型的現代抒情詩人。傑弗里·哈特曼指出：「較早的抒情詩以一種成問題的達到存在或進入存在作為它的主題；現在，它則是對非存在或者不確定的一種進入。」[13]同後一種「進入」密切相關的是現代詩修辭上的一種主要趨勢：越來越依靠奇喻、詞語誤用、悖論、對歧義的熱衷而達至一種「唐突的光彩」（弗萊語）。字詞的爆發力和意外性被寫作凸顯，字詞的一切潛在的可能性被寫作開拓。寫詩，不再是字詞在一種話語關係的慣例中的完善，而成了**字詞的歷險**，由此現代詩創造了一種符號之意義時而欠缺時而又豐富得過分的話語。張棗的大部分作品都可以歸入幻象詩或逃逸詩的類型，他詩中的「宇宙」、「世界」或其他情境，本質上是詩歌想像力的產物，是一個語言的太虛幻境。這個太虛幻境又是和許多驚人、費解的詩句聯繫在一起的，如「表情團結如玉」，「幾個天外客站定在某邊緣，／撥弄著夕照，他們猛地卸下一匹錦綉：／虛空少於一朵花」（〈悠悠〉），「室內有著一個孔雀一樣的具體，／天花板上幾個氣球，還活著一種活：／廚師忍住突然」（〈廚師〉），「室內滿是星期三」（〈祖母〉），等等，用張棗的話說，這是「一個語言風景，一個只有依賴語言才存在的現實」[14]。

13 傑弗里·哈特曼：《荒野的批評》，天津人民出版社 2008 年版，149 頁。
14 張棗：〈朝向語言風景的危險旅行〉，見《最新先鋒詩論選》，河北教育出版社 2003 年版，464 頁。

在〈朝向語言風景的危險旅行〉中，張棗闡發了他的元詩觀念：詩歌寫作是對語言本體的沉浸，是一種朝向語言和形式，朝向寫作行為本身的寫作，這種自我指涉的寫作把詩歌變成了元詩，即「詩是關於詩本身的，詩的過程可以讀作是顯露寫作者姿態，他的寫作焦慮和他的方法論反思與辯解的過程」[15]。張棗的許多詩作均可讀成關於詩，關於詩人與寫作，詩人與讀者（知音）的遐思。譬如〈鏡中〉便可視為一首以詩為主題的觀念詩，它傳達出這樣的意識：詩就是一面精美的魔鏡。而〈悠悠〉更是對詩之神韻的暢想。「悠悠」乃詩意的象徵，本身就有琢磨不透、神秘朦朧、言有盡而意無窮的內涵。在古詩中它可以指空間上的遙遠也可以指時間上的久長；它可以是隨風飄拂的靈動也可以是幽靜的樣子；它可以命名玄思冥想也可以命名荒唐無據；它可以形容繪畫之虛白也可以形容音樂之餘緒。儘管「悠悠」經常現身於古詩，卻從未獨自成為一首詩的標題；與此相反，〈悠悠〉一詩並未直接出現「悠悠」一詞，它是被超現實的語言景象間接描繪出的，我們能感覺到「悠悠」的多重含義在一首詩之內的浩渺空間悠然蕩漾，這蕩漾即是訴說，對「詩即悠悠」的悠悠訴說。

「情」是中國文化的核心概念之一。有別於西方哲學情感、理智兩分對立的純粹理性，中國哲學可以說是一種寓情於理的情感理性。不管是道家無情而有情的美學境界，還是儒家有情而無情的道德境界，抑或禪宗即心即佛的宗教境界，都旨在追求一種超情感但又不離情感的精神境界。而處理情感更一直是中國古典詩歌的主要任務，抒情統攝著詩歌的其餘事項，如說理須講「情理」，敘事須講「情節」，寫景要「情景混融」。古典詩人也總是在情欲、情緒之上修煉情義、情操等「高層情感心理」。清何日愈《退庵詩話》：「若舍情而言詩……雖瓊敷玉藻，亦與蟬噪等譏。」[16]屈原的發憤抒情、阮籍的深衷厚隱、陶潛的質實自然、李白的豪情遠志以及杜甫的深情厚貌，為中國詩歌樹立了最經典的抒情範式。而在西方現代詩的潮流中，狹義的抒情處在一個岌岌可危的位置。無論是艾略特「詩不是放縱

---

[15]　《最新先鋒詩論選》，458 頁。
[16]　勞孝與、何日愈：《春秋詩話　退庵詩話》，廣東高等教育出版社 1996 年版，4 頁。

感情，而是逃避感情」[17]的非個性化詩論，還是查爾斯・奧爾森的擺脫個體自我的抒情干擾的投射理論；無論是葉芝、龐德的抒情客觀化的面具手法，還是羅蘭・巴特的「零度寫作」；無論是布羅茨基「抒情詩更多的是一種實用藝術」[18]的看法，還是悉尼的「抒發即毀壞」[19]的論調，都表明抒情即使未被驅逐，也遠非現代詩人工作的重心了。

　　當代中文詩歌始於真情實感的浪漫表達，直承「發憤以抒情」的傳統。隨著文革結束迸發出的巨大抒情意願，在柏樺、海子等詩人身上得到了最強烈的伸張，宛如鳴蟬和子規，他們在「白熱化」、「抒情就是血」的寫作中放縱著自己的赤子情懷。1989 年後，一批流亡海外的詩人，紛紛被孤絕的處境逼出了慘痛的抒情傑作；而蕭開愚、孫文波等身在大陸的詩人開始艱難轉型，在「責任倫理」意識的支配下，積極實踐「中年寫作」、「敘事性」等抑制抒情甚至反抒情的詩歌方案。這些詩人在作品的經驗主體與詩人的精神主體之間，設置了一段觀察與反思的距離，類似戲劇的「間離」。

　　其實現當代詩人反對的不是情感本身，而是對情感的誇飾、矯情的自戀、呆板的直抒胸臆、陳詞濫調的詠嘆、多愁善感的情調、缺乏說服力的言情或對心理原材料的反芻；如何在作品中蘊藏、深化、綜合各種情感特質，如何呈現艾略特所說的「意義重大的感情的表現」[20]，如何表達世界的原始情緒，如何富有想像力地領悟情感，如何將「生活中所有具體事件激起的情感融化為一種能表達普遍經驗的內在物質」[21]，一直是詩人苦修的內功，正如讀詩的任務之一是對作品情感的萃取一樣。杜夫海納說：「情感特質是表現的世界的靈魂，表現的世界本身又是再現的世界的根本。作品的整個世界只有通過情感特質才有統一性，才有意義；可以說情感特質激起作品，用作品來表明自己。」[22]就抒情詩而言，這段話永遠成立。無論什麼時候，詩人都是人類情感的各種微妙狀態及其偉大價值的收藏者與捍衛

[17]　〈傳統與個人才能〉，見《艾略特詩學文集》，8 頁。
[18]　布羅茨基：〈第二自我〉，見其所著《文明的孩子》，中央編譯出版社 1999 年版，82 頁。
[19]　〈嬰兒的啟迪──悉尼訪談錄〉，見《悉尼詩文集》，作家出版社 2001 年版，444 頁。
[20]　〈傳統與個人才能〉，見《艾略特詩學文集》，8 頁。
[21]　瓦萊里：〈維庸與魏爾倫〉，見其所著《文藝雜談》，百花文藝出版社 2002 年版，6 頁。
[22]　杜夫海納：《審美經驗現象學》，文化藝術出版社 1992 年版，485 頁。

者，尤其在今天這個自私、冷漠和物欲席捲全球的時代，重申這一點無疑具有更重要的意義。

馬驊是一位七零後詩人，2003 年初，他辭去北京收入不菲的工作前往雲南德欽縣明永村，在梅里雪山腳下擔任二十幾個藏族孩子的義務教師。傳道授業之餘，他參與了藏地民謠的采風整理和藏族傳統儀式的錄製保存工作；他還協助當地制定《明永村規》、《雨崩村規》，並撰寫了〈龍樹的中觀在中國佛教思想中的流變〉、〈陽明天泉證道偈子中的佛教中觀思想〉等論文，以及關於梅里雪山及其周圍近百座神山的考察報告。他和孩子們一道修葺廁所，開墾菜地，興建浴室和籃球場，上山撿拾遊客丟棄的不可降解的垃圾。村裡沒有上下水，日常飲用水全都取自山上的雪水，買菜則需要到四十公里外的縣城，日子雖然艱苦，倒也樂在其中。2004 年 6 月 20 日，去縣城購買粉筆的馬驊回村途中遭遇交通事故，他搭乘的吉普車墜入了湍急的瀾滄江……今天，明永村小學正式更名為「馬驊希望小學」，一座紀念馬驊的白塔業已落成——他是除文成公主以外在藏地享此殊榮的不多的幾個漢人之一。文成公主赴藏並非出於自己的意願（古代和親的女子，一如今天被送往國外的熊貓），去的又是錦衣玉食的宮廷，因此在我看來馬驊比文成公主偉大得多。

現在能找到的馬驊最早的一首詩寫於 1994 年，跟許多年輕詩人偏愛從「維特的煩惱」獲取靈感一樣，那首名為〈黑色天鵝〉的十四行也是一首情詩：

> 我的女人
> 應該是一隻黑色天鵝，而不是白色的
> 明淨的湖水會襯托出
> 它與眾不同的醜陋

遠談不上出色，依稀有波德萊爾〈天鵝〉及其中「黑女人」的影子。此後近十年，他在後者的浪子美學中摸索著自己的風格，幾乎就要完成了卻決定推倒重來。他寫給城市的最後一首詩是〈在變老之前遠去〉。

〈雪山短歌〉是馬驊在明永村創作的一組作品，由近四十首五行詩組成，尚未寫完便成絕唱。和張棗拈自故紙堆的「南山」不同，「雪山」確實存在，指梅里雪山。其主峰卡瓦格博是藏人極為尊崇的神山聖峰，高度雖然只有六千多米，卻是人類迄今未征服的幾座處女峰之一，這座山峰正對著馬驊任教的小學。短歌是

日本的一種抒情詩體，每首短歌均為五行共三十一個音，馬驊借用了這一詩體的名稱和五行的形式。

中國是一個有著偉大的山水詩傳統的國家，由謝靈運開創的山水詩流派要比歐洲的風景詩早一千多年。這一傳統名家輩出，妙作紛呈，籠統說來大致有兩種傾向：一派側重體物、狀景，如謝靈運；另一派強調寫意、悟道，如王維。或者說前一派與自然的關係是「游衍」而後一派與自然的關係是「棲居」。當代中文詩群，蔣浩可謂是謝靈運的衣鉢傳人，他那些描寫南海、新疆及京郊小山的風景詩，極盡譎譬指事、巧言狀物之能事。作為一個謝靈運式的「瞻眺者」，蔣浩耐心查勘著風景諸要素及其潛在關係，精巧地表現景物微妙的細部，移步換景，把印象精心組織成一個詞彩華茂、纖毫畢現的世界。這種以自然客體為中心的寫作，借用《文心雕龍·物色》裡的話來概括就是：「鑽貌草木之中」、「體物為妙，功在密附」[23]。而馬驊以少總多，以宇宙意義為旨的〈雪山短歌〉，當屬王維一派。

春眠

夜裡，今年的新雪化成山泉，叩打木門。
劈裡啪啦，比白天牛馬的喧嘩
更讓人昏聵。我做了個夢
夢見破爛的木門就是我自己
被透明的積雪和新月來回敲打。

這是〈雪山短歌〉的第一首，自艾自怨的情緒將在後面的篇章中逐漸消除。馬驊用「昏聵」形容自己初來乍到的不適應，在「透明」的山泉、積雪、新月的映襯下，他把自己反省成「破爛的木門」（「無明」，需要修補）。請注意「敲打」一詞，它還有一個引申義：提醒與批評教育。馬驊去了崇信佛教的藏區，「敲打」因此多少流露出醍醐灌頂、當頭棒喝的意味。這首詩清楚地表明，馬驊遠道而來的目的，不是為了「會當凌絕頂」的征服或尋幽探勝的獵奇，而是為了領受「雪山」的點化、提升和淨化，從而打開自己窄小的**門戶**。美國批評家查爾斯·阿爾提里認為現代詩存在兩種範式：象徵範式與內在範式。象徵範式是柯勒律治強調主觀性開

---

[23] 劉勰著，范文瀾注：《文心雕龍注》，人民文學出版社 1958 年版，694 頁。

創的範式，柯勒律治認為客觀世界的秩序在人的主觀意識強化之前是混作一團的；而內在範式是華茲華斯強調客觀（自然）的內在意義和價值的傾向，華茲華斯認為世界是有秩序和意義的，因此是內在的，它只需要人們去發現和體驗。[24]很顯然馬驊的寫作屬於內在範式。威廉・狄爾泰曾經說過：「詩的問題就是生命（生活）的問題，就是通過體驗生活而獲得生命價值超越的問題。」[25]馬驊追尋的正是這種知行合一、生活世界與藝術世界合一的超越性體驗。

〈春眠〉喚起了我們對宇宙性家宅的鄉愁。所謂宇宙性家宅的鄉愁，指的是一個孤獨的個體在茫茫宇宙中何以家為，用海德格爾的話說，那是一種「把世界蘊涵到更原初地適於棲居之鄉的鄉愁」[26]。被這種鄉愁苦苦縈繞的詩人，就是一個終極意義上的抒情詩人。馬驊支教的中甸地區在 2002 年更名為「香格里拉」，「香格里拉」又是佛國淨土之名「香巴拉」（持樂世界）的衍生，它們均可視為宇宙性家宅的藏語名稱。山泉、牛馬、積雪、新月，宇宙性家宅的鄉愁就是這些永恆風物的佈道，這些充分敞開其自然性的風物，玄妙而活潑潑地散發著古老時間的詩意，置身其中我們幾乎可以和我們的祖先相遇。而那「木門」後面必然是一個線條粗獷的小屋，詩人沒有描寫它，我們反而更強烈地感覺到它的存在，正是它把「我」庇護進夢中。或者說，詩人更願意用一個有積雪和新月的「夢」來暗示它那詩意棲居的本質。而這首小詩不也是這樣一個「夢」嗎？它邀我們棲入人類的棲居之夢，宛如「春眠」。

正如〈春眠〉中「透明的積雪和新月」，馬驊的詩歌抱負之一是寫出一種「超越朦朧」的水晶之詩，他大概希望詩歌能像高僧大德一般，有一顆平常心，深閎內美，又清澈見底，絕不危言聳聽。現代詩常常被認為是「一派胡言」，有了燕卜蓀對詩歌語言的含混特性的研究成果，現代詩人更是有恃無恐地去炮製讓讀者一頭霧水的詩篇，把詩歌變成一個純粹的，有時作者也不自知藏在何處的捉迷藏遊戲，一種不說之說的藝術。當代中文詩歌始自朦朧詩，於是乎朦朧成了揮之不去的命符，即便揚言「pass 北島」的後朦朧詩人，也都是在朦朧晦澀的風潮中變本加厲（確有反其道而行之的詩人，但他們的寫作往往白話有餘，詩性不足）。就像

---

[24] 轉引自張子清：《二十世紀美國詩歌史》上，吉林教育出版社 1995 年版，75 頁。

[25] 轉引自胡經之主編：《西方文藝理論名著教程》下，北京大學出版社 2003 年版，51 頁。

[26] 海德格爾：《思的經驗》，人民出版社 2008 年版，122 頁。

含混並非詩歌語言的絕對真理一樣，意象也不是詩意之門的萬能鑰匙。意象可能
是「瞬間呈現的理智與感性的複雜經驗」，也可能是「欲望的背面」。法國詩人菲
利普·雅各泰就曾批評容納了太多主體欲望的詩歌意象將巴洛克式的關係任意地
建立在事物之間，構成了一種遮蔽。在這個意義上，馬驊的〈雪山短歌〉提供了
一種朝向具體事物而非為了朦朧的詩學向度，他用卓絕、樸素的體驗激發語言的
活力，努力指明事物，和感性世界重建一種明澈的關係。

　　禪宗與山水詩的淵源毋須贅言，〈雪山短歌〉的新變則在於融入了藏傳佛教的
因素。馬驊並非佛教徒，卻深受佛教精神影響，去了雪山之後，他更是對藏傳佛
教產生濃厚的興趣（更有可能出於對藏傳佛教的興趣，他才決定遠赴梅里雪山）。

　　〈雪山短歌〉能讀出一個從自我到破除我執再到無我的里程。抒情詩容易成
為一種狹隘的、唯我主義的藝術，而佛家精神恰好可以「矯正」這一點。我們看
到〈雪山短歌〉最初的篇章還頗繫於自我，念念不忘「我」如何如何。漸漸地，
詩人開始虛己以接物，「我」成了一束純粹的目光與感物的明鏡台，由抒情主體
隱退為述體，甚而客體化為「四個年輕男人」中的一個或「河底的人」，與其他事
物一道被平等地說出。最後，馬驊寫出了王國維所說的「以物觀物」的「無我之
境」[27]。和這種破除我執互為因果的，是〈雪山短歌〉眾生平等、萬物有靈的意識：

> 因為倦怠，青灰色的老母馬開始昏睡，
> 在碎玉米桿兒和糞便混合的濕泥裡做夢，
> 夢見自己變成了一個瘦小的騎手。
>
> 　　　　　　　　　　　　　　──〈秋收〉

以及：

> 是晚秋還是初冬，只有薄雪上過夜的牧人說得清，
> 只有被剪了毛的、漸漸清減的綿羊知道。
> 只有被乾樹枝扔下的黃葉子明白。
>
> 　　　　　　　　　　　　　　──〈晚秋〉

---

[27]　王國維：《人間詞話》，中華書局 2009 年版，2 頁。

　　除此之外〈雪山短歌〉還呈現了藏傳佛教的一些特殊風貌。藏傳佛教大小乘兼學，見行並重，尤以發達的中觀和重密乘修行為其特色[28]。馬驊對中觀學說頗有研究，不僅撰寫過這方面的論文，在〈雪山短歌〉中也有所闡發。

我最喜愛的

> 「我最喜愛的顏色是白上再加上一點白
> 彷彿積雪的岩石上落著一隻純白的雛鷹；
> 我最喜愛的顏色是綠上再加上一點綠
> 好比野核桃樹林裡飛來一隻翠綠的鸚鵡。」
> 我最喜愛的不是白，也不是綠，是山頂被雲腳所掩蓋的透明和空無。

中觀的核心是「緣起性空」。所謂「緣起」指萬事萬物皆由因緣而生，隨因果關係的變化而變化；「性空」：性即空，或自性空，正因為一切事物皆由因緣和合而成，故無其實體自性。本詩前四句印證「緣起」，「落著」與「飛來」，都是轉瞬即逝的偶然；最後一句印證「性空」。引號中的前四句是世人喜愛的「世俗有」，末一句是佛家了悟的「畢竟空」——要想悟此真諦，必須透過「雲腳」似的「無明」、「障覆」。中觀思想的深刻在於承認「畢竟空」（真諦）依存於「世俗有」（俗諦），「若不依俗諦，不得第一義，不得第一義，則不得涅槃」[29]；它將名言與實相、入世與出世、煩惱與涅槃統一起來，又不著有、無二邊，我想這正是中觀論最吸引馬驊的地方。

　　而〈神瀑〉既是關於梅里雪山雨崩神瀑的一首景物詩，同時也是對密乘的寫意：

> 被心咒攪動的水簾裡飛翔著
> 一千二百個空行母、十三名金剛，爭著擇去

---

[28] 源於印度大學者龍樹的中觀學說是大乘佛教的核心，而藏傳佛教又把這一學說的精密性提高到新的水平。十五世紀，這一學派的重要典籍印度月稱論師的《入中論》，就在宗喀巴大師的倡導下大行於世，而漢文大藏經却未收錄，其名也鮮為人知，直到二十世紀才有譯本。此外，與漢傳佛教更側重顯宗不同，密宗在藏傳佛教中占有很大的比重，幾乎所有高僧大德都強調顯密兼修、先顯後密的修行原則。

[29] 龍樹：《中論·觀四諦品》，見《大正藏》卷三十，河北省佛教協會 2006 年印行，33 頁，上。

> 盛裝的異鄉人沾了三世的泥巴。
>
> 雪崖上滲出的流水，直接濺出輪迴大道
>
> 把石壁上的文字與陰影沖洗得更加隱晦。

「咒」，密宗重咒語，又稱密咒乘。「直接濺出」，密宗被認為是成佛的捷徑，宗喀巴大師在《菩提道次第廣論》中指出：「如是善修顯密共道，其後無疑當入密咒，以彼密道較諸餘法為稀貴，速能圓滿二資糧故。」[30]就是說密乘「速能圓滿」成就佛位所需的智慧資糧和福德資糧。「隱晦」，點出密宗的隱秘之特點。

〈秋月〉是一首不遜於古人同類佳作的賞月詩，亦是密宗修行的證道詩：

> 濕熱的白天在河谷裡消散，天上也隨著越來越涼。
>
> 四個年輕男人在雪山對面枯坐，等待積雪背後
>
> 秋天冰涼的滿月。有水波流蕩其間的滿月，
>
> 如天缺，被不知名的手臂穿過；
>
> 如蓮花，虛空裡的那道霹靂。

清涼、月輪、蓮花均是佛教經典象徵。滿月從雪山背後突然出現的景象，正符合「速能圓滿」之意。熟悉藏傳佛教典儀的，立刻會想到密宗《薄伽梵廿一度母修持法》中第二位度母「秋月朗吉母」：她有十二臂，立於蓮花月輪座上，美麗曼妙，又殊勝威嚴，以清淨無垢之光明相，啟人智慧。《修持法》要求觀修者通過觀想，實現與度母的密切關聯與融合。〈秋月〉也可能是寧瑪派「大圓滿法」的讚美詩。「大圓滿法」的禪定方式主要有徹卻（修定法）和妥噶（修光法）兩種。妥噶重點修「明」，通過自然智氣開光明門，使內智與外光融為一體。禪宗也講「心體本淨」，但它是基於自然本體上講的，很少討論光明；而寧瑪派從相對與絕對的角度把人的本淨之心提升到宇宙的高度，強調光明的重要性。〈秋月〉是「俗諦」（賞月詩）與「真諦」（證道詩）的統一，這使它如秋月般既平和又高妙，其「真諦」由「俗諦」出，又不離「俗諦」，不知其「真諦」並不影響人們欣賞這首詩，當然最理想的讀法莫過於「中觀」。

---

[30] 宗喀巴：《菩提道次第廣論》，見《宗喀巴大師集》第一卷，民族出版社 2001 年版，527 頁。

　　〈雪山短歌〉無疑是生態文學的絕佳樣本。它是詩意棲居的山水詩，也是眾生平等、萬物有靈的頌詩。

山坡上

隱身的山雀的叫聲起初是單調，又漸漸和婉轉的春風灝然一體。

被主人放在草壩上的、在低首間搖響頸下銅鈴的黑牦牛，也隱身。

午睡的人橫在樹間，簡約的身體伸展

到極限，和左下方峽谷裡扭曲的澗水一起

被俯視成雪山的兩縷筋脈。

這首詩寫出了人與自然的和諧之美，但它未必不是一種憂慮。詩人似乎認為人類正處於可上可下的「山坡上」，惟有極度「簡約」的生活，才能讓大自然繼續保持生機；「被俯視」則說明，人類的一切行為都應接受更高價值的審視。如果說〈雪山短歌〉是一組抒情詩，那麼抒情的主體已化身山雀和黑牦牛頸下的銅鈴，那「隱身」的抒情之聲「漸漸和婉轉的春風灝然一體」，彷彿雪山本身吟唱的短歌。

　　現在，正如詩中所寫的那樣，馬驊已在自己的「極限」中化作雪山的「筋脈」。他常常讓我想到噶當派《菩提道燈論》裡的「上士道」，從他的行動裡，從他的歌吟中，分明能讀出一顆大愛的菩提心——它讓我們懂得，不同民族的「灝然一體」、人與自然的「灝然一體」，或許不在和親、環保的政策中，而是在〈雪山短歌〉的意境裡。

　　2007 年香港爆發了扎鐵工人大罷工，使冷僻的「扎鐵」一詞進入了公眾視野。作為土木工程的一個專項工序，扎鐵是指在待建大廈的混凝土牆體灌注前，先搭建起由鋼筋及鐵絲「扎」成的框架，作為大廈的骨架。整個工序不僅極需用力，而且也很危險，要求工人必須身體強健，不憚日曬雨淋，能勝任高空連續作業，是個極吃苦的地盤前線工種。就是從事這樣一種危險的重體力勞動的工人，其收入經過層層盤剝之後，已很難養家糊口。扎鐵工人為了要求一個較為合理而有尊嚴的薪水舉行的這次罷工，便是曹疏影寫作〈致扎鐵工人〉的背景。

詩中「在而不在」、「折疊」、「漩渦」、「褶皺」等語詞提醒我們該詩與德勒茲思想的關聯。該詩第一句是：

今天讓我們重新學習肉體

頭纏紅帶、上身赤裸的遊行的扎鐵工人，為詩人提供了強烈的教材。我們知道，德勒茲在心靈／身體、主體／客體的對立強加於身體之上的二元論外，重新構想了身體。在他看來，身體既不能用它們的種和類，也不能用它們的器官及其功能來確定，而只能通過身體能做的事、它們能激起的情感來確定，這兩點正是曹疏影「重新學習肉體」的要旨。就激起的情感反應而言，詩裡有深切的同情（「深入更暗處的血」）；有憎惡與憤怒：除了憎惡地產商對工人的壓榨（「當光被擠壓」），曹疏影也憤怒於他們對環境犯下的罪行；而標題已表明它首先是一首頌詩，詩人用「在黑暗深處扭聚光成固體」，來讚美扎鐵工人勞動的力量性與抗爭的力量性：正如前面介紹的，扎鐵工人的工作就是某種「扭聚」，同時「扭」（反抗）、「聚」（團結）也是對這次罷工的妙喻，扎鐵工人的抗爭一如多多〈鎖住的方向〉所寫的那樣：「用赤裸的肉體阻擋長夜的流逝」；此外「重新學習」提示我們，〈致扎鐵工人〉主要是一首反思之作。

一般的女性寫作處理肉體這一題材時，往往不是靈與肉的私語，就是女與男的論辯，再不然就是生物性與社會性的報告，總之很少能跳出二元論的框架。曹詩雖然也採用了女性視角、男性身體（扎鐵工人顯然均為男性）的觀相方式，這種方式涉及「與他者的相遇」這一倫理學中心問題，但曹疏影關注並呈現的，是和他者的連接中形成的「一切褶皺」，而非把「肉體」納入既定的觀念秩序或兩性的傳統主題模式。褶子是差異的回轉迭合的黏連，是將固定的對角線「扭聚」成諸多可能，是某種本質的「在而不在」，正是一系列褶子把（開篇）扎鐵工人的「骨和肉」與（結尾處）「我們的肉體」巧妙而緊密地連接在一起。

如果將扎鐵工人看成褶子的話，他們本來被折疊在「黑暗深處」，現在罷工展開了這些褶子，他們不為人知的苦難於是曝光了（「當那骨、肉接觸光」），「我們」得以目睹「更暗處的血」。但展開褶子並非消除褶子，褶子的特性在於，無論折疊還是展開，都只會引起更多的褶子。

在這首「褶子之詩」[31]中，曹疏影確立了兩條原則：詞語波動性的原則與生命體相通的原則。第一條原則指該詩的關鍵詞「光」隨時準備向相近或相反的意思轉化。「光」有多義，如光赤（光膀子）、光澤、風光、光明磊落、光芒、目光、曝光、榨光，這些意思在詩中分分合合均有流露。「光」先從指涉扎鐵工人身體（光膀子，飽經日曬雨淋的黝亮光澤）開始，流動到「營運著光」（香港表面上的繁華風光），再轉入「黑暗」、「光」（曝光、榨光）、「暗處」的折疊，然後延伸至「閃電」（扎破黑暗的正義光芒），並通過「目光」，看到「鐵中黝黑的漩渦」後又回到「閃電」，最後以「陰影的方式」止於「我們的肉體」。在這個語言流的過程中，我們看到了詞語的粒子特質，更看到了它的波動性。關於生命體相通的原則，曹疏影用這樣一句佯謬的詩來表述：

> 而你們是在黑暗深處扭聚光成固體的——人？
> 不，生命

正是依據生命體相通的原則，扎鐵工人的「骨和肉」可以跟「我們的血」相連。不僅如此，世界／宇宙同樣是一個生命體或者說肉體，並基於此跟「我們」連成一體，其深層邏輯乃古老的天人合一思想。

於是我們看到，「閃電和滾雷的背後」與「我們的背部」以及「宇宙的最外層」乃同一部位。

於是我們看到，世界肉體之「遭折疊」一如工人階級之被壓迫，也類似「被失語」的「我們」：

> 我們的血，亦是在，而不在，當世界遭折疊
> 樹林宛如手語，湖泊被囤積，河流被截斷如舌
> 而海洋被填充，填充，填充如膽固醇過高的心臟
> 我們的紅色與藍色，被靜悄悄黏貼在閃電和滾雷的背後

於是我們看到，宇宙爆發的肉體能量彷彿工人抗爭的力量：

---

[31] 吉爾·德勒茲：《福柯　褶子》，湖南文藝出版社 2001 年版，193 頁。

它們被支開到宇宙的最外層，那裡大氣脆薄，但讓它們貼緊

讓目光向前，如滾雷，看烏雲淬出暴雨

看山脈緊貼大地，向外凸起，看礦層呼之欲出

然後是鐵，鐵中黧黑的漩渦

「鐵」、「黧黑」又回到扎鐵工人的形象。「漩渦」是褶子的一種，德勒茲指出，漩渦「隨時都會『飛起來或極有可能向我們猛撲過來』」[32]。而「我們」「重新學習肉體」，不就是為了獲得這種「極有可能猛撲過來」的激情與力量嗎？本詩最後寫道：

閃電間我們的肉體以陰影的方式降臨

行走於這一切褶皺

「我們的肉體」並沒有一個固定不變的本質，它是陰影，是表面，在攫握世界的同時也被世界所刻寫。學習扎鐵工人的「骨和肉」，學習宇宙的肉體，即尼采所說的「借助崇高生活的形象和意願對動物性機能的誘發」[33]重塑「我們的肉體」，因為肉體的活力乃藝術的原動力，這也是曹疏影作為詩人學習肉體的動機之一；但更重要的意義在於「行走」，這個詞呼應著扎鐵工人的遊行及德勒茲的游牧思想，指的是「我們」在這個世界的文學行動，其動力是魯迅所推重的「立意在反抗，旨歸在動作」、「不為順世和樂之音」[34]的那種「摩羅詩力」。「我們」在詩裡有個轉變過程：起先是「在而不在」，隨著「學習」的深入「我們」開始去「看」，最後落實於「行走」。這讓我想到保羅‧策蘭〈密切應和〉中的詩句：

不要再讀了──看！

不要再看了──走！[35]

---

[32]《福柯　褶子》，171 頁。

[33] 尼采：〈作為藝術的強力意志〉(《強力意志》第三卷第四章)，見《悲劇的誕生：尼采美學文選》，三聯書店 1986 年版，351 頁。

[34] 魯迅：〈摩羅詩力說〉，見《近代文論選》下，人民文學出版社 1959 年版，778～779 頁。

[35] 梁晶晶譯，見沃夫岡‧埃梅里希：《策蘭傳》，臺灣傾向出版社 2009 年版，108 頁。

〈密切應和〉中有對純詩主張的尖銳批駁，策蘭要求詩歌深邃地記下恐怖、苦難的印記，並追蹤它的道路，他認為：「詩正是……為了人的緣故而作，為了抵禦一切的虛空和原子化而作。」[36]曹疏影無疑會認同這一詩觀。

　　2008 年 5 月 12 日，四川發生特大震災，近七萬同胞罹難，數百萬人無家可歸。〈雪山短歌〉中那「香格里拉」的自然，瞬間蛻變成「以萬物為芻狗」的地獄；〈致扎鐵工人〉所描述的「世界遭折疊」、「湖泊被囤積」、「河流被截斷如舌」、「礦層呼之欲出」的景象如該死的讖言，殘酷地一一應驗。接下來的日子，詩歌「空前地繁榮起來」，致使抒情淪為一個令人羞恥的貶義詞。在遍地呻吟的「地震詩」中，曹疏影的〈絕對之詩〉算是難得的上乘之作。

　　曹疏影從亡靈的角度抒寫了這首死者與生者的對話之詩。中國詩歌幾乎沒有「幽冥之旅」的傳統（屈原的〈招魂〉是一個最偉大的例外），主要因為居於主流的儒家文化信奉「未知生，焉知死」、「不語怪力亂神」、「六合之外，存而不論」。明確的地獄觀念是在漢末隨佛典傳入中土的，雖然佛教對中國詩歌的影響既深且廣，佛教理念也大都能圓融於詩，但地獄中由於存在許多殘忍、醜怖的因素，與中國古典詩歌的旨趣迥然不符，因而未被詩人深入發揮。與中國詩歌不同，人類第一部長詩——古巴比倫的《吉爾伽美什》的最後部分，便是主人公吉爾伽美什與其來自陰間地洞的亡友恩啟都的對話，恩啟都描述了地下世界的陰慘景象，並勸說吉爾伽美什不要違抗有生必有死這一「世界的命運」。受這部作品影響，西方詩歌對死後經驗的追問、想像與其詩歌傳統一樣源遠流長。荷馬史詩《奧德賽》第十一卷描寫了奧德修斯遊歷冥界的歷程，他在那裡遇到許多熟悉的魂靈，其中包括他還不知已然去世的母親；當悲慟的奧德修斯試圖擁抱母親時卻撲空了，母親安提克勒婭向困惑的兒子解釋了死亡帶來的變化：「靈魂也有如夢幻一樣飄忽飛離」[37]。維吉爾的《埃涅阿斯紀》繼承了這一傳統，埃涅阿斯在先知西比爾的引導下進入冥國的「福人甸」，與父親的幽魂在此相逢。而維吉爾又成為但丁遊歷地獄的嚮導，後者在古希臘文明與基督教文明的匯合中，展開了更為複雜的「幽冥之旅」。到了里爾克的《杜伊諾哀歌》時，那神性的、先知式的冥界嚮導換成了人格化的「女性哀慟」，披戴著「悲慘之珠和隱忍的薄紗」的「哀

---

[36] 這番話出自策蘭給朋友埃因霍恩的一封信，見《策蘭傳》，109 頁。

[37] 荷馬：《奧德賽》，王煥生譯，人民文學出版社 1997 年版，202 頁。

慟」[38]，慈悲固有餘，慰藉頗不足。上述詩篇的「幽冥之旅」，均有死與生的對話
或潛對話，甚至可以說，「幽冥之旅」最重要的意義就在於完成這一不可能的對話。
里爾克在另一部陰陽互動的作品〈致俄耳甫斯的十四行詩〉中如此看待這「冥遊」
與「對話」的價值：

> 只有那和死者一起
>
> 吃過他們的罌粟的人，
>
> 才不會將那最微弱的聲音
>
> 再度遺失。[39]

〈絕對之詩〉的標題死死地壓著詩的內容，「絕對」、「詩」，甚至連「之」都
是那麼沉重，統攝著全篇，整首詩可以看作是對這三個字詞的「密切應和」。

本詩對「絕對」的認識包括以下幾個方面：首先災難是絕對的，「它們都是你
們——那自詡為塵世——的絕對」；其次死亡是絕對的，「世界只是翻了個身，我們
就各自踏上如此迥異的絕對之途」，曹疏影像中國大多數詩人一樣乃非有神論者，
否認天堂和來世，她相信無可豁免的死亡即是絕對的終結，所以她才會寫「我不變
瓦礫中的冤魂，慰藉你們」；第三，和死亡相比，塵世的一切都是有條件的、暫時
的、有限的、特殊的，包含著自我否定方面的，也就是說——相對的（「你們在相
對中伸展四肢，勞動胸腔」），生者無法超越這一點，因此這相對亦是一種絕對（「迥
異的絕對之途」）；最後「絕對」之不可言說是絕對的，「而我的，是核中之核」。

「詩」：題為「絕對之詩」，提示了這首詩的元詩意味（瓦萊里曾想用「絕對
詩」來替代「純詩」的說法），詩中有些句子直接就是對詩本身的指認，如「通過
那一個被言說、被懷想之『我』／探求傷慟的邊際」，「你的／仍然盛放語言之深
晦」。

說詩中有對「之」的密切應和並非過度詮釋。該詩含「之」的短語除了題目
還有：「被言說、被懷想之我」、「剎那之前」、「迥異的絕對之途」、「核中之核」、「語
言之深晦」。「之」是這些極為關鍵的短語的一部分，或者說它被這些短語反覆強

---

[38] 里爾克：《杜伊諾哀歌》，劉浩明譯，遼寧教育出版社 2005 年版，161 頁。

[39] 綜合了綠原的譯文（《里爾克詩選》，人民文學出版社 1996 年版，504 頁）及梁晶晶
的譯文（《策蘭傳》，101 頁），並略有潤色。

調著。作助詞時「之」相當於「的」，但是別忘了，「之」的原義為：往，到……去。我們再看這些詩句：「而我，我們，剎那之前不也踏足其中」，「我們就各自踏上如此迥異的絕對之途」，「而我的／已然佇立於你們的終點」，「痛苦是在哪一處光中達至永恆」，無一不應和著「之」的原義，這應和也符合「語言之深晦」的要求。

清張謙宜在〈絸齋詩談〉裡，以「神明即寓其中」[40]來說明煉字琢句的價值，〈絕對之詩〉正是在字句的細微處顯現「神明」的。該詩如此描寫地震景象：

> 而山峰剎那誕生，清新地殺氣騰騰

這是地震造山的寫實，但又不止於此。山之誕生即人之死亡，還有什麼詞語能比「誕生」更強烈、更奇險、更真實也更陌生地寫出死亡？尤其在「剎那」的形容之下。那「杀」與「立刀」的「剎」字，一如緊接著所寫的那樣：「殺氣騰騰」。從「南山」、「雪山」，我們能領略到山之穩定、仁愛和久已存在之感，而「清新」以怎樣一種恐怖與陌生徹底顛覆了這種感覺！

普通人的臨時抱韻腳姑且不論，對於自命為詩人者，當你以五一二大地震作為題材時，通常意義上的好詩僅是最基本的要求（如果連這都做不到，所謂的寫作純屬褻瀆性的輕薄之舉），「意義重大的感情」才是我們要求於一首地震詩的魂魄。

〈絕對之詩〉最令人動容的是字裡行間那種椎心刺骨的哀慟，一種將我也歸入此列的心意促使詩人選擇了死者的立場，以亡靈為「我」。這深慟是「最後一口空氣吸淨／我便吸自己的細胞為食」，是「通過那一個被言說、被懷想之『我』／探求傷慟的邊際」，是「山峰剎那誕生」，更是「痛苦是在哪一處光中達至永恆／我便在哪裡，向你們奉還今天的屍身」，這結句蘊含著怎樣橫無際涯的痛楚。

除了深慟，我們還能強烈地感受到作者內心的分裂與衝突。苦澀的悖論無處不在。首先是不可言說之物與言說的意願之間的矛盾，題為「絕對之詩」，但詩難道不是塵世的一種相對？世間哪有絕對之詩？既然詩中絕對與相對以「我」（死者）和「你們」（生者）的根本對立暗示了無法逾越的鴻溝，那麼一首相對之詩又何以言說絕對？絕對是必然性主宰的領域，存在於事實世界之外，拒絕經驗式的感知，

---

[40]　張謙宜：〈絸齋詩談〉，見郭紹虞主編：《清詩話續編》二，上海古籍出版社 1983 年版，811 頁。

因此是不可說的，但愈是如此愈激發人言說的渴望。維特根斯坦在談論路德維希·烏蘭德的詩歌時指出：「不可說的將以不可言說方式**蘊涵**在已言說之中。」[41]〈絕對之詩〉也是如此，它將「核中之核」、「最深的緘默」的絕對，蘊涵在深晦的詩中。而我想說這悖論的語言也逼近了慘痛的現實。大地震中的死難者，尤其那些被脆弱的校舍吞噬的孩子，他們沒有「以最深的緘默」向我們訴說嗎？

作者的自相矛盾也體現於審美與倫理的糾結和抵牾。像五一二大地震這樣的災難，亦屬於曹疏影在〈致扎鐵工人〉中讚美過的宇宙的強力意志和肉體活力，然而她還能像超人一樣去欣賞「悲劇的誕生」嗎？我們看到，詩人用「美，邪惡得令人放棄」否定了這種純審美觀照的態度，但她還是未放棄地寫下了這首詩。詩中，作為亡靈「我」隔絕於「你」、「你們」，拒絕「你們」的感知乃至相對性的一切，並指出「你」根本無力對「我」進行言說，這也是苦難對美的否定，絕對對相對的否定。然而「我」對「你們」的否定仍是「你們」對「我」的言說，因為「我」是被「你們」言說和懷想的「我」；「你們」不是「我」，而「我」不是「你們」又仍然是「你們」。就這樣，詩人在矛盾重重的煎熬中書寫著矛盾。

此外我們還能讀出生命的力感。塵世有如苦海，直面即是勇氣，這直面也包括寫這樣一首知其不可為而為之的抒情詩，它肯定著生命，連同其絕對包含的痛苦與毀滅。有人說在五一二大地震這樣的災難面前，還談什麼人的力感。請回憶一下地震中那些用一己之軀保衛了孩子們的教師，他們的死難道不是最強勁的生命的力感？！就連那些拿地震開涮的段子，不也是生命力的一種體現嗎？〈絕對之詩〉中的「我」，有著這場災難中屢見不鮮的生命力，一種最普通也最根本的生命力——頑強：

> 最後一口空氣吸淨
>
> 我便吸自己的細胞為食
>
> 光線早撤離

這深慟，這矛盾，這生命的力感，慰藉著我們。不是天堂或來世的宗教慰藉，它已被詩人斷然否定，而是尼采所說的「『塵世的慰藉』的藝術」，它經由一些平

---

[41] 約翰·吉布森、沃爾夫岡·休默編：《文人維特根斯坦》，吉林出版集團有限責任公司 2008 年版，219 頁。

常且深妙的文字，肯定苦難而又超拔的此世，抵禦「一切的虛空和原子化」，並深切地進入我們。

〈絕對之詩〉中的「我」，已然「絕對」成一個沒有形象、沒有性別、沒有階級……的純粹抽象，因此這首詩拒絕你從女性主義、馬克思主義等等角度進行解讀，唯一合適的視角就是把它當一首詩來讀。由此引申出的問題是，詩中的「我」既然如此抽象，我們卻為何不以為然，反而覺得它「有血有肉」？這牽涉到一個「誠」字。據說真誠的觀念在文學中逐漸貶值，萊昂內爾・特里林認為這與二十世紀文學經典的神祕氣氛有關[42]，我想隨之而貶值的還有抒情的信用。

中國詩人很喜歡引用龐德的「技藝考驗真誠」，殊不知這句話就像他的座右銘「日日新」一樣，其實取自東土；龐德化用了孔子顯然更加深刻的名言「修辭立其誠」[43]。大哉斯言，這「功夫在詩外」的修煉，便是抒情詩所有情感特質的「核中之核」。

京劇《宇宙鋒》是梅蘭芳的代表作，主要劇情為：秦二世時，匡洪與大奸臣趙高一殿為臣且是兒女親家，但勢同水火。趙高遣人盜取匡家所藏「宇宙鋒」寶劍，持此劍行刺二世以嫁禍匡家。二世果然中計，下令滿門抄斬，僅匡洪之子匡扶一人逃脫，其妻趙豔容回娘家愁居。秦二世覬覦豔容美貌，欲立為妃嬪，責令趙高說服女兒。趙豔容既恨其父陷害忠良，又恨昏君荒淫無道，再加悲匡家而思夫婿，便上演了一齣呵君罵父、曲訴衷腸的金殿裝瘋的好戲，用劇中趙豔容的唱詞來描述就是：「這一回在金殿裝瘋弄險，但不知何日裡夫妻重圓。」[44]在我看來，這齣戲也是抒情詩與社會現實之間關係的一個寓言。

---

[42] 萊昂內爾・特里林：《誠與真》，江蘇教育出版社 2006 年版，8 頁。

[43] 從「三十而立」可知，「立」的深意豈是「考驗」可比。「誠」朱熹注為「真實無妄」，近代注者強調「誠」之「不息」、「達己」特徵，陳榮捷綜合這兩方面認為「誠是一種總是轉化和實現事物的主動力量，天人同入大化」（陳榮捷：《中國哲學參考》）；杜維明明確總結道：「（誠）可被理解為創造性的一種形式」，它是「自發不停息地產生生命的自我存在、自我實現的創造過程」（杜維明：《中庸：論儒家宗教性》）。見安樂哲：《和而不同——中西哲學的會通》，北京大學出版社 2009 年版，29 頁。

[44] 中國唱片廠編，翁同孚記譜：《宇宙鋒》，上海文藝出版社 1958 年版，32～34 頁。

前面提到的張棗的〈朝向語言風景的危險旅行〉一文，頗受羅蘭‧巴特《零度寫作》的影響（文章標題則化自後者的另一部作品《符號學的歷險》）。羅蘭‧巴特倡導一種中立的、白色的、零度的寫作，一種避開現實，朝向寫作本身的寫作，他將作家定位為「站在所有其他話語交匯的十字路口的旁觀者」，以此反對薩特的「介入」──張棗也藉此來理解後朦朧詩與朦朧詩的主要區別。「旁觀」也好「介入」也罷，首先都意味著一種毫不妥協的獨立的寫者姿態，這是當代中文詩人與古典詩人以及當代中文小說家的不同之處。

我們知道從根本上與社會對立的文學觀在古典時代幾乎不曾有過，張棗指出其原因是「傳統知識分子的身份與詩人的身份是合二為一的，知識分子作為權力的輔助者和贊同者的身份，難以允許他身上的詩人成為某個體制的徹底的批判者、決裂者和邊緣人」[45]。舊詩在最庸俗的層面上，不過是或朝或野的知識分子之間的江湖切口、文字遊戲與禮帽手杖，因為它難逃一個「應」字：應酬、應景、應制、應世、應用、順應……一應俱全。北島〈回答〉一詩斷言：「高尚是高尚者的墓誌銘，／卑鄙是卑鄙者的通行證」，對於古典抒情詩人來說，「高尚者」類似《宇宙鋒》裡的匡洪，「卑鄙者」如指鹿為馬、阿諛諂媚的趙高，兩者無一例外均受他律左右，話語方式不過美刺二端。「匡洪們」在刺時也須「怨而不怒」、「不失溫柔敦厚之旨」，講究以含蓄委婉之詞「主文而譎諫」，這是其很難超越的歷史局限。至於趙高式的「詩人」，封建專制制度下所見多矣，1949 年之後同樣屢見不鮮。譬如新詩的開創者之一郭沫若，晚期詩文就十分厚顏無恥，已從早年的「天狗」淪為向權力搖尾乞憐的「哈巴狗」。1976 年 5 月 12 日，他寫了首〈水調歌頭‧慶祝無產階級文化大革命十周年〉，同一年 10 月 21 日，他寫〈水調歌頭‧粉碎四人幫〉，詞牌依舊，「歌德」依舊，內容卻根據政治風水的轉變而「調轉歌頭」。

始於文革的當代中文詩歌以「吠日」、「地下刊物」、「西單民主牆」的寫作及文學活動開啟了一個迥異於古典時代的「不應」的詩人傳統。如同拒絕權力媾和、役使的引誘，也不憚其淫威的趙豔容一樣，當代詩人與詩歌並非以服從現有的規範、律令來顯示社會效用，而是自成一體，憑藉其存在本身對社會現實展開批判。

---

45 張棗：〈安高詩歌獎受獎詞〉，見《從最小的可能性開始》，人民文學出版社 2000 年版，248 頁。

當北島宣稱：「告訴你吧，世界／我——不——相——信」（〈回答〉），當後朦朧詩人孟浪寫下：

> 我也絕望，那麼我嘴裡是——
> 釙！嘴裡說出的是——
> 釙！嘴裡含著的是——
> 釙！嘴裡嚥下的是——
> 釙！長跑家饑餓著
> 剛從又一隻紅色細胞裡奔出
>
> ——〈沉迷在終點之中〉

相同的破折號是對同一種決絕態度的強調。孟浪詩中「釙」的漢字修辭，傳達著「斬釘截鐵」的否定意味；「釙」也是可作核燃料的放射性元素，這是否暗示否定本身已蘊含了反抗的能量？詩中那個從「又一隻紅色細胞裡奔出」的「饑餓」的「長跑家」，呼應卡夫卡筆下的「饑餓藝術家」，指向集權制度下抒情詩人的形象。而他賽跑的對手，即周倫佑〈與國手對弈的艱難過程〉裡的「國手」——請就其字面義「國家之手」來理解該詞，「國手」通常的涵義「棋藝高超的國家級選手」，則是對「國家之手」精湛的操控技藝的反諷（「國手」也讓人聯想到 1980 年代「兩手抓，兩手都要硬」的政治口號，其中一隻「手」正是抓「精神文明建設」的）。周倫佑為該詩設想了隱士、烈士兩種結尾，但最終「兩種結尾都被刪去」，詩人決定「裝作若無其事的樣子／在一張不規則的棋盤上／與那隻無形的手繼續對弈」。

　　即便是指望用「官僚的位置」來「成熟詩人的性格和風貌」的蕭開愚，也並非想成為「權力的輔助者與贊同者」。蕭開愚早年曾有不錯的仕途機會，卻放棄了，苦心孤詣去做一名沒有官職的「官僚詩人」。1989 年 12 月，他和孫文波將其創辦的民刊命名為「反對」，這在當時是需要一定勇氣的。中華人民共和國建國六十周年之際，他寫了首〈第一頌詩〉，向林昭、張志新、遇羅克致敬，他認為這「三個青年」構成了建國以來最重要的精神傳統，「第一」表明了這一點。該詩開篇這樣寫道：

> 我查找不出，建國初三十年中，邊界以內，
> 另有比監獄更配得上三個青年的設施。
> 各自鼓勁於常態，而那裡，是檢查異端的
> 手術臺，持續散發著帷幄的味道。

雖同屬文學範疇，當代中文小說家卻有著與詩人迥異的文學生產傳播方式及文學社會場域。文革以來，小說家通常採取這樣一種「合法」的作品發表模式：先是地方性文學期刊，進而是《當代》、《十月》、《人民文學》等全國性文學刊物，而《收穫》，無疑是小說家們最希望在上面發表作品的雜誌。當某小說家成為以上期刊的常客時，便會有出版社與這位「著名作家」接洽出版事宜。然而眾所周知，國內所有報刊、出版社均掌握在國家手裡，國家又對其有嚴密的監管措施，於是為了發表，許多小說家會有意無意地進行自我審查，為寫作設限，不去越雷池半步（偶有越位也會被各期刊刪改或退稿）。對此孟浪寫道：

> ……電線纏繞著你
> 在生活中，人類輕易不碰
> 裸露的線頭。
>
> 這是人類最近的生活
> 電線被植入體面的牆的內部
> 電，深深地，藏在電線裡。
>
> ——〈電燈下〉

日常中，人們大都在電燈下寫作；但「電」（與觸電聯繫在一起的威儡意味）「燈」（喻審查與監視之眼），更是集權制度下寫作處境的隱喻。

而中國先鋒詩人主要通過印製同仁性質的「民間詩刊」（簡稱「民刊」，又稱「地下刊物」，官方措辭是「非法出版物」）、自印個人詩集並相互寄贈的方式，構建閱讀與傳播空間。西川在〈民刊——中國詩歌小傳統〉中寫道：「《今天》的出版形式為中國詩歌寫作開了一個小傳統。從此一部分青年詩人們對贏得官方或國

家出版物的贊許失去了興趣。」[46]這種「失去了興趣」的意義在於：文學生產傳播方式及文學社會場域的殊異，會深刻影響到文學的內部建制、美學風貌。民間詩刊固然良莠不齊，傳播範圍也十分有限，但是，如果說當代中文小說或多或少是一種被規訓的寫作，那麼當代中文詩歌正是憑藉民刊的小傳統保持住了獨立甚至對抗的美學姿態。隨著市場全球化的衝擊，國內文學刊物又增添了一重控制勢力——市場體制，在「媚上」中日趨「媚俗」，連《收穫》都開始發表郭敬明之流的小說了。而民刊反市場的印製、發行模式又使其免於商品化的異化。1990 年代以來，比起作為奢侈品消費、投機的當代藝術和有著多盈利點的當代小說，詩歌因「無用」及其「抗體」幾乎杜絕了商品化的任何可能，它那從「地下」到「流亡」與「邊緣」的苦寒，也正是孤標傲世的幽香！

因此，自主自律地建構自身是現代詩（更是當代中文詩歌）的第一原則，這建構本身即是在對抗醜惡庸俗的社會現實的整合作用。多多在一篇訪談裡曾用「強烈的自轉」來形容這種自主自律的精神，他說：「你自轉一放慢，外界就侵入，你就納入公轉。」[47]正是基於高度的自治，現代抒情詩超越了西方古典詩學的「模仿說」以及中國實用主義的文學傳統，而被認為「表達了與現實不同的另一個世界之夢」[48]——阿多諾的這一說法並不特別，十八世紀以來已是許多人的共識。早在十五世紀末已有人將詩人與詩歌的關係類比於上帝和他創造的宇宙，以「第二自然」取代「自然之鏡」的比喻（差不多同一時期，明公安派標舉「性靈」，反對傳統實用主義詩觀）。詩人憑藉其想像力創造了一個不依賴於外部世界的世界，並邀請讀者從現實中暫時脫身，去成為另一個世界的居民。就像 A・C・布拉德雷 1910 年在〈為詩而詩〉的演講中所說的那樣：「詩的本質並非真實世界的一部分，或一個摹本，而是一個自身獨立、完整、自治的世界；要想充分掌握這個世界，你必須進入這個世界，遵守它的法則，暫時忘卻你在另一個世界中所有的那些信仰，目標和特殊條件……」[49]「另一個宇宙」的比喻從文藝復興時期開始，迄今仍然活力不衰，譬如埃爾德・奧爾森的抒情詩理論認為：

---

[46] 西川：〈民刊——中國詩歌小傳統〉，見《今日藝術》2001 年第 10 期。

[47] 多多：〈我的大學就是田野〉，見《多多詩選》，花城出版社 2005 年版，292 頁。

[48] 阿多諾：《文學筆記》第一輯，上海外語教育出版社 2009 年版，40 頁。

[49] A・C・布拉德雷：〈為詩而詩〉，轉引自 M・H・艾布拉姆斯：《鏡與燈》，中國社會科學出版社 1991 年版，453 頁。

在某種意義上，每首詩都是一個小小宇宙，一個由詩人提供其法則的分離的、獨立的宇宙。詩人的決定是絕對的，他可以任意決定事物的好與壞，偉大與渺小，強壯與羸弱；他可以使人的形象大於高山或小於原子，他可以將所有的城市懸於空中，他可以毀滅或重建造物；在他的宇宙裡，不可能的變成可能的，必然的變成偶然的——只要他願意的話。[50]

史蒂文斯會說「詩是最高的虛構」[51]；弗萊會認為這個由隱喻構成的「獨自的宇宙」，是一個介乎心理學的內在空間與物理學的客觀環境之間的特殊世界[52]。耀斯則指出「不同世界之夢」並非現代抒情詩獨有的特徵，而是古今抒情詩的共通之處。「模仿」、「實用主義」不過是對詩歌本質與功能的一種錯覺、誤認——即便是在此教條下寫作的古典詩歌，其抒情經驗也總是「超越日常和歷史生活的真實視域」。

「不同世界之夢」走到極端便是「為藝術而藝術」的觀念。這種觀念之所以受到譴責，是因為「它使純粹的、自足的藝術作品拜物化（fetishizing）了」[53]（張棗有些極度唯美的詩作便有此嫌疑）。而這會導致藝術被反動的政治勢力所利用，就像趙高遣人盜去的「宇宙鋒」寶劍一樣。說到底「為藝術而藝術」的意識形態本性，「並非取決於它在藝術與經驗生活間設定的那種斷然對立的關係，而是取決於這種對立關係的抽象性和柔順性。」[54]正是後者使唯美藝術在現實的暴力面前扮演了沉默者和順從者的角色。假設趙豔容僅僅懷著痛苦與憤怒回娘家閒居，而沒有〈金殿裝瘋〉的詩意孤獨的反抗，那麼她就像封建時代大多數女子一樣，僅僅是一種自外於社會現實的唯美存在。

在全球化的消費主義風潮中，唯美的藝術享樂主義傾向受到權力與資本的雙重肯定，進入本世紀以來大有愈演愈烈的趨勢。然而純粹的享樂主義絕非一種藝術精神，我們對美味佳肴的態度能證明這一點。中國是個博大精深的飲食帝國，

---

[50] 埃爾德・奧爾森：〈駛向拜占庭〉，轉引自《鏡與燈》，455 頁。

[51] 史蒂文斯：〈高調的基督教女信徒〉，見《史蒂文斯詩集》，西蒙、水琴譯，世界文化出版公司 1989 年版，21 頁。

[52] 參見諾斯羅普・弗萊：《神力的語言・導言》，社會科學文獻出版社 2004 年版，13 頁。

[53] 阿多諾：《美學理論》，四川人民出版社 1998 年版，389 頁。

[54] 《美學理論》，405 頁。

在我們「食不厭精、膾不厭細」的傳統中，有史詩般的滿漢全席，亦有絕句小令似的地方小吃，一方菜系養一方人，美食文化源遠流長。因此「味」很早就被引入文藝批評領域，以辛、酸、鹹、苦、甘五味通於五情。陸機《文賦》有「闕大羹之遺味」[55]；劉勰《文心雕龍》多次使用「遺味」、「餘味」、「滋味」、「精味」、「義味」的概念；《詩品》則把「味」放於更重要的位置，鍾嶸認為五言的形式之所以比四言更優越，皆因其有「滋味」，他批評永嘉詩風的理由是「理過其辭，淡乎寡味」[56]。清郎廷槐在〈師友詩傳錄〉中記錄了一段王士禎以美食縱論詩史的絕妙文字：

> 問：「昔人云：『辨乎味，始可以言詩。』敢問詩之味，從何以辨？」阮亭答：「詩有正味焉。太羹元酒，陶匏藟粟，詩三百篇是也；加籩折俎，九獻終筵，漢魏是也；庖丁鼓刀，易牙烹敦，煇薪揚芳，朵頤盡美，六朝諸人是也；再進而肴蒸鹽虎，前有橫吹，後有倩幣，賓主道饜，大禮已成，初、盛唐人是也……」[57]

與此相反的以藝術喻美食的說法更為常見。講究「色香味器形」的佳肴，有繪畫、雕刻之美，卻又多出嗅覺、味覺兩種「審美」。但是——無論我們如何以食喻詩或以藝術喻美食，無論一頓飯做得多麼美輪美奐、膾炙人口，多麼充分調動我們的感官，我們都絕不會認為它是真正的藝術品，因為它給予我們的只是純粹的享樂。

許多人誤以為羅蘭・巴特鼓勵藝術的烹飪享樂主義，殊不知他的「文之悅」是亦政治亦悅／醉的。他說：「文是（應該是）那狂放不羈者，他將臀部露給**政治之父**看。」[58]巴特的「醉」不僅是對現實政治的不直接介入，更是對作為「政治事實」和「意識形態的主要形象」的陳規套話、習慣語、流行語、固定不移的語言的決然拒斥。在權力庇護下被生產、傳播的話語經由社會機構的協同作用，順理成章地成為一種令人厭惡的語言俗套（在中國主要是所謂「新華體」），因此巴特的「醉」「悅」之文追求一種「新」與「例外」的語言。我們知道現當代中文詩歌

---

[55] 陸機著，張少康集釋：《文賦集釋》，人民文學出版社 2002 年版，183 頁。
[56] 鍾嶸著，曹旭集注：《詩品集注》，上海古籍出版社 1994 年版，24 頁。
[57] 引自丁福保編：《清詩話》上，上海古籍出版社 1978 年版，143 頁。
[58] 羅蘭・巴特：《文之悅》，上海人民出版社 2002 年版，64 頁。1980 年代初，多多在〈鱷魚市場〉中同樣寫道：「還敢用屁股／對準前面的世界／還敢把它稱為：抗議！」

通常被稱為新詩，以區別舊體詩詞，巴特對語言之新的價值肯定為這一命名提供了有力的支持：新詩不僅是對舊詩的革命，更重要的，它是對一切現實的權力話語、陳詞濫調的反動。

　　無論西方史詩之「史」，還是中國詩學開山綱領「詩言志」之「志」[59]，都說明詩歌是一種特殊形式的見證。中國古典小說在敘述中頻頻夾雜詩歌，自稱「有詩為證」，這種蒜酪可以理解為對詩歌見證功能的濫用。「為藝術而藝術」的危機在於，如果完全放棄見證──這一詩歌最古老的功能[60]，將自身封閉在與外界絕緣的位置上，那麼詩歌也會無所事事，一無作為，最終枯竭於自律。

　　拒絕藝術責任與異質契機會動搖詩歌存在的根基，而與此截然相反的「介入」同樣是危險的。詩歌是一種「緩慢的政治」（薩義德語），它只能通過微妙曲折的方式間接產生影響，潛移默化地改變人的意識，而介入式寫作卻錯誤地要求詩歌具有直接的社會功能。蕭開愚反對「獨抒性靈」的唯美主義和責任倫理意識淡薄的「青年藝術家風格」，於是他用斡旋實效、文以載道加以糾正，用心可謂良苦，卻有可能把詩歌變成一種說教，甚而降為工具，令詩歌有陷於他律之虞。阿多諾說過：「那種試圖擺脫拜物主義的困擾故而參與曖昧的政治介入的作品，會發現自身經常陷入虛假的社會意識的網路之中。」[61]純詩理想與藝術責任，當代中文詩人就是在這兩極間的動態結構中、兩難中，艱難地尋求著平衡。

　　毛澤東時代的抒情詩人多多，幾十年如一日強烈地自轉著，許多朦朧詩人的社會性名作隨著時間推移逐漸褪色，而他寫於 1970 年代初的作品至今令人讚嘆。他那些作為反抗的超現實主義作品，蘊含了最深刻的「現實世界性」，更難能可貴的是，他並沒有為此犧牲絲毫的詩歌主權。多多「強烈的自轉」首先體現於對詩藝的卓絕探索。

　　……梨子

　　全都懸掛成一線，果實離開枝頭的夜晚

　　　　　　　　　　　　　　　　　　　　　　　　──〈告別〉

---

[59] 「志」意涵豐富，其中一義指記錄。
[60] 義大利思想家阿岡本在〈奧斯維辛的殘餘〉中指出，詩歌的見證是不可能的，證言在其核心之處包含了一種本質的空白或空缺，幸存者所見證的只是見證的不可能性。但這是另一個話題。
[61] 《美學理論》，391 頁。

在這首送別詩中，「梨」傳遞出「離」的意味，尤其當「梨子」排成雁行時，就更加深了離情別緒。這是字音的詩意，多多另一首送別詩〈一刻〉呈現了字象的詩意：

> 我們望著，像瓦靜靜望著屋頂
>
> ⋯⋯
>
> 誰存在著，只是光不再顯示
>
> 誰離開了自己，只有一刻
>
> 誰說那一刻就是我們的一生
>
> 而此刻，蘇格蘭的雨聲
>
> 突然敲響了一隻盆——

「盆」是該詩最後一字，字象為上「分」下「皿」，「分」之離別意味在這首詩的語境下被凸顯出來。「蘇格蘭的雨聲」，此刻像莊子一樣，為緣起緣滅的宇宙之大道周行「鼓盆而歌」，這超脫的「雨聲」，暗示了離別的「突然」，並反寫出「我們」的無限傷懷。

多多詩歌的節奏感和音樂結構性令人印象深刻。一個詞、一個意象、一個記憶中的場景，均可構成主題片段性質的一小段旋律（如〈依舊是〉中的「依舊是」、〈小麥的光芒〉中的「小麥的光芒」），其寫作就是尋找恰當的節奏將此主題片段迴旋往復地發展成完整的樂章。〈四合院〉一詩堪稱音樂寫作的典範。「四合院」不僅是這首詩的主題，同時它也暗示了本詩的音樂結構。「四」：類似四合院的「三偏一正」，〈四合院〉採用「3＋1」的分行形式，共十組四十行；詩中還頻頻以四字短語為一個獨立節奏單元，計有十七處之多。「合院」有銜接合圍構成整體之意，陳東東在評論〈四合院〉時說：「選出的每一個詞，都被他開好了榫卯，相互間可以正好咬緊。」[62]陳東東沒說具體怎麼個榫接法，其實「榫卯」就是韻腳。〈四合院〉一詩被句讀、斷行分隔成六十二個或長或短的節奏單元，而這些節奏單元是由十個韻部參差錯綜地「咬合」在一起的，押得最多的兩個韻是齊韻和陽韻，分別為十七處和八處。舊體詩詞押韻有固定模式，〈四合院〉的韻法卻神出鬼沒，無規律可循，它既是向古詩的音樂形式致敬，又不放棄新詩的自由精神。

---

[62] 陳東東：〈多多的四合院〉，見詩生活網站《詩生活月刊》2001 年第 6 期。

　　四合院對老北京多多來說是現實性鄉愁的象徵；對詩人多多而言，則是漢字性的古典詩歌傳統之鄉愁的隱喻，因為每個方塊漢字都是一座微妙的四合院，每首古詩傑作也都是由四聲之精妙演奏構成的一座自足的四合院，然而「許多樂器／不在人間演奏已久」，正是在這個意義上我們才能真正理解本詩的最後一句：

　　　張望，又一次提高了圍牆

　　而我們更想探明究竟的是，多多的「純詩寫作」是如何蘊涵並反抗現實世界的。
　　抒情詩是自在自為的但又不是，它「脫離」社會的同時依然是一種社會實踐。它是「不同世界之夢」，但構築這個「夢」的材料卻主要來自現實世界。抒情詩不僅保留了它所超越的「這個世界」的某些真實視域，而且在「不同世界之夢」與「這個世界」之間創造了一種聯繫。我們從抒情詩的語言特性上可以認識到這一點。中國古典抒情詩主要有賦、比、興三種表現手法。賦是直陳此在，比是以此喻彼，興是由此及彼。從蕭開愚的「膏藥」、張棗的「鏡中」、馬驊的「秋月」、曹疏影的「誕生」、孟浪的「電燈」、多多的「盆」「四合院」，我們能認識到，詩歌語言往往是一種賦比興混一的語言，既直陳又比興，既表現又隱藏。賦具體而比興朦朧，因此好詩總給人一種具體而微妙，清晰又朦朧的感覺。當詩歌描述一個夢時，可能意味著某種現實經驗；當它描寫某個現實場景時，又可能隱喻了一個夢。詩歌總是言此意彼的，而現代詩往往言此意彼得過於極端，這造成了其意義的過度盈虧。
　　由於抒情詩在「不同世界之夢」與「這個世界」之間創造了一種聯繫，因此它可以不必通過充滿社會內容的方式取得社會性。譬如多多，「超現實主義」絲毫不妨礙他的詩歌具有「現實世界性」。阿多諾指出：「藝術將壓制性原則──即尚未挽救的世界狀況（Unheil──災禍）──予以內在化，而不只是擺出徒勞的抗議架勢。藝術識別和表現這種狀況，從而預想克服這種狀況。正是這一點，而非對這種未挽救狀態的照相機般的複現或那種虛假的幸福感，奠定了真實的現代藝術趨向陰暗的客觀性的地位。」[63]多多正是以此方式實現對抗性寫作的，他剝奪生活現實的外觀，拆毀現實要素，又將其塑造成某種別的東西，從而表達對現實的反抗，一種趙豔容「佯瘋」式的反抗。〈在這樣一種天氣裡來自天氣的任何意義都

───────────────

[63] 《美學理論》，34 頁。

沒有〉寫於 1992 年,「天氣」指 1990 年代初的政治氣候,我們從這個冗長的標題已能感覺到這「天氣」的極度沉悶壓抑,令人絕望。「在這樣一種天氣裡」,多多依然反對直接的政治介入寫作(「你不會站在天氣一邊」),依然要做「這天氣裡的一個間隙」,這小小的「間隙」未嘗不是「另一個宇宙」。與此同時這「天氣」也被「內在化」了,詩人寫道:「吸著它呼出來的,它便鑽入你的氣味」,這首詩的風格由此變得非常沉悶壓抑。

作為毛澤東時代最傑出的抒情詩人之一,多多的詩歌凸透鏡,深刻地折射出毛時代的「壓制性原則」:專制主義、鬥爭主義、理想主義……這些慘痛的現實要素已深深「鑽入」多多詩歌的「氣味」。

暴政的、專制主義的因素滲透於多多詩歌的字裡行間:「冬天的筆跡,從毀滅中長出」、「再也不准你死去」(〈通往父親的路〉);「當監獄把它的性格塞進一座城市」(〈里程〉);「整齊的音節在覆雪的曠野如履帶輾過」(〈墓碑〉),「覆」與「履」字形的相像,默默加強了比喻的修辭效果。像「只允許」、「鎖住的方向」這樣的題目,專制的氣味更是撲面而來。〈只允許〉一詩以命令的語氣頻頻寫道:「只允許有一個記憶」、「只允許有一個季節」、「只允許有一隻手」,最後——

> 只允許有一個人
> 教你死的人,已經死了
> 風,教你熟悉這個死亡
> 只允許有一種死亡
> 每一個字,是一隻撞碎頭的鳥
> 大海,從一隻跌破的瓦罐中繼續溢出……

那「一個人」指誰不言而喻。在我們這個有著漫長的專制傳統的國家,從來都是「只允許有一個人」——孤家寡人。那昭示自由的「風」,讓「你」覺醒到這個孤家寡人的「死亡」。接下來,我們看到詩人對專制的反抗也是「專制主義」的:「只允許有一種死亡」。那「鳥」——同樣意味著自由,「風」還只是看不見摸不著的理念、精神,「鳥」已是自由鮮活的生命——一樣的「字」組成的詩歌,無異於怒觸不周山的共工,它撞碎的頭顱與那封閉的「瓦罐」之「跌破」間,只允許有一種聯繫。請注意省略號的修辭作用。多多的詩多以破折號煞尾,他既要給出一個

形式上的結束，又要以此否定結束，提醒我們詩歌到此並未完結。現代詩常常採用片斷的形式，實屬不得已而為之，當一切慣例都被拋棄時，結束就變得困難和可疑。〈只允許〉結尾的「……」也有這種意味深長的不欲結束性，同時它也象形地模擬著點點滴滴的「溢出」。

多多對專制的反抗是一種以毒攻毒。〈走向冬天〉：「牛群，用憋住糞便的姿態抵制天穹的移動」，詩人以固執地保留現實醜惡因素的方式來反抗現實。多多詩裡有大量類似「糞便」、「撞碎頭」這種醜陋、殘酷的意象。這些意象可大致分為兩類：一類是被否定的「醜惡」，多多把殘暴的現實變成一系列噩夢，藉此醜惡的意象痛斥這個世界；另一類是被肯定的「惡之花」，不同於蕭開愚的儒家美學、張棗的道家美學、馬驊的淨化美學和曹疏影的慰藉美學，多多不可馴服的、強硬的醜之美學是一種拒絕更為人道態度的絕望反抗，這是文革造反派的激情，也是一種殘酷的現代寫者姿態。尼采指出現代藝術是一種「施暴政的藝術」，是「色彩、題材和欲望的蠻橫」[64]；加塞特稱之為「藝術的非人化」[65]；多多也說過：「詩品是非人的」[66]。這種極端主義詩學，這種「非人」的審美品質，最大限度地激發了「震驚」的閱讀感受。

多多的反抗不限於社會制度本身，還包括其他一切專制的事物、符號：

> 它們是自主的
> 互相爬到一起
> 對抗自身的意義

——〈字〉

他連字義的專制都要消解，詩句無疑會變得更加晦澀難懂。由字及詩，他的許多作品也是反主題的，有時直接以首句為題，如〈北方閒置的田野有一張犁讓我疼痛〉、〈當春天的靈車開過開採硫磺的流放地〉；有時以極難索解的一句話為題，如〈當我愛人走進一片紅霧避雨〉、〈什麼時候我知道鈴聲是綠色的〉。由詩及

---

[64] 〈作為藝術的強力意志〉，見《悲劇的誕生：尼采美學文選》，368 頁。
[65] 何塞・奧爾特加・伊・加塞特：〈藝術的非人化〉，見《激進的美學鋒芒》，中國人民大學出版社 2003 年版，135 頁。
[66] 多多：〈北京地下詩歌〉，見《多多詩選》，243 頁。

人，專制現實的「內在化」，使得多多對專制的反抗變成一種自我搏鬥，一種「自主的」「對抗自身的意義」的行為。

多多的好鬥也是拜其時代所賜。作為「鬥戰勝佛」的「偉大領袖」，既降妖除怪，又大鬧天宮，他將「以階級鬥爭為綱」、「與×鬥其樂無窮」、「殘酷鬥爭、無情打擊」等信條，狠狠地塞進了多多的詩歌性格。我們從多多的修辭暴力，從他的「北方之詩」、「嚴冬之詩」、「大海之詩」中，能夠感受到鬥爭的激烈與殘酷，正如其〈小麥的光芒〉所寫：「是詩行，就得再次炸開水壩」。對他而言詩歌就是一場無休止的肉搏。多多對讀者也絕不友善，讀他的詩就是置身於暴風雪或驚濤駭浪之中，最大的感受就是震驚；他試圖摧毀你的意志，或通過摧毀，激發你的意志，暴君如何對待人民，他就如何對待他的讀者。如果說蕭開愚的詩是商榷，張棗以寫作朝向心有靈犀的知音，那麼多多則期待強者與強者的殊死較量，而詩歌，就是戰書和戰場。

同專制因素一樣，多多詩歌的理想主義也是自反性的，既凝聚烏托邦精神，又以此解構理想主義意識形態。多多有一首詩，其標題「為了」完全就是羅蘭·巴特所說的「作為意識形態的主要形象」的習慣語。為了祖國、為了人民、為了共產主義……於是罪行有了冠冕堂皇的藉口，個人的自由與尊嚴有了被肆意剝奪的理由，還有人說這是為了你好。多多在這首元詩性的短詩中寫道：「為了骨頭在肉裡受氣／為了腳趾間游動的小魚」，這是一種非功利的不為了什麼的「為了」，因為詩之美正是一種無目的的目的性；同時「骨頭……氣」、「游動的小魚」也暗示，詩歌亦是為了**骨氣**和**自由**而作。接下來詩人寫道：

> 為了土地，在這雙腳下受了傷
> 為了它，要永無止境地鑄造里程

這「為了」是詩歌存在的根基。寫作，就是為了苦難的土地，「永無止境地鑄造里程」，一如屈原的〈離騷〉：「路曼曼其修遠兮……」多多沒用「歷程」而是用了「里程」一詞（他有首詩即名「里程」，他的第二部詩集也沿用了此名），強調了一種內在的精神之旅。[67]

---

[67] 簡化字中，公里之里與裡外之裡乃是同一個字。

〈鎖住的方向〉和〈鎖不住的方向〉是一對互文性的作品，寫出了兩種流亡文學的境界。〈鎖不住的方向〉結尾寫道：

> 當孕婦，用浮冰的姿態繼續漂流
> 漂流，是他們最後留下的詞
> 當你飛翔的臀部鎖住那鎖不住的方向
> 用赤裸的坦白供認長夜的流逝
> 他們留下的精子，是被水泥砌死的詞。

〈鎖住的方向〉：

> 當浮冰，用孕婦的姿態繼續漂流
> 渴望，是他們唯一留下的詞
> 當你飛翔的臀部打開了鎖不住的方向
> 用赤裸的肉體阻擋長夜的流逝
> 他們留下的詞，是穿透水泥的精子——

「你」和「他們」分別指代一名流亡作家和他創造的那些文學形象。「鎖住」與「鎖不住」的辯證法有點纏繞，那是因為「鎖住」有正負兩層含義：既指自律、專注，也有不自由的意思。多多顯然傾向於〈鎖住的方向〉的境界，我們從該詩中讀到了不可磨滅的理想主義精神：「渴望，是他們唯一留下的詞」，「飛翔的臀部打開了鎖不住的方向」（暴露給「政治之父」看的臀部，也是把不可能的飛翔變成可能的翅膀），「用赤裸的肉體阻擋長夜的流逝」（頗似魯迅「我以我血薦軒轅」的豪情）。這正是羅蘭·巴特所設想的另一種醉——使表面的非政治之物政治化[68]。造化弄人，曾幾何時在中國引發巨大災難的理想主義，在「唯物主義」的歷史進程中，尚未得到徹底反思便已飛快成為知識分子的文化鄉愁，以至於在今日之世界顯得如此珍稀。也許，惟有《現代漢語詞典》和朝向寫作之不可能的詩人，才不會將它拋棄。

多多這兩首詩的結尾又都是標點修辭。〈鎖不住的方向〉最後「是被水泥砌死的詞」，故以句號告終；而〈鎖住的方向〉「是穿透水泥的精子」，於是用了有著「穿

---

[68] 《文之悅》，54 頁。

透」及未完結意味的「──」。當流亡生涯被鎖定在詩內，人生就成了詞語之內的
航行，這航行是死死鉚在詩上的原地不動，和漫漫無期的語言的歷險、遠行：

　　但在詞語之內，航行
　　讓從未開始航行的人
　　永生──都不得歸來。

──多多〈歸來〉

「永生」意味著，那「永生都不得歸來」的詩人，將在詩歌中得到「永生」。

　　正如多多所寫的那樣，無論 1989 年之後是否遠赴異邦，當代中文先鋒詩人都
是別無選擇的流亡者。既漂泊於這個動盪的世界，又漂泊於茫茫太虛幻境。在現
代與傳統之間，在經驗與超驗之間，在存在與幻象之間，在凌駕於現實之上與沉
潛於現實深處之間，在絕望與希望之間，在拘囿與自由之間，在鄉愁與天馬無鄉
之間，在自我與他者之間，在見證與逍遙之間，在發憤與沉醉之間，在繾綣與決
絕之間，在生與死之間，在詞與物之間，所謂當代中文抒情詩，就是以「宇宙鋒」
的寫作反對《宇宙鋒》的世界──

　　我們的一生
　　就是桃花源和它的敵人。[69]

　　──

---

[69] 朱朱：〈小城〉。

時間的迷樓

敘事，在古漢語裡亦稱序事，最初指按照一定順序安排事物。《周禮・樂師》：「……掌其序事，治其樂政。」唐賈公彥疏云：「『掌其敘事』者，謂陳列樂器及作樂之次第，皆序之，使不錯謬。」[1]這裡的序事或敘事已包含了古老的結構意識。常常「緣事而發」的古樂府詩多以歌、行、曲、引、吟、謠來命題，如〈孤兒行〉、〈西洲曲〉、〈白頭吟〉。其中，「述事本末，先後有序」謂之引，多指向時間的流轉；而行是「步驟馳騁，疏而不滯」[2]，側重於人物在空間上的移轉。無論引還是行，其敘述序列基本是線性的，按照時間的自然順序推進的。這是中國古典敘事詩的一般特點。

中國古典敘事詩還有另一個顯著特徵：崇尚簡約。這既是詩歌本身的要求，也與中國的敘事傳統有關。這一傳統最早是在史學領域形成的，在史家看來，簡約最能體現敘事之美。唐劉知幾《史通》卷六「敘事」：「夫國史之美者，以敘事為工，而敘事之工者，以簡為主。簡之時義大矣哉……文約而事豐，此述作之尤美者也。」[3]中國發達的史傳文化的主流性，使得這一敘事風格深刻影響著包括敘事詩在內的其他敘述活動。

五四新文學運動最初進行白話敘事詩創作的詩人，是一批接收了西方現代意識的新型知識分子。在「平民文學」、「社會文學」、「寫實文學」等現代文學觀念的支配下，他們將目光投向普通民眾的現實生活，通過對「小人物」命運的關注，傳達新文學的人道主義及人性解放的理念，於是有著新的主題意蘊的「社會問題敘事詩」成為一時之潮。然而熱鬧風潮中的絕大多數作品，只能說是用粗陋的語

---

[1] 鄭玄注，賈公彥疏：《周禮注疏》，上海古籍出版社 2010 年版，867 頁。
[2] 這是徐師曾在《文體明辨》中對樂府命題的內涵規律所做的解釋。褚斌杰認為這樣的解說不一定完全符合原來命名的本意，他推測樂府詩「名稱不同，是與當時的樂調有密切關係；而曲譜既已不存，它們之間的區別就很難說清了」，見褚斌杰：《中國古代文體概論》，北京大學出版社 1990 年版，111 頁。
[3] 劉知幾著，浦起龍釋：《史通通釋》，上海古籍出版社 1982 年版，168 頁。

言完成的流水賬式的記錄。而馮至,不僅被魯迅譽為「中國最為傑出的抒情詩人」,其「敘事詩創作」也「堪稱獨步」(朱自清語)。尤其他那首〈寺門之前〉,八行一節,每節一韻,這種顯得單調刻板的節奏,符合敘述者「老僧」的口吻;而表面平靜、壓抑的詩行又跟一個驚人的故事及其強烈的魅惑構成敘述張力。老僧中年時一次行腳於荒村,遇見一具「半裸的女屍」。他「在無數的戰慄的中間」,「把她的全身慢慢都撫遍」。在老僧眼中,女屍臉似「華嚴」,「乳峰」是「須彌山」,他甚至還「枕在屍上邊,/享受著異樣的睡眠」。多年後,老僧蒼涼而深邃地問道:

> 這是我日夜的功課!
> 我的悲哀,我的歡樂!
> 什麼是佛法的無邊?
> 什麼是彼岸的樂國?
> 我不久死後焚為殘灰,
> 裡邊可會有舍利兩顆?
> 一顆是幻滅的蜃樓!
> 一顆是女屍的半裸!

1920 年代中後期,新月派詩人希望用敘事詩的形式,「來稱述華族民性的各相」[4],一種「國魂」美學意識的自覺,使得他們的作品迥異於同時期的「寫實」、「問題」敘事詩。這類敘事詩的代表作有聞一多的〈李白之死〉、朱湘的〈貓誥〉等。隨後二十餘年又相繼湧現左翼文學的「吶喊敘事」、抗戰期間的「民族史詩」以及俗化的「民謠敘事」等幾種現代敘事詩類型,只是其中大多數作品依然有事而無詩。倒是游離於時代潮流之外的穆旦,寫下了〈玫瑰的故事〉這樣的佳作。還有吳興華,他的〈柳毅和洞庭龍女〉將現代戲劇的對白體式與古典詩歌的意境和格律的變體結合在一起,創造出一種特別的敘述風格。

我們知道,敘事不僅包含事件在時間上的連續性,更重要的,還應具有因果關係上的鏈接性——羅蘭・巴特曾將敘述母題分為按因果鏈排列的「核心單元」,

---

[4] 羅念生編:《朱湘書信集》,上海書店 1983 年版,136 頁。

以及根據時間鏈排列的「催化單元」，而敘事的主要動力正是「後事」與「後果」的混淆，時間與邏輯的混淆[5]。因此，我們不會認為凡具有一定事件性的詩歌都稱得上敘事詩，更不會以此作為區分敘事詩與抒情詩的標誌。

安德魯・本尼特和尼古拉・羅伊爾以結局的意義作為觀察抒情詩與敘事作品之區別的一個角度。他們指出：「抒情詩看起來並不依賴於提供一個連貫性的結局：結局並不是所有問題都得到解決的最佳處所。」反之，一部敘事作品，「結局本身就是目的地……我們去讀一篇讓我們欲罷不能的小說就是去發現結局發生了什麼……敘事構成通向結局的方式，或一系列偏離結局的方式」[6]。不過，對於普通讀者，這一精闢見解並不是把握兩者區別的方便法門。

詹姆斯・費倫指出：抒情詩與敘事的區別，與其說與文本的特殊形式特徵相關，毋寧說相關於讀者對這些特徵的特殊反應方式。具體地說，敘事要求讀者判斷其人物，抒情詩要求讀者不要判斷其說話者。[7]這一不無漏洞的洞見，大致可以幫助我們識別一首詩的類型。拿《玉梯》所選的敘事詩來說，張棗的〈德國士兵雪曼斯基的死刑〉、朱朱的〈魯賓遜〉、柏樺的《水繪仙侶》都是一種第一人稱的獨白話語，這一點與抒情詩並無不同。區別在於，閱讀這些詩篇時我們首先要辨別其中的「我」究竟是誰，這是這類詩在讀者那裡激起的自然閱讀反應。一般說來這種辨認也非難事。譬如這幾首，在題目、副標題等的提示下，我們很容易判斷張棗那首詩的敘述者是「雪曼斯基」；〈魯賓遜〉中的「我」並非丹尼爾・笛福同名小說的主人公，而是一個被小夥伴們起了這一綽號的中國男孩；至於《水繪仙侶》，則是柏樺以明末清初文學家冒辟疆的口吻所寫的詩。

蕭開愚的〈春天的田野調查〉是一首形式頗為講究的敘事詩，除首尾兩句外，中間共十六節，每節十行，偶行押韻，節與節之間換韻。而這首敘事詩也是一出關於歷史與未來、老人與青年、城市與鄉村、現實與理想、學識與經驗、公理與私情、虛擬與真實的悲喜劇，一出探究「我」的獨幕劇。開篇寫道：

> 在蟲鳥中間，扯草悠閒，舍我其誰。

---

[5]　羅蘭・巴特：〈敘事結構分析導論〉，見《符號學歷險》，中國人民大學出版社 2008年版，120 頁。

[6]　安德魯・本尼特、尼古拉・羅伊爾：《關鍵詞：文學、批評與理論導論》，廣西師範大學出版社 2007 年版，55 頁。

[7]　詹姆斯・費倫：《作為修辭的敘事》，北京大學出版社 2005 年版，3 頁。

接下來該詩採用了輪流發言的對白體式，我們從中可知：對話的雙方，一個是豁達、勤勞而又自在的鄉間大爺，因「世代地主，敗得合家／嗚呼哀哉」，他卻認為「事關國家」「極端合理」，「財產散失我落得自在」（雖然多少年他「以本性提著驚弓」），現如今兒孫「又發了財，／又在少數這邊」，他卻以不變應萬變，依然故我；另一個是下鄉調研，向老人請教的小夥子：「我從北京來」，「我長在城裡，父母教書，我去美國，／學習賺錢，人生的道路走成彎彎」，他試圖「從自然、觀念和統計的三角」，「歸納／一個未來？一個重點？一個建瓴方案」。隨著對話的深入，我們發現小夥子關乎公理的「田野調查」，其實另有私情之「春天」：他正糾結於跟大爺孫女的網戀，希望在大爺的幫助下成就一段姻緣。

　　本詩是一首典型的「蘇格拉底對話」式的作品。這類作品主要有以下特點：一、該體裁形成的基礎，是蘇格拉底關於真理及人們對真理的思考都具有對話本質的這一見解，獨白的形式意味著已經掌握了現成的真理，與此相反，對話則暗示，真理不是在某個人的腦子裡，而是在共同尋求真理的人們之間誕生的；二、「蘇格拉底對話」有兩種基本手法：對照法和引發法，對照法是將不同觀點加以對比，引發法是用話語激發對方將模糊的意見形諸話語，使其昭彰；三、對話的主人公都是思想家；四、這一體裁還常常利用具體的情節場景，如柏拉圖〈蘇格拉底申辯〉中審判和等待宣布死刑的場景，決定了蘇格拉底語言的特殊性質，諸如此類的情境表現出一種傾向：通過創造一個特別的場景而使話語擺脫生活中常見的、陳陳相因的內容，迫使人們顯露出個性和思想深層的東西；五、「蘇格拉底對話」裡的思想，是同這思想的所有者的形象有機地結合在一起的，人物即思想形象，對話檢驗思想，同時檢驗代表這思想的人。[8]這些特點〈春天的田野調查〉全都具有，譬如就思想家主人公這一點而言，大爺是經驗型思想家，小夥子則是學者型的。此外，這首詩還帶有「蘇格拉底對話」的變體梅尼普體的一些風格特點，如鮮明的對照與矛盾，空想性和社會烏托邦的成分（詩中寫道：「空嘴像個概括，／像有滿腹智慧」），現實的政論性（這首詩同梅尼普體一樣，對當下的思想現實做出了尖銳的回應，接觸到了社會生活的一些新趨向，以及新的社會典型）。〈春天的田野調查〉還有諸如「我就逾矩，扯扯卵蛋，輕率輕率」的詩句，這種戲謔

---

[8]　巴赫金：〈陀思妥耶夫斯基詩學問題〉，見《巴赫金全集》第五卷，144～147 頁。

的、插科打諢的風格，更是它與梅尼普體的共同特徵，巴赫金在論述後者時說：
「鬧劇和插科打諢，打破了史詩和悲劇裡那種世界的完整性，在人們事業和事件
不可動搖的正常（體面）進程中打開了缺口，也使人們的行為擺脫開先有成法的
規範和因由。」[9]總之，〈春天的田野調查〉是一首不僅具有對話體式，而且蘊含
深刻對話精神的敘事詩，唯有深讀全詩，我們方能領悟開頭那通篇唯一一句敘述
語的深意。

　　「在蟲鳥中間」既寫實景，又別有隱喻，蟲爬而鳥飛，可喻底層卑微（或寡
欲簡樸）的生活境況和高邁逍遙的精神境界。「扯草」更是微言大義，這一意象在
詩中多次出現，屬於那種被對話借用的特別情節場景。它首先指農人芟薙雜草的
尋常勞作，但在「未來」、「重點」、「建瓴方案」的提示下，這勞作像它在杜甫〈除
草〉一詩中那樣，跟治國聯繫在了一起——〈除草〉末二句「芟薙不可闕，嫉惡
信如仇」，語本《左傳》「為國家者，見惡如農夫之務去草焉」；〈春天的田野調查〉
則有「貴人，我不便歇息。雜草長得快，／壞東西很快，寶貝兒就是快不起來」，
同樣以雜草喻惡。「扯」還有漫無邊際的閒談之意，本詩顯然是一次田間地頭的閒
聊。「草」亦指騷動不安（如《北齊書·高德政傳》「事出倉促，群情草草」），以
及憂愁的樣子（如《詩經·巷伯》「勞人草草」），本詩正是一個老農用閒談的方式
去平息、開導一名青年知識分子的騷動不安和維特的煩惱；「草」還有倉促、苟簡
義，本詩涉及的諸多重大問題並未深入展開，最後像所有閒談一樣草草收場。而
「舍我其誰」包含了「我其誰」的提問，這句詩之後，皆是置於引號內的直接引
語，並未標明說話者，我們需要不停地判斷每節的「我」究竟是大爺還是小夥子；
這對話也並非大爺說服小夥子的過程，而是各有名理、「案而不斷」的並置。不僅
如此，大爺也好，小夥子也好，歸根結底只是詩人蕭開愚的分身之術，是他面具
化抒情的自我辯論。在辯論中，他更傾向於大爺，小部分像小夥子，「案而不斷」
體現了他的深思、審慎、矛盾和困惑，原來詩中的「我」指向詩人本人——「舍
我其誰」。而這也表明，對「我」的發現，「不能靠消極的自我觀察，而只能靠對
自己採取積極的對話態度」[10]，甚至自我不僅是在對話中被發現的，還有可能是通
過對話被建構或虛構出的。

9　《巴赫金全集》第五卷，155 頁。
10　《巴赫金全集》第五卷，158 頁。

崇尚簡約之美的中國敘事傳統，更多地保留在像〈德國士兵雪曼斯基的死刑〉、〈魯賓遜〉這樣的當代敘事詩裡，而非現當代中文小說中。像古典敘事詩一樣，〈德國士兵雪曼斯基的死刑〉按照時間的自然進程講述了雪曼斯基的一生。這首八十一行的敘事詩，容納了那位以俄語為命運的德國士兵的出生、成長、戰爭、愛情、審判、死亡……這似乎是個長篇小說的規模，我們卻絲毫不覺得它潦草（其末尾部分的敘述甚至是以分鐘、以秒為單位的），這與一種「用晦」的手法有關。劉知幾如此描述這種服務於「簡」的手法：「然章句之言，有顯有晦。顯也者，繁詞縟說，理盡於篇中；晦也者，省字約文，事溢於句外。然則晦之將顯，優劣不同，較可知矣。夫能略小存大，舉重明輕，一言而巨細咸該，片語而洪纖靡漏，此皆用晦之道也。」[11] 張棗顯然深諳「省字約文，事溢於句外」的「用晦之道」，例如關於雪曼斯基的俄國情人將計就計，巧妙地向他刺探情報，導致德方暗堡被端掉的情節，張棗這樣寫道：

> ——告訴我，這句德語該怎麼說？
> 我答道，Ich liebe dich，卡佳！
> 　　　後來我們的暗堡飛了，
> 游擊隊，嘿，美麗的卡佳。

這「用晦之道」也是「烟雲模糊法」。那句德語並非什麼重要情報，而是「我愛你」的意思，也就是說雪曼斯基可能中了美人計，也可能只是和卡佳談情做愛，並未向後者泄露己方情報，甚至卡佳也未必是間諜，「暗堡飛了」其實與他倆無關。真相為何，不得而知，雪曼斯基卻為這段戀情付出了生命的代價，這就是命運深處謎一樣的「用晦之道」了。本詩由此實現了中國傳統敘事美學的至高境界——「文約而事豐」。

這首詩的敘述語言還有一個特點：意象敘事。這也是它與其他文類的敘事作品的不同之處。前面提到在雪曼斯基被處決前，敘事節奏是「爭分奪秒」的：

---

[11] 《史通通釋》，168 頁。

蜜拉婭，卡佳，我還有十分鐘，

黎明還有十分鐘，

秋天還有五分鐘，

我們還有兩分鐘⋯⋯

「黎明」、「秋天」模糊的時間性被死神精確了，壓縮了。這兩個意象是一種生命／世界的美好和對此的無限眷戀。敘事意象在這裡既擔負著敘事功能，又具有奇妙的抒情性，它們不僅增強了故事的感染力，甚而創造出一種獨立於故事之外的審美意義。

　　同〈德國士兵雪曼斯基的死刑〉類似，柏樺的《水繪仙侶》也大致是以自然時序，來敘述董小宛與「我」（冒辟疆）九年的婚姻生活。這部在形式上模仿了納博科夫《微暗的火》的作品，以時間——古典的中國時間，為第一主題。柏樺用一對神仙眷侶的生活為我們展示了烟雨江南般的「中國歲月裡的時間魅力」[12]，題目中的「水繪」指冒辟疆與董氏樓居的水繪園，亦雙關於時間主題。詩中，「壞的時候」總是確切的，「準時、恐怖並從不迷途」，如「甲申之變」、「整整一百五十天」、「1638 年 5 月 17 日深夜，夢示惡兆」、「1639 年 1 月 3 日」等；而那些美妙的中國時間卻是朦朧的，輕柔的，悠然的，漫漶的，讓人迷失的，比如「薄如蟬紗的西洋布退紅輕衫」般的「往昔」、「另一番良辰」、「水繪的永夜」、「晨昏不絕，光景悠悠」、「華貴的年華」、「繁華的中年」、「如夢的時刻」。這些美好的時間，「水繪」般無痕，又像「你用鮮花和水果做的甜點」；這種普魯斯特式的甜點在「我」的追憶中都化作了「光陰的淚珠」、「純粹的美學」。就這樣，柏樺用留白、寫意的傳統筆法，盡情地描「繪」這段美如「迷樓」的記憶。

　　所謂「迷樓」，就是由隋煬帝建造，宇文所安詮釋的那座銷魂的建築：「在迷宮裡，一個人總是想要走出去，在迷樓裡，這個人卻盡情享受留在裡面的經歷」[13]。一座「感情讓它變得複雜和深厚」[14]的迷樓，讓冒辟疆，也讓柏樺，享受著置身其

---

[12] 柏樺語。柏樺為《水繪仙侶》共做了九十九個注釋，計二十餘萬字，這句話見〈注釋 2〉，《水繪仙侶》，東方出版社 2008 年版，20 頁。

[13] 宇文所安：《迷樓》中文版序，三聯書店 2003 年版。

[14] 《水繪仙侶》，169 頁。

間的迷失。這九年的天上人間，無論其中有多少病痛、辛勞、流離、喪亂，它都是圓滿的，為此柏樺特意用九十九條注釋來減速、延宕、轉移、品味和說明（〈注釋84：九〉：「九九諧音久久……那就是功德圓滿了」[15]）。一方面，這九十九條注釋就是九十九則中國特有的詩話：隨談漫性，片言肯綮，獨具隻眼，卻不在自己的觀點上大作文章；另一方面，這些注釋又將一座「時間的迷樓」變成更加繁複的後現代建築：由各種蹤跡交織而成的網路，互文手法大量運用的「作品的記憶」的不定空間，遊戲主義，甚至其中的逸樂也在呼應羅蘭·巴特的文本享樂主義。某種意義上說，柏樺以評論為敘述，水繪般，將一首追憶之詩變得無限緩慢、惘然。

由於大量直接引語的使用而體現出的文本的「共生」現象，《水繪仙侶》具有吉拉爾·熱奈特所界定的那種互文性；而朱朱的〈清河縣〉雖派生自《金瓶梅》，後者卻並沒有直接出現在〈清河縣〉的文本中，因此可以說〈清河縣〉是以《金瓶梅》為藍本的一個承文本。

〈清河縣〉是對《金瓶梅》的戲擬，一種哈羅德·布魯姆所說的創造性誤讀，一次美妙的改寫，從中我們能看出朱朱對《金瓶梅》的複雜態度：欣賞、著迷、譏諷、批判、糾正。在他的重塑下，西門慶是個「頑童」；打虎英雄武松被還原成一個倍受情欲折磨的可憐人；王婆，卻又上升到集「龍捲風」（破壞力）與「門下的風」（卑下）於一身的我們民族的原型之一。〈清河縣〉是一組多人物獨白的敘事詩，它的特點是，每個人物的獨白既表現說話者的直接意向，同時也折射出作者的意向，這兩種聲音在獨白語體內構成了微型對話。例如〈頑童〉一章中西門慶說：「我是一個飽食而不知肉味的人，／我是佛經裡摸象的盲人。」而在〈武都頭〉中武松說道：「我被軟禁在／一件昨日神話的囚服中」，以及「人們喜愛謊言，／而我只搏殺過一頭老虎的投影」。這些詩句明顯滲透著作者的意識。在「對話」中，人物有了生命，甚至可以和作者比肩而立，而不像在原著中那樣，僅僅是任蘭陵笑笑生擺布的牽線木偶；在「對話」中，隨著人物的更新，故事也被改寫。

而一部一百多萬字的小說，是如何被改寫成區區六首詩的呢？朱朱的做法是選擇或虛構一些特殊的場景、情節，作為賦予原著人物新的可能性的舞臺，由此把原著變成本詩的附件，那些浩繁的情節不得不隨時待命，聽憑本詩的調遣。一

---

[15]　《水繪仙侶》，170 頁。

些「原子」的偏移，導致整個《金瓶梅》世界發生變化，這種牽一髮而動全身的藝術，可以歸入布魯姆誤讀理論六種修正比中的「克裡納門」（clinamen）。同時，這組「省字約文，事溢於外」的作品也激發讀者參與進來，去補充和想像。耐人尋味的是，獨白的人物中並沒有原著最重要的人物潘金蓮。作為整個敘事空出的中心，她是〈鄆哥，快跑〉的理由，她是西門慶希望「一腳把踏板踩空」的「絞刑台」，她是武大郎眼裡性感的「謎團」，她是折磨著武都頭的「一個巨大的誘惑」、「一鍋甜蜜的汁液」，當然她也是王婆的鄰居和乾女兒、陳經濟的岳母和情人。但她究竟是怎樣一個人？我們因朱朱的敘述而更加迷惑。

　　時間是敘事的關鍵。〈德國士兵雪曼斯基的死刑〉按照清晰的線性時間進行敘事，《水繪仙侶》也大體遵循時間的自然順序，卻不斷被注釋離析，明末清初那段私人時間不斷地被注釋中的各種時間所塗抹。而〈清河縣〉又有所不同。如果按照原著的時間先後順序來安排的話，〈洗窗〉應該是第一首，其次〈百寶箱〉，然後是〈武都頭〉、〈頑童〉、〈鄆哥，快跑〉，最後是〈威信〉。〈清河縣〉打亂了這個順序，給出一種無時間的結構，換言之，它「取消時間」，從而建立了這樣一個空間：清河縣──「一座吞噬不已的深淵」。朱朱的這種非時序的手法，主要是為了打破與時序密不可分的因果關係，把人物、事件從因果律中解放出來，讓那些超脫於時間框架的事件，因「孤立」而凸顯經驗的強度。沒有因果的推進，事件就是中性的；沒有時間的推進，事件就是靜態的，因此〈清河縣〉的敘事並非向前推進人物的性格發展，而是朝縱深挖掘人物的內心。

　　「首尾呼應，順逆隱見，疏密疾徐，乍離乍合，忽斷忽連」[16]，這是清人喬憶在〈劍溪說詩〉裡對古典敘事詩美學不無誇張的總結，而像〈清河縣〉這樣的作品，在朝向未來的同時又回到了這一「傳統」之中。

---

[16] 喬憶：〈劍溪說詩〉，見《清詩話續編》二，1092 頁。

蟠結

　　每個漢字都是一個小小的「獨立王國」，以音形義的統一而自成一體，穩定不變，又可平排側注、虛實吞吐地組合成辭章。中文這種「字篇兩立」的結構美學，在章回體小說、折子戲、散點透視的山水長卷、書法、篆刻、造園等諸多古典藝術形式裡均有體現，它意味著整體與部分之間並非是一種專制統治的關係。部分固然作為整體的一環，在整體中分享整體性，但部分並不聽命於某種嚴苛的邏輯上或數學上的剛性結構或決定論，它首先是自足的、獨自成立的，在公轉中保持自轉。如此說來，組詩簡直是一種「天然」具有中文性的詩體。

　　組詩是由若干首詩組合而成的詩組，一種兼顧個體與總體的詩歌創作體式。首先，組詩的基本單元並非欠缺完整性的「詩節」，而是一首首可以單獨成篇，一般均有題目的「子詩」，它們不曾為了整體而犧牲其獨立性；其次，這些子詩又形成了一個標有總題的統一體，我們往往可以從主題、風格或形式上確定這一點；最重要的，組詩作為整體絕不先於或脫離其子詩而存在，亦非各子詩的簡單集合，它是由相互聯繫的子詩按照一定的結構組織而成的，「通過成為一個整體的安排產生一種比純粹加在一起還要更多的東西」[1]。

　　因此一組詩作如果不具有被陳東東、楊煉稱為「形式的說服力」[2]、「磁場」[3]的總體結構，即使其子詩獨立，在題材、風格、形式上也體現出整體性，這組作品仍然算不上組詩。譬如李賀的〈馬詩二十三首〉，除了托馬言志這一點外，各詩再無內在聯繫，名以組詩並不合適，我們或許可以稱之為「詩群」。宋晉明禪師的〈牧牛圖頌〉（十首），依次為〈未牧第一〉、〈初調第二〉、〈受罰第三〉、〈回首第四〉、

---

[1]　沃爾夫岡・凱塞爾：《語言的藝術作品》，上海譯文出版社 1984 年版，225 頁。

[2]　陳東東、木朵：〈詩跟內心生活的水平等高〉，見民刊《新詩・陳東東專輯》，2004年總第 6 輯，209 頁。

[3]　楊煉：〈智力的空間〉，見其所著《鬼話・智力的空間》，上海文藝出版社 1998 年版，160 頁。

〈馴伏第五〉、〈無礙第六〉、〈任運第七〉、〈相忘第八〉、〈獨照第九〉、〈雙泯第十〉，不僅題材同一，內容上也循序漸進，形象地展示了悟道的完整過程，可謂典型的組詩。而在新詩中，同樣受到里爾克〈致俄耳甫斯的十四行詩〉的影響，馮至的《十四行集》並非組詩，張棗的〈跟茨維塔伊娃對話〉（十二首）卻是十四行組詩。儘管《十四行集》第一首敘述詩歌的緣起（「我們準備著深深地領受／那些意想不到的奇跡」），最後一首描寫創作的完成（「但願這些詩像一面風旗／把住一些把不住的事體」），然而整部詩集並不具備充分的結構性。與此不同，〈跟茨維塔伊娃對話〉虛構了一次「奇遇」（茨維塔伊娃曾寫過一部名為《奇遇》的五幕劇），我們從中能發現一個戲劇的情節結構：

第一幕（第一首）：陰陽兩隔的「我」和「你」（瑪琳娜‧茨維塔伊娃），竟然巧遇了，以「我向你兜售一隻繡花荷包」的蹊蹺方式。第二幕（第二至七首）：發展，兩人展開一番交流，話題涉及詩藝、流亡、鄉愁……在第七首中，「我」甚至就「你」的死跟「你」對話。第三幕（第八首）：高潮，點出「我」和「你」是「亦人亦鬼」的「倆知音」，也點出兩人分別：「經典的一幕正收場」，「你在你的名字裡失蹤」。第八首兩次出現「東方既白」，聯繫第二首的「我天天夢見萬古愁」，暗示這「奇遇」與「對話」原來發生於夢中（按照夢的邏輯，「我」當然可以既是兜售荷包的怪異小販，又是與「你」長談的中國詩人）。「談心的橘子蕩漾著言說的芬芳」進一步揭示了對話的非現實性（詩人不用「桔」這一俗字，似乎是徵用屈原〈橘頌〉的襯言式用典）。不朝向「外面」（詩中頻出的一個詞）的「談心」，是在「橘子」般封閉的內心世界裡展開的，這「言說」無形無影，似乎並不存在，但那香味般的意「味」卻無比真切、美妙。初到德國，張棗有過三個月不與人交談的經歷，但在內心深處，在夢裡、詩中，他卻有著如此傳奇的對話。第四幕（第九至十一首）：醒後的沉思、獨白，也是夢裡對話的延續。第五幕（第十二首）：尾聲，起始於「九月，果真會有一場告別？」，結束於另一個提問：

該怎樣說：「不」!?

請注意詩末的標點修辭。「『不』！」意味著一種阿多諾式的「否定的美學」，集權國家的詩人，用張棗組詩〈雲〉中的話說，乃是「背上刺著『不』的人」，「不」

是其安身立命的「護身符」[4]；而「『不』？」很可能指向濟慈提出的「否定的能力」，濟慈在 1817 年 12 月的一封信中用這一術語定義一種文學特質，「莎士比亞在很大程度上具有這種特質——我指的是否定的能力，即人類有能力處於一種不確定、神秘、懷疑狀態，卻不急於謀求事實和理性」[5]，這正是〈跟茨維塔伊娃對話〉追求的境界。對於一位潛心於純詩寫作的中國詩人而言，「不」的這兩種意味構成了內在的衝突與張力，對此張棗在〈廚師〉的結尾非常形象地寫道：

> 有兩聲「不」字奔走在時代的虛構中，
>
> 像兩個舌頭的小野獸，冒著熱氣
>
> 在冰封的河面，扭打成一團……

「不」同樣是茨維塔伊娃性格、命運的關鍵詞。從違背母親生兒子的意願降生開始，傲烈的茨維塔伊娃就一路說「不」：對母親希望她成為音樂家說不，初戀時用槍對自己說不，對「詩人車間」和其他詩歌團體說不，對白俄僑民界說不，對蘇共說不，直至「死的閉門羹」。「不」是茨維塔伊娃的悲劇，也是她對世界最寶貴的啟示。張棗之所以選擇跟茨維塔伊娃對話，首先因為兩人同為集權國家的抒情詩人，而張棗的旅居地德國，也是茨維塔伊娃流亡生涯的起點，兩人的命運在此「奇遇」。張棗以茨維塔伊娃為榜樣和路標，兩人有分歧（「一左一右」），卻同病相憐於漂泊的「萬古愁」；他認同她的詩歌觀念（「詩如手藝」），也認為她瞭解他（這組詩的題記是茨維塔伊娃傳記裡的一句話：「他是個中國人，他有點慢」），在這個意義上他覺得他們是「倆知音」。於是張棗以脫胎於「蘇格拉底對話」的「與死者對話」的形式，以茨維塔伊娃慣用的「致××」的方式，寫下了這組「名叫不可能的可能」的對話之詩。

結構既然是組詩得以成立的必要條件，那麼閱讀組詩的關鍵就在於讀出制定全形的結構。我們可以借鑑中國園林的觀賞方式，或弗萊「向後站」的方法，來完成這種「降龍」式的閱讀。

---

[4] 在〈護身符〉一詩中，張棗寫道：「『不』這個詞，馱走了你的肉體／『不』這個護身符，左右開弓」。

[5] 轉引自 M・H・艾布拉姆斯：《文學術語詞典》，北京大學出版社 2009 年版，349 頁。

　　遊覽中國園林，恰當的方式是將「靜觀」（駐足觀賞）與「動觀」（參照、流連觀賞）結合起來，閱讀組詩也應如此。你首先應靜觀，聚焦於組詩中的每首子詩，這每一首的獨立性、完整性需要你給予目不斜視、心無旁騖的觀照；同時這些子詩又有著相互接續、對比、呼應的聯繫性，這就要求你用動觀的方式來把握了；最後，你還得回到靜觀，站在某個制高點上鳥瞰整部作品。而弗萊以觀畫為喻的「向後站」的方法是，你可以在細讀的基礎上退後一點距離，以便更清楚地看到構圖；再往後退一點，你可以更好地把握整體的佈局；如果再拉開一些距離，就有可能看到作品的原型結構。[6]而對結構的深刻把握，又會成為進一步解讀的基礎，「積小以明大，而又舉大以貫小；推末以至本，而又探本以窮末；交互往復，庶幾乎義解圓足而免於偏枯」[7]，錢鍾書或伽達默爾的「闡釋之循環」的方法，用於組詩閱讀無疑更見其效。

　　指事、會意、形聲等古老的造字法，不僅決定了漢字象與義的型構，甚而也是中文詩的一種原型性的結構原理。譬如講究意象微妙、音韻生動的古典詩詞，整體上可以認為是一種**形聲結構**。楊煉的〈同心圓〉第五部，則是一種「會意」的寫法。所謂會意，是將已知其意的獨體字會合在一起，來表示一個未知的涵義。〈同心圓〉第五部分為〈言〉、〈土〉、〈寸〉三章，楊煉通過對「詩」之三「部件」的書寫，引人會意於「詩」（「詩」本身則是形聲字）。我們同樣可以用造字法的結構模式來考察顧城的〈鬼進城〉。

　　「城」是顧城的名字，亦指北京城。顧城曾如此描述六四之後他在新西蘭激流島上的生活：「我在那兒睜開眼睛就是一重重山，一重重海，就是樹、草、石頭這些最簡單的東西，也許用十五個詞就可以把周圍的一切說盡了。可是我一閉上眼睛，就站到了北京的街上。這時我的現實生活好像是夢，而我的夢卻是我銘心刻骨的現實生活。就是醒在夢裡，睡入現實。」[8]於是顧城寫兩類詩，一類是「醒在夢裡」的，傾心如水的「天真之歌」，這些詩輕靈明朗，蘊涵禪意，遠離中國，他反而更深地體悟到東方的境界和意趣；另一類是〈城〉、〈鬼進城〉這樣夢進中

---

[6] 參見諾斯羅普‧弗萊：《批評的解剖》，百花文藝出版社 2006 年版，198 頁。
[7] 錢鍾書：《管錐編》，中華書局 1979 年版，171 頁。
[8] 顧城：〈神明留下的足迹〉，見《顧城文選》，北方文藝出版社 2005 年版，312 頁。

國的「哀郢」之作。夢裡詩中,他以死人或鬼魂的方式返鄉,那些陰森恐怖、詭秘怪誕的經歷和感受,他稱為「幽靈式的現實」,「完全是我個人的一種陰魂式的對那樣事情的回憶」[9]。

〈鬼進城〉題記:「○點的鬼,/走路非常小心,/他害怕摔跟頭,/變成了人」,就是顧城清清楚楚夢見的一句話[10];該組詩由以「星期一」至「星期日」命名的七首詩再加一首〈清明時節〉組成。〈星期一〉交代了鬼的特徵:「鬼是一些好人」,像當代中文先鋒詩人一樣「在**地下**游泳」(通「詠」),自稱「老玫瑰」(「玫」中有「反文」,「瑰」中有「鬼」,玫瑰又是一種帶刺之美;且「老玫瑰」似乎以諧音暗指倒黴鬼[11]),行走在「燈影朦朧」的回家路上。「一路吹風」,「一陣風吹得霧氣**翻滾**」暗示「風」波的到來。〈星期二〉至〈星期六〉是對六四事件的極端書寫。

〈星期二〉是學潮初期,出現了兩個意味深長的意象:「風箏」與「大紅魚」。「風」,自由;「箏」,通爭取之爭。學運從「一隻嬉笑的風箏」發展為「滿走廊嘻嘻哈哈的風箏」,這一階段大學生們顯得過於輕鬆、樂觀。「大紅魚」有幾個特點:倒錯(有兩行詩必須交錯讀)、內藏恐怖(「蠑螈浸在水裡」)、「生病」、與民眾對立(「大紅魚對他……」),以及「慢慢打」。

〈星期三〉用老北京常見的爆米花的景象,來描寫六四這一因高壓統治而爆發的民眾事件,詩中寫道:「到處爆發了遊行」(即〈星期六〉中的「玉米花革命」)。同時,爆米花也被用來表現當局的「平暴」:

> 踩了自己的影子「砰」
>
>   的一下
>
> 鬼發現自己破了個大洞
>
> 米花直往下流
>
> ……
>
> 「砰」的一下　人也破了個大洞
>
>   歌聲直往上湧

---

[9]　顧城:〈從自我到自然〉,見《顧城文選》,113 頁。

[10]　《顧城文選》,113 頁。

[11]　這是顧城慣用的手法。〈城・象來街〉:「關老爺明心明德/不殺死人」,他在〈關於《城》的兩封信〉中解釋說,「關老爺」諧音官老爺。見《顧城文選》,321 頁。

我們知道，爆米花總是隨著「砰」的一聲，從一個破洞流瀉出米花；而一架政治爆米花機製造的兩個破洞，一個指向巨大的心理創傷，另一個指向死難者。因此當詩人說「米花直往下流」，我們一定會在最通常意義上來理解「下流」的涵義。〈星期三〉結束於「四面八方扔瓶子」，這是那年夏天民眾表達對某位領導人強烈不滿的一種方式。在此語境下，「砰」就不僅是象聲詞，還暗含了對鐵「石」心腸之「平」的譴責。

〈星期四〉寫到了中國的政治書法藝術：圈閱批示的詩學。首先是粉飾太平，用詩中的話說：「圓珠筆／繞花」（圓滑主義當然選擇圓珠筆）；其次是殘酷的決定：

> 圓珠筆繞過一些成人
> 把他們纏住　滾一個球
> 把他們吃掉

第三是篡改真相——「她改名不留痕跡」。

〈星期五〉中的「枰」是〈星期三〉「砰」的「變形記」。作為當局者，「他越來越凶」，「他不敢問自己是不是倒了」，「他怎麼走都沒希望了」。是的，在這個「北方棋局」，「他怎麼走都沒希望了」，不是倒臺，就是背負歷史的罵名。

〈星期六〉：「一大堆兵在地上送禮」——先禮後兵？「花兒為什麼這樣　紅」——流血使然？這首詩漫畫了「玉米花革命」的結局：

> 第二：學生拿板凳　往天上
> 　扔　　不是這麼扔
> 要三個人踩板凳往天上扔繩子
> 　扔好了　　才算風箏

「板」中有「反」；「凳」諧音「鄧」；「三個人」，即眾（众）人；「踩板凳往天上扔繩子」有上吊的意味，這時的「風箏」已是以死來爭取自由。

〈星期一〉寫鬼遊走在回家路上，到〈星期日〉（似乎）終於回到家了，看到了玻璃板下的舊照片（象徵死亡）；但鬼（似乎）已無家可歸，其視野依然是〈星期一〉那樣「燈影朦朧」的路上景象。這個倒霉鬼，因家破人亡而無家可歸。然

而這組詩並未就此結束，它是以一首〈清明時節〉煞尾的。〈清明時節〉的結構意義有二：一是進一步完成；二是以「指事」的方式深化主題。

從〈星期一〉到〈星期日〉構成一個完整的歷險過程，〈清明時節〉則是這一歷險的尾聲。〈星期一〉時，「鬼」──

> 那麼高的在水邊站著

暗用了屈原〈哀郢〉的典故：

> 羌靈魂之欲歸兮，何須臾而忘返。
> 背夏浦而西思兮，哀故都之日遠。
> 登大墳以遠望兮，聊以舒吾憂心。

「墳」即水邊高處。而〈清明時節〉結束於「鬼只在跳臺上栽跟斗」，也就是說，鬼先是站在「那麼高的」水邊的「跳臺上」（六四事件發生時顧城已在新西蘭，因此他才會寫到這種高高掛起、遠望當歸的景象），然後主動「栽跟斗」，跳進「地下」「潛泳」，從而引出一段恐怖詭秘的「六四之旅」。我們恍然明白，〈清明時節〉裡的「跳臺」，原來是「作為終點的始發站」（陳東東語），鬼將由此又輪迴到〈星期一〉，這就是本詩題記採用輪迴狀的「〇點」（而非「零點」）的深意。啊，這個西西弗式的，永遠走在回家路上的無家可歸的倒黴鬼！而這也表明，這組詩真的結束了──以無限循環的方式。沃爾夫岡・凱塞爾說：「一個完備的整體，一個真正的詩組，只能在這種情況之下產生，那就是詩的次序適合於一個時間次序，同時這個時間次序達到一個終點。我們很容易認識，隨同著這樣一個在時間中行動的過程，一個史詩的元素擠進了抒情詩之中。」[12]也許凱塞爾的觀點有些偏狹，但評價〈鬼進城〉這類組詩還是貼切的。

《說文解字・敘》：「指事者，視而可識，察而見意。」作為造字法，它是指在象形文的基礎上加注指點符號從而造成一個新字。如果說〈星期一〉至〈星期日〉是象形文的話，〈清明時節〉就是畫龍點睛的指點符號。首先標題「清明時節」就是一個指點，它是祭奠死者的鬼節，宋高啟有首描寫清明節的詩可以參照閱讀：

---

[12] 《語言的藝術作品》，226 頁。

滿衣血淚與塵埃，亂後還鄉亦可哀。

風雨梨花寒食過，幾家墳上子孫來？

──〈送陳秀才還沙上省墓〉

其次，〈清明時節〉中的「鬼不想仰泳」，「鬼潛泳」，也是指點。「仰泳」喻浮在事件表面的政治小品文的方式，「潛泳」則指向一種深邃的，「幽靈式的現實」的詩歌寫作。第三，全詩最後一句：「結論／鬼只在跳臺上栽跟斗」更是指事。題記是鬼怕「摔跟頭」；〈星期一〉鬼在地下游泳，「翻跟斗」；而到了〈清明時節〉則是「栽跟斗」。這三個詞大有說道。在談論〈鬼進城〉時顧城曾說：「我該恨的恨，該鬧的鬧，革命還要參加，政治我是不參加的，因為政治討厭，不是真情。」[13]無論題記的鬼「害怕摔跟頭，／變成了人」，還是〈清明時節〉「鬼不想摔跟頭」、「鬼不變人」，都旨在表明鬼要與人的政治參與方式劃清界限。然而對於成長於文革，喜愛孫悟空，並寫過孫悟空式的「布林」的顧城來說，「該鬧的鬧，革命還要參加」，他「栽跟斗」後還要「翻跟斗」──這就是不同於「摔跟頭」的「鬥」[14]之意味，一種詩意孤獨的反抗。

艾略特在〈詩的音樂性〉中說：「我相信在音樂的各種特點中和詩人關係最密切的是節奏感和結構感。」他進一步指出詩歌「可能會出現這樣的過渡，它與交響樂或四重奏中的樂章發展相似」[15]。艾略特的〈四個四重奏〉就是模仿了貝多芬晚期四重奏的藝術形式，而〈四個四重奏〉又對楊煉〈大海停止之處〉的寫作構成啟示。譬如楊煉的「停止」，頗有艾略特那首詩中「靜點」的意味：

在旋轉的世界的靜點，既無眾生也無非眾生；

既無來也無去；在靜點上，那裡是舞蹈，

不停止也不移動。別稱它是固定，

……

既不上升也不下降。除了這一點，這個靜點，

---

13 〈從自我到自然〉，見《顧城文選》，113 頁。
14 大陸的簡體字中，鬥簡化為斗。
15 《艾略特詩學文集》，187 頁。

只有這種舞蹈，別無其他的舞蹈。

我只能說，我們到過那裡，說不上是什麼地方。

——〈四個四重奏‧燒毀的諾頓〉[16]

而〈四個四重奏〉中「永久地在其靜止中運動」的「中國花瓶」，也反向對稱於楊煉的「大海」。當然，楊煉對古老東方靜與動的辯證法應有更多的切身體會。除了道家思想，楊煉的「停止」也融入佛教「止觀」的因素。止，為禪定異名，包括有所止和無所止。小乘禪觀偏向有所止，即有止的對象；而無所止是通過特定方法直接契入空性並將心安駐於此。觀，包含觀照、觀想、觀修幾個層面。楊煉的「停止」既有有所止的一面（大海），更是無所止。「大海停止之處」，用杜夫海納的話說，「這是存在於審美對象的現實之內的非現實」[17]。

與〈四個四重奏〉類似，〈大海停止之處〉結構的靈感同樣來自音樂，四首同題詩組成了交響樂的四個樂章。

藍總是更高的　當你的厭倦選中了
海　當一個人以眺望迫使海
倍加荒涼

這是全詩的開篇，像交響樂第一樂章的慢速序奏一樣，概括了整部作品的基本形象。

停止
這是從岸邊眺望自己出海之處

這是全詩的結句，類似交響樂第四樂章具有肯定性質的高潮／尾聲。四首〈大海停止之處〉的同題詩，每首都由三小節構成（第一、三節呼應，第二節「離題」），模仿奏鳴曲式的呈示部、展開部（自由幻想部）和再現部。「××與被××……」句式的重複，以及每一樂章相同的尾詞「之處」，造成一種音樂式的迴旋效果。當然它們的意義不止於此。

---

16 張子清譯，見《Ｔ‧Ｓ‧艾略特詩選》，四川文藝出版社 1992 年版，50～51 頁。
17 《審美經驗現象學》，454 頁。

反覆有突出和強調的作用，在「××與被××……」句式的反覆運用中，「被」字是如此怵目驚心。文革，六四，五年的海外漂泊，對於楊煉，「被」時刻指向一種慘痛的中國經驗，又匯入古今不變的「無人稱」的處境。司馬遷在〈報任安書〉中寫道：「蓋文王拘而演《周易》；仲尼厄而作《春秋》；屈原放逐，乃賦〈離騷〉；左丘失明，厥有《國語》；孫子臏腳，《兵法》修列……」[18]而楊煉「被」的詩學，同樣意味著越被動越無選擇的生命處境，越有可能換取精神的自由創造。這也是「行到水窮處，坐看雲起時」的另一番深意吧。

雅克布森斷言：「詩歌組織的實質在於周期性的重現。」[19]我們知道《神曲》三部均以「群星」煞尾，同樣的，四首〈大海停止之處〉也是止於「之處」，一種「無處之處」：「正無盡地返回隔夜壞死之處」、「停止在一場暴風雨不可能停止之處」、「在鏡子虛構的結局漫延無邊之處」、「這是從岸邊眺望自己出海之處」——「四處」又匯於一處：「這個比懸崖更像盡頭」的「獨處懸崖的人」。被拋擲於天涯海角的絕處，他反而獲得了對稱於大海的內在廣闊性。被孤獨實現的廣闊性，用加斯東‧巴什拉的話說，「是靜止的人的運動」[20]。於是一個中文詩人的環球漂泊，轉化為溝通古今一切流亡者宿命的內在歷程；於是一個被黑格爾認為「和海不發生積極關係」[21]的民族的一名詩人，讓大海停進一部詩中。

既然「四處」可以匯於一處，「四時」當然也能濃縮進此刻。曹操的〈觀滄海〉有云：「日月之行，若出其中。」好一個「若」字，這種隱約貫穿的時間性也是〈大海停止之處〉的脈絡：時間，沒有被取消，而是化作了詩歌幻象空間的內在層次。

我注意到，四季（四時）是〈大海停止之處〉的一個結構性因素。第一樂章寫道：「恨　團結了初春的灰燼」，「使死亡　代表一個春天扮演了／偶然的仇敵」；第二樂章：「小教堂的尖頂被夾進每個八月的這一夜／死亡課上必讀的暴風雨」，這是夏季，「八月的這一夜」指八月八日，與北京奧運無關，那是楊煉去國的紀念日；第三樂章：「唯一被豐收的石頭」——秋天的意象；第四樂章：「灌木　引申冬天的提問」。第四樂章最後一小節這樣總結道：

18　司馬遷：〈報任安書〉，見《古文觀止》，廣西民族出版社 1996 年版，290 頁。
19　轉引自《文學學導論》，326 頁。
20　加斯東‧巴什拉：《空間的詩學》，上海譯文出版社 2009 年版，201 頁。
21　黑格爾：「就算他們自己也是以海為界——像中國便是一個例子。在他們看來，海只是陸地的中斷，陸地的天限；他們和海不發生積極的關係。」見其所著《歷史哲學》，上海三聯書店 1956 年版，135 頁。

> 孩子被四季烘烤的杏仁
>
> 成為每個
>
>   想像 被看到否定的
>
>   被毀滅鼓舞的
>
> 石榴 裹緊藍色鈣化的顆粒

請留意「四季」，以及宛如此刻的「顆粒」。作為該詩的主題之一，黑洞般吸收了所有過去光線的「現在」，也是一種永無可能抵達的「大海停止之處」：「現在是最遙遠的」，「現在裡沒有時間」。

〈大海停止之處〉中那條精確的從悉尼大學回家的路，恰是無家可歸的象徵；以無根為根的漂泊，作為一門殘酷而深奧的學問，就這樣被一首詩所闡發。這闡發有著楊煉一向追求的深度之美，用杜夫海納的話說：「它之所以深，是由於它的形式的完美，由於它同一個生命對象一樣所體現的內在合目的性，而且也由於它在一個世界放射和傳播的意義光暈。」[22]

陳東東的〈流水〉，把高山流水的故事和音樂主題置入古琴曲《流水》的結構框架，並摹用和發揮了古琴文字譜的語言方式。全詩因這種內容、結構、形式、風格的協調而體現出一種真正音樂的說服力，一種建築結構的意志，正如他在〈流水‧Ⅰ引起〉中所寫的那樣：「流水又以它物理的規則被天然地奏出了」[23]。與〈流水〉不同，他的另一首組詩〈解禁書〉是一部具有自傳性（或如陳東東所言，一種「本人的抽象」）的作品。詩中的兩座「迴樓」，一座的原型是詩人在其中工作了十三年的位於上海外灘的建築，另一座指向拘押過他的監獄。關於後一段經歷，他在一篇訪談中說：「實際上，對於我們，寫作就意味著你有了麻煩，有關部門會適時地在你的寫作路程上挖好一個醜陋的洞，我想我那時（被！）掉了進去。」[24]又是「被」的詩學。名為〈解禁書〉，解禁二字均有多重涵義。最直接的意指是解

---

[22] 《審美經驗現象學》，452 頁。

[23] 陳東東：〈流水〉，見《短篇‧流水》，解放軍文藝出版社 2000 年版，112 頁。著重號為筆者所加。

[24] 陳東東、蔡逍：〈它們只是詩歌，現代漢語的詩歌……〉，見《新詩‧陳東東專輯》，157 頁。

除監禁，恢復自由。其次，它有解決禁忌之意。和當代那些曾身陷囹圄卻對這段經歷保持緘默的詩人不同，陳東東認為：「要是我的詩藝並不能處理那些令人憎厭的經驗，我也就不必繼續我的詩歌寫作了。」[25]這勢必對他以往秉持的詩歌觀念構成某種解禁。第三，解禁還有解剖乃至解構禁閾的意思。

〈解禁書〉是一首超級對話之詩，互文於但丁的《神曲》。鑑於它與《神曲》之間那種緊密的「非評論性攀附關係」（熱奈特語），我們稱它為後者的一個承文本。它是陳東東跟但丁就《神曲》簽署的一份潛在的暗示類合同，我們可以據此把握〈解禁書〉的結構。

〈解禁書〉的承文本性是《尤利西斯》式的，即「按照人間的方向來移動神話的位置，可是有別於『現實主義』之處，在於它還按理想化的方向規定內容的固定程式」[26]，因此它的結構也就存在於固定模式和對此的改造之中。作為固定模式之一，〈解禁書〉的人物跟《神曲》的主要人物有著似是而非、意味深長的對應關係：「我」（「你」）──但丁，「為你親啟七把禁鎖」的「看管」──維吉爾，「電梯女司機」（「旅行的夥伴」）──俾特麗采；此外《神曲》寫到的奧德修、伊卡洛斯等神話人物，在〈解禁書〉中也都出現了。《神曲》以「三界」的宇宙模型結構全詩，〈解禁書〉也是如此，詩裡的外灘迴樓、監獄迴樓和飛機場，分別有煉獄、地獄和天堂的意味。不過陳東東借用《神曲》的結構時做了一些因地制宜的調整，這使得〈解禁書〉主人公的歷程看上去要比但丁線性上升的「神游」曲折一些。

〈解禁書〉由〈映照〉、〈迴樓〉、〈自畫像〉、〈正午〉、〈起飛作為儀式〉等五首詩「環環相扣」而成，一如詩中提到的「連環套」。〈映照〉第一句「……自一萬重烏雲最高處疾落」，使我們想到〈地獄〉第三十四篇「好比一塊烏雲疾落，或是黑夜下臨大地的時候」[27]；緊接著，載下種種詭異新事物的「超音速升降器」，似乎也在呼應〈地獄〉同一篇中的撒旦之翼。〈地獄〉第三十四篇描寫了但丁出地獄的情景，下一篇就過渡到〈煉獄〉了，〈映照〉應和了這一點。作為煉獄山的外灘迴樓隨後在新與舊、未來與過去的相互映照中出現了：

---

[25] 陳東東、桑克：〈既然它帶來歡樂……〉，見《新詩·陳東東專輯》，184 頁。
[26] 《批評的解剖》，193 頁。
[27] 但丁：《神曲》，王維克譯，人民文學出版社 1997 年版，151 頁。

> 迴樓跟未來隔江相望。當那邊一朵
>
> 莫須有飛降，此地，
>
> 曙光裡，風韻被稀釋的電梯女司機
>
> 努力向上，送我去
>
> 摘星辰，攀過了七重天，在樓頂平臺那
>
> 冷卻塔樂園裡

這是詩人處理他的上海經驗時，「把真相愉快地偽裝成幻象」的「（超）現實主義」，同時也是對《神曲》的七層煉獄山、山頂的「地上樂園」的戲仿。在這裡，舊迴樓的煉獄山受到偽天堂和準地獄（監獄迴樓）的雙向映照：「摩登摩天」的「玻璃幕大廈」宛如〈天堂〉第二十一篇真正七重天的「繞著世界旋轉的晶體」；而偽天堂的「攝取」，又會使「我」顯露獄中「習慣性的放風姿態」。當「我」在「煉獄山巔」的「寫作的烏托邦」坐定，「一個洞呼嘯……」，這是陳東東在訪談中提到的那個「洞」，也是地獄／監獄的隱喻（《神曲》稱地獄為「世界最深的洞窟」）。〈映照〉敘述了「我」從「地獄」到「煉獄山」並攀至其巔的歷程，而那個「洞」提示我們，下一段旅行與天堂無關。

　　〈迴樓〉在情節上沒有繼續發展，它只是一支插曲或一則注釋，對〈映照〉之迴樓詳加說明。這座形如「回」字的大樓彷彿一座復古主義的全景敞式監獄，抑或蘊涵性感歷史幻象的迷樓。「門楣沉重的石頭花飾」、「大理石天井」的寫實性描寫，也在呼應但丁筆下「白色的大理石，上面有精妙的雕刻」[28]的煉獄山；而那個使迴樓性別模糊的「內陰莖廣場」，在但丁對「陰陽同體」的批判的提醒下，我們當能意識到保守、封閉、刻板的迴樓那「荒淫得像禽獸一般」[29]的另一面。河水的流變顯示時代的變遷，當「蘇州河、黃浦江日益發臭、變黑和高漲」（如同地獄裡那條「可詛咒的青黑色的河[30]」），「探出堤壩」的是「赤楊樹梢、孤黃的路燈和有軌電車翹起的辮子」。這就是春秋筆法了，不言而喻的「赤」，作為舶來品的「楊」（通「洋」）意識形態，極權的「孤」，荒淫的「黃」，瀕死（「翹起的辮子」）的專制的

28　《神曲》，203 頁。

29　《神曲》，286 頁。

30　《神曲》，14 頁。

「有軌」，以及「梢」、「燈」那盯梢與監視的意味，成為主要的時代風景。在這種時代氛圍中，詩人就是以夢想的翅膀追求解禁的飛翔，卻注定失敗的伊卡洛斯。

〈自畫像〉這一「環」套著〈迴樓〉結尾處的伊卡洛斯神話，更接續〈映照〉最後那個「洞」：

> 正好是當下，新旋風纏繞舊迴樓搖擺
> 打開被統治沉淪的洞穴

「洞穴」指向作為地獄的監獄迴樓。這兩句詩是新舊交織的時代風景的抽象，亦有「空穴來風」的言外之意。某種意義上，〈自畫像〉也是詩人對其「竇娥冤」的辯誣，詩中頻頻出現「烏有」、「迫你就範」、「像邪惡——以子虛之名簽署一樁樁杜撰的罪過」、「莫須有」……我們能感覺到字裡行間的悲憤。在〈自畫像〉中我們讀到從「地獄之旅」到出獄後返回外灘迴樓／「煉獄山」的整個過程。在「山巔」的「寫作的烏托邦」，詩人的寫作發生了深刻變化。曾幾何時在〈映照〉中，「寫作的烏托邦」是這般情境：

> 啊奔跑，想儘快抵達
> 寫作的烏托邦，一個清晨高寒的禁地，
> 煉獄山巔敞亮的
> 工具間，在那裡我有過一張黑桌子，
> 有一本詞典，一副
> 望遠鏡。

那是「一個清晨高寒的禁地」。「清晨」，理想主義的曙光；「高寒」，從「高處不勝寒」化來，很容易讓人想到蘇東坡同一首詞中另一句：「起舞弄清影，何似在人間」，這是一種孤潔的唯美，一種「白日臨虛」的「高蹈」（也可以理解成對俗世的冷漠）。禁，除了禁止，還有秘密之意。「禁地」，秘密之地、閒人免進的詩歌象牙塔。聯繫陳東東的音樂詩學，「黑桌子」彷彿是一架鋼琴，寫作即「詩人用語言演奏其內心音樂」[31]；「一本詞典」，陳東東曾說「漢語詞典近乎我的一本聖經」[32]；那

---

[31] 陳東東、余弦：〈二十四個畫面回答〉，見《新詩‧陳東東專輯》，141 頁。

[32] 陳東東：〈隻言片語來自寫作〉，見其所著《詞的變奏》，東方出版中心 1997 年版，

副「望遠鏡」說明詩人非常疏遠地觀察著現實。然而當詩人在〈自畫像〉結尾再次返回「寫作的烏托邦」時，他的寫作卻變成：

> 在紙上，
> 說不定也在電梯女司機腰肢款曲的醜陋之上，
> 你會以書寫再描畫一遍，你甚至會勾勒
> ——尋求懲罰的替罪長明燈帶來的晦暗。

一個「曾經崇尚透明和清澈的詩人」[33]，經過「地獄之旅」，其寫作從「白日臨虛」的「高蹈」，衰變成對「醜陋」、「晦暗」的「描畫」與「勾勒」。這寫作是自憐的、黑暗的，那張「黑桌子」成了黑暗世界的縮影、一面黑鏡子，受控於此的寫作幾乎把詩人變成黑暗的一部分了。請注意那盞「長明燈」，它真實存在於監獄長廊，又是〈地獄〉第一篇「普照一切旅途的明燈」[34]的慘痛幻影。

〈正午〉一詩套著〈自畫像〉末尾的寫作變化，繼續向更高的寫作境界發展。如果說《映照》是游離於現實之外的孤芳自賞，〈自畫像〉是沉淪於現實深淵的顧影自憐（〈自畫像〉：「你沖向監室盡頭的水槽，……你俯身於／漂白的凜冽之河，……你看見你——／／喧囂之冷中已經凍結的不存在之影」，頗有幾分納西索斯臨水自照的意味），那麼〈正午〉體現了一種更容留、更開闊也更具深度的解禁書詩學。

這首詩通篇的地點都在「煉獄山巔」。「清晨高寒」的唯美抒情已變成「正午的烈日」下的「觀察與沉思」；純詩藝的狂熱追求被時代的「冷卻塔」所冷卻：

> 我有過一種被
> 限定的自由：讓每一行新詩
> 都去押正午的白熱化韻腳。
> 頂樓平臺上冷卻塔轟鳴。

---

86 頁。
[33] 〈既然它帶來歡樂……〉，見《新詩·陳東東專輯》，184 頁。
[34] 《神曲》，3 頁。

詩中頻頻出現的「附加」暗示,寫作在今天意味著將反詩意的因素附加給詩。閒人免進的詩歌禁地由此被打開了,變成與現實充分互動的「小廣場」:「越洋電話」、「老虎窗下的收音機轉播」、「冷卻塔轟鳴」、「我操」的粗話,這些嘈雜的聲響打破了「工具間」曾經的寂靜(〈自畫像〉提到「她把你送上寂靜」)。在〈正午〉,「電梯女司機」也進入「工具間」這一解禁的禁地,一如「我」進入她的身體;她真實地暴露出「剖腹產疤痕」,「恣意扭動,/像褪去外殼的當下世界」——這句詩化用了卡夫卡筆記中的一段話:「這世界將會在你面前褪去外殼,它不會是別的,它將飄飄然地在你面前扭動。」[35]如此,「我」跟她做愛也是詩與當下世界「交通」的隱喻。陳東東接下來寫道:「如果我動用的//語言是詩,是裸露的器官,沒帶/保險套……」,這「交通」意味著激情、體悟和攻擊性,更是一種冒險。吊詭之處在於:詩歌對當下世界的解禁,反而把詩人變成對當下世界更具顛覆性的禁書寫作者。〈正午〉最後寫道:

> 是這個正午,是正午的
> 烈日,把迴樓熔煉成我之期許,
> 像觀察和沉思,——有關於罪愆、
> 信仰、玄奧莫測的正道和飛翔——
> 散布在一本合攏的詞典裡。

「有關於罪愆」云云,似乎來自卡夫卡筆記中一組箴言的標題:「對罪愆、苦難、希望和真正的道路的觀察」[36]。從〈映照〉、〈自畫像〉到〈正午〉,是個正反合的過程,最初的唯美主義,經過「地獄之旅」及其對寫作的影響,合為「不純的純詩」的「正午的詩學」:文本既要接納令人厭憎的當下世界並對其產生意義,又必須被「熔煉」成詩!這還不夠,《神曲》的啟示在於:讓詩歌成為一部書。這也是陳東東寫作的最高理想。他在《短篇・流水》的自序中寫道:「〈流水〉卻要成為馬拉美所說的『事先構思好的』、『講求建築藝術』的書。在好幾個場合,我說過,詩人的目標正是去寫一本那樣的書。」[37]對陳東東而言,如果說有天堂的話,

---

[35] 卡夫卡:《卡夫卡全集》五,河北教育出版社 1996 年版,77 頁。
[36] 《卡夫卡全集》五,3 頁。
[37] 《短篇・流水》,3 頁。

這目標是唯一可能的天堂。因此他將這種至高無上的寫作境界置於天堂的高度：「烈日，把迴樓熔煉成我之期許」、「散布在一本合攏的詞典裡」——強烈地呼應著〈天堂〉最後一篇「假使我對那刺目的活光調轉眼睛，我將仍流於迷惑之途」，以及「宇宙紛飛的紙張，都被愛合訂為一冊」[38]。

讓一首首詩蟠結成書，不獨是陳東東的願望，更是一種普遍的詩歌抱負。沃爾夫岡‧凱塞爾指出：「走向詩組的趨勢在近代變得越來越強，在現代簡直是抒情詩創作的一個標誌。賦予他的作品一種重要的『書籍性質』，對於現在的抒情詩人好像是一個特別的野心。」[39]

〈起飛作為儀式〉套著〈正午〉的詩之「天堂」，這現實中的旅行，仍是寫作的寓言。陳東東曾用飛機比擬寫作：「飛機與寫作的相似還在於它的難以操縱——操縱它所要求的精細、準確、恰到好處甚至玄奧。駕馭一架飛機跟駕馭一支筆，得要有一樣的技藝、冒險性、自我控制能力和進入無限時空的想像力。」[40]但丁的「神游」是一條絕對的上升之路，從地獄開始，經過煉獄，直至棲止於天堂最高處的上帝之光。陳東東的「旅行」在最後關頭與但丁分道揚鑣。對他而言，起飛／上升是必須的，但就像所有飛機一樣，起飛是為了降落，〈起飛作為儀式〉結尾那句「你……期待著跌落」也印證了這一點（「跌」有放縱不拘義，如《公羊傳‧莊公二十二年》：「肆者何？跌也」，扣「解禁書」之題）。儘管陳東東以但丁為導師，最終卻選擇了屈原的方式。

起飛、飛行的原型可以追溯到屈賦中大量的「乘龍」意象，如「為余駕龍兮，雜瑤象以為車」（〈離騷〉），「駕青虯兮驂白螭，吾與重華遊兮瑤之圃」（〈涉江〉），「駕八龍之婉婉兮，載雲旗之委蛇」（〈遠遊〉），等等。屈子「乘龍」是為了解放想像力，為了溝通凡界與神界、過往與當今，歸根結底體現了他對現實保持廣闊關注的人間情懷。陳東東的「起飛」同樣具有這種「現實世界性」的特徵。[41]

在戲仿〈天堂〉的〈起飛作為儀式〉中，我們讀到太多瑣碎庸俗的敘述，「我」的旅伴也並非聖潔的俾特麗采，而是那個跟「我」通姦的女子。更意味深長的是，

---

[38] 《神曲》，501 頁。

[39] 《語言的藝術作品》，226 頁。

[40] 陳東東：〈詞‧名詞〉之〈飛機〉，見《詞的變奏》，51 頁。

[41] 陳東東曾如此評價屈原：「屈原有太多的人間性、太多的政治性和太多的個性」，見《詞的變奏》，50 頁。

機場的「出發大廳猶如傳奇的海底水晶宮」,有著「神秘的穩定性」,好一派天堂景觀,我們卻在其中發現了〈映照〉開篇被「超音速升降器」載下的「新撒旦」——「新卡通迷、新恐怖英雄和新國家主義者」。那麼,這個有著「景泰藍金錢豹」之星空蜃景的「美麗新世界」,是「天堂」還是天堂般的「地獄」?當然,不管它是什麼其實都是人間的鏡像。不難發現,「出發大廳」正是陳東東所說的那種「作為終點的始發站」,旅行將從這裡返回〈映照〉的開篇。

從某種意義上說,〈解禁書〉就是一座講求建築藝術的迴樓。回憶、回溯是本詩的基本敘述手法;迴環是其結構方式,這五首詩就是從「地獄」→「煉獄」→「地獄」→「煉獄」→「天堂」,然後再返回「地獄」的連環套,它們構成一個封閉的迴路。〈解禁書〉的句法也是一種迴旋纏繞的風格,呼應著這部作品的結構手法;〈解禁書〉的語言則是含混和充滿暗示性的,陳東東用這種語言跟《神曲》對話,就不是簡單地引用或附和後者,而是在兩部作品之間形成一個或認同或反諷或歪曲或引申的論辯型空間。這也是一種表演解禁魔術的語言,它「把一座由意義警察嚴加管束的語言看守所,變成哪怕只片刻的虛無,以獲得和給予也許空幻卻神奇邈然的解禁之感」[42],於是這首組詩在解禁的語言風格與整部作品那有著「神秘穩定性」的封閉迴樓結構之間,形成了某種奇妙的張力。

在公式化套路和雜亂無章這兩極間的廣闊地帶,在音樂、建築等結構範式的啟示下,在對原型的領悟中,在與經典的對話中,傑出的組詩總是力求「發明」某個似乎本就屬於這部作品的「獨特結構」——巴赫金稱之為「媒介物」。「這個媒介物將會創造一種可能性,使得能夠從作品的外圍不斷轉向它的內在意義,從外部形式轉向內在的思想意義。」[43]毫無疑問,這便是組詩結構的根本詩意。

---

[42] 陳東東:〈把真相愉快地偽裝成幻象〉,見詩生活網站「詩觀點文庫」。
[43] 巴赫金:〈文藝學中的形式主義方法〉,《巴赫金全集》第二卷,269 頁。

江春入舊年[1]

　　師古本身就是中國的文學傳統。「詩不學古，謂之野體」（沈德潛《說詩晬語》）、「樂必依聲，詩必法古」（王闓運《湘綺樓說詩》）等說辭，在中國古代幾乎是不證自明的金科玉律。新詩的發生雖然是一場試圖「推翻」古詩成規的美學革命，但在新詩對「詩」的持續追問與想像中，其實一直都渴望汲取古典，「鑠古鑄今」的嘗試幾乎無所不包。譬如思想內涵上的繼承，有廢名的「新禪詩」寫作；風格上的效法，有卞之琳的詩「冒出李商隱、姜白石詩詞以至花間詞風味的形跡」[2]；形式上的仿古，則有聞一多的新格律體：字句勻齊、音步規整、聲韻鏗鏘，這種閱兵式般的詩歌本欲追摹古典形式主義傳統，不料卻落入舊詩的下乘境界。對此聞一多的「新月」盟友徐志摩早有反思：「誰都會切豆腐似的切齊字句，誰都能似是而非的安排音節，但是詩，它連影兒都沒有和你見面！」[3]

　　鑑於「鑠古鑄今」的廣泛性，為了不使新古典詩的提法流於空泛，有必要對它的內涵加以限定。《玉梯》遴選的新古典詩是指這樣一類作品：它們在語言形式上表現出明顯的復古主義傾向。這種復古主義寫作主要落實在三個方面：一、追求古典詩歌的音樂形式——格律；二、文言古語及古詩語法、句法的借詩還魂；三、在古典傳統的啟示下，發揮字本位的詩思方式和修辭藝術。新古典詩的風格印證了艾略特的斷言：

　　　　回到固定，甚至是雕琢的格式上來的趨勢是永恆的。[4]

---

[1]　王灣：〈次北固山下〉。
[2]　卞之琳：〈雕蟲紀曆自序〉，見《卞之琳文集》中卷，安徽教育出版社 2002 年版，460 頁。
[3]　徐志摩：〈詩刊放假〉，見《晨報副刊・詩鐫》第 11 期，1926 年 6 月 10 日。
[4]　〈詩的音樂性〉，見《艾略特詩學文集》，185 頁。

格律指平仄、押韻等方面的格式和要求。平仄是針對單音詞建立的一對一的音調對應模式，這種設計立足於古漢語的特點：以字為單元，字合而成詞，詞分而為字，無論分合皆可成立，漢字這種高度的靈活性，是古典詩詞平仄、對仗的基礎。隨著漢語由單音詞過渡到複音詞的發展，這種字與字的一一對應模式對於現代漢語已不具有嚴格的適用性了，但仍然可以在一定程度上加以運用。

韻是古典詩學的核心概念之一，句末之韻被稱為韻腳，彷彿它使得一首詩「站立起來」；就連詩歌非聲音層面的審美特質，中國古代詩人也習慣於用氣韻、情韻、神韻等音樂化術語來評價。如果就押韻跟詩歌的關係來考察新詩與舊詩的區別，我們大致可以說，舊詩格律森嚴，常常以韻生詩；新詩沒有模式化的韻法要求，因此往往以詩生韻。例如楊煉的〈水手之家〉（十首），每首十五行，均以 aba、bcb、cdc、ded、eae 的「三韻三行體」方式押韻。詩中每小節的韻都像是被上一節帶出來的，自然緊湊，又活潑流動，楊煉採用這種韻法似乎也與主題有關，題為「水手之家」，這樣的韻腳不正像滾滾而來的波浪嗎？韻律同語義的關係歷來眾說紛紜，即便兩者不存在所謂「有機聯繫」，大量格律的統計數據也表明，某類主題會更「偏愛」某一格律體式，這「偏愛」無疑給韻律戴上了語義的光環。拿填詞來說，某些詞牌（如「六州歌頭」、「破陣子」）適合抒寫慷慨激越的情感，如填上纏綿哀婉的歌詞，即使字句平仄一點不差，也會導致聲與意不相諧的錯位。再比如古代詩人想寫一些境界高邁，近於梁宗岱所說的「宇宙詩」時，大多採用五言古詩的形式。詩人吳興華在 1940 年代所寫的〈覽古〉、〈擬古〉，就是對五古的化用，每行固定九字四音步，偶行押韻，在意境上「也把五古『高瞻遠矚，籠罩一切』的氣勢移植到新詩中來」[5]。韻律同語義的關係也是雙向的，一方面，韻律通過句法對語義施加影響；另一方面，一首詩的內容似乎也可以應和它的韻律。詞學家龍榆生認為詞的句式，如句度長短的配置，句末之字的音調安排，「可以顯示語氣的急促與舒徐，聲情的激越與和婉」。[6]按照他的理論，楊煉近於詞體的〈承德行宮〉屬於多以仄聲收腳，句度長短又過於參差的那種。這種句度長短的配置與韻

---

[5] 宋琪：〈論新詩的形式〉，轉引自《吳興華詩文集·文卷》，上海人民出版社 2005 年版，294 頁。

[6] 龍榆生：《詞學十講》，北京出版社 2005 年版，39 頁。

腳音調安排,「常是顯示拗峭勁挺的聲情,適宜表達『孤標聳立』的情調」[7]。而該詩所寫的帝王生涯的任「性」之美,與此何其相諧。

如果說〈承德行宮〉的音韻效果是拗峭,那麼黑大春〈豆〉的聲律特點便是諧暢——

> 扁豆架,絳紫色的落霞
> 蔭蔽著我遁世的醉酒生涯
> 秋風,一陣急似一陣地撥響
> 古箏般瑟瑟的籬笆
>
> 多久啦?一天還是半生
> 大理石圓桌上已堆滿豆莢
> 夢境中,青綠的小絲蜷曲著
> 像撕開故園的信札

本詩類似「鵲橋仙」、「長相思」這樣的小令,分為字數對等的上下兩片,又如七律的正例一樣,第一二四六八行入韻,韻腳全為平聲(每節的第一個話語單元的尾字亦在韻腳上)。這種和諧的韻味,與該詩所抒發的「故園」之情恰好是呼應的。黑大春曾是圓明園藝術村最早的居民,在那裡他以「醉酒生涯」和「故園」為題材,創作了許多膾炙人口的詩篇,這段生活至遲結束於 1995 年北京海澱警方對圓明園藝術家的大規模驅逐。多年以後,夢中的籬笆小院引發了詩人的「故園」之思。當我們聯繫本詩的形式來考慮「故園」的內涵時,我們會發現它不僅指詩人住過的小院及圓明園,同時還意味著精美絕倫的古典傳統——它似近實遠,以至於一個當代中文詩人只能在一片廢墟上,夢迴詩歌的「故園」。

語言學家王力指出:「漢語語氣詞的發展有一個特色,就是上古的語氣詞全部都沒有流傳下來,『也』、『矣』、『乎』、『哉』、『歟』、『耶』之類,連痕跡都沒有了。代替它們的是來自各方面的新語氣詞。」[8]不過,古代語氣詞並沒有徹底銷聲匿跡,

---

[7] 《詞學十講》,42 頁。
[8] 王力:《漢語史稿》中,中華書局 1980 年版,454 頁。

至少在蕭開愚、蔣浩等詩人的作品中仍會不時現身。這不僅僅為了某種陌生化的效果，那些古代語氣詞不純為表語氣，它們已被古典文學高度修辭化了，成為幫助讀者涵詠吟味的關鍵詞，雖本身並無實意，卻如國畫之虛白，乃靈氣往來之所，運用得當則韻致躍然。

　　不光是包括語氣詞在內的古漢語詞彙的盤活，一些詩人的煉句同樣包含化古的努力，由於新詩句法的散文化傾向，古代散文似乎是比古詩更具借鑑意義的語言資源。

> 蓋因冗時，晨召六七個王戎，
> 萬里外的另我決定就地安身。
> 立刻猛厲，言者是聽話匹夫，
> 什麼禪？什麼道？什麼辨承？
>
> ——蕭開愚〈星期天誑言，贈道元迷〉

> 你傷感。你深衣深眼。
> 你沮泄。海平線一日千里。
> 你閉門。去間務助時寧靜。
> 你參貸。只待寒風來齊一。
>
> ——蔣浩〈春秋解〉

〈春秋解〉中「沮泄」、「參貸」之詞，「去間務助時寧靜」之句，都是來自《禮記·月令》的古奧語彙（實際上整首詩都與後者有著密切的互文關係）。從上述詩句中我們能夠感受到一種「古」怪的古雅之美。文言詞藻、文言句式的巧妙運用，誠如江弱水所言：「會給一首現代詩帶來某種異質性，使之成為多層次多元素的奇妙混合。即使不考慮如何豐富詩篇的內在肌質，它們也可以調節語言的速度，造成節奏的變化，以拗救清一色『現代漢語』的率易平滑。」[9]

　　我們知道，古典詩詞有種普遍的語法修辭：主語省略。蘇軾〈洞仙歌〉有云：「庭戶無聲，時見疏星渡河漢。試問夜如何？夜已三更。」誰聽？誰見？誰問？誰答？在詩人營造的意境中，連提出這樣的問題都有些煞風景。這種省略不僅是

---

[9]　江弱水：〈硬語盤空，又何妨軟語商量？〉，《讀書》1999 年第 9 期，142 頁。

古典詩詞「形式緊箍咒」使然，也不僅僅為了客我融融的和諧之美；非時態、無人稱的語言方式，使得詩人的個人經驗被共相化了，同時空出的主語位置也是迷人的邀請，讀者不覺已被「代入」其中。而接受語義邏輯支配的新詩話語，在語法上享有的自由則要小得多，這種主語頻頻省略的語法修辭現象，新詩中已不多見。但楊煉的寫作是個例外，主語不僅在他的詩裡屢屢空缺，他還將這種缺席與某些佛教思想（如破除我執，殊相個別與共相一般的辯證法）結合在一起，發展出一種「無人稱」的思想方式，用他的話說：「這個辭本身就是一種存在的隱身狀態，又揭露著隱身的世界……無人稱，不是省略，是刪去：刪掉這個人，才成為混淆的所有人。」[10]〈水手之家〉第十首〈聖丁香之海〉的結尾寫道：

> 這一刻　碎裂的生殖器鮮豔就是目送
> 春天的香味就像烟味　一把把綢傘撐開
> 末日抵進嘴裡　驚叫都學著鳥鳴
>
> 肉體的形象是不夠的　最終需要一滴淚
> 出走到花園裡　星際嫩嫩漂流
> 每陣風吹走大海

不要詢問誰將「綢傘撐開」，誰「驚叫」，誰「出走」，「末日」屬於每一個人。刪去個別和具體的人稱，死亡的普遍絕境便被無邊地凸顯出來。

　　古詩重音韻生動、重感性形象、重意會默想的美學特徵，無疑與漢字音形義三位一體的結構有關，甚至可以說，漢字性就是中國古典詩詞的根本詩意。漢字以它的在場，它的結構法則和美學原則，深刻地控制著後者的書寫。郭紹虞在〈中國文字型和語言型文學之演變〉一文中指出，中國文學因語言和文字的專有特性以及兩者的分歧，造成了文字型、語言型和文字化的語言型這樣三種文學形態，它們之間的相互轉化，是中國文學史的基本演變線索。[11]五四以來，強調言文一致的話語型文學「全面勝利」，漢字性的舊詩逐漸被「白話新詩」取代。但近些年來，

---

[10]　楊煉：〈十意象〉，見《鬼話・智力空間》，143 頁。
[11]　郭紹虞：《照隅室古典文學論集》上，上海古籍出版社 2009 年版，489～497 頁。

極少數詩人在古典傳統的啟示下，開始重新思考漢字與詩歌的關係，一種字本位的詩學觀念逐漸形成：通過對字的自覺，發展字本位的思維方式和修辭藝術，讓詩歌返回漢字性；換言之，他們要求自己所寫的不僅是「漢語的詩」，進而也是「漢字的詩」。

每個漢字都是音形義的整體，曾幾何時，美輪美奐的古典詩詞便是在這三方面充分調動漢字的修辭能量。音，又可分成聲、韻、調三要素。韻的修辭押韻和調的修辭平仄對於古詩的意義毋須多言。聲即讀音，一名優秀的詩人在遣詞煉字時，字的音長、音重、音色一定會在他的考慮之內。聲的修辭大致有諧音修辭、多音字修辭、連綿詞及疊字修辭等。

字形修辭主要包括象形修辭、部件修辭與離合修辭。象形修辭是指通過漢字的圖畫性來修辭，如「江南可採蓮，蓮葉何田田」，就是取「田」的字象來形容蓮葉互相遮蓋的樣子。部件修辭是截取漢字的一部分進行修辭。《濟公傳》裡有副對聯：

> 寄寓客家，牢守寒窗空寂寞；
> 遠避迷途，退還蓮徑返逍遙。[12]

劉素素本是蓮羅漢轉世，從小被許配給濟公為妻，濟公卻做了和尚，劉素素出上聯表明心跡，每個字都帶「宀」，傳遞出牢守家室的意味；而下聯濟公指點劉素素認清本性，並力勸其「辶」。多麼神奇，那些沉默的偏旁部首也是一種詩意的言說！離合修辭是一種字謎式的修辭方式，俗稱析字，它利用了漢字可分拆的特點，有「作者離、讀者合」與「作者合、讀者離」兩種。李白〈司馬將軍歌〉「狂風吹古月，竊弄章華台」就是離合修辭，「古」、「月」合而為一「胡」字，指代胡人。另外顧隨在《稼軒詞說》中談到一種「借字體以輔義」的方法：「故寫茂密鬱積，則用畫繁字。寫疏朗明淨，則用畫簡字。一則使人見之，如見林木之蓊鬱與夫岩岫之杳冥也。一則使人見之，如見月白風清與夫沙明水淨也。」[13]

字義修辭是利用漢字的多義性及上下文語境的營造，使漢字的表層意思、深層涵義以及聯想意蘊構成一個微妙的詩意空間。

---

[12] 《濟公全傳》下，花城出版社1983年版，729頁。
[13] 顧隨：《稼軒詞說・自序》，見《顧隨全集・著述卷》，河北教育出版社2001年版，7頁。

古詩之美是一種綜合的漢字修辭藝術，除了較少自覺運用字形修辭，音、義修辭密切無間。為了說明綜合的漢字修辭的詩性魅力，這裡標舉一例：

登幽州台歌

前不見古人，後不見來者，
念天地之悠悠，獨愴然而涕下。

初唐陳子昂這首詩明白如話，說是一首新詩都可以。那麼，它究竟好在哪裡？

你當然可以籠統地說它是一首遒勁蒼茫的「宇宙詩」，寫出了一種深徹的「存在與虛無」之感，但你不能說它是橫空出世的獨創，因為它明顯是一首師古之作。屈原〈遠遊〉有云：「惟天地之無窮兮，哀人生之長勤。往者余弗及兮，來者吾不聞。步徙倚而遙思兮，怊惝恍而乖懷。意荒忽而流蕩兮，心愁淒而增悲」，〈登幽州台歌〉即由此化出。而我認為這首詩的成功很大程度上與「幽」的詩意有關。

「幽州」乃地名，但「幽」本身的內涵還是從中揮發出來。「幽」的讀音，諧音著第三句的「悠悠」，以及瀰漫全篇的憂愁之「憂」；「幽」的幽暗之意對應「前不見」、「後不見」，「幽」的幽深、幽渺之意呼應「天地之悠悠」，而它的幽獨之意照應第四句的「獨愴然」。甚至「幽」的字形，也很像臉上淌下兩行淚水的畫面（「涕下」）——這一點顯然是我的誤讀，但漢字允許這種美妙的「誤會」，它由此敞開了一片奇異的風景。因此「登幽州台」是否也可以理解成「步入幽境」？我相信，如果將題目換成「登冀州台」或「登並州台」，這首詩會遜色許多。支持我如此分析這首詩的一個重要原因是，陳子昂是一位對「幽」十分偏愛並有深刻領悟、自覺的詩人。在他那篇著名的倡導漢魏風骨的〈與東方左史虯修竹篇並序〉中，他談到詩不僅要「骨氣端翔，音情頓挫」，還要「發揮幽鬱」[14]；《全唐詩》存其詩一百二十七首，有近二十首有幽字（雖無幽字卻有幽意的詩作就更多了），拿〈感遇詩三十八首〉來說，含幽的篇目有：第一首（「幽陽始化生」）、第二首（「幽獨空林色」）、第六首（「幽洞無留行」）、第十二首（「幽蠧亦成科」）、第十七首（「幽居

---

[14] 陳子昂：〈與東方左史虯修竹篇並序〉，見《全唐詩》卷八十三，中華書局 1960 年版，896 頁。

觀天運」)、第二十首(「玄天幽且默」)、第三十三首(「眷然顧幽褐」)、第三十四首(「自言幽燕客」)、第三十八首(「幽鴻順陽和」),不僅從頭幽到尾,首尾兩首還幽然相和,陳子昂真可謂古今第一幽人。

新詩亦常運用字音修辭。楊煉的〈聖丁香之海〉:「碎裂的生殖器鮮豔就是目送/春天的香味就像烟味　一把把綢傘撐開」,「目送」點出送別,「烟」容易散去,「烟味」會嗆得人流淚,均呼應離情別緒,在此語境下,「綢傘」諧音的「愁」「散」的意味便凸顯出來;蔣浩〈春秋解〉「深能照影,亦能造影;/淺能流雲,亦能留雲」,顯然也是諧音修辭。此外押韻修辭的作品也不少,除了前面所談的〈水手之家〉、〈承德行宮〉、〈豆〉這樣的詩句押韻之作外,韓博的組詩〈借深心〉是一種奇特的詩題押韻。其中每首詩的一字之題都是仄聲齊韻,如〈致〉、〈契〉、〈避〉、〈匿〉、〈濟〉……孤字如讖,同一的韻腳更是有力的結構,將難言的,「仄起不平」的隱痛收攏「深心」。這是一組極具漢字性的作品,文約而指博,言微而意深,堪稱字的魔術,最後一首〈替〉尤其極端:

> 飛機生鱗,他生覺悟:無憑甚飛出個有?
> 飛機生趾,他生酬唱:長夜哪般短按摩?
> 飛機生角,他生相忘:亡去煩惱歸去心?

寥寥三行,綜合運用了各種漢字修辭手法。有「悟:無」、「唱:長」、「忘:亡」的諧音修辭;有「忘」析為「亡」、「心」(「亡去煩惱歸去心」)的離合修辭;有「他生」之歧義修辭(「他生發出」的「他生」,或「他生未卜此生休」的「他生」)。這首詩互文於《詩經》當中的〈麟之趾〉,〈麟之趾〉是關於一位有為青年的讚美詩,〈替〉也是如此。至於〈麟之趾〉的「麟」為何變成了〈替〉中的「鱗」,那是因為在這一部件修辭中,隱含著一出墜江的悲劇。而韓博最深的心意還不止於此。與「他」相連的「生」字豎排下來,恰好疊加成「三生」,這裡暗含了另一個對於本詩更加關鍵的典故:唐朝高僧圓觀和書生李源是好友,圓觀投胎轉世時,跟李源約定十二年後的中秋夜在杭州天竺寺相會。十二年後李源如約前往,見一牧童在牛背上唱歌:「三生石上舊精魂,賞月吟風不要論。慚愧情人遠相訪,此生

雖異性長存。」[15]這便是「三生有幸」的由來，它關乎一種空靈得風月無邊，深厚
得穿越生死的中國友情！

再來看楊煉的〈承德行宮〉：

> 宮女們羞答答穿上朕杜撰的褲子了
> 她們袒露的陰部　令錦緞失色
> 朕的眼中再沒有湖山　畫舫　迴廊
> 帝國呢　小於一個香的三角形缺口
> 毛間翹起一點紅　哦朕的傑作
>
> 隨便哪兒　只要鹿血在心裡彈跳
> 只要朕又硬了　又想猛插入一聲驚叫
> 玉碗粉碎　朕命你滿捧另一杯茶
> 雪水烹的　水聲潺潺像個早死的先兆
> 天子倒懸於天空下　飲　在聚焦
>
> 這個朕想廢就廢掉的一生
> ……

這大概是兩千年來中國第一首以「朕」為敘述人稱的詩（皇帝寫的除外）。「朕」，
原本僅僅指「我」，如《詩經‧周頌‧訪落》：「於乎悠哉，朕未有艾」，〈離騷〉「朕
皇考曰伯庸」。然而當它成為帝王專用的、名副其實的「第一」人稱時，它就是一
個惟我獨尊的絕對權力的符號，散發著恐怖的詩意。想想它的發音，那種嚴酷感、
命令感，在中國宮廷史的撮合下，這個發音還把「朕」同「震」、「鴆」聯繫在一
起。俱往矣所有帝王，但「朕」不會死，因為它是一種以自我權力意志為中心的
思維模式，它陰魂不散，至今盤踞在那些不稱朕的「朕」的意識深處。〈承德行宮〉
裡，「朕」由一杯茶想到烹茶的雪水，又想到流水聲。水聲之所以「像個早死的先
兆」，是因為「潺潺」離合為生命的「『孱』弱之『流』」，這完全是漢字的字象之
詩。接下來的想像更加驚人，「天子倒懸於天空下」，讓人想到皇帝的倒行逆施、

---

[15] 典出袁郊的《甘澤謠》，見李玫、袁郊：《纂異記‧甘澤謠》，上海古籍出版社 1991
年版。

黎民的倒懸之苦，及吊死的意象（呼應「早死的先兆」）。結合「另一杯茶」的語境，「朕」也彷彿一片懸浮在某個處境下的茶葉。所有這些鋪墊都是為了引出那個強烈的字眼——「飲」。

「飲」是典型的字義修辭。表層意思是「朕」飲茶，「飲」字兩邊的留白，模仿獨飲的旁若無人。「飲」的深層涵義，指宮女為皇帝口交——「天子倒懸於天空下」的吊死意象（「吊」與「尸」的結合），被一首豔詩暗示為一個「屌」字；且飲與淫、癮諧音，焦與交諧音，「飲」字兩邊的留白這時透著兩廂迴避的意思。「飲」的聯想意蘊，指的是有天子倒懸其中的這杯「龍井茶」，正被「什麼」飲著。「無人稱」的「什麼」，彷彿一隻神秘的巨獸，一個可怕的黑洞，它以不在場的方式出場，「飲如長鯨吸百川」[16]，這種吞噬，洞穿了「朕」無比頹廢的帝王生涯，因此「飲」字兩邊的留白又給人以絕對虛無之感。我想起楊煉〈面具與鱷魚〉的結尾：

　　一個字已寫完世界

---

[16] 杜甫：〈飲中八仙歌〉。

璇璣

〈璇璣圖〉為前秦才女蘇蕙所作,總計八百四十一字[1],排成橫豎各二十九字的方陣,「縱橫反覆,皆為文章」,「徘徊宛轉,自為語言」,令無數文人雅士傷透了腦筋。唐女皇武則天就此圖著意推求,得詩二百餘首。宋高僧起宗,將其分解為十圖,得詩三千七百五十二首。明代學者康萬民苦研一生,終窺「玄機」,撰下《璇璣圖讀法》一書,說明原圖的字跡分為五色,用以區別三、五、七言詩體,後來傳抄者都用墨書,給解讀造成困難。康萬民總結出一套完整的閱讀方法,分為正讀、反讀、起頭讀、逐步退一字讀、倒數逐步退一字讀、橫讀、斜讀、四角讀、中間輻射讀、角讀、相向讀、相反讀等十二種讀法,又增讀出四千二百零六首。合起宗所讀,共成詩七千九百五十八首。蘇蕙為了挽救婚姻,用一腔幽怨與深情創出的這部神奇的作品,堪稱實驗詩的千古絕唱。

美國語言派詩人巴雷特・沃頓的〈「X」〉的第一句是:

　　在任何地方開始。

對此傑夫・特威切爾解釋說:「像這樣一首詩沒必要有任何指定的起點,讀者可以自行決定。這裡也有一個小小的笑話,因為『在任何地方開始』的這個教導當然出現在詩的開端,事實上我們經常處於開始的習慣之中,但問題是,為什麼我們總是不得不在開端中開始?我們經常在開端中開始,因為我們是習慣的生物,我們期待文本牽著我們的鼻子走,從開始到結尾。」[2]沃頓這句詩的確是個悖論的玩笑,它意味著:你只有從第一句開始才得以「在任何地方開始」。而且說「任何地方」明顯有些誇張,讀者固然可以從〈「X」〉的任何一句開始,但能從某句詩中

---

[1] 原詩八百四十字,正中央的「心」字為後人所加,其實空出的中心比實「心」更具詩性。
[2] 傑夫・特威切爾:〈語言詩解讀〉,見《美國語言派詩選》,四川文藝出版社1993年版,88頁。

間的任意一個單詞開始嗎？而〈璇璣圖〉的漢字魔方就真正做到了這一點，其中每個字都可以是一首詩的起點或終點。「魔方」中不僅藏詩八千，亦藏有作者「蘇氏」、題目「璇璣圖」，我甚至在第十三行發現了蘇惠對這部作品的根本認識——「無終始詩」，這可是馬拉美的詩歌夢想！

〈璇璣圖〉問世以來，歷代仿作不絕，其中以蘇惠的本家宋代大詩人蘇軾的一首菱形的「反覆詩」構思最為精巧。受古典迴文詩啟發，顧城創作了〈大清〉一詩，他本人宣稱「有一千個讀法」[3]。

實驗無止境，但終究要落實於語言文字，換言之，中文詩的實驗是以漢字的一切可能性為基礎的可能性。中國大陸最具遊戲精神的詩楊小濱旅居臺灣之後，想把筆名擴展為杨小滨·楊小濱，以回應海峽兩岸繁簡不同的語文現實，中間的「·」大有深意，那是臺灣海峽的縮影。但他從臺灣發回大陸的電子郵件，落款經常變成杨小滨·法镭的亂碼，於是他將錯就錯，以此作為正式筆名。我們從這個怪異的，順便揭示了他的外籍身份的筆名中，能看到兩岸的意識形態對立，以及這對立對符號的塗抹與改寫。漢字的繁簡問題近年來又成為文化界的熱門討論，作為詩人，我倒是願意將漢字的繁簡之分視為機遇，我的一種嘗試是拒絕制度化地採用簡體字或繁體字作為唯一書寫文字，我以簡體字為主，把繁體字的運用當成一種重要的修辭手法和詩歌意象，寫作「兩種母文之詩」，從而在傳統文字及其現代變體間形成某種「對話」。譬如我在大興安嶺使鹿鄂溫克部獵民點生活的那段時間，詩中的「尘」一律寫為「塵」——在遠離現代文明的叢林深處，每天抬眼就是馴鹿，早晨不是隔著帳篷被它們拱醒就是被鹿鈴喚醒，我何其幸運，能夠回到倉頡造此字的原型！

前面對美國語言派的援引包含了這樣一種看法：中文實驗詩，同美國語言詩有著相近的詩歌觀念。語言詩是對語言本身的突出與表現，用特威切爾的話說：「語言詩最主要的關心之點是直接面對或體驗語言本身。我們不是透過詞語去看，而是看著詞語。」[4]語言派的領軍人物查爾斯·伯恩斯坦強調詞語不是指代事物的傀儡，而應當是詩歌關注的中心，他提出了與「吸收」對立的「反吸收」藝

3　〈與光同往者永駐〉，見《顧城文選》，219 頁。
4　〈語言詩解讀〉，見《美國語言派詩選》，86 頁。

術手法的重要概念。吸收手法是傳統的，它使人「聚精會神」、「心醉神迷」、「相信，確定，沉默」；而反吸收則是分散和干擾注意力，要「離題、打斷」、「違規／不得體」、「反傳統／打碎」和「排斥」，從而凸顯詞語性（wordness），即語言的獨立事物性。[5]

這些語言的不法分子，也在拆除詩歌與非詩體裁、非文學文本的界限，其結果是開放性的機制激發了閱讀的民主精神，讀者不再是被動的接受者，而成為作品的演繹者、「詩意」的合夥人。語言詩人還特別重視運用語言的政治意涵，將自己的作品視為對反映在語言裡的現存權力結構的直接挑戰。譬如，語言詩人認為在資本主義統治下，語言越來越被降低到「交換」的地步，已淪為商品拜物教的犧牲品，而他們的寫作致力於使語言成為非異化勞動的產品。

在《玉梯》遴選的實驗詩中，於堅的〈零檔案〉是一件將詩歌和檔案這兩種「遙不可及」的文本結合在一起的觀念藝術作品，正如八零後詩人王璞在一首名為〈不是詩〉的詩裡表達的那樣：「以上是我的一首新詩。它不是詩。」〈零檔案〉明顯有福柯思想的影子，後者正是把文化和歷史看成由無意識主宰的「檔案館」，置身其中的人永遠無法知悉這個「檔案館」的真實規模與實質。而車前子，一定會被美國語言派詩人引為同道。車前子在他的詩集《獨角獸與香料》那一路冒號的後記中寫道：「主觀性是失去主觀的客體」，「回到文字是一個詩人的六道輪迴」[6]。前一句讓我們想到被語言派奉為先驅的路易斯・茹科夫斯基的「客觀詩學」，茹科夫斯基又是繼承了 W・C・威廉斯「沒有思想，盡在物中」的觀念。特威切爾也指出：「語言詩的特色之一是極端缺少『個人的』聲音或風格」，「語言詩人……對詩歌是表現自我的觀念不感興趣。詩歌不是語言與一個人的內心自我『相一致』的東西，而是直接用語言本身創造語言結構。」[7]後一句與伯恩斯坦的某些觀點不謀而合，伯恩斯坦曾說：「通過語言，我們體驗世界，事實上通過語言，意義進入世界，獲得存在。」[8]不過車前子更進一步，將實驗性鎖定在文字層面，他的詩因

---

[5] Charles Bernstein, *A Poetics*, Cambridge, Massachusetts: Harvard University Press, 1992, P.46.

[6] 車前子：《獨角獸與香料》，Sub Jam 出品，2006 年。

[7] 〈語言詩解讀〉，見《美國語言派詩選》，84 頁。

[8] Charles Bernstein, *Content's Dream: Essays 1975~1984* Los Angeles: Snu & Moon Press, 1986.

此可以稱為「文字詩」。在《獨角獸與香料》那詩文混淆的後記中，車前子如此「簡介」道：

分享或分享不了

這道出了語言詩最大的問題。語言詩人反對少數精英將詩歌壟斷在小神殿裡，他們認為寫作不是傳達和宣喻，而是邀請與互動，邀請讀者參與進來，去創造意義；讀者，即詩人熱忱期待的另一位作者。然而另一方面，語言詩人消解統一的敘述聲音，打破語法規範，破壞意義的連貫，切斷語言的所指……所有這些極端的做法又令讀者茫然無措，退避三舍。

車前子重視語言的即興發揮和自由聯想，他有許多作品乾脆就以「即興」為題。異質拼貼（把不同肌質的語言片段拼貼在一起）、黏結性散文（表面看起來一句句向前推進，但不是邏輯遞推，也並非根據主題或時序結構全篇）、視覺法（重視詩歌排列的圖像性，類似「具象詩」）、內爆句法（詞序雜亂拼湊、省略、移植、堆砌，顛覆標準的語法形態），是車前子跟美國語言派詩人共同的寫作手法。他有首〈第二隻蜂窩〉就是這幾種手法的混用：

努力工作他回到北京出現幻聽為了獲取安全感
糟糕不是蒸出也不是烘成豌豆黃的美術館槍法
他隱姓埋名在餅店爐子挺著燒紅大管子喂快門
麵粉袋昏昏沉沉的雙眼皮中禁止任何街景進入
假裝開動燈戴著高帽炮兵司令穿著花格傳真褲
從火表裡拽出閃閃發亮的小瓶子向兩隻白銅的
水龍頭俯身揮霍因為盡頭的抽屜裡有七個水廠
……

而他的〈螺螄文本〉每節的第一個字都是「的」，這讓我們想到茹科夫斯基對定冠詞「the」（〈一首以「the」開篇的詩〉）和不定冠詞「a」（長詩《A》）的抬舉，包涵著一種對待詞語的「眾生平等」的態度。不過與「the」、「a」不同，「的」在漢語裡幾乎永遠無法躋身一句話的排頭位置，而車前子煞費苦心用「螺螄」的形式（不同的螺旋曲線發源自同一個原點），巧妙地讓「的」上位，每節的第一字

「的」，都隱隱連向開篇的「螺螄」，於是全詩就構成了一個特別的「螺螄『的』文本」。

對「的」的尊重，已體現了車前子反抗專制的自由意志。而〈胡同與雪〉，讓我們更強烈地領略到這一點。「胡同」是具有專制意味的狹窄巷道，給人逼仄之感；「雪」則是自由飛舞的意象。「胡同」隱喻了來自異域的共產專制——「胡」原指胡人、異族文明，而「同」意味著共產主義，以及「同」化異端、消滅個性的集權文化策略（「胡」也是對「胡同」的「一字為褒貶」的否定）；與此相反，共時之「雪」在本詩中還有極度破碎的中國文化傳統之喻意（「上千年的碎片，更碎了，灌入系統解不開的饑腸」）。車前子在詩中辛辣地諷刺道：「胡同裡沒有一個人」，「這一條胡同拿出了與泱泱大國的同等學歷」。

齊澤克在《有人說過集權主義嗎？》一書中寫道：「在『中國調味品』綠茶包裝袋上有一段宣傳其益處的簡短說明：『綠茶是抗氧化劑的天然資源，可以中和人體內一種被稱作游離基的有害分子。通過抑制游離基，抗氧化劑可以幫助人體保持其自然健康狀態。』將這一說明稍作修改，不是可以說，集權主義這一概念就是主要的意識形態抗氧化劑之一嗎？其整個生涯不就是抑制游離基，從而幫助社會機體保持……嗎？」[9] 換成〈胡同與雪〉中的表述則是：

> 細小的洋鉛皮烟囪棗多事的少數熱霧

與「多事」對偶的「少數」，也是對官方慣用話語「一小撮」、「極少數」的反諷。「熱霧」，自然是活躍的游離基，也就是集權的「洋鉛皮烟囪」眼中的有害分子。「洋鉛皮烟囪」對「熱霧」的做法是：「棗」。「棗」是枣的繁體字（它更有可能是個最平常的亂碼，一個隱藏了其真實「意」圖卻欲蓋彌彰的符號），在一群簡化字中非常「刺」眼。其字形很像「烟囪」的樣子，且棗紅色是官方色彩，棗樹又多刺，「棗」一樣刺向「熱霧」之白。這種故意運用錯別字的飛白修辭，暗示「洋鉛皮烟囪」對「熱霧」的做法是錯誤的。本詩最後寫道：

---

9 斯拉沃熱・齊澤克：《有人說過集權主義嗎？》，江蘇人民出版社 2005 年版，1 頁。

　　　「我」「雪」「這」「拿」「同」「而」「開」「如」「在」「抽」「雪」「溢」
　　　　「結」「細」「房」「「」「「」「上」「我」「只」
　　只有空白趁虛而入。看不見我

這一個個引號之內的漢字，多像自由的雪花，即興飛舞。然而當我們注意到這些
毫無關聯自由揮灑的漢字，原來是由本詩每一行的首字綴連而成──如雪落胡
同，貌似自由的精靈依然落在死死的限定之中，我們感到悲哀，一如置身於本詩
第八行那「胡同與寒冷的國家」。

　　顧城的〈機關〉同樣是對集權的批判。機關在字典裡有這樣幾個意思：一、
周密而巧妙的計謀，如識破機關、機關算盡；二、用機械控制的，如機關槍；三、
整個機械的關鍵部分，如水車的機關；四、辦理事務的部門，如國家機關、軍事
機關。在集權制度下，這些涵義是緊密相連的，機關往往意味著陰謀、官僚制度
和威權主義。〈機關〉寫道：

　　　這是你的　　兵
　　　　　　　和匣子
　　　　　　想坐又不能坐的水泥臺階
　　　弜！

　　　用一千個　兵照照
　　　　　　　只盎

「兵」，專政工具，毛澤東有「槍桿子裡出政權」的名言。「匣子」，陰謀與暗箱。
接下來詩人用「想坐又不能坐的水泥臺階」，來形容貌似平和的機關那實質上的冷
酷與威嚴（「臺階」有階級的意蘊，在「兵」的烘托下，也流露出階級鬥爭的意味）。
「弜」是個極生僻的字，指一種捕鳥的機關，請注意「弜」的字形中那「驚」「弓」
之鳥的意象，經歷過文革、六四的中國人，對這種感覺還會陌生嗎？「只」：單獨，
又有僅限於某範圍之意，具獨裁意味；「盎」：一種腹大口小的器皿，頗有「專制
象」，且「盎」是由「央」與「皿」（可喻國土）上下結構而成，給人以中央集權

之感。不過「只盍」是顧城生造的詞，其意指無法真正弄清，這一點也很像機關之神祕。

　　我們從這首寫於 1980 年代末的詩中，能看出顧城運用語言的先鋒性。〈機關〉是系列詩〈水銀〉中的一首，他以「水銀」為總題有這樣一個緣由：有一天他發現「中國字像植物一樣不斷生長，它們是活的，在極緩慢地爬動著，它們有自己的感覺和愛情，當你不去理睬它的時候，它們會自行結成詞，結成意象和故事。……從那以後，我開始放棄操作文字，讓它們像水銀落到盤裡，輕輕一震，變成一千顆小珠子那樣──」[10]

　　〈滴的裡滴〉就是這樣一個水銀輕震的「盤子」。這個詞本無意義，卻是自然湧現的真切聲音，它產生恐懼，也產生自由時刻的興奮，它是「滴」、「的」、「裡滴」自由碰撞的結合，又在碰撞中隨意分解，它行進、擴散、轉化，並逐漸疲倦，進入虛茫的衰敗，然而在即將崩潰時，「滴……」的聲音最終變成了躍出水池的一「滴」水，一個精靈獲得了它的形體。顧城解釋道：「它用最初的方式表達了自己的感受，破壞和創造了語言──文字既有的文化狀態；使我們明白了生命所在──『別有天地非人間』。這就是語言和文字的生命現象。」[11]

　　顧城後期的語言觀可以用《金剛經》裡的「無所住而生其心」[12]來解釋。「無所住」指的是不膠著於任何事物，這樣才能游心無礙，灑脫自由。但「無所住」並非對外物毫無感應，那是枯木死灰般的頑空；「無所住」還必須「生其心」，讓明鏡止水的心／語言涵容萬事萬物。顧城超脫、遺忘（而非美國語言派詩人那種刻意對抗）語法專制、語言常軌的寫作發展到極端，就是從夢中獲取詞彙和句法，譬如〈城〉系列就大多來自夢境。「夢中聽到的聲音，我有時記下來；字的選擇有時不用想，有時需要想明白，再翻譯成字；有的直接就是詩。」[13]

　　跟顧城自然為心、無住為本、夢語為言的風格不同，楊煉是以深邃的追問逼近了語言的絕境。對他而言，詩歌絕非夢境與潛意識的施捨，或「為了達達」[14]的

---

[10]　〈於小城書店〉，見《顧城文選》，98 頁。
[11]　〈神明留下的痕迹〉，見《顧城文選》，302 頁。
[12]　《金剛經‧心經》，中華書局 2010 年版，47 頁。
[13]　〈與光同往者永駐〉，見《顧城文選》，218 頁。
[14]　布勒東：〈失却的足迹〉，見張秉真、黃晋凱主編：《未來主義‧超現實主義》，中國

詞語布朗運動，而是隻身犯難、鋌而走險的語言學──即使遊戲，也是關乎「深度」的遊戲。他在〈再被古老的背叛所感動〉一文中說：「我一直以為：詩，其實以『語言』為唯一的主題。詩人嘗試的，是把各個層次的思考落實到『語言』上，以此為能量，去觸摸語言的邊界。」[15]他的〈同心圓〉，便是「觸摸語言的邊界」的極端之作，全詩五章，是一部由五個層層遞進的同心圓精心結構的組詩，年輪般直指共時的人之處境。中國最古老的蓋天圖由河姆渡先民製作，正是五個同心圓組成的《五衡圖》的宇宙模式。《五衡圖》的圓心是北天極，而〈同心圓〉堪稱楊煉個人宇宙的「五衡圖」，其圓心則是詩。〈同心圓〉末章分為〈言〉、〈土〉、〈寸〉三節，每節七首詩，不難發現，「言」、「土」、「寸」正好組合成「詩」字，這不是簡單的文字遊戲，而是字之思層層深入，直至詩水落石出。

　　漢字古老的內涵依然構成深刻的啟示，一個個亦幻亦真、既唯心又唯物的漢字本身便是博大精深的中華文化的「縮影」，一種對世界的隱喻式體驗。譬如「一」，為什麼不用一豎而用一橫表示？這反映了古人的文化意識。徐鍇《說文解字繫傳》：「一，旁薄始結之義，是謂無狀之狀，無物之象；必橫者，像天、地、人之氣，是皆橫屬四極。」[16]「詩」由言、土、寸合成，同樣充滿玄機。如果說有「宀」（家之意味）的「字」，體現了海德格爾「語言是存在之家」的意識，那麼含「土」的「詩」之字象，是否早已傳達出「人，詩性地棲居在大地之上」的意蘊？只不過這意蘊並非純粹道思的結果，而來源於一個傳說為女媧搏土所造的農耕民族的種族記憶。要知道，「土」（音 dù）在漢語裡本就有「根」之意。自寫作的起步階段，「土」就是楊煉詩歌的關鍵詞。「摸　土／鏡子背面誰在掙扎」、「黑暗在誘惑／土的唯一方言」，像這樣的詩句，同中國最古老的兩言詩「斷竹，續竹，飛土，逐肉」有著怎樣的聯繫？而在〈同心圓〉第五章的〈土〉系列中，楊煉通過對〈土〉、〈壇〉、〈坤〉、〈冢〉、〈境〉、〈墟〉、〈詩〉的深挖與書寫，以大地為鏡，去映照這些字厚厚的歷史與文化積澱下的死亡和詩意。

　　或許正是由於「詩」之字象的啟示，「寸」竟然成為一種微妙的，與內心或時間有關的詩意的度量單位！如「相思不可寄，直在寸心中」（何遜）、「誰言寸草心，

人民大學出版社 1994 年版，376 頁。

[15] 楊煉：〈再被古老的背叛所感動〉，見《鬼話‧智力的空間》，291 頁。

[16] 徐鍇：《說文解字繫傳》，中華書局 1987 年版，1 頁。

報得三春輝」(孟郊)、「一寸相思一寸灰」(李商隱)、「寸暑如三歲,離心在萬里」
(錢起),等等。〈同心圓〉第五章的〈寸〉系列,就是以「寸」之短,改寫了白
居易的〈長恨歌〉,楊煉提醒我們,再長的恨與歌,都在「寸心」之內。〈長恨歌〉
中「宛轉蛾眉馬前死」之「宛」,在〈寸〉系列的字與字的方寸間宛轉騰挪,一會
兒是諧音於「宛」、合意於〈長恨歌〉的「輓歌的輓」(〈寸〉);一會兒是「故事 不
偶然/婉轉/的婉」(〈奪〉);一會兒又是所有人的處境都相似都消失進「零」的
「宛如的/宛」(〈尋〉)。「宛轉蛾眉馬前死」的情景,在〈尋〉裡是:

> 戎裝的蛾眉馬騎向
> 風雪形容詞

在〈寸〉裡是:

> 紀念已不
> 死馬或蛾眉

「紀念已不」的語法結構並不完整,不必?不朽?不堪回首?不著邊際?不得而
知。很有可能,楊煉抱殘守缺是為了強調「否定的美學」(「不」)。「死馬」有「死
馬當活馬醫」的意味,暗含了對唐明皇用愛妃之死來「救國」的諷刺。〈長恨歌〉
中的「夜雨聞鈴腸斷聲」更是以各種化身出現在〈寸〉系列中,因為肝腸「寸」
斷,更因為「鈴」之微妙。鈴乃中國最古老的青銅樂器,可以說是一切藝術的音
韻之美的原型。唐明皇「聞鈴腸斷」,是因為它勾起了蛾眉慘死的回憶;而對於楊
煉來說,1976 年 1 月傳遞他母親死訊的那部手搖電話機的鈴聲,就是他的「腸斷
聲」,以致於在未來歲月的「長恨歌」中,連自行車鈴聲也屢屢被他聽成死亡之聲。
質言之,鈴即「零」聲,它包含了「零丁洋裡嘆零丁」的生者之飄零,和「零落
成泥碾作塵」的死亡之歸零,以及對宇宙人生之「存在與虛無」的哲思覺悟———一
如佛教金剛鈴「驚覺諸尊,警悟有情」的內涵。〈同心圓〉一言以蔽之:鈴/零的
詩學。
　　「言」更是古詩的最小單位,所謂三、五、七言詩體,就是用言/字來衡量
的。楊煉的〈言〉系列首先涉及詞與物、言說與不可言說的問題。如果說顧城傾
心於《金剛經》的「應無所住而生其心」的實踐宗要,那麼楊煉更看重《金剛經》

「凡所有相，皆是虛妄；若見諸相非相，即見如來」的實相觀照，以及「佛說般若，即非般若，是名般若」[17]的中道方法。作為語言哲學的《金剛經》給予我們的啟示是：語言帶來了世界的存在，又隱蔽地將事物與它們原初的真實分離開來，言說同時意味著言說的不可能性。〈言〉系列還涉及了語言與文字的關係問題。索緒爾認為文字是語言的透明介質，其存在只是為了表明語言。這種「語音中心主義」的觀點並不適用於漢語。漢字並非單純的介質或符號，而是漢語與華夏文明的內在形式，它自成系統，深刻地影響甚至控制著語言。〈言〉系列正是以一種極端的實驗性，以符號的非常規運用，來書寫「漢字之詩」，以此「觸摸語言的邊界」。

〈言〉系列中那首〈誰〉讀來全無頭緒，但所有字的讀音連綴成古詞〈浪淘沙〉的曲調。那些漢字的字義也未被完全剝離，它們那淡淡的「意味」，若有若無地揮發出來，於是閱讀這首詩就像在古樂聲中，去欣賞一幅現代抽象水墨：

宰宇暗丘年
隨苦清灣
多眉不石小空蘭
卻色苦來黑見裡
字水蟲千

而〈謊〉更加難以卒讀，不僅「滿紙荒唐言」，字不成詞，詞不成句，楊煉甚至還用二十幾個偏旁部首組成了一句詩。它們是區別於所謂真話的假話嗎？至少形式上是的。而「謊」除了謊言，還有夢言之義，《說文解字》：「謊，夢言也。」謊言往往按部就班，循規蹈矩；夢言卻可以胡說八道，棄語言學如敝屣。《金剛經》有云：「一切有為法，如夢幻泡影」，「凡所有相，皆是虛妄；若見諸相非相，即見如來」，那麼我們在楊煉的言非言、字非字中，又能窺見怎樣的「璇璣」？

---

[17] 《金剛經·心經》，30～31 頁，57 頁。

屈源

　　長詩，顧名思義「其言甚長」[1]之詩。它並非為長而長，而是出於對人類生存的普遍境遇和重大精神命題的回應與揭示，才呈現為一派宏偉的語言景觀。有些人（如克羅齊、愛倫・坡）認為「長」乃詩歌之敵，連篇累牘會消磨詩歌的效果，所謂長詩是個自相矛盾的說法。對此最有力的反駁來自喬治・桑塔亞那，他在那本關於盧克萊修、但丁、歌德及其長詩的小書中寫道：「只有飛逝的瞬間、心境、插曲，才能被人銷魂蝕骨地感受到，或令人銷魂蝕骨地表現出。而生活作為整體，歷史、人物和命運都是不適合想像力停留的對象，並與詩歌藝術相排斥嗎？我不這麼認為。」[2]韋勒克與沃倫則從技術層面指出了長度的重要性：「規模或長度的因素是重要的，但這重要性不是指規模或長度本身，而是指這些因素有可能增加作品的複雜性、緊張性以及寬度。」[3]

　　長短是相對的概念，《摩訶婆羅多》二十多萬行，《伊利亞特》、《神曲》均一萬五千餘行，〈離騷〉、〈荒原〉、〈骰子一擲〉也就三四百行，但在我們看來它們均屬於長詩。既然無法單憑詩句的數量來判定一部作品是否稱得上長詩，那麼「必須尋找下定義的其他因素」[4]，帕斯這樣提醒我們。屈原是中國長詩之祖，從他的作品中，我們無疑能認識到長詩之為長詩的一些關鍵因素。

　　首先在創作方式上長詩便有別於短詩。短詩常常是靈感的產物，所謂「妙手偶得之」，長詩的寫作卻是一項艱苦卓絕、曠日持久的工作；短詩似乎可以「無視」傳統、游離於傳統，長詩卻一定根植於傳統，乞靈於文學與文化傳統。屈原的長

[1] 魯迅對以《離騷》為代表的楚辭的評語，見其所著《漢文學史綱要》，上海古籍出版社 2005 年版，20 頁。
[2] 喬治・桑塔亞那：《詩與哲學》，廣西師範大學出版社 2002 年版，7 頁。
[3] 勒內・韋勒克、奧斯汀・沃倫：《文學理論》，江蘇教育出版社 2006 年版，291～292 頁。
[4] 帕斯：〈詩歌與現代性〉，見《帕斯選集》上卷，作家出版社 2006 年版，483 頁。

詩〈九歌〉基於楚國的宗教傳統；在〈離騷〉、〈天問〉中，詩人將他的個人命運自覺納入了中華文化的歷史命運；或許薪傳上述傳統尚不足以成就一位偉大詩人，屈子之為屈子，更在於他以不世出的天才，創造性地承繼和發展了《詩經》傳統。時過境遷，對於當代中文詩人來說，傳統這一概念更多的時候意味著可選擇的多元的過去，而非畫地為牢的宿命，各種文化都可以被想像力徵用，成為詩歌創作的自由之基。

　　一首短詩傑作未必非得有「思想」——如果不說它要警惕過分理智化之牽累的話。長詩卻一定要「兼有智慧和詩歌語言這兩種稟賦」[5]。與哲學著作不同，長詩的思想主要是一種構成性要素，它深深熔煉於作品的肌理，已成為某種象徵或神話，正如錢鍾書所言：「理之在詩，如水中鹽，蜜中花，體匿性存，無痕有味，現相無相，立說無說，所謂冥合圓顯者也。」[6]詩歌的思想通常不以辯證或概念的語言方式呈現，其文化精神本質則是一種「獨立之精神，自由之思想」，屈賦精神的核心正在於此。游國恩曾分析過屈原至少雜有儒、道、法、陰陽諸家思想，然而他的作品絕非以上任何一家學說的附庸或演繹。屈原具有「祖述堯舜，憲章文武」的儒家理念，卻異於儒家對聖君的粉飾，他推崇治水的大禹，又直斥其行止有虧，他也敢於把楚頃襄王斥為「壅君」，其「發憤以抒情」的風格也有違儒家中和之道。屈原有道家的出世觀念，但他不肯隨物推移，寧死也不願「以身之察察，受物之汶汶」。他主張改革，反對「背法度而心治」，詩裡間有「規矩」、「繩墨」、「方圓」等法家術語，但他絕無法家之刻薄，法家精義端在任法而絕情，這豈是一位「哀民生之多艱」的偉大詩人能夠接受的？出生於天文學世家，又曾出使齊國，屈原自然瞭解鄒衍的陰陽五行學說。《史記》述鄒氏之學曰：「其語閎大不經，必先驗小物，推而大之，至於無垠。先序今以上至黃帝……推而遠之，至天地未生，窈冥不可考而原也。」[7]這種史事地理臆測言之，以今觀古的方法，也是〈離騷〉、〈天問〉的創作手法。不同之處在於，陰陽五行學說中，個體存在被推演至渺小、微茫的境地，大歷史乃至宇宙萬物都受陰陽五德輪迴所左右，概莫能外；而在屈賦中，個人的「內美」與「修能」，深刻地凸顯於古往今來、宇宙八荒的背景之下，

5　艾略特：〈哲人歌德〉，見《艾略特詩學文集》，263 頁。
6　錢鍾書：《談藝錄》，三聯書店 2008 年版，569 頁。「蜜中花」似應為「花中蜜」。
7　司馬遷：《史記・孟子荀卿列傳》，中華書局 1959 年版，2344 頁。

外在時空之浩渺，被用來表現詩人遼闊深邃的精神世界。屈原以獨立的姿態、極端個人化的方式兼容並包，雜有諸家而超越之，這提示了詩歌與某種學說、宗教典籍的區別：詩歌往往「不指向對於天地宇宙的終極的正確解釋，它更關心揭示人類自相矛盾的、渾濁的、尷尬的生存狀態」[8]，為此它更強調拓展而非淨化、一致，更希望將離心的事物納入更大的統一體，而非消除它們。長詩常常包涵許多（可能互相抵牾的）知識，拿〈天問〉來說，它涉及了天文、地理、神話、歷史、政治、社會風俗等方面的龐雜知識，然而這部長詩「既未專注於某一門知識，又未使其偶像化；它賦予知識以間接的地位，而這種間接性正是文學珍貴性之所在」[9]。與此同時〈天問〉向我們展示了一種偉大的懷疑主義精神。屈原拒絕不加審視地接受權威習俗、史料典籍、自然法則、社會規律提供的解釋，他力圖通過自我不懈的追問尋找存在的真實依據。〈天問〉通篇一百七十餘問，包羅萬象的問題最終匯為一個問題——天人合一的存在問題。海德格爾認為，存在問題就是要從存在者身上逼問出它的存在來。他指出應以發問的存在者為出發點，讓存在開展開來；而解答存在問題等於：「就某種存在者——即發問的存在者——的存在，使這種存在者透徹可見。」[10]〈天問〉看似從「遂古之初」（宇宙的起點）寫起，其實篇首的「曰」（隱身的發問者）才是真正的出發點。這是中國詩歌史上最偉大的無人稱寫作，在存在之天命的遣送中，任何意識到自己孤懸於茫茫宇宙的個體，都可以自行代入。〈天問〉這種驚世駭俗的百問而無一答的方式或許在暗示我們，存在的唯一真實依據就是追問本身。而「曰」字也讓我們領悟到，詩性智慧本質上是一種啟示，就像這「一字之師」，迄今仍然玄奧地闡發著語言和存在的關係。

　　屈原提示我們，傑出的長詩不僅深闊地探索了人類的經驗世界與想像世界，往往也進一步開拓了語言世界。屈原無疑是一位語言大師。他變四言為長句，並發展了《詩經》的比興傳統（《詩經》的比興手法一般比較簡單，多是觸景生情的實寫，而屈賦的比興複雜瑰奇，多虛構想像之辭）；屈賦還大量運用連綿詞、疊字，以增強詩歌的音樂效果；《詩經》中尚不普遍的語氣詞「兮」在屈賦中也獲得了最

8　　西川：〈寫作處境與批評處境〉，見《最新先鋒詩論選》，303 頁。
9　　羅蘭・巴特：〈法蘭西學院就職講演〉，見《寫作的零度》，中國人民大學出版社 2008 年版，185 頁。
10　海德格爾：《存在與時間》，三聯書店 2006 年版，9 頁。

廣泛的使用，它在詩句中的位置、功能更加靈活多變；楚地方言的運用更是屈賦
一大特色。而屈原對當代中文詩人更深刻的啟示在於：他並沒有用一種（也許從
來就不存在的）「純正漢語」進行寫作。據岑仲勉考證，屈賦中的「離騷」、「荃」、
「靈」、「羌」、「些」等二十餘字詞皆來自古突厥語[11]，而「飛廉」據最近研究證實
來自東夷語[12]，這些詞語可以說是古漢語的異質成分，不屬於商周語言體系。據說
詩歌要「純潔部落的語言」，於是某些人抵觸來自日本的漢字詞，而那些漢字詞有
些是被賦予了現代涵義的古漢語詞彙，有些是根據漢字的語素意義和構詞法構造
出的，似乎不應算外來詞，相反，它們恰是對漢語自我更新能力的一種確認；對
於真正的外來詞（音譯詞），其實也不應抵觸，「離騷」、「飛廉」入詩就是最好的
例證。跟「語言的民族主義者」相反，某些「語言的現代主義者」並不拒絕外來
詞，卻極力反對文言語彙；而「口語派」詩人又偏狹地獨尊口語。殊不知兩千年
前屈原已然揭示了一個詩歌語言的普遍真理：方言外來詞、口語書面語、古語今
言、成語自造詞，皆可為我所用，端看用得是否詩意盎然。

　　帕斯說：「在短詩中，開頭和結尾幾乎融為一體，幾乎沒有發展……為了維護
一致性而犧牲了變化，在長詩中，變化獲得了充分的發揮，同時又不破壞整體性。」
他還指出長詩複雜的發展是一個破格與複歸的過程。複歸是一項基本準則：格律、
主題意象、主導動機、固定模式、重複句式或重複語，都是強調整體性、連續性
的符號或標誌。相反的運動是「斷裂、變化、創新，總之是意外之舉：破格的範
疇」。帕斯總結道：「我們稱之為發展的東西無非就是驚奇與複歸、創新與重複、
斷裂與持續的結合。」[13]而〈九歌〉就是一個破格與複歸完美統一的典範。複歸的
軸心是結構，〈九歌〉的結構可以直觀地排列為：

　　　　　〈東皇太一〉
　　　〈東君〉　〈雲中君〉
　　　〈湘君〉　〈湘夫人〉
　　　〈大司命〉〈少司命〉

---

[11] 岑仲勉：〈楚辭中的古突厥語〉，見《岑仲勉史學論文續集》，中華書局 2004 年版，
　　178～209 頁。
[12] 參見史有為：《漢語外來詞》，商務印書館 2000 年版，31～32 頁。
[13] 〈詩歌與現代性〉，見《帕斯選集》上卷，483～484 頁。

〈河伯〉　〈山鬼〉

〈國殤〉

〈禮魂〉

〈九歌〉所祀之神完整地包括了天神、地祇、人鬼三類。天神有諸神之長東皇太一，有代表自然力量的東君（日神）、雲中君（雲神），和經辦人類命運的大司命（死神）、少司命（送子娘娘）；地祇有楚地方神湘君湘夫人及河神、山神；人鬼為〈國殤〉中的陣亡將士；〈禮魂〉是作為整部作品尾聲的送神終曲。意味深長的是，地祇湘君湘夫人竟排在天神大司命少司命之前，這很可能是因為楚人極為尊崇湘君湘夫人這兩位本地守護神，有意抬高了他們的地位，為此屈原不吝篇幅予以重點書寫；另一方面，大司命少司命經辦人類命運，故近於人鬼，但他們又要位於另兩位地祇河伯山鬼之上。〈九歌〉以主天神東皇太一和人鬼為軸，其餘八位神祇對稱排列，一側神祇為「陽」，另一側為「陰」。除了這種中軸對稱的結構美學，〈九歌〉更是以「靈」作為統一眾神、串聯整部作品的關鍵詞：

〈東皇太一〉：「靈偃蹇兮姣服」；

〈東君〉：「思靈保兮賢姱」、「靈之來兮蔽日」；

〈雲中君〉：「靈連蜷兮既留」、「靈皇皇兮既降」；

〈湘君〉：「橫大江兮揚靈」；

〈湘夫人〉：「靈之來兮如雲」；

〈大司命〉：「靈衣兮被被」；

〈河伯〉：「靈何為兮水中」；

〈山鬼〉：「留靈修兮憺忘歸」；

〈國殤〉：「天時墜兮威靈怒」、「身既死兮神以靈」。

　　需要指出的是，〈大司命〉中「靈衣兮被被」是形容大司命服飾的，〈少司命〉一詩雖無靈字，可詩中那句「荷衣兮蕙帶」同樣是描寫大司命所穿「靈衣」的，所以〈少司命〉道是無靈卻有靈！真正無靈的是〈禮魂〉，因為曲終靈散。如此匠心，怎一個靈字了得。

　　〈九歌〉抒情風格之變化從莊雅的〈東皇太一〉開始，經豪放〈東君〉、婉約〈雲中君〉，抵達高潮二〈湘〉，再返回風格分別類似〈東君〉、〈雲中君〉的〈大

司命〉、〈少司命〉（〈大司命〉豪放裡透著威嚴，〈少司命〉婉約中充滿惆悵，兩者的關係也比較晦澀糾結，不像〈東君〉〈雲中君〉那樣一清二白。這是因為大司命與少司命象徵了死亡與生命之間的關係，詩中我們能感覺到後者對前者的敬畏、怨懟……），再到如「日」朗照的〈河伯〉之愛以及如「雲」變幻的〈山鬼〉之情，最後是悲慨的〈國殤〉與悠悠〈禮魂〉。這隻是一個非常粗線條的勾勒，〈九歌〉的發展變化遠比任何概括都要複雜微妙。就拿地祇四神來說，同是愛情題材，〈湘君〉、〈湘夫人〉是內心獨白，〈河伯〉更著眼於外部事件，〈山鬼〉則內憂外「幻」；或者說，〈湘君〉、〈湘夫人〉整體是一出戲劇，「二湘」的獨白也是某種對話，〈河伯〉是一首敘事詩，描寫了河伯與戀人從相會、遊河到送別於南浦的完整過程，而〈山鬼〉是一首如夢似幻的抒情詩。在情節上，湘君與湘夫人處於赴約途中還未見面，河伯與戀人不僅見面了還一起遊玩，而山鬼來晚了，其男友失約了；「二湘」是夫婦之愛，〈河伯〉描寫了成熟男女的戀情，山鬼乃初墜情網的少女。在情緒基調上，「二湘」焦急、深情且幽怨，河伯比較輕鬆快樂，亦有淡淡哀愁，山鬼的心思卻患得患失、變幻莫測。這些由「陰陽」發動的變化，令人嘆為觀止。

　　〈九歌〉不僅是符合特定儀軌要求的大型樂神儀式詩，亦是屈原用後世葉芝、龐德所謂的面具手法撰寫的一部長詩，屈原的思想情操、個性旨趣在眾神的面具下微妙流露，呼應著他的其他作品。〈九歌〉充分說明長詩是一種綜合創造，是「在均衡合度和關聯意義上對複雜的綜合體的把握」[14]。在屈原筆下，抒情、敘事、寫景、哲思、戲劇性、組詩性、音樂性，各顯其能又融會貫通；神話、現實，交相輝映；細部搖曳多姿，整體多變而統一，其各層次的審美價值質互相配合，形成了一種複調和聲的效果。在〈90年代與我〉一文中，西川針對1990年代片面強調「敘事性」的詩歌風潮駁斥道：「既然生活與歷史、現在與過去、善與惡、美與醜、純粹與污濁處於一種混生狀態，為什麼我們不能將詩歌的敘事性、歌唱性、戲劇性熔於一爐？……這不是為了展示詩歌的排場，而是為了達到創造力的合唱效果。偏於一端雖然可能有助於風格的建設，卻不利於藝術向著複雜的世界敞開。」[15]

---

[14] 《文學理論》，292頁。

[15] 西川：〈90年代與我〉，見王家新、孫文波編：《中國詩歌九十年代備忘錄》，人民文學出版社2000年版，265頁。

基於長詩的上述特點，它最終在閱讀中呈現為一種具有多價值性的「難美」[16]。已故詩人駱一禾將長詩和寫作長詩的詩人看成是一個「博大生命」的現象，這生命不是「蒼生一芥」，而是「深層構造的統攝和大全」[17]。屈原即是如此，我們民族的這位源頭性詩人令後世讀者高山仰止又望洋興嘆，真正進入他的一系列長詩遠比進入杜甫的世界、李白的世界困難得多，但你又沒辦法將他繞過去。駱一禾在〈光明〉中這樣寫道：

> 長詩於人間並不親切，卻是
> 精神所有，命運所占據

西川、海子、駱一禾的友誼，是當代中文詩歌史上的一段佳話，他們彼此影響，相互砥礪，分享著同一個有關長詩寫作的宏大抱負。在長詩〈匯合〉的「寫作的說明」中，西川提到維吉爾《埃涅阿斯紀》對他的影響[18]，而西川與海子的不同，還真有點類似於維吉爾與荷馬的風格差異。德萊頓曾公允地比較了這兩位偉大詩人：「維吉爾氣質安詳、穩重，荷馬狂暴激動，充滿了火。維吉爾的天才在思想得體，文字多彩，荷馬則思想迅速，語言自由。」[19]隨著兩位好友相繼辭世，以及六四後中國社會的全面轉型，進入 1990 年代西川的寫作發生了顯著的變化，對此他曾夫子自道說：「當歷史強行進入我們的視野，我不得不就近觀看，我的象徵主義的、古典主義的文化立場面臨著修正。」[20]此外他還有一個略帶自嘲的解釋：「以前老想成聖，賦予詩歌以神聖性，後來發現自己並沒有往這方面走，反而成精了，變成了牛魔王。」[21]寫於 1992 年的〈致敬〉，出現了西川後來的長詩共有的

---

[16] 在〈美學三講〉中，鮑桑葵依據「複雜」、「緊張」和「寬度」，對「難美」和「易美」進行了區分。見《文學理論》，291 頁。

[17] 果樹林：〈世界的血〉後記，見駱一禾：《世界的血》，春風文藝出版社 1990 年版，135 頁。

[18] 西川：〈關於《匯合》寫作的說明〉，見其所著《讓蒙面人說話》，東方出版中心 1997 年版，233 頁。

[19] 轉引自楊周翰：〈埃涅阿斯紀〉譯本序，見《埃涅阿斯紀》，譯林出版社 1999 年版，23 頁。

[20] 〈90 年代與我〉，見《中國詩歌九十年代備忘錄》，265 頁。

[21] 西川：〈視野之內〉，見其詩文集《深淺》，中國和平出版社 2006 年版，274 頁。

一些特點,如綜合藝術、形式的開放性、「箴言」之運用、句群寫作、對純詩的偏離等。

西川的長詩寫作是將諸般詩藝「熔於一爐」的綜合。其抒情既具沉思式的抒情品質,亦有面具化的客觀效果;其敘事「並不指向敘事的可能性,而是指向敘事的不可能性」[22]。敘事的可能性有賴於時間上的連續性或因果關係上的鏈接性,西川的敘事卻如同夢魘,取消了動機、因果關係,取消或部分取消了邏輯性、連續性,或以假邏輯性偽裝成連續性,總之讓事件突兀地呈現,趨於破碎,強行中斷又似是而非地聯繫在一起,從而帶來某種恐怖、神秘之感。〈致敬〉中,西川的戲劇手法表現在多方面,譬如「就要有人來了,來敲門」、「有什麼事情要發生」這種懸念設計(常常是舊的懸念始終懸而不決,新的懸念又接踵而至);譬如戲劇性的語言場景:

> 在卡車穿城而過的聲音裡,要使血液安靜是多麼難哪!要使卡車上的牲口們安靜是多麼難哪!用什麼樣的勸說,什麼樣的許諾,什麼樣的賄賂,什麼樣的威脅,才能使它們安靜?而它們是安靜的。
>
> ——〈致敬‧夜〉

「而它們是安靜的」,寫出了一種令人恐懼的戲劇性轉折,〈致敬〉中不乏這樣的例子。再有,〈致敬‧巨獸〉通篇採用了「那巨獸……」[23]的句群「獨白」與「烏鴉」云云的短句「旁白」交替進行的方式——

> 那巨獸,我看見了。那巨獸,毛髮粗硬,牙齒鋒利,雙眼幾乎失明。那巨獸,喘著粗氣,嘟囔著厄運,而腳下沒有聲響。那巨獸,缺乏幽默感,像竭力掩蓋其貧賤出身的人,像被使命所毀掉的人,沒有搖籃可資回憶,沒

---

[22] 〈90年代與我〉,見《中國詩歌九十年代備忘錄》,265頁。

[23] 巨獸為多重隱喻,喻意之一應指國家,西川對「國家機器」的看法是:「它雖然碩大無朋,卻又像語言一樣看不見摸不著」(〈近景與遠景〉之〈國家機器〉,見《深淺》,68頁),讓我們想到霍布斯的「利維坦」之喻。不過歸根結底《巨獸》的靈感來自韓愈的〈獲麟解〉(西川喜愛的博爾赫斯曾談論過這篇散文),文中「其為形也不類」、「犬豕豺狼麋鹿,吾知其為犬豕豺狼麋鹿,惟麟也不可知;不可知,則其謂之不祥也亦宜」等語,道出了西川巨獸的本質特徵。

有目的地可資嚮往，沒有足夠的謊言來為自我辯護。它拍打樹幹，收集嬰兒；它活著，像一塊岩石，死去，像一場雪崩。

烏鴉在稻草人中間尋找同夥。

戲劇性的基礎是，劇中人物並非純然抒情的孤獨自我，而是彼此之間基於性格或行為目的的矛盾發生一定的關係。〈巨獸〉中，「巨獸」、「我」與「烏鴉」之類的飛鳥，便透出某種戲劇衝突的意味，長詩〈致敬〉因此亦可視為由某些象徵符號出演的戲劇，或用詩中的話說「由道具上演的戲劇」。詩劇《我的天》是西川融合詩歌與戲劇的最新實驗，對於這部有著天問精神的觀念詩劇（劇中有這樣的對白：「天大的追問裡有天大的生活，你追問你才活著，你追問出你自己」），我不打算展開來論述，我只想指出該劇語言的主要特點：一方面它語體混雜，文言（「雙翼若垂天之雲」等）、英語（「baby」）俱用，並不拘泥於現代日常口語，這使得該劇得以在語言衝突中展示觀念衝突，並跳出具體的歷史情境去悟解人類生活；同時《我的天》又大量採用韻文，我們或許應該更進一步稱之為詩體劇。西川選擇韻文與該劇主題有關，「我的天」是口語裡最普通的一句感嘆，又折射出「究天人之際」的古老玄思，正如欣克利夫所說：「（詩體劇中的）韻文與穿著高底鞋，戴著大面罩說話的演員很相配，與生活、言談和思想都高於真正的生活，強於真正的生活的角色很相配。」[24]

為了兼容多種表現方式，讓「藝術向著複雜的世界敞開」，西川需要一種其彈性足以容納一切必要題材的結構模式，一個龐德所說的「碎布頭布袋」（rag-bag）。按照美國批評家瑪喬里・珀洛夫的觀點，這是一種反象徵範式或曰模糊範式；所謂反象徵範式是指詩人抑制企圖完整的欲望，因而在藝術形式上更凌亂更開放。[25]這與其說是一種組織秩序，毋寧說是一個能量場域，讀者需要主動地將各部分加以整合。譬如〈致敬〉，我提供一種理解：它可以被讀成一部以詩歌為主題的作品，各部分由此被串聯在一起。第一首〈夜〉：寫作的時間，既指寫作之夜，亦喻時代之夜；第二首〈致敬〉：寫作的心理因素，涉及苦悶、痛苦、欲望、愛情等寫作的情感動力學問題；三、〈居室〉：寫作的小環境，關乎詩人的精神獨立性；接下來，

---

24 阿諾德・P・欣克利夫：《現代詩體劇》，昆侖出版社 1993 年版，4 頁。
25 參見《二十世紀美國詩歌史》上，75 頁。

〈巨獸〉、〈箴言〉、〈幽靈〉、〈十四個夢〉構成了西川詩歌的要素和肌質;最後一首〈冬〉:寫作的完成──「一個業餘寫作者停止寫作,開始為黎明的鳥雀準備食品」。這完成也是「半完成」,寫作是一條修遠之路,一場跟內心的魔鬼、時代的黑暗與寒冷周旋、較量的持久戰,因此在〈冬〉的結尾,西川意味深長地寫道:「寒冷低估了我們的耐力。」

1990 年代以來,西川每首長詩的「碎布頭布袋」中,均會穿插各種「箴言」(而非箴言)的「碎布頭」。西川很早就有古典趣味的箴言癖,樂於炮製一些諸如「星星雖不歌唱,世界卻在傾聽」、「時間愈久遠他的存在愈真實」、「讓不可能的成為可能」之類的格言警句,這與他的「賦予詩歌以神聖性」的早期詩觀是一致的。格言體大師尼采說過:「格言和警句是『永恆』的形式。」[26]從引用的詩句能看出西川深諳格言的形式要義──對照與重複。對照法從詞項對比中產生深意,營造了一種突然被揭示出的意義之場景;傳統修辭學忌諱過於頻繁地重複同一個詞語,格言卻偏愛重複,因為重複不僅標記了對照,也指向某種咒語般的魔力。然而從〈致敬〉開始,箴言變成了「箴言」──一種徒具其表的假格言:異想天開,煞有介事,似是而非,自相矛盾,胡說八道,神神叨叨,有時乾脆就是廢話,這種「貌似方式」的「格言」,完全就像羅蘭・巴特在〈拉・羅什富科:感言、警句和格言〉中所說的,「只如真理之夢魘一般」[27]。或許還有少量箴言混跡其中,也顯得形跡可疑,這些箴言已沒有了「神聖性」,而呈現出布萊克式的「地獄箴言」的意味[28],用〈致敬〉中的話說:「我沒有金口玉言──我就是不祥之兆。」「箴言」是悲劇話語和遊戲話語的混合,一種自我質疑、自我辯駁的語言,一種對稱於「人類自相矛盾的、渾濁的、尷尬的生存狀態」的反諷性語言。它意味著一個當代知識分子既追慕古典作家先知式的言說方式,又從根本上懷疑和嘲弄這種方式;同時也意味著他深陷於時代生活和個人精神世界的劫難、困境之中,無法超然地說出真相。

作為語法的最大單位,句群指的是語義上有邏輯聯繫,語法上有結構關係,語流中銜接連貫的一群句子的組合,它在以行、節為單位的詩歌中很少被討論,

---

[26] 《偶像的黃昏》,見《悲劇的誕生──尼采美學文選》,329 頁。
[27] 羅蘭・巴特:〈拉・羅什富科:感言、警句和格言〉,見《寫作的零度》,75 頁。
[28] 回答義大利漢學家米娜的提問時,西川談到他喜歡布萊克以及與布萊克有關聯的詩人,見《深淺》,292 頁。

它與後者的主要區別在於它要求一種語法意義上的完整性。西川是當代中文詩人中最熱衷於大規模使用句群的詩人，這使得他的作品看上去不太像詩。西川的句群有兩個特點：

音韻接應。西川非常注重句與句之間音節的勻稱、抑揚的安排、疾徐的更替、長短的搭配，尤其合轍押韻，更是其句群內部接應的重要手段。

> 高於記憶的天空多麼遼闊！登高遠望，精神沒有邊界。三兩盞長明燈彷彿鬼火。難於入睡的靈魂沒有詩歌。必須醒著，提防著，面對死亡，卻無法思索。
>
> ——〈致敬·夜〉

不難發現「闊」、「火」、「歌」、「著」、「索」這些韻腳。

西川句群的另一個特點是解構句群的內在統一性。句群一般都有中心句，其餘句子可以看成是對中心意指的支撐、擴展、延伸、補充、轉折，而西川的句群寫作會自覺抵制「邏輯中心主義」。有時音韻的湊泊、語流的綿延，是為了掩蓋意指的跳躍、斷裂和旁逸斜出；有時西川會煞有介事地用關聯詞連接上下文，然而句與句之間其實並沒有相應的邏輯關係，例如〈鷹的話語〉：「請允許我在你的房間待上一小時，因為一隻鷹打算在我的心室裡居住一星期」，這裡面有什麼因果關係呢？有時前後矛盾的話語製造出荒誕的情境和邏輯裂縫；有時西川表現出一種對稱於社會政治現實的「強盜邏輯」；有時他會拋開一切起承轉合的語法規則，將句子們直接並置在一起，暗示其隱秘關聯，讓它們在對照中產生言外之意。總之西川的句群，正是其反象徵範式的長詩的縮影。

無聯結並置也是西川長詩中句群的外部接應的主要方式。〈巨獸〉一詩在五組「巨獸」的句群間，突兀地插入了分別以烏鴉、鸚鵡、畫眉、大雁、鴿子為主語的五個單句。西川解釋說：「把飛鳥引入一首描寫巨獸的詩是為了打斷這首詩。有時候我意識到我必須打斷我的作品，然後讓它繼續前進。這有點像我們的生活，經常被打斷，而它又總是繼續前進。」[29]這種打斷涉及意外與懸置的美學。除了模仿生活的中斷，西川這樣寫還有什麼更深的意圖？

---

[29] 西川：〈與弗萊德·華交談一下午〉，見《讓蒙面人說話》，285 頁。

在哈佛大學的諾頓講座上，卡爾維諾（又一位西川喜愛的作家）深刻闡釋了「輕」的價值，其中有一段話是這樣說的：

> 當我覺得人類的王國不可避免地要變得沉重時，我總想我是否應該像帕爾修斯那樣飛向另一個世界。我不是說要逃避到幻想與非理性的世界中去，而是說我應該改變方法，從另一個角度去觀察這個世界，以外一種邏輯、另外一種認識與檢驗方法去看待這個世界。我所尋求的各種輕的形象，不應該像幻夢那樣在現在與未來的現實生活中必然消失。

卡爾維諾還引用了瓦萊里的「應該輕得像鳥，而不是像羽毛」，來說明他所心儀的「輕」之形象特徵。[30]回到〈巨獸〉。不難發現詩中句群與單句的並置，正是巨獸與飛鳥的並置，重與輕的並置。這並置暗示了不同和「打斷」，也意味著對峙與「互破」。「在詩歌寫作的具體手法上」，西川發現「一物可以『破』一物，一詞可以『破』一詞，一種結構可以『破』一種結構」[31]，於是為了對付無形而龐然的巨獸，西川引入了飛鳥。這種並置法似乎受到古羅馬作家蘇維托尼烏斯的啟發。戴著歷史學家面具的蘇維托尼烏斯，其實是一位百科全書式的作家（估計這一點也很合西川的口味），在蘇氏筆下，作家的傳記、妓女的傳記、羅馬的公職、希臘文中的罵人話，得到一視同仁的書寫；在他那部帶給西川「巨大的愉快」[32]的《羅馬十二帝王傳》中，正史與軼聞更是被不加分辨地並置在一起。

與巨獸並置的鳥兒們是一種四兩撥千斤的詩歌功夫，是詩歌精神的化身。不必說「沒有金口玉言」的烏鴉、「飛越千山」的行吟大雁、「由於血光而領悟」的和平鴿，就連畫眉的精巧與鸚鵡的廢話，都是西川珍視的詩性特質。這就是為什麼〈致敬〉的終篇〈冬〉會出現這樣的情景：「一個業餘寫作者停止寫作，開始為黎明的鳥雀準備食品。」

西川的句群寫作偏離了詩歌的常規形態，與此相應的是，西川在經歷了1989年公共和私人領域的幾件大事後，要求自己所寫的是一種「人道的詩歌、容留的

30　卡爾維諾：《美國講稿》，見《卡爾維諾文集：寒冬夜行人　帕洛馬爾　美國講稿》，譯林出版社2001年版，322頁。

31　〈90年代與我〉，見《中國詩歌九十年代備忘錄》，265頁。

32　西川：〈致友人信〉，見其所著《水漬》，百花文藝出版社2001年版，190頁。

詩歌、不潔的詩歌,是偏離詩歌的詩歌」[33]。1996 年 8 月 21 日,西川在跟弗萊德‧華對談時說:「我根本不關心我寫的東西是不是詩歌,我只關心『文學』這個大的概念,與此同時,我也關心社會,關心歷史、哲學、宗教、文化」,「我把詩寫成了一個大雜燴,既非詩,也非論,也非散文,我不知道它叫什麼,我不要那麼多界限。」[34]「偏離詩歌的詩歌」、「大雜燴」,成了西川自覺的詩學追求。熱奈特在《廣義文本之導論》中指出:「自《伊利亞特》以來,許多作品自覺服從體裁觀點,而其他一些作品,如《神曲》,起初則有意擺脫體裁的束縛,僅這兩組作品的對立,就足以勾畫出一套體裁體系──我們甚至可以說得更簡單一些,體裁的混合或無視體裁的存在本身已經是諸多體裁之一種了。」[35]在「體裁的混合或無視體裁的存在」方面,西川最極端的實驗便是〈鷹的話語〉。

在這首長詩下面西川注明寫作時間為「1997.10～1998.4」,地點是「新德里～北京」。西川 1997 年 10 月至 12 月曾在印度生活、旅行、寫作了三個月,他在新德里的居所,是城市南郊一座幽美的靈修園。[36]這些背景情況似乎表明,西川是在旅居印度時開始寫作這部作品,回國後又用了幾個月將它最後完成。然而在 1997 年 5 月 24 日的一封書信中,西川就已提到他「正在寫〈鷹的話語〉,但感到力不從心」[37]。這樣看來〈鷹的話語〉花費的時間,要遠長於他在作品後標注的時間。指出這些並非吹毛求疵,我想說的是,印度之行應該是為了〈鷹的話語〉的寫作而特意安排的一次旅行;這次旅行讓西川擺脫了「力不從心」的狀態,對完成這部作品起到了關鍵性的作用,以至於他更願意將旅行的起始日期當作該詩寫作的實質性的開端。現在的問題是,印度與〈鷹的話語〉究竟有著怎樣的關係?

〈鷹的話語〉通篇由標有數字的片斷連綴而成,而這也是古印度六派哲學典籍的一般行文方式。例如勝論派經典《勝論經》第二卷第二章這樣寫道:

1、在花與衣接觸時,其他的德在衣中不出現,這是衣中無香的特徵。

2、香被確立為地的(德)。

[33] 西川:〈答鮑夏藍、魯索四問〉,見《讓蒙面人說話》,271 頁。
[34] 〈與弗萊德‧華交談一下午〉,見《讓蒙面人說話》,278～279 頁。
[35] 熱拉爾‧熱奈特:《廣義文本之導論》,見《熱奈特論文選 批評譯文選》,河南大學出版社 2009 年版,54 頁。
[36] 詳見西川:《遊蕩與閒談──一個中國人的印度之行》,上海書店 2004 年版。
[37] 〈致友人信〉,見《水漬》,189 頁。

　　3、熱由此得到解釋。

　　……[38]

　　諸如此類的片斷既是形而上學的，也是詩化的，片斷與片斷之間也並非嚴絲合縫，而是在斷裂與連續中形成了某種空間。受此啟發，西川終於為他一直想寫的東方式「偽經」（偽哲學作品），找到了恰切的形式。偽哲學在西川看來「屬於文學寫作的秘傳之法」，它「同樣是思想，同樣具有邏輯性（或反邏輯性，或假邏輯性）。它不指向對於天地宇宙的終極的正確解釋，它更關心揭示人類自相矛盾的、渾濁的、尷尬的生存狀態……對於偽哲學來說，自相矛盾、詭辯、戲仿、似是而非、似非而是、假問題、假論證、使用悖論、挖掘歧義、偷換概念、綁架概念、肢解概念等等，正是拿手好戲，也正是它的動人之處和不可取代的原因」[39]。一言以蔽之，偽哲學營造了一種玄虛的，詩、思共舞的情境。〈鷹的話語〉開篇這樣寫道：

一、關於思想既有害又可怕

　　1、我聽說，在某座村莊，所有人的腦子都因某種疾病而壞死，只有村長的
　　　　腦子壞掉一半。因此常常有人半夜跑到村長家，從床上拽起他並且喝
　　　　令：「給我想想此事！」
　　2、你看思想是一種負擔，有損於尊嚴。

開宗明義點出思想主題，並隨之展開一番關於「思想既有害又可怕」的假論證，而這假論證似乎也關聯著毛澤東思想、鄧小平理論以及1949年以來知識分子精神窘境的真現實。「我聽說」已暗示了偽經風格，其同義詞「如是我聞」，正是佛經的開卷語。

　　「鷹的話語」之題似典出《神曲》。〈地獄〉第四篇以但丁之口對荷馬、賀拉斯等詩人進行了評價：「於是我看見詩國裡高貴的一派，這一派的詩如飛鷹，凌駕一切。」[40]〈天堂〉第十九篇為「木星天：鷹的講論」，此「鷹」雖由諸靈魂組成，

---

[38] 見姚衛群編譯的《古印度六派哲學經典》，商務印書館2003年版，9頁。
[39] 〈批評處境和寫作處境〉，見《最新先鋒詩論選》，303～304頁。
[40] 《神曲》，17～18頁。

但眾口一聲,如出一人,因此自稱「我」而非「我們」。但丁藉此形象暗示了「複數之我」的觀念,這正是西川用典的關鍵所在,〈鷹的話語〉:「於是我漸漸相信,我中有我,正如鷹中有鷹。」

西川認為存在問題首先涉及「我」的問題,而「我」是可以分出許多層面的。在〈詩歌煉金術〉中,西川將「我」分為「外在我」和「內在我」,後者又由「夢我」、「經驗我」、「邏輯我」構成[41]。「外在我」和「內在我」容易理解,西川如此解釋兩者的區別:「人們用『外在的我』生活:抵擋風雨,打架鬥毆,工作,握手,拍肩膀,甚至撒謊騙人。但在一定程度上,人們『內在的我』始終鎮定自若……若你僅觸及或傷害到一個人『外在的我』,則你對他還不能構成影響和打擾;而一旦你深入到他的『內在的我』,則他的精神面貌將徹底改變。命運、痛苦、愛和死亡都只對『內在的我』擁有意義。所謂靈魂的秘密正在於此。」[42]博爾赫斯在〈博爾赫斯和我〉中對此亦有論述,該文不僅談論了「我」的內外之別,更談到兩者的混淆:「我不知道我們倆當中是誰寫下了這篇文字。」[43]西川自謂〈鷹的話語〉寫出了他的「精神隱私」[44],說明這是一部關乎「內在我」的作品,更確切地說,這是一部「夢我」、「經驗我」、「邏輯我」之間「三國演義」的戲劇。

西川的「我」之分類學,很可能受到弗洛伊德理論的影響,也不排除印度古典哲學的啟示。在古代印度,「梵」的觀念指向「萬有的內在我」,「個我」只是「梵」的樣式,其唯一的屬性在於對「最高我」的直覺。《梵經》第一卷第二章這樣寫道:

> 11、進入心臟空處的兩種我(是最高我和個我),因為那是(在聖典中)所見到的。
>
> 12、還因為(最高我和個我被作了)區別。[45]

在〈通過解放過去而解放未來〉一文中,西川分析了三個「我」的差異:夢有夢的語法,涉及無序、荒謬和審美;夢總是有所屬的,不屬於張三,就屬於李

---

[41] 《水漬》,224 頁。

[42] 〈近景與遠景〉之〈我〉,見《深淺》,66 頁。

[43] 《博爾赫斯全集‧詩歌卷》,148 頁。

[44] 西川:〈答譚克修問〉,見《深淺》,301 頁。

[45] 《古印度六派哲學經典》,259～260 頁。

四；它以憂鬱為本質，以欲望為核心；夢不是無，而是有，卻是假有，夢通過假有的圖像一次性地把握事物，只做反應不做判斷，這種不合日常語法的方式難於理解，造成了夢孤獨的特徵，從而使瘋狂和偏執成為可能。經驗與夢幾乎相互對立，經驗有經驗的準則：追逐利益，尋求安全，這是由我們的生存處境決定的；經驗有種我痛故我在的特徵，然而這一點並不必然導向真理；經驗從未放棄對事物做出判斷的權利，但它判斷的依據不是真理的正確性而是常識；人們通常把對經驗的尊崇稱作世俗理性，但經驗並非理性而只是習慣；最終，經驗以其庸俗性、實用性而為知識所排斥。這樣，邏輯便獨吞掉思想的權利和思想的果實，在思辨領域橫行無忌，但由於它拒不接受經驗和夢的坐標，因此它所得出的具有真理色彩的結論掩蔽了血肉之我；實際上，邏輯並不是思想，它只是一門知識，一種方法，甚至是一種遊戲，思想不過被含吮其中。對於大多數人來說，我具有唯一性、完整性、可靠性，但這是一個虛構出來的我，由於這種虛構，我的複雜性被掩蓋，世界的複雜性被抹殺。人們把注意力放在簡化的我與簡化的世界的關係上，這種我與世界的關係表現為我與你的關係，我與他（它）的關係。而現在，必須關注**我與我的關係**，在我與我的關係中蘊涵著存在的基本問題。[46]

　　混合成一個我的三個我的糾結，造成了人的自相矛盾。西川否認自相矛盾是一個貶義詞，在他看來這既是人類的悲劇，也是人類的力量所在，更是一個奇妙的詩性空間。〈鷹的話語〉既然是一部偽哲學作品，那麼「邏輯性」就成為這部作品的基本方式；然而由於夢我語法、經驗我語法的滲透、干擾和爭奪，許多時候這種邏輯性表現為一種反邏輯性或假邏輯性。換言之，思維的裂縫被西川有意放大，從而暴露了三個我之間驚心動魄的博弈。譬如第四章〈關於呆頭呆腦的善與惹是生非的惡〉，主要是經驗我與邏輯我在爭奪善惡的解釋權。而第五章〈關於我對事物的親密感受〉，是夢我放逐了經驗我，幫助一個詩人建立對事物的親密感受。第五章開門見山地說：「於是我避開市鎮，避開那裡的糊塗思想」，暗示經驗我因無助於增強我對事物的親密感受而被避開；隨後，「我避開我的肉體，變成一滴香水」，「愛自然而懸置它的意義」，這「變成」、這「懸置」，正是夢我的本質特徵，事實上也只有在夢中才能真正實現物我融融、莊周化蝶的境界。

46　《深淺》，250～251 頁。

在三個我的複雜互動中，西川以鷹一般的利爪牢牢抓住思想及思想境遇問題，善惡、內自然與外自然、時代精神等重大命題，給予其鷹一般強有力的回應。就像該詩末尾部分所寫：「鷹不陶醉於翱翔」——鷹之翱翔是為了回應大地上的事物，與「格鬥、撕咬、死亡」有關，這就跟「為藝術而藝術」的寫作拉開了距離。而這回應在話語方式上也迥異於通常意義上的子曰詩云，正如楊煉稱自己的作品為「鬼話」一樣，西川將這首無視各種藩籬、界限，在自我精神的深淵中冷冷審視、縱橫翱翔的非詩之詩命名為：鷹的話語。

除了西川的〈致敬〉，1990 年代還有一首以「致敬」為名的長詩，那就是蕭開愚的〈向杜甫致敬〉。不約而同的「致敬」似乎意味著：在變動不居、亂象紛呈的社會轉型期，在一個「濃霧將我困在渡輪口」[47]的時代，兩位詩人都試圖將詩歌重新安置在某種高邁、穩定的價值底座上。而他們的區別也很明顯。如果說西川顯得「洋氣」的話，蕭開愚則頗為「土氣」；對於博爾赫斯這樣的作家，兩人的態度也大相逕庭；龐德倒是贏得了他們一致的喜愛，但西川著眼於龐德的「先知式的積怨、文化視野」[48]，蕭開愚更看重龐德的現代儒者形象和「社會性文學氣氛」。〈向杜甫致敬〉很可能受到龐德的〈向賽克斯托斯・普羅帕丟斯致敬〉的啟發。普羅帕丟斯是古羅馬時期的一名輓歌詩人，龐德曾在一封信中說：普羅帕丟斯「表現的某些情況對我十分重要，1917 年我面對大英帝國無與倫比、不可名狀的蠢行同幾百年前普羅帕丟斯面對羅馬帝國的無與倫比、不可名狀的蠢行所產生的情緒是一樣的」[49]。這部作品塑造了一個龐德化的普羅帕丟斯，或者說，龐德藉此人格面具來傳達他對所處時代的診斷。〈向杜甫致敬〉採用了同樣的方式。

〈向杜甫致敬〉對詩聖的敬意與趨向之心表現在諸多方面。杜甫在〈宗武生日〉中自陳家數曰：

[47] 〈向杜甫致敬〉中的詩句。
[48] 西川：〈答米娜問〉，見《深淺》，292 頁。
[49] *Selected Letters of Ezra Pound 1907~1941,* New Directions,1971, p・231.

> 詩是吾家事，人傳世上情。
>
> 熟精文選理，休覓彩衣輕。

《文選》固然強調「綜緝辭采」、「錯比文華」[50]，但與輕薄為文的「彩衣」[51]不同，它是以「事出於沉思，義歸乎翰藻」為旨歸的，沉思之事乃翰藻之文的出發點和實質。正是對「文選理」的熟精把握與發揮，令杜甫贏得了「詩外尚有事在」、「入思深」的考語。而蕭開愚和當代某些江南詩人的風格差異，亦屬「事出於沉思」與「彩衣」之別。老杜最是憂時傷世，明人王嗣奭評杜甫的「拗體」時說：「愁起於心，真有一段鬱戾不平之氣，而因以拗語發之，公之拗體大都如是。」[52]同樣的，〈向杜甫致敬〉拗峭的語言風格，亦生發自憂時傷世的「鬱戾不平之氣」。

元稹在〈唐故工部員外郎杜君墓係銘並序〉中談到杜甫是一位「盡得古今之體勢，而兼今人人之所獨專」的集大成者，也指出後者尤為擅長賦化長篇，所謂「鋪陳終始，排比聲韻，大或千言，次猶數百，詞氣豪邁而風調清深」[53]。與此相應的一個文學史常識是，「即事名篇」的新題樂府被視為杜甫最突出的成就。蕭開愚同樣追求眾體皆備，而他最出色的作品，也是諸如〈向杜甫致敬〉這樣細緻刻畫、密實編織的敘事性長詩或中型詩。

〈向杜甫致敬〉不僅是向老杜厚重勁健的筆勢、沉鬱奇崛的詩風和敘事長篇的寫法致敬，向老杜有為而作、以文行事的創作態度致敬，更是向老杜所體現的偉大的詩歌精神致敬。杜甫之所以被尊為詩聖，是因為他代表**以社會性為個性**的古典詩學正統的最高成就。孔穎達《毛詩正義》將〈詩大序〉「是以一國之事，繫一人之本」解釋為：

> 一人者，作詩之人。其作詩者道己一人之心耳。要所言一人心乃是一國之心。詩人覽一國之意以為己心，故一國之事繫此一人使言之也。[54]

---

[50] 蕭統：〈文選序〉，見《文選》，上海古籍出版社 1986 年版，3 頁。

[51] 〈宗武生日〉舊注「彩衣」典出老萊子彩衣娛親，但我認為它同時亦指涉那種宮體詩般的文學風格。

[52] 王嗣奭：《杜臆》卷七，上海古籍出版社 1983 年版，244 頁。

[53] 元稹：《元稹集》卷五六，中華書局 1982 年版，601 頁。

[54] 《十三經注疏》，中華書局 1980 年版，272 頁。

　　這種國身通一的精神，便是中國詩歌之道統，也正是杜詩的靈魂。在〈向杜甫致敬〉中，這種精神甚至成為一種結構性的因素。該詩共十章，第一章開篇即國族的判詞：

> 這是另一個中國。
> 　為了什麼而存在？
> 沒有人回答，也不
> 再用回聲回答。
> 　這是另一個中國。

接下來蕭開愚從家庭、語言、城市生活、文藝、政治等諸多方面，描繪了「另一個中國」的面貌。

　　第二章至第九章，一些「問題人物」變換著人稱，活動於特殊的社會情境之下，被一一體察和透視，類似艾略特〈荒原〉中欲望的眾生相。第二章的主角是個逃學的孩子；第三章描寫了跟痛苦、醫院、死亡「對弈」的病人；第四章是一個死在路上的探險家；第五章：自殺前的女秘書；第六章：飛機上的妓女[55]，等等。所有這些人物的叛逆、痛苦、恐懼、冷漠、死亡、失落、絕望、空虛、墮落，甚至輕鬆快樂，都指向深刻的生存危機、人性危機。社會問題的敘述當然蘊涵社會倫理的判斷，但就像蕭開愚在〈90年代詩歌：抱負、特徵和資料〉中所說，「召喚道德的力量不直接來自一個道德觀也是來自一個道德觀與各種現象的接觸」[56]，換成古老的詩學表述便是，詩可以觀。在細緻深入、感同身受的觀察中，判斷自會沉澱。這裡每一章都是聚焦於個別事件和局部現象的「小敘事」，在一個一切「總編碼」都十分可疑的年代，蕭開愚試圖用「小敘事」的拼貼、匯合，來實現對「另一個中國」的「宏大敘述」。

　　第十章：詩人覽上述人物「以為己心」：

> ……
> 我就是那些等待醫生的家庭中

---

[55] 第五章的女秘書坐電梯直達高層，第六章的妓女在飛機上，似乎暗示「另一個中國」女性社會地位的變化是一種陡然的、形式上的提高。

[56] 《最新先鋒詩論選》，333頁。

> 著迷於藥物的低燒成員。我就是和你
> 簽下合同，白衣一閃的青年。
> 我就是小姐，嘴巴向科長開放。
> 我就是司機，目的地由你們吩咐。
> 我就是清潔工和掃帚。我就是電吹風
> 吹散的噁心的汗味，我就是喜悅
> 牢牢抓住的男人和女人。而不是悲哀
> 假意伺候的文人雅士。

　　當「我」就是所有人時，所有人的生存危機便匯為「我」的精神危機。按照國身通一的邏輯，這也意味著「另一個中國」的困境。「我」的獨白既是「道己一人之心耳」，又是「一國之事繫此一人」的言說。上述詩句貫通了老杜的詩心。杜甫的隔代傳人，蕭開愚的另一個詩歌榜樣黃庭堅曾如此論說「處俗」：「道人壁立千仞，病在不入俗；至於和光同塵，又和本折卻。」[57] 蕭開愚一心追慕的杜詩之高格，恰是一種入俗而不俗的人間情懷。

　　雖然杜甫的思想兼涉佛、道，但從根本上講他是一位儒家詩人。「奉儒守官」、「儒衣山鳥怪」、「干戈送老儒」、「儒冠多誤身」、「乾坤一腐儒」等語，均為老杜的自況或自嘲，含「儒」的詩句在他筆下計有近五十處之多。杜甫有「泛愛眾」、「仁者愛人」的深情至性，有「民為重」的民本思想，亦恪守以文為諫、以史經世的儒家傳統。而儒家精神，尤其新儒家精神，也是〈向杜甫致敬〉的主幹倫理。該詩第十章寫道：

> 但我是孔子的學生。

　　在〈個人的激情和社會的反應〉中，蕭開愚這樣解釋杜甫的當代意義：「問題不在於用貌似正義的眼光來壟斷對杜甫的理解，而在於用它約束當代詩歌的主題確定和挖掘……另一方面呢，當代中國的詩歌越發孤立，也可以說越發游離了。好像需要社會批評的政治強力往大地上拽一把，跟生活的什麼著力點掛個鉤。」[58]

---

[57] 黃庭堅：〈答崇勝密老書〉，轉引自《黃庭堅選集》前言，上海古籍出版社 1991 年版，15 頁。
[58] 《此時此地——蕭開愚自選集》，402 頁。

於是杜甫的「植入了否定性和或然性」的儒家現實主義，以及經世致用的儒家詩學原則，就成了「拽一把」的力量。

我們從〈向杜甫致敬〉的第二章（「擺脫了母親的親昵的公式」、「認真的老師不能原諒／短褲、香烟、錯別字」）、第三章（「她們為制服敞露的／槍管而果斷」），能讀出反僵化、反物化的儒家人文精神。第六章以一個妓女的口吻，敘述了她和詩人的一次飛行經歷，字裡行間不含道學褒貶，卻洋溢著原始儒家「道始於情，情生於性」的人道主義精神。第八章描寫了一個曾與資本主義勢不兩立的退伍軍人在當代的尷尬處境（「暴發的抹布／抹掉舊和人的影子」、「我已是我前半生的敵人」），而「進入富裕的／可恥的夢想」之類的詩句，既是毛時代革命話語的可悲延續，也是對現時代的儒家批判，有道是「邦無道，富且貴焉，恥也」（《論語・泰伯》）。第九章的革命家也在墮落，全無知行合一、理想主義的政治情懷，「只是像勤奮的蒼蠅」——「我倆，革命家／在書店裡碰頭／不是為了戰鬥，只是／酒後咬文嚼字」，「出走，回家，鑽營」，「遲到的惡勢力的羞辱／正是通向晚宴／和享受晚宴的簽證」。從中間八章我們隱約意識到，正是無節制的欲望與「禮」的缺失製造了新式的人禍，所謂「另一個中國」，就是脫出禮俗社會又沒有進入法理社會的怪物，「勉強算是『中國』的遺跡」。

儒家文化背後有個鄉土中國的實體，新儒家的文化重建也有個「禮失而求諸野」的思路。如牟宗三瞧不上新式知識分子的浮薄，便希望以農民生根的生命為師，建設一種「有本有根」的人生和社會[59]。說蕭開愚「土氣」，皆因他有同樣強烈的鄉土情結。他寫過大量有關鄉土風物、鄉村經驗的抒情詩，他的長詩〈公社〉更是將鄉土烏托邦的理想發揮得淋漓盡致。〈向杜甫致敬〉基本上是一首城市題材的作品，涉及鄉村的筆觸只有寥寥七處，卻都很重要，語簡意長地書寫了作為「病中國」與「桃源樂土」的鄉村現實。

第一處是第一章的城鄉比較。第二處是第二章的鄉下病人進城求醫的歷險（「從懶睡的鄉村來到城市／躲避著戶口的猥褻的刁難……」）。第三處是第四章，探險家對亦真亦幻的田園鄉愁的抒情眺望：

---

[59] 參見牟宗三：《五十自述》，鵝湖出版社 1989 年版，37 頁。

　　　而一種相反的力量

　　　清晰的思想，越過田園

　　和最低的願望結合在

　　　他的眺望。村樹

　　　山巒和雲交替染上月色的銀光

　　和黎明的金紫色。

　　以及對鄉村環境的憂慮（「人和事返回憂慮中。／在村子裡，和壞天氣、和昆蟲／和風濕病戰鬥……」）。第四處，第八章的「小姐」勾起「我」的「村姑」記憶（「小姐／我的小費出自我靈魂的枯竭」，「1970 年村姑懷孕，而她／墮胎了……」）。第五處，第九章「我」想像亡母在另一個世界「種菜」。第六處和第七處都在第十章。第六處寫到「我」的鄉村教師現已「不再種地」，並徹底犬儒化了（「他已拋棄孫悟空與外層空間的秘密」）。第七處是重中之重，全詩結束於「我」和一位來自農村的妓女的交媾。在此之前，「我」深情地讚美著後者，一如但丁謳歌俾特麗采，歌德詠嘆永恆的女性：

　　　我向這個冒牌的前衛小姐致敬！

　　　這個打工妹，這個農村，

　　　　這個為春節貢獻背影的娼婦，

　　　我崇拜她的眼淚，她的粗腰，她的假話。

含混的語調凝聚了複雜的情緒。我們並不懷疑詩人的真誠，但我們不知道這讚美與交媾意味著什麼。這是一出鄉村肉體與城市欲望的戲劇，還是當代生活與落伍詩人的寓言？這是一個詩人的墮落之舉，還是他跟鄉土重建肉身性聯繫的象徵行動？究竟是現實感的刺痛，還是虛無感的證明？欲望還是激情？在整首詩中，「我」以儒家的道德主體性及生成相對更好現實的願望，裁判著「另一個中國」，就像杜甫裁判了他的時代──並非精湛的詩藝，而是偉大的人格，賦予裁判以權威和信用。然而因為這個意義不明的舉動，「我」和「我」那偉大的致敬對象，在相似性的核心產生了反諷性的差異。「我」最終被敍述成「灰暗的波浪」、「正在腐爛的肉體」，不可能跟隨導師上升了。不過這個舉動也伸張了不確定性的價值，它耐人尋

味，困擾著我們，關聯著我們。在一個任何絕對價值都值得懷疑和重估的年代，或許就像德裡達所指出的，沒有對不確定性的體驗和嘗試，就不能做出任何選擇，也就沒有任何道德或政治責任。

我們原以為本詩的敘述主體是杜甫的轉世靈童，沒想到「我」並未被置於某種道德高度，相反，「我」的道德姿態甚至還低於一位妓女。這就產生了一個悖論：與那些「高大」的道德承擔者相比，在今天，在「另一個中國」，我們顯然更信任這樣一個低得多的道德位置，因為這個位置供應對話而非宣諭，它於幽微處、自省中產生作用力；但另一方面這也導致了敘述的危機，我們該如何接受一個「不道德的敘述者」的道德敘事？

最後一句詩中的「自焚表演」怵目驚心，呼應著第一章「那肉感的柴薪竭力證明／這是另一個中國」。「這是另一個中國」，只有欲望的動力裝置，卻沒有欲望的抑制機制，無論個人還是社會，都在進行欲火焚身的表演；欲望成了絕對的律令，它要求深入開發能使自我興奮、享受、沉迷的一切可能性。就連對此進行敘述的文學文本也成了「欲望的機器」[60]，生產欲望，也因欲望而生，並同樣深陷於欲望的悖論性結構之中，最終將自身變成一場自反性的「自焚表演」。

1990 年代以來，中國詩人的長詩熱情普遍消退，只有極少數詩人依然堅持這種費力不討好的寫作；而在群雄逐鹿的 1980 年代，長詩可是一名詩人奠定文學聲譽、一展詩歌宏圖的首選體裁。特別是當時的詩歌重鎮四川，詩人們或許受到寫作散體大賦的鄉先輩司馬相如、王褒、揚雄的激勵，或許潛移默化於追求長生的道教文化心理，抑或涵容綿長又豪邁大氣的本土性格使然，長詩創作尤為繁盛。

歐陽江河的〈懸棺〉便是一首還魂漢賦之美的長詩。該詩以散文體的運用，綿密華麗的文辭，鋪張揚厲、踵事增華的「體物」，以及時空鋪衍、不歌而誦的風格充分顯示了這一點，當然它也明顯融入了聖瓊·佩斯的調子。鍾鳴認為〈懸棺〉「在反抗枯燥乏味的白話詩壇的傳統，尋求語言自身價值方面，是頗具意義的」[61]。

---

[60] 這是德勒茲和瓜塔里在《反俄狄浦斯》中共同創造的一個概念，其涵義是：因主體嚮往獲得某物或達到某種目的而自行運轉、產生能量，並經由各零件、要素組成的一種裝置，這裝置具有欲望生產功能。

[61] 鍾鳴：《旁觀者》，海南出版社 1998 年版，866 頁。

廖亦武的〈死城〉、〈黃城〉、〈幻城〉同樣是氣勢恢宏的散文體長詩，極盡鋪排誇張、危言聳聽之能事。和〈懸棺〉俊朗的語言、高蹈的風格有所不同，廖亦武的〈城〉系列文辭粗礪，鬼氣森森。如果說〈懸棺〉是一篇「文賦」的話，那麼〈城〉系列更像三篇「俗賦」。出於對民間性、地方性的自覺，廖亦武將寫作〈城〉系列的地址，也就是他的書房，命名為「巴人村」，題於詩後。廖亦武的〈天問〉繼承了屈原原作的懷疑主義精神和有問無答的形式，又在主題上有所變化。屈原的〈天問〉是對歷史和存在的質詢，廖亦武的同題詩則是對末日與自由的追問；屈原的姿態是朝向過去的，而廖亦武更著眼於未來。該詩以「請問何年何月何日何人，曾經預言過世界的末日？」開篇，結束於「跳呀跳呀跳呀跳呀，請問我們能阻擋住末日嗎？請問我們能阻擋住末日嗎？請問，誰是太空中最漂亮的舞蹈者」。事實上廖亦武用作題記的兩位川籍詩人的詩句，就已逗漏了末日與自由主題。他引用了歐陽江河〈懸棺〉中的「建造那橫絕萬世的空中城堡僅僅是為了預示崩潰？」以及李亞偉的〈困獸〉：

> 它用一聲長長的嚎叫死死抓住人類生存的把柄
> 它　她　他
> 在奔逃中深深感受了永恆的自由

而廖版〈天問〉的風格正是從歐陽江河式的嚴肅、玄思、幽獨和雄辯，一步步向莽漢派詩人的調侃、野性、狂歡和搖滾精神過渡，從「知識分子寫作」向「民間派」過渡，這首詩是否寓言了人類命運不得而知，但它至少預言了廖亦武本人的命運。

　　周倫佑是非非主義的創始人，非非的理論激進而混亂，堪稱具有中國特色的未來主義、達達主義，詩學上的文化大革命主義和政治上的造反派寫作；其理論宣言中著名的「三超越」（超越邏輯、超越理性、超越語法），又和法國後現代主義及美國語言詩的某些觀點不謀（？）而合。周倫佑寫於1986年的長詩〈自由方塊〉，便可視為其非非理論的最佳注腳。這首詩大膽運用了文字的圖畫性排列、圖符寫作等非語言要素的修辭手法，一如阿波利奈爾在《圖畫詩集》中所做的那樣。〈自由方塊〉的第三章〈動機Ⅲ：魯比克遊戲〉，部分表明了作者的文化立場：

後爵士時代

後搖滾時代

霹靂舞使阿里巴巴兩腿抽筋

……

公安六條不准你運動

你撿傳單

不小心踩響了地雷

……

革文化命的小將早已皈依文化了

更年輕的同胞們正在嘔吐

吐出物質第一性

吐出生產力

吐出亂七八糟的牢騷和酸水

郵局郵寄他媽的

胡說八道引起轟動

　　在上述詩句的右側，還並置有另一首詩，左右兩邊的詩有著微妙的互文關係。左邊是左派風格，右邊是右派姿態；左邊是「周式後現代主義」，右邊是古典主義和現代主義（「你不免沾染上幾分魏晉風度」、「也有些現代性的東西」）；左邊是牢騷、粗話和廢話（「他媽的」、「胡說八道」），右邊是「清談」、「玄學」和「嘲笑不朽」、「褻瀆神聖」；左邊是政治，右邊是風月。這種並置暴露了詩人思想的矛盾和複雜。不過，周倫佑還是以一種東風壓倒西風的方式，巧妙地表明了他的傾向性——左側詩的字體要比右側詩的字體大一號！「魯比克遊戲」俗稱魔方，其特點是異質拼貼、自由組合，但要使那些「自由方塊」既能隨意轉動又不會四分五裂，還涉及結構靈活性的問題。周倫佑顯然以此遊戲類比中文詩歌寫作。而這首長詩也的確在人稱遊戲、非確定性表意、消解固定寫作姿態等諸多方面，充分實驗著中文的自由潛能。因此〈自由方塊〉可謂中國當代第一首實驗詩長詩。但該詩仍然是一種語言表達的實驗，詩中「我留在話中聽著話中的話。他在話內。你在話外。／我在話下。不在話下」，「他說你說我說他說我說你說他說你說我什麼也沒

說」,「胡說八道引起轟動」,以及結尾部分對《道德經》「道可道非常道名可名非常名」的引用,都充分說明了這一點;周倫佑未能超越文化詩學、形式詩學的範疇,將他的實驗性進一步推進到漢字的符號詩學層次上。

和周倫佑一樣,鍾鳴也熱衷於在長詩中混雜散文語體,不過兩人的出發點並不一樣。周倫佑是出於一種文學的叛逆心理;鍾鳴則是從龍、鳳、麒麟等想像性圖騰動物身上獲得了一種文體意識:這些動物全都是拼湊與混合的產物,因為人們渴望一個東西可以兼有所有東西的功能[62],這也是長詩的願望。

鍾鳴不僅是優秀的詩人,也是傑出的散文家,其格物寓言型散文旁徵博引,天花亂墜,奇思妙想,雅人深致。如果一個人既是詩人又是散文家,毫無疑問,他的散文寫作會受益於他的詩歌寫作,而我們在鍾鳴那裡還看到了相反的促進作用。在文學百科奇書《旁觀者》中,鍾鳴提到前蘇聯詩人吉洪諾夫「密集性華麗」對他的影響[63],這應該與毛澤東時代的「全盤蘇化」及詩歌讀物的匱乏有關。吉洪諾夫的詩集 1952 年被譯介到中國,大概由此成為少年鍾鳴的詩歌啟蒙讀物之一,令他受益匪淺,於是他在一部滲透自傳因素的作品中向這位風格的啟蒙老師致敬——雖然鍾鳴早已青出於藍了,尤其當他 1987 年寫下〈鹿,雪〉、〈中國雜技:硬椅子〉之後。張棗曾指出鍾鳴詩歌「不必要的複雜」之弊[64],這顯然與其「密集性華麗」的風格偏好有關。鍾鳴有些短詩會因此略顯黏滯,缺少那麼一點扣人心弦的鋒芒,然而這種風格的魅力卻被他的長詩《樹巢》發揮得淋漓盡致。《樹巢》是一部以植物、森林為題材的作品,而該詩的語言風格也是**森林般的**:繁複密集、廣闊幽深、枝杈縱橫、盤根錯節、老樹新枝、纖毫畢現、柔韌多汁、千姿百態、亦動亦靜、變幻無常、自由浪漫……密切應和著它的內容,對於這首森林之詩,就連「不必要的複雜」都顯得那麼必要。

《樹巢》是一部未竟之作,在鍾鳴的構想中它包括「四個獨立的篇章」:「第一卷〈裸國〉(詩體),語義類型為〔逆施〕,追述漢族的自我攻訐性……從而涉及人類從植物崇拜到毀滅自然生態這一最為廣義的屠戮主題;第二卷〈狐媚的形而

---

[62] 參見鍾鳴:《塗鴉手記》,上海人民出版社 2010 年版,194 頁。
[63] 《旁觀者》,728 頁。
[64] 《旁觀者》,1356 頁。

上疏證〉（闡釋體），語義類型為〔歧義〕，它將描繪狐媚的神話隱喻，涉及『文字
狐媚』在本體意義上的四種形態；第三卷〈梓木王〉（小說體），語義類型為〔情
境〕，主要描寫人類對待植物的三種態度；第四卷〈走向樹〉（隨筆體），語義類型
為〔還魂〕，它關聯到世俗生活中的『物相』和『木』的終極觀念。」[65]但最終鍾
鳴只完成了第一卷。好在每一卷都是「獨立的篇章」，因此一千五百多行的〈裸國〉
本身即是一首完整的長詩。這無疑是鍾鳴最重要的詩歌作品，不過他對它卻有種
卡夫卡式的自我否定，他曾說：「文字要不要簡化世界呢？——為此，我否定了自
己的《樹巢》。」[66]如此說來，《尤利西斯》、《追憶逝水年華》也應一並否定。

　　《樹巢》的「密集性華麗」和吉洪諾夫關係不大，而是根植於南方腴辭雲構、
誇麗風駭的語言氣候。南方文學傳統的源頭是屈騷，及衍化自楚辭的漢賦，鍾鳴
似乎希望以此傳統重塑新詩。除了「密集性華麗」的風格和控引古今、包括宇宙
的雄心，《樹巢》與漢大賦的相似之處還表現在以下幾個方面：

　　大賦是一種糅雜了詩、騷、駢、散等文體因素的綜合性文體，而文體的綜合
性如前所述也是《樹巢》的追求。

　　漢代賦家指陳事物時，熱衷於具體名物的廣收博采、鋪陳羅列，以博為要，
以繁為尚，如揚雄〈蜀都賦〉言蜀地物產之豐富列舉樹木名稱近二十種，水草名
稱十餘種，禽鳥名稱十種，水獸名稱十餘種，水果名稱十五種。張衡的〈南都賦〉
舉樹木二十餘種，水草十種，水禽十五種，蔬菜十二種，水果十種。《樹巢》也有
十分濃厚的博物學興趣——這種興趣本身就是物種多樣化的頌詩——以〈裸國·
22〉第一節為例，鍾鳴寫到了香樟、栗樹、楓樹、桃樹、橄欖枝、核桃殼、葡萄、
松樹、梓樹、楮樹、豆蔻樹、桑葚、楊柳、毒芹共十四種植物，金甲蟲、螢火蟲、
蝎子、飛蛾、螞蟻、蠶蛹、蝴蝶、金螞等八種蟲，鱘魚、比目魚、蠑螈、石化魚、
烏賊魚等五種水族，及黃鸝、孤鵝、烏鴉、梟、鵠等鳥類。對此鍾鳴津津樂道，
不厭其繁。

　　源自楚辭的漢賦大體上也是一種神話文學。司馬相如的〈子虛賦〉、〈上林賦〉
就是用楚國之事，佐以神話而賦成，而散體大賦中直接的神話之作更比比皆是。

---

[65] 鍾鳴對《樹巢》的簡介，見《後朦朧詩全集》下卷，四川教育出版社 1993 年版，
　　324 頁。
[66] 《旁觀者》，828 頁。

《全漢賦》中出現次數最多的神話人物是夏禹，計有二十二次。禹的神聖化、經典化是一個將政治神話化的漫長過程。夏商周朝代不同，但文化一脈相承，商人對夏朝的態度不很清楚（想來跟漢朝對秦朝的態度差不多），到了周代，不管地理上還是心理上，周人都近夏而遠商，於是商人成了貶義詞，夏的地位卻被抬高了，成為政治正統、文化正統的原始典範。「華夏」這一文化地理總體名稱，就是在這一背景下出現的。在對夏的贊頌中，大禹被標舉為夏統的總代表，承接夏統就是「續禹之緒」，「禹跡」成了華夏地域的表述名稱。那個憑藉治水之功破壞禪讓制，從而開啟了家天下傳統的大禹王，在周人敘述中逐漸被神化為農業之神、水利之神、內聖外王的國族之神、文化之神。《詩經》中多有關於他的讚美詩，如「信彼南山，維禹甸之」（〈小雅‧信南山〉），「奕奕梁山，維禹甸之」（〈大雅‧韓弈〉），「豐水東注，維禹之績」（〈大雅‧文王有聲〉）。[67]周代的各種政治神話、歷史神話被漢朝全盤繼承下來，成為漢朝人對本朝進行神話敘事的依據，《史記‧高祖本紀》對劉邦降生的敘述就運用了龍的感生神話這一經典模式。和漢賦一樣，《樹巢》也是神話文學作品，這首有著奇詭想像力和神話情境的森林之詩，用詩中的話說，是一個「染了魑魅之光」的「世界」。其中隱現著大量的神靈與精靈，穿梭於傳說和歷史，現實與夢幻之間，堪稱一部神話大全。譬如「讓不朽者變成含在它嘴裡的黏土和紅色花序」的「噴羊」，「頒布吃人法」的「獨角獸」，「叫嚷著弓矢之變」的「太陽」，「發動的繭和開裂的頭顱」，「瞳仁相疊的女巫，眉毛粗大的土裡的矮子，夢月的風流劍」，「蝴蝶的生死相」，「秦吉鳥」，「亂倫的衣服鬼，袖籠上的鬼，無常鬼，當道的鬼」，「振翅而飛的羽人」，「能言的猩猩」，「眩人」，有著「華麗的隱身術」的「鳳」，「人魚」，「麒麟」，「雲車風馬」，「九頭鳥」，「輪迴酒」，「司書鬼，灶神，或把繩子勒在脖子上的吊死鬼」，「從樹冠走下的青牛」，「天王樹」，「被傷害的水豹，木獬，／金狗，土雉，火蛇，蠶繭風和少女風」，「飛駁獸」，「茫然叫嚷著幸福和光明的時樂鳥」，「鼠舞」……這其中禹是核心。〈裸國〉之名就用了《淮南子‧原道訓》有關大禹的典故，傳說大禹去裸國，因為要入鄉隨俗，不得不裸身進入這個國家。大禹王在鍾鳴的敘述中

毛澤東時代的個人崇拜同樣採用了這種偽民歌的方式；而對偉大領袖「萬壽無疆」的祝禱，和歷代帝王的諛辭一樣，可以追溯到周代虢季子白盤上「萬年無疆」的銘文，及《詩經‧七月》中的「稱彼兕觥，萬壽無疆」。悲夫，作為「怪圈」的歷史，有何進化可言？

形象異常複雜，集遠古農業神、聖君、獨裁者、色情狂、劊子手、現代政客於一身。

結構主義人類學家列維一斯特勞斯在其著作《神話學：裸人》的「終樂章」，提出了神話學的基本假設：「一切神話歸根結蒂都發源於個人創造，不過，為了過渡到神話的地位，一個創造恰恰必須不停留於個人的」，它要「回應共同的需要」。[68]而《樹巢》這首神話長詩，亦完全符合這一規律。

《樹巢》充分容納了中國神話裡的仙神鬼怪，互文於《山海經》、《酉陽雜俎》、《聊齋志異》等一系列古典志怪幻想作品，但其神話詩學本質上是一種現代主義的寫作範式。神話主義在很大程度上產生於對整個現代文明的危機意識，由此導致了對實證主義的唯理論、進化論以及自由派的社會進步學說的懷疑和厭棄。美國評論家弗‧拉夫將神話視為面對歷史境況而產生的恐懼的直接反映；道格拉斯則認為，神話一詞在二十世紀具有幻想、謊言、蠱惑、迷信、信仰、幻想形態的規範或價值觀等諸多涵義，它主要不是釋析性的術語，而是論辯性的術語，神話的論辯式運用，起源於傳統與紊亂、詩歌與學術、象徵與論斷、具體與抽象的對比。[69]在這個意義上，當代現實恰是像《樹巢》這樣的神話之作賴以實現的，得天獨厚的場所。

〈荒原〉是〈裸國〉與之「對話」的作品之一。兩首長詩都涉及乾旱主題（精神的與自然的），都有神話手法的運用（大禹王對應著漁王），〈裸國〉的最後一句：「透明無色的世界」，似乎也在呼應〈荒原〉結尾的「Shantih」（出人意料的安靜）。像艾略特一樣，鍾鳴也為自己大量用典的隱晦作品作了注釋，且注得同樣「狡猾」。例如注釋「樹巢」之題時鍾鳴提到自己 1971 年作為軍人進入一片森林（老撾上寮地區），這個記憶與 1991 年他寫作此詩時置身其中的時代的「幽暗森林」重疊在一起，於是他在標題下題寫了這樣一個時間段：「1971 年～1991 年」。[70]但他沒提弗雷澤的《金枝》──雖然後者對《樹巢》的啟示意義絕不亞於它給予〈荒原〉的啟示。譬如《金枝》描述了「一類頗有啟發性的事例」：「……把樹神看作既具樹形也具人形，兩者並存不悖，而且相互闡明，賦有人形的樹精，有時是玩偶或

---

[68] 克勞德‧列維一斯特勞斯：《神話學：裸人》，中國人民大學出版社 2007 年版，745 頁。
[69] 參見葉‧莫‧梅列金斯基：《神話的詩學》，商務印書館 2009 年版，3 頁、26 頁。
[70] 《塗鴉手記》，172 頁。

木偶，有時是活人，無論木偶或活人，都是置身於樹旁或樹枝上，形成雙重標誌，互為詮釋」[71]，便道出了《樹巢》神話人物的本質特徵。

從植物崇拜到毀滅自然生態的歷史進程，構成了〈裸國〉的情節主幹。始於上世紀七十年代末的改革開放，創造了經濟增長的神話，也由此帶來對自己國土的全面生態破壞和環境污染；這種破壞與污染的速度、規模和後果，遠非世界歷史上任何一個國家可以相比，也超過了我國歷史上的任何一個時期。中國式工業化製造的環境災難，早已突破了內涵模糊的「危機」喻指的程度，實質上表現為一場對自然界的全面戰爭！〈裸國〉的寫作正是出於對這種狀況的深重憂患。在鍾鳴完成此詩的 1991 年，生態問題的嚴重性尚未被國人充分認識到；政府各級環保部門形同虛設，發布的環境公報比朦朧詩更加晦澀，需要你從「保持平穩」中讀出惡化狀況已「不可逆轉」的涵義。

〈裸國〉開篇寫道：

> 一個裸體脫掉衣袍高掛在井欄上。

不知是否化自《莊子·秋水》「跳梁乎井幹之上」[72]？「井」指向漢民族幽深的種族記憶，古代「九夫為井，四井為邑」，我們現在仍用「背井離鄉」形容漂泊的遊子。因此這句詩蘊涵了對古中國的鄉愁，這種鄉愁將導向下文生態史、民族史的敘述。不過這句詩有病句之嫌（既是裸體，豈有衣脫？裸體高掛，還是衣袍高掛？），就像《裸國·2》所寫的，「發出歧義之聲」。它在《旁觀者》中有另一個版本：「一個裸體把衣袍高掛在井欄上」[73]，就意指明白，沒有歧義。但在剛剛出版的《塗鴉手記》中，我們發現鍾鳴還是堅持了原來的「病句」。通過比較，我們也覺得這個古怪、荒誕、含混、神秘的「病句」確實更具召喚力。

〈裸國〉中，人與自然的互動史大致可分為以下幾個歷史階段，每個階段都有相應的語言表徵。

一、「人猿相揖別」的階段

---

[71] 詹·喬·弗雷澤：《金枝》，中國民間文藝出版社 1987 年版，191 頁。
[72] 郭慶藩：《莊子集釋》，中華書局 1961 年版，598 頁。井幹即井欄。
[73] 《旁觀者》，1403 頁。

直立的木頭在靜謐的午後大放異彩，
樹上搖落的果實變為空心的翼瓣，而太陽，
卻叫嚷著弓矢之變，支持那些冷血的霹靂手。
一個發光的，天庭飽滿的人，在樹上瞑目而行，
保持著平衡，情不自禁的人兒，沒有信仰，
大地向他瘋狂地撲來。海水湧著幾隻青鳥，
在我們頭上築了窩，烏梅在魚兒身上打下烙印。

——〈裸國·3〉

我們讀到了「直立」行走、「果實」的採集、「弓矢」的使用，以及「大地」般野
蠻的情欲。「瞑目而行」往往出於恐懼，如《螢窗異草·睡姬》：「即凌空而起，懼
其墜，瞑目而行」[74]，鍾鳴用它來形容原始人盲目的進化歷程。此時大自然還是「萬
物與我為一」的渾融：「……青鳥，／在我們頭上築了窩，烏梅在魚兒身上打下烙
印」。這個階段的語言狀態是：「發出歧義之聲」（〈裸國·2〉），「他攀援樹上，用
圓滿的腹部述說一切」（〈裸國·4〉）。

二、草莽開闢階段

野草斷頭，人類開花結果。

——〈裸國·4〉

一堆沒點燃的乾草，是思想的雨露對萬物的
滋潤。他舉手投足，或低頭舉手，都無法讓一棵樹
在燒紅的砧石上和灰裡蘇醒

——〈裸國·6〉

令人生畏的岩石，牛首人身，捧向祭壇的陶土，
把樹當作初戀和大海傾斜的
背影。

——〈裸國·7〉

---

[74] 長白浩歌子：《螢窗異草》，人民文學出版社 1990 年版，62 頁。

終於，原始農業產生了：

>……簡單的
>耕作，如同一棵靜止的樹，
>一個裸體在它的綠蔭中摸索到了純潔的
>嫩芽。

——〈裸國·7〉

進化於此，人與自然依然親密，不過萬物已是他者（「把樹當作初戀……」）。這個階段對應的語言狀況是：「他們就像沛然有聲的草木無話可說」（〈裸國·6〉），「『食不語，寢不言，』只有寡言的時序」（〈裸國·7〉）。

三、耒耜農業階段

>樹上的果實，守著它們的星宿，然後奔向
>在地上成熟的犁和金輦，一個
>務農守時的人，正像樹上一個櫛風沐雨者，
>都閒息守候一束草木之光，
>在百鳥歸倉時，在耒耜吻著黑色的鐵器時代，
>重又充盈萬物所珍惜的人類。
>……
>……他好像
>也身攜畚鍤，指尖也染了光，
>正嗅著天然而醇的香脂。太陽授民以時，
>也授人以偉大的心願

——〈裸國·8〉

耒耜是中國最古老的農具，大約七八千年前我們的祖先就已普遍使用木制、骨制或石制的耒耜進行耕作。在相當長的時期，它都是最主要的農耕用具。到了夏商西周時期，其製作材料逐漸演變為金屬，此時耒耜也開始向犁過渡（犁對應著全面的皇權專制時代）。「櫛風沐雨」典出《莊子·天下》：「禹親自操稿耜而九雜天

下之川……沐甚雨，櫛疾風，置萬國。」[75]鍾鳴寫出了我們這個以花為圖騰的農耕民族對於草木細膩的深情。與此相應的語言狀況是：

> （女巫）：就連那些翅翼寬大的飛禽，
> 也難以覺察我在他們對話時插入的語言，
> 這是太陽的語言，地穴中生物的
> 嘀咕之辭，它讓火痛哭流涕，讓兩棲動物
> 不為時空所限，
> ……
> 從樹上搖落的蜂蜜，反覆唱誦
> 而又反覆落空的園藝之矢，春光中飲水的小獸，
> 門窨所穩定的語言，懶散而放蕩，
> 耕種的語言愈加精煉，滋潤著清涼的晚星。
> 掌握了此種咒語，就算掌握了
> 環樹之舞的全部技藝
> ……
> 樹是承受一切煩惱的根子，除非
> 在它翻捲時，隨風流露出更深的語言。
>
> ──〈裸國・8〉

截至這時，人類依然生活在一個萬物有靈的世界，正如〈裸國・8〉中耕者、女巫、禹一齊合唱的那樣。

四、皇權專制時代

> 一滴雨水和能言的猩猩，
> 兒童的齲齒，恭敬的耳聞目睹，被犀帶
> 搖晃的月色和一個僻靜的絕對現實，都掌握在他
> 手中。「女子屬羊守空房」，因為，人類，也只有

---

[75] 《莊子集釋》，1077 頁。

> 唯一的行為源泉，唯一的血腥和盤根錯節。
>
> 連烏賊魚和文魚，那麼脆弱的生命，也因為
>
> 他的誕生而誕生，土附魚和緣木的魚，樹上
>
> 杜撰的燈花。昨夜，他又利用了無辜的死者。
>
> 他的頭髮和牙齒像樹皮一樣脫落，唏噓了一聲，
>
> 然後攫樹為巢，普天之下，真的莫非王土嗎！
>
> ──〈裸國・15〉

「雨水」常喻恩澤，點滴恩澤都掌握在君王手中，所謂「雷霆雨露，皆是君恩」。「能言的猩猩」典出裴鉶的傳奇〈蔣武〉，跨象而來的猩猩向蔣武講述了蛇吞象的災難，它說有一條殘暴、貪婪的大蛇（可喻君王），「電光而閃其目，劍刃而利其牙，象之經過，咸被吞噬，遭者數百，無計避匿」[76]。「齮齒」為何也「掌握在他／手中」？因為「齮」字中有本詩的主人公「禹」。「恭聞」更是皇權之下人們的普遍姿態和慣用語，方外之人也不例外，譬如唐朝詩僧貫休曾寫道：「恭聞太宗朝，此鏡當宸襟」（〈古鏡詞上劉侍郎〉），「恭聞吾皇至聖深無比，推席卻幾聽至理」（〈送張拾遺赴施州司戶〉）。「被犀帶搖晃的月色」似典出溫庭筠的〈遐水謠〉：「犀帶鼠裘無暖色，清光炯冷黃金鞍」；〈遐水謠〉一詩以「殺氣空高萬里情」、「隴首年年漢飛將」，譴責了帝王的好大喜功、窮兵黷武，這便是鍾鳴用此典的緣由。「僻靜」自是「防民之口，甚於防川」的結果；此外僻還有邪僻、僻行義，靜則有平定、平息義，通靖，所謂帝王，不就是因邪僻致亂，再用殺伐平息的那個人嗎？「女子屬羊守空房」乃故老相傳的禁忌，而禁忌大都是謬誤的俗信、「想像的不幸」（弗雷澤語），它號稱出自神意，其實不過是把人意包裝成神意；皇權時代，禁忌主要是一種統治手段。就這樣，鍾鳴從諸多方面反思和批判了東方專制主義，並指出皇權時代的自然環境狀況主要取決於帝王一人，「普天之下，莫非王土」，皇帝是人們「唯一的行為源泉，唯一的血腥和盤根錯節」。相應的語言現實是：

---

[76] 裴鉶：〈蔣武〉，見《裴鉶傳奇》，上海古籍出版社1980年版，70頁。

在這個國家，人民開始生活在自己的怪癖中，生活在放任塗鴉和文字剿滅，
速度與反速度，及物與反及物中，生活在一個複雜混亂的辭巢裡，共享一
個守株待兔的皇帝對速度加以控制的夢想。

——〈裸國‧10〉

五、變亂的年代

……鳥兒
親切地稱呼一個名叫子夜的小女孩，
比果仁還要嫩，她把搗衣的石頭
變成了一條魚，一塊黑玉，
把牲畜變成感化的桑椹和蠶子，
在一隻竹筐裡練習匹配和
梳頭，與冬天的樹共解羅衣。

——〈裸國‧20‧釋蟲和魚（一）〉

這裡用了六朝（亦為變亂的年代）的〈子夜歌〉之典。〈子夜歌〉是少女懷春之歌，
與後世淫穢放浪的〈山歌〉、〈掛枝兒〉判然有別，鄭振鐸說：「她們是綺靡而不淫
蕩的。她們是少女而不是蕩婦」[77]，換成鍾鳴的說法是「比果仁都要嫩」的「小女
孩」。這段詩中的意象均出自〈子夜歌〉及〈子夜四時歌〉[78]。然而如此美好的變
化原來只是「一個聖徒」的「夢」（「與冬天的樹共解羅衣」已是不祥的預兆，這
之後就是「嚴霜凍殺我」），真實的變化是——

---

[77] 鄭振鐸：《中國俗文學史》，上海世紀出版集團 2006 年版，83 頁。

[78] 「搗衣的石頭」、「魚」、「玉」化用了「佳人理寒服，萬結砧杵勞」、「清露凝如玉……
冶遊步明月」（〈子夜四時歌‧秋歌〉）；「牲畜」，全部《子夜歌》不見任何牲畜，或
指詩中少女又愛又恨的蕩子；「感化的桑椹和蠶子」、「竹筐」、「匹配」、「梳頭」出
自「春蠶易感化」，「徒懷傾筐情，郎誰明儂心」，「宿昔不梳頭，絲髮被兩肩」，「頭
亂不敢理」，「何悟不成匹」（〈子夜歌〉），「春傾桑葉盡，夏開蠶務畢。畫夜理機絲，
知欲早成匹」（〈子夜四時歌‧夏歌〉）；最後一句來自「誰共解羅衣」，「不見連理樹，
異根同條起」（〈子夜歌〉），「何處結同心，西陵柏樹下。晃蕩無四壁，嚴霜凍殺我」
（〈子夜四時歌‧冬歌〉）。

愛美的人為了一條魚而勾古沉索，

為了世界的變化，氣候無常的變化，

魚兒在釜中哭泣的變化，樹上蠟蜜的變化，

毒芹的根子也會變成魚，

而魚又變成金螭和蟲子。

……

死活都要為淵驅魚，

為黢黑的樹木驅趕鳥兒，

觀魚的人就會變成筌和網索。

──〈裸國・20・釋蟲和魚（一）〉

鍾鳴的靈感仍然來自〈子夜歌〉，後者寫道：「枯魚就濁水，長與清流乖」。「毒芹」（有毒，且與「美芹」相對）和「金螭」（「螭」與「魖」通假），指向污染導致的變異；「淵」、「黢黑」則暗示了可怕的惡果。最後三句典出「為淵驅魚，為叢驅雀」（《孟子・離婁上》）及「得魚忘筌」（《莊子・外物》），除了表達人與其他生物的敵對關係，這些成語均另有其現實政治的寓意。「為淵驅魚」比喻統治者施行暴政，使人民投向敵方或走向對立面；「得魚忘筌」常用來形容達到目的後忘恩負義、背棄根本。隨著「世界的變化」，語言也朝著污染和破壞性的方向蛻變，人類只能在「變得渾濁嘈雜」的語言中夢想著人魚的「童話」：

人類原來清澈如水的語言變得渾濁嘈雜輕巧而不可信成了一種實存的攻擊物人魚傾訴的反倒是那種緘默的液體語言像摩羯魚吐出的珠貝純潔而甜美帶水草味

──〈裸國・20、釋蟲和魚（二）〉

因是「液體語言」，故無句讀之間斷。

六、解體的年代

充滿悔恨的黎明蔓延，意味著樹林的解體。

……

那些顫慄的

空心樹，掛住紙錢的樹杈。我們沿著每條小河

都能看到奔逃的魚和隆重的政治集會

——〈裸國‧21〉

大自然被玷污的兩條腿，為了跟上他的計謀，

雲的巨大變化，螞蟻挪巢，要讓多少樹枯死。

——〈裸國‧24〉

　　這樣的年代所對應的是「蠕動的詩篇」（〈裸國‧21〉）、「聲音的弒親者」（〈裸國‧28〉）、「紙衣女郎」（〈裸國‧28〉），是——

話兒從肺腑流出，一窩小雞把真理變成了謊言，

僅僅為了一隻酒桶和在標本中固定姿勢的蝴蝶。

——〈裸國‧24〉

「話兒」除了話語還有陽物之意，象徵欲望；「一窩小雞」，小肚雞腸、雞零狗碎的語言；「酒桶」，笨重的工具語言；「標本」，僵化的了無生氣的語言。

　　七、遁世紀

　　〈遁世紀〉是〈裸國〉最後一節，又分為七小節——呼應〈創世紀〉中上帝造物的七天。但它並非僅僅是「跟『創世紀』對立的一個觀念」，鍾鳴解釋說：「『遁』在漢語裡除了逃的意思，還有迴避和隱去的意思，因此遁世紀在這裡指一個破損的地球，一個乾裂的世界，在宇宙的循環中，進也罷，退也罷，都來到了一個相對的靜止點上。」[79]〈創世紀〉中有三種樹：「可以悅人的眼目，其上的果子好作食物」的樹、「生命樹」和「分別善惡的樹」，「樹巢」之「樹」正是這三種樹的綜合，現在，它們終於迎來了一個隱遁與毀滅的世紀：

---

[79] 《塗鴉手記》，205 頁。鍾鳴故意稱通行的〈創世記〉為〈創世紀〉，並相應地造了「遁世紀」一詞，這種改造不僅並無不當，而且堪稱妙筆。因為「紀」本有「記」義；此外「紀」也是地質年代分期的一個級別（如寒武紀、侏羅紀），對於一首生態長詩有其特殊意味；而世紀乃年代單位，對於一部史詩性的作品又是題中應有之義。因此我提到〈創世記〉時，一律「入鄉隨俗」地稱之為〈創世紀〉。

我們看不到席捲我們的羊角風，摸不著

任何一枝能夠伸向我們的樹丫

——〈裸國·29·遁世紀（三）〉

「羊角風」指時代的迷亂和癲狂；「丫」因其字象給人以樹枝極度稀少之感。

大海，一個主宰飛禽走獸，畫地為牢的詞，

已銷聲匿跡，它以老藤和甘草為杖，

所收集到的花信風，在焚香祝願的

人們身上已悄然消失，在死者那兒

迅速枯竭，連天空飛過的鳥兒也沒能

看見它遺留下的最後一滴水。

它收留死者，那些日漸晴朗的骷髏，

那些漁童和站在樹上的人，

已無回天之術，只悄悄牽走被傷害的水豹、木獬

金狗、土雉、火蛇、蠶繭風和少女風。

——〈裸國·29·遁世紀（四）〉

所謂世界，就是一個大海乾枯、「五行」遁走的荒原。語言的命運又如何？

只有從乾渴的嘴唇脫離的

口吻和時間，一個龐大的帝國的虛詞，一個詞。

——〈裸國·29·遁世紀（四）〉

終於，人類實現了最徹底的遁走——滅亡：

當我們離去的時候，那將更是一個赤裸裸的

世界，沒有透明的小石子和陽光，

混沌一片，聞不到裂縫中僥倖留下的幾棵

桃樹，沒有黑暗，艾草屠殺了人類，

人命卑賤如草，那將更是一個沒有衝突的

世界，沒有月落星稀，也沒有莽原暴露

死者的骨頭。人類已開始疏懶，很快就形銷骨立，

鳥兒成了世界唯一的統治者，

把我們最強韌、最富有的生命大加嘲弄。

那將是一個更趨完美的世界，

沒有慌張的雷和吠日的狗，沒有照天燒的

蠟燭與耕織，沒有社稷，沒有喂蠶的人，

尺布斗粟，也沒有案頭魚，只有鼠舞，那會更令人恐懼，

沒有幸福和風險可言，人類離不了漿衣的

槐花和杏仁，那將更是一個闃然無聲的世界，

千載同契的世界。我們生來就離不開樹林，

人類在上面棲息，在上面飲酒，燃爆竹，

清心寡欲或玩弄卑劣的權術，

從鬼魂手上接過黑暗的燈，那將更是一個

無所侈談和沒有辛甘之味的世界。

沒有樹上的韻律和茅屋中相愛的痛苦。

為了勞動，我們用勒石的手四下撫弄，

捕捉一棵乾裂的桃樹和鳥兒們的啜泣，

沒有瓦盆裡揉水的臘葉梅，

沒有枇杷和藕，晶亮的蚌粉和青田石，

世界就像一件散發霉味的大氅，那將更是

一個沒有界域封閉的世界，分解著有毒的物質，

我們已五蘊皆空，讓柔風和花兒薰頭，

更清醒地獲得這個無可奈何的世界——

沒有翅膀的犁，比人類還消沉。

當我們離開它時，沒有一點污痕會被時光褪盡，

世界已不復存在，沒有人能脫離這個空殼，

那將只是一個無聲無臭的世界，我們手上

留下的最後一滴水，透明無色的世界。

——〈裸國・29・遁世紀（七）〉

與此相對應的語言狀態鍾鳴沒有寫，但不寫就是寫，因為那必然是一個徹底無言的世界！

正如「樹巢」之題喻示的那樣，人類詩意的棲居是這首長詩關注的核心問題，這不是一個閒情逸致的問題，而是一個生死攸關的問題，它主要與自然環境、幻想世界、語言文字有關，鍾鳴認為人類的宇宙性家宅應該建立在這緊密關聯、詩意互動的多維之上。然而我們面臨的歷史景況卻是大自然被瘋狂破壞，神話世界不斷袪魅、萎縮，語言也被種種權力的、實用主義的操作所敗壞。親手拆除自身存在根基的人類又將何以家為？再不迷途知返，〈遁世紀〉的景象就不只是「啟示錄」，也是即將到來的現實。

而〈裸國〉絕不僅僅是一部生態文學作品，因為詩意棲居之理想亦與人的自由及尊嚴息息相關。鍾鳴寫作此詩時，天安門事件過去還不到兩年，〈裸國〉的「廣義的屠戮主題」、「逆施的語義類型」顯然來自這一事件的直接刺激。鍾鳴如此解釋「裸國」的另一語義層面的涵義——屠殺與贖罪：「卡內提曾描述過，人們在赤裸裸面對面時，要進行屠殺是很困難的，因為屠殺總是要穿上衣服，甚至還有與衣服相關的袖標、旗幟和皮膚——就像猶太人必須佩戴納粹黨規定的標識。赤裸裸的屠殺因人和動物日益加深的區別而成為不可能。所以說，如果屠殺不可避免，那在剝奪他人生命後的贖罪也不可避免，因為贖罪從某個角度來看，就是為被害者穿上一件可以證明他有罪的號服，而為自己穿上一件可以證明自己屬於正義一方的衣服，從而逃脫或迴避懲罰，它的標誌就是殺人藉口本身。」[80]〈裸國‧20‧釋蟲和魚（三）〉：「他需要一個比屠殺這種罪本身更天然而成，更值得行動和陳述的托詞，以證明自己無辜……提供一份有利於罪犯的供狀或辯護詞，遠不如預設一個可以使罪變為非罪的預審法庭。」這段文字是鍾鳴讀唐甄《潛書》「有憤思所發」：「〈室語〉中，『自秦以來，凡帝王皆賊也』，一語道破中國政治之黑暗。非『有罪』，非『臨戰』而殺人，皆賊也。」[81]在《旁觀者》中，鍾鳴坦陳《樹巢》的寫作動機，「整個就是重複帕斯卡爾所置疑的問題：『如果魚不是魚，我們該不該吃魚？』帕斯卡爾：『你為什麼殺我？』——『為什麼！你不是住在河水的那一邊嗎？我的朋

---

[80] 《塗鴉手記》，173～174 頁。
[81] 《旁觀者》，1417 頁。

友，如果你住在這一邊，那麼我就會是凶手，並且以這種方式殺你也就會是不正義的；但既然你是住在那一邊，所以我就是個勇士，而這樣做也就是正義的。』」[82]

人為刀俎，我為魚肉，原來我們吃魚跟暴君殺人共用同一個邏輯，這個邏輯將毀滅自然生態的「屠戮」與現實政治的「屠戮」混為一談，讓它們互相書寫，互為鏡像，這就是〈裸國〉的深意。這首長詩雖有強烈的現實針對性，但並未拘囿於特定的政治事件，而是以此為契機，以歷史的眼光，在更廣大範圍內考察屠戮的主題，思考民族的命運。

> 昨夜的恐嚇使他們緊緊閉上了嘴。不管星球
> 和植物怎樣交織，一切有生命活力的東西，
> 就像割掉的舌頭在臥榻之側。
>
> ——〈裸國・14〉

「星球」除了指破損的地球，還隱喻仁人志士。古人認為人間重臣賢士的吉凶生死都與天上星象相應，例如「星亡」一詞便是指稱其過世的；「球」，美玉，引申為俊美的人才，如李白〈送楊少府赴選司〉：「天子有盛才，主司得球琳。」如此，「交織」暗示了兩種「屠戮」的「交織」。「臥榻之側」係「臥榻之側豈容他人酣睡」的專制之言的略語。這句詩既指人類對其他生物滅絕無度的「集權主義」，亦指專制政權排除異己時的威逼恐嚇、以言治罪。正是這種集權手段造成了前面提到的「一個僻靜的絕對現實」。

> 一個面目可憎的裸體，他進入持續的空間，
> 把人民托付給野獸，在蠕動的詩篇和在耆耄者的
> 強權下鼓起了一隻腮。
>
> ——〈裸國・21〉

獨裁統治意味著把每個人都當成潛在的敵人。「耆耄者」是對老人政治的諷刺。人皆兩腮，只鼓起「一隻」喻獨裁；「腮」還有集團的意味，我們通常管「腮」叫「腮幫」；且「腮」中有「思」，專制政權永遠罷黜百家，只「鼓起」一種思想。

---

[82] 《旁觀者》，1424 頁。

在黑暗裡，在騷臭的腋下迴光返照，只要人民
忙於桑田，不看他顯露的形跡，聽放浪淫聲。

——〈裸國·22〉

這是對政治腐敗的描寫。

對生者死者玩弄同樣欺人的遊戲，一場災難，
飽嘗了假仁假義。

——〈裸國·23〉

六四後的政治塗鴉。上面兩節詩均以麒麟為象徵，麒麟號稱仁獸，但它的獨角有
獨裁之感，這令其仁獸的形象顯得虛假，別忘了詩人在第二節就寫到「獨角獸頒
布了吃人法」。

柔軟的身體遭到金屬的搜捕，要讓多少人束手就擒，
對準城市幕後的鳥王，彈出他們的鋒利言辭，
朝松枝上的紅鶴，朝著一堵牆，有多少人
在那裡曾被捆倒，等著劊子手射出仇恨的
羽箭，跟上了時代的罪惡。

——〈裸國·24〉

兩種「屠戮」在這裡合併，其中現實政治的捕殺是由於「多少人」對「鳥王」（「鳥」
可以是誓言），對「紅鶴」（舊時稱太子的車駕為「鶴駕」，稱太子的居所為「鶴禁」，
故「紅鶴」或喻太子黨），對「牆」，彈出了「鋒利言辭」。

多麼無力的仇恨，把一個裸體變成日曆上的
雲和雨……
暴力還在左右著我們的
時尚，篡改著勞動果實和命運，這無異於一場謀殺。

——〈裸國·25〉

鍾鳴在《塗鴉手記》中談到九十年代初的時候，政治上的苦悶帶來了色情文化的秘密繁榮[83]。「日曆」之「日」、「雲」「雨」，即指這一現象。

　　此外鍾鳴更是對九十年代初的社會現實進行了反思：

　　　　安靜的舌頭，一個死亡後面更揪心的死亡。

　　　　　　　　　　　　　　　　　　　　　　——〈裸國・28〉

　　　　茂密的森林裡沒有豐草，只有惡毒的蝎子，

　　　　這樣的昌盛對我們一點用也沒有。

　　　　沒有光，沒有空地，鳥兒和群眾插翅難飛

　　　　　　　　　　　　　　　　——〈裸國・29・遁世紀（六）〉

他的反思也包括對自我的反省：

　　　　沒有流露的勇敢，只有伸到井底，在那兒與

　　　　泉水和囚徒們私語的樹根。

　　　　　　　　　　　　　　　　——〈裸國・29・遁世紀（六）〉

想必這也是鍾鳴對〈裸國〉一詩的自我認識。

　　天安門事件是一個時代悲劇性的高潮，而非它的結束，〈裸國〉則是寫於這一時代尾聲階段的一首哀歌。這首哀歌也的確具有顯著的「八十年代文學風貌」，如關注歷史經驗遠甚於個人經驗的「宏大敘事」，「尋根文學」的方式，「為民族立言」、「史詩性」的寫作意識。然而和八十年代「小乘功夫」普遍欠缺的空疏詩風不同，〈裸國〉又是一部整體精嚴、細部精美的另類之作。

　　〈裸國〉是一首人類學的長詩，就像一個民族發源於其初祖一樣，這首一千五百多行的詩作繁衍自該詩第一句「一個裸體脫掉衣袍高掛在井欄上」。這句詩可以劃分為「一個裸體」、「脫掉」、「衣袍」、「高」、「掛」、「在」、「井」、「欄」、「上」等作為主導動機的「遺傳片斷」，〈裸國〉就是這些「遺傳片斷」的複製、變異、融合、傳遞、表達……這令該詩之構造體現出強大的形式說服力，宛如一個自足的生命體。

---

[83]　《塗鴉手記》，185 頁。

「脫掉」：植被是大地的衣服，〈裸國〉展示了一個國家「脫掉衣袍」成為「裸國」的整個歷史進程。「脫掉」還可以引申為剝奪和逃脫／脫離，前者指向剝奪自由乃至生命的暴政主題；後者呼應〈遁世紀〉之「遁」，鍾鳴在長詩結尾部分寫道：「世界已不復存在，沒有人能脫離這個空殼。」

「衣袍」：除了發揮衣袍的引申義（植被、蒙蔽、遮掩、羞恥、「皇帝的新裝」），《裸國》一詩多處直接涉及衣袍的意象[84]。「衣」在〈裸國〉中最深刻的寓意與「依」有關。「人」、「衣」為「依」，「相依為命」就是這首博物之詩的核心生態意識，正如〈裸國‧4〉所寫：「我們在尋找，尋找他和樹相依為命的根」；一旦「脫掉衣袍」，就變成「一個裸體」、「裸國」，終將無所依傍、無命可活。而〈裸國〉的風格也很像一件有著「密集性華麗」的「霓裳羽衣」，複雜的款式，絢麗的色彩，精靈古怪的圖案和花紋，綿柔的質地，以及各種意義的褶皺……

「高」、「上」：這是一首高瞻遠矚的詩，一首技藝高超的高深的詩，一首曲高和寡的高邁的詩——就像〈裸國‧20‧釋鳳〉描寫的那樣；它也是一首夢想之詩，而夢想總是棲於高處。〈裸國〉寫到了太多的高處與樹上，最後的「上」是——

……我們手上

留下的最後一滴水，透明無色的世界。

——〈裸國‧29‧遁世紀（七）〉

世界終於毀在「我們手上」。

[84] 例如「長眠者的衣服」（〈裸國‧1〉）；「黑暗正好遮住一個飛快穿過衣領的腹部」（〈裸國‧2〉）；「在漩渦裡急欲換一身衣服而又勢所不能」，「披上一身戰火」，「哭喪的老虎剝光了誰的衣裳，就剝光了誰的自由」（〈裸國‧5〉）；「一頂無檐的防風帽」（〈裸國‧6〉）；「卸下衣衿，便又是個眷戀生命的人」（〈裸國‧12〉）；「身著迷人的色彩」，「怎樣來穿透這道靈魂的最後盛服」，「絕不可能比死者的縞衣乾淨」，「也不會像生者所披的黑色大氅」（〈裸國‧13〉）；「亂倫的衣服鬼，袖籠上的鬼」（〈裸國‧14〉）；「振翅而飛的羽人」（〈裸國‧15〉）；「以布衣取天下」，「道德為胃」，「采采服飾上」（〈裸國‧16〉）；「穿羽衣的清晨」（〈裸國‧17〉）；「一個裁衣工手裡的刀尺」（〈裸國‧19〉）；「華麗的隱身術」（〈裸國‧20〉）；「皂衣的縫製者」，「換裝束的罪人」，「搗衣的石頭」，「與冬天的樹共解羅衣」（〈裸國‧21〉）；「給生者死者換上夜行服」（〈裸國‧23〉）；「紡錘」（〈裸國‧24〉）；「還未晾乾的衣物」（〈裸國‧25〉）；「坐臥整衣」（〈裸國‧27〉）；「紙衣女郎」，「信教者，就是被罪惡逼向苦海的紋身主義者」，「為了後代而脫掉霓裳羽衣」（〈裸國‧28〉）……直至〈遁世紀（七）〉的「人類離不了漿衣的槐花和杏仁」，「世界就像散發霉味的大氅」，「沒有一點污痕會被時光褪盡」。

　　〈裸國〉一詩與「掛」的以下涵義有關：一、牽掛，這首詩是對生存境遇和民族命運的牽掛；二、懸而未決，人類的命運到了生死未卜的關鍵階段；三、懸在高處以展示，〈裸國〉正是在歷史的高度上透視天安門事件、生態毀滅等問題；四、〈裸國・5〉寫到「掛角的羚羊，把它充沛的肝氣和勛章也掛起來」，「羚羊掛角」涉及警覺性的問題，《塗鴉手記》：「傳說羚羊夜裡把角掛在樹上休息。這種本能的警覺性在人類與自然的觀照中微乎其微，而在一種越加荒誕的意識形態中卻那麼矚目」[85]，的確，我們對於生態環境的惡化渾渾噩噩，而當權者的專政警覺性又太高了。鍾鳴又用五臟對應五德的理論將肝與仁對應起來，那麼掛起的肝顯然是「掛羊頭，賣狗肉」的假仁假義。本詩通篇都是這種「羚羊掛角，無跡可尋」的深度隱喻、偏僻用典，讓人很難在枝杈縱橫的語言森林裡把握其意指的「羚角」。

　　「在」：〈裸國〉是一首探討存在與或存在（神話、夢幻），存在與不存在（死亡、毀滅），存在與時間，存在與語言之類問題的長詩。僅僅〈裸國・1〉，除首句外，還有以下含「在」的詩句：「在挺括的死人身旁湧現出嘲諷」，「而一條撥剌的魚在池塘卻拖著彗星的尾巴」，「梅灰在他出逃時紛紛閃開」，以及：

> 在這一時辰或那一時辰，在黑暗的羽化中，
> 在我們面前，在木桶裡，現出星體一樣可怕的胎記。

　　「井」：又一個關鍵詞，它有穴、陷阱、坑、深淵等諸多變體。[86]
　　「欄」：一方面指阻止生態進一步惡化，另一方面指專制國家對思想、自由的警戒、禁止，對異端的隔離。而詩歌則是穿越、拆除各種文化「圍欄」的自由創造活動。

---

[85] 《塗鴉手記》，185頁。
[86] 〈裸國〉涉及「井」及其變體的詩句大致有：「井裡的長索」（〈裸國・1〉）；「一個窟窿」，「設下的死亡陷阱和恬適的回憶」（〈裸國・6〉）；「地穴中生物」（〈裸國・8〉）；「只有坑才是清晰而固定的」，「在地球上砸出坑來，盛裝天空所賜予的雨水和仇恨」（〈裸國・9〉）；「坑殺寫作的人」（〈裸國・10〉）；「他會覺得自己掉進了深淵」（〈裸國・11〉）；「飛進死穴的鴆鳥」，「在坑裡搜索」，「止如死水」（〈裸國・12〉）；「井裡有巢，有黑夜，也有影子，暗影落在桃樹上，投在無憂樹上，搏擊生者，或不屈的死者」（〈裸國・19〉）；「在那裡鑿深井，捏造土龍」，「為淵驅魚」（〈裸國・20〉）；「窺破井中的秘密」（〈裸國・24〉）；「遁入土坑」，「又深又濕的蟾窟」，「讓大地的坑掙扎」，「瘀血的窟窿」，「烏臼」，「沒有流露的勇敢，只有伸到井底，在那兒與泉水和囚徒私語的樹根」（〈裸國・29〉）。

「一個裸體」更是這首長詩的核心意象。如果說〈九歌〉以「靈」為主題意象，那麼〈裸國〉就是以「肉」（「一個裸體」）串聯全篇的，整首詩即是「一個裸體」充分發展變化的語言行動。它以「一個裸體脫掉衣袍高掛在井欄上」開篇，主導動機盡在於此，然後「一個裸體」在各個歷史階段反覆出現，應時而變。

「人猿相揖別」階段：「一個裸體／沉沒到黑夜」（〈裸國‧2〉），「一個發光的，天庭飽滿的人，在樹上瞑目而行」（〈裸國‧3〉），寫出了原始人的蒙昧、性靈和對大自然的敬畏。

草莽開闢階段：「一個裸體，招來軟弱的死神」（〈裸國‧6〉），「一個裸體在它的綠蔭中摸索到了純潔的／嫩芽」（〈裸國‧7〉），「軟弱的死神」反襯出先民生命力的強大，而「摸索到」的，正是農業的萌「芽」。

耒耜農業階段：「一個／務農守時的人，正像樹上一個櫛風沐雨者……」（〈裸國‧8〉）。

截至耒耜農業階段，「一個裸體」都是被讚頌的對象，對他的批判從皇權專制時代開始：「在這些牆和夾道間，他成為一個形影不定的人，一個無始無終的人，一個一到岔路口就使計謀的人……這個國家後來所由產生的禁忌，也都是在此種不及物中發展起來的」（〈裸國‧10〉）——本詩正是以「一個形影不定的人，一個無始無終的人」為主人公的；「卸下衣衿，便又是個眷戀生命的人，／一個懺罪者，裸體／膚色蒼白，／飛進死穴的鳩鳥」（〈裸國‧12〉），這寫的是失去皇位者的屍弱可憐，其下場基本是被一杯「鴆」酒賜入「死穴」；「一個裸體，圓睜雙眼，無視暴露在死亡面前／／……而他卻只有從身體飛出去的邪惡」（〈裸國‧13〉）：當權者捍衛權力的警惕性，權力之惡；「當一個／晴朗的胴體陡然升高，我們便成了陰影和／大地的朽物，一切崩潰的朽物，／做了刀下鬼和鬼所變成的數條青綠的影子」，「一個肉食者，／更加鋒利的瞄準器和卡簧」（〈裸國‧19〉），這寫的是江山易主之際的一將功成萬骨枯，以及鞏固權力的鐵血手腕。

變亂的年代：「而我們只保住了一個胴體，在黑曜岩的箭鏃上／發出沙啞的聲音」（〈裸國‧20〉），「黑曜」指向「污」染，「沙啞」是嗓子「乾渴」所致，「沙」諧音「殺」，字象可析為「少水」。

解體的年代：「一個面目可憎的裸體，他進入持續的空間，／把人民托付給野獸，在蠕動的詩篇和在耆髦者的／強權下鼓起了一隻腮」（〈裸國‧21〉），「人民需

要偶像，就像需要石頭的暴怒。一個／發號施令者，風流的猴子，長著虎腿豹頭」（〈裸國‧22〉），這是對共產專制及「偉大領袖」的描寫；「多麼無力的仇恨，把一個裸體變成日曆上的／雲和雨」（〈裸國‧25〉），無力的反抗。

遁世紀：「一個裸體就是產生巨大能量的恐怖，就是／被鬼魅刺中的白晝和黑夜」（〈裸國‧29〉），環境災難與人權災難的雙重書寫；到了〈遁世紀〉第七節，「一個裸體」終於遁去，這時赤裸的是世界本身：

> 當我們離去時，那將更是一個赤裸裸的
> 世界……

這個「赤裸裸的世界」又在全詩末尾變成「透明無色的世界」。世界終於被我們赤裸到底了，而一首史詩性、寓言性的神話長詩也抵達了它自身的盡頭。整首長詩一如列維—斯特勞斯在《神話學：裸人》「終樂章」所給出的他研究神話事實的模型：「龐大而又複雜的構造物，它呈現斑斕色彩，在分析家的注視下展現，如花朵般慢慢開放，然後重又閉合，最後在遠處消沒，彷彿從來未曾存在過。」[87]

這個「龐大而又複雜的構造物」向我們充分展示了「樹巢」的複雜內涵。「巢」之家園涵義是《樹巢》的核心關注，「巢」之鳥獸巢穴義也是這首生態長詩的關切之一；本詩的色情、生殖乃至民族繁衍主題，扣陰巢義；「巢」有巢居義（棲宿樹上），《莊子‧盜跖》：「古者禽獸多而人少，於是民皆巢居以避之」，此義《樹巢》亦多有書寫；「巢」是巢父的省稱，巢許（巢父和許由）是隱士的代名詞，如杜甫〈奉贈蕭二十使君〉「巢許山林志」，〈遁世紀〉呼應此義；「巢」亦指敵人或盜賊盤踞的地方，如《新唐書‧杜牧傳》：「不數月必覆賊巢」，鍾鳴對獨裁專制的抨擊緊扣此義；「巢」也是樂器名，《爾雅‧釋樂》：「大笙謂之巢」，可喻長詩；甚至巢飲這一極生僻的涵義，《樹巢》亦有表現：「我們生來就離不開樹林，／人類在上面棲息，在上面飲酒……」總之，《樹巢》一詩由諸多「辭巢」編織、匯雜而成，正如「在這個國家，人民……生活在一個複雜混亂的辭巢裡」。而「樹」除了指涉〈創世紀〉中的三種樹，還意味著《樹巢》是一座「文本的森林」，古今中外大量文本交織於此，鍾鳴的創作就是再創作，就是對數量驚人的文本的吸收、化用、

---

[87] 《神話學：裸人》，746 頁。

模仿、影射、變形、偏移、改寫。這似乎證明了一個觀點：文學的本質即是它的文本性，也即互文性。鍾鳴相信，「每個典故和風俗的運用，都可以加重語言的分量」；但另一方面，這「恰恰也就導致了它的不可知性」。[88]鍾鳴對《樹巢》既珍視又否定的態度，即來源於此。這種矛盾的態度在長詩之外，構成了一首以「修辭立其誠」為主題的抒情詩。

在《樹巢》「文本的森林」裡，隱約有宋渠宋煒〈黃庭內照〉的蹤跡。〈黃庭內照〉的第一首〈巢〉這樣寫道：

> 一些體態輕盈的植物胎息隱閉
> 裹束綢緞或絲帶，結繭建坊
> 織出的只是一張流失的河圖
> ……
> 巢至此四方走散
> 同時一國之子穿經車船，渡過河流
> 出逃或返回
> 都已拆毀了這隻母巢

第二首〈俑〉：

> 看見你的人，在井底和樹上
> 同時停止了飲水

「植物胎息隱閉」、「拆毀」的「母巢」及〈俑〉中景象，在《樹巢》中有更複雜的書寫。

〈黃庭內照〉又互文於道教經典《黃庭經》。《黃庭經》亦可視為以養生、修道為主題的七言長詩，正所謂「閒居蕊珠作七言，散化五行變萬神」[89]，而〈黃庭內照〉由〈巢〉、〈俑〉、〈府〉、〈裳〉、〈琴〉五首中型詩組成，恰合五行之數。「黃庭」指人體之內與外界四方，按照《黃庭經》的理論，人體內外應相輔相得，參合融通，「常念三房相通達，洞得視見無內外」（《黃庭內景經·常念章》）。《黃庭經》

---

[88] 《旁觀者》，1406 頁。
[89] 《上清黃庭內景經·上清章》，見張君房編：《雲笈七籤》，中華書局 2003 年版，198頁。下引《黃庭經》中的詩句均出自該書，為避免繁瑣，隨文簡注。

還頗有想像力地宣稱，人腦、面部五官及五臟六腑均有真人神仙居於其中，修煉者只需常誦經書，存思身神形貌，便能通神感應。這「洞得視見無內外」，這通神感應，不僅是養生秘術、修道法門，也是一種東方神秘主義詩學，關乎〈黃庭內照〉之要旨，所謂「指事象諭，內外兩言」[90]，由此我們才能理解類似這樣的詩句：

> 一逝至西的卻是手腕內側
>
> 這網淡青之脈，布於對岸的桑榆

——〈俑〉

> 發現一體臟象正與庭堂互為宅第
>
> 呼吸開合，已上應天淵
>
> 又與地極隱隱相含

——〈府〉

《黃庭經》有《黃庭內景經》、《黃庭外景經》和《黃庭中景經》三種。《中經》出現較晚，不甚重要，人們通常只承認《內》、《外》二經，陸游就曾寫過「白頭始悟頤生妙，盡在黃庭兩卷中」。《內經》、《外經》旨意相通，同中有異，互文性很強。〈黃庭內照〉主要與《內經》相關，理由有三：

〈黃庭內照〉的引言用典基本取自《內經》，如〈巢〉之「方寸之中，已是一國深深的城邑」，化自《內經·上睹章》「方寸之中念深藏」；「一路相遇卻是金關重掩，中池翳鬱」來自《內經》的〈黃庭章〉（「七蕤玉籥閉兩扉，重扇金關密樞機」），和〈中池章〉（「中池內神服赤珠……陰芝翳鬱自相扶」），等等。

唐梁丘子注《內經》曰：「內者，心也；景者，象也。外象諭，即日月星辰雲霞之象；內象諭，即血肉筋骨臟腑之象也。心居身內，存觀一體之象色，故曰內景也。」[91]「內視」之意在《內經》中多次出現，如「恬淡閉視內自明」（〈瓊室章〉），「內視密盼盡睹真」（〈治生章〉），「閉目內昐自相望」（〈肝氣章〉），「內盼沉默煉五形」（〈隱藏章〉）；而《外經》中唯一含「內」的句子是「內息思存神明光」。和《內經》一樣，〈黃庭內照〉亦緊扣一個「內」字，「內景」、「內視」是其關鍵詞：

---

[90] 《上清黃庭內景經·梁丘子注釋敘》，見《雲笈七籤》，189 頁。
[91] 《雲笈七籤》，197 頁。

「巢之內景於是半開半合」(〈巢〉);「一逝至西的卻是手腕內側／這網淡青之脈」,
「結成一味身內的丹藥,冷暖自知」(〈俑〉);「變換了府中內景」,「居者登臺望天
的眼光由此內斂」(〈府〉);「一次瞑目的內視在窺破堂奧之時」,「一體內秀至臻清
白／而黃裳此時也覆掛了伊身內景」(〈裳〉);「又焚譜祛寒,內室一團和氣」(〈琴〉)。

《內經》又稱《太上琴心文》,而〈黃庭內照〉正是以〈琴〉煞尾。

宋渠、宋煒很像晚明曲家陸粲、陸采,兄弟二人聯署創作,且才華更高的弟
弟起主導作用。在風起雲湧,詩人遊走四方的 1980 年代,宋氏兄弟僻處鄉間,終
日與山水、古籍為伴,致力於原汁原味的「漢詩」寫作。他們幾乎沒受過外國詩
歌的影響,其道家(教)風範的寫作營造了陌生於眾多新詩的「漢風之美」,而他
們「心目中的一代新風」也正是阮籍、屈原和李白式的古風[92]:

> 而我或能承接下家祖傳下的福氣一脈
>
> 從而得以獲知某些鮮為人知的古代景色
>
> 正在連日以來的風氣中潛伏
>
> 行將釀成我們欲要更新的風尚
>
> ——〈戶內的詩歌和迷信〉

作為一部極端的語言民族主義作品,〈黃庭內照〉完全沒有意素可能來自西方
的「現代語彙」,中華文化精神場景(黃庭)是該詩唯一的主題。〈黃庭內照〉正
是以古漢語的實驗性用法,以凝神內觀、存思煉形、積精累氣、道法自然的法門,
來煉造新漢詩的內丹神韻,返本守元,讓詩歌與傳統中國「互為宅第」、相互映照,
這便是「黃庭內照」的深意。

> 巢打開自己的身門,踱步望天
>
> 各種氣候在一路風氣中
>
> 暗自變換了巢者的五官
>
> 巢至此四方走散
>
> 同時一國之子穿經車船,渡過河流

---

[92] 宋渠宋煒在〈戊辰秋與柴氏在房山書院度日有旬,得詩十首〉之九〈我們心目中的
一代新風〉中寫道:「請傳授不屈不撓的詩篇,一身傲骨的詩篇;／阮籍、屈原和
李白的詩篇」。

出逃或返回

都已拆毀了這隻母巢

——〈巢〉

「一路風氣」暗指遒勁「西風」,「巢者」的文化風貌為此深刻改變。在動盪的變局中,文化的「母巢」也被國人「拆毀」。

如果說蕭開愚用「柴薪」、「自焚」來證明「這是另一個中國」,那麼宋渠宋煒則用相同的語彙為傳統中國招魂:

遍地火氣中

你身段瘦削,混入一路柴薪

渾身藥性正濃

舊家的主人此時形同藥師

令你引身焚燃,熏染三尺素衣

或者長夜煎熬

結成一味身內的丹藥,冷暖自知

——〈俑〉

詞法、句法古意盎然,但其中的語言實驗性又是新詩所追求的「朝向語言風景的危險旅行」(張棗語)。「俑」是用來治病祛災的偶人,可喻喪失心魂的人或文化上的病人。這裡描寫了道教煉內丹的景象,將天地視為大鼎爐,人身視為小鼎爐,把煉氣化神看成煉丹。這內丹術也流露出「正濃」的原詩意味,寫作如煉丹,詩人「引身焚燃」,「長夜煎熬」,「冷暖自知」;「舊家的主人此時形同藥師」提醒我們,古典文化傳統對於新漢詩的「藥師」作用。

〈府〉是「腑」與「府」的「洞得視見無內外」,宋渠宋煒用《黃庭經》內象外象「一體存觀」的法門,來考察詩歌之「腑」與傳統文化之「府」的關係。〈巢〉中的「各種氣候」再次困擾詩人:

直至庭內街衢縱橫,風氣往來

同時又自迷於屏立的圍牆

因「風氣往來」，文化錯綜雜處，詩人又迷惑其中了。經過古籍、自然的一番引導扶助（「手持書卷或圖譜／如骨之木扶直他的身體」），並「在大暗中修身」[93]之後，「發現一體臟象正與庭堂互為宅第」。詩人終於認識到傳統中國是自己詩歌的「宅第」，同時因「母巢」已毀，自己的詩歌亦是傳統中國的「宅第」。至此詩人解除迷惑，恍然覺悟：

> 迴廊只得交於明堂
> 居者登臺望天的眼光由此內斂
> 自視之下，府中內景無疆

「迴廊」喻文化他者，「明堂」即黃庭中央（《黃庭經》認為那是主神太上老君居住的地方），與「迴廊」主次有別。「居者」「自視之下」，傳統中國「內景無疆」。於是在下一首〈裳〉中，漢文化場景覆蓋了詩人的寫作：

> 而黃裳此時也覆掛了伊身內景

這樣的寫作只能是一種隱逸，用〈琴〉中的話說：「只在邑外的琴房隱居」，高古而薄弱：

> 三弄以後，書生頓感脈息渙散
> 地氣橫流，湧泉一瀉千里
> 當下收回心猿，以手撫琴
> 口唱南風之詩
> 對遠來的人視若無睹

——〈琴〉

這段隱居之詩，互文於《內經‧務成子注敍》「若入山林空暗之地，心中震怖者，正心向北讀內經一過，即神靜意平」[94]，只是將《內經》換成「南風之詩」。「南風

---

93 「暗」除了黑暗還有隱秘義，如暗度陳倉，「大暗中」之「暗中」扣此義；「暗」還有幽雅寂靜義，如揚雄〈甘泉賦〉「稍暗暗而靚深」，這正是《黃庭經》所要求的修煉狀態。
94 《雲笈七籤》，195 頁。

之詩」典出《禮記・樂記》「舜作五弦之琴以歌南風」，鄭玄注曰：「南風，長養之
風也，以言父母之長養已。」[95]詩人雖然以「南風」（傳統）比父母，視「西風」
為遠客，親疏有別，但他仍免不了外求改變：「書生也向外轉動軫子」。「軫子」指
弦樂器上轉動弦線的軸，它還有兩個引申義：一、思緒曲折縈繞，如潘岳〈悼亡〉
「望墳思紆軫」；二、哀傷、悲慟，如《楚辭・九辨》「中結軫而增傷」。〈琴〉中
的「軫子」將這些意思都含納了。然而這個外求改變的舉動反而是破壞性的，「未
及改弦易轍，經絡已逐一折斷」。詩人停筆存思觀想，「坐撫無弦之琴」[96]（與「南
風」之「五弦之琴」相對），終於「操琴反本還原，自成一體」。那麼這時的悟道
與〈府〉、〈裳〉之解惑有何不同？

　　　　至此書生掛琴於壁

　　　　又焚譜袪寒，內室一團和氣

　　　　他在井中洗手，沖淡半生手相

　　　　指下無音，只是插柳或撒下花籽

　　　　然後坐於苔上，長日聽水

　　　　書生已深得琴理

　　　　　　　　　　　　　　　　　　　　　　　　　　　　　　——〈琴〉

〈府〉中還需要「書卷或圖譜」的扶助，此時卻「焚譜袪寒」；〈裳〉中還有「黃
裳覆掛」之「著相」，此時卻「沖淡半生手相」；〈府〉中是「登臺望天」，此時是
「坐於苔上」；〈府〉中「含水承漿」，〈裳〉中「白日採精，夜晚承露」，此時「長
日聽水」。詩人不再執著以求，而是道法自然、得意忘形（「插柳」有「無心插柳
柳成蔭」的意味），這是琴理詩心，也是傳統中國最為推崇的文化與生命境界。〈黃
庭內照〉從「母巢」已毀的文化處境出發，經調理醫治（〈俑〉），然後外煉其形
（〈府〉），中煉風致（〈裳〉），內煉其神，終至無為（〈琴〉）。

95　孫希旦集解：《禮記集解》卷三八〈樂記二〉，中華書局 1989 年版，1003 頁。
96　此處用了陶淵明無弦琴的典故，據說陶有一具作為文房玩物的無弦之琴，有人問：
　　「無弦之琴，有何用處？」他答：「但識琴中趣，何勞弦上音。」這便是「琴趣」的
　　由來，後人以「琴趣」作為詞的別名，如稱秦觀詞集為《淮海琴趣》。宋渠宋煒以
　　此典暗指得古典神韵的現代漢詩。

正如〈黃庭內照〉結尾預示的那樣，進入 1990 年代後，宋渠封筆（「指下無音」），宋煒逍遙放誕於塵世（「插柳或撒下花籽」還有「拈花問柳」之意），不以詩歌為意，不與詩壇為伍，偶有所作，如修月無痕，水流雲在，深得不期然而然之妙。

1980 年代中期，翟永明以〈女人〉、〈靜安莊〉等長詩塑造了「女性詩歌」的形象，以至於「直率的噪叫」（〈靜安莊〉）、「黑夜的意識」（〈女人〉序言）成為女性寫作的方便法門和標誌特徵，一時間被女詩人們集束性地揮霍著。也許我們有必要將〈女人〉一詩與其序言〈黑夜的意識〉區別對待，問題不在於後者充斥了一些「虛誇的詞藻和幼稚的觀念」[97]，而是它仍然採用一種本質主義、普遍主義的話語方式，這與它所反對的陽物中心主義話語如出一轍。〈女人〉則不然。在這首長詩中，女人與其說是個同一性的範疇，不如說是一個開放的，可重新表意的活動場所。翟永明並非通過論述與定義來確定、凝固女人的內涵，而是以隱喻、象徵、雙關、矛盾、感性的詩句，讓女人擁有無比豐富的意蘊，並由此派生出諸多的閱讀可能性。不過〈女人〉首先是一首「自我之歌」，它與最廣大的女性群體──也是女性主義的原動力與歸屬地：謀生和勞作中的女人──沒有太大關係，翟永明的個人經驗與自我意識構成了這首長詩的主要內容。

許多人都指出〈女人〉受到自白派女詩人普拉斯的影響，這固然沒錯，但〈女人〉一方面向普拉斯學習，另一方面是同普拉斯「對話」，這甚至成為該詩的一個結構性因素。〈女人〉分為四輯共二十首詩，第一首〈預感〉開篇寫道：

> 穿黑裙的女人黛夜而來
> 她秘密的一瞥使我精疲力竭

「穿黑裙的女人」讓人想到普拉斯〈邊緣〉的結尾：「黑色長裙緩緩拖曳，悉悉作響。」[98]正如〈女人〉的最後一首〈結束〉結束於「完成了之後又怎樣」，呼應〈邊緣〉的開頭：

---

[97] 翟永明：〈閱讀、寫作與我的回憶〉，見其所著《紙上建築》，東方出版中心 1997 年版，228 頁。

[98] 趙瓊、島子譯，見《美國自白派詩選》，灘江出版社 1987 年版，79 頁。以下所引普

這個女人盡善盡美了，

她的死

屍體帶著完成的微笑

　　〈邊緣〉很可能是普拉斯的絕筆之作，泰德‧休斯編輯《普拉斯詩全集》時
也將它排在末尾，給人的感覺這首詩就是普拉斯的「遺言」。由此「邊緣」在翟永
明看來具有遠離中心地帶及生死邊緣的雙重意味。而〈女人〉由〈邊緣〉出發並
回到〈邊緣〉，其輪迴的歷程可以看成是對女性命運的無休止的追問。無論是〈女
人〉輪迴的精神歷程，抑或〈靜安莊〉的「十二個月」、〈死亡的圖案〉的「七夜」，
都是某種「循環時間」。克裡斯蒂娃在〈女性時間〉一文中區分了男性的線性歷史
時間和女性的循環時間，她指出重複性和永恆性是「女性時間」的特點，這是基
於女性生理節奏、生理周期的「永恆再現」[99]。而對於「完成了之後又怎樣」的追
問，翟永明將以此後二十餘年極富活力變化的寫作作為持續的回答，她深知完成
即「死亡」，下一首詩永遠是脫胎換骨的重新開始，這也正是〈女人〉開始於〈邊
緣〉的結束，結束於〈邊緣〉的開始的結構深意。〈預感〉「使我精疲力竭」似乎
也與普拉斯〈養蜂集會〉「我已筋疲力盡，筋疲力盡——／白柱子站在飛刀閃過時
的眩暈中」有關，那「秘密的一瞥」也很像蜂之一蜇。如此，〈預感〉開篇已暗示
〈女人〉將是一部「我」接受「穿黑裙的女人」（普拉斯）影響並與之對話的作品。

　　〈女人〉互文於普拉斯的主要詩作。〈女人〉有〈邊緣〉、〈生命〉，普拉斯也曾
以此為題；〈女人〉有〈荒屋〉、〈母親〉、〈夜境〉、〈七月〉，普拉斯則寫過〈黑屋〉、
〈爸爸〉、〈夜舞〉與〈七月的罌粟〉。同題詩（或近題詩）的寫作，既是和心儀的
前輩詩人對話，也是與之「較量」，翟永明以此方式承認並反抗著普拉斯的影響。
此外，〈預感〉開篇已指出，更多時候兩人的對話是秘密的：

站在這裡，站著
面對這塊冷漠的石頭

拉斯詩作均出自該書。
[99] 參見王泉、朱岩岩：〈女性話語〉，《現代西方文論關鍵詞》，外語教學與研究出版社
2006 年版，380 頁。

> 於是在這瞬間，我痛楚地感受到
>
> 它那不為人知的神性
>
> 在另一個黑夜
>
> 我漠然地成為它的贋品
>
> ——〈女人·瞬間〉

而普拉斯的《石頭》這樣寫道：

> 舂杵之母將我碾碎磨細。
>
> 我化為一顆死寂的石頭。

〈女人·獨白〉：「我，一個狂想，充滿深淵的魅力。」普拉斯的〈榆樹〉：

> 它是你從我身上聽到的海，
>
> 那樣令人遺憾嗎？
>
> 或是無聲無息，這是你的狂想嗎？

在〈沉默〉中，翟永明直接問道：

> 她怎樣學會這門藝術？她死
>
> 但不留痕跡，像十月愉快的一瞥

典出普拉斯的名言「死是一門藝術」（〈拉扎勒斯女士〉）。請注意「一瞥」，它呼應著〈預感〉開篇「她秘密的一瞥」，由此也確證了「與普拉斯對話」的〈女人〉始於死亡意識，「預感」之詩題指的正是「女性身體內部總是隱藏著一種與生俱來的毀滅性預感」[100]。「十月」有著「十月懷胎」的意味，正因為女性身體內部既有毀滅性預感，又有根深蒂固的母性意識，於是「女詩人在開拓她的神話世界時，既與誕生的時刻相連，又與死亡的國度溝通」[101]，這就是被翟永明的詩性經驗所印證的，普拉斯的死亡詩意的啟示。

---

[100] 翟永明：〈黑夜的意識〉，見《詩歌報》1985 年 9 月 21 日。
[101] 〈黑夜的意識〉，見《詩歌報》1985 年 9 月 21 日。

　　嚴格說來，〈女人〉還算不上一部長詩，其內部篇章支離鬆散，稱之為詩集或詩群也許更恰當；而〈靜安莊〉則是一首比較典型的長詩。

　　〈靜安莊〉依然處於普拉斯的籠罩之下。普拉斯的〈小賦格曲〉中有這樣的詩句：「啊，奇怪的雲！／你的白色酷似一隻眼睛」；「這樣一個黑酒鬼，我的父親」；「死人在那兒哭喊」；「紅色的，斑駁如一堆割掉的脖子」；「我七歲，一無所知，／世界出現了」；「死神像一棵黑樹張開巨爪」。它們在〈靜安莊〉中分別變形為「脆弱唯一的雲像孤獨的野獸」（〈第一月〉）；「嗜酒成性的父親不睡覺時」（〈第八月〉）；「寒食節出現的呼喊」（〈第二月〉）；「向日葵被割掉頭顱，粗糙糜爛的脖子」（〈第二月〉）；「我十九歲，一無所知，／本質上僅僅是女人」（〈第九月〉）；「不要容納黑樹／每個角落布置一次殺機」（〈第一月〉）。〈小賦格曲〉中的「一片死寂」、「偉大沉默」更是〈靜安莊〉的主題，正如「靜安」之名喻示的那樣。而〈尼克與燭臺〉裡「從死亡的厭煩裡滲透」的「大地的子宮」，不但啟發翟永明寫下「聽到土地嘶嘶的／掙扎聲，像可怕的胎動」（〈第十月〉），而且幫助她確立了〈靜安莊〉的核心詩意，那就是將大地與女人、生殖與死亡緊緊聯繫在一起。[102]

　　〈女人〉、〈靜安莊〉雖然為翟永明贏得了廣泛的聲譽，但它們仍屬於詩歌學徒期的作品，較重的模仿痕跡，有時頗為泛濫的抒情，尚欠火候的詩歌「小乘功夫」（〈靜安莊〉中還有諸如「已婚夫婦」之類的冗詞贅語），均表明這一點。現在，隔著四分之一個世紀，我們可以清楚地看到〈靜安莊〉的不足之處，對於它的文學價值，我們也應給予一種恰切的觀照，一種翟永明所期待的「嚴肅公正的文本涵義上的批評」[103]，而非僅從文學社會學的角度做出的評價，這種評價無論褒貶，均可視為性別歧視。

　　靜安莊是一座確實存在並確實靜悄悄的村莊，翟永明 1974 年曾插隊於此，詩中「我十九歲，一無所知」指的就是這段寂靜鄉間的少女時光。在〈我的七十年代〉一文中，翟永明回憶道：「大戰紅五月時，我連著三晚沒睡覺，在抱著麥穗，

---

[102] 此外，普拉斯〈榆樹〉中，「我會把有害的噪音帶給你嗎」、「我遭受過落日的暴行」、「我要尖聲嚎叫」、「你的靈夢將怎樣蠱惑並賦予我」，化作〈第九月〉中的「是我把有毒的聲音送入這個地帶嗎」、「太陽突然失蹤，進入我最熱情的部位」、「但從我身上能聽到直率的噪叫」、「靈夢中出現的沉默男子，一生將由他來安排」。普拉斯〈話語〉中的「樹液」、「馬蹄」、「骷髏」也都出現於〈靜安莊〉。

[103] 翟永明：〈再談「黑夜意識」與「女性詩歌」〉，見《紙上建築》，235 頁。

走向脫麥機的一百米的路上，我就能連打兩個盹。」不瞭解這一背景，就很難理解類似〈第五月〉「他人的入睡芬芳無比」這樣的詩句。〈第十二月〉：「我到過這裡，／討人喜愛，／我走的時候卻不懷好意」，這是因為插隊後期「知青也都『各懷鬼胎』，為的是『掙表現』，早點離開農村」[104]。靜安莊是一座貧窮、乾旱、寂靜又鬧著瘟疫的村莊，而非翟永明 1973 年曾去過的果蔬豐富，世外桃源般的梨花溝，這一點很重要——「後來我常常想，如果我也下鄉到梨花溝這樣的地方，我可能會像傅天琳一樣，成為一個果園詩人，絕不可能在多年後寫出〈靜安莊〉」，翟永明在〈我的七十年代〉中如是說。和泛濫於 1980 年代的知青文學的紀實性俗套截然不同，翟永明是以寫意、隱喻的筆法，書寫古老村莊與年輕姑娘之間隱秘複雜的互動，揭示生存的殘酷詩意。

靜安莊也是文革中國的一個縮影，一種象徵。翟永明同樣迴避了傷痕文學、知青文學對文革的場景再現與直接控訴，以及那些「作為意識形態的主要形象」的陳詞套話，她運用既非主觀亦非客觀，而是兼容滲透於二者之間的詩歌語言，意象性地表達著主觀和現實，自我與時代，「既隨物以宛轉」，「亦與心而徘徊」[105]。「含有壞天氣的味道」，「昨夜巨大的風聲似乎瞭解一切／不要容納一棵黑樹」（〈第一月〉），「來自旱季的消息使我聞到罪行／人頭攢動，誰仰面去看／誰就化為石頭／靠近我家的牲口欄／我看見過獸性燃燒的火焰」（〈第八月〉），「內心瘡痍」（〈第十二月〉），像這樣的詩句無疑影射了那個肅殺的、精神乾涸、野蠻荒謬的時代。而「貧窮不足為奇」（〈第九月〉），「目光朝向傷了元氣的輪迴部分」（〈第十二月〉），則道出了 1970 年代的國情。在這樣的「凶年」，詩人依然「相信未來」：

> 懷著未來的影子，北風囂張時
> 我讓雨順著黑堊石流入我的身體
>
> ——〈第九月〉

請注意「北風囂張」，及「黑堊石」的黑惡意味。

靜安莊還隱喻了隱匿於男性歷史深處的「她者」的命運。如果說寫作本質上是自我與另一未知世界的交流，那麼西蘇認為寫作天然是屬於女人的領域，基於

---

[104] 〈我的七十年代〉，見翟永明的博客：http://blog.sina.com.cn/zhaiyongming。
[105] 《文心雕龍‧物色》，見《文心雕龍注》，693 頁。

對內心衝突與矛盾的極端狀態所持的開放態度，女人通過自己內心世界的解放而成為「一位未知領域的旅行者」，並由此「觀察和體驗到了自我和自我之外的世界，以及潛在的自我世界」。[106]與其說西蘇定義了女性寫作，不如說她在闡述女性寫作的不可定義性。無論這闡述是否武斷，都有助於我們理解像〈靜安莊〉這樣的作品。〈第九月〉將敘述主體「我」描述為：「我十九歲，一無所知，／本質上僅僅是女人」，暗示置身於靜安莊的「我」正是「一位未知領域的旅行者」。〈第二月〉：「我在想：怎樣才能進入／這時鴉雀無聲的村莊」，這「進入」意味著身體與寫作的雙重進入。少女翟永明因時代的荒謬，被動（「概不由己」）地進入一座「艱難苦恨」的村莊，她並不知道，她同時也進入了女性命運的深處。靜安莊之所以被用來喻指（東方）女性，是因為兩者都有靜安的特質，都處於被壓抑的噤聲狀態，都與黑夜有著深邃、神秘的聯繫，而「既與誕生的時刻相連，又與死亡的國度溝通」更是兩者最大的共性。〈靜安莊〉的一年，月月都是死與生的交響樂。〈第一月〉：「每個角落布置一次殺機」，「已婚夫婦夢中聽見卯時雨水的聲音」；〈第二月〉：「在螞蟻的必死之路」，「向日葵被割掉頭顱」，「村裡人因撫慰死者而自我節制」，「每天都有溺嬰屍體和服毒的新娘」，「分娩的聲音突然提高」……這並非特殊的一年，而是任何一年，時間就這樣循環出永恆的命運。

我們可以通過比較孟浪的抒情長詩〈凶年之畔〉與〈靜安莊〉之「太陽」意象的同異，來進入後者幽暗的女性意識。〈凶年之畔〉寫於 1987 年，可謂一代先鋒詩人的心靈史，又彷彿兩年後天安門事件的預言。它囈語般敘述了一個沉船的噩夢。船是專制帝國的隱喻，中國人即使不暸解柏拉圖以船喻國家，以大海航行喻統治國家，以航海術喻治國技藝的古老修辭，也應該對「大海航行靠舵手」的政治歌謠並不陌生。〈凶年之畔〉以沉船的夢境開篇：

> 枕邊襲來被犁翻開的新土，波浪
> 沉船，已經鬆弛下來的沉船
> 完整而安詳

煞尾於沉船的原因：

---

[106] 轉引自〈女性話語〉，見《西方文論關鍵詞》，380～381 頁。

> ……該結束了
>
> 脆弱的船體在內部粉碎了舵

　　這首抒情長詩和〈靜安莊〉一樣，兼具意象的實在和語義的難度，都有對凶年的深刻書寫，都以尖銳刺痛、破碎怪戾的語言突襲某種不測的精神深度；在這兩首長詩中，「太陽」也都是關鍵意象之一。〈凶年之畔〉涉及「太陽」意象的詩句有：「來不及赴死的人，步履匆匆／在我身邊圍攏／污點般的太陽，不露痕跡」，「太古老了，那又一分鐘裡的落日」，「坐在陽光普照的、消過毒的／另一些房間裡」，「巨大的太陽所帶來的黑暗、結下的果實」，「沉落的太陽」，「一味向地下室病態的太陽走去／第一個假日的白晝失禁」，等等，「太陽」指涉什麼不言而喻。其中「假日」一詞堪稱妙用，它從〈離騷〉（「聊假日以媮樂」）一路流入當代生活，又被孟浪賦予「虛假的太陽」的特殊涵義。

　　〈靜安莊〉裡的「太陽」同樣也有獨裁統治的象徵涵義，如「男人和女人走過，／跪著懇求太陽」（〈第七月〉），而「向日葵」、「向陽的坡地」則被賦予臣服於「太陽」之意：「向日葵被割掉頭顱，粗糙糜爛的脖子／伸在天空下如同一排謊言」（〈第二月〉）；「村裡的人站在向陽的坡地上，／對白晝懷疑」（〈第十二月〉）——雖然「村裡的人」出於逆來順受的千年積習仍然「向陽」，但畢竟開始「懷疑」了。除此之外翟永明的「太陽」還有男權文化、陽物中心主義的意指：

> 我居住在這裡，冷若冰霜，不失天真模樣
>
> 從未裸體，比乾淨的草灘更愜意
>
> 太陽突然失蹤，進入我最熱情的部位
>
> 　　　　　　　　　　　　　——〈第九月〉

這裡的「太陽」顯然男性化了。〈第八月〉：

> 向日葵發出氤氳不散的臭味
>
> 好像陽光下的葡萄胎
>
> 他咧著嘴，彷彿至死都不悔改
>
> 我們憎恨太陽

與〈第二月〉的「向日葵」有所不同,這裡「向日葵」主要隱喻男權文化。「葡萄胎」是由於絨毛基質微血管消失而導致的疾病,翟永明藉此道出男權文化的癥結在於喪失了細微活躍、多元流動的感受力。「他咧著嘴」,愚蠢的「他」掌握著話語權(這句詩突出了話語器官,又勾勒出一臉蠢相)。一個天真的少女,偶然走進一座村莊,接觸到了中國最愚昧野蠻最根深蒂固的男權鄉俗文化,終於被激發出「我們憎恨太陽」的怒吼。

與「太陽」的男性寓意相反,「黑夜」(「敏感的夜抖動不已」,「生下我,／又讓我生育的母親從你的黑夜浮上來」,「夜晚這般潮濕和富有生殖力」)、「雲」(「脆弱唯一的雲……／如同與我相逢,成為值得理解的內心」,「你走,你來,你的臉和雲的臉實為一體」)、「月亮」(「現在我可以無拘無束地成為月光」,「月亮像一顆老心臟,／我的血統與它相近」)、「花朵」和「水果」意象(「花朵列成縱隊反抗／分娩的聲音突然提高」,「身懷六甲的婦女帶著水果般的倦意」,「村莊的中心是石榴」——多子的「石榴」象徵生育),被翟永明賦予了鮮明的女性意味。「土地」如前所述更是女性的核心隱喻,然而〈第一月〉卻出現了「陰陽混合的土地」,這是為什麼?翟永明以此暗示女人的雙性心理。人之初都有此心理,不同於男孩子從小被教導要壓抑自己女性的一面,女孩子並未抹殺掉潛伏的雙性心理,女性特質和雙性心理在她身上並肩成長。〈靜安莊〉裡的「樹」則有著中性、雙性或超性別的複雜喻指。〈第四月〉:「羊圈主人黑得像樹,／他正緩慢死亡」,這裡「樹」是男性化的,詩人詛咒那些將女人也當成自家圈中羊的男人。〈第十二月〉:「坐在村頭／內心瘡痍如一棵樹,／雙手布置白色樹液的欲望」,這是將少女「我」與「樹」視為一類。更多的時候「樹」被擬人化了卻並沒有性別取向:「圓錐形的樹像人一樣哭泣」(〈第四月〉),「有很怪的樹輕輕冷笑」(〈第五月〉);在〈靜安莊〉的結尾部分,「樹」的雙性特質被下面這句詩意味深長地表現出來:

> 刻著我出生日期的老榆樹
> 又結滿我父親年齡的舊草繩
>
> ——〈第十二月〉

「我」來靜安莊時「聽見公雞打鳴」(〈第一月〉),這句詩隱喻男權話語的統治地位,同時「打」傳遞出暴力之感,「公雞打鳴」又是很平常的現象,緊接著

「又聽見轆轤打水的聲音」（〈第一月〉），更加劇了這種暴力日常化的感覺；而「我」離開靜安莊時，「牝馬依然敲響它的黑蹄」（〈第十二月〉）——既喻當牛做馬的女性，又喻她們通過自我解放，發出自己的聲音。「牝馬」遙遙指向古老的《易經》，其中的坤卦（「坤：元亨，利牝馬之貞」），早已將大地、女人、牝馬聯繫在一起。在靜安莊的日子裡，「我」耳聞目睹了種種男權文化的暴政和女性沉默悲慘的處境。

詩中的男性形象總是粗俗暴力、殘忍恐怖的：「那使生命變得粗糙的他」（〈第四月〉），「夜裡月黑風高，男孩子們練習殺人」（〈第六月〉），「貓頭鷹兒子給白晝留下空隙，張嘴發出嚇人的笑聲」（〈第七月〉），「強奸於正午發生」（〈第七月〉），「嗜酒成性的父親不睡覺時，／也看見妻子的遺言」（〈第八月〉），「噩夢中出現的沉默男子」（〈第九月〉），「他的頭有如夜間出現的亡靈」（〈第十月〉）。詩中的女性卻形象各異，有慘死的女性：「每天都有溺嬰屍體和服毒的新娘」[107]（〈第二月〉）；有抗爭的女性：「他們回來了，花朵列成縱隊反抗／分娩的聲音突然提高」（〈第二月〉），「響起母親憤怒的聲音」（〈第四月〉）；有潔淨的女人：「妻子在木盆裡淨身」（〈第六月〉），「淨身」亦有自我閹割其主體性的雙關意；有充滿神性的女人：「人神一體的祖母仰面於天」（〈第七月〉）；以及有著孕育之美的女人：「身懷六甲的婦女帶著水果般的倦意」（〈第七月〉）；有天真的少女：「我十九歲，一無所知，／本質上僅僅是女人」（〈第九月〉）；以及痛苦的老婦：「年邁的婦女翻動痛苦的魚」（〈第十二月〉）。

需要指出的是，翟永明主要是反對男權文化，而非憎惡男人，她「是那種並不想與男人為敵的新女權主義者」[108]，〈靜安莊〉中有兩個飽含深意的細節說明了這一點，一處是〈第四月〉「我看見婚禮的形象在生命的中心」的兩性和諧觀念；另一處在結尾：

---

[107] 「服毒的新娘」不是由於包辦婚姻就是因為買賣婦女；「溺嬰」指溺殺女嬰的陋俗，這一陋俗早在先秦時期已很盛行，《韓非子・六反篇》記載了當時社會「產男則相賀，產女則殺之」的現象，清人褚人獲《堅瓠集》收錄了一個叫周石梁的人所作的〈戒殺女歌〉：「生男則收養，生女則不舉。吾聞殺女時，其苦狀難比。胞血尚淋漓，有口未能語。咿嚶水盆中，良久乃得死……」這一殘忍的陋俗迄今不絕。

[108] 翟永明：〈完成之後又怎樣——回答臧棣、王艾提問〉，見《紙上建築》，241 頁。

　　最先看見魔術的孩子站在樹下

　　他仍在思索：

　　所有一切是怎樣變出來的，

　　在那些看不見的時刻

——〈第十二月〉

「樹」，前面分析過象徵兩性圓融或超越性別，世間最偉大的魔術莫過於生命孕育的奇跡，一個「站在樹下」，「思索」一切生命「是怎樣變出來」的男孩，即是未來的希望。

　　如果說從「第一月」到「第十二月」的自然序列是〈靜安莊〉的外在結構，那麼自由賦格的手法便是它的內在結構。〈靜安莊〉不僅化用了普拉斯〈小賦格曲〉的詩句，其結構意識也明顯受到後者啟發。賦格結構是指樂曲開始時先出現一個主題片段，緊接著出現與之形成對位關係的對題，然後樂曲模仿這種對答，形成相互「追逐」的效果。〈小賦格曲〉是「黑」與「白」的對位，而〈靜安莊〉是「聲」與「靜」的對位，〈第一月〉開篇寫道：

　　彷彿早已存在，彷彿已經就緒

　　我走來，聲音概不由己

出現了「聲音」的主題片段。〈第一月〉的「聲」有：「我來到這裡，聽見雙魚星的嚎叫／又聽見敏感的夜抖動不已」，「熱烈沙啞的狗」，「昨夜巨大的風聲」，「已婚夫婦夢中聽見卯時雨水的聲音」，「我聽見公雞打鳴／又聽見轆轤打水的聲音」；而〈第一月〉的「靜」有：「極小的草垛散布蕭穆」，「脆弱唯一的雲像孤獨的野獸，躡足走來」，「使人默想」。〈第二月〉的「聲」有：「我的腳聽從地下的聲音」，「寒食節出現的呼喊」，「分娩的聲音突然提高」；「靜」有：「讓我到達沉默的深度」，「鴉雀無聲的村莊」。這一年中，「五月」、「六月」、「八月」有「聲」無「靜」，「三月」、「十一月」有「靜」無「聲」，其餘月份均為「聲」與「靜」的對答。「聲」可能是「靜」的幻聽，「靜」可能是被扼殺之「聲」；「聲」有時發自死亡之喉，一如「靜」可以展示堅忍的生命。翟永明「於無聲處聽驚雷」，又於強勢的男權話語中聽從女性的沉默，一如呂德安的一首五行小詩所表達的那樣：

夜已完全靜下來

夜已完全靜下來。
黑暗的工作開始了。
聽覺將在那裡被挖掘。
聽覺的墳墓也將被挖掘。
在這裡沒有聲音也還是有聲音。

〈靜安莊〉正是一篇「聲」與「靜」此起彼伏、對位追逐的生命樂章,我們從中能聽到「靜安」而又「不靜不安」的中國女性的「聲音」。而這「聲音」又終歸是一件「靜安」的語言藝術品。翟永明說:「一個原創的時間和一個存在的時間,人們常常不能將它們區別,而藝術就是這兩種寂靜所存留下來的不可磨滅的部分」[109],這才是靜安莊的根本寓意。

巴蜀的長詩創作代不乏人,即使在長詩式微的本世紀,更年輕的詩人啞石、蔣浩仍然寫出〈識字課〉、〈喜劇〉這樣的佳作。2009 年,蕭開愚完成了一首長詩的初稿,這首帶有地方志色彩,延續了他的社會學熱情,以歷史悠久文化燦爛——卻被當代中國極度邊緣化的中原地區為題材的氣勢恢宏的作品,名曰〈內地研究〉。差不多同時,歐陽江河以一首〈泰姬陵之淚〉結束了「停筆十年,憋著不寫」的狀態。將這首長詩與他早年的〈懸棺〉加以比較,會發現一些意味深長的變化:雖然均以棺槨、陵墓等死亡的容器起興,但「懸棺」橫空出世、下臨無地,「泰姬陵」卻建築在大地之上;「懸棺無魂可招,無聖可顯」,而「泰姬陵是一個活建築,一個踉蹌/就足以讓它回魂」,〈泰姬陵之淚〉開篇便是「沒有被神流過的淚水不值得流」;〈懸棺〉冷峻,〈泰姬陵之淚〉悲憫;前者通篇沒有一個「淚」字,後者卻以「淚」為主題,它「輕放在全人類共有的心碎之上」,令乾坤日夜浮……

---

[109] 〈篋中人語〉,見《紙上建築》,183 頁。

從 1995 年到 2008 年，呂德安花了十幾年的工夫來完成一首近兩千行的長詩《適得其所》[110]，這種不合時宜印證了他的一部詩集的名字：頑石。《適得其所》同樣推崇這種難以被時代「搬動」，也拒絕被其同化的頑石秉性：

> 「一塊石頭，當你搬動它，
> 它就變成了頑石。」
> ……
> 這是石匠的原話，如今已成為我的詩句
> 半是無奈，半是奇跡。

> ——《適得其所·序詩·3》

1992 年呂德安從美國回來，在距離福州市區十五公里的北峰大山裡，修建了一處家宅，棲居下來，《適得其所》便取材於此。該詩分為〈序詩〉，及〈陶弟的土地〉、〈仲夏的一天〉、〈為石頭所作的附言〉、〈雖不是伊甸園卻也是樂園〉四章，最後附〈夢歌〉一首。除了有著「解構」先前篇章之意的獨立的〈夢歌〉，其他各章均採用了雙行體的形式，呂德安希望這種形式能「透出某種古代詩歌的那種空間感」。雙行體也是中國民歌的主要形式，呂德安在回答黃燦然的書面提問時說：「雙行體形式在民歌中應用得更多，並有極其豐富的表現手法。我曾從民歌中得到不少靈氣。」[111]呂德安從民歌中汲取的不只是語言風格和雙行體形式，《適得其所》的結構也受到民歌的啟發。一般民歌是由前奏、兩段主歌、一段副歌，再來一段主歌及結尾音樂幾部分構成，而《適得其所》正是以〈序詩〉為前奏，經〈陶弟的土地〉、〈仲夏的一天〉兩段主歌，然後一段副歌〈為石頭所作的附言〉，最後

---

[110] 這首長詩幾易其稿，說完成其實為時尚早，呂德安在剛剛出版的同名詩集的後記中也表示「今後也許還需調整」(《適得其所》，重慶大學出版社 2011 年版)。最新版本與我評論的這一稿相比又有一些改動，遣詞煉句自然更精當了，但或許是先入為主的緣故，我覺得結構調整的效果並不好。譬如阿什貝利的一段詩，取代了作為第二章題記的一段文字，而這段關於蛇的文字，則代替了原先的〈序詩〉。阿什貝利精細的語言風格在一首追求樸拙的長詩中，顯得十分彆扭；那段關於蛇的文字又過於簡短，難以起到「序詩」的作用，且與長詩總題記「人走人的路，蛇走蛇的路」相重複了。

[111] 呂德安：〈一個書面採訪錄〉，見《傾向》1994 年第 2、3 期合刊，297 頁。

是〈雖不是伊甸園卻也是樂園〉的主歌。呂德安有意迴避了多數詩人更樂於採用的交響樂式長詩模式。

頑石也罷，一以貫之的雙行體也罷，都指向一種穩定的詩歌態度。施塔格爾曾如此評價在《伊利亞特》、《奧德賽》中通篇採用六音步詩行的荷馬——這「意味著詩人的鎮靜，他並沒有同任何情調融合，他的心情也不是忽而這樣忽而那樣。荷馬從生存之流中升起，固定地不動地面對事物站立著。他從一個立場出發觀看特定廣角中的諸事物。這個廣角被固定在他的詩行的節奏中並且確保他維持自身的同一性，成為現象之潮中的穩定物」[112]。而呂德安固然希望穩定於現象之潮，但他並不迷信同一性神話，因此他最後附上一首有著複調變奏效果的〈夢歌〉，他用這首詩與前面統一的篇章構成了並置的「雙行體」：儘管內容相通，但前五首詩非常抒情，每行句子不長，顯得空靈跳躍，又經常冒出「啊」、「喲」之類的感嘆詞，〈夢歌〉卻是密實的長句，採用了陳述的語調；前五首詩中也有憂慮、苦悶、悲傷，但主基調是積極樂觀的，〈夢歌〉卻極為哀傷、絕望；最大的區別是，前五首詩看似真實，卻是醒在一個「家園烏托邦」的夢中，而〈夢歌〉以「曾幾何時，我夢見……」起筆，貌似虛幻，卻是夢入現實，其中的「我」十分清醒、冷靜，用〈夢歌〉裡的話說：「我為我的冷靜難過，為眼前的悲劇一幕」，這種醒與夢的吊詭，耐人尋味。前五首詩可以說是呂德安的「天真之歌」，〈夢歌〉則是他的「經驗之歌」，兩者既對立，又款曲相通，構成了「靈魂的兩種對立狀態」。

說到〈夢歌〉，很容易想到約翰‧貝里曼的同名長詩，後者也的確對呂德安頗有啟發。貝里曼《夢歌》的主角是一個名叫亨利的虛構人物，呂德安談論他的另一首雙行體長詩〈曼凱托〉時曾說：「當詩一開始就出現一個人物——孫泰，我就想起美國詩人約翰‧貝里曼的《夢歌》的『亨利』，於是我就有了野心，想讓〈曼凱托〉一勞永逸地成為我可以往裡面塞進一個個『孫泰』的『大雜燴』。」[113]《適得其所》也有個主要人物，名叫陶弟，呂德安對這個農民的敘述同樣借鑑了貝里曼《夢歌》的手法：

[112] 埃米爾‧施塔格爾：《詩學的基本概念》，中國社會科學出版社1992年版，71頁。
[113] 〈一個書面採訪錄〉，見《傾向》1994年第2、3期合刊，297頁。

有一回，當陶弟回家上床倒頭便睡，
沒有人去理解他的壓抑，他的喪失。

一天不出工，老婆臉上的火苗就會格外地旺盛，
就會誘惑他說話，讓他的身體睜開眼，

讓他整個立起來一尊床上的神。
然而他不是神。他麻木，彷彿在別處

一個劇痛的遠方。啊！
我是說，在這樣的壞天氣

當貓照例猛地一躍，抓住了雨幕
和黑暗的分水嶺，又有誰

會去想想那個黑暗中的人
和它所應得的。

——〈陶弟的土地‧10〉

貝里曼的第一首〈夢歌〉這樣寫道：

那天亨利怒衝衝地躲了起來，
他的心情難以平靜，悶悶不樂。
我看出他的心事，——想把事情說清。
他們以為他們能夠成功，這種想法
使得亨利既鬼迷心竅又心灰意冷。
可是他本該出來並把事情說清。

整個世界就像一個毛紡的情人
似乎曾經站在亨利的身邊。

後來，突然離別。
......[114]

二者都是全知視角與第一人稱敘述的自由轉換，其中全知視角更多地承擔了敘述功能，而「我」主要是議論和抒情的發起者。

貝里曼的《夢歌》對《適得其所》更大的啟發在於：它用「一部日記，一部夢的日記」[115]的方式，解決了長詩的結構問題。《適得其所》前五章分為七十多節，各節常常出現「這是新的一天」、「那一天」、「有一回」、「那一夜」、「一天的結束」、「仲夏的一天」、「這是大雨三天之後」、「有一天」、「這是決定性的一天」、「一天」等模糊的以天為單位的時間，詩中甚至直接出現「日記裡記下這一頁」之語，於是整首長詩就成了一部關於抬物上山、土地交易、立梁造屋、尋找水源、刈草燒荒、農事勞動、生態考察及夫妻生活的「山居日記」。也就是說《適得其所》的結構形式不僅是民歌體，也是日記體。這種日記體是對情節詩學的某種超越，它著眼於一系列被聚焦、被抒發的情境片斷，而不是某個故事由情節緊湊約束的發展變化；每一節都是一首抒情小詩，它們韻味相疊，前後呼應，在若即若離、旁逸斜出中完成疏朗的敘事，使一首長詩成為可供偶閱之物。

貝里曼並非對呂德安影響最大的美國詩人，弗羅斯特才是。當代中文詩人，大都更服膺艾略特、龐德等現代主義詩人凸顯技巧、學識的晦澀詩風，而呂德安早在八十年代就「厭倦了當時所謂『朦朧詩』的故作深奧和技巧上的雕琢拘謹」[116]，他讓我們看到了哈代、弗羅斯特風格的勝利。呂德安承認弗羅斯特對他構成了「一種決定性的影響」，當然這種影響也是對自我天性、志趣的確認與挖掘，呂德安曾說過：「我只是覺得這一切──如果我沒有抬高自己的話──不過是有時我也得以有機會站在他那邊看到了一些自己的真相而已。」[117]

雖然在格律等詩歌形式的一些基本問題上，呂德安並非「弗羅斯特式的」，但他對世界的態度、他的性情喜好的確是站在弗羅斯特那邊的。弗羅斯特：「你要愛，就撇不下塵世。／我想不出哪兒是更好的去處」（〈白樺〉）；呂德安：「要升起火／

---

[114] 黃宗英譯，見其所著《抒情史詩論》，北京大學出版社 2003 年版，215 頁。
[115] 丹尼斯・多諾霍對《夢歌》的評語。轉引自《二十世紀美國詩歌史》，630 頁。
[116] 〈一個書面採訪錄〉，見《傾向》1994 年第 2、3 期合刊，293 頁。
[117] 〈一個書面採訪錄〉，見《傾向》1994 年第 2、3 期合刊，293～294 頁。

讓彼岸的人知道我們在這裡／『沒有更好的地方了』」(〈洪水的故事〉)。弗羅斯特：
「如果不得不挑一樣／我選擇當個普普通通的新罕布什爾農民」(〈新罕布什
爾〉);呂德安:「我但願自己生來就是一個農民」(〈臺階〉)。兩人都樂於表現樸素
的事物(如卵石)與富有活力的勞動、自然場景(如收割、解凍),對都市題材都
不大「感冒」。類似弗羅斯特的「叫人上當的樸素」[118],呂德安的詩也是既自然質
樸,又含蓄靈動,初讀時似乎明白易懂,多讀幾遍又覺得別有深意。

　　弗羅斯特一生拒絕被歸入任何流派,但許多人還是將他看成一個象徵主義詩
人,對此他反駁說:「我不同意那些認為我是象徵派詩人的觀點,尤其不同意他們
認為我是一個有預謀的象徵派的觀點。象徵主義很可能妨礙或扼殺一首詩,它可
能跟血栓一樣壞。如果我的詩一定要有個名字的話,我寧願叫它們圖徵主義
(Emblemism),我追求的是『事物看得見的圖徵』(the visible emblem of things)。」[119]
義大利作家安德魯・阿斯埃托被認為是圖徵文學之父,1531 年他發表了集象徵圖
片、讖語、韻文或散文為一體的圖片文學著作《圖徵書》。弗羅斯特所說的圖徵主
要是一種修辭手法,而非《圖徵書》式的跨界體裁,不過,這一修辭手法仍以圖
像性為基本特徵。象徵主義也強調形象,但象徵的形象與其指向之間,後者是重
心,占據了主要意義,如鴿子象徵和平,這裡形象只是媒介,讓人跨越而去尋求
神聖深遠的彼岸意義。圖徵的形象與其所喻物卻是相互闡釋的,難分孰重孰輕,
弗羅斯特〈雪夜林邊逗留〉的「林子」,〈一條未走的路〉之「路」,呂德安的「石
頭」均是如此。象徵一般是先有某種預設的形而上主題,再為其安排象徵形象(即
弗羅斯特所說的「有預謀」);弗羅斯特、呂德安則相反,他們先與事物相遇,然
後再深入挖掘其寓意。

　　圖徵也是象徵,一種較為特殊的象徵,這也是弗羅斯特被看成象徵派的緣故;
實際上他反對的主要是十九世紀下半葉發源於法國的象徵主義運動。這一運動傾
向於用複雜的或私人化的象徵來表達難以言表的情境,從而導向晦澀的詩風,弗
羅斯特認為這會妨礙甚至阻斷詩與讀者的交流,「跟血栓一樣壞」。如果說象徵是
一種玄奧化的表現手法,那麼圖徵就是一種通俗化的手法,「圖徵把知識分子的想

---

[118] 見方平:《一條未走的路》譯後記,上海譯文出版社 1988 年版,216 頁。
[119] Robert Frost, *Robert Frost on Writing,* Elaine Barry, ed. ,Rutgers University Press, 1963, p.121.

像降低成可感知的意象」（培根語）。弗羅斯特的〈白樺〉描寫了「我」想像自己去爬白樺樹的情景：

> 攀著白色樹幹的黑枝
> 向天心爬去，直到樹承受不住
> 躬身，將我送回地面。
> 上去和下來都令人心歡。[120]

詩人欣喜於自己屬於大地，又歡欣地保持著對天堂的嚮往，他用「看得見的圖徵」的手法表達了這一點。《適得其所》中，呂德安如此向兩個小女兒闡釋他那既非禁欲又非縱欲的中庸生態觀念：

> 啊，孩子們，你們可以吃掉蛋糕
> 但不可以吃掉盤子，
>
> 記住，它們是一個也是兩個

——〈仲夏的一天・20〉

內涵深刻，語言卻十分通俗、形象。強調詩歌是一門交流的藝術，批評現代派過於晦澀的弗羅斯特也說過：「我不想寫不能夠讓人讀懂的詩歌……真正的詩歌是可以理解的，小孩子都可以懂。」[121]這話顯然有點過頭了，實際上只能說弗氏的詩歌有其易懂的一面，且對普通讀者滿懷接納之意。

　　起源於中世紀寓言書的圖徵還有個比較明顯的特徵：通常都包含一個道德主題，在圖像的輔助下，勸人皈依或勸人向善。這正是弗羅斯特、呂德安和唯美主義者的主要區別。圖徵中的圖像一般都有其道德倫理內涵，目的是引人深思，調整自己的人生態度；圖徵中的讖語箴言，也有類似圖像的啟示意義，發人深省，不過有時會顯得說教。弗羅斯特詩中經常能讀到「但我們愛所愛之物皆因其真相」（〈雨蛙溪〉）、「你的頭如此關切外面的氣候，／我的卻與內心的冷暖相連」（〈窗

---

[120] 彭予譯，略有修改，見彭予：《二十世紀美國詩歌》，河南大學出版社 1995 年版，93 頁。

[121] Edward Connery Lathem, ed., *Interviews with Robert Frost,* Holt, Rinehart and Winston, 1966, p.237.

前的樹〉)、「上去和下來都令人心歡」這類警句,弗羅斯特也認為自己寫詩是「以喜悅始,以格言終」,而《適得其所》亦多有「喻世明言」或「醒世恆言」。

弗羅斯特的詩常以新英格蘭為背景,極具「地方特色」,呂德安同樣是一個地方主義詩人。他因早年詩作「固守馬尾鎮」而被稱為家園詩人,長詩〈曼凱托〉寫到了他的美國生活,他卻說:「〈曼凱托〉還是以我的『小鎮』為背景的⋯⋯」[122]從早年的謠曲風格到後來的敘事性寫作,呂德安的詩始終閩味十足。我們應該在胡塞爾「生活世界」的意義上來理解這種地方性,胡塞爾說:「我們處處想把『原初的直覺』提到首位,也即想把本身包括一切實際生活的,和作為源泉滋養⋯⋯的生活世界提到首位。」[123]「生活世界」並非所謂的客觀世界、實證世界,而是一個純然主觀的世界,是對能夠直接獲得的經驗領域的主動構造。

關於地方性與普遍性的關係,弗羅斯特說過一句很精彩的話:「你能在不具有地方性的情況下具有普遍性嗎?那是想把風抱在懷裡。」[124]《適得其所》中有句詩表達了類似的看法——

> 那風賦予樹枝的也是我日益增多
> 和無限珍惜的;

> ——〈序詩・5〉

我們說呂德安先與事物相遇,然後再挖掘其普遍意義,就此而言,還有什麼事物比家鄉風物更能激發詩人的情感與挖掘的熱情?

譬如閩地氣候溫濕,故多蛇蟲,福建人自古也以蛇為圖騰,「閩」中之「虫」通蛇解,《說文解字》:「閩,東南越,蛇族。從虫,門聲。」而〈仲夏的一天〉,就是以一條試圖找回自己尾巴的蛇為主角的。

石頭更是呂德安詩歌的一個重要意象。有人會說,石頭普及天下,豈是呂德安的家鄉風物?然而確實如此。中國素有「桂林看山頭,蘇州看橋頭,福建看石頭」的說法,呂德安隱居的福州北峰之壽山,就出產舉世聞名的壽山石,壽山石質地脂潤,五色斑斕,傳說為女媧補天之石。石頭多了石雕工藝自然發達,福建

---

[122] 〈一個書面採訪錄〉,見《傾向》1994 年第 2、3 期合刊,296～297 頁。
[123] 胡塞爾:《歐洲科學危機和超驗現象學》,上海譯文出版社 1988 年版,70 頁。
[124] 轉引自《二十世紀美國詩歌》,97 頁。

最著名的石雕是惠安石雕和壽山石雕。壽山石雕的藝術特色在於根據石質、石紋、石形、石色來選擇相應的題材，因勢造形，有「一相抵九工」之說，不知呂德安對詩藝的理解是否與此有關。在福建，圍繞石頭有很多有趣的現象，比如石匠多如石頭，農民不種地卻四處找石頭、挖石頭，許多山民累石造屋哪怕它抗震性差容易倒塌，等等，在福建，石頭是一種日常生活，甚而是一種「信仰」，《適得其所》對此有精彩的描寫：

> 當我在自己的黑暗中
>
> 又襯托出一個孤獨
> 而又卑俗的石匠形象
>
> 他就是我們最高的虛構。
> 因此，只要他又敲又鑿
>
> 我們就進入了遺忘；
> 只要我們舞蹈，圍著
>
> 繞著這樣一塊石頭
> 我們就會堅信不疑。
>
> ——〈序詩·4〉

> ……那裡，石匠們說：
>
> 「陶弟，沒有石頭，是否讓我們一塊幹。」
> 陶弟就盤算著把他們
>
> 領過一片月光的闊葉林
> 和那條降虎人的溪水：
>
> 那裡，累累圓石，曾經深藏
> 像上帝的住所。
>
> ——〈陶弟的土地·15〉

　　我曾親眼目睹石頭的第一個亞當

　　和夏娃的吻壘砌而成的家

　　那高高的一堆，也算是

　　對上帝的報答。

　　可是當上帝改變了主意，

　　他們就要推倒重來。

——〈陶弟的土地・16〉

福建山多，且水系發達，因此順溪而下「漫游」的「鵝卵石頭」，也頻頻滾落呂德安筆端。

　　《適得其所》中有大量涉及基督教文化的筆觸，這仍然是某種相遇在先的「家鄉風物」。基督教（廣義）曾幾度傳入中國，如唐代的景教、元朝的也里可溫教、明清的天主教（舊派）與近代的基督教（新派）。其傳入福建可以追溯到唐武宗時期，武宗滅佛，景教也受到牽連，由於福建遠離政治中心，遂成為教士們的棲身避難之地。元朝時，義大利人約翰於 1294 年抵達大都，受到元成宗鐵木兒的友好接待，獲准在中國自由傳教。約翰任總教，下轄北京、泉州兩個主教區，泉州先後有三名義大利人來任主教，且都死葬於此，至今泉州還留有碑石。到了明代，天主教在福建得到了廣泛傳播，影響最大的傳教士是義大利耶穌會的艾儒略。此人 1613 年來華，居福建二十三年，建大堂二十三座，小堂難記，付洗萬餘人，人以「西來孔子」譽其為福建傳教第一人。1840 年後新教在福建開始傳播，第一個進入福建的傳教士是美國歸正教會的雅俾理，因民眾反洋情緒強烈，無功而返。1844 年美國歸正教會又派羅啻、波羅滿進駐廈門傳教，漸漸有了第一批新教信徒。因福建方言複雜繁多，當地百姓對外人頗多疑慮，故教士多用本地人、本地話傳教。《聖經》的福建方言譯本有閩南話、福州話、興化話、客家話、建寧話、建陽話等多種版本，其中閩南話譯本採用所謂白話字，以拉丁字母為記號體系，憑藉二十三個字母，閩南話凡口裡可以說出的，筆下就能表現，不僅教會使用，老百姓也用它記事通信，可謂中國文字史上的奇觀。1919 年前後，福建有天主教徒 61712 人，基督教徒 86094 人，從人口比例來看，福建是國內基督教最發達的省

份。總之對於呂德安來說，基督教並非另類的西洋景，而是福建本土文化的一部分，它早已融入當地民間生活。

福建地僻東南一隅，四季常青，從東北到西南，有洞宮山、武夷山、杉岑山，中有縱貫南北的鷲峰山、戴雲山、博平嶺山，奇峰挺秀，層巒疊嶂，山中溪澗穿橫，河谷與盆地錯落，閩江、木蘭溪、晉江、九龍江、汀江流切其間，這種得天獨厚的自然環境無疑是山水詩的溫床。縱觀唐至近代福建作家的集子，最大的共同點是，山水詩在他們的創作中皆有重要地位。那些隱逸詩人、遺民詩人，自是寄情志於山水，就連文論家嚴羽、林昌彝，理學家真德秀、黃鎮成等，也都寫過一些相當不錯的山水詩。某種意義上說，山水詩就是福建文學最重要的傳統。那麼《適得其所》這一田園山水詩長卷，為此傳統帶來了哪些新變？

「長」似乎還算不上什麼新變，中國蔚為大觀的山水詩中，早有像錢謙益這樣的人物，寫出了長篇古體山水詩、大型山水組詩，其〈黃山詩〉二十四首變換著詩體書寫黃山勝景，〈西湖雜感〉二十首或抒懷或詠古，將故國之思、亡國之恨融入西湖景致，端的是板蕩淒涼，悲慨萬千。

呂德安像古代詩人一樣熱愛田園山水生活，但他畢竟是一位當代詩人，他的美學意識、表現手法都是頗為現代的——

　　一個不再有過路人的世界，
　　一堆至今還倒放在路旁的磚瓦。

　　一個實體的暗紅色的
　　雜亂的蒼穹。

　　風散發出抽屜拉開後的一股黴味。
　　花兒敞開房間，裡面是神秘的芳香。

　　我常常想，那一夜陶弟高興為那些磚守夜，
　　他抱來了一團破棉被和一面枕頭。

　　他的帳篷用一根根樹枝搭成——
　　那也是雨的舞蹈，

而風在突破這個不怎麼稱心的巢。
而在山那邊的陶弟家裡,

一隻貓變暗,恢復著記性,
一個愛叨嘮的中年女人,

葡萄串似的笑容壓著一層霜,
在一面盲人似的鏡子裡,

在一個你必須摸索
才能到達的角落。

——〈陶弟的土地‧18〉

這節詩營造了一個神秘的空間,像一幅超現實主義繪畫,「你必須摸索」其中的意義。而呂德安也是一名畫家,他曾說過:「如果說我對語言形式有什麼領悟,想來多半得益於對現代繪畫的理解。」[125]

呂德安與古代山水詩人更大的不同在於:他有現代環保觀念,又生活在環境污染與生態破壞極為嚴重的當代中國,對生存環境有著強烈的憂患意識。那麼《適得其所》和另一部生態長詩《樹巢》又有什麼不同?

《樹巢》乃博物幻想型文學,《適得其所》是一首體驗與行動之詩;《樹巢》是書齋之作,《適得其所》產生於田園與荒野;《樹巢》繁複華麗如漢大賦,《適得其所》淨省樸拙似古詩十九首;《樹巢》極度絕望,《適得其所》卻始終懷著希望,因為「希望是我們最後的美德」(〈仲夏的一天‧21〉);《樹巢》「整個就是重複帕斯卡爾所置疑的問題:『如果魚不是魚,我們該不該吃魚』」,《適得其所》以陶弟的話「人走人的路,蛇走蛇的路」作為題記,帕斯卡爾係西方思想家,陶弟雖是本地農民,但說得也挺深刻,表達了人與其他生物「井水不犯河水」的相處之道。

〈序詩〉開篇寫道:

一塊鵝卵石頭
是一次石頭的漫游;

---

[125] 呂德安:〈回答曾宏的十個提問〉,見詩生活網站《詩生活月刊》2003 年第 1 期。

> 一塊鵝卵石頭
> 也是它自己的故鄉;
>
> 一塊鵝卵石頭
> 幾乎不再是一塊石頭
>
> 又總能奇跡般地
> 突然間復活
>
> 從而獲得一個石頭的
> 凹凸的自我。

——〈序詩・1〉

「也是它自己的故鄉」、「石頭的／凹凸的自我」,不僅象徵了自然的「內在價值」,同時也是對這種價值必須受到尊重的強調。「內在價值」是羅爾斯頓環境倫理思想的核心。羅爾斯頓將自然的價值分為「工具價值」和「內在價值」兩類,無論是人對自然的資源性利用,還是自然對人的供給、培育、教化、塑造,抑或人通過融入自然、體悟自然而形成的文化價值、審美價值,本質上都是一種人類中心主義的自然價值觀,它總是以人為尺度和參照來衡量自然,卻忽視了自然的存在本身就具有價值這一事實,「內在價值」指的正是自然在與人無涉的情況下「所固有的價值」[126]。「從而獲得一個石頭的／凹凸的自我」,更是體現了深層生態學「自我實現」(self-realization)的理念。「自我實現」的涵義是指,生態共同體中的一切存在物都有生存繁衍和充分體現個體自身以及在「生態自我」意義上實現自我的權利。由「自我實現」衍生出的一條基本生態道德原則是,人類應該最小而不是最大地影響、改變其他物種和地球。然而《適得其所》中陶弟的一些做法明顯違背了這一原則:

> 當石匠們說:「陶弟,
>
> 沒有石頭,是否讓我們一塊幹?」
> 那些彷彿有生命的石頭便開始發抖──

---

[126] 霍爾姆斯・羅爾斯頓:《哲學走向荒野》,吉林人民出版社 2000 年版,189 頁。

一場古怪的石頭的災難。可陶弟

並不這麼看——

——〈陶弟的土地‧15〉

　　深層生態學倡導「手段儉樸，目的豐富」的生活境界，《適得其所》可以看成是一個身體力行者對這種生活方式的詩意闡發。詩中完全見不到網路、手機、影視等等在今天似乎已不可或缺的「現代事物」（冰箱是唯一的例外，還是帶著貶義出現的），由此可見呂德安對科技至上觀念與現代消費生活的否定。就生態意識而言，他更接近「深層生態學的桂冠詩人」加里‧施耐德，而非弗羅斯特。

　　第一章〈陶弟的土地〉的一、二兩節描寫了「我們叫人把那片巨大的長方形玻璃扛上山」的過程，呂德安用這樣一句詩驚嘆人的「威力」：「啊，群山遼闊，／也不曾有過這般的前呼後湧」，我們不知道這是贊賞還是諷刺，或許兼而有之。鏡子是《適得其所》的關鍵意象之一，或實或虛、或明或暗的鏡子時刻觀照著人類行為，讓其反省自身。而本詩的第一面鏡子，就是這塊「途中的鏡子」——被「扛上山」的「巨大的長方形玻璃」：

這僻靜山路上的四個女挑工

和一面這樣的玻璃，當她們搖晃
跟著玻璃裡的風景，晃蕩

……

而從玻璃的小心翼翼到玻璃

彷彿就要出現可怕的裂痕
中間，還會有多少變故

——〈陶弟的土地‧2〉

這是傳統山水詩裡顯然見不到的登山景象的實寫，也是人與自然之間關係的圖徵。這面作為工業製品被置入自然的玻璃，映照出人的行為與自然的「變故」，並暗示我們：人類行為需要像抬玻璃上山這樣的「小心翼翼」，以避免玻璃映出的自

然，出現「可怕的裂痕」。詩人很自然地想到，這種「置入」稍有不當就會導致大自然的報復──一種「搬起石頭砸自己的腳」的報應：

> 那一天，如果我搖晃
>
> 又凝視起自己的虛幻──
> 跟著玻璃，一種超出本身
>
> 的不穩和重量搖晃
> 或半途中突然一陣踉蹌
>
> 讓路上的石子猛地跳起
> 「那對每個提心吊膽的人
>
> 就會有一場刀片似的玻璃風暴，
> 砸入腳趾頭……」
>
> ──〈陶弟的土地・3〉

「可怕的裂痕」也暗示了旱景，〈陶弟的土地〉正是一個「沒有雨」的世界，詩人用各種手法從各種角度書寫著「沒有雨」的情景。不僅如此，在這一章的最後兩節，詩人還告訴我們：「而在風中，更多的東西消失了」，「也許它們就在一鍋沸滾的／炫耀其神秘夜色的魔鬼的湯裡。」為此人們感到恐懼，詩人指出：

> 但他們的恐懼是有根據的
>
> 因為天上星星的顏色正在稀釋
> 暮色下，一場看不見的騷亂正在加重

我們曾在古老先民的藝術中領略過這種人對自然的恐懼，而在漫長的山水詩的年代，人對自然充滿了歡樂憂愁、閒適奔忙、瀟灑窘迫……卻幾乎沒有了恐懼。現在，對大自然的恐懼感又重新來到了，〈仲夏的一天〉中那條蛇，也試圖提醒我們這一點。

　　「人走人的路，蛇走蛇的路」或許只是句空話，說這話的陶弟就曾砍斷了蛇
的尾巴，這個「聰明的矮個子農夫」此時象徵了言行不一的健忘的人類：

　　　　那個聰明的矮個子農夫陶弟

　　　　曾經以他的方式談論過這個世界。他說：

　　　　「人走人的路，蛇走蛇的路，

　　　　沒有什麼可怕。」這是他的原話

　　　　他留下了一條尾巴

　　　　和一個道理，自己卻消失了。

　　　　但第二天又來

　　　　興高采烈。

　　　　　　　　　　　　　　　　　　　　　　　——〈仲夏的一天・7〉

　　而這條「帶來了更大的恐懼」，與我們「從未達成和解」的蛇，並非唯一被人
傷害的生物：

　　　　四處迴盪著山雞警惕的啼叫

　　　　和竹子破裂時發出的

　　　　新鮮而殘冷的氣息。

　　　　　　　　　　　　　　　　　　　　　　　——〈仲夏的一天・10〉

　　　　這是深藏在竹林裡的一把砍刀，

　　　　和帶傷逃竄的野豬足印

　　　　　　　　　　　　　　　　　　　　　　　——〈仲夏的一天・12〉

　　　　啊，鳥兒卿卿——它一度那麼纏綿

　　　　如今卻躊躇不前。一度聽得懂落日

　　　　如今心照不宣。

　　　　　　　　　　　　　　　　　　　　　　　——〈仲夏的一天・14〉

這是我們熟悉的古典山水詩「無我之境」的寫法，這種手法通常用來表現人與自然的完美契合，但在這裡，它反而強烈地凸顯出「殘冷」的人之存在。「鳥兒卿卿」大妙。「卿卿」首先是「卿卿我我」的「無我之境」，「纏綿」進一步加強了鳥兒的情人意蘊。鳥兒原本是人類以及整個大自然的情人、知音，但現在它不再來了（「躊躇不前」），從它的變化中我們當能察覺到大自然的變化。我們知道鳥的叫聲是唧唧喳喳的，抑或就像〈陶弟的土地‧1〉所寫的「鳥兒啁啾不止」，可如今它沉默了（「心照不宣」），於是「唧唧」變成了「卿卿」，這也是對人類無聲的譴責。

而人類一直都在「逃避」，直到「枯竭」的環境釀成巨大的災變，才稍有覺醒——

> 啊，一整天都在炎熱中逃避，
> 直到傍晚，傳來陣陣雷聲，
>
> ……
>
> 讓幾乎枯竭的溪水充盈
> 形成所謂的山洪，這才意識到
>
> 一點兒現實。
>
> ——〈為石頭所作的附言‧1〉

經過〈為石頭所作的附言〉之副歌的過渡，在〈雖不是伊甸園卻也是樂園〉中，呂德安闡述了他的家園理想和實踐：它並非伊甸園式的人類中心主義樂園，也不像桃花源那麼封閉，它平等地向其他生物敞開，與它們共享同一個樂園，如此家園才不會變成「家園的噩夢」：

> 這是決定性的一天
> 這也是房子的歌唱；
>
> 也是兩隻長腿蜂
> 在房梁上嗡嗡作響。

但是如果我關上窗門
離開幾天，它們就會彎曲著從空中

掉下，無聲無息——
只留下一縷淡淡的清香。

啊！空中的豎琴，啊！這午睡時分
微笑而愉快的震顫。

但如果我離開，信誓旦旦
它們的往日指環般精緻的腰

就會死亡，躺在窗臺上，落英似的
帶來種種不詳——

這裡原是它們世代的領地：
那聲音的，顏色的，嗅覺的。

這就像家園的靈夢，常常應驗似地
映在天花板上

但如果你摀緊雙耳，滿心恐懼
或關緊門戶執意離開，像命中注定的那樣

你就預言了它們的死亡：
那聲音的，顏色的，嗅覺的……

　　　　　　　　　　——〈雖不是伊甸園卻也是樂園·10〉

　　與此形成鮮明對照的是下一小節，詩人的妻子在淺水中洗衣，撈起一隻落水
的蝴蝶，她「讓它／從手上飛走」，詩人用「拇指和食指上／有了翅膀的印跡」讚
美她的天使做法。這時，「因滴水的緣故變得透明」的蝴蝶翅膀，與她晾在岩石上
正在滴水的衣服相映成趣，構成了一幕多麼美好的，「雖不是伊甸園卻也是樂園」
的景象。

然而極為嚴峻的環境惡化狀況卻是──

啊，溪水愈來愈淺，
水的下沉帶來了內部的缺乏。

土地龜裂，發出
乾燥而沒有歡樂的笑聲。

水的靜止
滋長了青苔的鏡子生活。

果實盡去，在樹枝
虛無的震顫中

財富顯示了從未
有過的貧乏。

天空沒有雪
卻有雪的腳印──

可發現了這些，
我們在哪裡？

一切都暗示了冬天
未到盡頭，而你必須學會放棄。

──〈雖不是伊甸園卻也是樂園·18〉

面對可怕的生態危機，一個詩人又能怎樣？除了自己身體力行，似乎惟有化
為詩句的憂慮的祝福：

願那些高高在上的人，他們眼裡的荒蕪地
雖不是伊甸園卻也是樂園

願月光偏愛他們。願我們就要在上面建立家園
的那兩塊岩石高聳，一百年仍在它們原來所在。

願它們的恐懼消失。

——〈雖不是伊甸園卻也是樂園・20〉

這是《適得其所》的結尾，最後的「它們」指向除「我們」以外的萬物！

　　奧登在評弗羅斯特的一篇短文中，曾談到歐洲人感受大自然的方式與美國人有所不同，譬如說一個歐洲人遇見一棵樹，他會想到這是一棵熟悉歷史的樹，是歷史的見證，某個國王曾在這棵樹下頒布了某項法律，如此等等；而對於一個美國人來說，在人與樹的相遇中，誰都沒有過去，沒有附加涵義，誰都不知道誰的將來會更好。[127]基於同樣古老的文明，中國人對大自然的感受方式與歐洲人類似，而呂德安的「自然之詩」卻既是美式的也是中式的。出於生態倫理意識，他反對將太多的人類印記強加給大自然，把大自然變成文人風流湊趣、山水詩且歌且詠的所謂名勝古跡，他希望人與自然的相遇是一次純粹的，各自「內在價值」的交流；但另一方面，他又不可能沒有歷史感，他可以對附加於山水的歷史掌故、名人軼事置若罔聞，卻不能無視凝聚於山水之中的詩歌精神與文化傳統。

　　呂德安棲居的北峰大山，一代大儒朱熹也曾耽留於此，並以「溪山第一」讚美北峰風光。《適得其所》還提到了降虎寨——

> 一條溪的兩邊：
> 這邊是板橋村，那邊是降虎寨。
>
> 陶弟是板橋人，姓孔，先生孔子
> 的第七十二代？

——〈陶弟的土地・6〉

這個寨子也大有來歷，它建於宋嘉祐三年（1058），又名雲漈關，位於福州宦溪鎮東部的降虎嶺隘口上，十分險要，明代戚繼光曾在此抗倭，三百多年後，我國軍民又在此處抗擊日寇侵略。這些歷史掌故無疑是一般的地方主義作家津津樂道的話題，呂德安卻絲毫不感興趣，但那句「先生孔子／的第七十二代」又流露出強烈的歷史感。呂德安這樣寫的意圖大約有四：第一，陶弟像孔子一樣善於講道理，

---

[127] 轉引自布羅茨基：〈悲傷與理智〉，見《文明的孩子》，219～220 頁。

這句詩是對他的調侃。第二，儒家理論的核心是「仁」，雖然《論語》也講「上天有好生之德」，但仁主要調節人與人之間的關係，所謂「仁者愛人」，「老吾老以及人之老」，並不惠及其他生物（陶弟這個疑似孔聖人的後代就曾傷蛇而毫無負罪之感）。直到王陽明的心學，仁的外延才有了重大發展，他在其主要教典《大學問》中說：「大人之能以天地萬物為一體也，非意之也，其心之仁本若是，其與天地萬物而為一也……是故見孺子之入井，而必有怵惕惻隱之心焉，是其仁之與孺子而為一體也。孺子猶同類者也，見鳥獸之哀鳴觳觫，而必有不忍之心，是其仁之與鳥獸而為一體也。鳥獸猶有知覺者也，見草木之摧折而必有憫恤之心焉，是其仁之與草木而為一體也。草木猶有生意者也，見瓦石之毀壞而必有顧惜之心焉，是其仁之與瓦石而為一體也……」[128]和王陽明的仁心囊括宇宙的意識一樣，呂德安也希望將萬物都納入道德共同體，基於這種「大地倫理」意識，他對石頭、土地、雨、溪水、竹子、鳥兒、蛇、野豬……都給予了深切的道德關懷，並以「願它們的恐懼消失」結束全詩。第三，第七十二代也好，第九十九代也罷，呂德安關注的是人類與萬物的「永恆的一日」，是人類及其家園世代綿延的持存性。第四，孔子象徵傳統，呂德安希望我們的傳統也能夠傳承下去——如果喪失了傳統，人就成了孤魂野鬼，談何家園？

　　《適得其所》中有古典田園山水詩常見的「池魚思故淵」的懷舊意緒，更有後者從未書寫過的傳統的深刻斷裂與艱難回歸。

> 一塊鵝卵石頭
> 當我放下又放下
>
> 它就成了石頭遺址；
> 我離開又離開
>
> 它便開口說話。
> 而如果我閉起眼睛
>
> 為它蓋一座房子
> 最後我會發現

---

[128] 王守仁：《大學問》，見《陽明先生集要》，中華書局 2008 年版，145 頁。

它並不在裡頭。

——〈序詩·2〉

這塊「鵝卵石頭」完全可以理解為傳統之喻:「放下」就成為「遺址」,「離開」則
發出召喚,如果僅有對傳統的盲目供奉(「閉起眼睛/為它蓋一座房子」),我們也
不可能真正得到它。《陶弟的土地》通過一對渴望重返伊甸園的戀人,表達了回歸
傳統的願望(「其過程就像你突然不在了,/其本質都是為了求得返回」)。詩人還
借助「雨的舞蹈」來說明回歸的方式:

這也是雨的舞蹈吧,

不可模仿,卻可以還原。

——〈陶弟的土地·19〉

我們將在〈雖不是伊甸園卻也是樂園〉中,目睹「還原」的具體情形。

「仲夏的一天」作為當代中國的隱喻,又一次體現了呂德安的語言才華。「夏」
指代中國/華夏,《說文解字》:「夏,中國人」;「仲」,古代以伯仲叔季排行,仲為
第二,因此「仲夏」即第二個中國,它也是一年中最熱的時候,可喻欲望之炎。「仲
夏的一天」換成蕭開愚〈向杜甫致敬〉中的說法便是:「那肉感的柴薪竭力證明/這
是另一個中國」。只有在這個意義上,我們才能更深入地把握下面這些詩句的涵義:

從一陣風,到我們喚出它

一些東西就不見了。

……

這是別處的風,本不屬於我們。

啊!來了,如同來贖罪,似乎很遺憾。

啊!來了,如同來到

風的遺址,人飄飄然。

——〈仲夏的一天·1〉

需要結合百多年來西風東漸的歷史,才能理解詩中的「風」意味著什麼。

　　　但它也看不見這裡

　　　一隻千年的獨角獸

　　　傷心統治下的

　　　這場集體的睡眠。

——〈仲夏的一天·2〉

暗示國人對於傳統之淪喪的無動於衷。

　　　我們正在時間裡打發時間，

　　　正在我們身體的深淵裡。

　　　我們正在裸泳。正在

　　　跳出水面，跳開一尺，

　　　雙手竭力地掩住下體……

——〈仲夏的一天·3〉

「身體的深淵」與欲望的魔鬼有關。「裸泳」則指向一切都可以「脫掉」的唯發展主義。「下體」又是煉字之妙，它除了指涉欲望的中心，還有墮落（的身體）之字面義。

　　　「啊！真理，真理就是一切。」

　　　木匠咬牙切齒。他很高明

——〈仲夏的一天·8〉

道出了我們時代的特徵，無數思潮風雲激盪，都宣稱真理在握。

　　　……我們在哪裡？

　　　或許正在為喪失而不知所措

　　　為到手的東西而一度尷尬。

　　　不知道失去的是什麼：

　　　曾經被星星哄騙，不知道

　　　該詛咒的又是一個什麼樣誘惑的世界——

> 臉上：一片蠻荒的灰色，
>
> 眼裡：一種出讓土地後必然的精神空虛。
>
> ——〈仲夏的一天・11〉

傳統就是那種我們喪失了卻說不清失去的是什麼的事物。「星星」以閃爍不定為特徵，不知是否還有「紅星」之意？不管怎樣，這個「誘惑的世界」帶來了文化的新「蠻荒」與「精神空虛」。

> 當陶弟的一邊肩頭是村書記
>
> 扇子般溫暖的手，另一邊卻是
>
> 另一個人滿嘴金牙的許諾
>
> ——〈仲夏的一天・13〉

這個「該詛咒」的「誘惑的世界」，是權力（「村書記」）與資本（「金牙」）合謀的結果。「扇子」呼應著前面的「風」氣。

> 不禁想起某人的前生。
>
> 抑或僅僅是一面牆的空間，
>
> 那裡群星跳躍，鳴蟲飄移，
>
> 而你試圖將它們引入夢境。
>
> 為一個進化論的睡眠？
>
> ——〈仲夏的一天・16〉

「前生」指向傳統中國，這幾句詩圖徵了一個詩人在這個唯發展主義的，對種種危機渾然不覺的時代裡的生態與文化復古之夢。

《適得其所》的主要意象，幾乎都有多重寓意，通過它們，該詩可以靈活地穿梭於多個主題，而多個主題又由此被巧妙地組織在一起。譬如〈仲夏的一天〉中那條蛇，首先它是與我們無異的血性生命，它被砍掉尾巴的「沉重事實」，提醒我們人對自然生命的「傷害」這一主題；其次閩人以蛇為圖騰，這關乎人對自然（惡化）的「恐懼」；再者蛇是魔鬼，與誘惑、罪惡有關，與愛情也有關；此外這

條蛇也指向「追尋」主題，呂德安用這條被砍斷尾巴的蛇象徵當代中國與傳統的斷裂，用它尋找自己尾巴的過程，隱喻對失落傳統的艱難痛苦的追尋。

這是「仲夏的一天」，終於「到了必須出發的時刻」，呂德安用如下詩句表現當代人對傳統的兩類求索，一種是「挖地三尺」；另一種是被詩人肯定的「到風中挖掘」：

> 他說就在這裡，我們就在這裡
>
> 挖地三尺，但找到的卻是另外的東西；
> 他說就在那裡，於是我們來到風中挖掘
>
> 而只有在那裡，我們才能受到風的鼓舞
> 在漂泊中結束漂泊；
>
> 他指出了我們中間
> 一條仍舊活著的尾巴
>
> 此刻盤聚在零點裡
> 在我們出發的地方──
>
> 它看上去還不錯。
>
> ──〈仲夏的一天·22〉

「這裡」與「那裡」的區別意味深長：首先「這裡」近而「那裡」遠，暗示傳統絕非近在咫尺，唾手可得；再者「那」為疑問代詞，後作「哪」，傳統並沒有藏在一個確定的地址，在今天，它只能存在於個人的求索與追問的歷程中；第三「那」之安居義（如《詩經·魚藻》「有那其居」）、美義（如《國語·楚語上》「使富都那豎贊焉」），正是傳統的本質特徵。

出發即返回。簡樸的山鄉農業生活是一種古老的生活方式，也是傳統的根基。圍繞這種生活的各種風物蘊藏著神聖久遠的情感和記憶：

> 風乾燥而驕矜，草叢裡燃起一堆火；
> 我誠懇而孤單：日記裡記下這一頁：

一把香，兩斤水果，錢紙，米酒，豬肉，
一把新月的鋤頭，幾隻籮筐，一串鞭炮。

這些貢品端放在一塊石頭上，
你就有了一個自己的世界。

今天是農曆十月七號：
我等待，發掘，抓起

一把塵土，要求它
施予我生活的能力。

而當我把它舉在手上
發現它竟然如此的稀少，就像

一個深處的日子不易碰見
而我已近四十，第一次

畢恭畢敬地為自己祈求，
祈求一位灰色的家神降臨。

——〈雖不是伊甸園卻也是樂園·2〉

正如里爾克所說的那樣，在前工業時代，「幾乎沒有什麼東西不像一個容器，我們的祖輩發現其中存有人類情感，並在其中加進他們自己的情感。可是現在，這容器空空如也……滿目所見都是事物的表象、虛假的生活……也許我們是瞭解這些東西的最後一代人，我們有責任，不僅要保存對這些東西的記憶，還要（像看護我們的家神一樣）保護其中的人類價值」[129]。

　　陶淵明四十一歲歸隱，「而我已近四十」，更接近的是兩人的生活方式：「如今我已經能夠／把大量時間用在鋤頭和那些土方上」。

---

[129] 轉引自 J·M·庫切：〈威廉·加斯所譯的里爾克〉，見其所著《異鄉人的國度》，浙江文藝出版社 2010 年版，86 頁。

喲！世界上還有多少類似的東西。
只是不同的誘惑，在不同的季節

我一個勁地高舉鋤頭，
區別著這一切，為的是最終認識我自己。

　　　　　　　　　——〈雖不是伊甸園卻也是樂園·3〉

喲，要是你看見我在燒荒，和草一般高，
和那套舊軍服的草綠色，和長柄鎌低頭

發出「傳統」的窸窸聲

　　　　　　　　　——〈雖不是伊甸園卻也是樂園·4〉

這就是「還原」！田園詩沒有了，是因為當代詩人疏離了支撐著它的田園勞作，「我」固然已不可能寫陶淵明那類舊詩了（「不可模仿」），但是「我」完全可以在生活、勞作與寫作中努力還原陶淵明的「生活世界」和「精神境界」，傳統田園詩的情致風調將由此復活於一首新詩當中。還記得那條蛇嗎？「低頭」的「長柄鎌」與「窸窸聲」，多麼像已經找到尾巴的它！

　　古典田園山水詩中除了詠史懷古、稼穡農桑，還有求仙問道、隱逸放曠、羈旅行役、送別接風、文人雅集、仕子遊宦、戰火烽烟……卻絕少愛情，尤其沒有性愛。我想這主要是因為傳統山水詩屬於典型的「言志」寫作的緣故——雖然「高山流水」的陰陽和合、知音神話並非不能跟男女情愛款曲相通。而呂德安這首以家園為核心主題的《適得其所》，同時也是一首動人的愛情長詩。有了美好和諧的環境，有了必要的勞作，有了房子，還算不上家園——如果房子裡沒有愛情。《適得其所》的三首主歌都有對愛情主題的書寫，但寫法各異。

　　〈陶弟的土地〉用「撫摸」和「雨意」來書寫愛情，以此跟粗暴、乾旱的世界形成對照。「撫摸」涉及愛情的屬肉性，「雨意」涉及愛情的屬靈性，它們首次出現在這一章的第九節：

那裡，天使們圍成一團，
注視著人類，區分著善惡，

　　然而，這裡到底發生了什麼，
　　你能說說發生了什麼嗎？

　　一陣幾乎沒有的毛毛雨？
　　還是我重新撫摸你，感到你是顏色的，

　　一種不在的重量？

這一節引入愛情主題，就是將外在的乾涸與內在的乾涸，環境危機與心靈危機綜合考慮。由此，「天使們圍成一團」，「區分著善惡」，就不僅暗示人類破壞生態的「原罪」，也讓我們想到亞當夏娃分吃善惡果的古老情事。〈陶弟的土地〉還有以下兩節寫到「撫摸」：

　　而你是不一樣的——或者當我重新撫摸你，
　　我感到你正漸漸地消失在

　　我的杯形的掌中。
　　啊，不安的手，不在的重量。

　　我看到房子裡多出一個人，
　　房間多出一個房間。

　　但你的乳房是確切存在的，
　　它慫恿我繼續摸索。

　　直到那緊閉著眼的
　　另一隻乳房，顏色發生改變

　　並且變得困惑……就像在雨中。
　　你彷彿還是另一個戀愛中的你

　　第一次向我說出
　　你的處女本質……

　　　　　　　　　　　　　　　　　——〈陶弟的土地・11〉

我重新撫摸你，因為在我
下意識地在那裡走動的幽暗山谷

你是一個舞蹈的人。
而我們稱之為酣睡的

在那裡卻是音樂
一道正在拉開的時間的帷幕。

而你是不一樣的，
在我的夢中，你是雨的舞蹈

其形狀就像那撕扯它的手，
其過程就像你突然不在了，

其本質都是為了求得返回。

──〈陶弟的土地・14〉

多麼樸素美好的「豔詩」，提醒我們情愛的本質就是為了返回最初的樂園。雨水和愛的共性在於：兩者都是一種滋潤，都能「造成某種確切的朦朧」（〈陶弟的土地・1〉），這種雨中世界般的「確切的朦朧」，是呂德安對愛情、對詩意的根本認識，因此他在描寫雨水和愛情時，偏愛「幾乎」、「彷彿」、「或許」、「夢中」等朦朧的修飾語。呂德安顯然反對無愛之性，詩中不存在沒有「雨意」的「撫摸」；而雨之漸變，則被用來表現「我」和「你」做愛的整個過程，以及從相識到熱戀的發展：

起初是「一陣幾乎沒有的毛毛雨」，接著「在雨中，你彷彿還是另一個戀愛中的你」、「或許你……／已然漲滿雨意」（〈陶弟的土地・13〉），然後發展為「在我的夢中，你是雨的舞蹈」、「現在雨也是／這樣遮住你。／但它造出另一個舞蹈中的你」（〈陶弟的土地・17〉），直至狂熱、高潮──「你要不是一個女人，就是一整個瘋狂的種族。／這也是雨的舞蹈吧」（〈陶弟的土地・19〉），「由於我的盲目出現，／你的舞蹈趨於癲狂」（〈陶弟的土地・20〉）。

〈陶弟的土地〉直賦愛情，〈仲夏的一天〉則通過一條蛇，從各種角度間接處
理這一主題。蛇曾經游走於伊甸園中人類始祖的情愛，造成人類對裸體的羞恥，
在〈仲夏的一天・3〉中，這一幕又似是而非地重現了：

> 一條蛇，我們意識到它，
> 它才在那裡。
>
> ……
>
> 曾經我們在一起
> 爭奪同一片樂園。
>
> ……
>
> 我們正在裸泳。正在
> 跳出水面，跳開一尺，
>
> 雙手竭力地掩住下體……

這條蛇對「另一半」的適應，也是人類情愛關係的圖徵：

> 完美的軀體，過去的肉體
> 那裡出現了個不完美的傷口
>
> 而它適應了它，一個傷口的洞穴
> 也是它的洞穴，洞穴裡
>
> 到處是泥塊，而它適應了它。
> （就像一個男人之於一個女人；就像
>
> 一個女人之於一個男人。）
>
> ——〈仲夏的一天・6〉

蛇也可能是「美女蛇」，它關乎人類對不可能的情愛的「夢寐以求」：

屋頂閃耀銀光：是一條蛇皮。

（又彷彿夢中閃光的洞穴）

我還記得十月，恐懼消失了。

十二月我睡覺，又開始夢見自己

身在異鄉，在一片

蓄意的光亮的房間

和一位陌生的當地女子，

發生了一生中最短暫的愛情。

——〈仲夏的一天‧9〉

它也可能象徵「虛與委蛇」的家庭生活：

或許還在一場推遲的雨裡推遲

在一個滑溜溜的日子裡試圖睡去

在我們的思想正在其間抽搐的廚房裡被

盲目地愛著，伴隨著冰箱的嘶嘶聲

——〈仲夏的一天‧11〉

代表愛情的「雨」被推遲了，「滑溜溜」、「抽搐」、「嘶嘶聲」，營造了蛇一般的感
覺。而這種感覺也可能是美好的，屬於一個幸福溫馨的家庭：

我曾經半躺在壁爐前，

望著那一截截睡意惺忪的木頭，

吐出濃濃的一絲絲火舌——

一幅永恆的圖畫。

這也是你的圖畫吧？

——〈仲夏的一天‧16〉

「一截截」的「木頭」,「吐出」「一絲絲火舌」,不像蛇吐信子嗎?

蛇也可能化身絢麗的彩虹:

> 因為那裡,正像我們希望的那樣
>
> 一道彩虹絢麗地升起
> (而希望是我們最後的美德)
>
> 啊!一點不錯——那一天,
> 我們伸手撫摸過彩虹。
>
> 而這是大雨三天之後,
> 為了它來了,來自一個洞穴。

——〈仲夏的一天‧21〉

這裡用了《聖經》「立虹為記」的典故。一道被撫摸的彩虹,多像一條美麗的赤練蛇。「撫摸」前面解釋過是愛情的動作,在這裡,愛情已然升華為一種更加崇高博大的情感了,這種情感將指引「我們」重新出發,那條蛇也將見證這一天——「一條仍舊活著的尾巴,//此刻盤踞在零點裡/在我們出發的地方——/它看上去還不錯」,呂德安在〈仲夏的一天〉的結尾這樣寫道。

〈陶弟的土地〉與〈雖不是伊甸園卻也是樂園〉分別寫出了愛情的不同階段:前者描寫戀愛中的男女,後者講述居家過日子的夫妻;前者浪漫,後者深情。〈雖不是伊甸園卻也是樂園〉沒有性描寫,卻有關於祭祀、耕作、取水、洗衣、睡眠、讀書的家庭生活的細緻刻畫。到這一章我們終於可以完全肯定,詩人是以向妻子細語傾訴的「私人語調」,來書寫這首長詩的,例如:

> 喲,親愛的,如今我已經能夠
> 把大量時間用在鋤頭
>
> 和那些土方上。

——〈雖不是伊甸園卻也是樂園‧3〉

> 而你是不一樣的，親愛的
>
> 我喜歡你來
>
> ——〈雖不是伊甸園卻也是樂園・7〉

如此，不管傾訴的內容是什麼都寄托了對妻子的情意。在〈言語體裁問題〉中，巴赫金曾指出這種「親昵風格」作為反抗的美學的「巨大意義」。[130]詩人最後寫道：

> 願我們就要在上面建立家園
>
> 的那兩塊岩石高聳，一百年仍在它們原來所在。
>
> ——〈雖不是伊甸園卻也是樂園・20〉

其中包含了對「我們」婚姻的「百年好合」的祝福。

呂德安曾多次寫到「那兩塊岩石」，並用教堂來比喻它——

> 兩塊巨岩，兩座黑色教堂。
>
> 我暗紅色的家建立在上面。
>
> ——〈陶弟的土地・4〉

> 一溜竹子籬笆，
>
> 三級水泥臺階，以及讓你
>
> 產生小小的教堂幻覺的兩塊巨石
>
> ——〈雖不是伊甸園卻也是樂園・15〉

除了教堂的明喻，這裡也暗用了《聖經》當中的典故。〈馬太福音〉、〈路加福音〉等都提到耶穌以蓋房子打比方，來說明人們對待福音的兩種態度：「凡聽見我這話就去行的，好比一個聰明人，把房子蓋在磐石上。雨淋，水沖，風吹，撞著那房子，房子總不倒塌，因為根基立在磐石上。凡聽見我這話不去行的，好比一個無知的人，把房子蓋在沙土上。雨淋，水沖，風吹，撞著那房子，房子就倒塌了，並且倒塌得很大。」(〈馬太福音〉7：24～27)

---

130 《巴赫金全集》第四卷，184 頁。

　　諸如此類的「《聖經》修辭」，在《適得其所》中比比皆是。《聖經》中的形象、儀式、情節、命題被從原典中抽離出來，靈活多變地納入這首長詩自成一體的世界。復活、創世、上帝、天堂、休息日、天使、原罪、神、「要有光，於是就有了光」、亞當、夏娃、魔鬼、地獄、十字架、伊甸園、洗禮……這些頻現於詩中的語詞，乃是「《聖經》修辭」最明顯的例證。而比較隱蔽的用典除了「立虹為記」、「磐石蓋房」還有多處。

> 這通往我們房子的
>
> 從來就是一條彎彎曲曲的小道
>
> ——〈陶弟的土地‧1〉
>
> 在那裡，一條小路彎彎曲曲，坑坑
>
> 窪窪，最終卻總能到達——
>
> ——〈陶弟的土地‧3〉

這「曲徑通幽處」的實寫，也有其道德寓意。〈路加福音〉：「彎彎曲曲的地方要改為正直，高高低低的道路要改為平坦」（3：5）；〈使徒行傳〉裡彼得說：「你們當救自己脫離這彎曲的世代。」（2：40）借助與《聖經》的互文性，呂德安「彎曲」地表達了他對這個時代的否定；〈夢歌〉「這個可怖的世界到處充滿了／彎彎曲曲的孤兒般的道路」，也能佐證這一點。

　　《陶弟的土地》是個沒有雨的世界，與此相反，〈仲夏的一天〉卻迎來大雨和洪水——

> 這是大雨三天之後
>
> 這一天，洪水剛剛過去
>
> 整個世界便重新籠罩著
>
> 房子落成後的那種寂靜。
>
> ——〈仲夏的一天‧8〉

再加上後面「立虹為記」的情節，可以肯定影射了挪亞方舟的故事。而洪水和方舟的起因是「耶和華見人在地上罪惡很大，終日所思想的盡都是惡」，「地上滿了

強暴」,「就對挪亞說……我要把他們和地一並毀滅」(〈創世記〉6:5,11,13)。方舟典故的使用顯然基於強烈的現實批判意圖。

〈雖不是伊甸園卻也是樂園〉中反覆出現「溪水」與「火」意象。無論「洗淨我的手」的「溪水」,還是「我在燒荒」的「火」,都是一種淨化的力量,使我們想到〈路加福音〉中約翰的一段話:「我是用水給你們施洗,但有一位能力比我更大的要來,我就是給他解鞋帶也不配。他要用聖靈與火給你們施洗。」(3:16)除了隱喻以火施洗的「燒荒」、「螢火蟲盡情飛舞」、「放在火焰上烘乾」,〈雖不是伊甸園卻也是樂園〉中還有另一種「火」——「大火沖天,蘆葦花的漂浮消失」、「地面隆起一座濃烟滾滾的殿堂」,體現了與施洗、淨化不同的意蘊,可視為對人類的懲罰。〈以賽亞書〉中,「乾草怎樣落在火焰之中……他們的花,必像灰塵飛騰」,「怒氣燒起,密烟上騰」(5:24,30:27),即是形容神的震怒與懲罰的;神毀滅「罪孽甚重,聲聞於我」的所多瑪和蛾摩拉時,那裡就是「烟氣上騰,如同燒窰一般」(〈創世記〉18:20,19:28)。呂德安描寫「大火沖天」時,還伴以石蒜「有毒的鮮花開放」,這就更加重了懲罰的意味。石蒜在福州鄉間很常見,開在道旁、墓畔,其花妖豔,怵目驚心,又名「地獄花」。如此,懲罰之「火」與淨化之「火」交相輝映著,讓讀者去深思分辨。

〈陶弟的土地〉的核心意象是「土」,〈仲夏的一天〉主要寫「風」,〈雖不是伊甸園卻也是樂園〉以「火」為主要物質想像,而「水」貫穿始終。因此也可以說〈陶弟的土地〉是水土之歌,〈仲夏的一天〉是風水之歌,〈雖不是伊甸園卻也是樂園〉是水火之歌。這三首主歌即是「造作一切色法」的四大元素之歌。在呂德安筆下,陰性的水、土,主要是一種保護性元素,而陽性的風、火主要是破壞性元素,但這也不是絕對的,例如「洪水」和「燒荒」就呈現出相反的價值。

呂德安賦予燒荒某種以火施洗的意味,暗示了辛勤勞作的神聖意義。勞作也是《適得其所》的重要主題,提綱挈領的〈序詩〉結尾寫道:

> 因此,每當秋高氣爽,我走向勞動的盡頭
> 我就如同走向一個終於開口說話的啞巴石匠
>
> 和另一個更加稀罕的自我。

——〈序詩·5〉

「走向」說明我是勞動的局外人，也說明我有趨向之心。陶淵明經過大約三年的時間，才由跟農人仍顯得「隔」的優越感、距離感——「秉耒歡時務，解顏勸農人」（〈懷古田舍〉），蛻變成與之渾然同一的狀態——「相見無雜言，但道桑麻長」（〈歸園田居〉）。「我」在《適得其所》中也經歷了類似的轉變。〈陶弟的土地〉雖以抬玻璃上山的勞動畫面開篇，但基本上是閒情、休息、等待、偷懶的一章：「睡眠中／／他也喜歡待在『山上』，／和他的兩隻鵝，三隻雞，一隻狗／／喲，上帝願他高枕無憂」；「為此，我們感到／那一天，正是休息日」；「又彷彿說了：／／一個好獵人時間有的是……」；「他說：『等一等！』／／我們便不再問長問短／仍舊站在原處」；「有一回，當陶弟回家上床倒頭便睡……／／一天不出工，老婆臉上的火苗就會格外地旺盛」。這一章多是靜態的畫面，「我」也經常處於靜觀狀態。〈仲夏的一天〉則「動」感十足，忙碌不已，詩題已暗示了這一點，仲夏前後是農人最忙的時節，即所謂「三夏大忙季」。〈仲夏的一天‧2〉寫道：

> 1995，仲夏的一天，幫工們三三兩兩
> 走進我的屋子。他們隨意躺下，橫七豎八
>
> 他們的濃濃的呼嚕聲
> 使房子頓時滿壁生輝。

詩人沒寫幫工們的勞動場景，但用「濃濃的呼嚕聲」寫出了他們的勞累程度，並贊之以「滿壁生輝」。〈仲夏的一天〉還寫到陶弟劈草，木匠立梁，獵人阿虎出沒於「熊膽色的夜」，以及「他們肩扛共同的親戚進城看病，夤夜趕回」的場景；不僅人類忙碌，整個大自然也都非常活躍（「群星跳躍，鳴蟲漂移」），連那條蛇都在奔忙（「高興翻山越嶺」），努力找尋自己的尾巴。

不過，在「仲夏的一天」，「我」仍然是農業勞動的局外人。實質性的飛躍發生在〈雖不是伊甸園卻也是樂園〉，陶淵明〈歸園田居〉「晨興理荒穢，帶月荷鋤歸」的詩句，有了它的當代版本：

> 和它們一樣，如今我每天照例醒來，
> 一早就荷鋤出門，半晌也不曾回來。

喂！要是你看見一個像我這樣的人
歪戴著斗笠，一身過時的軍裝打扮：

褲腿高挽，翻山越嶺，
籬牆外燒荒，籬笆裡種地

身邊一個烟霧世界，
身後一陣穿堂風穿過，
……

請不必驚奇！

——〈雖不是伊甸園卻也是樂園・12〉

「一身過時的軍裝」曾是陶弟的打扮。那時這個農民的腳力令「我」很佩服——「當陶弟上山下山，虎虎生風，／我們都佩服他的腳力」(〈陶弟的土地・8〉)，如今「我」從裡到外都已陶弟化了，完全融入了充滿勞績的田園生活。這種生活蘊涵著神聖的意義：

喲，要是你看見我在燒荒，和草一般高，
和那套舊軍服的草綠色，和長柄鐮低頭

發出「傳統」的窸窣聲；和一個時遠時近的我
一腳踩到草叢，就淹沒在那裡了——

但火焰又很快將我的形象映入天空。
喲，我是說，要是沒有，沒有一個像我

這樣靈活的人奮力舞著，讓草木瑟瑟發抖，
土地就不會顯出真實面目，一扇虛構的門就不可能

正確地開向幻想中那間共有的房間
天堂就會更加遙遠。

——〈雖不是伊甸園卻也是樂園・4〉

詩中，「我」既是一個普通的勞動者形象、一個刀耕火種的古老形象，也是「映入天空」的崇高形象。「靈活」，身體敏捷，幹活利落。「舞著」，指對長柄鐮的「揮舞」，也暗示勞動即生命之舞，這舞蹈的偉大意義在於：它不僅能使土地「顯出真實面目」，也拉近了和天堂的距離，假如有天堂的話。「靈活的人」除了指身體敏捷，還有「有靈的活人」的意涵。《適得其所》常用亞當和夏娃對應「我」和「你」，而〈創世記〉中亞當是這樣受造的：「神用地上的塵土造人，將生氣吹在他鼻孔裡，他就成了有靈的活人，名叫亞當。」（2：27）呂德安暗用此典，以示自己在田園勞作中獲得了神聖的「生氣」，迎來新生。

　　除了大量或明或暗的用典，《適得其所》和《聖經》深刻的互文關係還表現在諸多方面。與《適得其所》「那一夜」、「那一天」、「有一天」的日記體類似，《聖經》也習慣於用「當夜」、「那夜」、「在那日」、「到那日」、「那一日」來引領敘事，這種敘事時間給人一種既確定又模糊的神秘之感，用《適得其所》中的話說，「造成某種確切的朦朧」。

　　日記體和民歌體的形式是《適得其所》的外部結構，而其深層結構隱隱對應著《聖經》的總體結構。我們知道《聖經》原本是一批書，它們應該不是為了被安排在一起而書寫的，但它們卻一直被視為整體，而且的確體現出某種內在的整體性。《聖經》的內容始於時間的開始——太初創世，止於末日以及跟末日有關的啟示，更確切地說止於祝願，因為《聖經》是以例行祝禱「願主耶穌的恩惠常與眾聖徒同在。阿們」（〈啟示錄〉22：21）結束全書的。在《聖經》的最後一章節，兩個重要意象「神」和「生命樹」又一次出現，呼應著該書的開篇部分。在起始與結束之間，《聖經》「用亞當和以色列這兩個名字作為象徵，概述了人類的歷史，或者說講述了人類歷史中它所感興趣的方面。書中還有許多具體意象……這些意象不斷地反覆出現，明確地喻示了某種整體化的原則」[131]。亞當即「有靈的活人」，而以色列既是人名，也是族名和地名。《聖經》中猶太人的祖先雅各（「抓住」之意）與天使摔跤並取勝，神就給他改名為以色列，意思是「與神角力者」；作為地名，以色列被猶太人視為民族和精神生活的核心，被稱為「應許之地」。相應的，《適得其所》講述了一個完整的建立家園的故事（實體家園與

---

[131] 諾思洛普・弗萊：《偉大的代碼》，北京大學出版社 1998 年版，3 頁。

精神家園），它從「世界彷彿依舊籠罩著**創世**般的寂靜」（〈陶弟的土地・1〉）開始，直到末日以及跟末日有關的啟示——「一切都暗示了冬天／未到盡頭，而你必須學會放棄」（〈雖不是伊甸園卻也是樂園・18〉），「在黑暗的深谷，那裡不斷擴大的落葉聲音」（〈雖不是伊甸園卻也是樂園・19〉），並以「祝願」煞尾——「願月光為這塊土地洗禮命名……／願它們的恐懼消失」。像《聖經》的「生命樹」一樣，《適得其所》的「石頭」也有始有終；本詩的其他主要意象，也都反覆出現，飽含深意，並且均能在《聖經》中找到原型；最重要的，這首長詩同樣塑造了兩個主要人物，其中「我」對應著亞當／「有靈的活人」，而「陶弟」及「陶弟的土地」對應著以色列（雅各）／「與神角力者」。前者無須贅言，後者有必要解釋一下。

陶弟第一次出場是在〈陶弟的土地・2〉：「這時候，或許有人會看見陶弟／忽東忽西，跌跌撞撞，獨自從山頂上下來」。關於雅各與天使摔跤，〈創世記〉這樣寫道：「只剩下雅各一人。有一個人來和他摔跤，直到黎明。那人見自己勝不過他，就將他的大腿窩摸了一把，雅各的大腿窩正在摔跤的時候就扭了。」（32：24～25）陶弟的「跌跌撞撞」、「獨自」應和了雅各的「扭了」、「一人」。「抓住」一詞在《適得其所》中只出現過兩次，都與陶弟有關，一次是：「一個農民太監似的聲音……／／或者他早已暗中抓住我們的談話」（〈陶弟的土地・5〉），另一次在〈陶弟的土地・10〉，描寫生悶氣的陶弟時順便寫到了一隻貓：「然而他不是神……／／當貓照例猛地一躍，抓住了雨幕／和黑暗的分水嶺」。「抓住」正是雅各之名的本義。〈陶弟的土地・18〉敘述了陶弟為「一個由不完美的事物組成的天堂」守夜的情景：

> 一個不再有過路人的世界，
> 一堆至今還倒放在路旁的磚瓦。
>
> 一個實體的暗紅色的
> 雜亂的蒼穹。
>
> 風散發出抽屜拉開後的一股黴味。
> 花兒敞開房間，裡面是神秘的芳香。

　　我常常想，那一夜陶弟高興為那些磚守夜，

　　他抱來了一團破棉被和一面枕頭。

　　他的帳篷用一根根樹枝搭成——

這「神殿」之感，應和著〈創世記〉：「雅各出了別是巴，向哈蘭走去。到了一個
地方，因為太陽落了，就在那裡住宿，便拾起那地方的一塊石頭枕在頭下，在那
裡躺臥睡了」，後來雅各做了一個關於神的夢，醒來後說：「這地方何等可畏！這
不是別的，乃是神的殿，也是天的門。」（28：10～22）就連陶弟的「帳篷」也
有其原型，〈創世記〉：「以掃善於打獵，常在田野；雅各為人安靜，常住在帳棚
裡」，「雅各在山上支搭帳棚」（25：27，31：25），等等。此外，陶弟的夫妻糾
紛、喪失土地等情節，也都讓我們想到以色列的歷史。

　　陶弟這個「忽東忽西」的雅各還有撒旦的一面：

　　而在風中，更多的東西消失了。
　　就像那第一個陶弟

　　此刻他躲躲閃閃，
　　裹在一床霧的棉被裡；

　　此刻他正在一束光中隱匿
　　把頭裹緊，大腳丫尾巴似的

　　暴露在任何顯眼的地方……

——〈陶弟的土地·21〉

「第一個陶弟」即第一個「與神角力者」，無疑指撒旦，「躲躲閃閃」、「裹」、「隱
匿」、「尾巴」也都暴露了這一點（魔鬼一詞在下一節果然直接出現了）。陶弟完全
符合《聖經》及西方文學傳統中撒旦的形象，如善惡混雜的性格，變化多端的外
表，善於誘惑和講道理的特長，而在聖潔的外表下弄虛作假，更是其典型特徵：

　　我們還記得他曾憂心忡忡，一個
　　上帝打扮的苦澀形象

以及他那滑溜溜的太監聲音。

那時正值盛夏。而此刻的他

彷彿依舊躲在那預見性的雨幕後面

和夏天的最初幾天──

幾乎整整一個世紀。

──〈雖不是伊甸園卻也是樂園‧8〉

「滑溜溜」暴露了他那蛇的特徵。而其上帝扮相一如彌爾頓《失樂園》對撒旦的描寫:「神一般的假冒威嚴」,「天哪,這貌似天主的堂堂威儀／竟依然安在,而信仰和實質卻／蕩然無存」[132]。「太監聲音」牽涉傳統之主題。我們知道那條蛇的尾巴是被陶弟斬斷的,而陶弟即撒旦即蛇,所以這個舉動有自殘、自我閹割的意味;事實上傳統也正是毀在我們自己手裡的,現代性魔鬼一手導演的斷裂,確實「幾乎整整一個世紀」。對於陶弟這個複雜的中國農民形象,呂德安給予了最無情的剖析、批判,以及最深切的同情與歸屬之感,鄉土中國由此被賦予了「病中國」與「桃源樂土」兩種特徵,而這正是魯迅所開創的現代文學的範式之一。

　　「有靈的活人」和「與神角力者」,呂德安希望充分寫出人性的這兩面,正是這兩個方面造成了人類全部的美與罪,希望與災難。

　　《適得其所》在家園主題之下,強有力地書寫了環境、傳統、愛情、勞作等主題,而詩也是這首長詩的主題之一,我們仍然要在《適得其所》與《聖經》的互文關係中來認識這一點。呂德安的〈在埃及〉一詩寫道:

我以為那句話就是詩歌,

因為我喜歡它的聖經的口氣。

　　「聖經的口氣」最顯著的特點是樸素鄙俗。不同於古希臘作家修辭考究、文體典雅的貴族化風格,《聖經》採用了引車賣漿者的語言,相應的,它不僅極為關切卑微者及其處境,而且力求從卑微中生發出崇高感和神聖性;同時《聖經》也是一部充滿想像力的高度隱喻的作品,不同的人從中領悟到的程度是不

---

[132] 轉引自沈弘:《彌爾頓的撒旦與英國文學傳統》,北京大學出版社 2010 年版,115 頁。

一樣的。關於《聖經》與新詩，劉浩明曾提出過一個頗有新意的觀點，他認為早在胡適等人「嘗試」之前半個世紀，新詩就已經發生了，發生於 1874 年出版的，由施約瑟及其中國助手所譯的官話本《舊約》中。「聖經所提供的意象和比喻同梁阿發們的有生命力的、強勁的、活潑的語言的結合本應為現代漢語詩歌開闢一個新天新地。然而這種開闢究竟沒有發生」，「認識上的延誤實際上造成文學革命同……白話的《聖經》（即官話本）失之交臂」，「使得中國現代文學錯失了一個機會，現代漢語錯過了一種可能性，依存於語言的現代漢語詩歌失去了一個方向」。[133] 不過，當代中文詩歌並沒有跟《聖經》繼續失之交臂，作為一種極富魅力的精神資源、文化資源及語言資源，和合本《聖經》早在上世紀七八十年代就已讓不少詩人受益匪淺。海子即是一例，這位寫過長詩〈彌賽亞〉，最後帶著《聖經》臥軌的詩人，其創作道路用他的好友西川的話說，「是從《新約》到《舊約》」[134]。呂德安厭倦朦朧詩技巧上的雕琢，海子也表示必須克服詩歌中對於修辭的「疾病的愛好」，他在〈詩學：一份提綱〉中說：「我恨東方詩人的文人氣質……他們隱藏和陶醉於自己的趣味之中，他們把一切都變成趣味，這是最令我難以忍受的……應拋棄文人趣味，直接關注生命存在本身。這是中國詩歌的自新之路。」[135] 這種文學意識無疑跟《聖經》有關。呂德安和海子有不少共同點，他們的詩都樸實無華、情感真摯，有民謠味道，但兩人有個明顯的不同：海子在詩中常以「王」、「皇帝」自居，高揚自我；呂德安卻認為「謙卑而自足」是詩人與詩得以存在的理由——

　　當我在自己的黑暗中

　　又襯托出一個孤獨
　　而又卑俗的石匠形象

　　他就是我們最高的虛構。

　　　　　　　　　　　　　　　　　——〈序詩・4〉

---

[133] 劉浩明：〈聖書與中文新詩〉，見《讀書》2005 年第 4 期。
[134] 西川：〈懷念〉，見《海子詩全編》，上海三聯書店 1997 年版，9 頁。
[135] 海子：〈詩學：一份提綱〉，見《海子詩全編》，897 頁。

> 一個個詞彙，都落在實處，
>
> 都像去鄉下過節一般，謙遜而又得體。
>
> ——〈為石頭所作的附言‧4〉

呂德安十分反感那種遠離生活、凌空蹈虛、張狂虛假的詩歌，與此相反的「卑俗」、「落在實處」、「謙遜而又得體」，是他對寫作的基本要求。同樣的意思他在其他作品裡也表達過：「多少年，在不同的光裡／我寫微不足道的事物」（〈詩歌寫作〉）；〈無題〉同樣描述了石匠「大塊小塊都落在實處」的工作，最後寫道：「我寫作，／鍵盤的聲音伴著壘石升高」。〈序詩‧4〉中的「最高的虛構」已透出原詩意味，它用了史蒂文斯〈高調的基督教女信徒〉中「詩是最高的虛構」的典故。「卑俗的石匠」上升為「最高」，這也是《聖經》當中的邏輯。「本有神的形象」的耶穌，「取了奴僕的形象，成為人的樣式。既有人的樣子，就自己卑微，存心順服，以至於死，且死在十字架上。所以神將他升為至高」（〈腓立比書〉2：6～9）。基於此，《新約》常常講述卑微者為高的道理：「凡自高的，必降為卑；自卑的，必升為高」（〈馬太福音〉23：22），「卑微的弟兄升高，就該喜樂」，「務要在主面前自卑，主就必叫你們升高」（〈雅各書〉1：9，4：10），等等。當然詩歌僅有卑俗是不夠的，它還要有對更高精神境界、審美境界的嚮往與追求，一種基督徒式的「升高」。這就是為什麼，〈詩歌寫作〉中「我寫微不足道的事物」，一定要在「光裡」，而〈無題〉中「我寫作」，也要伴著「升高」的趨勢。惟其如此，寫詩才是呂德安所希望的「淨化的過程」[136]。

「石匠」、「落在實處」，暗示了詩人「推敲」的工作和石匠的「又鑿又敲」如出一轍，兩者都是一種普通而具體的勞作，都需要老實的態度和手藝，都充滿勞績。而石匠的工具——石頭，也可以看成是詩人的工具——詞語的隱喻。它們同樣既普通又靈動，能漫游和復活，有故鄉和自我，一如〈序詩〉開篇所寫。因此寫詩是謙卑的勞作，也是充滿魔力的性靈的勞作：

> 如今我可以說，我能喚起一把沉睡的砍刀，
>
> 可以用恰當的禱詞，避開草蟲
>
> ——〈為石頭所作的附言‧4〉

---

[136] 呂德安：〈天下最笨拙的詩〉，見其詩集《頑石》，中國工人出版社 2000 年版，2 頁。

而描寫勞動場景及其意義的那節詩，也是對詩歌這一主題的深刻書寫：

哟，要是你看見我在燒荒，和草一般高
和那套舊軍服的草綠色，和長柄鐮低頭

發出「傳統」的窸窣聲，和一個時遠時近的我
一腳踩到草叢，就淹沒在那裡了——

但火焰又很快將我的形象映入天空。
哟，我是說，要是沒有，沒有一個像我

這樣靈活的人奮力舞著，讓草木瑟瑟發抖，
土地就不會顯出真實面目，一扇虛構的門就不可能

正確地開向幻想中那間共有的房間，
天堂就會更加遙遠。

——〈雖不是伊甸園卻也是樂園·4〉

在呂德安看來，詩歌是抒情（「哟」），是形象是圖徵（「看見」），是對種種野蠻暴力謊言（「荒」）的反抗（「燒」）；詩人應當對自然採取一種平等、尊重的態度（「和草一般高」），風格要樸素（「舊軍服」）、自然（「草綠色」）、謙遜（「低頭」）；寫作還必須根植於傳統（「發出『傳統』的窸窣聲」），既有非時代性也有其時代性（「一個時遠時近的我」），還要有地方性（「淹沒在那裡」）；它需要激情（「火焰」），但這激情不是為了發泄而是為了升華（「映入天空」）；寫詩不是閒情雅致而是辛苦的勞作（「奮力」），是一個「有靈的活人」的生命之舞（「舞著」）；寫作還必須有充滿感染力的細節（「讓草木瑟瑟發抖」）、現實世界性（使土地「顯出真實面目」），以及理想主義精神（不讓天堂「更加遙遠」）；詩是虛構（「一扇虛構的門」），又具有阿多諾所說的「真理性內容」（「正確」），並關乎人類的家園烏托邦（「幻想中那間共有的房間」）。下一節進一步補充道：

哟，這裡和那裡，要不是我又揮又舞，
你就難以想像一個草木世界；

裡裡外外，不慌不忙，要不是我

為你提供一個想像的夏天，讓不可見的蜥蜴

在光中恢復，懶洋洋的身上又有了斑斑點點

你就不會體會到它那家園般眨著虛無眼睛的思想

有著大家習以為常的那種頑固和安靜。

其中的「家園」二字，點明寫作就其本質而言是一種「詩意的棲居」。海德格爾曾如此解釋荷爾德林的這一名句：「棲居的詩意也不僅僅意味著：詩意以某種方式出現在所有的棲居當中。這句詩倒是說……作詩才首先讓一種棲居成為棲居。作詩是本真的使棲居」；「作詩首次將人帶回大地，使人歸屬於大地，從而使人進入棲居之中。」[137]〈夢歌〉解構了家園的現實性，所謂家園只是關於家園的一個夢，無法「適得」！然而這個夢被如此真切地建築在語言中，這難道不是一種適得其所？《新約‧希伯來書》：「這些人……並沒有得著所應許的，卻從遠處望見，且歡喜迎接，又承認自己在世上是客旅，是寄居的。說這樣話的人，是表明自己要找一個家鄉。」（11：13～14）詩人不就是「這些人」，「說這樣話」嗎？

我們從古典山水詩裡可以讀到儒家的仁愛、道家的逍遙、釋家的禪意，《適得其所》雖然不是第一首引入基督教因素的山水詩，卻無疑是其中最傑出的一首。需要強調的是，呂德安並非基督徒，《適得其所》也不是一首基督教的佈道詩或讚美詩，它在一些基本觀念上和基督教教義甚至是抵牾的。譬如天堂在呂德安看來只是「一個不再有過路人的世界」，他對它是帶點嘲諷的，也並不真的嚮往，對他來說，塵世性的「樂園」比天堂更有吸引力。當然這個「樂園」也具有烏托邦性質，那是一種里爾克式的「純粹塵世的，極樂塵世的意識」[138]，或者就像埃利蒂斯的「天堂」——「我的『天堂』不是從基督教教義那裡剽取的，相反，那是與我們的世界連為一體的另一個世界，由於我們人類自身的過錯而無法得到它」[139]。《適得其所》中的「靈」也與上帝無關，它更像雪萊《麥布女王》裡純粹人性的

---

[137]〈……人詩意地栖居……〉，見海德格爾：《演講與論文集》，三聯書店 2005 年版，198～201 頁。

[138] 轉引自勒塞：〈里爾克的宗教觀〉，見里爾克、勒塞等：〈杜伊諾哀歌與現代基督教思想〉，上海三聯書店 1997 年版，168 頁。

[139] 埃利蒂斯：〈光明的對稱〉，見潞潞編：《另一種寫作》，北京出版社 2003 年版，318 頁。

「必需的靈」，世上沒有救世主，它是人類得到救贖的唯一可能的途徑。「聖靈」原有風的意思，《大秦景教流行中國碑》曾譯作「聖靈風」，而在《適得其所》裡，更具「聖靈」意味的是雨而不是風。詩中，風有時象徵某種普遍意義（「那風賦予樹枝的也是我日益增多／和無限珍惜的」），有時象徵傳統（「穿堂風」），但它最主要的象徵義是全球化風潮（「在風中，更多的東西消失了」，「風乾燥而驕矜」），呂德安對此風潮基本是持否定態度的。與風不同，雨具有地方性、當下性，並能促進生長，它不祛魅（「造成某種確切的朦朧」），象徵了愛與靈性。出於生態倫理的自覺，基督教的人類中心主義觀念以及摻雜了暴力、征服、毀滅因素的父性神文化意識[140]，也都被呂德安揚棄了。總而言之，《適得其所》借鑑與化用了《聖經》的語言風格、主要原型與基本結構，但對其教義或部分保留，或摒棄，或改造。而其「《聖經》修辭」最主要的意圖，是希望將基督教文化中神的維度引入中國的田園山水詩傳統，形塑一種既愛娛又敬畏，既擬人又擬神的自然意識，以此應對當今世界日益深重的生態危機與人性危機。這種自然意識並非呂德安的發明，它既是對神話時代自然觀的重啟，也是對西方浪漫派文學的借鏡。

我們從〈九歌〉中可以真切地感受到，屈原時代的人們對大自然懷有一種既是宗教又是藝術的情緒，大自然是需要敬重又令人生畏的神祇，也是可以愛慕並與之歡娛的對象。在漫長的山水詩的年代，大自然那應當敬畏的神聖的一面逐漸弱化，而作為可愛可娛者的形象，卻被不斷加強，有著無比精彩的發揮。古典山水詩推崇的最高境界是人與自然相感相通、渾然契合的天人合一的狀態，所謂「渾萬物於冥觀，兀同體與自然」（孫綽〈天臺山賦〉），「心凝神釋，與萬物冥合」（柳宗元〈始得西山宴遊記〉）。這種人與自然親密融洽、「其情一體」的古典整體主義自然觀，隨著中國現代化的進程（尤其是對「賽先生」的崇奉）以及現代文學的興起而急遽衰落。1917 年陳獨秀在《新青年》上發表了〈文學革命論〉，提出「三大主義」的征戰目標，其中之一就是推倒「山林文學」建設「社會文學」。此後，無論個人的文學、階級的文學抑或國族的文學，大自然往往都退居為背景、陪襯、點綴，對於大多數作家而言，即使以自然為題材，主題也還是人。當然，新文學史上畢竟還有沈從文、蕭紅、李廣田這樣熱愛家鄉風物，頗具自然情懷的作家；

---

[140] 需要指出，《聖經》的生態思想是很複雜的，有人類中心主義的征服、控制自然的觀念，但也有善待自然、保護自然的思想。

林庚的一些小詩借鑑了古詩的寫景手法，在最好的情況下明麗動人；朱湘有首〈小河〉，四行一節，每節偶行押韻，其特點是以「小河」為「我」自敘身世，如「我與兄姊／並流入遼遠的平原」，詩中還用「草妹」、「風姊」、「燕哥」、「柳姊」稱呼沿途景物，可謂四海之內皆兄弟；新古典詩人吳興華的〈森林的沉默〉，講述了一個有關「月亮圓時那森林」、「溪中的仙女」，以及「一隊雪白的鹿投入了清泉」的夢幻故事，詩中提出一個問題，可以視為對現代社會、對新詩的嚴厲考問──

> 那些美景哪兒去了

　　穆旦也曾以森林為題材創作了組詩〈森林之魅〉，這是一首紀念胡康河谷抗日陣亡將士的挽詩，穆旦寫得有點跑題了，不過好就好在跑題，他將它寫成了一部側重於探討自然的意義、人與自然之間關係的作品。全詩分為〈森林〉、〈人〉、〈森林〉、〈人〉、〈森林〉、〈祭歌〉六首子詩，以「森林」與「人」輪流發言的對話形式展開，這種涇渭分明的對話象徵了某種對立，同時也提醒我們：自然是人類的前提，而人類又歸於自然。第一首〈森林〉：「我的容量大如海，隨微風而起舞」，「我出自原始，重把秘密的原始展開」，「多重掩蓋下的我／是一個生命」，強調自然界是一個博大而細緻，原始而秘密的生命。「人」（「死難的兵士」）一出場，詩人就開始批判現代文明與人類戰爭：「離開文明，是離開了眾多的敵人。」「離開」之後，「人」來到自然世界──

> ……這青青雜草
> 這紅色小花，和花叢裡的嗡營，
> 這不知名的蟲類，爬行或飛走，
> 和跳躍的猿鳴，鳥叫，和水中的
> 游魚，陸上的蟒和象和更大的畏懼，
> 以自然之名，全得到自然的崇奉，

置身於此的「人」說：「我不和諧的旅程把一切驚動」，彷彿代表人類歷史向大自然道歉。儘管文明可惡，但「人」至死也不願化作純粹自然的一部分，第二首〈人〉抱怨說：「而樹和樹織成的網／壓住我的呼吸，隔去我享有的天空！／是饑餓的空間，低語又飛旋」。大自然則以壓倒性的美麗來回應「人」的抱怨：

美麗的一切，由我無形的掌握，

全在這一邊，等你枯萎後來臨。

「森林」的回應也透出這樣一層意思：現代文明中人與自然是截然對立的，「人」
之「枯萎」是其真正融入自然，受到自然接納的前提條件。「森林」隨後又意味深
長地勸說道：

空幻的是你血液裡的紛爭，

一個長久的生命就要擁有你，

你的花你的葉你的幼蟲。

「森林」如佛祖，將人類的「紛爭」視為「空幻」，這也反襯出自然的實存性；在
「森林」眼裡，沒有死亡，只有「枯萎」，「人」由此匯入了一個更大更長久的
生命系統，這未嘗不是一種「現在我可以枯萎而進入真理」（葉芝語）。「長久的
生命」也轉回悼亡主題──對「長無絕兮終古」的陣亡將士的贊頌，呼應著全詩
最後一句：「留下了英靈化入樹幹而滋生」。可以說，這首詩蘊涵著遠遠超越了
時代風潮與歷史事件本身的生態思想，在今天看來仍然不無啟迪。

　　1949 年之後，無論「與天鬥其樂無窮，與地鬥其樂無窮」的毛時代，還是「發
展才是硬道理」的鄧時代，大自然不是被征服被改造的對象，就是被利用被開發
的資源，不斷加劇著生態的惡化以及人與自然情感上的疏離。江胡時代「可持續
發展」的理念，看似對唯發展主義的糾正，其實危害性更大。「sustainable
development」應當翻譯成「可承受發展」，指發展應限制在生態系統可以承受的限
度之內。將它譯成「可持續發展」，不但沒有強調發展的制約性條件，反而給人一
種發展無止境的錯覺，唯發展主義有此美名為飾，更容易使人喪失危機意識。

　　然而在強調鬥爭自然的毛時代，出現了新詩史上第一位重返自然風景的偉大價
值的詩人──昌耀。1957 年他因兩首總共十六行的風景小詩〈林中試笛〉被打成
右派，爾後便是長達二十年的監禁、苦役與流放，這段經歷與西部高原的形貌風神
共同熔鑄了他的詩歌。昌耀深愛著他流放其中的那片土地，他的詩追求雄奇剛健的
西部之美，同時又有著佛教徒式的慈悲情懷。在「自我超度」的長詩〈慈航〉中，
他表示「占有馬背的人」與「敬畏魚蟲的人」才是他「追隨」的「眾神」。他在〈詩

章〉中寫下「悲秋勝於競技」的詩句,說明他更看重悲憫之心,或者說他熱愛生命更甚於熱愛生命力。他對被誤殺的蜜蜂、角枝做成工藝品的鹿都充滿同情,在散文詩〈海牛捕殺者〉中他藉解說者之口譴責了人類令人膽寒的狡詐與殘忍:「你以為海牛捕殺者是多麼英雄嗎?瞧瞧他們胯間的陽物已因恐懼變得如同罌粟果一般大小而不復識了。」昌耀〈眩惑〉裡的一句詩,可以看成是慧眼如炬的生態預警──

　　紅塵已洞穿滄海。

　　到了 1990 年代呂德安寫作《適得其所》時,生態危機已極其嚴重,大自然不時的報復行為已令人感到非常恐懼了。鑑於此,呂德安希望恢復山水詩時代人與自然那種親密無間的關係,僅此還不夠,現代旅遊業已經證實了「親密」破壞性的一面,呂德安認為必須更進一步,重啟神性自然的觀念,對自然秉持一種特殊的宗教情感,就像〈陶弟的土地‧7〉所寫的:「一些東西需要你/去永遠敬畏。」

　　神聖自然觀是英國浪漫主義詩歌一個非常突出的特徵。十九世紀前後,科技理性的勃興使自然越來越傾向於被看成機械裝置,而引發環境問題與人性危機的工業革命又將大自然完全工具化、實用化,在這個過程中人也遭遇了相同的異化。英國浪漫主義者敏銳地意識到生存依據的根基性缺失,他們試圖重新確立人的天性與自然本身的偉大價值,為危機中的世界創造價值基礎。布萊克在寫作中雖然沒有刻意凸顯自然主題,但他堅決反對牛頓的僵死宇宙,將自然視為啟示。華茲華斯、柯勒律治長期隱居於英國西北部湖區,被稱為「湖畔詩人」,他們強調童心對於被理性機械化、被物欲所污染的現代世界的重要意義;在城市工業文明與田園生活之間,他們堅定地融於後者;更重要的,他們視自然為具有崇高價值的神聖存在。這種自然觀淵源於啟蒙運動中泛神論的思想。泛神論者布魯諾、托蘭德等人認為「宇宙靈魂」是從宇宙內部賦予萬物以形式,使萬物具有秩序並使之發展變化的動力源泉,也是給予萬物生機,使其皆有生命與靈性的本原。將上帝等同於宇宙總體,就把上帝自然化了,同時這也是對自然的神聖化。同樣的,華茲華斯將自然看成「無所不在的宇宙精神和智慧」、「博大的靈魂、永生的思想」,用「崇高景象」、「恆久事物」涵煦滋養著我們,使我們「趨於淨化」[141];柯勒律治也在著作中表達了上

---

[141] 華茲華斯:〈自然景物的影響〉,見《華茲華斯、柯勒律治詩選》,楊德豫譯,人民文學出版社 2001 年版,26 頁。

帝與自然合一的看法。基於此，華茲華斯、柯勒律治會用宗教修辭的方法將自然超自然化（或將超自然事物自然化），華茲華斯在〈永生的信息〉中這樣寫道：

> 還記得當年，大地的千形萬態，
>
> 　綠野、叢林，滔滔流水
>
> 　　　在我看來
>
> 　彷彿都呈現天國的明輝[142]

柯勒律治在〈致自然〉中稱自然為「唯一的上帝」，並說：

> 那麼，我來把聖壇設在曠野
>
> 　讓藍天替代那精雕盛飾的穹頂，
>
> 讓朵朵野花吐放的清醇香氣
>
> 　替代那炷炷香火，向你敬奉[143]

這種對自然的宗教修辭，在現代浪漫派詩人史蒂文斯的詩裡也常常能見到。譬如他有幾首與月亮有關的詩[144]是這樣寫的：

> 月亮是悲傷而憐憫的母親
>
> ……
>
> 當耶穌的身體懸在一片蒼白之中，
>
> 人性地靠近，而瑪利亞的形象，
>
> 被白霜稍稍觸及
>
> 　　　　　　　　　　　　　——〈月之釋義〉
>
> 在月亮的一道光澤之後，我們說
>
> 我們沒有對任何天堂的需要，
>
> 我們沒有對任何誘人的聖歌的需要。
>
> 　　　　　　　　　　　　　——〈最高虛構筆記〉

---

[142] 《華茲華斯、柯勒律治詩選》，262 頁。

[143] 《華茲華斯、柯勒律治詩選》，420 頁。

[144] 均引自陳東颿、張棗所譯《最高虛構筆記——史蒂文斯詩文集》，華東師範大學出版社 2009 年版。

這一道月光，在簡單色彩的夜裡，

像一個普通詩人在頭腦裡迴盪著

他多樣的宇宙的同一性，

照耀在事物起碼的客觀之上。

——〈月光上的筆記〉

　　在包括語言風格在內的許多方面，呂德安都跟華茲華斯有著相同的態度和認識。〈仲夏的一天·21〉寫到了「孩子們」和「彩虹絢麗地升起」，除了互文於《聖經》的「立虹為記」，也在呼應華茲華斯著名的〈彩虹〉；《適得其所》中反覆出現的岩石，也很容易讓人想到華茲華斯〈抒情歌謠集序言〉中的論斷：詩人是守衛人類天性的岩石。呂德安和華茲華斯的不同之處在於，他生活在一個「巨科技時代」，一個更加危機四伏、災難深重的世界。如果說華茲華斯對童心、田園生活、大自然、詩歌的拯救性力量還抱有樂觀的信念的話，那麼對於呂德安而言，那隻是在絕望中仍不放棄希望的努力，一種知其不可為而為之的執著。這便是絕望之〈夢歌〉與希望之《適得其所》並置的深意。

　　《適得其所》對神性自然的書寫集中體現在月亮意象上。月亮陰晴圓缺的循環使它成為一個與生命節律密切相關的天體，它掌管著一切為循環往復的規律制約的自然領域，月光普照萬物也使得一切事物皆具月之神性；月亮的形而上學主要涉及時間和命運（月亮「度量」和「編織」命運，把不同的宇宙層面和不同的實體「捆綁」在一起）、變化（其特徵為光明與黑暗的對立，虛與實、空和有的平衡）。[145]月亮在中國代表了長生的觀念（嫦娥盜取了長生不老的靈藥），同時它也是古典詩意的最高象徵（有卷帙浩繁的詠月詩為證）。與史蒂文斯類似，呂德安對月亮的吟詠也運用了宗教修辭尤其基督教修辭的方法。《適得其所》涉及月亮的筆觸共有八處，第一處是月之「傳統性」：

而話語繞過那條月兒形的溪流，

修和了一道曆書上的習俗。

——〈陶弟的土地·5〉

---

[145] 參見米爾恰·伊利亞德：《神聖的存在》，廣西師範大學出版社 2008 年版，172～173 頁。

用「月兒」形容「溪流」，寫出了「溪流」天真的「月性」。「修和」，謀求和好。
曆書是關於時間、節氣、農俗的書籍，中國曆法俗稱陰曆（實際上是陰陽合曆），
非常重視月相盈虧的變化。很顯然，詩人希望與傳統生活方式重歸於好。

　　第二處：

　　　還大聲談論他身後

　　　那個古銅色的獵人

　　　和那條月光般汪汪叫的小狗。

——〈陶弟的土地‧8〉

「古銅色」，有種時間久遠之感。〈陶弟的土地‧5〉是「話語繞過」，這裡「大聲
談論」，說明傳統這時還只是被談論的對象，它們要到〈雖不是伊甸園卻也是樂園〉
才真正落實於生活中。「那條月光般汪汪叫的小狗」是既可愛又奇特的一句詩。月
光的「水汪汪」被移覺、混淆為小狗的「汪汪叫」，這同樣給小狗注入了「月性」。
將月亮和狗混為一談，在葉賽寧的〈狗之歌〉中已有先例。〈狗之歌〉寫狗媽媽剛
生下的一窩幼崽，被狠心的主人扔到河裡去了，悲痛的母狗抬眼望著夜空，覺得
月亮就像她親生的小狗。葉賽寧也是呂德安非常喜愛的一位詩人，呂德安曾說：「葉
賽寧把我的靈感拉回到我早年的小鎮生活。」[146]葉賽寧受到俄羅斯東正教「索菲
亞」（「一切存在之母」）崇拜的影響，他的「獨特的藝術世界的統一性表現在：這
個世界中，所有的存在物都有心靈：人、動物、植物、星球和物體——它們都是
同一個自然母親的孩子」[147]。而呂德安以月亮為核心象徵的神性自然，顯然也是
母性的。此外，我們從「月光般汪汪叫的小狗」中也感覺到一絲警示意味，索爾
仁尼琴說過，文學作品的重要意義就像夜裡吠叫的村莊裡的狗。

　　第三處是直接的基督教修辭：

　　　陶弟就盤算著把他們

　　　領過一片月光的闊葉林

　　　和那條降虎人的溪水：

---

[146] 〈回答曾宏的十個提問〉。
[147] 阿格諾索夫：《20世紀俄羅斯文學》，中國人民大學出版社2001年版，171頁。

那裡，累累圓石，曾經深藏
像上帝的居所。

——〈陶弟的土地·15〉

由「月光的闊葉林」、「溪水」、「圓石」構成的這一地帶，是人類沒有涉足的自然，
呂德安用「上帝的居所」形容這一神聖所在。

前三處月亮都是作為某種修飾語，間接地出現在「陶弟的土地」；而在〈仲夏
的一天〉，月亮蹤影全無；到了〈雖不是伊甸園卻也失樂園〉它又再次現身，並從
喻體逐漸過渡到本體。

第四處是〈雖不是伊甸園卻也是樂園·2〉中，藉以「還原」傳統生活方式的，
那把「新月的鋤頭」。新月在伊斯蘭教中象徵上升、新生、幸福、新的時光，這是
詩人用此意象的主要原因。

第五處藉一首詠月詩傳達了神性自然、和諧自然的觀念：

當天空完全暗下來，奇異的月亮
就像我藏入密密竹林裡的那把砍刀

每次我念叨，或輕聲嘆息
它便升起，高高橫掛天上

籬笆上投下一抹長長的影子，
房前房後盪出一道出神的目光；

喲！那是在月光的山地，野雞的翅膀裡
蹲了一宿的霧，它也團團地升起

而只有它升起，那把烏光閃閃
的砍刀才會重新回到我手中

那白天的天空的刀刃
才會化為更加開闊的一片；

> 而我睡意沉沉，
>
> 心中銘記著誓言。
>
> ——〈雖不是伊甸園卻也是樂園‧13〉

好一幅「如今便是家山月」的景象！請注意「砍刀」，它是勞動用具，在〈仲夏的一天〉裡它也是傷害蛇、野豬、竹子的凶器。將月亮比喻成砍刀帶給我們兩種感覺，一方面，月亮就像一天的辛勞結束後農具掛起來的樣子，象徵了農人寧靜美好的休息；另一方面，它就像達摩克利斯利劍一樣高懸頭頂，警示著我們。這是古典詩歌中的月亮絕然沒有的意蘊。詩人進一步指出，只有在人與萬物和諧相處的前提下，砍刀才允許使用，古人明月的詩意才能被我們重獲（「重新回到我手中」）。黑的「山地」，白的「霧」，出「神」的月光，多像神秘的眼睛，注視著我們；只有「野雞」在那兒，這道美麗的目光才會在我們的「房前房後」。「團團」在古代詠月詩中形容月圓，如「青天月團團」（陸仁〈賦得青天月團團盛孟章古香亭〉），在這裡它表現為「霧之月性」——一種升華了的，人與自然親密和諧的意境。「砍刀」、「團團」，傳遞著關於生態共同體的價值準則，就像利奧波德所說的那樣：「當一個事物有助於保護生物共同體的和諧、穩定和美麗的時候，它就是正確的；當它走向反面時，它就是錯誤的」[148]。呂德安無疑希望詩中蘊涵的相同理念能夠「團團地升起」，像「霧氣從地上騰，滋潤遍地」（〈創世記〉2：6）。

第六處已到了這首詩的「末日和與末日有關的啟示階段」：

> 月兒悄悄地偏向西天
>
> 黑暗迅速地滑向深淵。
>
> ——〈雖不是伊甸園卻也是樂園‧14〉

這是用月落景象來圖徵末日，「西天」本是佛教詞語，在民間喻指死亡。

第七處是：

> 我試著相信一個當地人說的：
>
> 「這個偏僻的地方曾經有兩個月亮，」
>
> ——〈雖不是伊甸園卻也是樂園‧19〉

---

[148] 奧爾多‧利奧波德：《沙鄉年鑒》，吉林人民出版社 1997 年版，213 頁。

用了現代浪漫主義詩人徐志摩〈兩個月亮〉的典故，暗示了呂德安與浪漫主義的親緣。〈兩個月亮〉：「一個這時正在天上」，「但她有一點子不好，／她老是往瘦小裡耗」；「還有那個你看不見」，那是「一輪完美的明月，／又況是永不殘缺」。這就是真實與理想的區別。

最後一處月亮自然是在結尾的祝願裡：

> 願月光為這塊土地洗禮命名。
> 願月光祝福大大小小的眾多石頭。
>
> 願這隔著一座山彷彿在下雨的
> 遺忘的山谷，月光重新親吻它。
>
> 月光將重新接受陶弟的全部心願，
> 並把它載入那一天的契約裡。
>
> 那個村書記，出現過兩次，
> 一次為說服陶弟，一次像埃及法老
>
> 身邊的那個寂靜的書記官。
> 願月光引導他和那個派他來的人，
>
> 那個人有點聾，記憶模糊，卻給了我們
> 一個好去處（無需任何賄賂）
>
> 願那些高高在上的人，他們眼裡的荒雜地，
> 雖不是伊甸園卻也是樂園
>
> 願月光偏愛他們。願我們就要在上面建立家園
> 的那兩塊岩石高聳，一百年仍在它們原來所在。
>
> 願它們的恐懼消失。
>
> ──〈雖不是伊甸園卻也是樂園·20〉

「月光……洗禮命名」，「月光……載入那一天的契約」，「伊甸園……月光」，顯然是用「《聖經》修辭」的方法，描繪神聖的月亮。這首長詩的其他關鍵意象也

都一一登場，共同構建了一種關於神聖自然的「宗教」。該「宗教」以人類與萬物的永恆家園為信仰，以月亮為聖母，以雨水為聖靈，以「靈活的人」為人子，以農民陶弟及「陶弟的土地」象徵中華民族及其「應許之地」，以背棄傳統並與神聖自然角力者為撒旦，以荒雜地為樂園，以岩石為教堂，以勞作為儀式，以「願它們的恐懼消失」為核心教義！由此《適得其所》深刻印證了葉芝一百年前的一句話：

> 我想我們不會停止寫作長詩的，但只有在新的信仰使這個世界再次可塑時
> 我們才會更多地寫作它們。[149]

對於呂德安而言，寫作長詩不僅是用「新的信仰」重塑世界，更是一次孤絕的，通過重塑世界而拯救世界的象徵行動——

　　在末日來臨之前。

　　當代中文詩歌的歷史，只有文革至今的短短四十年。然而從禁欲到縱欲，從精神狂熱到「唯物主義」，這四十年曾被一位小說家看成是歐洲自中世紀以來四百年歷史的濃縮。天翻地覆的裂變，既可給予詩歌「日日新」的能量，又可將其泯滅；相應的，我們欣賞詩歌之變化，同時也希望它是施塔格爾所說的「現象之潮中的穩定物」，磐石般抗衡洶洶時代之潮。對此，闡發變易與不易的古老《易經》，依然極富啟示價值。而楊煉幾十年來「吾道一以貫之」的長詩寫作，則讓我們充分領略了變易與不易的統一。

　　1989 年，楊煉歷時五年完成了以《易經》為結構的長詩《⃝》，這部抱負不凡的鴻篇巨制，可謂楊煉「中國手稿」階段的集大成之作。歷代不乏擇一二易理、易象、《易經》典故加以發揮的詩作，但以整部《易經》為對話者、解構對象及總體結構的長詩，尚屬首例。論依傍《易經》而又別有獨創，《⃝》堪比揚雄的《太玄經》；論以《易經》六十四卦為線索進行「詩歌演易」，則《⃝》類似焦延壽集合了四千多首三、四言詩的詩體啟示錄《易林》。那麼，《易經》之於《⃝》究竟意味著什麼？

---

[149] 葉芝：〈身體的秋天〉，見《葉芝文集·隨時間而來的智慧》，東方出版社 1996 年版，93 頁。

楊煉的寫作一直有個鑠古鑄今的向度。六經之首、三玄之冠的《易經》係中
華文化的源頭，楊煉與之「對話」既是用現代意識激活、改寫古老的典籍，也是
以尋根式的寫作，追本溯源，力圖重獲《易經》的偉大精神與深邃啟示，深入漢
字與漢語詩歌的來龍去脈。遠古與當代，民族與個人，就這樣被無時態變化、無
單複數變化的語言混為一談，直抵亙古不變的人之處境。

《易經》乃想像之學，因象啟想，由想緣象，以想像體示智慧。其卦象有實
象，有假像（幻象），孔穎達《周易正義》：「或有實象，或有假象。實象者，若地
上有水、地中生木也，皆非虛言，故言實也。假象者，若天在山中、風自火出，
如此之類，實無此象，假而為義，故謂之假也。」[150]就想像力的重要作用而言，《易》
與詩歌實有本質的相通之處。

早在寫於 1982 年的〈傳統與我們〉一文中，楊煉已將《易經》八卦（乾、坤、
艮、兌、坎、離、震、巽），看成是以天、地、山、澤、水、火、雷、風為象徵物
的自然象徵體系。它們既不特定象徵什麼（如乾／天可象徵圜、君、父、玉、金、
寒、冰、大赤、良馬、老馬、瘠馬、馼馬、木果[151]），又在具體的組合中因事而變，
象徵萬物，這種開放、動態的結構，為《易經》向現代意識敞開並被轉化為楊煉
的個人象徵體系，提供了可能。我們知道，葉芝的《幻象》是以二十八月相為結
構的一個完整的象徵體系，每一相代表不同的歷史時期、生命階段、主觀程度、
性格類型；每一相各有其「意志」、「命運的軀體」、「創造性心靈」和「面具」，並
均有代表人物，詩人試圖以此把握複雜的人類經驗乃至整個宇宙。《幻象》最早的
中譯本，作為「二十世紀外國大詩人叢書」（楊煉、唐曉渡、劉東主編）的一種，
於 1990 年出版，想必楊煉 1980 年代中後期就已閱讀了該譯本，並深受啟發。葉
芝在《幻象》「獻詞」中說：「我渴望一種思想系統，可以解放我的想像力，讓它
隨心所欲地進行創造，並使它所創造出來的或將創造出來的成為歷史的一部分，
靈魂的一部分。」[152]這段話也道出了《鬼》的創作動機，而《易經》恰好為楊煉
提供了這樣一套「系統」。

---

[150] 《十三經注疏·周易正義》，北京大學出版社 1999 年版，11 頁。
[151] 〈說卦〉，見唐明邦主編：《周易評注》，中華書局 2009 年版，297 頁。
[152] 葉芝：《幻象》，西蒙譯，國際文化出版公司 1990 年版，4 頁。

　　《易經》被視為憂患之學，〈繫辭〉：「作《易》者，其有憂患乎？」又說：「《易》之興也，其當殷之末世……是故其辭危。」[153] 緣於強烈的憂患意識，《易經》設「危辭」以示誡。《槑》也是憂患之作，楊煉寫作《槑》的五年，是中國社會矛盾不斷加劇，各種思潮激烈碰撞，暗流湧動的五年；而《槑》完成之時，也正是矛盾總爆發之年，對現實強烈的憂患意識同樣導致了「危辭」的語言風格。除了凶險憂懼的「危辭」，〈繫辭〉所說的「夫《易》彰往而察來，而微顯闡幽……其旨遠，其辭文，其言曲而中，其事肆而隱」[154]，亦可藉以描述《槑》的風格特徵。

　　《易》還具有突出的主體意識。「天行健，君子以自強不息」，「地勢坤，君子以厚德載物」，乾坤二卦剛健、博大的君子之美，自強不息、厚德載物的君子品格，已然是我們民族精神之魂。針對大過卦（卦象為上澤下風，意指大為過甚，引申為奸邪之勢太盛，國家、世道有大的過失），〈象〉曰：「澤滅木，大過，君子以獨立不懼，遁世無悶。」[155] 這裡蘊涵了儒、道二家的觀念，「獨立不懼」是儒家的擔當精神，「遁世無悶」乃道家的逍遙做派；前者為了救治大過，後者是獨善其身避開大過。《槑》同樣高揚主體意識，推崇剛健、博大的風範以及「獨立不懼」的寫者姿態。傳統文化天人合一的觀念主要是人順應於天，從屬於天，服從於天；而楊煉卻賦予自創的「槑」字一種人主動貫入天甚至洞穿天的寓意，其字象中有一個頂「天」立地的人，一個尼采式的「超人」。

　　反思傳統並與之建立深刻聯繫，學習借鑑西方文化，強烈的憂患意識、批判意識，以及突出的民族意識、主體意識，綜合成 1980 年代的文化精神。在這個意義上長詩《槑》也可以說是應運而生，它以極端個人化的語言實驗，奏響了時代精神的最強音。

　　《槑》呈現給我們的第一個也是最大的一個語言實驗，便是楊煉自創的「槑」字。這種石破天驚的做法，其實也深得易理。首先，漢字的造字法本於易學原理，漢字即是一套易學符號：如果將每個漢字都看成一「象」，那麼象形字正是運用了《易經》「觀物取象」的方法；形聲字則是形符為陽、聲符為陰，「同形同宗、同音意通」的陰陽合璧；而會意字有似卦象兩兩相合，據此派生新意。因

[153] 《周易評注》，284 頁，282 頁。
[154] 《周易評注》，284 頁。
[155] 《周易評注》，210 頁。

此依據易理造一個新字，正是與《易經》建立創造性聯繫的一種極端方式；同音於一、易，合韻於詩的「⿱日人」是個會意字，上「日」下「人」，既呼應上「日」的易字，亦呼應《易經》卦象的上下結構。其次，天人關係，宇宙與君子、天道與人道的複雜互動並最終合一，是《易經》的中心議題，楊煉賦予「⿱日人」字一種主動深入而非被動服從的天人合一的涵義，無疑抓住並更新了《易經》的核心命題。第三，「日」（太陽）在中國有其特定政治寓意（《⿱日人》之《天‧第一》稱其為「厄運的圖騰」），「⿱日人」的字象已蘊涵了「人」試圖反抗「日」的意味。第四，「日」有性交義，「人」「日」合一這種意味更加明顯，而性、生殖也是《⿱日人》的重要主題之一。第五，「日」有時間之意，《左傳‧昭公元年》：「玩歲而愒日，其與幾何？」「愒日」即曠廢光陰，所以「⿱日人」也構成了「人」處於時間之中卻企圖超越時間的意象，用楊煉《敦煌》中的話說：「在時間早已劃定的囚牢裡，反抗時間」，而〈天‧第一〉中的說法是「狂歡突破兀立的時辰」。楊煉強調中文詩的時間意識是建構詩的空間，以反抗、取消時間。這種時間意識，與詩人試圖創造一種獨立於時間之外的語言存在有關，與中文動詞無時態變化的語法性啟示有關，與六十年一輪迴的中國時間紀元有關，也與中國歷史「怪圈」般的永劫重複有關。在〈詩，取消時間〉中，楊煉說：「每個活在時間中的人，都注定只是漂浮在烏有之河上的一塊面具。」[156]我們來看「⿱日人」字，不正是一個戴著時間面具的人嗎？第六，「⿱日人」很像金文鬼字──鬼的原始涵義就是一個戴著大面具的人；而讓篆體鬼字中那半跪的「人」挺身而立，去其「尾」，再將中間的「一」換成象徵中心的「‧」，就變化為「⿱日人」字了。鬼不僅是楊煉詩歌的核心意象，更是其寫作的主體：「寫作，從一開始就是經歷過、看透了死亡的鬼魂」[157]，《⿱日人》第三部〈幽居〉著力探究的就是這鬼（自我）之幽渺，它兼具死、生兩種屬性，誕生於死亡，存在於自我內部，卻難以認識和捕捉。楊煉一方面具有突出的主體意識，在「反抗的美學」中強力書寫著關於自我的神話；另一方面，自我又在他不斷的懷疑與追問中趨於空幻──「公共廁所忘了誰來過／這孤獨只是漸遠漸深的影子」（〈幽居〉之〈澤‧第三〉），從而使詩歌成為自我既被建構又被解構而趨於兩極統一的幻象空間。第七，楊煉所造的是個篆體字，這不僅應和著產生《易經》的古

---

156 楊煉：〈再被古老的背叛所感動〉，見《鬼話‧智力的空間》，278 頁。
157 〈再被古老的背叛所感動〉，見《鬼話‧智力的空間》，278 頁。

老年代,更重要的,圓形的「日」更符合易理。《說卦》:「乾為天,為圓」,點明了「天」之形狀,且天道環轉,循環往復,所謂「終則有始,天行也」,「復,其見天地之心乎」,「曲成萬物而不遺」[158]。這種「圓道」在《◉》中多有表現,例如全詩的最後一句,重述第一句「就這樣至高無上」。《◉》不僅繼承了「圓道」的古老觀念,還將它變易為一種同心圓的結構意識,《◉》之〈總注〉:「萬物皆語言,詩人在語言中與萬物合一,建立起詩的同心圓」;換言之,詩就是一個層層遞進的同心圓,「現實、歷史、語言、文化、大自然……一切,都構成一個『自我』的內在層次,和一首詩的內在深度」[159]。第八,圓形也是一個徹底封閉的形狀,一個完全絕望的形式,「◉」由此也表現了人之走投無路的絕境。「我從未奢望通過寫詩,給人類找到一條出路。在《◉》中,我已寫道:『兩隻野獸 以走投無路的血相識』……詩,無非為走投無路的人創造一個走投無路的形式,」楊煉說。[160]總之,「◉」是語言要素修辭和非語言要素修辭參合融通成的一個「非字之字」,它的內涵如此複雜而統一,與其字象互為詮釋,可謂「一個字已寫完世界」。它印證了楊煉的一個觀點:「詩,是對『字』的自覺」;而他還有一個觀點:「詩,不是語言,而是對語言的超越——至少,是超越語言的企圖」。[161]

不僅「◉」深合易理,整部長詩也都是按照太極生兩儀,兩儀生四象,四象生八卦,八卦生萬物(六十四卦)的方式構造的。全詩共六十四件作品(詩四十八首,散文十六篇),按照八卦卦象分成八組,每組八件作品,楊煉在〈總注〉中說:「天、地、山、澤、水、火、雷、風,合為四部(每部十六件作品),即『氣』(天和風)——〈自在者說〉;『土』(地和山)——〈與死亡對稱〉;『水』(水和澤)——〈幽居〉;『火』(雷和火)——〈降臨節〉。貫穿線索為『外在的超越』,『外在的困境』,『內在的困境』,『內在的超越』。」如果將「◉」看成太極,那麼超越(陽)、困境(陰)就是兩儀,而氣、土、水、火即四象,天、地、山、澤、水、火、雷、風無疑還是八卦。氣(風)、土、水、火這四種元素,在古希臘哲學和古印度哲學中都被當作世界的本原,楊煉將八卦卦象歸於這四大元素,很可能

---

[158] 《周易評注》,297 頁,74 頁,232 頁。
[159] 楊煉:〈同心圓〉,見《鬼話‧智力的空間》,169 頁。
[160] 〈再被古老的背叛所感動〉,見《鬼話‧智力的空間》,318 頁。
[161] 〈再被古老的背叛所感動〉,見《鬼話‧智力的空間》,296~297 頁。

受到龐樸〈八卦卦象與中國遠古萬物本原說〉(《光明日報》1984 年 4 月 23 日)
的啟發。在該文中，龐樸首先假設「四大元素說」是更古老的觀念，八卦出現後，
繼承了這種觀念，且為了適應八卦的「八」數，將其一分為二擴展為八象，即氣
分為天、風，土分為地、山，水分為水、澤，火分為雷、火，隨後龐樸用合併同
類項的逆推法來證明這一點。楊煉寫作《YI》時，加斯東・巴什拉的著作尚未譯
介到國內，然而《YI》卻靈犀相通於後者關於四大元素的物質詩學：「在想像的
天地裡，我認為有可能確立一種四種本原的法則，這種法則根據各種物質想像對
火、空氣、水和土的依附來將它們分類……這種分類同詩學的靈魂最類似」；「要
使遐想得以穩定地繼續下去造就一部書面作品……那麼遐想應當找到它的物質，
某種物質本原應當賦予遐想自身的實質，自身的規則以及它的特殊詩學」；「原始
哲學把四種基本本原之一同它們的形式原理相結合在一起，這四種基本本原便成
為**哲學氣質**的標誌」。[162]楊煉同樣認為《YI》「每一部的結構和語言，都表現獨特
的精神氣質：『氣』的奔放、『土』的凝實、『水』的流溢、『火』的明豔」[163]。

　　《YI》從八卦到六十四卦的演變有些特別。楊煉並未照搬今本《周易》的現
成卦序來安排那六十四件作品，因為他根本否認《易經》有一個線性的卦序，「我
想說，《易》並非如後人穿鑿的，有一個按第一卦、第二卦……直到六十四卦的『線
性』次序，而是六十四卦同時並存……卦與卦之間，不是『線』的邏輯，而是『空
間』的聯繫」[164]。這一說法並不新鮮，其正確與否對詩歌來說也不重要，我們更
關心《YI》的作品排列體現了怎樣的空間秩序，以及這種空間秩序是否僅僅出於
一個現代詩人的自由創造。

　　雖然楊煉否定了今本《周易》的卦序，但我注意到《YI》借鑑了馬王堆出土
的帛本《周易》的排列規則。《YI》的八卦順序——天一、地二、山三、澤四、
水五、火六、雷七、風八，既非「伏羲先天八卦」卦序，亦非「文王後天八卦」
卦序，而是帛本《周易》的八卦之序。帛本《周易》的排列是：將六十四卦分成
八個卦宮(上卦)，每宮的八個複卦，由下卦按照上述順序依次與居於上位的卦宮
之本卦相重而得，其中因純卦為卦宮之本卦，故不依此序而提至各宮最前起統領

---

[162] 加斯東・巴什拉：《水與夢》，岳麓書社 2005 年版，4 頁。
[163] 楊煉：〈關於《YI》〉，見《鬼話・智力的空間》，247 頁。
[164] 〈關於《YI》〉，見《鬼話・智力的空間》，241 頁。

本宮的作用。例如震（雷）為卦宮的八個複卦依次為：震（上雷下雷）、大壯（上雷下天）、豫（上雷下地）、小過（上雷下山）、歸妹（上雷下澤）、解（上雷下水）、豐（上雷下火）、恆（上雷下風）。除了純卦不提前以外，《 ꝗ 》之各宮排列與此完全相同，「我只是將每一單卦（單象）放在上邊，下邊依次更換天、地、山、澤、水、火、雷、風，就組成了八個複卦（複象）。如〈風‧第五〉，上半為『風』，下半為『水』，卦象為『風行水上』；或〈澤‧第一〉，上半為『澤』，下半為『天』，卦象為『澤上於天』，其餘類推」[165]。而在此基礎上，將八宮歸入氣、土、水、火四部的排列方式，就是楊煉的個人創造了。他將有內在關聯的兩組合為一部，並賦予其與內容呼應的結構方式，具體排列如下：

〈自在者說〉：天風天風天風天風天風天風天風天風；

〈與死亡對稱〉：地地地山山地山山山山山地山山地地地；

〈幽居〉：澤澤水水水水澤澤水水澤澤澤澤水水；

〈降臨節〉：雷火火雷雷火火雷雷火火雷雷火火雷。

關於帛本《周易》的八卦之序，我有一個大膽的推測：此卦序直接體現了八卦與「四大元素說」的某種淵源，至少它比其他八卦卦序更貼近四大元素一分為二而成八卦的基本假設，因此它是一個更適合《 ꝗ 》之四部體系的卦序。如果將天、地、山、澤、水、火、雷、風按照「圓道」連成一圈（八卦圖），那麼風與天便首尾相接，若將它們合為一組，則地與山，澤與水，火與雷就是另外三組，剛好順序合並為四大元素。不知楊煉是否想到了這一點，才選擇採用帛本《周易》的八卦之序？

所謂易理，主要是一種樸素的辯證法思想，《易經》從複雜的自然現象和社會現象中抽象出陰、陽兩個基本範疇，而世間萬象都是這兩種因素相互作用、相互轉化，於複雜互動中達成的統一。互文於《易》的《 ꝗ 》也是一首辯證法之詩，正反合的三段式無處不在（辯證法的詩思方式幾乎是毛時代詩人烙印式的共同特徵，甚而成為思維定勢，有時不免讓人「審美疲勞」）。

對於《自在者說》中的八首〈天〉，楊煉解釋說每首都由內部排列不同的三重語言層次組成：「『正』，其如自然界對人類偉大的超越和啟示，在詩中以最左邊

---

[165] 〈關於《 ꝗ 》〉，見《鬼話‧智力的空間》，242 頁。

排起的詩行表現;『反』,表現人類被大自然壓抑、限定的痛苦,用自左邊起退後二格排的詩行;『合』,即正與反之合,人永遠矛盾地融合各種感受。這一語言層次中出現『我』,用自左邊後退一格(居中)詩行表現。全詩以此類詩行結束,且『合』於黑體字『同一』。」《與死亡對稱》中的八首〈地〉同樣有三重語言:「自左邊排列的詩行,直接表現歷史人物(史實或掌故),語感近乎敘事。右邊冒號後的短句,為直接引用的古文。居中(自左退後兩格排)的則是現代抒情詩。」[166]這一部的結構是:黑暗而真實的歷史,與燦爛而虛幻的神話,「合」於貌似虛假實則真實的荒誕現實;或者說「舊現實」與「超現實」最終合於「深現實」。而整部《**鬼**》的主題也可以描述為人在絕對困境中,通過內在超越終於同外在世界合一的歷程。

除了結構設計、語言形式合於易理,《**鬼**》在語義層面上也會儘量呼應/改寫《易經》各卦的卦義。譬如〈自在者說〉中的〈風‧第六〉,我們通過其卦象「上風下火」,可知這一卦乃家人卦(今本《周易》第三十七卦,帛本《周易》第六十三卦)。該詩與家人有關的詩句有:「舉家重蹈祖先的覆轍」,「名字驚為無底的棺槨」,「一聲背叛源自子宮,揮霍結成葡萄的累累骨血」,「男人的頭熏熏熟透,再不能臆造更豪華的妄想。女人夾生處一片褐色」,「同居之屋」,「你們一合天地一聚鬼神」,「居高臨下的簡冊兀自盲目」(指家譜),等等。家人卦的下卦主要講持家治家,上卦主要講富家發家,〈家人‧彖〉對此卦的解釋是:「家人,女正位乎內,男正位乎外。男女正,天下之大義也。……父父子子,兄兄弟弟,夫夫婦婦,而家道正。正家,而天下定矣。」[167]同樣是家人主題,楊煉卻解構了家的神聖秩序,暴露出家族的虛幻、沒落、冷酷、瘋狂、亂倫、背叛、崩潰,按照家、國一體化邏輯,這也是對專制國家意識形態的顛覆。再如〈與死亡對稱〉中的〈地‧第五〉,其卦象為「上地下水」,乃師卦;而〈地‧第五〉所寫的歷史人物為霍去病,恰合此卦的軍旅之意。霍去病多次北擊匈奴,開疆拓土,死後諡號「景桓」(意為「勇武與擴地」),均扣「地」之主題。這首詩是楊煉憑吊於霍去病墓前的懷古之作,「更粗糙的石頭風塵僕僕/雕成坐騎/馳騁星空一派蔚藍」,即是對墓前漢代石雕傑作「馬踏匈奴」的讚美之辭。該墓位於陝西興平市東北十五公里處,

---

[166] 〈關於《**鬼**》〉,見《鬼話‧智力的空間》,243~244 頁。
[167] 《周易評注》,113 頁。

置身於此，遙想英雄之餘，詩人更多的是對眼前這片土地上的人民幾千年不變之
處境的感懷：

> 橫徵暴斂的水　與光勾結
> 發育成惡果

以及：

> 隱入河岸那固定的背景
> 日復一日的汗水
> 在高粱裡發紅　在分娩中
> 傳遞饑餓的年號

「橫徵暴斂的水」是對黃河水患的精彩描寫，又雙關於「治水國家」的秉性（**魏特
夫《東方專制主義》**有一節專門論述「治水國家普遍而沉重的稅收」[168]）。「光」
因其四海同一的性質，隱喻共產主義意識形態。「固定的背景」，指古今不變的處
境。「在高粱裡發紅」，農民在高粱地裡日復一日的血汗、辛勞，又喻壓榨農民的
「膏粱」那橫徵暴斂、窮奢極欲的生活。「年號」之「號」隱隱有號哭意味；年號
本是歷代帝王象徵性霸占時間的把戲，當現時被稱為年號，現實也就暴露了它那
封建專制的本質。「橫徵暴斂的水」、「河岸」、「汗水」還有一個作用：呼應並闡發
本詩卦象中的「水」。

　　《𦥑》只有部分作品密切應和原卦的卦義和卦辭，但幾乎所有作品都是對其
卦象的刻畫、引申，以及令人震驚的想像。《𦥑》中的大部分作品，均可讀成以
《易經》卦象為中心的意象詩或象徵詩。關於這一點，我將以幾件作品為例予以
詳釋，並由此進入《𦥑》之四部的總體論述。

　　無論今本《周易》還是帛本《周易》，乾卦均為首卦，卦象為「天上有天」。
與此卦對應的〈天·第一〉同樣是《𦥑》的第一首，全詩緊扣「天」、「日」意象：
「至高無上」、「落日慶典」、「攤在日暈上」、「橫流如夕陽」、「厄運的圖騰」、「鳥
瞰藏紅花的天空」[169]、「無名無姓的高處」，等等。天在《易經》中還有大赤、金的

---

[168] 詳見卡爾·A·魏特夫：《東方專制主義》，中國社會科學出版社 1989 年版，63～65 頁。
[169]「藏紅花」形容日落後彩霞滿天的景象，同時藏為多音字，還有隱藏義，即紅日隱

象徵義，〈天‧第一〉則有「藏紅花」、「浴血之根」、「金蜥蜴」的意象；乾卦無「地」，
於是楊煉寫下「與我不復存在的大陸並肩漂移」的詩句。

〈天‧第一〉開篇寫道：

> 就這樣至高無上：無名無姓黑暗之石，狂歡突破兀立的時辰
>
> 萬物靜止如黃昏，更逍遙更為遼闊
>
> 落日慶典步步生蓮，向死亡之西緩緩行進。

「至高無上」，開門見山點明卦象的寓意，這個成語體現了一種「非意象的意象性」
（借用 W‧Knight 的術語），詩人由此開啟了「天命反側，何罰何佑」（〈天問〉）
的觀察與沉思。「無名」、「黑暗」讓人想到老子的「無名天地之始」、「守其黑」，「逍
遙」更是道家態度。道家主要抱持一種天道無情的觀念，所謂「天地不仁，以萬
物為芻狗」，不同於儒家有情的宇宙觀，楊煉顯然更認同前者。「遼闊」，呼應〈乾‧
彖〉對此卦的贊語「大哉乾元」，正如〈乾‧彖〉的「時乘六龍以禦天」[170]被楊煉
改寫為「六條龍倒下綠色如潮」──這句詩暗示了「龍」與「綠色如潮」的原始
農業之間的關係[171]。乾卦以龍的潛、現、飛、亢模擬太陽的軌跡，象徵宇宙的運
行，楊煉從落日寫起，對應乾卦的潛龍之初爻。「落日慶典步步生蓮」，輝煌的落
日美景，這裡用了釋迦牟尼出生和覺悟的典故。佛陀一出生就站到一朵突然綻放
的巨大蓮花上，一手指天一手指地道：「天上地下，惟我獨尊」，楊煉以此暗示「日」
之專制本質；而佛陀在菩提伽耶成道後，起座繞樹而行，當時一步一蓮花，象徵
了對天道的覺悟。此外，這句詩也是我們民族每一段歷史皆可哀、可憐（「蓮」）
的意象。「死亡之西」，風水學中西方屬白虎宮，主殺伐，《𩗗》之四部全都起筆
於黃昏，象徵了從末日和死亡開始，反身進入存在。「落日慶典」、「緩緩行進」，
透出儀式感，意象了一種行進中的葬儀。這裡似乎包含了一個私人典故，文章中
楊煉多次談到一個「驚嚇」：「西安半坡村新石器時代遺址解說中有兩句話：『墓地

藏於天空之中；紅花讓人聯想到鮮血、紅旗；而花更是中華民族的象徵：花字是六
朝人造的，六朝以前，華即是花，華夏之華，源自於花；華夏氏族一直以農業為本，
原始農耕文化造就了花圖騰的觀念。

[170] 《周易評注》，3 頁。

[171] 有學者認為，龍、農音近，同出一源，且辰為龍，農字又從辰，是同一種節令性物
候；《玉篇》：「龍，萌也」，意思是農作物的萌芽過程即為龍。

在村莊北面。死者的頭都向西。」猶如耳邊兩聲槍響，它們震得我大腦一片空白。一剎那，我不知道，我在哪？是誰？一個死者還是一個送葬者？兩個都是或都不是？……『文革』中，北京附近我插隊的小村子，作為每次葬禮上抬棺材的六個人之一，我太熟悉了，墓地的方位和埋葬的習慣：村莊的北面，頭向西。」[172]六千多年的時間，上千公里的距離，卻未翻騰出同一情境，這能不讓人震驚於天命或天道的存在嗎？

乾卦初爻「潛龍勿用」，四爻「或躍在淵」，上爻「亢龍有悔」（日中），而〈天·第一〉從「落日慶典」寫起，經「眼底洞開的深淵」，抵達「那黑暗之石永遠正午」。「黑暗之石」呼應本詩開頭，指向幽暗天道的核心部分。「石」是艮／山的象徵義之一，在《易經》中直接出現過兩次，分別為豫卦二爻的「介於石」和困卦三爻的「困於石」，兩者意思相同，均喻險境，這是《界》之「石」意象的第一層涵義；「石」也諧音實質之實，「無名無姓黑暗之石」很可能是對「有名無實」的反寫，如此，「石」顯然指向亙古不變的絕境之本質。當我們聯繫「自在者說」這一標題來考慮「黑暗之石」的內涵時，我們會發現它主要意味著「自在的存在」這一哲學概念。薩特在《存在與虛無》中說：「（自在的）存在本身是不透明的，這恰恰因為它是自身充實的。更好的表達是：存在是其所是。」[173]「黑暗之石」恰能體現存在的「不透明」及「自身充實」的特性。1980 年代「存在主義」曾風靡中國，從「自在者說」之題我們已能感覺到這一思潮對楊煉的深刻影響。

雖然基於相同的卦象，〈天·第一〉卻是對乾卦的「反其義而用之」。乾卦歌頌「天」的生機：「大哉乾元，萬物資始」、「乾道變化，各正性命」[174]，〈天·第一〉呈現「天」的死亡力量；乾卦讚美君子「天行」般的自強不息，〈天·第一〉則強調「我」所具有的「天」之死亡力量：「來自夜，在我體內某處蠕動／四季在噩夢某處」，「空蕩蕩的我成為萬物／投入死亡之西」——這是對老子「樸散為器」，莊子「虛己以遊世」、「神與物遊」的化用；乾卦係元始景象，〈天·第一〉乃末日場景；乾卦欣欣如日出，〈天·第一〉痛苦似黃昏；乾卦更關注「乾道變化」，〈天·第一〉揭示不變：「那黑暗之石永遠正午」。不過就天道與人事相通這一點而言，

---

[172] 〈無國籍的詩人〉，見《鬼話·智力的空間》，199 頁。
[173] 薩特：《存在與虛無》，三聯書店 1987 年版，25 頁。
[174] 〈乾·象〉，見《周易評注》，3 頁。

乾卦與〈天·第一〉又是一致的。〈天·第一〉中，八卦／象全都出現了（或以其本身，或以其象徵之物），五色、四季、黃昏、正午、夜晚、時辰、動、靜、上、下、死、生、顯、隱、有、無、在、空、一、花、我、眼、耳、手等重要意象也都一一亮相，它們將在後面的篇章中變幻各種造型，時隱時現，貫穿整部長詩。

　　八首〈天〉是對天象、天符、天機、天籟、天倫、天行、天意、天人的複雜呈現，其中蘊涵的「天」的觀念主要包括天命與天道兩部分。西周的天命觀總體上是一種神意論，類似馬克斯·繆勒所說的「歷史的上帝」，它主要不是自然之神，而是可以決定人的禍福吉凶，主宰人與家國的命運，賦予人德性並需要人去敬畏、侍奉的「皇天上帝」。楊煉寫作的初衷正是對這種被神化為天、太陽的專制意識形態的極力顛覆。而楊煉的天道觀指向一種非時間的處境，天道的自然秩序義與其倫理內涵相互糾結，形成了天道的萬古命運義，因此八首〈天〉均以黑體字「同一」結尾。這「同一」暗示了亘古不變的處境，亦是指薩特的「同一性原則」──「同一性原則……就是存在的局部綜合原則。它指明了『自在的存在』的不透明性。這種不透明性與我們相對於自在的位置有關，在這個意義下我們將被迫瞭解及觀察自在，因為我們『在外面』。」[175]

　　〈風〉便是對「天」的「被迫瞭解」、反思與追問（這追問本身即是超越）。每首〈風〉都多有問句：「將繼續一個下午深深切入夢囈的旅途嗎？」「對於你們是天賜的盛典嗎？」「對於你們是天賜的婚姻嗎？」「對於你們是最徹底的陶醉嗎？」（〈風·第一〉），「你們，熱衷什麼繁榮什麼？」「你們，能奢望什麼誇張什麼？」「是一鍋翁仲之臉茫然於四季的蒸騰嗎？」「蓄謀自焚或擦肩而過？」「向你們昭示的，究竟是什麼？」（〈風·第二〉），如此等等。於是〈自在者說〉「天風天風天風天風天風天風天風」的結構，便構成了持續不懈的「天問」格局。屈原〈天問〉的首句為「曰：遂古之初，誰傳道之」，而《𡿨》也是以一個無人稱的句子開啟全篇；〈天問〉不僅考問上天，還追問歷史、神話、現實，乃至自我，楊煉的「天問」也是從「天」問起（〈自在者說〉），接著追問歷史、神話、現實（〈與死亡對稱〉），然後是自我（〈幽居〉），楊煉比屈原多出的一重追問是：追問寫作本身（〈降臨節〉，及各部的最後一首）。風之問象徵義也與《易經》有關，巽／風由

---

175 《存在與虛無》，25 頁。

Xùn 音和「風行」象引申出巡、尋之義。詩人的流浪是肉身性的巡行，詩人的天問則是精神性的追尋，〈風〉詩也正是在這兩個向度上展開的。《易經》中風還有長之象徵義，八首〈風〉均以自由激盪、長驅直入的散體長句的寫法呼應此義。

　　〈風・第二〉即今本《周易》第二十卦觀卦，卦像是「風行地上」。本詩與「風」意象有關的詩句有：「狂奔成滾滾沙礫」，「迢迢周流，最初的噩耗倒灌於耳」，「童年再三風乾」，「每天一幅陌生的風景」，「在黑夜背後疾馳一頭白虎」（呼應「死亡之西」），「擦肩而過」，「無弦之琴，轟鳴天籟」，而風之巡、尋、白、長、高諸義，詩中亦有表現。該詩與「地」意象有關的詩句有：「相逐於一匹死鹿之中原」，「大地變幻一口陷阱」，「被賭徒們拋擲成一顆藍色巨骰」（指地球），「走下地獄之門」，「廢墟的步履」，「於天空與歲月腳下一貧如洗」。依據易理，地道即臣道、妻道，這就是古代詩人常在女性面具下寫詩的緣故，〈風・第二〉對此諷刺道：「剽竊性別一如諳熟世代真傳的閹割術」。除了對文人奴性的否定，楊煉也對所謂天命的嗜血、凌辱因素，對扼殺童年、摧殘女性的封建傳統予以抨擊：

> 光一擊，徒勞無益的童年再三風乾。少女之笑被竹簡和碑石一一劫奪。殺殉之後，千秋強暴凜然不移，嗜血而成萬物黑紅儀仗的一統箴言。凌辱而成：全部悔恨的最深淵藪。

「黑紅儀仗」，指陰謀與殺戮的集權手腕。現藏於上海博物館的戰國楚竹書《周易》與其他版本最大的不同在於，楚竹書《周易》出現了幾種以黑紅二色標識的符號，全紅方塊代表陽盛，全黑方塊代表陰盛，其他幾種符號則是這兩極間的變化。黑——陰——陰謀，紅——陽——血、殺戮，所謂二十四史不就是孤家寡人的畫家，以大地與人民為長卷，以描紅、抹黑兩種藝術手法，盡情揮毫塗鴉（塗炭）的傑作嗎？

　　〈風・第二〉結尾寫道：

> 歷歷天數，早在一塊絕高絕美之石上淪為抽象。你們，臆造神話杜撰文字，於天空和歲月腳下一貧如洗，被告即辯護者即慘遭屠戮的人，而無弦之琴，轟鳴天籟。向你們昭示的，究竟是什麼？

「臆造神話杜撰文字」本是帝王們的把戲，而楊煉也在臆造神話（〈與死亡對稱〉中的〈山・第一〉、〈山・第二〉、〈山・第七〉、〈山・第八〉），也在杜撰文字（「𩾌」）。

不僅如此，他還將古老的專制帝國的結構、風格、壓制性原則、歷史與現實毒素統統內在化，從而建構了一種以毒攻毒，以子之矛攻子之盾的對抗性寫作。從遠古到楊煉完成《￥》的 1989 年，「被告即辯護者即慘遭屠戮的人」的局面可曾有絲毫變化？最後，「向你們昭示的，究竟是什麼」，指向本卦的卦名：觀。有道是「詩可以觀」。

　　所謂「歷歷天數」，首先指一、三、五、七、九等奇數，這種規定來自《易經》。〈自在者說〉中的〈天〉均處於奇數位（天數位），陰性的〈風〉則處於偶數位，這在易學中被稱為「當位」。「天」靜而「風」動，〈自在者說〉中這兩類詩的規律性排列，正符合「動靜有常」[176]的易理。

　　「仰以觀於天文」之後，就該「俯以察於地理」[177]了，第二部〈與死亡對稱〉即由〈地〉、〈山〉組成。對稱是我們的黃土地文明的典型美學形式，因而也是〈與死亡對稱〉的結構要旨。對於「地地地山山地山山山山地山地山山地地地」的結構，楊煉提醒我們，陝西乾陵（武則天墓）「幾乎與此結構完全相同。它由乾陵山、雙乳峰和對面的八百里秦川平原組成……從空中俯瞰則如一仰臥女人，〈地〉為秦川，兩邊四首〈山〉為雙乳，居中四〈山〉為乾陵山」[178]。這一結構給出了一個地母的形象，〈山〉詩均在乾陵山結構的「山位」上，〈地〉也相應地在秦川的「地理位置」上，且乾陵山係墓址所在，恰「與死亡對稱」，可見楊煉構思的巧妙。

　　武則天就是那個杜撰了文字「瞾」的「看朱成碧」[179]的詩人，這說明楊煉的造字修辭和指鹿為馬的象徵主義有其深刻的歷史依據，現代詩人的創造不過是歷史恐怖的顯靈。在男尊女卑的中國，武則天身為女人而登上帝位，這一荒誕現象呼應著中間四〈山〉的荒誕現實；而她以驚人的政治想像力和政治創造力把不可能變成現實，這種「魔幻現實主義」又呼應兩邊四首〈山〉詩的創世神話（及楊煉「從不可能開始」的詩歌座右銘）。

　　武則天乃一代帝王，而前三首〈地〉和最後三首〈地〉正是帝王之詩，區別在於前三首是有冕之王，後三首為無冕之王，六首帝王詩構成了一個正反合的關

---

[176] 《周易評注》，225 頁。

[177] 《周易評注》，232 頁。

[178] 〈關於《￥》〉，見《鬼話・智力的空間》，244 頁。

[179] 武則天〈如意娘〉：看朱成碧思紛紛，憔悴支離為憶君。不信比來長下淚，開箱驗取石榴裙。

係。具體來說，〈地‧第一〉：商紂王，亡國之君（符合楊煉「從死亡開始」的存在意識和詩歌意識），文武雙全，奢淫暴虐；〈地‧第二〉：秦始皇，開國皇帝，統一六國和文字，焚書坑儒；〈地‧第三〉：武則天，空前絕後的女皇，為攫取權力親手扼殺自己骨肉的母親，造字稱帝，而墓碑無字（〈地‧第三〉即〈地‧山〉，正是武則天墓地「元素」）；〈地‧第六〉：曹操，生前挾天子以令諸侯，死後被追封為帝，一代梟雄，文韜武略；〈地‧第七〉：陳勝，正史不予承認的草根皇帝（司馬遷將其置於「世家」部分，而非帝王的「本紀」系列），傑出的天命反抗者，留下「王侯將相，寧有種乎」的格言，曾用狐仙把戲為自己正名，成事後猜忌屠殺夥伴，終為近臣所殺，此人從古至今有太多轉世靈童；〈地‧第八〉：司馬遷，絕對的「帝王」——他是史家的帝王，像秦始皇一般，制度性地開創了後世的歷史書寫模式，其作品在一切歷史著作中擁有至高無上的地位；他也是帝王們的帝王，所有帝王不過是他筆下的人物，有時其地位還不及一名被他的寫作擢拔的刺客；他更是時間的帝王，沒有他的敘事令時間顯影，歷史不過是一陣青烟，英雄不過是一道鬼影，他甚至創造了時間的流逝、時間的停頓、時間的消失，從而成為凌駕於時間之上的非時間存在，就像但丁，既在自己創造的宇宙之中，又超脫其外。司馬遷是一切寫作者中真正的王者，沒有他的虛構，歷史便無從真實，沒有他的妙筆，歷史將黯然失色，他也是寫作者命運的極端象徵：因仗義執言觸怒當權者而被判處死刑，後入獄四年，為換取「史家之絕唱」的寫作，甘受腐刑大辱，從而創造了「行到水窮處，坐看雲起時」的生命境界。他不僅是帝王的正反合之合，甚至也慘痛地成為帝王性別的正反合之合。[180]司馬遷無疑是這「六位地皇丸」當中楊煉唯一「心服口服」的一個，八首〈地〉繼承了司馬遷「究天人之際，通古今之變」的創作理念，「寓論斷於序事」[181]的筆法，及「以人物為本位」[182]的敘述方式。

---

[180] 中國歷代統治者、稱帝者人數雖多，不出這幾種類型及其組合，如陳碩真為陳勝加武則天（農民起義女首領，自封「文佳皇帝」），朱元璋乃秦始皇加陳勝，慈禧太后是武則天與曹操的交集（有實無名的女皇帝），毛澤東呢？

[181] 顧炎武：「古人作史，有不待論斷而於序事之中即見其指者。惟太史公能之」，見其所著《日知錄》卷二十六，安徽大學出版社 2007 年版，1423 頁。

[182] 梁啟超：「其最異於前史者一事，曰以人物為本位」，見其所著《中國歷史研究法》，中華書局 2009 年版，18 頁。

　　武則天是歷史人物，是美女也是英雄。〈與死亡對稱〉中間兩首孤立的〈地〉即是對非帝王歷史人物的詠嘆。〈地‧第四〉：美女西施；〈地‧第五〉：英雄霍去病。西施有情而無情，霍去病無情而有情；西施對應陰謀，霍去病指向殺戮。他們都是歷史動人的配角和主旋律。

　　八首〈地〉乃中國歷史的簡易（「易」之三義之一）寫法，一如八卦對萬物的歸納。歷史如戲，當真不得，無數風流人物粉墨登場，但臉譜就那麼幾款，故事梗概也是早已編寫好的，這些「精彩」的人物與情節，對稱於戲臺下數量極其龐大的死亡。

　　〈地‧第一（他：商紂王）〉的卦象為「上地下天」，乃泰卦。乾坤顛倒的卦象與紂王的倒行逆施相合；坤元陰氣，本性重濁下降，乾元陽氣，本性輕清上浮，形成了泰卦「天地交」[183]的局面，相合於紂王荒淫的帝王生涯。楊煉用泰卦來寫紂王也與該卦爻辭有關。泰卦初爻：「拔茅茹，以其彙，征吉」（「拔茅征吉」，意在外出），紂王可是出了名的愛打獵的皇帝。泰卦二爻的「包荒，用馮河」（廚房空了，渡河去找食物），反襯出紂王的「酒池肉林」。三爻的深刻哲理「無平不陂，無往不復」（沒有只平坦而不傾斜的道路，也沒有無返回的外出者），道出了紂王的報應，此爻的「勿恤其孚，於食有福」（卦兆顯示不用憂慮，在食物上大大富足），紂王也能對號入座。四爻：「翩翩，不福以其鄰，不戒以孚」（洋洋得意，不欲與鄰居一同富裕，因為信任而不加戒備），正是紂王亡國的主要原因。五爻為「帝乙歸妹，以祉元吉」，「帝乙」是紂王的父親，「歸妹」指嫁女，而周文王正是帝乙的女婿，此爻與紂王直接相關。這裡插一句，《易經》中的史實都是泰卦五爻這樣，從歷史序列中被抽離出來，作為某種處境的象徵，主要為了提供啟示，〈地〉對歷史的處境式處理方式很可能受此啟發。泰卦上爻：「城復於隍，勿用師，自邑告命，貞吝」（城牆傾覆在城池中，城中傳出命令，不要用軍隊去抵禦，占問的結果很不利），此爻或含武王伐紂之事。泰卦簡直是為商紂王量身定做的一卦。日本學者金谷治認為以天地顛倒的形式為「泰」，有肯定革命的意味，泰卦是否有這層意思不能確定，不過〈地‧第一〉確有此意。

---

[183] 〈泰‧彖〉：「泰……則是天地交而萬物通也，上下交而其志同也」，見《周易評注》，35頁。

〈地‧第一〉涉及「地」意象的筆觸有：「黃土盛大湧起」、「反叛的莽原」、「一隻將出土的蟬」、「潑灑於地女人背叛的翩翩舞蹈」（「翩翩」呼應泰卦四爻）、「被踐踏的土　至高無上的土」；涉及「天」的有：「星宿湮滅遠方」、「天命玄鳥」、「太陽享受他的祭祀」、「祈天之火」、「在雲端盲目威嚴」、「漫天揚起」、「巡遊碧空」、「天曷不降威」等。

此卦的天地交之象，詩中亦多有表現，如「那一襲玉衣／他說，是死神」，「玉」是乾天的象徵義之一，「衣」是坤地的象徵義；類似的，還有「腳擲進漢白玉的盤子」。該詩一開篇就以獨特的漢字修辭，表達了天地交的內涵：

黃昏　　　　　　　靜

而生坛

字　一個一個逃離
黃土盛大湧起
星宿湮滅遠方
靜於中心
暴君的庭院坐著　　石頭累累如光

「黃昏」，暮色四合的天地交景象，亦呼應〈天‧第一〉「死亡之西」的黃昏。「靜」在本詩中頗為突出，因為天、地皆靜象；它主要是一種無為、不亂、不爭的道家意識，《道德經》：「致虛極，守靜篤」[184]。吊詭之處在於「靜」的字象中便有「爭」，這真是「樹欲靜而風不止」，果然，緊接著「靜於中心」明顯是風暴眼之靜了。「靜」中之「青」是東方青龍宮本色，故「靜」字已隱含「龍爭」局面（類似這種字象的五行修辭，《兒》中還有多處）。坛主要有三義：一、一種口小肚大的容器，兼有「專制象」和「貪婪象」，詩中「零碎地死在周圍」（似乎化用了〈天問〉的「死分竟地」），模擬罎的破裂；二、天地交的祭壇——為了祭天拜日而建築在大地上，詩中「高臺」、「太陽享受他的祭祀」呼應此義；三、壇還有庭院義，如屈原〈涉江〉：「燕雀烏鵲，巢堂壇兮」，「暴君的庭院」呼應這一義。[185]更妙的是，「坛」左「土」

---

[184] 《老子校釋》，中華書局 1984 年版，64 頁。
[185] 坛之第一義與其二、三義所對應的繁體字是不同的。

右「云」，恰是本詩卦象。「黃昏」與「靜」之間有大片空白，彷彿「字　一個一個逃離」所造成的，分崩離析的局面；「字」，因其上「宀」（家）下「子」而被楊煉故意誤讀為家人、親信、奴隸，所以「字　一個一個逃離」指眾叛親離或奴隸的逃亡。「黃土盛大湧起」，即與天合；「星宿湮滅遠方」乃與地合。「黃土」也代表周，周朝被認為是「土德」，周字中就有「土」；而商是「水德」，其創始君王號成湯，湯者，水也，於是楊煉用「湧」、「湮」等含「水」之字來寫商的國運。「暴君的庭院坐著」什麼？一種最徹底的虛空？楊煉諱莫如深。「石頭」即〈天・第一〉中的「黑暗之石」，罪惡「累累」的「黑暗之石」，刺目地暴露於「光」天化日之下。而「石頭」與「光」相連，亦構成天地交的意象。

天象徵大赤，地象徵黑，因此〈地・第一〉的天地交，也是「黑紅儀仗」，有美女英雄的交合，更有陰謀殺戮的交織。結尾寫道：

　　山上青烟裊裊
　　是積雪

「青烟」從山上升往天空，「積雪」是雪從天空落下後積成的，均為天地交象。開篇的「靜」，因戰「爭」平息，而只剩下「青」（「青烟」）了，那既是尚未散盡的烽烟，又是歷史的烟雲。雪是楊煉個人象徵體系中的重要意象，主要象徵死亡，「雪是，死人投向這個世界的無所不在的目光」[186]。雪為白色，《說文解字》：「白，西方色也。陰用事，物色白」，故而古人喪服為白。這便是雪作為死亡意象的由來，「積雪」因此指大量的死亡。楊煉在和葉輝對談時說：「中國當代詩整個又建立在中國社會和歷史的非常深刻的悲劇意義上。這個悲劇中死亡的數字是超乎想像的……但也因此，你突然發現死亡其實是多麼虛無。它大到沒法想像，卻沒有任何一個實體！我們集體的悲劇，是死亡的空虛，不是死亡的沉重。」[187]我們應該在此意義上來理解「青烟」與「積雪」。

〈山・第一〉、〈山・第二〉和〈山・第七〉、〈山・第八〉是四首神話詩，分別處理伏羲女媧、夸父、共工、精衛等上古神話人物。它們處於「雙乳山」的位置，暗示了這些神話對我們民族的精神哺育。伏羲女媧以血親兄妹結合，孕育華

---

[186] 楊煉：〈十意象〉，見《鬼話・智力的空間》，99 頁。
[187] 楊煉：〈冥思板塊的移動〉，見《幸福鬼魂手記》，上海文藝出版社 2003 年版，243 頁。

夏民族。「夸父與日逐走，入日……道渴而死」[188]，這個「逐日者」的瘋狂與悲壯，尤其「入日」之象，是否給予楊煉造字的靈感？共工與天帝爭位失敗，便以頭怒觸不周山，致使天柱折，地維缺，洪水泛濫。精衛本是炎帝之女，溺死於東海，變為鳥，誓復仇，遂口銜微木碎石，每日填海，後世愚公移山的故事即由此化出，只是褪去了復仇色彩。這些人物的共通之處在於，他們都有一種偉大的背叛或反抗精神，從不可能、絕望、死亡開始，去創造反抗天命的奇跡。《易經》中艮／山為抑止象，因為缺少翻山越嶺的工具，古人很明智地「見山則止」，而上述神話人物卻一意孤行，鋌而走險，這也注定了他們的悲劇命運。對此四首〈山〉詩皆用「死亡」之開篇作為預兆：〈山・第一〉：「現在，誕生就是死亡」，〈山・第二〉：「現在，貪婪就是死亡」，〈山・第七〉：「現在，反抗就是死亡」，〈山・第八〉：「現在，驕傲就是死亡」，暗示了死亡意識是神話起源的根本動力之一。

這幾首以「山」為名的神話詩確實與山大有干係，伏羲女媧的神話中有昆侖山，夸父死處被稱為「夸父之山」[189]，共工怒觸不周山，精衛鳥住在「發鳩之山」，「常銜西山之木石，以堙於東海」[190]。這四首詩也代表了四方：伏羲是傳說中的東方天帝；夸父「北飲大澤，未至，道渴而死」，大澤即北方瀚海，故夸父可代表北方；共工乃西方少暤系神話；精衛則是南方炎帝系神話。將神話與地理，尤其是與山、方位緊密聯繫在一起的書寫傳統，始於《山海經》，楊煉以這四首〈山〉詩向該書遙遙致意。

〈山・第一〉的卦象是「上山下天」，為大畜卦。從卦象看「天」居然被包含在「山」中，這正是大畜之象，以此卦書寫伏羲女媧事跡甚為貼切，還有誰比這倆人更大畜？他們大畜了我們民族！此卦中的「天」，可以理解為天氣或雲氣，那麼卦象就多少透出「巫山雲雨」的意味，這也很切合本詩的情節。詩中與「天」有關的詩句有：「天空迸發新的殺機」，「聳入雲霄的頭顱」，「懷裡的太陽悠閒漫步」，「梯子最後溜回天上」，應和「天」之「大赤」、「圓」象徵義的詩句有：「以走投無路的血相識」，「一個預兆風暴的圓」。雖然「山」是卦宮，但〈山・第一〉

---

[188] 《山海經・海外北經》，見袁珂譯注：《山海經全譯》，貴州人民出版社 1991 年版，214 頁。
[189] 《山海經・中次六經》：「又西九十里，曰夸父之山。」見《山海經全譯》，137 頁。
[190] 《山海經全譯》，81 頁。

只有兩句詩關涉此意象：「山向海奔去」（從不可能開始），及「臉是石　夢是石」（「石」是「山」的象徵義之一）。不過，有句詩雖不具有「山」的任何象徵涵義，卻隱隱與（昆侖）山有關：

> 尖尖的快感自圍困中射出
> 　　扯斷臍帶　那腐爛的梯子最後溜回天上

這當然是描寫伏羲女媧的交合及女媧的生產。當「尖尖」與「射出」連用時，射精就像射箭一樣，有力地「射出」了中華民族的歷史。伏羲女媧的交合、生育，也是一種「以死亡的形式誕生」。楊煉對性的看法與喬治・巴塔耶類似，後者認為性欲中飄蕩著死亡的氣息，期望著作為「當死之存在」而存在，「性欲的死亡芬芳如同罪愆一樣，保證了性欲的全部力量」[191]；楊煉說：「男女兩性，在交合的極端時刻，集大痛苦與大歡樂於一身，一張床，既像血肉模糊的屠場，又是羽化登仙的靈台。」[192]他的〈十意象〉中有句話可以幫助我們理解「射出」一詞：「只有死亡分泌的液體，才被如此絕望地射出體外。」[193]〈山・第一〉用「死　降入生者的皮膚／旋轉　透明　像耳鼓深處的音樂」，進一步書寫性之「死感」。「音樂」意味著「死」在交合中構成了一種深深的誘惑，同時也提醒我們伏羲音樂方面的貢獻：傳說他發明琴瑟，創作了《駕辯》之曲，是我們民族第一位音樂家。「梯子最後溜回到天上」，言下之意，小生命降落人間；這裡楊煉用天梯的撤離，暗示了神話的遠去。中國上古神話中最著名的天梯是昆侖山，《淮南子・墜形訓》：「昆侖之丘……乃維上天，登之乃神，是謂太帝之居。」[194]唐李冗《獨異志》第一次記載了伏羲女媧登此天梯並以兄妹結婚的造人神話：「昔宇宙初開之時，有女媧兄妹二人，在昆侖山，而天下未有人民。議以為夫妻，又自羞恥，兄即與妹上昆侖山……」[195]

　　雖然伏羲女媧兄妹造人的神話直到《獨異志》才有文字記載，但至遲於漢代初年已有伏羲女媧的石刻畫像與磚畫，可見傳說淵源甚古。比較典型的圖案是：

---

[191] 喬治・巴塔耶：《色情史》，商務印書館 2003 年版，83 頁。
[192] 楊煉：〈一座向下修建的塔——答木朵問〉，見《一座向下修建的塔》，鳳凰出版社 2009 年版，242 頁。
[193] 《鬼話・智力的空間》，101 頁。
[194] 《諸子集成》七，上海書店 1986 年版，57 頁。
[195] 轉引自袁珂：《中國神話通論》，巴蜀書社 1993 年版，83 頁。

兩人上身通作人形，下身則為蛇軀，兩尾相交，緊緊纏繞；伏羲手捧太陽，太陽裡有一隻金烏，女媧手捧月亮，月亮裡有一隻蟾蜍，並飾有雲景。〈山・第一〉主要是對這石刻畫像的意淫式發揮：

> 尾巴碧綠越纏越緊
> 彼此的身體
> 都成了有陰有陽燒灼的肉

描寫欲火焚身的蛇軀。

> 聳入雲霄的頭顱白雪普照
> 懷裡的太陽悠閒漫步
> 玩著火　泥土織品與神的色澤
> 一頭黑鴉蹲坐於終極
> 巨大的毛孔中蟾蜍爬　爬　斜穿擁抱的晝夜
> ……
> 肉彎曲　一個預兆風暴的圓
> 環繞月亮　臉是石　夢是石

這顯然是對伏羲女媧石刻畫像既恐怖又色情的詮釋，正如巴塔耶在論述亂倫時所說：「對禁忌的恐懼還留在對誘惑的焦慮中」[196]。「一個預兆風暴的圓」暗示了伏羲八卦發明者的身份，楊煉用有「預兆」作用的太極圖案，象徵男女（陰陽）激烈（「風暴」）的融為一體（「一個」）的交合。

全詩結束於：

> 大地孤獨的符號：它

「它」是古「蛇」字，用來指稱人首蛇身的兄妹，可謂貼切；其餘三首神話詩也都結束於黑體字「它」(取其非人代詞義)。在「它」的提示下，我們恍然發現原來這四首詩不僅神話人物的名字被隱去，就連人稱代詞也沒用，唯一的指稱就

---

[196] 《色情史》，79 頁。

是結尾處的「它」。楊煉之所以採用無人稱的手法並歸之於「它」，是因為「主人公是人？非人？物？一種精神？神話本來就是所有人生生死死的感受原型」[197]。與這四首〈山〉以黑體字「它」結尾類似，八首〈地〉均以黑體字「他：商紂王」、「她：武則天」作為小標題。那麼「地」、「他」、「她」與「它」有什麼關係呢？

「地」、「他」、「她」都含「也」字，《說文解字》：「也，女陰也，象形。」而「也」與「它」本是由同一字分化而成，在漢字構成中這兩字也經常可以互換，如「它」又作「牠」，「蛇」又作「虵」，「舵」（柁）又作「柂」。楊煉以漢字的考古學修辭，來表現歷史與神話的淵源。

雖然《■》中絕大多數作品都可以讀成以卦象為中心的意象詩或象徵詩，但也有例外，譬如〈與死亡對稱〉居中的四〈山〉，就完全不適用這種讀法，甭說以卦象為中心的意象詩了，它們連詩都不是，僅僅是一些極盡荒誕的「散文性現實情況」。不過，這四篇〈山〉文儘管亂象紛呈，我們依然可以用《易經》把握它們，確切地說，用它們所對應的卦義來打開荒誕的現實之門。

〈山·第三〉：「上山下山」，艮卦。「山」為困境象、抑止象，兩「山」相疊，更為困、抑。《艮·象》：「艮，止也。時止則止，時行則行，動靜不失其時，其道光明。」[198]〈山·第三〉中，「我」面對一個神秘霸道的闖入者，在困局中，選擇了抑止：「故意折磨人似的一聲不吭」，「到頭來，我陷入了重圍」，「我不開口，瘋子才會以為滔滔不絕有什麼用」，「我包圍他窒息他」，「眯著眼、屏住氣、不呻吟也不咒罵」，等等。〈艮·象〉曰：「時止則止，時行則行」，於是「我」在關鍵時刻，「出其不意狠狠一擊——攻占房子，困死主人」。

〈山·第四〉：「上山下澤」，損卦。文中「心被挖走了」，「剔淨那節從小發育不全的骨頭」，「要是下巴被掰掉」，「要是鎖骨、肋骨、腰椎、尾椎直到腳趾甲都一節一節拆散開」，均為減損之意。

〈山·第五〉：「上山下水」，蒙卦。該文用黑色幽默的方式諷刺蒙昧主義、愚民主義：「聽著，根據第十萬九千八百七十六條安全法令：每個臣民必須到醫院實行心臟摘除手術——為預防血流過速導致瘋狂——我們已成功地用反污染、反放

[197] 〈關於《■》〉，見《鬼話·智力的空間》，245 頁。
[198] 《周易評注》，159 頁。

射、反一切過激行為的石灰石,研製出全國通用型人工心臟」;「規定:最有營養的是那些中毒後嘔吐出來的東西,必須再吞回去!」諸如此類的「法令」和「規定」,占了〈山·第五〉的大部分篇幅。

〈山·第六〉:「上山下火」,賁卦,文飾義。呼應此義的句子有:「漂漂亮亮的人類」,「到了結尾的時候,已沒有語言能傳達人類的幸運。我雖然忝居其一,但要描繪自己卻無能為力。倘若用比喻,說是『鏤空的石頭』,也遠不足以形容……」,「寫作成為時髦的日子,所有人都是詩人。蟑螂和石頭都參加科舉。萬一中了可不得了——我哪能例外?寫寫寫寫,像不治之症」。賁卦上爻為「白賁,無咎」,這無異於宣稱白色是裝飾的最高境界,而〈山·第六〉的說法是「色即是空,空即是色」。

加布里埃爾·馬塞爾認為:「深度與其說尊重時間和空間,倒不如說把時間和空間打亂。更確切地說,只要現在和當時像遠和近、這裡和那裡一樣趨於混淆,深度就表示永久性。」[199]而楊煉正是一位信奉深度的詩人。〈與死亡對稱〉打亂了歷史時序,歷史被非時態的語言重新編輯成本質不變的殘酷處境。這種寫作意識恰與史詩相反,它是通過詩,把史刪去,因為「中國給我的啟示,自始就超越了所謂『時間的痛苦』,它更是『沒有時間的痛苦』」[200]。如果說《易經》更強調「易」之變易義的話,《�》對世界的根本看法則是不易,楊煉就是要通過寫作,撕去時間與進化的幻象,暴露出偽裝成變化的不變。而現實、今天、我,處於「與死亡對稱」的中心,也就是乾陵山結構的墓穴處,不曾過去的歷史向中間狠狠擠壓過來,現實被圍困其中,承受了全部歷史的重量,一如「我」承受著所有亡靈的重量,一切都匯聚為「我」,而「我」又是誰?在接受木朵採訪時楊煉說,〈與死亡對稱〉「穿透中國,刻意『構思』和『寫出』了人類永無出路的命運」[201]。

三才天地人,故第三部〈幽居〉的主題是人(自我)。今本《周易》分為上下兩經,上經以乾坤二卦為開端,代表了創生化育萬物的天地;下經以咸恆兩卦居首,講夫妻之義,表明人之道自此而始。楊煉雖然否定了今本《周易》的卦序,卻借鑑了後者的「兩分法」,我們可以稱《�》的前兩部為外篇,而以「我」為

[199] 加布里埃爾·馬塞爾:〈對深度的感覺〉,轉引自《審美經驗現象學》,440 頁。
[200] 楊煉:〈詩,自我懷疑的形式〉,見《一座向下修建的塔》,46 頁。
[201] 〈一座向下修建的塔——答木朵問〉,見《一座向下修建的塔》,230 頁。

主題的〈幽居〉，以及探討人的內在超越性的〈降臨節〉，則屬於內篇。《易》的作用是「知幽明之故」，「知鬼神之情狀」[202]，與「神明」的天地相比，自我無疑屬於「幽」的範疇、「鬼」的範疇。每個人都不得不在自己內部「幽居」。

這部詩可謂「幽意大全」：人與自我的幽獨、幽暗、幽深、幽默（自我的荒誕）、幽思、幽情、幽夢（自我即自我想像）、幽厲（自我的恐怖與陌生）、幽遠、幽渺（自我的虛妄）、幽厄（自我的困境）、幽冥、幽宅（墓室義），甚至幽媾，在〈澤〉系列與〈水〉系列的詩作中，有著淋漓盡致、蜿蜒曲折的表達。古老的「幽」的詩意所觸及的，恰是現代人複雜深晦的內心世界。〈幽居〉的結構「澤澤水水水水澤澤水水澤澤澤澤水水」，刻意模仿了水波的曲線，彷彿流動不居的自我。在語言上，這部詩也可分成兩類，一類為〈澤〉第一、二、三、四，與〈水〉第五、六、七、八，乃自然排列的現代抒情詩；另一類是〈水〉第一、二、三、四，《澤》第五、六、七、八，排列上是中軸對稱的形式，且加入黑體字的俗語和格言。自然排列的詩之間有種遞進效果，以表現自我的幽深、幽遠乃至幽渺。對稱排列的詩，其語言形式表徵了自我意識狀態，如詩句的左右分列，暗示人的內在分裂；語言趨於破碎，對應著自我經驗的碎片化；意識流的寫法暴露了「我」的潛意識；俗語的加入則昭示一個人不可避免的世俗性。〈幽居〉的兩大元素，「澤」靜而「水」動，分別代表了人的「死亡本能」和「生命本能」。按照《易》從死亡開始的慣例，〈幽居〉以〈澤·第一〉為首篇。「水」在《易經》中象徵義雖多，但主要指涉困境，〈幽居〉正是關於人的內在困境的一部詩。

〈澤·第五〉的卦象為「上澤下水」，乃困卦。從卦象看，水在澤下，澤水下滲，有池澤乾枯困窘之象，故曰困。基於此，詩中只有「喝盡 風 和一匹破布似的水」涉及「水」意象（「喝盡」及「一匹破布」的比喻本身就有枯竭意味）；而直接表現乾枯龜裂之象的倒有三句：「越裂越深 越深越脫去不真實的春意」，「踩過去年枯葉的腳」，「整個五月不知不覺像只枯乾的翅膀在裂開」（「越裂越深」、「裂開」，表達了自我的分裂與幽深，正如「不知不覺」與無意識有關）。

困卦有「困於石」的爻辭，而〈澤·第五〉緊扣走投無路的「石」意象敘述自我的困境，及困境中的自由：

---

[202] 《周易評注》，232 頁。

　　圓潤的鳥聲和魚卵這石頭上的花紋

　　越裂越深　越深越脫去不真實的春意

在一篇訪談中楊煉說：「多年來，我反覆強調詩的『深度』。因為我相信：詩意的空間，應當建立在對現實的理解之內，而非之外。所謂『自我』，除了現實中的層層折射，什麼也不是。因此，『深度』，一言以蔽之，就是追問自己的程度──給自己創造困難的程度。」他還說：「我不喜歡談論夢，還因為，夢常常是人類自欺欺人的一種方式……『夢』到處被銷售，因為它市場廣大……直到你醒來時發現自己又一次被嘲弄。」[203]由此可知，「圓潤的鳥聲和魚卵」即「自我之化石」在「現實中的層層折射」；「不真實的春意」指的是夢，化石的「花紋」與尋常花朵不同，它不僅不依賴甚而完全摒除了「春意」。

　　三顆白石灰的星星已經落了

「石灰」要經過烈火焚身的歷練，隕石這種「以（星星）死亡的形式誕生」的事物也是如此。這句詩亦是對「氵」（三點水）的象形，蘊涵了「水落石出」之象。

　　當我信任石頭　管它叫生命

在〈重合的孤獨〉中，楊煉說：「你所擁有的全部只是一小塊化石，誰也不知道究竟是自己埋在化石深處，還是化石正從自己身體內部悄悄生長」，「一塊有生命的化石，吸飽了歷史的汁液，在黑暗最深處高舉起一種反向的光明」[204]。這便是楊煉管徹底困境的「石頭」叫「生命」的緣故。

　　這片剛自岩石中湧出卻要粉碎岩石的綠色

以及：

　　沿光滑的石壁爬滿青苔

根植於徹底困境的生命力和自由意志本身，即是對現實困境的背叛與顛覆。

---

[203] 楊煉：〈在死亡裡沒有歸宿──答問〉，見《鬼話‧智力的空間》，208～209 頁。
[204] 楊煉：〈重合的孤獨〉，見《鬼話‧智力的空間》，162 頁，165 頁。

> 我的石頭小屋
>
> 上千次分娩

詩人以化石自喻,「我」就是「我」的「石頭小屋」。這自我的絕境,上千次地「以死亡的形式誕生」著某種生命──詩歌。這句詩體現了詩人「親身感受的整個東方思維的唯一現實根據:人在行為上毫無選擇時,精神上卻可能獲得最徹底的自由」[205]。這種悲劇自由意識直承莊子「遊」的哲學。莊子用「遊心」指涉精神自由,散見於《莊子》各篇的「乘物以遊心」、「遊無何有之鄉」、「遊心於無窮」、「遊心於物之初」、「心有天遊」之語,均表達了一種將自我提升、擴展為「宇宙我」的精神活動;然而《莊子‧德充符》中那句「遊於羿之彀中」[206]表明,所遊之境仍是這個極端險惡、桎梏的世界。這就是古老東方的自由辯證法。我們因此需要再次回到「上澤下水」的卦象,它是澤水枯竭的困卦固然不錯,但卦象本身豈非也蘊涵著豐盈的「水」象?!這種自相矛盾的**枯竭困境中的充沛**,多麼符合楊煉的生命意識與詩歌觀念。而他又是怎樣表現這一點的呢?

〈澤‧第五〉用唯一一個枯竭的水意象和諸多石意象,營造了極端的困境;然而同時詩中亦有許多含「氵」之字(平均兩行一個),如「潤」、「深」、「落」、「清」、「淹沒」、「湧」、「沙沙」、「滑」、「滿」,那「三顆白石灰的星星」,隱在字中又沛然全篇!在〈詩,自我懷疑的形式〉一文中,楊煉說:「詩的『深度』,其實與『說出』或『闡述出』什麼關係不大,卻全在於詩作構成本身『呈現出』了什麼──猶如一個漢字的啟示遠遠超出它的『涵義』。」[207]

〈澤‧第五〉為中軸對稱排列,〈水‧第八〉則是自然排列,卦象為「上水下風」,井卦。鑑於井卦與困卦構成「覆」的關係[208],〈澤‧第五〉因此有主動地深入困境的內涵,用該詩中的話說:「深入這棵樹直到包裹住它那層層綠葉」,「深入一滴水 直到被黑暗濕透」,「一行接一行 深入這墓穴的幽黑山谷」,「深入肉體的黑暗核心炫目於終極的裂縫」。

---

[205] 〈重合的孤獨〉,見《鬼話‧智力的空間》,163 頁。

[206] 《莊子集釋》,199 頁。

[207] 〈詩,自我懷疑的形式〉,見《一座向下修建的塔》,47 頁。

[208] 「覆」是易學中的一個重要概念,指的是將一個卦倒置而得到另一個卦,又叫「綜」。

〈水‧第八〉含「水」的詩句有:「深入一滴水 直到被黑暗濕透」,「在死水晶的棱鏡中埋葬自己」,「字在漩渦下清點世界」,「橫貫水 波光蕩開 詩句蕩開」;含「風」及其木、白、巡、長等象徵義的詩句有:「深入這棵樹」,「光的雪白建築」,「風乾成碎石」,「各自獨白」,「永遠在走」,「一頁白紙」;「水」、「風」相合的詩句有:「黑色的鰓擦過風和風」(「鰓」令這句詩透出「水」意),「迢迢漂游中 遍及大海發光的呼吸」(「迢迢」、「呼吸」有「風」意),「一夜長談又濕漉漉結束」(長是「風」的象徵義,「濕漉漉」乃「水」意),「化了雪 擁有全部啟示」(「雪」之白是「風」的象徵義,而「化了雪」就變成「水」)。

〈自在者說〉的最後一首〈風‧第八〉的主題是執筆者,〈與死亡對稱〉的最後一首〈地‧第八〉所寫的歷史人物為司馬遷,而〈水‧第八〉同樣是關於寫作的一首詩。

> 井(下巽上坎)
>
> 井。改邑不改井;無喪無得,往來井井。汔至亦未繘井,羸其瓶,凶。
>
> 初六。井泥不食,舊井無禽。
> 九二。井穀射鮒,甕敝漏。
> 九三。井渫不食,為我心惻;可用汲,王明並受其福。
> 六四。井甃,無咎。
> 六五。井洌,寒泉食。
> 上六。井收勿幕,有孚元吉。[209]

這是井卦的卦、爻辭,後來道家從中得到重要啟示,老子的道就與「水」密切相關。楊煉曾說:「『形而下下→形而上』,是一個我發明的命題……『形』,現實也;『下下』,追問之深入再深入也。」就是說通過對現實「形而下下」的追問,來完成對存在的「形而上」把握[210]。而井是這樣一類事物:不斷地向下挖掘,終於有水(道)湧出,簡直是楊煉發明的那個公式的絕妙象徵。〈水‧第八〉便是對此公

---

[209] 《周易評注》,145~146 頁。
[210] 這一命題類似阿多諾所說的「確切的狂想」(exact fantasy),「確切」指的是在萬物之中參悟,而非建造空中樓閣;「狂想」指不被表象迷惑,從形而下走向形而上。

式、對井的形而上學的闡發，楊煉頻頻「形而下下」地「深入」著，直至「擁有全部啟示」之「形而上」。

井卦的爻辭，下三爻（初六、九二、九三）說井水不可食，上三爻（六四、六五、上六）則說經過修治可食。如果將井水看成語言和現實材料，那麼治井就是詩藝之喻。楊煉認為：「無論什麼內容的詩，你都必須把它當作『純詩』來寫——追求節奏、結構、樂感、對比和運動、精確與和諧、空間的張力等等。」[211] 他在一篇訪談中更加決然地宣稱：「離開形式的講究，詩就不存在，更別談詩意的深度。」[212] 而〈水‧第八〉即以層層遞進的同心圓為「井」，旨在將泥沙俱下的現實處理成「可食」的精美之作（「在死水晶的稜鏡中」，「太陽和手圓圓雕刻」）。

井卦的爻辭側重通變，故〈序卦〉：「井道不可不革，故受之以革」[213]。而井卦的卦辭卻關乎恆道——「改邑不改井」：古人營建村鎮，必先確定井位，必要時改變原有建邑方案以遷就水井的位置，故王弼注曰：「井以不變為德者也。」[214] 而詩人能從這一卦的不變與通變中，得到怎樣的啟示呢？拿楊煉來說，他完成的一系列「詩歌項目」極富變化，如不同風景的城邑，但又有著一以貫之的內核：以「人的存在」為唯一主題；當他最後修訂《𝕽》時，已開始了周遊列國的環球生涯，「背井離鄉」，無限「改邑」，可他又一直死死鉚在中文詩上面，一動不動，以自身注解著「改邑不改井」的卦辭。

井卦卦辭中的「無喪無得」，則被楊煉誤讀為「以死亡的形式誕生才真的誕生」。這句詩讓人想到鳳凰涅槃，耶穌復活，蘇格拉底所說的「事物由相反物產生」，「有生命的事物和人是從死那裡來的」[215]。它也可能是對屈原〈天問〉「死則又育」的化用，就像楊煉頗為自得的「去年的花園在海上擰乾自己」（〈大海停止之處〉），原型可以追溯到〈離騷〉、〈天問〉中的「懸圃」意象（當然「懸圃」不僅僅出現在屈原筆下）。對屈原秘密地轉化、改寫，不止楊煉一人，譬如魯迅〈影的告別〉中的名句「我不如仿徨於無地」，便是化自〈遠遊〉——

---

[211] 楊煉：《中文之內》，見《鬼話‧智力的空間》，172 頁。
[212] 〈一座向下修建的塔——答木朵問〉，見《一座向下修建的塔》，238 頁。
[213] 《周易評注》，308 頁。
[214] 王弼撰，樓宇烈校釋：《周易注》，中華書局 2011 年版，261 頁。
[215] 柏拉圖：《蘇格拉底最後的日子》，上海譯文出版社 2007 年版，91～92 頁。

> 下崢嶸而無地兮，
>
> 上寥廓而無天。
>
> 視倏忽而無見兮，
>
> 聽惝恍而無聞。

「無喪無得」或「以死亡的形式誕生才真的誕生」的意識，在〈水‧第八〉中多有發揮，例如：

> 在死水晶的稜鏡中埋葬自己
>
> 一行接一行　深入這墓穴的幽黑山谷
>
> 光的雪白建築
>
> 直到鮮明的詞像不可能誕生的孩子
>
> 就那麼出世　擁有全部石頭

詩人最後寫道：

> 以死亡的形式誕生才真的誕生
>
> 化了雪　擁有全部啟示

挖井與掘墓看上去沒什麼不同，區別僅在於是否有水湧現；而「雪」是死亡意象，融化之後變成象徵生命與哲思的「水」。「以死亡的形式誕生才真的誕生」，這便是楊煉從上天，從大自然，從歷史和神話，從現實，從自我，所得到的關於生命和寫作的「全部啟示」。它體現了《𮫩》與《易》的相通之處，《易》除了「知幽明之故」、「知鬼神之情狀」，亦有「知死生之說」[216]的作用；它更暗示了《𮫩》與《易》的根本區別：如果說「生生之謂易」[217]，那麼可以說「死生之謂𮫩」，夫「死生」者，以死為生、死而後生是也。

第四部〈降臨節〉沿著「以死亡的形式誕生才真的誕生」的主題繼續推進。降臨節有「形而下下」、「隕落」、「狂歡化」的詩學內涵，不過它首先是個基督教節日，從聖誕節前四個星期的星期日起，到聖誕節為止，這其中第一個周日被稱

---

[216] 《周易評注》，232 頁。
[217] 《周易評注》，233 頁。

為「降臨節主日」，第四個周日為「降臨節第四主日」。基於此，〈降臨節〉也分
成四個單元，每單元以「雷火火雷」排列，整體結構為：「雷火火雷雷火火雷雷火
火雷雷火火雷」。「前三單元，以『誕生』、『蒙難』、『復活』為主題，勾畫出人類
生存與精神歷史的永恆輪迴。第四單元，寫在徹底的虛無中，才能獲得徹底的真
實。」[218]〈降臨節〉的中心意象「火」，對應著耶穌的「以火施洗」；而一個彌賽
亞化的「我」在詩中也出現了：

> 如今　那釘死我的木頭
> 淪為我唯一的國土
> ……
> 　　滿是碎紙片的世界灰燼般復活
>
> 　　　　　　　　　　　　　　　　──〈雷‧第五〉

我理解詩人努力超越文化局限的創作意圖，但我對一首「《易經》之詩」最後採用
彌賽亞的情節結構頗不認同，而合併《易經》與《聖經》更是個瘋狂的想法，此
乃〈降臨節〉大可商榷之處。

《易經》是由單卦兩兩相合組成複卦，八首〈火〉統一的主題則為：「被所有
二越是偶然越是長久地合為一」（《火‧第八》）。[219]每首〈火〉均另有標題，〈火‧
第一〉、〈火‧第二〉的標題分別為〈星與瓷〉和〈鳥與影〉，其內容即是題目中兩
種事物的合一。

〈火‧第三：當這棵樹不止是樹〉，寫自然界與血腥現實的合一：

> 年輪因此成型　這失敗的歲月
> 被一道讖語刪改成劊子手的圈套
> 人頭在果核裡解體　發育又一輪饑餓
> 片片桃花零落時是渾身泥濘的襪子
> 被一隻螞蟻頻繁光顧
> 綠色是血　黑色是死亡那天文學的秩序

---

[218] 〈關於《嬰》〉，見《鬼話‧智力的空間》，247 頁。
[219] 胡戈‧弗里德里希指出，現代抒情詩「強制實現了從實物層面和邏輯層面都不可統
　　　一之物的結合」，見其所著《現代詩歌的結構》，譯林出版社 2010 年版，4 頁。

〈火‧第四：化石之變〉，現實與遠古的合一：

……太近的活化石構成人類

那被聽成告別的飛起來

恐龍一樣龐大而肉感

《火‧第五：水中墓地》，水與火的結合：「是墓地還是水　或許兩者都是火」，「多年後　從水裡看到火」。〈火‧第六：魚〉，人、魚合一：「寫給魚的詩也能寫給一個人」。〈火‧第七：還鄉》寫詩人的宿命，流亡與還鄉的合一：「回不去時回到故鄉」。

〈火‧第八：遠遊〉，卦象為「上火下風」，乃鼎卦。含「火」之象徵義（日、光、明亮、次女、人之大腹）的詩句有：「一動不動的軀體中」，「步入太陽」，「鈣化的少女」，「摸著發亮」，「一具黑暗的軀體」，「星光燦爛」；含「風」之象徵義（行、白、長、味）的詞句有：「携手同行」，「一次遠遊」，「出走的聲音」，「長久」，「延伸」，「一枝鬱金香」。本詩的主題是自我與世界的合一：

越是我　就越是世界

每一隻鳥兒逃到哪兒　死亡的峽谷

就延伸到哪兒　此時此地

無所不在

「遠遊」如火如風，而「我」就是承納一切的巨鼎，將全部現實烹製為詩。天、人，終於在死亡和「以死亡的形式誕生」的意義上，在獷厲與逍遙的意境中，在詩歌裡，合二為一。這就是莊子所說的人、道合一的「真人」境界（〈知北遊〉中東郭子問「道」，莊子曰：「無所不在」[220]）。

在「雷」的諸多象徵義中，八件〈雷〉作品更多地呼應著「震」義，更準確地說「辰」意象。「震」本為「辰」的孳乳字，今本《周易》裡的「震」，帛本《周易》通作「辰」。《說文解字》：「辰，震也。三月陽氣動，雷電震，民農時也。物皆生。辰，房星，天時也。」可知「辰」主要指時辰。而時辰作為《　》的核心意象之一，在長詩首篇〈天‧第一〉的第一句中已然出現了。

<hr>

[220]《莊子集釋》，749 頁。

　　八件〈雷〉作品又分為兩類,〈雷〉第一、三、五、七為一類,均係詩體,每首詩中亦有三種排列(自最左邊、退二格、退四格排起),跟〈自在者說〉中的〈天〉、〈與死亡對稱〉中的〈地〉相呼應;每首的第一詞都是「如今」,接下來有「永遠」相應,這一類〈雷〉詩側重於「時辰」的「如今」與「永遠」的對立、統一(〈雷‧第七〉點明「如今即永遠」)。而〈雷〉第二、四、六、八是四篇散文。〈自在者說〉中的〈風〉文其實是以長句為行的詩歌,我們可以稱之為「明文暗詩」;〈與死亡對稱〉居中四〈山〉是純粹的散文,我們可以稱其為「純文無詩」;而這四篇〈雷〉文則是散文與詩的完美合一,我們稱之為「亦文亦詩」(楊煉日後的「組散文」創作即發端於此)。跟〈雷〉詩側重於此刻與永恆的比對不同,〈雷〉文聚焦於時間的循環。具體來說,〈雷‧第二〉:下午至黃昏,起句為「在這個下午」,結句為「抵達這片暮色隱約的黃昏」;〈雷‧第四〉:午夜至黎明,起句「失眠是水的雕塑,午夜在秒針的嘀嗒中變得激烈」,結句「早晨六點,麻雀的暴力中,死亡之嘴嘔吐出世界,月亮一樣茫然地停在黎明」;〈雷‧第六〉:整個早晨,「早晨的松針喃喃自語」,結句為「這整個早晨因此重新命名,重新誕生於死亡的高峰上。那是:群鳥翱翔、魚兒遨遊的時辰。天地間一片潔白的時辰」;〈雷‧第八〉:正午到黃昏,「宇宙間無垠的正午,不落,不懺悔」,直至「同一片黃昏降臨節,籠罩你們茫茫人流中茫茫無人風景,籠罩我使我走出我」。

　　四首〈雷〉詩集中表現了彌賽亞的情節結構,楊煉對此結構有一個改造:他在「誕生」、「蒙難」、「復活」之後,添加了道家「致虛極」的一環,呼應〈天‧第一〉「空蕩蕩的我成為萬物」。從《莊子》的〈人間世〉、〈天下篇〉可以看出,道家並無另一個世界的觀念,其「出世」、「逍遙」是指從現實世界的世俗價值網中掙脫出來,不役於物,這與宗教的離棄此世截然不同。因此「致虛極」既是對彼岸世界、救世主的否定和消解,又是充分認識苦難世界本身,「虛己以遊」,提升和擴展精神世界。〈雷〉詩最精彩的地方,並非這結構本身,而是詩人用「手」、「手」的動作,以及含「扌」之字來完成它。

　　保羅‧策蘭說:「技藝——是一個和雙手有關的問題……只有真正的雙手才能寫真正的詩。」[221]楊煉也說過:「藝術家的信用,只能建立在一雙常人嘆服的『手』

---

[221] 轉引自詹姆斯‧K‧林恩:《策蘭與海德格爾——一場懸而未決的對話(1951-1970)》,北京大學出版社 2010 年版,59 頁。

上。」[222]由於「手」關乎寫作，又是重要的感觸器官，因此也是《 𝔐 》的核心意象之一。〈天‧第一〉:「某只手解開潛入石頭的風」;〈風‧第八〉:「冷然之手一瀉無垠」;〈地‧第三（武則天）〉中那句「把手伸進土摸死亡」[223]，乃是〈與死亡對稱〉的核心詩意;而描寫司馬遷的〈地‧第八〉，首句為:「斷壁殘垣在袖中脫去雙手鬆開游刃」;《澤‧第一》寫道:

　　　眼　耳　手　永恆的世界

這種「近取諸身」的易法，意味著世界、詩歌，建立在人的感覺器官及其「搜集」的內容之上。現在，四首〈雷〉詩更加密集地呈現出千手觀音般的效果。

　　作為「誕生篇」的〈雷‧第一〉開篇寫道:

　　　如今　那賜予天賦的手
　　　埋藏在大地深處
　　　湛藍麥穗上落日的手
　　　在泥土溫熱的血中
　　　　　啼哭
　　　執筆書寫匿名的世界

隨後，便是「攪擾」、「第一顆星星的手」、「揉搓」、「再揉搓」、「敲打」、「掃蕩」、「空洞的手」、「洗滌」、「神之手」、「掬起」、「書寫」之手舞。

　　「在羅列的血肉間蒙難」的〈雷‧第三〉，有如下「手」象:「攫住」、「敲打」、「拯救」、「反剪」、「擁有」、「手套」、「雕」、「鑿」、「捧在」、「手上」、「笨拙」、「臨摹」、「持續」、「磨擦」，最後是「輓歌」。

　　「復活」的《雷‧第五》之「手」:「釘死」、「擱淺」、「翻閱」、「筆跡」、「寫滿」、「揮霍」、「鐫刻」、「捏圓」、「撞碎」、「手中」、「勾勒」、「摸到」。

　　〈雷‧第七〉的「手勢」為:「執筆的手」、「閱讀的手」、「翻開」、「把」、「發掘」、「埋葬」、「撥動」、「搬空」、「雕塑」、「信手拈來的世界」、「書寫」、「執筆

---

[222] 〈再被古老的背叛所感動〉，見《鬼話‧智力的空間》，319 頁。
[223] 與武則天有關的這句詩，原型為中國古詩中「美人黃土」的經典意象。杜甫〈玉華宮〉:「美人為黃土」，蘇軾〈髑髏贊〉:「黃沙枯髑髏，本是桃李面」，宋王奕〈沁園春‧題新州醉白樓〉:「一時豪杰，千古風流。白骨青山，美人黃土」，等等。

之手」、「壓抑」、「鐫刻」。本詩煞尾於「我已成為大地　並與神的蔚藍同在」，
表達了天地人神的合一，類似莊子「萬物與我為一」、「獨與天地精神往來」的
境界。

　　就這樣，楊煉用「手」，用「部件修辭」的方式，充分書寫著「漢字之詩」。

　　〈雷・第八〉是〈雷〉文最後一篇，當然也是《𝔑》的最後一篇，其卦象為
「上雷下風」，乃恆卦。今本《周易》與帛本《周易》有四卦序位相同，這其中有
兩卦的同序位尤顯意味深長，其一是均居首卦之位的乾卦；另一個便是恆卦，無
論今本《周易》還是帛本《周易》，均位列第三十二卦。劉大鈞認為恆卦皆「居六
十四卦之半，或能體現守中以恆」的思想[224]。帛本〈繫辭〉有「大恆」一說，實
即今本〈繫辭〉之「太極」，由此可見「恆」在宇宙論和價值論方面的重要意義；
而儒家更是充分發展了「恆中」的思想，將中庸、中和看成最高的道德及美學標
準。楊煉以〈雷・第八〉煞尾，既是對《易經》高度重視恆卦的應和，又是對中
庸之道的否定。生活中人們卜筮算卦是為了趨利避害，犬儒們的寫作也是如此，
然而對於一名當代中文先鋒詩人來說，寫作需要主動地尋求困境，需要鋌而走險，
其凶吉觀往往與常人相反。恆卦的卦爻辭為：

　　恆，亨。無咎，利貞，利有攸往。

　　初六。浚恆，貞凶，無攸利。
　　九二。悔亡。
　　九三。不恆其德，或承之羞，貞吝。
　　九四。田無禽。
　　六五。恆其德，貞，婦人吉，夫子凶。
　　上六。振恆，凶。[225]

「浚」，訓為深；「振」，意為振（震）動。楊煉式的解《易》，將「浚恆」理解為
對「深」的持之以恆的追求，將「振恆」理解為對「變」的持之以恆的追求。

---

[224] 劉大鈞：《周易概論》，齊魯書社 1988 年版，328 頁。
[225] 《周易評注》，98 頁。

永遠講述別的時間而只說出了現在，永遠忍受這一種死或那一種死，卻從未離開我的死：一個同心圓層層深入，層層蕩開，我的鬼魂在四面八方活著，成為每個字──這裡遍地是災難的中心。

詩中的「永遠」及「從未」，直接點出「恆」義。「深入」、「蕩開」扣「浚」與「振」。

恆卦是從恆定不變及運動變化兩方面講恆道的：三爻的「不恆其德，或承之羞」，強調恆定之德；但五爻又說婦人從一而終是美德，可男子若不能通變制宜則為不吉。楊煉顯然深諳恆卦的辯證法，他說：「有些詩人雖然變換題材，但因寫作方式的雷同，完成的卻其實是同一首『詩』。對於我，一種語言必須停止於『寫順了』之時，因為形式的滑動表明內容的匱乏。相反，節奏的改變、句式的轉換、結構的不同，都包含著新的姿勢和語氣，『要求』詩人整體地轉世和再生。」[226]而另一方面，所有變化又萬變不離其宗，恆定地指向詩與存在的「圓心」：「到現在為止，我總共完成了十個『詩歌項目』，它們形式完全不同，但又……一氣貫穿。」[227]

〈雷・第八〉是全詩的總結，第一小節點出了寫作主體鬼魂和同心圓的結構模式。第二節是對寫作意圖的闡述，我、石、夢、手、花、天、星、夜、一、無名、永恆等〈天・第一〉就已出現的重要意象，幾經循環又一次出現了：

一個同心圓，以毀滅為半徑。每天一次創造我就像我創造一片斷壁殘垣。用詞語抵消詞語，用辨不清年號的磚石砌成不做夢的房子（褻瀆的圖畫出自不知懲罰的孩子的手，像玫瑰花一樣天真）。而星誕生並非僅僅反抗夜。名字從名字的強暴子宮中，沉入無名的世界。一首詩和一個，鬼魂永恆嬉戲的世界。

接下來楊煉用四小節對《 ＿ 》之四部予以扼要概括：「我杜撰了茫茫人流中的落日……這失血的臉與星群相互俯瞰，有同一種黑色石頭的美。宇宙間無垠的正午，不落，不懺悔」──〈自在者說〉；「我杜撰了對稱的形式。墓道兩旁剝落的壁畫，在剝落的朝代中依次延續。陶俑們的死亡是一片黃土的死亡，而黃土下的節日是風中陣陣松濤」──〈與死亡對稱〉；「我杜撰了寂靜……每天一次潛入

---

[226] 〈詩，自我懷疑的形式〉，見《一座向下修建的塔》，48 頁。
[227] 〈一座向下修建的塔──答木朵問〉，見《一座向下修建的塔》，218 頁。

這水中，摧毀孤獨那最後的據點。直到我發現自己也是水，更乾枯的水，布滿裂紋，深處漂浮的都是別人被淹死的屍體」——〈幽居〉;「我杜撰了字，人類第一次敲擊石頭收穫的火。永遠是第一次：代替大氣的死亡、土地的死亡、水和火本身的死亡。兩個詞衝撞復活一個歷史。一首詩孤懸，在無名的白紙上重申這空白」——這是對〈降臨節〉之「火」的總結，也點出了「$\mathcal{R}$」題、四大元素的分類，及以死亡為創生的方法論。那句「在無名的白紙上重申這空白」，則與開篇的「無名無姓黑暗之石」形成了鮮明的對照。

「天問之句」再次出現：「那麼你們，誰能放下希望投入這不希望任何拯救的黃昏？」「你們誰能目睹這片不希望任何拯救的黃昏？」(典出《神曲》中地獄之門的銘文：「你們走進來的，把一切希望拋在後面罷。」[228]) 這種貫穿全詩的天問精神，這種內在的超越性，才是唯一「至高無上」的「恆道」——

　　唯一一條地平線紋絲不動。就這樣至高無上：

與其說全詩結束於此，不如說它又由此循環至開端，無窮無盡。最初閱讀〈天·第一〉時，我們還以為「天」就是「至高無上」的存在，殊不知「天外有天」，那表徵人之超越性的「地平線」，才是唯一至高無上的「天上之天」！它巋然不動，永遠在前方召喚著我們。〈恆·象〉:「雷風，恆。君子以立不易方。」[229]「方」，道也。這「不易」之道，被楊煉形象地表述為「唯一一條地平線紋絲不動」。

互卦(互體)是易學的又一個重要概念，指同一卦中，內含他卦之體。在《易經》各卦的六爻間，二、三、四爻合成一卦，謂之「下互」，三、四、五爻合成一卦，謂之「上互」，初、五、上爻合成一卦，謂之「外互」。恆卦之妙在於：它下互乾卦，外互坤卦，形成「天」藏於「地」中，「地」包於「天」外之勢！「唯一一條地平線紋絲不動。就這樣至高無上」，恰是對恆之卦象玄機的精妙詮釋。

天、地、山、澤、水、火、雷、風，前四象靜而後四象動，故〈自在者說〉(天、風)靜中有動，〈與死亡對稱〉(地、山)一片死寂，〈幽居〉(澤、水)動靜無常，而〈降臨節〉(火、雷)極動極變，最後動極而靜為「紋絲不動」，返回

---

[228] 《神曲》，12 頁。
[229] 《周易評注》，216 頁。

靜天。《罛》就是這樣一個動與靜辯證統一的世界，一個無死無生、死死生生、死即是生的世界，用鄭板橋的一句話來形容再合適不過——

> 掀天揭地之文，震電驚雷之字，呵神罵鬼之談，無古無今之思，原不在尋常眼孔中也。[230]

《罛》在楊煉的創作生涯中有著繼往開來的重要意義。它延續了〈半坡〉、〈敦煌〉、〈諾日朗〉等大型組詩作品的反史詩的史詩性，將一種「中華帝國幻象詩」發揮到極致。與此同時，一種「自我帝國」的詩歌意識也初露端倪，這種意識將在他後來的一系列長詩中獲得充分發揮。《罛》最終完成時，楊煉已遠在連北半球的星星都見不到的地方，漂泊，從一座城市到另一座城市、從一行詩到下一行詩的漂泊，成為唯一的活法。於是在漂泊中，楊煉以漂泊為霍去病，東征西討，擴張「自我帝國」的版圖，在一個長詩式微的時代裡，恆持著別人目為「恐龍」而他自詡為「鎮國之寶」[231]的重器寫作，讓詩歌這一自我的「攝政王」，去統治無限時空。自傳性的《敘事詩》（2005～2009），便是楊煉「自我帝國」之詩的最新力作。

一個飽經風霜的詩人，在「歲月忽已晚」的時候，常常會以他的人生之旅的全部經驗為材料，去創作一部敘事與哲思的長詩，如雨果的《靜觀集》、華茲華斯的《序曲——一個詩人心靈的成長》、聖瓊·佩斯的《紀事》、帕斯的〈清晰的過去〉等，楊煉的《敘事詩》也是如此。首先它基於「敘一人之事」，以楊煉自己的家庭背景、個人經歷、思想脈絡，溝通凝聚中國近半個世紀的歷史，寓「公共表達」於「私人敘述」之中——在他看來，二十世紀每個中國人都是一個焦點，在他／她身上，匯集了古今中西所有現實、歷史、文化的深刻衝突，個人命運深深

---

[230] 轉引自趙虹：《出發即歸宿》，貴州人民出版社2003年版，68頁。鄭板橋的原話是「無古無今之畫」（見《鄭板橋全集》五編之〈題畫·亂蘭亂竹亂石與汪希林〉，山東友誼出版社2009年版，24頁），趙虹的改動正合《罛》義。

[231] 楊煉為阿多尼斯詩集中文版作序時，強調了「玩意兒」與「鎮國之寶」的區別，見阿多尼斯：《我的孤獨是一座花園》，譯林出版社2009年版，5頁。而在一封郵件裡，楊煉如此解釋他用「鎮國之寶」而非「國之重器」來比喻長詩的緣由：「『鎮國之寶』雖有點俗，但意思清晰，是一件東西，但鎮了國。『國之重器』卻已屬於國了，雖重猶輕也。」

陷入大歷史的糾結，同時個人內心又揭示出大歷史的深度。其次，敘事又通過詩，獲得了廣闊的普遍性，甚至涵蓋了人類的根本處境。就像艾略特在評價葉芝時所說的，某一類詩人「能用強烈的個人經驗，表達一種普遍真理；並保持其經驗的獨特性，目的是使之成為一個普遍的象徵」[232]。

在《存在與時間》中，海德格爾指出：「人們習慣於把道出命題的『時間性的』過程同『無時間』的命題意義區別開來。再則，人們發現『時間性』的存在者與『超時間』的永恆者之間有一條『鴻溝』，人們試圖為二者搭橋。」他還補充說「非時間的東西」與「超時間的東西」就其存在來看也是「時間性的」，它們不是在褫奪的意義上，而是在積極的意義上具有時間性。[233] 《敘事詩》三部，即以對時間的哲學思考為內在線索：第一部〈照相冊：有時間的夢〉（不太快的快板），第二部〈水薄荷哀歌：無時間的現實〉（極慢的慢板），第三部〈哲人之墟：共時・無夢〉（小快板），三部分別對應著「『時間性的』過程」、「『無時間』的命題意義」，及「『超時間』的永恆」。這一時間正反合的辯證法，就像海德格爾所說的那樣：「闡釋存在之為存在的基礎存在論任務中就包含有清理存在的時間狀態的工作。只有把時間狀態的問題講清楚，才可能為存在的意義問題提供具體而微的答覆。」[234] 從《𧸐》、《敘事詩》不難看出，老莊及某些佛教思想，還有與之遙相呼應甚至暗通款曲的存在主義哲學（海德格爾、薩特，也許還有梅洛－龐蒂、列維納斯以及存在主義宗教哲學家別爾嘉耶夫），對於楊煉有著極大的影響。

「不太快的快板」、「極慢的慢板」、「小快板」的提示語，標示了某種音樂結構的敘事意圖。中國傳統音樂美學，強調音樂與內心、社會現實乃至天地宇宙之間異質同構的應和關係，這種觀念完整地表現在古代樂論的集大成之作《禮記・樂記》中。首先，音樂發端於人心：「凡音之起，由人心生也」，「樂者，音之所由生也，其本在人心之感於物也」；其次，音樂表徵社會現實，與政治、倫理相通，所謂「亂世之音怨以怒，其政乖；亡國之音哀以思，其民困。聲音之道，與政通矣」；最終，音樂與天地同和，〈樂記〉多次提到「樂者，天地之和也」，並稱「樂由天作」，乃「天地之情也。及夫禮樂之極乎天而蟠乎地，形乎陰陽而通乎鬼神，

---

[232] 艾略特：〈葉芝：詩與詩劇〉，見《葉芝文集・朝聖者的靈魂》，405 頁。
[233] 海德格爾：《存在與時間》，三聯書店 2006 年版，21 頁。
[234] 《存在與時間》，22～23 頁。

窮高極遠而測深厚」。[235]這種音樂與天人同構的思想，深刻地滲透於《敘事詩》的音樂敘事之中。音樂也是時間（化）的藝術，某些以時間為主題的文學作品，常常會借用音樂的結構形式，普魯斯特的《追憶逝水年華》就是以交響樂的結構而非一般的敘述方式寫成的；而《敘事詩》的結構靈感，來自英國作曲家本傑明・布里頓的三首大提琴組曲[236]。它們均為布里頓晚期作品，《第一大提琴組曲》分為三組六個樂章，《第二組曲》由五個樂章組成，《第三組曲》共九個樂章。由於組曲創作於布里頓人生的最後十二年，其中不可避免地蘊涵了對生命、對死亡的深沉體悟，因而被認為是布里頓的「旅人之歌」。

　　《敘事詩》同樣是楊煉的「旅人之歌」，各部的命名已提示了不同人生階段的主要特徵。第一部〈照相冊：有時間的夢〉用「夢」標記童年和少年時代；第二部〈水薄荷哀歌：無時間的現實〉以「現實」概括壯年的生活；第三部〈哲人之墟：共時・無夢〉以「哲人」對應老年。

---

[235] 詳見《禮記集解》卷三七《樂記一》。

[236] 布里頓是英國二十世紀最傑出的作曲家，創作技法十分多元，既傳統又現代，其音樂風格最突出的特點是純淨，完全不同於現代主義音樂的嘈雜。他是奧登的好友，曾根據奧登的詩歌創作了聲樂曲《在此島上》，並一度追隨奧登去了美國，深受後者影響。俄羅斯大提琴家羅斯特羅波維奇是布里頓的另一位好友，那三件大提琴組曲，就是專門為羅斯特羅波維奇創作的。羅斯特羅波維奇的演奏爐火純青，其人格也堪稱偉大。1970 年他給蘇聯《真理報》寫了一封公開信，聲援流亡作家索爾仁尼琴，這封未能在國內發表卻出現在西方媒體上的信件給他帶來巨大的麻煩，他被莫斯科大劇院禁演，禁止出國，也不允許指揮樂團。1974 年他通過旅行簽證來到巴黎，1978 年被剝奪蘇聯國籍。1989 年冷戰發生了根本性的變化，分隔東西方的柏林牆轟然倒塌，羅斯特羅波維奇帶著他的大提琴來到柏林牆下，整整一個晚上坐在那裡演奏巴赫的大提琴組曲。1990 年 2 月，他的蘇聯國籍得到恢復，十八個月後，莫斯科發生了反對派試圖推翻政府的事件，羅斯特羅波維奇毫不猶豫地從巴黎飛到莫斯科，冒著危險來到議會大廈外。俄羅斯第一位民選總統葉利欽後來回憶道，羅斯特羅波維奇與成千上萬的民眾來到議會所在地白宮外，他要求發給他一支來福槍，說如果有必要他會阻止那些坦克。入夜，人們看到這樣一幕：一名年輕的戰士倚靠著他睡著了。布里頓的大提琴組曲不僅是為羅斯特羅波維奇量身定做的，更是向巴赫致敬之作，遙遙應答著巴赫的大提琴六組曲系列（西班牙大提琴家巴勃羅・卡薩爾斯演奏的巴赫組曲，既為楊煉父親所深愛，又作為藝術和人格的榜樣，陪伴了楊煉的世界漂流）。由於健康原因，布里頓最終只完成了三首組曲，不過仍然構成「三聯章」（「triptych」）的形式。大提琴這種有些孤獨的樂器酷似人聲，對人類最深切的痛苦和渴望極富表現力，而布里頓這件相對獨立又不可分割的作品，更是包含了許多在其他大提琴作品中不常見的技巧和素材，如泛音、敲弓、左手撥弦、教會調式等，更深地挖掘著這件樂器的性能與技巧。2005 年 6 月，楊煉在大英博物館策劃並主持了「墨樂」思想—藝術活動，與大提琴家薩拉姆一見如故。後者演奏的布里頓的大提琴組曲，成為了《敘事詩》「置放其中」的象徵空間。以上這些「事外之事」，對於理解《敘事詩》不無裨益。

　　和布里頓的《第一大提琴組曲》一樣,〈照相冊:有時間的夢〉也分為三組共六個「樂章」:〈照相冊之一〉(1955.2.22～1955.7.23),由〈詩章之一:鬼魂作曲家〉(「第一樂章」)引領由六首短詩組成的「第二樂章」,從楊煉在瑞士伯爾尼出生寫到回國前夕;〈照相冊之二〉(1955.7.23～1974.4)由〈詩章之二:鬼魂作曲家〉(「第三樂章」)引領八首短詩(「第四樂章」),敘述楊煉從回到北京至文革期間的生活;〈照相冊之三〉(1974.5.4～1976.1.7),由〈詩章之三:鬼魂作曲家〉(「第五樂章」)引領十首短詩(「第六樂章」),回憶他從下鄉插隊到母親去世這段時間的經歷。

　　〈水薄荷哀歌:無時間的現實〉由五首長篇哀歌組成,每首處理一個縱貫楊煉生活的重大主題。這五首哀歌的五個「樂章」,各有與其內涵配套的形式:〈現實哀歌〉是一首連貫的自由體長詩,以一月的梅花和六月的槐花為動機,交織母親與六四的死亡隱喻,在錯綜的個人和現實深處直抵生命的空茫;〈愛情哀歌——贈友友〉是由五首子詩構成的組詩,以愛情為視角,透視流亡的宿命;〈歷史哀歌〉乃七首以精選的歷史人物為題的中型詩,他們每人都特定於某一歷史時刻,這些命運之點,一次次鑿通人類古往今來不變的處境;〈故鄉哀歌〉由十二段互相聯繫的短詩組成,奇數位詩的題目都是〈路〉(楊煉父親居住的天津環湖中路),偶數位詩的標題各不一樣,又從不同角度與故鄉主題相關;〈哀歌,和李商隱〉是一首被李商隱的詩句分隔為八段的長詩,以詩歌為主題,和唐代詩人李商隱展開了一場「千年對話」。

　　〈哲人之墟:共時‧無夢〉共三組九個「樂章」,再加作為「尾聲」的一首詩。第一組四個「樂章」,均以「××之墟」為題,從〈置換之墟〉,經〈銀之墟〉(三首)和點題之作〈哲人之墟〉,到〈錫拉庫札詩群:生之墟〉;第二組三個「樂章」:〈一次石雕上手提淨瓶的漫步〉、〈恍若雪的存在——完美之詩〉及〈思想面具〉(六首);接下來「第八樂章」〈鬼魂作曲家——自白〉,重返第一部的主題;「第九樂章」的五首詩,把世界歸納為「一」:〈一件事〉、〈一次敘述〉、〈一抹顏色〉、〈一種聲音〉、〈一點倒影〉;全詩的「尾聲」是〈空書——火中滿溢之書〉。

　　這些只是《敘事詩》與布里頓的大提琴組曲整體結構的對應,細部的應和就更多了。拿「尾聲」來說,布里頓《第三組曲》的「尾聲」又分為〈輓歌〉、〈秋日〉、〈街曲〉、〈獲准與聖靈一起安眠〉四節,第二十八至三十八小節是「尾聲」的最後部分,它運用和弦及和聲音程的材料,強調全曲音樂情緒的沉重和風格的

統一，末了以最弱的「雙音」幽然結束。〈空書——火中滿溢之書〉也分為四個「7+3」的詩節，結束於：

> 兩次來到
>
> 洗劫後的潔淨　月光的幽咽
>
> 縷縷幽香　讓你聽你在逍遙

「劫」與「潔」的音疊，「幽咽」與「幽香」的字疊，模擬著和聲的效果；「聽」強調了全詩的音樂氛圍和音樂精神，正所謂「音樂博衍無終極兮，焉乃逝以徘徊」（屈原〈遠遊〉）；最後，楊煉以「逍遙」之疊韻來對應雙音。

「不太快的快板」、「極慢的慢板」云云，提示了不同的時間之思與節奏感。[237]〈照相冊：有時間的夢〉有六個「樂章」共二十七首詩，每首詩都不太長，但二、四、六「樂章」因含詩較多整體篇幅都不小，所以這一部是「不太快的快板」；〈水薄荷哀歌：無時間的現實〉乃五首長篇敘事詩，篇幅長而「樂章」少——「極慢的慢板」；〈哲人之墟：共時・無夢〉有九個「樂章」，其中六個「樂章」都只有一首詩，篇幅也不長，因此是「小快板」。而快、慢的節奏感主要是由每一部的內容決定的。

楊煉的「音樂寫作」遠不止於此，《敘事詩》一半的詩作都有精緻的韻律設計，堪稱某種新古典寫作的典範。1980 年代美國興起了一場「新敘事詩」運動，這場運動明顯受到弗羅斯特的影響，傾向於使用格律語言，帶有「新形式主義」的味道。「新敘事詩」運動的詩人們認為敘事詩在二十世紀之所以衰落，根源在於詩人們已經不會使用格律語言去講故事了，似乎忘記在現代主義詩潮之前，格律一直是詩歌的主要標誌。楊煉對於格律的態度並不膠柱鼓瑟。《敘事詩》中，一首詩採用自由體還是格律體，與內容息息相關，大體遵循現實無序而記憶整齊，鬼魂自由而人物格律，生活曲折而精神恆定的「格律觀」；且押韻之於楊煉不僅是一種輔

---

[237] 米蘭・昆德拉認為他的「小說中的每一部分都可以標上一種音樂標記：中速，急板，柔板，等等」，速度是由小說的「某一部分的長度跟它所包含的章節數量之間的關係決定的」，以《生活在別處》為例：「第一部分：七十五頁的篇幅中有十一個章節；中速。第二部分：三十七頁中有十四個章節；小快板。第三部分：九十一頁中有二十八個章節；快板……」見其所著《小說的藝術》，上海譯文出版社 2004 年版，109～110 頁。

助的語音效果，也增強和補充著詩歌的意涵。以〈照相冊：有時間的夢〉為例，三首〈詩章〉均為鬼魂式自由體詩，其餘二十四首詩全部押韻，每一「樂章」一種韻法。

　　「第二樂章」的六首短詩全都採用了但丁的「三韻三行體」，如第三首：

母親的手跡

她的手撫摸　死後還撫摸
深海裡一枝枝白珊瑚
被層層動盪的藍折射

冷如精選的字　給兒子寫第一封家書
親筆的　聲聲耳語中海水沖刷
海流翻閱一張小臉的插圖

跟隨筆劃　一頁頁長大
一滴血被稱為愛　從開端起
就稔熟每天黏稠一點的語法

兒子的回信只能逆著時間投遞
兒子的目光修改閱讀的方向
讀到　一場病抖著捧不住一個字

她的手斷了　她的海懸在紙上
隔開一寸遠　墨跡的藍更耀眼
體溫凝進這個沒有風能翻動的地方

珊瑚燈　襯著血絲編織的傍晚
淡淡照出一首詩分娩的時刻
當所有語言響應一句梗在心裡的遺言

倒數第二行的「刻」又循環至第一行的韻腳。「第二樂章」的六首詩均為六小節的「三韻三行體」，每首六個韻部。楊煉的組詩〈水手之家〉也採用了這種韻法，我

曾說過這種韻腳設計使得詩中的韻像是被上一節自然帶出的，緊湊又流動，恰如滾滾而來的波浪。「第二樂章」同樣以此波浪之韻應和大海與漂泊主題。楊煉出生於瑞士伯爾尼，他認為自己一出生就在漂泊，在〈被朗誦的光——歐洲之憶，並獻給母親〉一文中，楊煉寫道：「很久以後，你才想，這也是漂泊。你漂泊的命運，遠遠早於你最初知道什麼是『漂泊』之前。」[238]「第二樂章」的六首詩，每首都有象徵母愛也象徵漂泊因而造成心理雙重性的大海意象。[239]與之相應和的「三韻三行體」的韻腳，更加深了漂泊之感，正如〈歷史哀歌〉之〈葉芝〉所寫的那樣：「全世界的韻腳　應和一排波浪」。

　　「第四樂章」的八首詩，每首都分為三節，每節八行，採用漢代七言詩句句為韻的韻法：

二姨的肖像

西北風擰緊窗戶上一千朵冰花

窗簾還黑著　雪的黑沙子響在她腳下

四合院的五點鐘　黎明是一幅石板畫

細部一　一側發亮的手指得得叩打

男孩子黏著夢的玻璃映出一頭白髮

細部二　烤得熱乎乎的饅頭包進手帕

熱熱的目光送他上學　咳嗽聲篦著朝霞

細部三　遺容似的天空靛青如一塊蠟

---

[238] 楊煉：〈被朗誦的光——歐洲之憶，並獻給母親〉，見《一座向下修建的塔》，176頁。

[239] 〈「第一天」〉：「一場海嘯托起水手的小床」，「山上的雪　平行於桅杆上的眺望」；〈「第十天」〉：「海豹的小鼻孔罄在被單的海浪中」（請體會「被單」之「被」與「單」）；〈母親的手迹〉：「深海裡一枝枝白珊瑚／被層層動盪的藍折射」（「深海」可喻母愛、記憶；「白珊瑚」暗喻亡母，「白」是死亡色，「珊瑚」是珊瑚蟲分泌的「外殼」，每個單體珊瑚橫斷面都有同心圓狀條紋，即使不考慮楊煉的同心圓詩學，這也是母愛的光暈；最重要的，珊瑚是一種生物，一種包裹著死亡外殼的生物，亡母之於兒子也是如此），「聲聲耳語中海水沖刷」，「海流翻閱一張小臉的插圖」；〈滿月〉：「交給一次觸礁的激情」（「礁」通性交之「交」），「繈褓盛著一個月長大一歲的小海豚」；〈「五十天」〉：「大海像母親滯留於別處的身體」，「滿溢香皂味兒的海岸／告訴他畢生得枕著海風的臂膀」（「滿溢」的草蛇灰線，伏〈空書——火中滿溢之書〉），「甚至大海也會死」，「換成大海的也被認出」；〈「七十天——五月四日」〉：「一根海岸的軸旋撐三百六十度」。

　　記憶　再多筆觸也畫不出一幅肖像

　　只記得她骨灰盒移走的那天　房間多空曠

　　真走了　一個咽下矮矮身影的遠方

　　哭喊不能　而一卷手抄的詩能追上

　　拽著那衣襟像拽著一鍋荷葉粥的清香

　　墓穴下　字的調皮鬼緊擠在她身旁

　　還要跟她睡　當他又故意把兒子笑嚷

　　成「蛾子」　一滴淚燙著黑暗　嗞嗞響

　　偉人們相信青銅像　她的偉績卻是一條線

　　劃定在他眼裡　小胡同追著時代更換

　　坡度　而拆開的舊毛褲在她織針間

　　加熱　善良竟如此簡單如此難

　　像個重負得忍著　一件老羊皮襖的藍布面

　　忍住更多早晨　他醒來仍捧著那張臉

　　從自己海底撈起　被洗淨的貝殼綴滿

　　一隻古樸的石錨穩穩繫著他的船

二姨並非楊煉的親戚，而是他家的老保姆。據楊煉姐姐楊瑞的自傳《吃蜘蛛的人》所載，楊煉的父親認為新中國人人平等，便讓孩子們以二姨稱呼老保姆。[240]二姨與楊煉一家風雨同舟，算得上楊煉姐弟的另一位母親，楊煉視其為「古樸的石錨」，那是因為她雖然「幾乎是文盲，卻僅憑本能的善、樸素的愛和古老的人生常識，就能避開時代的迷惑，讓『歷史』、『真理』的喧囂，顯得何其虛假空泛」[241]。

　　「第六樂章」的十首詩，每首均二十行，採用唐代十韻排律的韻法（排律的韻數愛用整數，如十韻、二十韻、四十韻，首句可押可不押，其韻不計算在內），隔行押韻，一韻到底：

---

[240] 楊瑞：《吃蜘蛛的人》，南方日報出版社 1999 年版，13 頁。以下凡涉及楊煉家庭史時如不特別注明，均引自該書。

[241] 楊煉：〈吃人生這只蜘蛛〉，見《一座向下修建的塔》，192 頁。

黃土南店，一九七四年五月四日

老白馬的腰扭得好看　每一顛

撲鼻一股膻味兒　馬車擦過麥田

甚至沒驚動剛沒膝的綠色

五月　陽光和土都很慢

慢慢拆散一條路泛白的語法

記憶一碰就變大　布穀鳥點播著片斷

老白馬知道那村子也是倒退的影子

隔著一道道吃力碾磨的坎

路邊的白楊樹也在慢吞吞倒敘

水溝　墳頭　土坯牆像卷舊影片

放映在眼神裡　眼皮滲出日子的黃

西山昏睡成一列嵌著錦葵的宅院

那兒有扇木門　像棵活的栗子樹

攥緊小青果似的手　受驚的嫩和軟

那兒時間在葉子們的魚群裡垂釣

血咬了鉤　最古老的哲學仍是一聲長嘆

母親送別時轉身擦掉的淚

也是影子　從記憶再錯位一點

一頭瞎了的老牲口就趑入春天的縫隙

他到了　村名的綠銹爬滿一張臉

1974 年 5 月 4 日是楊煉插隊式流放生涯的起始之日。「栗子樹」之「栗」有戰慄意味。

　　以上三種韻法，別具匠心。「第二樂章」寫楊煉的「歐洲時期」，因而採用但丁的「三韻三行體」；四、六「樂章」乃「中國時期」，故用國產韻法，又因為「第四樂章」是他的童年和少年時代，「第六樂章」乃青年時代，所以前者用更早的漢

七言韻法，後者用較晚近、成熟的唐排律韻法，以此勾勒成長的軌跡。押韻到這地步，怎一個「格律」了得！

除了用個人化的方式復活古典形式主義傳統，《敘事詩》還體現了楊煉的另一「文學野心」：讓這部長詩深刻地互文於東西方長詩的源頭──屈原與《奧德賽》。如果說《𝓦》中《易經》與《聖經》的結合還比較勉強的話，那麼《敘事詩》的「互文」則極具說服力。

《敘事詩》充分繼承了屈原華美沉實、空靈厚重、綿密繁複、多變統一、發憤抒情的詩風和天問精神。屈原的〈離騷〉開啟了自敘身世、家國繫結的長詩傳統，從「惟庚寅吾以降」敘起，後半部頻頻寫到「聊逍遙以相羊」、「聊浮游以逍遙」，末了「吾將從彭咸之所居」；《敘事詩》同樣從詩人降生寫起，結束於「讓你聽你在逍遙」。「自我虛構」是法國小說家、文學批評家塞爾日·杜布羅夫斯基闡述自己的小說《兒子》時使用的一個頗具爭議的概念，它意味著記住的、觀察到的和想像的在虛構中可能構成的平衡[242]。這平衡使得真實與想像之間的界限消失了，而兩者間的張力卻得到加強。〈離騷〉可以說開創了自傳體長詩「自我虛構」的先河，其前半部基本是基於個人經歷的實寫，後半部詩人驅策龍鳳，役使百神，上叩帝閽，下求佚女，發天河，行流沙，在廣闊宇宙與遠古神話中盡情遨遊，則純屬詩人的想像。《敘事詩》也是一首「自我虛構」之詩，〈詩章之二：鬼魂作曲家〉：

> 鬼魂的傾訴以孩子為刻度
> 想像粉碎寂靜的　推著海底的岩石
> 想像被寂靜粉碎的　撕碎絲質的蝴蝶
> 平鋪紙頁間一輪絢麗的落月
> 想像　飽蘸灰燼的筆尖沙沙書寫

強調了「想像」的「書寫」作用。第二部〈水薄荷哀歌：無時間的現實〉，整體都是對真實事件的想像。楊煉將互相隔絕的真實事件融會貫通，譬如〈現實哀歌〉把 1976 年 1 月母親的死亡與 1989 年 6 月的公共死亡融為一體，讓「一月的梅花」

---

[242] 參見唐玉清：〈論羅伯──格裡耶的新自傳契約〉，《當代外國文學》2008 年第 1 期，105 頁。

與「六月的槐花」共有一「蕊」──「虛構的哀悼鑿穿一月和六月／蕊　時而梅花時而槐花」(「蕊」可以追溯到〈離騷〉「貫薜荔之落蕊」，它在《敘事詩》中還有詩歌精神的寓意)；〈愛情哀歌〉(其詩深情、憂懼，宛如二〈湘〉)，將楊煉與友友的愛情跟曼德爾施塔姆與娜傑日達的愛情「混合」：

> 曼德爾施塔姆　只有妻子
> 能迷上我們精緻發作的癲癇
>
> 在被撕毀　焚燒　拷打　蒸煮之後
> 在值得或不值得的疑問之後
> 水的棺蓋上　水薄荷砸著長長的釘子
> 他和我混合的那撮灰亮晶晶遞給你
> 才發現忍受一個詩人比忍受一首詩難多了

這種不可能的「二合一」，讓我們想起《℞・降臨節》中的〈火〉系列。

楊煉之「趨原」還體現在：《敘事詩》的「鬼魂」像〈九歌〉之「靈」一樣，均為結構性意象；屈原大部分作品創作於流放期間，且多有對流放生涯的沉痛書寫，《敘事詩》亦寫盡了漂泊；屈原有沅、湘、洞庭，楊煉有李河谷、大海；屈原「沅有茝兮澧有蘭」(〈九歌・湘夫人〉)，楊煉的李河谷有「水薄荷」；屈原「築室兮水中，葺之兮荷蓋」(〈九歌・湘夫人〉)，《敘事詩》則有「水中的家用盡了時間」(〈照相冊之二・水中天〉)，「一間水中的斗室」(〈歷史哀歌〉)；屈原有「春與秋其代序」(〈離騷〉)、「春蘭兮秋菊，長無絕兮終古」(〈九歌〉)，《敘事詩》有〈置換之墟〉；屈原有〈哀郢〉，《敘事詩》有〈現實哀歌〉；屈原有〈山鬼〉，《敘事詩》有〈銀之墟〉；屈原有困惑於世道最終否定世道的〈卜居〉，《敘事詩》有〈一間喃喃毀滅箴言的小屋〉，等等，更不必說〈歷史哀歌〉打頭的一首就是〈屈原〉。

《奧德賽》是一首描寫漂泊與家庭生活的敘事長詩，一首勇氣與智慧之詩，《敘事詩》同樣如此。與第三人稱敘事的《伊利亞特》不同，《奧德賽》採用了第一人稱和第三人稱交替的敘述方式，《敘事詩》同樣變換著敘述人稱：第一部為第三人稱，第二部為第一人稱，第三部為第二人稱。這並非簡單的視角轉換或「人稱遊戲」，在楊煉看來，「他是不存在的我」，「我，作為他的鬼魂，活在這個世界上」，

而「你是複數」，是「單數的所有人，或複數的每個人」[243]，哪一部詩用哪個人稱大有說道。楊煉十分鍾愛奧德修斯的形象，他有兩篇詩學文章〈眺望自己出海——中國當代文學的奧德修斯漂流〉、〈因為奧德修斯，海才開始漂流〉，直接以這位漂泊的原型人物為題。我想楊煉之所以對奧德修斯如此著迷，一是因為他象徵了現代文學精神的內核——一種深邃沉痛的漂泊感；二是楊煉的家庭及命運酷似奧德修斯的故事。奧德修斯家中有個忠心耿耿的老保姆歐律克勒婭，奧德修斯的父親很尊重她，「在家裡對待她如同對待賢惠的妻子」[244]；楊煉家有老保姆二姨，同樣贏得了楊煉父親的尊重和兒女的敬愛。《奧德賽》第十一卷描寫了奧德修斯遊歷冥界的歷程，在那裡他與母親的亡靈有一番對話；而《照相冊：有時間的夢〉整體都是楊煉和亡母的對話。奧德修斯美麗、忠貞的妻子佩涅洛佩等待了他二十年；〈愛情哀歌〉則是寫給和楊煉結婚二十多年的賢惠妻子友友的。奧德修斯的父親拉埃爾特斯是一位長壽而智慧的老人，《奧德賽》最後寫到奧德修斯經過「二十年歲月流逝，方得歸返故鄉」[245]後，即去探望父親；這也是〈故鄉哀歌〉的情節。《奧德賽》一開始就進入奧德修斯的漂流；《敘事詩》也是開篇即漂泊。《奧德賽》中，奧德修斯命運的總設計師是女神雅典娜；《敘事詩》中人生樂章的作者則是「鬼魂作曲家」，兩部作品都是人物在「前臺」活動，鬼神在「後臺」操控。最讓人感到冥冥中自有天意的是，楊瑞的《吃蜘蛛的人》提到二姨最愛給孩子們講老猴子精的故事：老猴子精想讓一個小姑娘嫁給他，小姑娘不答應，老猴子精很生氣，就把小姑娘關在山洞裡，後來小姑娘使計弄瞎了老猴子精的眼睛，逃走了。很顯然，這個故事與奧德修斯智鬥獨目巨人的情節如出一轍。楊煉曾多次使用奧德修斯騙過獨目巨人的「無人」之名：「所有無人　回不去時回到故鄉」（《𩵋‧降臨節》），以及：

　　　　但這裡是哪裡？

　　　這無人是哪裡？

　　　　　　　　　　　　　　　　——〈現實哀歌〉

---

[243] 〈十意象〉，見《鬼話‧智力的空間》，118～121 頁。

[244] 《奧德賽》，17 頁。

[245] 《奧德賽》，449 頁，

　　《奧德賽》與〈離騷〉、〈天問〉等作品有一個最根本的共同點——均以追尋為主題。關於追尋奧登說過:「尋找一顆丟失的紐扣不是真正的追尋,追尋意味著找尋人經驗以外的東西。」追尋之所以能成為「最古老、最深奧、最受青睞」的文學母題與敘事範式,在於它「把人的主觀個體經驗轉化成具有歷史意義的象徵性表述」[246]。正是在可能與不可能的追尋中,楊煉將屈原與《奧德賽》整合於一部作品之中。

　　〈照相冊:有時間的夢〉取材於真實存在的家庭相冊,相冊中的一幀幀照片,攝取了從楊煉出生(1955 年 2 月 22 日)到他的母親去世(1976 年 1 月 7 日)的家庭歲月,且照相冊最終由楊煉母親剪貼完成之時,正是她去世之日,而這一天也被楊煉視為詩歌生涯的真正起點。「我應當把開始寫詩的時間定在 1976 年 1 月 7 日,我母親在那天猝然病逝。在我插隊已兩年多的許多麻木的日子裡,這個日期如此清晰。也許,它通過一張如此熟識親近、卻突然變冷變硬的家人的臉,把周圍冷酷的臉、我自己迴避注視的『真實』的臉聚焦了、顯形了……那些寫給母親的詩,與知識青年『扎根』、『落戶』的口號如此格格不入,以至不期而然成了我個人的『地下文學』……詩從開始已教會我:從死亡去審視生活,並恪守寫作的私人性質——這兩點,是那個噩耗傳來的寒冷早晨的意義。」[247]〈照相冊:有時間的夢〉因此可以說是楊煉的成長之詩,個人詩學逐漸形成之詩,以及他與亡母的對話之詩。這部詩採用第三人稱敘述與照片帶給人的特殊感覺有關,羅蘭・巴特在《明室》中指出,在照片所表現的難以捉摸的那一刻,被拍攝的「我既非主體亦非客體,毋寧說是個感到自己正在變成客體的主體」[248],巴特後期的寫作亦經常用「他」來談論自己,將自我他者化,同一性被離析了,卻依舊分而不分,不定於一端,這樣就形成了「是自己又不是自己」的雙重影像。

　　「照相冊」與「音樂」均為生命結構的隱喻。〈詩章之一:鬼魂作曲家〉以「這看不見的　鬼魂寫下的結構」開篇,提示我們:生命既是肉質大提琴演奏「鬼魂作曲家」譜寫好的樂曲,也是以子宮為暗房,「精液化開黑暗」的顯影。〈詩章之二:鬼魂作曲家〉首句為「這逐一遞增的陰影的結構」:生命的成長如照片數量、

---

[246] W. H. Auden, 「The Quest Hero」, in *Perspective in Contemporary Criticism*, Sheldon Norman Grebstein ed. , Harper and Row, 1968, p.371.

[247] 〈在死亡裡沒有歸宿〉,見《鬼話・智力的空間》,207～208 頁。

[248] 羅蘭・巴特:《明室》,文化藝術出版社 2003 年版,20 頁。

音樂篇幅般隨時間遞增，為此第二、四、六「樂章」特意用六、八、十首詩來表現遞增的效果。〈詩章之三：鬼魂作曲家〉開門見山地寫道：「這一次性歸納的燙傷的結構」──一本「生死兩茫茫」的「照相冊」或一部「旅人之歌」，正是對人生的「一次性歸納」。

照片亦有其形而上學。照片是「以死亡的形式誕生」的一類事物，看上去一副「死相」，停止在那兒，栩栩如生地死著；它也是現實之流中的一個魔幻之點，亦幻亦真、亦空亦有，儼然是對「色即是空」、「緣起性空」的印證。用羅蘭・巴特的話說：「攝影……成了一種奇怪的『中間事物』，一種新形式的幻覺：在感覺這個層面上是假的，在時間這個層面上是真的。從某種意義上說，這是一種有節制、有分寸的幻覺，是『可分的』幻覺（一方面，『不是這裡』，另一方面，『但是這個確實存在過』）：是一張用實在事物『擦』過的不可思議的圖像。」[249]而私人照片又是照片中特殊的一類，與其說它是現象，不如說是淵藪，它蘊藏著，蕩漾著，派生著排斥外人的情感與記憶。譬如「二姨的肖像」，即使我們面對這照片，又能看到什麼呢？那不過是芸芸眾生中的一張臉；但對楊煉來說，照片上有著別人看不見而他卻歷歷在目的太多「細部」，諸多時間片斷疊加在「照片那時」，楊煉從中看到了二姨「一側發亮的手指」、「熱熱的目光」、多年後的「遺容」，看到「他又故意把兒子笑嚷成『蛾子』」，最終，「二姨的肖像」被他視為「穩穩繫著他的船」的「一隻古樸的石錨」。由此可見私人照片的客觀性沒什麼意義，外人不得見的特殊內容與情感才是其價值所在。就此而言，楊煉的家庭照仍是一張張幽暗的底片，我們需要借助他的「詩歌顯影液」，才能真正欣賞它們。

楊煉的「詩歌顯影液」也有自我虛構的成分。拿「第二樂章」來說，每首詩都有大海意象與漂泊意味，照片上顯然不會有這些，去國之前楊煉也肯定不會從照片上讀出這樣的內容；而現在，二十年的世界漂流，讓一雙「奧德修斯之眼」，從生命最初的幾張照片，看見了自己的宿命。

羅蘭・巴特將照片構圖分為「STUDIUM」和「PUNCTUM」兩種要素。「STUDIUM」的意思是「專注於一件事情，是對某個人的興趣」，它還有文化的涵義，當我們把照片「當作政治上的佐證，或者可供欣賞的歷史圖片」，我們就是在

---

[249]《明室》，181 頁。

欣賞照片的「STUDIUM」；辨認「STUDIUM」,「注定要觸及攝影師的意圖」,
「『STUDIUM』是一種教育……它使我們得以認出『攝影師』來」。[250]相比之下,
「PUNCTUM」要微妙得多,它「損害(或加強)了『STUDIUM』。這一次不是
我去尋找這個要素(像我努力去界定『STUDIUM』的範圍那樣),是這個要素
從照片上出來,像一枝箭似的把我射穿了……照片上的『PUNCTUM』是一種偶
然性的東西,正是這種偶然的東西刺痛了我」;「PUNCTUM」「常常是個『細節』」,
還得是「不刻意為之的細節」,「總或多或少地潛藏著一種擴展的力量。這種力量常
常是隱喻式的」,或者說「PUNCTUM」「是一個補充:這是我附加給照片,然而又
是照片上已經有了的」;最後,「時間有如『PUNCTUM』」,羅蘭‧巴特曾見過一
個年輕人等著被處決時拍的照片,小夥子很漂亮,這是照片的「STUDIUM」,而
「PUNCTUM」是「時間上的超越:將要死的東西已經死了」。羅蘭巴特說:「這
張照片給我看的是慢速曝光的絕對過去時,但告訴我的卻是未來的死亡。」[251]——
這也是楊煉從「照相冊」裡的大部分照片上看出的。

　　「第二樂章」有兩個與時間無關的「PUNCTUM」,一個在〈母親的手跡〉中,
另一個在〈「七十天——五月四日」〉。「母親的手跡」有兩層涵義,一是指母親娟
秀的字跡,像「第一天」、「七十天——五月四日」之類,均為母親題於照片旁的
簡短說明文字,楊煉稱其為「第一封家書」;二是指某張關於母親「手」之「跡」
的照片,母愛是這張照片的「STUDIUM」,而那句「她的手斷了」指向
「PUNCTUM」。每張照片都有其「邊緣」,這太平常了以至於人們往往對此視而
不見,但這張照片的「邊緣」卻是一個「PUNCTUM」的因素,它像一柄利刃,
使得「她僅剩的一雙手　切除到照片上」(〈「五十天」〉),因而深深地刺痛了楊煉。
〈「七十天——五月四日」〉是「第二樂章」的最後一首,這一天是楊煉一家離開
伯爾尼啟程回國的日子,「訣別水靈靈的」(詩中還寫道:「兩個日期間的意義/燙
傷一雙手」,因為十九年後的「五月四日」恰是楊煉下鄉插隊的日子)。這張「照

---

[250] 《明室》,40~43 頁。對楊煉來說,「照相冊」裡,作為「有時間的夢」的一系列照
　　片始終只有兩位攝影師,母親是「美夢攝影師」,而命運是「噩夢攝影師」;某些照
　　片即便不是母親拍攝的,母親也還是攝影師,那是她藉別人之手實現她的意圖,而
　　命運更是「黃雀在後」。因此一本家庭相冊,就是一部愛與死的寫真集,一部存在
　　與虛無的啟示錄。
[251] 《明室》,69~150 頁。

片」的「PUNCTUM」是小楊煉衣服上的野鴨子圖案。該詩開篇寫道：「野鴨子揣著一根寶石藍的羽毛／在他雪白衣襟的小湖裡游」，結束於「嘎　嘎　野鴨橘紅的舌尖正在表述」。「野鴨子」當然是一個偶然的「不刻意為之的細節」，更是一種「隱喻式的力量」：野鴨子乃是候鳥，以遷徙為命運，可在水中游，可在天上飛，可在陸地行，彷彿漂泊與詩歌的化身。「野鴨橘紅的舌尖正在表述」的，當然是命運。「嘎」乃鳥鳴聲，如李山甫〈方幹隱居〉「咬咬嘎嘎水禽聲」；它也意味著楊煉的歐洲生活「戛」然而止。「橘」通「詭譎」之「譎」，「紅」則指向遙遠的紅色中國。1955 年 5 月 4 日這天，小楊煉身著野鴨子圖案的衣服，被「盛在手提籃子裡啟程」（〈童年地理學〉），火車一路穿越歐洲的一座座城市和西伯利亞廣袤的荒原，半個月後抵達北京永定門火車站。

　　回到北京的最初兩年，楊煉一家住在王府井奶奶的大宅院裡，過著其樂融融的三世同堂的生活。據《吃蜘蛛的人》載，奶奶是蒙古旗人，其祖父做過清朝的刑部尚書，官至一品，[252]不過這位尚書大人的官當得並不舒坦，因為他堅信鬼的存在，主持秋決時所受的煎熬不亞於待斬的囚犯；奶奶的父親曾任貴州臬台，同樣主理刑名，辛亥革命後失了官，舉家遷回北京。楊煉的爺爺此時已經過世，生前是北京赫赫有名的「吉祥戲院」的老闆，還有綢緞莊和其他產業，乃京城數得上的富商大賈。「第四樂章」的〈童年地理學〉、〈王府井——頤和園〉、〈二姨的肖像〉、〈不一樣的土地〉、〈姐姐〉、〈「1957 年初春」〉等「照片」，均攝於王府井時期。

　　〈童年地理學〉是楊煉在中國土地上拍攝的第一張「照片」，「照片」中小男孩表情的「PUNCTUM」非常耐人尋味，被楊煉賦予了強烈的象徵意義：

　　　　嚇人的爆發把更嚇人的茫然

　　　　堆到他臉上　照片攝緊這瞬間

　　　　一種空空的凝視像突然瞥見

　　　　土地的敵意也已半歲　抓住這雙眼

　　　　他不懂的血緣拉開鐵路的拉鏈

---

[252] 依據《清代職官年表》（中華書局 2005 年版），此人只可能是光緒十一年擔任刑部尚書的蒙族大臣錫珍。

把隧道那頭的房子推得更遠
他不懂的距離　剛剛起源

唉　換韻把鏡片後結冰的德語
變成京劇中燙人的大紅大綠
換了　膠紙背後滲出棕黃的影子
他發楞　猶豫　而母親的剪輯
演奏大半生才微微顯出深意
還在繼續安頓他　還用手遮著隱沒的
門牌　唉　母親　他終於被允許
因為愛你　使用祖國這個錯字

母親遮著的「門牌」，很像命運的「底牌」，而「門」也是下一首詩的重要意象。
末了一句，是一個「無國籍詩人」[253]的「愛國主義宣言」。

〈王府井──頤和園〉應該是一組遊園照，楊煉的著眼點顯然不在於逛公園
本身，他是將這些照片「當作政治上的佐證，或者可供欣賞的歷史圖片」，發掘其
「STUDIUM」。

王府井──頤和園

一陣風就吹裂春水　哪怕它綠遍千載
投井妃子的一顆顆珠寶嵌著媚態
漂流的湖面上　毒酒又斟滿了玉杯
皇帝被一扇比絲還軟的虛詞屏風隔開
囚死之美太優雅　太貴　太頹廢
公子哥兒用一個手勢輸給奴才
泥地上跪出的小坑滲漏嫩嫩的膝蓋
風聲依次把一盞盞宮燈掐滅

---

[253] 詳見楊煉：〈無國籍詩人〉，《鬼話・智力的空間》，199 頁。

從東華門出去　梅蘭芳窈窕的尾音

甩著他　前朝的海棠花和柏樹林

沿著紅磚牆的平行線為傾圮押韻

按下快門就是世紀　照片上的鬼魂

眨眼　吸走浸濕每個光圈的陰

歷史的導遊圖錯開一步　淫豔如內心

倒扣一隻烏鴉抵消的不真實的人群

從神武門出去　小販叫賣著黃昏

一隻金絲雀藏在體內的音叉　驚動

湖岸的曲線　荷花的睡意　知春亭

換一艘炮艦（誰寫的？）　該慶幸風鈴

航程更遠　垂柳的弦樂拂去海浪的冷

太后　辦了敢阻擋玉如意的　倘若可能

也在子宮裡辦了他　罰那假象牙的天空

隱身的鳥爪在灰蒙蒙水面上邀請

他的柳絮迎向另一個時間　疾掠匆匆

這首詩寓詩人的美學思想於國族史、家族史的敘述之中。首句化用了馮延巳的「風乍起，吹皺一池春水」，楊煉將「皺」換成「裂」，暗示「綠遍千載」的精美傳統，在某種「風」氣下斷裂。第一節藉光緒帝被囚瀛台之事，抒發「囚死之美太優雅太貴　太頹廢」的美學意識。這種美學意識主要表現為絕對的非實用性、非功利性（「被……虛詞屏風隔開」、「輸給奴才」），高雅精美的藝術品味（「梅蘭芳窈窕的尾音」、「金絲雀藏在體內的音叉」），和極端頹廢的姿態；它遙遙應和著魏晉南北朝竹林人士的「頹放」、宮體詩人的「淫靡」，以及十九世紀英法唯美主義思潮。需要指出的是，頹美主義藝術精神未必是尼采所說的「力的枯竭」的「現代衰弱症」，它克服了樂觀主義幼稚病，以世界的不可拯救性為前提，用極度升華的藝術形式表現反升華的內容。這種張力與決絕，這種凸顯精神創造自由的絕境狂歡，也可能是一種反向強大的生命力，正如「一隻金絲雀」的「音叉」，足以「驚動／湖岸的曲線」。

　　本詩第一節暗示了光緒之死，因此第二節開頭便是「從東華門出去」，清朝皇帝死後送殯迎靈均走此門，故東華門俗稱鬼門，「照片上的鬼魂／眨眼　吸走浸濕每個光圈的陰」隱約呼應這一點（「光圈的陰」藏著「光陰」二字並多少有圈套、陰謀之感和某種色情意味）。「從東華門出去」不多遠就是王府井，曾幾何時梅蘭芳經常在「吉祥戲院」演出，如今風流雲散──「梅蘭芳窈窕的尾音／甩著他」。神武門乃紫禁城北門，「從神武門出去」通往頤和園，即「太后」長居之地。「辦了敢阻擋玉如意的」，是慈禧的威權，也是楊煉那位刑部尚書先祖的職能。「把一盞盞宮燈掐滅」、「叫賣著黃昏」，尤其「從神武門出去」，隱喻了封建王朝的滅亡：八國聯軍進京時慈禧、光緒從此門出逃；1924 年遜帝溥儀被逐出宮，亦由神武門離去，此門極具象徵意義。那麼，〈王府井──頤和園〉僅僅是「歷史的導遊圖」或家族史的隱晦書寫嗎？非也，「那假象牙的天空」之「假象」，「灰蒙蒙水面上」之「蒙面」提醒我們，「另一個時間」還是同一個時間，「吹裂春水」的「一陣風」，把「宮燈掐滅」的「風聲」，同樣會吹去「他」那柔弱的「柳絮」──在「柳絮」慢悠悠又「疾掠匆匆」的「不太快的快板」中。

　　〈二姨的肖像〉、〈姐姐〉都是人物小傳，均從「照片那時」敘起。照片泛起多少時光的漣漪，《二姨的肖像》從「四合院」寫到「墓穴下」，直至「更多早晨」，海底撈月般「從自己海底撈起」「那張臉」。《姐姐》是一張「你春水似的胳膊摟著弟弟」的合影，有〈王府井──頤和園〉「一陣風就吹裂春水」的伏筆，姐姐的命運自然堪憂。詩中用了姐姐自傳《吃蜘蛛的人》的典故──「躲著的回憶錄乾嘔一口口墨汁／蜘蛛毛茸茸的指爪勾在胃裡」（「毛」別有所指）。《吃蜘蛛的人》以魯迅的一段話作為題記：「許多歷史教訓，都是用極大的犧牲換來的。譬如吃東西罷，某種是毒物不能吃，我們好像全慣了，很平常了。不過，這一定是以前有多少人吃死了，才知道的……蜘蛛一定也有人吃過的，不過不好吃，所以後人不吃了。像這種人我們當極端感激的。」〈姐姐〉一詩與這部自傳一樣，關乎吃「文革這隻蜘蛛」的往事。詩中寫道：「世界一如輕信的少女」，「被撕碎也有初戀的瘋狂」，前者是時代的真實寫照，後一句並非指一般意義上的初戀，而是青春期的女紅衛兵對唯一一個萬眾矚目的異性英雄的狂熱愛戀。姐姐的文革事跡前期威風後期慘痛。前期是「歷史騎著青春期的風力伸張翅膀」：南下廣州去根除私營經濟，被邀請和中南局黨委副書記吳芝圃談話，批評指導廣東省委工作；北上華山，率領華陰中學五百名紅衛

兵「蕩平」華山道觀；西至遵義，重走長征路，拋棄不管祥瑞之瑞還是瑞士之瑞的
本名，改名紅軍。後期是「歷史　嘆息得像排黑土地上蹣跚的白楊」：白楊是黑土
地上很常見的樹種，暗示楊瑞代表了知識青年的共同命運，「楊」乃楊瑞的姓氏，
「白」則形容她的純潔（潔白之白），徒然虛度（白白浪費之白），以及錯誤（白字
之白）——1968年楊瑞自願去北大荒插隊，歷時五年，冰天雪地，舉目無親，更多
時候獨自一人與五百頭豬為伍；那個在瑞士嬌生慣養的小女孩，後來的紅衛兵女強
人，一點點蛻變為大碗喝酒的養豬排長。在最絕望的時刻她給家裡寫了一封輕描淡
寫的求救信，全家只有媽媽意識到問題的嚴重性。這位「出身資產階級，1949年燕
京大學畢業，把進步女大學生的狂熱『信念』幾乎堅持到了最後」的母親，由於女
兒的求救，終於「用一封謊稱自己死亡的電報，欺騙了『組織』」[254]，「媽媽卻聽懂
了　電報斷斷續續的口吃／血緣般刺耳」。在〈姐姐〉一詩末尾，楊煉沉痛地寫道：

　　當所有噩夢　連這幾行　不小心都是史詩

　　〈不一樣的土地〉是楊煉五十歲生日時欣賞自己一周歲紀念照的感遇詩，開
篇寫道：

　　一個人必須習慣死亡的念頭
　　五十歲　厭倦從一群綠頭鴨的顫抖
　　傳染到水珠裡

　　「綠頭鴨」俗名野鴨子，「綠頭」因綠頭蠅而透出厭膩。「水珠」即〈王府井
——頤和園〉裡「投井妃子的一顆顆珠寶」，帶來死感。《敘事詩》中的篇什，都
是這樣密切應和於細微之處，於自轉中公轉，單篇的抒情亦服務於整體敘事結構。
關於生日，德里達有個很妙的說法：「不是今天的今天」，而死亡，「就像過生日時
的感覺」[255]，楊煉對生日的感覺庶幾近之。〈不一樣的土地〉寫到母親的死（「塗
抹母親枯木色的掰不開的手」），二姨的死（「而墳頭壓著的紙片和一小塊石碑」），
他養的「小黑狗」被扒皮吃肉的死（「膝蓋上一隻小黑狗信賴的眼珠盯著／自己被
吃掉」），乃至一切死者（「跟上霧中土粒中越摟越緊的死者」）。一周歲紀念照應該

<hr>

[254] 〈吃人生這只蜘蛛〉，見《一座向下修建的塔》，192頁。
[255] 轉引自尚杰：《中西：語言與思想制度》，北京大學出版社2010年版，246～247頁。

是小楊煉吃蘋果的情景：「周年　注射進一隻蘋果」。然而通過對「青蛙腿」、「小黑狗」的「剝皮後的肉」、「自己被吃掉」、「饞人的肉香」的回憶，詩人覺得他不僅是那個吃蘋果的小男孩，更是那隻被一口口吃掉的蘋果，吃就是被吃，生命就是「習慣死亡」。既然人們過生日都喜歡用吃來慶祝，那麼就吃吧——「直到迷上一種最耐咀嚼的苦澀」。

　　儘管照片在多年後的欣賞中牽連出太多慘痛的回憶，但截至照片拍攝到「周年」時，小楊煉還是很幸福的。像中國當時許許多多家庭一樣，楊煉一家的命運在 1957 年開始逆轉，直至家庭分崩離析。楊煉特意挑選了拍攝於 1957 年、1966 年、1970 年的三張照片，來表現這段歷史。

　　1957 年是「一個染滿中國知識界和青年群之血淚的慘淡悲涼的年份」（林昭語），這一年全國有幾十萬人被打成右派，楊煉的舅舅和叔叔即屬此列[256]。〈「1957 年初春」〉這張「照片」，便是拍攝於山雨欲來之前，開篇就是詩人對 1957 年的看法：「誰猜到　這一年已包括了許多年」。母親與命運這兩位偉大的攝影師通力協作，拍攝了一張自我意識萌生之照。這首詩每節第七行分別是：「母親親手布置好一個吻聚焦的嚴寒」，「母親親手布置好花園裡懸掛的一秒鐘」，「母親親手布置好鳥兒筆直擲來的手雷」。「懸掛的一秒鐘」指照片將花園中那「一秒鐘」定格、凸顯，其餘兩句則是異質拼貼的混搭：「母親親手布置好一個吻」、「母親親手布置好鳥兒」是母愛的美夢攝影；「一個吻聚焦的嚴寒」、「鳥兒筆直擲來的手雷」則是瀕臨的厄運的噩夢攝影。1957 年初春，楊煉開始記住周圍的世界，花園、鳥兒、融雪，便是楊煉最早的記憶。《 𢌿 》之〈水・第八〉：「以死亡的形式誕生才真的誕

---

[256] 舅舅曾私下跟三個好友抱怨學院領導只派家庭成分好的學生出國，完全不考慮成績，這話傳到領導耳朵裡，反右運動一來，十九歲的舅舅有幸成為全國最年輕的右派。叔叔就更冤了，他連牢騷也沒發就被陷害成右派，二十餘年不得翻身。叔叔在中國民航系統做會計，因為堅持規章制度不給去外地度假的領導報銷差旅費而被打擊報復，這個封建統治階級與大資本家的後裔連辯解的機會都沒有，就被送去勞動改造。1962 年全國報紙紛紛刊登國民黨準備反攻大陸的消息，社論警告說第三次世界大戰一觸即發。正在勞改的叔叔因為擔心母親妻兒，寫信給妻子商量戰爭爆發後的對策，這封被截留的信件成了他反革命的鐵證。楊瑞說：「生活的邏輯就是這樣荒謬，叔叔因為顧家念家，反倒落了個無家可歸。」叔叔被打成右派後不久，楊煉一家就從王府井奶奶家搬到頤和園附近的機關大院，父親跟奶奶解釋說為上班方便一點，這是實情，但未必沒有劃清界限的意思。奶奶看老了世事，自然明白父親的苦衷，並不挽留。那座四合院在 1966 年被六戶「革命群眾」強行入住，奶奶則被排擠到一間連窗戶都沒有的逼仄的儲藏室，五年後在那裡孤獨地死去。

生／化了雪　擁有全部啟示」，因此融雪的景象亦暗示小楊煉開始擁有「為自身顯現」的主體意識。

1966 年文化大革命爆發，〈「虎子」〉通過一隻貓的遭遇來表現這場運動的殘酷與瘋狂。「虎子」是小楊煉養了三年的一隻小貓，文革一來養寵物也成了資產階級生活方式，幾個男孩向他發出最後通牒，揚言要採取革命行動，受到恐嚇的小楊煉最終背叛了「虎子」：

> 貓的階級遭遇貓的鬥爭　通緝逼近
> 他的手也背叛了　你被抱出門的一瞬
> 眼神是人的

他打算把它遠遠地扔掉，讓它自生自滅，誰承想一出門就遇見那幾個發出通牒的男孩，他們搶過那隻裝有小貓的布袋，像揮舞流星錘一樣一遍遍捧打在牆上：「一堵破磚牆上食肉的刃立著切削／受寵的一生　亂石的流星雨亂扔下問號」（「亂石」諧音「亂世」，「亂扔下問號」也可以斷句為「亂，扔下問號」，「問號」之「號」亦有哭號、號叫的意味），布袋與牆壁血跡斑斑，「虎子」一聲比一聲弱地慘叫著，小楊煉哭著哀求他們住手，反而助長了他們的「革命熱情」。貓猶如此，人何以堪？

> 一次搗毀終於抵達訓練成熟的殘忍
> 骸骨上　風撥動枯乾的毛　陰魂
> 保持報復性的弱　針尖一樣細細呻吟

「枯乾的毛」與〈姐姐〉中的「毛茸茸」指向同一「毛」（「枯乾」也暗示了水晶棺中的乾屍）。「針尖」，尖銳的風格，亦暗示了反抗的美學，有道是「針鋒相對」、「針尖對麥芒」；而「吟」有吟詩之意。

「第四樂章」的最後一首〈水中天〉「拍攝」於楊煉十五歲時，這時家已四分五裂。[257]照片中的小男孩面對「搬空的房間」、「拆掉的床」，發出「水是假的　天空也是」的悲嘆，他清楚地意識到，家即「水中天」：

---

[257] 姐姐 1968 年去了北大荒，父母 1969 年也被發配到河北一個叫北歧河的小村下放勞動。二姨 1966 年已被紅衛兵限期辭退──和養寵物相比，雇保姆更屬於資產階級生活方式。

家是假的　一根手指就攪碎

爸爸的顏色　嗆死窗戶的革命
把一隻銅制的高音松鼠拴在五點鐘
歌唱　姑媽上吊的臉俯向他晃動

爸爸本姓黃，所以「攪碎／爸爸的顏色」有攪黃之意；「嗆死窗戶的革命」、「高音松鼠」云云，指的是每天五點鐘準時開始的高音喇叭廣播，《東方紅》、新聞聯播、最高指示、宣言、大字報選讀……完全不同於「四合院的五點鐘」的寧謐，擾人清夢，挖心刺耳，令人崩潰（「松鼠」呼應〈「虎子」〉「一件鼠類的血衣已織好」）；姑媽是一位鄰居，像二姨的稱謂一樣，表明她與楊家交情非比尋常，她於文革初自殺，很可能是楊煉見到的第一個死者。〈水中天〉最後寫道：

十五歲　水中的家用盡了時間
他的天空什麼是謊言　什麼不是謊言
學會潛泳的呼吸本身已是條破船
用哐噹摔死的門　鎖住留下來的黑暗
所有日子的假留在他回不去的那天
不可能更真了　黃昏被水底俯瞰
不可能沒有海風的內心　冷而豔
海鷗叫著　他的殘餘抵押給了鹽

「哐噹」，字形很像「誆騙」之「誆」與「瞠目」之「瞠」。「冷而豔」，相切出楊煉的「煉」音，也概括了楊煉的詩風。「海鷗叫著」漂泊的命運，呼應「虎子」的「嘔著叫」。「鷗」、「嘔」均有一「區」，「區」最原始的涵義為隱匿，《左傳·昭公七年》：「文王作朴區之法，曰：『盜所隱器，與盜同罪』」，而楊煉無疑認同海德格爾基於隱匿與顯現之內在關係的存在主義藝術觀。在海德格爾看來，藝術不是普遍概念在感性事物中的顯現，而是不在場的事物顯現於在場的事物中，兩者同時發生，不可分離，不在場的、隱蔽的東西是在場之物的本原。「鹽」來自象徵漂泊的大海，呼應著《不一樣的土地》中「最耐咀嚼的苦澀」，象形了楊煉的結

構美學，里格爾曾指出晶體美「構成了無機材料首要的而且是永恆的形式法則，它最完滿地達到了絕對美（材料上的特性）」[258]。

〈照相冊之二〉標注的日期為「1955，7，23～1974，4」，而〈水中天〉拍攝於 1970 年楊煉十五歲時，此後四年的「無照」是否暗示我們：家之不存，照將焉附？或者就算拍了也仍是一幅〈水中天〉？

「第六樂章」記錄了楊煉的插隊歲月，未來的詩人將在這段時間裡接受「中國詩學」的偉大教育，由此建立對世界、對語言的基本認識，並開始他的詩歌生涯的「史前期寫作」。那座名為黃土南店的古老村莊，教會了他對於光、土、樹、血、鳥、水、犁、井、風、雪等元素的詩性感受力，幫助他形成了伸張思、長、古、死、深、獰、不、冷、麗、空的詩歌意識。

在〈黃土南店，一九七四年五月四日〉中，詩人用「血咬了鉤　最古老的哲學仍是一聲長嘆」表現獰、思、古、長的詩意，用「村名的綠銹爬滿一張臉」傳遞古、獰之感；而「路邊的白楊樹也在慢慢倒敘／水溝　墳頭」（和「姐姐」的「白楊命運」相同），「西山昏睡成一列嵌著錦葵的宅院」，分別意味著死與麗。

〈一間喃喃毀滅箴言的小屋〉寫文革中被活埋的「階級敵人」。「虎子」畢竟是只貓，本詩卻基於一群人集體死亡的事實，它「觸手可及」，驚心動魄，教育楊煉透過「時間的痛苦」（「摸到一個集體的　暴死的時間」），去深入追問（「總能漏下更深」），強烈地表現了死、深、獰的詩意。

〈綠色和柵欄〉乃死（「清明」）、空（「零」）、深（「不停陷進去」）的詩意：

> 返回每年清明灌漿的　被徵集的顏色
> 遍地拔節的聲音朗讀著刑期
>
> 也有田園的風味　渴的風味
> 命令井向一個零深處不停陷進去

以及不的詩意：

---

[258] 轉引自 W・沃林格：《抽象與移情》，遼寧人民出版社 1987 年版，16 頁。

> 端著的粗瓷碗　平衡上了妝的歲月
>
> 什麼也不意味　連綠色的填空遊戲
>
> 也不意味　揹著啐到臉上的一聲呵斥
>
> 他們細細揩淨一張犁

　　所有這些該死的詩意，均指向中國農民悲慘的生存處境。需要注意的是，《敘事詩》中「碎」、「翠」、「啐」、「醉」等含「卒」（死）之字比比皆是。

　　〈饑餓再教育〉：為什麼再教育？因為在自然作為替罪羊的所謂「三年自然災害時期」，已被饑餓教育了一回。這是一首冷之詩（「啃食著冷冷曙光的生活」），一首空、古（「傳統」）、不（「否認」）之詩：

> 風只朝一個方向吹　把他吹彎了
>
> 風聲加劇那種空　錘子鑿刻
>
> 到胃裡的空　夜的流體
>
> 物質肆虐的水銀色
>
> 觀音土和榆樹皮的傳統在上課
>
> 他的教科書　舔著被鈎住的上顎
>
> 學習對一隻麻雀無限的色情
>
> 喉頭抽搐　羽毛包裹的一股肉味混合
>
> 妄想的味兒　天敵醒在他內部
>
> 秒針挑著暴風雨　器官們的自我
>
> 否認他的自我　馬須草　槐花　水葫蘆
>
> 兩把野菜間碧綠的比較消化學
>
> 嘔出一場說謊的酸液的洪水

　　〈遺失的筆記本〉涉及楊煉的初戀以及這份初戀情懷興成的詩歌習作。詩中那句「讓女孩畢生折射成水波　一頁頁顫抖／翻閱到底才剝出女人」，道出了一個少年人極度敏感激動而又委婉含蓄的情愫，亦與〈哀歌，和李商隱〉的關鍵句「讀吧　所有詩剝開都是愛情詩」相呼應。〈遺失的筆記本〉同樣伸張著不、深（「不

反光的鱗／黏在不反光的魚脊上慢慢下沉」,「越不會寫的手越摸到一種深」)、古、麗(「一粒琥珀小小的戀情」)、死(「縫死了／回家夢」)、空(「有種和他同樣的　不在的風度」)。

〈水渠〉：三十年後黃土南店已是北京五環外幾個房地產項目所處的地段了,詩中那禁欲年代「水渠的色情」已橫流為洗浴中心和按摩店,物逝人非;楊煉最後一次舊地重遊,面對施工現場的斷壁殘垣,意識到所有時光最終只能是一片詩內的風景。〈水渠〉既「拍攝十九歲清澈流淌的主題」,又「用三十年後／一雙潛回水底的眼睛／看著」,展示著死、空的詩意:「黃昏的絲光憋死一種空」,不、空、冷的詩意:「舊照片懷抱的雙重不在的冷」,以及麗的詩意:「他慢慢懂　七幅地　九江口　場院南／那人的絢麗分給珠串般的地名」——「慢慢懂」,與「路邊的白楊樹也在慢慢倒敘」、「陽光和土都很慢」(〈黃土南店,一九七四年五月四日〉)、「黏在不反光的魚脊上慢悠悠下沉」(〈遺失的筆記本〉)一樣,均在演繹「不太快的快板」的「快中之慢」的節奏。

〈一張畏懼寒冷的狗皮〉：楊煉插隊時養了一隻小黑狗(〈不一樣的土地〉提到過它),它的下場像「虎子」一樣悲慘,狗肉被人挖去,狗皮卻被故意扔回楊煉院裡。楊煉將這張狗皮釘在牆上,天天看著,作為獰、死、冷、空、不的紀念品和教材。

就這樣,楊煉以大地、天空、死亡、農民、饑餓、少女、遺失、水渠、狗皮為導師,刻苦攻讀中國慘痛的現實,逐漸形成了他的個人詩學:

詩學

飄雪的日子最像一頁詩稿

每個字是只小動物　玲瓏的觸角

沒用過就鈍了　一下午的心漸漸揉皺

漸漸濡濕成泥土　那所灰暗的學校

拉響蚯蚓們柔韌悠長的上課鈴

青蛙勤奮掘進著冬眠的甬道

田鼠的眼珠　一對囤積星空知識的小賊

扮演老師監視麥粒中作弊的分秒

冒著嚴寒　尖尖的乳房也不忘灌漿

女孩如一朵等在羞澀裡的棉桃

西北風記住所有約會　當凍紅的手指

碰著手指　他那滴酒斟出一件古陶

他向大地學習細小的事情

細小的聯繫　心動一剎那喚回一隻鳥

狗兒燉熟的淚水循環到他眼裡

情人的身體香　像某種哭叫

心只動了一下　揪著臥在天邊的山

暮色盛滿寒冷的聽力　寒冷的遠眺

擺上小炕桌　他愛上不停開始的

第一場雪　飄落得如此姣好

　　楊煉對長詩的偏愛，他的「零的詩學」，與「蚯蚓們柔韌悠長的上課鈴」有何關聯？他對深度的強調，及寫作之勤，是否就像「青蛙勤奮掘進著冬眠的甬道」？他那空的意識，是來自「星空知識」嗎？他對古老事物的熱衷，對傳統的轉化，如「酒斟出一件古陶」；其詩歌的「小大由之」之美，想必出自「向大地學習細小的事情／細小的聯繫」；還有慘死的狗兒之獰，聆聽與眺望之冷，還有暮色，都已被楊煉化為深入骨髓的詩性。雪更是茫茫詩歌教材，它除了象徵死亡，還有輪迴、想像、色情、隱匿、冷眼、美麗、無人稱等寓意，無一不是楊煉詩學的要旨。他曾說：「雪：一個輪迴的主題。死亡與想像，找到了完美的教材」；「世界的雪與肉體的雪，蒙著同一層油潤的肌膚」；「雪是，死人投向這個世界的無所不在的目光」[259]。而「不停開始的／第一場雪」，也象徵了「下一首不得不從零開始」[260]的詩歌寫作。

　　「照相冊」收藏的「照片」，到〈詩學〉的「雪景照」為止，最後兩首〈死‧生：1976 年〉和〈照相冊──有時間的夢〉，是對「照相冊」的製作者母親及「照相冊」本身的觀照。

---

[259] 〈十意象〉，見《鬼話‧智力的空間》，141 頁，99 頁。
[260] 〈詩，自我懷疑的形式〉，見《一座向下修建的塔》，52 頁。

　　1976 年無論對於楊煉還是對於中國，都具有劃時代的意義。「死‧生：1976年」之題已體現了「以死亡的形式誕生才真的誕生」的意識，「死」指的是母親猝然而逝，「生」除了「照相冊」的誕生，更是指母親之死構成楊煉詩歌寫作的真正起點（對於中國則是毛澤東之死與另一個時代的開始之「死‧生」）。令楊煉痛悔終生的是，他並沒有在母親臨終前見上她最後一面（「磕壞的眼鏡片／也在抱怨他來得太遲」）。「一部早晨狂轉的手搖電話機」的鈴聲，成了楊煉日後揮之不去的死亡之聲，以至於「自行車鈴聲」也屢屢被聽成「死亡念頭」（「自行車」還有獨自遠行的意味），這鈴聲是「夜雨聞鈴腸斷聲」，一如母親之死是楊煉的「長恨歌」。「照相冊」記錄了楊煉的成長，換一個角度來看，那也是「他一天天追趕母親的死」，這是三十年後，楊煉從「照相冊」的結構中讀出的深意。當他用詩歌的方式呈現這深意，用一頁頁詩「上窮碧落下黃泉」，完成不可能的陰陽兩界的對話，「死‧生」也由此顯現出讓亡母在詩歌中重生之意。

照相冊——有時間的夢

千分之一秒的現實都迎著贗品的未來
村子也夾進兩頁間　小蟲的殘骸
多年前就碎了　抱著他痛哭的光速
到封面為止　母親簽署的水位

僅僅是這個名字　玻璃幽閉的一夜
燈下米黃色攏住的日期被翻開
河水　有個嗆入鼻孔的硬度
他輪流被撐亮　輪流墨綠地潛回

一幀深似一幀地製作一個夢
臉　陷進黏合它們隔絕它們的空白
碾平的村子推著母親碾平的陰戶
抽啊　時間的耳光一記記剪裁

　　每一幀溺死的經歷　每種贗品式的

　　青春　雁聲一夜夜呼嘯著不在

　　鮮豔如一首序曲演繹的界限

　　僅僅需要界限　一一檢閱這潰敗

　　都一樣遠　母親的斷壁殘垣

　　被他抱著　還用一條發黃的路回家

　　這部把灰燼精美裝訂成冊的家

　　千分之一秒後　才懂得不醒來多麼寶貴

　　這是一首點題詩。照片只是「千分之一秒的現實」，只是劫灰；「陰戶」雙關死亡之家，在一首名為「母親」的詩中楊煉寫道：「死亡　才是我們新的家庭」。「照相冊」是母親臨終前製作的關於家的「一個夢」，正如〈照相冊：有時間的夢〉是楊煉用詩歌「一幀深似一幀地製作」的，一系列關於「家之夢」的「深夢」。它深深地構築於下列物質之上：雪、光、海洋、樹木、土地、石、山、風、鹽、水、天……印證了加斯東・巴什拉的一個觀點：「夢需要深深地銘記在自然中。同物品在一起不會有深夢。要深深地做夢就必須同物質在一起。」[261]而翻閱「照相冊」，就是「用一條發黃的路回家」，楊煉多麼絕望地希望自己能夠耽留於此（「不醒來多麼寶貴」），就像固執於那一刻的照片。「這部把灰燼精美裝訂成冊的家」運用了飛白修辭，從來沒有「這部……家」的說法，然而對於唯一的、僅有的「照相冊」之「家」，「這部」的指稱又無比準確，這種「亦錯亦對」提醒我們：照相冊「這部家」，恰恰也是家破人亡、無家可歸的明證！

　　第二部的總題為〈水薄荷哀歌：無時間的現實〉。哀歌是西方最古老的詩體之一，常以追懷亡者為內容，一般篇幅較長，這是它與輓歌之短詩的主要區別；除了悼亡，哀歌體還常被用於表現變故、失去、漂泊、愛情等主題，和沉痛、憂鬱、哀傷的情調。一如屈原從沅水、澧水擷取芷、蘭之香草，「水薄荷」意象採於楊煉居住的倫敦李河谷，或者說擷自巴什拉的《水與夢》。在這部對楊煉極具啟示意義的作品中，巴什拉寫道：「水的生命的某種不足道的細節，對於我而言往往成為一種具有根本性的心理象徵。譬如，水生薄荷在我身心中喚起一種本體論的溝通，

---

[261] 《水與夢》，25 頁。

它使我相信生命就是一種普遍的芳香，生命從存在中散發出來就如氣味從實體中散發出來那樣⋯⋯我首先是薄荷香味，水生薄荷的香味。」[262]這種香味在〈水薄荷哀歌〉中被描述為「清清的苦　苦苦的香」。「水薄荷」有時間性的一面（「水」提示了這一點），更有「無時間」的一面：「水薄荷的纖維一百萬年只編織一次」（〈愛情哀歌〉）。

　　〈水薄荷哀歌〉由五首波瀾壯闊、九曲迴腸的長詩組成，分別以現實、愛情、歷史、故鄉、詩歌為主題，以水薄荷為或顯或隱的象徵，整體構成了一個始於現實（〈現實哀歌〉）而終於詩歌（《哀歌，和李商隱》）的歷程。水薄荷在〈現實哀歌〉裡的形象是「清苦的肖像／似曾相識中一株水薄荷靜靜佇立」，「一株水薄荷用一隻粉撲擎著灰燼」，分別隱喻獨立人格與殘酷現實；在〈愛情哀歌〉裡是「一株水薄荷的纖細」，「水的棺蓋上／水薄荷砸著長長的釘子」，「水薄荷的纖維一百萬年只編織一次」，意象了愛人的纖柔、愛與死的糾結以及愛情的永恆；〈哀歌，和李商隱〉：「水薄荷中亡靈吟唱」，「一叢水薄荷／清清的苦　苦苦的香」，無疑是詩意的象徵。〈歷史哀歌〉與〈故鄉哀歌〉雖然沒有直接描寫水薄荷的詩句，但它們同樣以水薄荷為隱然象徵。〈歷史哀歌〉精選了屈原、卡薩爾斯、魚玄機等七位歷史人物作為吟詠對象，這些人物的共同點可以表徵為：水（逝者）、薄（薄命）、荷（美麗、高潔）；而〈故鄉哀歌〉所書寫的鄉愁，亦是一種「清清的苦　苦苦的香」。五首長篇哀歌便是「一叢水薄荷」，「清清的苦　苦苦的香」迴旋縈繞，構成了《敘事詩》第二部的風骨氣韻。

　　〈現實哀歌〉將母親的死與十三年後天安門事件的死難者混為一談，這既是緊扣上一部詩的結尾將敘述繼續推進，又是一種基於「無時間的現實」的寫法。開篇寫道：

> 履帶下血紅的泥濘
> 　是
> 　　一月的梅花還是六月的槐花？

　　對現實的敘述，從沉重的「履帶」開始，它曾出現於 1989 年的北京街頭，也是碾壓所有中國時間的威權統治的象徵，「履」之屍字頭已暗示了死亡主題。楊煉

的母親歿於 1976 年 1 月，故「一月的梅花」喻亡母，「六月的槐花」無疑喻指六四死難者。沒能見上母親最後一面，一直讓楊煉痛悔不已，「梅」字流露出這「悔」意。「梅」中有「每」，暗示了個別性，楊煉用左起退後兩格排列，以「他」為敘述人稱的四行一節的詩行，來表達個人化的情感與記憶。詩中非時序地穿插了五處記憶片斷，依次涉及母親之死、小黑狗的慘劇、八九後的流亡生活、李河谷「本地中的國際」，以及寫作《敘事詩》的「現在」。第一處這樣寫道：

> 國關筒子樓裡幽暗的甬道
> 永遠開著燈　炒鍋的黃昏
> 緊倚著公共廁所凍硬的黃昏
> 一月的瀑布沖走他夢中喊出的名字
>
> 北風抱著照相冊痛哭
> 分娩般急切的死　顧不上羞恥的死
> 他追趕的年齡迎著母親瞳孔中
> 放大又放大的雪花

諸如此類的片斷都是基於個人往事的抒發，但它們並非純粹的「私人敘述」。「國關筒子樓」指楊煉一家住過的國際關係學院家屬樓，七十年代末至八十年代中期，楊煉在其中那間被他命名為「鬼府」的房間，實驗著「鬼話連篇」的朦朧詩，此外「國關」也暗示了一個封閉的國家。「幽暗」，現實的氛圍；「甬道」的寓意與車前子筆下的胡同類似；「永遠開著燈」，警察國家始終處於高度戒備的監視狀態。「炒鍋的黃昏」是私人性的，但它又「緊倚著公共廁所凍硬的黃昏」，正如母親之死的「私人事件」，可以「放大又放大」地貫通一切死者。

與「梅」之「每」不同，「槐」之「鬼」有種複數性，詩中以從最左邊排起、隨時錯落的詩行，以及「我們」、「你」（「單數的所有人，或複數的每個人」）的複數人稱來完成「公共表達」：

> 當季節複印一片片碾平的花瓣
> 　　　　　讓你不知死在哪次
> 哪個清明雨聲不在縫合絲綢的眉眼

　　　　你的驚愕「卟」地濺出時
　　　　　　複數的第一次在偷聽唯一一次
　　　眼淚炎熱而空洞
　　　我們走過不會絆住我們的腳步
　　　　　當　褲腳下輪軸轔轔滾動

六四事件不是例外而是常態，幾十年來乃至幾千年來密集的、「連軸轉」的殺戮（「輪軸轔轔滾動」），還真有可能把一個「死者」弄糊塗，「讓你不知死在哪一次」。這句詩體現了一種或許可以稱為「黑色魔幻現實主義」的寫作意識：寫作是「被害的儀式，超現實到現實本身的程度」[263]。關於六四，楊煉在〈詩意孤獨的反抗〉中說：「當全世界為天安門的血震驚和哭泣，我卻震驚於人們的震驚，更為遍地哭聲而哭泣。我哭我們忘卻的能力，倘若天安門成了我們見證的第一次死亡，那在此之前包括反右文革等等的一次次毀滅哪兒去了呢？我們為之哭喊控訴過的數千萬死者哪兒去了呢？連我們這次流淚，是否也其實與記憶無關，僅僅意味著沖洗和背棄，洗淨了，騰空了，好為下一場屠殺再哭再震驚？」[264]由此可見「驚愕」與「眼淚」出自悲悼但更由於健忘。因為健忘，「我們走過不會絆住我們的腳步」。

　　〈詩意孤獨的反抗〉中的「哭忘觀」，換成〈現實哀歌〉中的表述則是：

　　　世界不多不少是塊封死的石板
　　　　　你該哭你的忘　我們忘了又忘
　　　　　才配哭這不動的動詞
　　　　用不停的哭演繹不哭
　　　　用人性本來的潮濕
　　　　　　拒絕添加更多潮濕
　　　藍天開足馬力馳過
　　　　　　履帶重申
　　　所有死亡說到底無非一個私人事件

---

[263] 楊煉：〈為什麼一定是散文〉，見《鬼話・智力的空間》，6 頁。
[264] 見楊煉、友友文學網站：http://www.yanglian.net/yanglian/pensee/pen_sixiang_07.html。

正如「他」的「私人敘述」關聯「公共表達」,「我們」和「你」的「公共表達」也具有「私人性」——「履帶重申／所有死亡說到底無非一個私人事件」。而「他」與「我們」、「你」又可以統一於「我」:

線民　臥底者　處境廠商　交待材料的花匠　老大哥
艾滋村　黑煤窯奴工　塔利班　裸體飛翔的瑪格麗特
革委會　超級粉絲　G20　Ground 0　盜墓者　搜查者
柬埔寨骷髏　人間蒸發者　杜撰日曆的人　造句的人
我　任何人

上面每個詞都是一首最簡短凝練的〈現實哀歌〉,其整體「形狀」也很像一塊「封死的石板」。「我」被楊煉自我虛構為鬼魂,擁有無數化身、兼容死亡和生命的鬼魂之「我」,可以是「任何人」,而虛構便是二者之間的空格所象徵的那座空空之橋:

虛構的哀悼鑿穿一月和六月
蕊　時而梅花時而槐花

「鑿穿」妙極,有打通之意,同時「穿鑿」即虛構。那哀悼之「蕊」,即錯綜飄忽的思緒一縷、心香一瓣,一會兒因亡母的緣故,一會兒又是悼念六四死難者,甚至哀悼之「蕊」已無所謂屬於什麼「花」。就像〈現實哀歌〉,一方面繁複的人稱可以歸之於「我」,另一方面它又是一首「無我」之詩,偌大的篇幅「我」只出現過兩次,還都不是作為敘述人稱出現的,一次是「我　任何人」之單字孤懸;另一次在結尾的無人稱敘述中:

虛構一個搖曳的姿勢
最擅長一種流淌的幻象
　　流　成　血肉的難熬的奇跡
一株水薄荷用一隻粉撲擎著灰燼
一天沒嘔出那條履帶　一天就在活祭
　　海水洶湧的裂縫灌滿盲音

「今夜　我為自己　為你　為離開一哭」

到驚愕之外

繼續死去

「我」在一個直接引語裡，亦非本詩的敘述人稱。楊煉用嚴肅的「人稱遊戲」提醒我們，本詩不僅是「我」的哀歌，更是「任何人」的哀歌——長吟於「無人」的空曠中（「這*無人*是哪裡」）。楊煉以詩為「哭」，「為自己」「一哭」是感遇詩，「為你」「一哭」屬悼亡詩，「為離開一哭」乃傷別詩，〈現實哀歌〉就是這幾類詩的混合[265]。既然現實已殘酷到發生什麼都不應「驚愕」的地步，我們當然不必以「驚愕」回應現實。在多年前的〈失蹤〉一詩中楊煉早已寫過：「在時間之外／我回來繼續死去」，現在他把第一人稱換成了無人稱，更深刻地凸顯了現實之為現實的無時間性，就在於它是以「死去」為唯一落點的普遍絕境。

陳寅恪先生評論《再生緣》這部「敘事言情七言排律之長篇巨制」時，捎帶品評了庾信的〈哀江南賦〉，指出「其不可及之處，實在家國興亡哀痛之情感，於一篇之中，能融化貫徹」，「而其所以能……融化貫通無所阻滯者，又繫乎思想之自由靈活」，隨後他下了一斷語：「故無自由之思想，則無優美之文學」。[266]〈現實哀歌〉的風格亦為「離合之情，興亡之感，融洽一處，細細歸結，最散最整，最幻最實，最迂曲最直接」[267]，這種風格的核心，正是「自由之思想」。

如果說《￼》是「《易經》隱事」的話，那麼《敘事詩》剛好相反，截至〈現實哀歌〉，它已完全表現出「青銅銘事」的風格。所謂「青銅銘事」，是指將文字鑄造、鑿刻在青銅器上，並配以圖案和紋飾，其敘事美學特徵主要包括以下要點：一、「重器敘事」，青銅銘文是以體積大、分量重的青銅器作為載體，整體給人重器之感；二、「紋飾敘事」，一般青銅器都有精美的紋飾；三、「威權敘事」，青銅器的造型、圖案十分獰厲、可怖，銘文內容也往往令人生畏，處處凸顯「用威」的意圖；四、「恆初敘事」，青銅銘文的價值在於「永恆」，竹簡紙張上的文字多

---

[265] 五首哀歌均屬於這種混合之詩，分別因「你」而有所不同，譬如「你」在《愛情哀歌》裡指「友友」，兼及天下有情人，「為你」「一哭」屬於愛情詩。因此「今夜　我為自己　為你　為離開一哭」傳達了第二部詩的主旨。

[266] 《陳寅恪集‧寒柳堂集》，三聯書店 2001 年版，69 頁，73 頁。

[267] 孔尚任：《桃花扇‧入道》之總評，江蘇廣陵古籍刻印社 1990 年影印，148 頁。

有奪亂篡改，或被後人增益刪汰，青銅銘文則歷幾千年而能保持原初的真跡；五、青銅銘文還將「銘者自名」的小敘事與「足以征史」的宏大敘事融為一體，例如史牆盤銘（追孝格式）就是將國史與家史放在一起敘述的；六、「幽冥敘事」，所有敘事要素密切配合，共同承擔著溝通神鬼的功能。我們再來看《敘事詩》，它是一部規模宏大的長詩，而楊煉將長詩理解為「鎮國之寶」的「重器」；《敘事詩》中的作品，多為新格律體，而像〈現實哀歌〉這樣的自由詩也都頗為形式主義，這種對韻律、形式的講究，或可類比於青銅器的精美紋飾；分析〈照相冊：有時間的夢〉時已談及「獰」的風格，〈現實哀歌〉更是極端恐怖的「威權敘事」：

> 倒映牆上一塊耀眼的白斑
> 小黑狗剝皮時的慘叫　被釘著
> 繼續慘叫

以及：

> 鬼魂就布滿舞臺　斧劈時腦漿迸湧
> 懸頸時隨風飄飄　總不乏激情

而〈水薄荷哀歌：無時間的現實〉取消時間的意識，〈哲人之墟：共時‧無夢〉超越時間的神話，很像青銅器的「恆初敘事」；〈現實哀歌〉也充分表明，《敘事詩》具有「青銅銘事」那種將小敘事與宏大敘事「於一篇之中，融化貫徹」的特點；最後，《敘事詩》無疑是一首「幽冥敘事」的鬼魂之詩。

〈愛情哀歌——贈友友〉是一首組詩，跟呂德安的《適得其所》一樣，採用了民歌（情歌）的結構形式，序曲是〈1、一個街名使一場愛情溫暖回顧〉，兩段主歌為〈2、水薄荷傳〉、〈3、一九八九年十月九日，紀念日〉，然後一段很短的副歌〈4、流去——寫在水上的字〉，最後是主歌〈5、大海，安魂曲，首次，也是再次〉。

〈一個街名使一場愛情溫暖回顧〉中那句「卷起帷幕的雲」，已提示了這首詩的序曲性質。楊煉由一個街名起興，開始回顧一場二十三年的愛情。回顧的地點是倫敦寓所：「李河谷銀灰的波紋攔在窗臺上」；回顧的時間即本詩的寫作時間：「這些字寫在／二零零六年十月二十五日」；而回顧的主要內容是追悼被刮掉的兩個胎兒：

> 橫貫我們銀亮亮的水
> 不屑拒絕兩個還沒成形的小傢伙
> 追著自己永遠不會成形的噪音
> 瀝青一路粉碎到孩子從未誕生的
> 盡頭　被刮掉的血肉
> 把每頁詩複製成輓歌

〈水薄荷傳〉是一首獻給詩人妻子的頌詩，楊煉將他與友友的愛情跟曼德爾施塔姆與娜傑日達的愛情混合（「我們的廚房延伸他們的曠野」），因為兩者沒有本質區別：

> 死者的數目龐大得自動縫合
> 一株水薄荷的纖細　誰是娜傑日達呢
> 有多少黑夜就有多少門政治的外語
> 心顫抖著為一首詩探監　誰不是娜傑日達呢

以及：

> 曼德爾施塔姆　只有妻子
> 能迷上我們精緻發作的癲癇

楊煉藉此想說明一個道理：「忍受一個詩人比忍受一首詩難多了」。

〈水薄荷傳〉與其他傳記最大的不同在於，它是一部無限滄桑卻取消時間的傳記。說它取消時間是指取消敘述時間，時間意象詩中還是有的，如「年」（「有多少黑夜就有多少一九三七年」）、「月」（「甚至十一月的寒風也不是空的」）、「日」（「如果沒有你細細的鼾聲測定／窗外的星期三　我們漂出多遠了／一抹秋色不會是這樣」）、「分秒」（「我們的分秒　增添一壇花雕酒的黏稠」），這些時間意象並不標記、指示敘事的發展。傳記永遠是「過去完成時」，這部「無時間」的傳記卻結束於「開始」，結束於「霰子」這種不是過去的「過去」：

　　　　唯一的過去開始於倫敦一陣細碎的電子

　　　　被人聽見　因為河床瘋子般失控

　　　　那深處北極光喃喃低語

傳記是理性對經驗的整理、區分，而「瘋子」提醒我們，作為「水薄荷傳」的詩人生涯也是一部瘋狂史，用福柯的話說：「它是未被區分的經驗，是尚未分割的分割自身的經驗。」[268]一路寫下的詩句，「僅僅是瘋狂的自言自語」[269]。北極光如苦寒而又絢爛奪目的生命，它有著謎一樣的「身世」，即使在今天仍有許多難解的奧秘，如極光出現是否有聲音——而楊煉「堅信聽到北極光的響聲」（〈哲人之墟·共時·無夢〉之〈一件事〉）。長久以來，北極圈各民族分別發展出自己的極光傳說，在芬蘭語中，它被稱為「狐狸之火」；而因紐特人（舊稱愛斯基摩人）認為北極光是引導亡靈的鬼火。楊煉恐怕不僅認同因紐特人的極光傳說，他甚至有可能以因紐特人自況，一是因為因紐特人的祖先來自中國北方，經過兩次大遷徙進入北極圈，乃看似土著的流浪民族；二是因紐特人的生存環境極端嚴酷，常年在死亡線上掙扎，完全符合楊煉對生存的理解。更巧合的是，「喃喃低語」在因紐特人的語言中意為「落雪」，那正是楊煉詩歌中指涉死亡的重要意象。

　　　〈水薄荷傳〉取消時間，〈一九八九年十月九日，紀念日〉卻有意突出時間。1989 年 10 月 9 日是流亡中的楊煉和友友結婚的日子，「我和你　衣衫潔淨得像剛被你／漿洗過的旅館床單」，「證婚人的欄目裡一筆一劃寫下／一片世界上最湛藍的海」——見證著他們的深情與漂泊。「紀念日」意味著愛情的美好：

　　　　……你藏進雪白的蘭花

　　　　修飾患難的燦爛的脖子　歲月

　　　　像件贈給我們自己的禮物

　　　　珍藏得夠深

也意味著流亡的慘痛：

---

[268] 福柯：見《福柯集》，上海遠東出版社 2003 年版，1 頁。
[269] 楊煉：〈沉默之門〉，見《鬼話·智力的空間》，231 頁。

被雕刻成的正是被毀滅成的樣子

〈流去——寫在水上的字〉是一首十行短詩：

河的書　總在撕掉血淋淋的一頁

滑鐵盧橋牽著燈光的彗尾

而你眼中滲出的黑暗

像石塊　錨在水下

看城市被潮漲潮落磨滅

看一滴孤獨壓彎光年的蛛網

我的臉也從你眼中滲出

一道抬高博物館的波浪

自由地　滾滾地　吞咽更多離別

無論是水或是血

人在自身的深處具有流水的命運，楊煉曾說：「寫在時間上的全都寫在水上。」[270]
一般副歌都有提煉主題的作用，本詩也不例外。「河的書」，時間主題；「石塊　錨」
讓我們想起〈二姨的肖像〉「一隻古樸的石錨穩穩繫著他的船」，指向家的主題；
「看城市被潮漲潮落磨滅」，毀滅主題；「蛛網」，記憶主題（評論《吃蜘蛛的人》
時楊煉說：「記憶，在每個人心裡織著一張血紅的蜘蛛網」[271]）；「自由地」，自由
主題；「吞咽更多離別」，傷別主題；而「我的臉也從你眼中滲出」乃愛與凝望主
題。這種屈原所說的「忽獨與余兮目成」（〈九歌〉），在〈一個街名使一場愛情溫
暖回顧〉中是「你和我視線一碰」，在〈水薄荷傳〉中是「鎖定　一條從眼睛到眼
睛的連線」，在〈大海，安魂曲，首次，也是再次〉中變成「從一雙眼睛傾入另一
雙眼睛的萬頃碧波」，這就是愛情從無到有、不斷深閎的傳奇。

　　〈大海，安魂曲，首次，也是再次〉是〈愛情哀歌〉的高潮和尾聲。安魂曲
通常由八個樂章組成，本詩也分為八節，每節八行，按照七律的正例押韻。楊煉

---

[270] 楊煉：〈渡過之年〉，見《鬼話‧智力的空間》，90 頁。
[271] 〈吃人生這只蜘蛛〉，見《一座向下修建的塔》，191 頁。

以此中式韻法和西洋音樂結構的組合，象徵一對中國夫婦的海外漂流。詩中有隱晦的性描寫：

> 剝開海的刺　一枚仙人掌果紅如血緣的
> 肉　讓我們牙床上濺滿了彼此

請注意「剝開」、「肉」、「床上」、「濺滿」。仙人掌果的藥用價值在於促進傷口愈合，這也是愛情安魂曲的「功效」。

詩中更有歷盡滄桑的深情告白：

> 我們已駛過了多少海洋啊　多少光
> 保持著年幼　磨快折刀似的翅膀
> 一張床拖著航跡　航行到我們的
> 成熟裡　家　從這個詞望去海水最蒼茫
> 潮汐的桌子上擺滿疑問　再推遲
> 一行詩句就是一塊浮石　遠方
> 好近啊　我們能感到它在懷抱裡孵化
> 愛　從這個詞想像濤聲拍打的形象
>
> 只兩個人　加一個星空　別無所求
> ……

既然是安魂曲，當然會涉及死亡：

> 當時間　這音樂的語法　不談論終點
> 卻以每個瘋狂的一生照耀那終點

安魂曲和大海的共性在於每一刻的演奏、洶湧，都是「首次，也是再次」（「迎來首次」，「輪迴無數次」），這也是愛情的特點：

> 修復我的視覺　哦　活過
>
> 就是鋪開自己這張血肉的樂譜
> 寫下古老的蕩漾　撫摸

從一雙眼睛傾入另一雙眼睛的萬頃碧波

雪亮　等於皮膚下的暗夜

巨鯨的殘骸像盞蒼白的燈幽幽垂落

我們的美一如我們的碎　持在誰手上

雲來了　筆尖沙沙風暴的傑作

把你的手放進我手中　一個旅程

背誦一次就再經歷一次　詩這樣生成

水薄荷的纖維一百萬年只編織一次

綠綠你我　像個對慘痛詩意的約定

學會愛就是學會在一條街的甲板上穩住

學會死　虛無有多深溫柔有多深　幸福

生成　你掌心裡的熱已滲透我的骨髓

兩隻水鳥翅尖一碰　停下我們的造形

愛情是人類最偉大的俗套，每一對相愛的男女，都是神似的。愛情永遠是「首次」（「鋪開自己這張血肉的樂譜」），也是「再次」（「寫下古老的蕩漾」），永遠是對人生苦難和死亡恐懼最動人的安魂曲。最後一句，呼應〈愛情哀歌〉開篇部分的「一碰」，「停下」愛情的無時間的「造形」──比翼雙飛。

　　〈歷史哀歌〉延續了《��》之〈地〉「以人物為本位」的懷古詩或詠史詩的寫法，每首詩書寫一位與楊煉本人或其寫作頗有淵源的歷史人物。楊煉用「我的歷史場景之×」的標題來強調這種內在關係，例如〈我的歷史場景之一：屈原，楚頃襄王十五年〉，〈我的歷史場景之二：巴勃羅‧卡薩爾斯，一九五五年五月十五日〉，這種主觀唯心主義的歷史意識讓我們想到別爾嘉耶夫的歷史哲學。別爾嘉耶夫反對馬克思主義對未來無限樂觀，把人類的一切世代都當成未來的工具和手段的歷史進步論；他同樣反對馬克思主義將物質的生產過程視為歷史過程唯一真實之現實的唯物史觀，他認為經濟唯物論「使歷史喪失應有的精神，通過揭示歷史的主要奧秘扼殺其內在奧秘」[272]。在別爾嘉耶夫看來，「『歷史的東西』恰恰是存在的孿生形式」，它首先是具體的、個別的；歷史現實是一種更高層次的精神現

---

[272] 別爾嘉耶夫：《歷史的意義》，學林出版社 2002 年版，7～8 頁。

實，「一個真正生活著的人……在其生命的許多精神活動中，都在通過歷史回憶，通過內心的傳說，通過其內心個體精神命運歸向歷史命運的行為，尋求著偉大歷史世界中的真實現實」。由此別爾嘉耶夫也給出了尋求歷史現實的途徑：人應當依賴個人意識的內在狀態、意識的內在深度與廣度，從自身揭示「歷史的東西」，認識歷史就是「把認識者內心深處即內心思考的東西與當時某種歷史的，即不同時代發生的事加以結合，使其吻合的過程」[273]——這也是〈歷史哀歌〉的方法論，當然楊煉完全不會認同別爾嘉耶夫加諸其歷史哲學之上的宗教意識。楊煉的唯心史觀也可能與別爾嘉耶夫無關，因為那是一種典型的「詩人史觀」。葉芝認為：「每一個富有激情的人都與另一個歷史的或想像的時代相連」[274]；巴什拉也說過：「歷史學家在歷史中選擇他的歷史。詩人將自己的感受同某種傳統結合起來，以此來整理這些感受。文化情結在其良好的形式下再生並使傳統變得年輕」[275]；而古典懷古詩無論內容為何，傳遞給我們的也總是一種「我的歷史場景」的主觀意識。

　　〈歷史哀歌〉非時序地書寫了七位歷史人物。這其中，兩古兩今、兩中兩外四位男性人物屈原、卡薩爾斯、嚴文井、修昔底德斯都有沉痛的流亡（放）經歷；兩位女性，無論確有其人的魚玄機，還是沃爾芙筆下的人物，均難逃悲劇性的命運；葉芝則代表了一種歷史循環論的觀念，以及對世界所抱持的深情冷眼的態度。如果說七首〈歷史哀歌〉有什麼具體的共同之處的話，那就是每首都有重申「無時間的現實」及敘一己之事的筆觸，都有對水薄荷意象的細節應和。

　　第一首抒寫屈原，因為「就精神血緣而言」，屈原即是楊煉的「來歷和『出處』」，他的「精神父親」[276]。楊煉選擇了楚頃襄王十五年這樣一個屈原可能的卒年展開敘述[277]。屈原的生平事跡渺不可考，他的作品幾乎是唯一的依據，楊煉的「歷史場景」想像，正是從屈賦的「STUDIUM」，「認出其『攝影師』來」；同時對屈原的敘述，亦可理解為某種自況。

　　　一道水的明亮皺褶裡疊印他和你的

　　　腳步　　一道光檢測著祖屋的老

---

[273] 《歷史的意義》，10～17頁。
[274] 轉引自李靜：《葉芝詩歌：靈魂之舞》，東方出版中心 2010 年版，213 頁。
[275] 《水與夢》，20 頁。
[276] 〈在死亡裡沒有歸宿〉，見《鬼話‧智力的空間》，212 頁。
[277] 關於屈原的卒年大體有九種說法，看來楊煉認同蔣驥《山帶閣注楚辭》的推斷。

像被判決終身奄奄一息的火塘

暮色也是件沒有時態的作品

把他的高冠　長劍　蘭蕙　華章

玉佩之叮噹　埋進你枕著的泥岸

小時候意味著幾千年？一排浪牽動

江心的大輪船　汽笛聲中等待之詩

早成相思之詩　水浸浸的距離

忘了也在一隻明月燈籠的吟詠下

記住　祖屋旁的韻腳清自清濁自濁

相思自是一種交給毀滅攢緊的形式

哦　大夫　一間築在水中的斗室

小自小　大自大　足夠無盡徘徊

本詩共三節，這是第一節，楊煉又跨時空地將「他」（屈原）與「你」（一個和屈原同鄉的姑娘）「疊印」。「祖屋」呼應屈原的「奚久留此故居」（〈遠遊〉），「歸來反故室」（〈招魂〉），實指「你」在其中度過童年的江邊老宅，亦象徵中華文化傳統。「暮色」屈原多次寫過，如「日忽忽其將暮」，「時曖曖其將罷兮」（〈離騷〉），「杳冥冥兮以東行」，「西濟兮西滋」，「西宿兮帝郊」，「日將暮兮悵望歸」（〈九歌〉），「時曖曖其曭莽兮」（〈遠遊〉）。「高冠」、「長劍」、「玉佩」更是屈原形象的典型飾物，〈離騷〉、〈涉江〉均有描寫。而屈原的飾物、華章之美夢，「都埋進你枕著的泥岸」。「小時候」指「你」的兒時，它也是屈原愛寫的時間，如「余幼好此奇服兮」（〈涉江〉），「朕幼清以廉潔兮」（〈招魂〉）。「汽笛聲中等待之詩／早成相思之詩」的感慨，論其原型仍在屈賦之中。這句詩與「暮色」也有關，黃昏是古代婚嫁之時，屈原常用「曰黃昏以為期，羌中道而改路」形容懷王違背君臣之約，儘管如此，屈原還是一直苦苦地等待著，相思著，以孤潔痴情的女子自比，為此他寫盡了「等待」與「相思」之詩：「時曖曖其將罷兮，潔幽蘭而延佇」（〈離騷〉），「思夫君兮太息，極勞心兮忡忡」，「望夫君兮未來，吹參差兮誰思」，「隱思君兮悱惻」，「帝子降兮北渚，目眇眇兮愁予」，「登白薠兮騁望，與佳期兮夕張」，「沅有茝兮澧有蘭，思公子兮未敢言」，「荒台兮遠望，觀流水兮潺湲」，「結

桂枝兮延佇，羌愈思兮愁人」，「西宿兮帝郊，君誰須兮雲之際」，「望美人兮未來，臨風恍兮浩歌」，「登昆侖兮四望……日將暮兮悵望歸」，「思君子兮徒離憂」（〈九歌〉），「思美人兮，攬涕而佇眙」（〈思美人〉），「惟佳人之獨懷兮」（〈悲回風〉），等等。屈原的流放多緣水而行，其「等待」與「相思」也常取水邊場景，故有「水浸浸的距離」一說；「浸浸」還有漸漸之意（如韓愈〈訟風伯〉「雨浸浸兮將落」），暗示了漸行漸遠的流亡。「清自清濁自濁」典出〈漁父〉「舉世皆濁我獨清」；「一間水中的斗室」用了〈九歌〉「築室兮水中」之典。「小自小　大自大」乃詩歌的「小大由之」之美，芥子須彌的詩歌乾坤，「足夠無盡徘徊」。我們民族最偉大的詩人，不僅寫盡了「暮色」，寫盡了「等待」與「相思」，同樣也寫盡了「徘徊」：「僕夫悲余馬懷兮，蜷局顧而不行」（〈離騷〉），「欲儃佪以干傺兮」（〈惜誦〉），「入溆浦余儃佪兮」（〈涉江〉），「超回志度，行隱進兮」（〈抽思〉），「吾且儃佪以娛憂兮」（〈思美人〉），「步徙倚而遙思兮」，「音樂博衍無終極兮，焉乃逝以徘徊」（〈遠遊〉）。由此可見，楊煉是「設身處地」於屈原的全部作品，以建構發揮自我、旁通於「你」、遙想屈原的「歷史場景」。這「場景」是發生史，不斷演歷於一個人的內心世界與屈原作品的相遇與領悟中，無時間可言，亦難分彼此。「暮色也是件沒有時態的作品」、「小時候意味著幾千年」的詩句，扣「無時間」主題，正如「相思」、「清自清」呼應「清清的苦　苦苦的香」的水薄荷。

第一節是等待、相思、徘徊的場景，第二節主要寫斷絕，屈原悱惻哀思的風格為人熟知，他的決絕之美（對「壅君」、「濁世」）在儒家文化的狹隘詮釋中卻常被忽略。

他和你都不會驚奇　「南州之美莫如澧」
一條河也有它獨一無二的體味
像美人　輾轉身邊如一根薰衣的香草
斷也是決絕的　一個投水的姿勢
令一段江面腰肢挺起　一枚玉玦
又一枚玉玦　追著水鳥擲入江風
多好聞啊　一天天把你懷大的魚腥
從一千條河中選出這一條　嗆炸

> 大夫的肺　郢已破　東門已蕪
>
> 妃子已蕩靛綠的漣漪　該寫的句子呢
>
> 落一場非湖非海鎖入流向的大雪
>
> 女孩的身體鮮豔迎迓一首詩的冒犯
>
> 女孩默想　踢過的浪多遠了　多老了
>
> 水聲汩汩　屋頂　牆縫滲漏的黑
>
> 招認　當苦苦相思像個虛構橫渡不了
>
> 美人都不耐煩自己的美麗

首句寫「他」和「你」同澧水的淵源，「一天天把你懷大的魚腥」更坐實「你」在
這條江邊長大。「玦」通「絕」，〈九歌・湘君〉：「捐余玦兮江中，遺餘佩兮澧浦」；
「大夫的肺」，顯然是被昏君佞臣氣「炸」的；「郢已破　東門已蕪」用了〈哀郢〉
及其中「孰兩東門之可蕪」的典故。屈原曾盼望懷王能回心轉意，但他對頃襄王
幾乎不抱希望，隨國事日壞，對後者的態度更趨決絕，於是第一節的等待與相思，
蛻變為第二節的決裂，而這也是「你」的心路歷程。第一節寫「大夫」（大丈夫），
第二節主要寫屈原熱愛的美女意象。屈原筆下的女子大致有三類，一是「宓妃」，
楊煉以「妃子已蕩靛綠的漣漪」相應；二是「女」，如〈離騷〉之「下女」、「佚女」，
楊煉以「女孩」對之；三是「美人」，在屈原筆下，美人常喻君王，亦自況或喻賢
人，「美人都不耐煩自己的美麗」藉腐朽的君王闡發極端頹廢的唯美主義詩學。這
一節充分展示了屈原以女性為中心的修辭藝術，當然也寫出了「你」的斷絕。

　第三節：

> 五十二歲時我重讀被你揀回的
>
> 二十九歲　自戀像只螢火蟲
>
> 睡著的火山懷著暗紅的年號
>
> ——「樹根緩慢地扎進心裡」
>
> ——「它學會對自己無情」
>
> 過盛的時間清澈過濾河底不流的疑問
>
> 水之老篩掉大夫春夜的惱怒
>
> 再讀　我們的才華連自戕都不會

只能忍住霉爛椽子上你的鄉音

滴進我的　遞增一隻漩渦的聾啞

你的祖屋變賣給鷺鷥　吊著獸性的腳

啄起白白的屍體　我們連死亡都用盡了

何況相思　玩過的浪滾動成遠山

何況訣別的空書從不留下任何名字

哪怕叫澧水　模擬無人的溫柔

從一千個側面教給耳朵乾渴的詩意

前五句敘一己之事，寫「五十二歲時我重讀被你撿回的」舊作〈休眠火山〉[278]，發現它儘管「自戀」，卻有著一以貫之的天問精神（「不流的疑問」），這種天問精神及「發憤以抒情」（「惱怒」）的風格，正是屈原對楊煉的詩教。「我們的才華連自戕都不會」，在一篇訪談中楊煉說：「我根本否認屈原自殺過……對於這個世界，他不知所終。投江等等，純屬後人可憐的想像和附會──詩『派生』現實的又一例證。」[279]「鷺鷥」意同羅隱〈鷺鷥〉：「不要向人誇潔白，也知常有羨魚心」，指偽善、貪婪、凶殘的「惡禽」，「獸性」點破此意，那它到底所喻為何？「我們連死亡都用盡了／何況相思」，前面介紹了屈原的「相思場景」，而他筆下的「死亡」有：「寧溘死以流亡兮」，「雖九死其尤未悔」，「阽余身而危死兮」（〈離騷〉），「永遏在羽山」，「何勤子屠母，而死分竟地」，「何少康逐犬，而顛殞厥首」，「列擊紂躬」，「齊桓九會，卒然身殺」，「武發殺殷」（〈天問〉），「限之以大故」，「知死不可讓」（〈懷沙〉），「寧溘死而流亡兮，不忍此心之常愁」（〈悲回風〉），被認為是屈原絕命辭之一的〈惜往日〉寫道：「或忠信而死節兮」，「寧溘死而流亡兮」，「不畢辭而赴淵兮」，「焉舒情而抽信兮，恬死亡而不聊」，以及「臨沅湘之玄淵兮，遂自忍而沉流。卒沒身而絕名兮」──這句詩也是「何況訣別的空書從不留下任何名字」的出處。此外，〈九歌〉的〈大司命〉寫死神，〈國殤〉寫陣亡將士，而〈招魂〉一詩對死後魂靈、陰間世界的描寫，論語言論想像力，絕勝《奧德賽》的「幽冥之旅」。「連死亡都用盡了」還有一層涵義，楊煉認為「屈原已通過他的詩，

---

[278] 這首詩「你」可能挺喜歡，卻早被楊煉本人「過濾」掉了，並未收入他正式出版的詩集。不過「休眠火山」的意象稍加改動為「死火山」，一直延伸進《敘事詩》。

[279] 〈在死亡裡沒有歸宿〉，見《鬼話・智力的空間》，211～212 頁。

加倍完成了『死亡』——他用每一首長詩『完成』自己一次，然後重新開始」[280]。
和屈原一樣，楊煉也是既著力書寫「死亡場景」，又「用每一首長詩『完成』自
己一次」。「玩」也是屈原「玩過」的詞：「吾誰與玩此芳草」（〈懷沙〉），「誰可與
玩斯遺芳兮」（〈遠遊〉）。「浪」，〈涉江〉有「齊吳榜以擊汰」，〈悲回風〉更有精彩
浪賦：

> 憚湧湍之礚礚兮，聽波聲之洶洶。
>
> 紛容容之無經兮，罔芒芒之無際。
>
> 軋洋洋之無從兮，馳委移之焉止。
>
> 漂翻翻其上下兮，翼遙遙其左右。
>
> 氾潏潏其前後兮，伴張弛之信期。

「浪」在屈原筆下還有淚水義，如「沾余襟之浪浪」（〈離騷〉）。而在本詩中，「浪」
兼有浪花、放浪、淚水等涵義。「何況訣別的空書從不留下任何名字」，一如馬拉
美所說，書不帶任何署名。楚頃襄王十五年是屈原和世界訣別之期，楊煉認為「他
只是離開了自己的名字，同時用『無名』的方式實施一次侵占：把我們都變成了
他的詩的未亡人」[281]。而屈賦之魅惑，正在於其音韻之美以及無限豐富的內涵
——「從一千個側面教給耳朵乾渴的詩意」。

　　本詩三節，構成了一個從等待、相思、徘徊，到生離，再到死別的過程，而
這些場景都是「沒有時態的作品」，一如暮色與河水。楊煉此詩可以說無一字無出
處，屈原詩歌的主要意象、場景，屈原的風格、旨趣，乃至他的全部作品，都被
楊煉濃縮進一首詩中，這是「我注六經」，亦為「六經注我」。因此這首哀歌不僅
是獻給屈原的一首頌詩，也是澆自己塊壘的感懷詩、給「你」的贈別詩。借用屈
原〈抽思〉中的詩句來概括便是：「結微情以陳詞兮，矯以遺夫美人。」

　　〈我的歷史場景之二：巴勃羅・卡薩爾斯，一九五五年五月十五日〉，敘述對
象是卡薩爾斯（1876～1973）這樣一位在漫長的一生中恪守「藝術和人性價值密
不可分」之信條的偉大音樂家。卡薩爾斯亦把自我的獨立視為命脈，拒絕參加一
切政治集團或組織，「我只有一個人，嚴格的一個人，才能保持我的獨立位置」，

---

[280] 〈在死亡裡沒有歸宿〉，見《鬼話・智力的空間》，212 頁。

[281] 〈在死亡裡沒有歸宿〉，見《鬼話・智力的空間》，212 頁。

他說[282]；楊煉也說過：「一個人要堅守全方位的獨立和批判性，也就意味著接受自覺的孤獨。」[283]對於作品結構的意義，楊煉與卡薩爾斯的認識也完全一致，卡薩爾斯認為「要理解一部偉大的作品，必須首先準確地把握它的主旨，它的『結構涵義』以及組成這一結構的諸成分之間的相互關係」[284]；楊煉則宣稱「當整部作品有機形成，它的結構，就成為這部作品的根本隱喻」[285]。

　　1939年，卡薩爾斯為了抗議他的祖國西班牙的獨裁政府而流亡法國，他選擇鄰近西班牙邊境的法國小鎮普拉德隱居下來，直到1957年移居母親的出生國波多黎各。詩中「他的寧靜無限縮小了獨裁者」，「一塊老繭／打磨決定沉默的十八年」，即指這段隱居生活。而開篇的「紀念館的小門隱在旅客咨詢處後面」提示我們，這是楊煉參觀普拉德的卡薩爾斯紀念館而寫的感事詩，「隱在」暗指隱居。楊煉用了幾個與「老」有關的意象來呈現大師的晚年魅力：「一塊老繭／打磨決定沉默的十八年」，「一頭老象　突兀在房間裡／灰暗多皺地擺動」，「一根老弦把灰暗多皺的鼻子探入／下一小節」（「灰暗多皺」與〈屈原〉開篇「一道水的明亮皺褶」形成對比。作為老之特徵的「皺」多次出現，我們似乎應該在德勒茲「靈魂的褶子」意義上來理解它[286]），以及：

> 都是深度節拍器　他的老年
>
> （一如所有老年）　沒有渺小的敘事

道出了楊煉本人對《敘事詩》的看法。

　　本詩呼應「無時間」的詩句為：「在一個有名有姓的回絕裡／刪去不值得聆聽的／歲月般塤碎的」；呼應水薄荷意象的詞句有「小圓花鏡」、「悲苦」、「聽清慘痛的至少的幸福」；而自敘其事的筆觸除了參觀卡薩爾斯紀念館，還有：

> （一聲錄音裡響了半個世紀的咳嗽
>
> 咳出這首詩　注冊我的網站被祖國

---

[282] 何塞・馬麗亞・科雷多：《弓弦之王——卡薩爾斯》，上海音樂出版社2001年版，272頁。
[283] 楊煉：〈柏林思索：冷戰經驗的當代意義〉。見楊煉、友友文學網站。
[284] 《弓弦之王——卡薩爾斯》，216頁。
[285] 楊煉：〈幻象空間寫作〉，見《鬼話・智力的空間》，181頁。
[286] 德勒茲說：「靈魂造成了內在的褶子的展開，通過展開，靈魂表現給自己一個被包含的世界」，見《福柯　褶子》，180頁。

絞殺的一刻　靈耗

把我逐出聽眾的位置）

　　卡薩爾斯長期隱居普拉德，幾乎謝絕了所有演出邀請，熱愛其音樂的人士只
好退而求其次，說服他在普拉德舉辦音樂節。1955 年 5 月 15 日，楊煉誕生第八
十三天，第六屆普拉德音樂節如期開幕，聖彼得教堂座無虛席，主教致辭後鐘聲
響起，大師走到中央，向聽眾致意，然後緩緩坐下，開始演奏巴赫的大提琴組曲：

大洋環流的教堂裡一把木椅子

沒攪碎沉默　只錨定沉默

歷史有個緩緩坐下去的重量

觸弦的是　重申不

在我誕生第八十三天

葡萄園的綠色樂譜叮嚀一個嬰兒

詩是什麼　儲存了十八歲的無聲後

大提琴地獄般的開口意味著什麼

此外　音樂呢

音樂在紀念館的石板地上灑水

罩著我們的愛的陰涼　心

追上聽清慘痛的至少的幸福

為抗議弗朗哥的獨裁統治，卡薩爾斯後半生近四十年始終拒絕返回西班牙，二戰
期間，他堅拒了所有納粹國家的邀請，二戰後他又宣布拒絕去與獨裁政權保持曖
昧關係的國家演出，「不」即是卡薩爾斯對楊煉的諄諄教誨。卡薩爾斯在普拉德隱
居了十八年，而從 1955 年 5 月 15 日算起，十八年後既創新又保守的一代宗師與
世長辭，差不多同時，楊煉開始了他的「詩歌史前期」寫作。「音樂在紀念館的石
板地上灑水」，暗示了藝術與世界的關係，因為「世界不多不少是一塊封死的石板」
（〈現實哀歌〉）。

　　〈我的歷史場景之三：嚴文井，二零零五年七月二十日〉，是一首寫給嚴文
井的挽詩。嚴文井曾擔任中國作協黨組副書記、人民文學出版社社長和《人民文

學》雜誌主編，是所謂全國文藝戰線的老領導，楊煉卻是個「反動詩人」，兩人年齡、身份殊異，卻偏偏是好朋友，這說明歷史在「階級」、「陣營」、「立場」的陳腐敘述之外，有著遠為豐富、動人的細節和情感。韓少功在一篇紀念嚴文井的文章〈光榮的孤獨者〉中提到這樣一件往事：上世紀八十年代初，「轉暖的文壇仍充滿著肅殺氣象，不少革新者感到威壓重重」，「有一次，我出席一座談會，聽到一位老作家為朦朧詩大膽做出辯護，稱現實主義不應成為封閉和刻板的教條，而現代主義一類文學多樣化的嘗試不應遭到封殺。我不覺暗暗吃驚，後找旁人打聽，得知發言者即嚴文井先生，一位來自延安寶塔山下的革命文學家，也是中國文學界資深領導之一……當時的朦朧詩仍處於某種『地下』狀態。我沒料到文井先生也讀到了這些油印作品，對文學新探索表現出足夠的敏感、寬容以及支持。這在老一輩中實為難得的異數」——這無疑是嚴、楊之交的前提。在那篇文章裡，韓少功還寫到嚴文井「逝世之後雖有各種追思報道，但諸多媒體一般只提到他在兒童文學方面的成就，對他在新時期以來表現出大義和大勇的孤獨抗爭，對他多年來被實踐證明了具有非凡眼界和非凡膽識的破冰之功，卻奇怪地保持著沉默」，以及「他的居室很狹窄，光線也很暗，成堆的書籍占去了陋室的絕大部分空間……北島、楊煉、芒克等新銳詩人是他家的常客」。[287]

對於嚴文井的去世，楊煉這樣寫道：

我總是趕不上一場葬禮

甚至貓咪歡歡也比我快
一座正午暴曬的陽臺也比我快
等著燙死的方便麵已吃夠了沙塵暴

圍棋盤上的殘局蠶食這七月
他在路上　天堂在不遠不近的地方

貓咪歡歡是嚴文井豢養多年的寵物，死後被他親手葬在樓前樹下。許多人在紀念文章裡都談到嚴文井吃飯沒正點，餓了才吃，永遠一碗方便麵了事，他的居住條

---

[287] 韓少功：〈光榮的孤獨者〉，見《他仍在路上——嚴文井紀念集》，人民文學出版社2006年版，430～431頁。

件也很一般，一套六十多平米的小屋，臥室兼書房只有十平米左右。不管時代如何變遷，嚴文井一直保持著極其簡樸的生活方式，完全不同於他那個級別的大多數官員。「吃夠了沙塵暴」也暗示嚴文井飽經滄桑。圍棋（和音樂）是他最大的愛好；棋局也常常是現實政治或歷史的喻體，如杜甫〈秋興八首〉「聞到長安似弈棋，百年世事不勝悲」。「他在路上」，典出嚴文井的最後一篇文章〈我仍在路上〉，文中說：「我最珍重的品德：敢於面對現實……我對文學的追求：反對成見與偏見，盡可能地跟謊話、廢話唱反調。」[288]「天堂」喻死亡，亦指代嚴文井的共產主義信仰。

坦白地講，嚴文井一生的文學成就並不高，這位老人真正令人敬佩的是他那敢於面對現實的勇氣，以及對歷史、對現實不懈的深入思考。1992 年 7 月 29 日，他給一位來自江陵（昔日楚國郢都）的老鄉題詞道：「我將放棄一切，只留下楚人求索痴心。」[289]這份「求索痴心」在本詩中亦有表現：

> 只是　最後十年清冷反鎖的
> 私釀的孤寂　再也不可造訪
> 匆忙的人生理解不了　兩根手指微微
> 抖動　黑白棋子間歷史倏然轉折
> 他的沉思夾著自己的落點

對於自己的思考，嚴文井秉持「有的可『述而不作』，有的絕對不能說」[290]的原則，我們並不瞭解。不過楊煉一定聽老人「述」過，我們從下面的詩句可略窺一二：

> 廣場上盆栽的笑是編號的
> 背誦的節日裊裊舔向未來
> 某種人性的肺氣腫
> 發育成半夜嗆醒他的暴戾目的
> 某個想像力的渺小謊言

---

[288] 嚴文井：〈我仍在路上〉，見《他仍在路上——嚴文井紀念集》，1 頁。
[289] 涂光群：《五十年文壇親歷記》，遼寧教育出版社 2005 年版，567 頁。
[290] 孫遜文：〈他「帶走了」半部當代文學史〉，《中國青年》2008 年第 14 期。

　　把別人的臉掀開一點　　藉著誤解

　　把公式推開　天堂無限遠

「節日」、「未來」指向把「未來」加以神化的共產主義。「肺氣腫」、「嗆醒」，呼應〈屈原〉「嗆炸／大夫的肺」。我們不懷疑像嚴文井這樣的革命者的高尚初衷，但就實質而言，人類歷史上從未有任何一次革命獲得成功，真正解決了它所面臨的歷史任務；甚至，最初的革命理想往往會「發育成」南轅北轍的「暴戾」現實，「嗆醒」有良知的沉思者。「把公式推開　天堂無限遠」已表明嚴文井對共產主義的質疑。但另一方面，「最後十年清冷反鎖」，「棄置不配鐫刻歷史的國度」等詩句，也表明老人對於 1990 年代以來的「金錢文化大革命」的厭惡和否定。他曾對韓少功說：「我是一個共產黨員。我不相信共產主義是什麼天堂。我不相信這種神話。我的共產主義就是公平和正義，是反對任何形式的剝削和壓迫，是為最大多數的人民群眾謀利益。我在這一條上是不會改變的……如果沒有世界大同這樣一個理想目標，所有的改革也好，革命也好，造反也好，就都成了或大或小的私利之爭。它們和它們所反對的對象，還能有多大的差別？」[291]正因為嚴文井既有懷疑主義精神，亦有理想主義情懷，楊煉才一會兒寫「天堂無限遠」，一會兒寫「天堂在不遠不近的地方」，並在本詩題目之下標注了「天堂的半途——」的提示語。九十年人間桑海，嚴文井一直在上下求索的途中，在懷疑與信仰的「天堂的半途」，直到 2005 年 7 月 20 日的死亡，令他的求索「半途——」而廢。

　　詩中，「清冷反鎖」、「裊裊」呼應水薄荷意象；描寫「無時間」的詩句為「沒有開始哪兒來的最後」[292]；「十年前一串從窗口扔下來的鑰匙／擰開悔恨　不接住就好了」，則是敘一己之事，親眼見證嚴文井最後十年自囚的歷史場景。

　　魚玄機是唐朝著名女詩人、女道士，因殺婢而在唐懿宗八年被處極刑，但此案疑竇重重，很可能是一冤案。〈我的歷史場景之四：魚玄機，唐懿宗八年〉也有提示語：「一首和詩」，一位與楊煉深交多年的女詩人曾以魚玄機為題賦詩一首，

---

[291] 〈光榮的孤獨者〉，見《他仍在路上——嚴文井紀念集》，432 頁。

[292] 楊煉在〈柏林思索：冷戰經驗的當代意義〉中說：「一道黑暗的底色，貫穿了中世紀宗教法庭、二戰猶太人大屠殺、共產專制制度，延伸進喪失反思能力的今日世界，一再重申著人自欺的本質。直到，『歷史的終結』像一個玩笑，告訴我們，歷史從未開始。」

楊煉此詩即為應和之作。本詩共八節，每節六行，前四行均押魚玄機的「機」韻，一貫到底；每節的最後兩行同韻，但節與節之間換韻，如：

> 小城瓦萊賽的雨生不逢時
> 我走　像只生不逢地的低飛的燕子
> 穿過你們　書寫的魚跳舞的魚
> 好香　破網而出的玄機
> 　　揪心的悲歡味兒　窮盡
> 　　照片上繼續燦爛下去的殘忍
>
> 為什麼我猜最解渴的仍是時間這池
> 淺淺的水？當死亡不是畏懼　是事實
> 活過　愛過　寫過　斷頭僅標誌
> 盛開　我的腳步既向東又向西
> 　　追上雙倍的不可能
> 　　笑意　才釘進一雙最憂鬱的眼睛

而最後一節，六行共押「機」韻。這種韻法（4a2b,4a2c,4a2d……6a）的「玄機」藏於第五句「一杯酒　澆向她的死和你的歌」：「她的死」是個不變的事實，楊煉用一貫到底的「機」韻來對應；「你的歌」則富於變化，因此每節末兩行之韻各各不同，又因為「你」以魚玄機為題，所以「你的歌」最終要合韻於「她的死」，正如詩中所言：

> 寫她的死　你是否分擔那個死期？
> 一次處決　迴旋成織錦的回文詩

「織錦的迴文詩」既用蘇蕙〈璇璣圖〉之典感嘆「你」的才情，又用江淹〈別賦〉「織錦曲兮泣已盡，迴文詩兮影獨傷」的典故，來洇染贈別之況味。而「才華和多情　自古犯了眾怒」，乃是「你」和魚玄機這對「千年間幻化的姐妹」的共同命運。

　　詩中「無時間」的詩句有：「水滴／裏住上千年」，「劊子手們跨時空的親昵」，「倒映千年間幻化的姐妹」；呼應水薄荷的詞句有：「紡著細絲」，「兜緊藥味」，「最

細最纖弱之處」,「一縷餘香」;至於私人敘事,主要寫了兩位中國詩人在義大利小城瓦萊賽的小聚和離別。

楊煉深受東西方兩位大史家的影響,一位是司馬遷,另一位是修昔底德斯。後者給予楊煉的啟示大概包括以下幾個方面。其一,強勁的、堅韌的、嚴酷的現實主義精神。尼采說過:「面對現實的勇氣區分了像修昔底德斯和柏拉圖這樣的天性:柏拉圖在現實面前是個懦夫——所以他逃入理想;修昔底德斯支配自己——所以他也支配事物。」[293]其二,正如英國古典學家康福德所闡釋的,修昔底德斯雖然從理智上拋棄了神話和迷信,但他的作品滲透了古希臘悲劇傳統,他的《伯羅奔尼撒戰爭史》實際上是一出由「事行」與「言辭」(演說辭)構成的歷史悲劇,是歷史事實的戲劇化表現[294];楊煉的〈歷史哀歌〉乃至整部《敘事詩》,同樣是悲劇世界觀主導下的「觀念寫作」。其三,修昔底德斯的敘事深刻體現了某種「無時間的現實」的風格:《伯羅奔尼撒戰爭史》常用模糊的「冬」、「夏」展開敘述,而不標明確切時間;修昔底德斯認為人性不變,所以歷史會以相同或相似的方式不斷重演,人類的現在已經蘊涵了人類的未來;最重要的,他認為自己所寫的並非編年史著作,而是「永世的瑰寶」[295]。

〈我的歷史場景之五:修昔底德斯,當他徘徊在錫拉庫札〉,描寫被處以叛國罪放逐國外的修昔底德斯,為了《伯羅奔尼撒戰爭史》的寫作,實地考察西西里錫拉庫札(雅典遠征軍覆滅的地方)的歷史場景。詩中寫道:

> 修昔底德斯　來此尋訪亡靈的
> 袍子裡的風鼓動獎給一切詩人的
> 叛國罪

---

[293] 尼采:《偶像的黃昏》,見《悲劇的誕生——尼采美學文選》,331 頁。

[294] 詳見康福德:《修昔底德:神話與歷史之間》,上海三聯書店 2006 年版。

[295] 《伯羅奔尼撒戰爭史》之名是後人取的,修昔底德斯從未說過自己在敘述一個「歷史」,「歷史」一詞在其作品中全無蹤影。鑑於《伯羅奔尼撒戰爭史》有著「永世的瑰寶」的價值,二十世紀西方學者經常賦予該書某種現代解釋維度,譬如 1945 年,學者洛德說:「德國以雅典自況,那麼英國就好比斯巴達——『自由的保護者』,『行動遲緩且慎重』,而美國相當於波斯——『有些疏離,起初沒決定支持哪一方,擁有豐富的資源』」;冷戰時代,馬紹爾與弗里斯都認為:「伯羅奔半島戰爭時期,兩個超級強權之間國際力量的分配特徵,極其類似 1945 年以來全球範圍內政治力量的兩極化,除了美國和蘇聯,其他牽涉的國家都處於從屬位置」。見魏朝勇:《自然與神聖——修昔底德的修辭政治》,華東師範大學出版社 2010 年版,22 頁。

「風」象徵自由，列奧・施特勞斯曾說修昔底德斯不僅是委身城邦的政治人，而且是不歸屬任何城邦的歷史人——楊煉的「叛國罪」與此相通。修昔底德斯是否到過錫拉庫札沒有明確記載（從其作品體現的對當地環境的熟悉程度來看，他應該去過），而楊煉一定去過那裡，才會寫下這首身臨其境的懷古之作。置身錫拉庫札，楊煉對人類處境充滿了「無古無今之思」：

> ……伯羅奔尼撒不在
> 紐約　伊拉克不在
> 未來屍首預約的手術
> 濺起堆堆瘋狂演講的泡沫

《伯羅奔尼撒戰爭史》中的演講，不是動員人們赴死的戰前演說，就是悼念陣亡將士的葬禮演說，而未來的死亡演講稿早已被修昔底德斯提前書寫；楊煉還寫到「廊柱和蜥蜴　相同的兩棲類」，暗示他和修昔底德斯也是「兩棲類」——棲於生、死的「兩棲類」（「修昔底德斯　來此尋訪亡靈」，「修昔底德斯　本身是亡靈」）；雅典大軍朝向死亡的遠征，也讓楊煉想到自己的詩歌遠征：

> 我們的遠征總背對海
> 像一場和自己無休止的爭論
> 「他們蹂躪了那地方，就回去了」
> 史書這樣寫我們死亡的意義

「和自己無休止的爭論」用了葉芝的一個觀點：「我們在和別人爭論時，產生的是雄辯，在和自己爭論時，產生的是詩。」[296]「他們蹂躪了那地方，就回去了」，則是《伯羅奔尼撒戰爭史》中簡潔、平靜到殘酷地步的死亡敘事。正如雅典大軍全軍覆沒一樣，不是所有遠征都能回去——

> 但我們是回不去的
> 烏有的意義是回不去的

---

[296] 葉芝：〈人的靈魂〉，見《葉芝文集・隨時間而來的智慧》，71 頁。

以及：

> 回家的路本不存在
> 因為大海那邊本沒有家
> 因為我們比大海更空曠
> 惟有厭倦這唯一一邊

回不去時又該如何？

> 修昔底德斯撫摸一個瘀血的字
> 大海這塊痂　撫摸過
> 被踩躪的人的可能性
> 回不去時　回到
> 一枝戳疼天空的斷槳
> 第一眼就被藍的濃度寵壞了
> 把靈耗研磨得更細些
> 寫出歷史

「一枝戳疼天空的斷槳」，呼應開頭的「纏著死者墳上一枝枝斷槳」（本詩刻意用瘦長的造型模擬此意象）。這似乎是古希臘的喪葬習俗，奧德修斯遊歷冥界，與戰友埃爾佩諾爾的亡靈交談時，後者囑咐他說：「在灰暗的大海岸邊為我堆一座墳丘，／讓後代人把我這個不幸的人紀念。／你做完這些事，再把我的劃槳插墳頭。」[297]不過，當修昔底德斯或楊煉徘徊於錫拉庫札，是否真的見過「一枝戳疼天空的斷槳」並不重要，重要的是它象徵了詩人唯一可以「回到」的，一枝如橡巨筆，它飽蘸著大海與死亡的藍墨水，「寫出歷史」。

修昔底德斯「袍子裡的風鼓動」「叛國罪」，〈我的歷史場景之六：克里斯塔・沃爾芙，一九九二年〉亦寫到「背叛」：

> 柏林的滿月復活一次背叛

---

[297] 《奧德賽》，196 頁。

她寫過那房子　此刻房子走出房子

她寫過那街道　此刻街道漂流出街道

她寫過的大海抬高剖腹產的床

卡珊德拉　美狄亞　克里斯塔

血淋淋押韻

　　楊煉 1991 年應德國學術交流中心之邀，在柏林創作一年，可能結識了前東德女作家克里斯塔・沃爾芙，抑或只是對後者的寫作有了更深入的瞭解與認同。1992年楊煉離開德國前往美國（詩中寫道：「從柏林遠行」），因此本詩也有贈別之意，不過贈別的對象不是沃爾芙，而應另有其人（「她的寫　寫下我們之間銀波粼粼」透露了這一點）。

　　「柏林的滿月」喻兩德統一，正所謂月滿則虧，統一後的德國暴露出許多問題，「背叛」即是指沃爾芙用小說《美狄亞》對兩德統一後的現狀予以深刻批判。同時「復活一次背叛」還有另一層涵義：隨著兩德統一，前東德大量秘密檔案陸續曝光，沃爾芙本人可能已忘記的一段歷史浮出水面──1959 年至 1963 年間沃爾芙曾背叛自己，擔任東德秘密警察的非正式線人，代號瑪格麗特。在〈柏林思索：冷戰經驗的當代意義〉中楊煉寫道：「蘇聯、東德解密的秘密警察文件，讓我們發現：專制下的人性最突出的經歷是多層次的『背叛』。首先迫於暴政的壓力，背叛自己應該是的（反抗者）；其次出於加倍的怯懦，背叛自己本來是的（背叛者）；最後，背叛一切意義。」沃爾芙的可貴之處在於她戰勝了怯懦，回到獨立作家、反抗者的位置，為此她被嚴密監視了幾十年，直到柏林牆倒塌，她有意無意遺忘的那段歷史被恥辱地鈎沉出來……

　　「她寫過的房子」指柏林菩提樹下大街 21 號，沃爾芙曾在〈一個夢的影子〉中強調指出，早期浪漫主義女作家貝蒂娜當時居住的菩提樹下大街 21 號是「普魯士首都的心臟地帶」，是「獨立精神的中心」。「她寫過的街道」指菩提樹下大街，沃爾芙的小說〈菩提樹下〉描寫了這條街上發生的內心逃亡。「她寫過的大海」並非真實的大海，而是情欲的象徵，詩中「她的寫　寫下我們之間銀波粼粼」、「愛上肉體無限漲潮的疼」可以為證。沃爾芙筆下的卡珊德拉、美狄亞都是古希臘神話人物，上世紀七十年代以來，沃爾芙的小說創作轉向了對歷史和神話題材的改寫，

對此她解釋道:「我不把它看作歷史素材——雖然我又不得不用許多歷史資料,而且樂於用歷史資料,我常常覺得我是在同時代人之中行動」,「歷史題材對我來說成了當下題材,歷史人物成為當下人物」。[298]——這與楊煉「無時間的現實」的意識完全一致。克里斯塔是沃爾芙之名,也是她的小說《追憶克里斯塔・T》的主人公,楊煉用古今三個人名的「血淋淋押韻」,巧妙地傳達了人類「無時間」的慘痛處境,一如「邁錫尼 科林斯 北京」之「牆的平行線」、「滿是彈洞」的共性。

沃爾芙的寫作繼承了德國早期浪漫主義女性精神,竭力反抗男權意識形態,她的《卡珊德拉》、《美狄亞》重述被男性敘事妖魔化的女性命運,將她們從歷史定制與男權話語中解放出來。對此楊煉寫道:

> 勃蘭登堡門前 那女孩兒
> 聽覺的金羊毛正兌換成
> 一簇鏽跡斑斑的青銅陰毛

「聽覺的金羊毛」用了沃爾芙《美狄亞》中的典故:伊阿宋第一次央求美狄亞為他盜取金羊毛是在「滿月的時候,他記得一清二楚」,為此他說了許多甜言蜜語;但對美狄亞而言,真正的「聽覺的金羊毛」卻是:「現在我也回憶起,我們那年輕士兵悠長傷感的歌兒也打動了我的心」[299]。而沃爾芙的寫作,就是把以「金」為軸心的當代,變成「青銅銘事」的「歷史哀歌」,把「羊毛」(「羊」通「陽」,喻男權)替換成「陰毛」。

本詩結尾寫道:

> 滿月肯定最初一輪豔冶的構思
> 愛上肉體無限漲潮的疼
> 活 在 死亡深深的照耀中

「最初一輪」有原型之意,運用神話、歷史原型來書寫當代現實,正是沃爾芙的拿手好戲;而在小說《美狄亞》中,伊阿宋與美狄亞第一次做愛就是在那個「滿

---

[298] 轉引自張帆的博士論文《克里斯塔・沃爾夫:對浪漫主義女性思想的現代闡釋》,上海外國語大學 2004 年,89 頁。

[299] 克里斯塔・沃爾夫:《美狄亞》,上海譯文出版社 2006 年版,12～13 頁。

月的時候」。愛與死是浪漫主義女性精神的核心，也是沃爾芙小說最重要的兩個因素。「死亡是我們生活的浪漫主義原則……通過死亡，生活得到強化」，這是沃爾芙通過諾瓦利斯體驗到的深切感受。[300]

我的歷史場景之七
葉芝，現在和以往，斯萊歌墓園

大海是一個諾言　至死不兌現
才一次性奪走我們的眺望
他的名字牽著約會的另一端
等了二十年的早晨　風聲格外囂張
本布爾本山的靜默繃緊鬼魂的藍
全世界的韻腳　應和一排海浪

成百萬塊化石貫穿一條血腥的線
我蹦著走　像被舉在一滴水珠上
我的影子也像動物　爬過海岸
有小小肉體扼住呼吸的瘋狂
有背著光的　陷進石縫的雙眼
有個堆積的活過的形象

什麼也別說　小教堂的語言
刻成孤零零的雕花柱子　月光
把嵌在廚房窗口的本布爾本山推遠
山脊上一抹天青色　從他的詩行
斟入我的一瞥　用二十年變酸
一個未預期的我又已是陳釀

陳舊得能和他共坐　消磨愛爾蘭
空曠得迷上一陣鷗啼的蒼涼

---

[300] 轉引自《克里斯塔・沃爾夫：對浪漫主義女性思想的現代闡釋》，176 頁。

他耳語　大海的縫合術鱗光閃閃

一次靠岸仍靠近離開的方向

當汽笛鏽蝕的喉嚨飲著渾濁的夏天

這個吻　有訣別味兒　濺到唇上

濕過　再醉人地被狂風吹乾

他的墓碑擎著冷豔的青苔香

遠景在我的呼吸間撒鹽

騎馬人像大海放出的白雲一樣

允諾　碧藍弧面上一條宛如鎖死的船

一次性完成我們的眺望

　　這首憑弔之作是〈歷史哀歌〉的最後一首，詩中的某些意象「應和」著葉芝的「詩歌海浪」：「鬼魂」是《敘事詩》及楊煉其他一些重要詩作的關鍵詞，其內涵類似葉芝所說的「鬼魂的自我」[301]；「天青色」，葉芝寫過一首探討文明的毀滅與重生的〈天青石雕〉，他認為人類從古至今就是一個徹底的悲劇，其中唯一的歡樂是藝術創造與審美的歡樂，這歡樂甚至來自對悲劇性的洞悉、呈現與欣賞，該詩最後寫到「要聽悲哀的音樂」的中國人的歡樂：

天青石上雕刻了

兩個中國人，背後還有第三個

……

雖然櫻與梅的枝梢

準使那些中國人前往的

山腰的房子無比可愛，而我

喜歡想像他們坐在那個地方，

那裡，他們凝視著群山、

天空，還有一切悲劇性的景象。

---

[301] 「鬼魂的自我……指永恆自我」，「它是每個人內部的唯一源泉，唯一」，見《幻象》，208～209 頁。

一個人要聽悲哀的音樂，

嫻熟的手指開始演奏，

他們皺紋密佈的眼睛呵，他們的眼睛，

他們古老的、閃爍的眼睛，充滿了歡樂。[302]

「山脊上一抹天青色　從他的詩行／斟入我的一瞥」，應和著上述詩句。事實上楊煉此詩主要就是寫一名中國詩人的「古老的、閃爍的眼睛」：詩中有「眺望」、「雙眼」、「一瞥」等詞語，及諸多「悲劇性的景象」，並結束於「一次性完成我們的眺望」。除了「鬼魂」、「天青」，楊煉此詩更是互文於葉芝的墓誌銘，也就是〈本布爾本山下〉的最後三句：

Cast a cold eye

On life, on death.

Horseman, pass by!

投以冷眼

對生命，對死亡。

騎馬人，經過！

〈本布爾本山下〉的中譯，幾乎全都將「horseman」譯成「騎士」，楊煉用「騎馬人像大海放出的白雲一樣」糾正了這個錯誤，「投以冷眼」的並不是什麼「騎士」，而是作為世界之匆匆過客的「騎馬人」。這個意象相通於《莊子‧知北遊》「人生天地之間，若白駒之過郤」[303]，囊括了現在和以往、生命和死亡，堪稱所有人生場景的原型。據此我們可以理解本詩的韻律：全詩只有兩個韻腳，「現」韻和「往」韻，交錯推進，「應和一排海浪」的起與伏，象徵著死亡和生命的循環，文明的毀滅與復活的循環。

　　七首〈歷史哀歌〉，運用西洋的哀歌體，遙遙應答著始於漢末，以戰亂、死亡、離別、失意為主要內容的〈七哀詩〉的傳統。它們首先仍是敍一己之事，從交遊、私情、旅行、旅居等方面，進一步敍述楊煉漂泊海外的人生場景，從自我去認識

---

[302] 裘小龍譯，略有修改，見《葉芝文集‧朝聖者的靈魂》，260～261 頁。

[303] 《莊子集釋》，746 頁。

歷史人物,楊煉曾說:「一個作者,就是成為埋在自己身上的歷史的讀者」[304];其次,楊煉又透過精選的歷史人物的面具,深入闡發自己的政治立場、個性旨趣、風格意識、詩學觀念、價值取向、精神境界;最後他以無古無今、亦中亦西的貫穿與混融的寫法,表達了人類亙古不變的慘痛處境。

《奧德賽》中,奧德修斯的還鄉之旅,以探望父親並得到父親的幫助而告終;〈故鄉哀歌〉同樣如此,用詩中的話說:「播映還鄉的跋涉　父親演繹一個終點」(「播」除了播放,還有流亡、流離失所的涵義,如《後漢書·呂強傳》「一身既斃,而妻子遠播」)。楊煉對父親十分崇敬,這與後者一生中的兩次「背叛」有關[305]。1980 年代中期,楊煉的父親從天津外國語大學退休後,便一直居住在天津環湖中路一間不大的單元房裡,現已年近九旬,依然精神矍鑠。

〈故鄉哀歌〉由〈一、路〉、〈二、雪:另一個夏天的挽詩〉、〈三、路〉、〈四、移動的房間〉、〈五、路〉、〈六、京劇課〉、〈七、路〉、〈八、雨夜〉、〈九、路〉、〈十、銀鏈子(插曲)〉、〈十一、路〉、〈十二、敘事詩〉組成,類似《𭒀》之〈自在者說〉中恆定的〈天〉與自由激盪的〈風〉的排列方式,不斷「離題」又不斷複歸。

六首〈路〉直接「道說」著歸鄉之路。〈一、路〉開篇寫道:

---

304 〈為什麼一定是散文〉,見《鬼話·智力的空間》,6 頁。

305 生在豪富之家,又是長房長孫,可楊煉的父親從未打算繼承家業,他對他的祖父的封建家長制作風非常反感,一心想著自食其力。在家裡他更喜歡跟用人在下房吃飯聊天,他們告訴他許多書本上學不到的東西,也讓他逐漸認識到社會的不公與黑暗,不知從何時起他開始憧憬一個沒有剝削壓迫、人人自由平等的美好社會。1942 年楊煉的父親已是輔仁大學西方文學系三年級學生了,也是一個「把一部交響樂連聽一百遍」的音樂發燒友,他並沒有像有些同學那樣到西南大後方繼續完成學業,而是帶著大批藥品去了日寇瘋狂掃蕩的晉察冀,參加了共產黨領導的八路軍,入黨時連名帶姓都改了。就這樣,他「背叛」了剝削階級的家庭。他帶去的藥品救了許多人的性命,為此他在戰爭年代第一次立功受獎,然而沒過多久他自己卻染上傷寒無藥可治差一點送命。由於英語很好又懂一些法語,於是他康復後被送往延安從事翻譯工作,1950 年被派駐瑞士。楊煉父親的第二次「背叛」是在六十年代初,他突然辭官不做,轉而去當一名大學教師,「出於良心與直覺,又悄悄退出一場展覽人性惡的全社會大競爭(那意味著放棄『進取』和『成功感』)」,楊煉在《吃人生這只蜘蛛》中寫道。值得慶幸的是,楊煉的父親沒有任何「歷史問題」,從晉察冀到延安,他從未脫黨,從未離開解放區,更沒有被捕過,又早早地急流湧退,因而文革中受到的衝擊有限。但他在延安工作時,葉劍英是他的上司,王光美是他的同事,伍修權是他的結婚介紹人,等等,這讓他疲於應付各種專案組的糾纏。還是出於良知,他拒絕在專案組的授意下証陷別人。「我得講實話,」他跟已經懂事的楊瑞說,「不能無中生有。捕風捉影的猜測,不負責任的說法,在這樣的情況下是會置人於死地的,也會毀了別人的家庭……」

距離是我一生的詛咒

當蟬聲以誦經眾僧的俯仰之勢遠近

而鳴　環湖中路像座酷熱的經堂

「俯仰之勢遠近」，呼應著第七首〈歷史哀歌〉的波浪韻腳。由此我們發現五首〈水薄荷哀歌〉在「並聯」中又環環相扣地「串聯」著：〈現實哀歌〉結尾部分的李河谷，開啟了〈愛情哀歌〉「我們水味兒瀰漫的所有徘徊／李河谷銀灰的波紋擱在窗臺上」的「溫暖回顧」，而第一首〈歷史哀歌〉的女性與相思主題，又是〈愛情哀歌〉的自然延伸。我們再看〈故鄉哀歌〉的最後一首〈十二、敘事詩〉：「一塊老玉修煉億萬年／／精選出詩這唯一一件事」，顯然是以詩歌為主題的〈哀歌，和李商隱〉的前奏。「眾僧」乃出家人，說明這將是一首有家／無家、離家／歸家深深糾結，詩人甚至漂泊於故鄉的哀歌，我們無法從中讀到一般的還鄉詩那種如願以償的安寧與欣慰。「蟬」在「誦經眾僧」的修飾下流露出「禪」意，與「經堂」一同暗示了對還鄉路的覺悟與「道說」。蟬與家園主題相關見於李商隱的〈蟬〉：

本以高難飽，徒勞恨費聲。

五更疏欲斷，一樹碧無情。

薄宦梗猶泛，故園蕪已平。

煩君最相警，我亦舉家清。

李商隱之蟬屬於中國古典詩人偏愛的秋蟬（哀蟬、寒蟬、玄蟬），飲風吸露、居高悲鳴，而楊煉筆下那隻因有「酷熱」的背景，乃西方詩人樂於吟誦的夏蟬，更準確地說，楊煉混合了這兩種「蟬意」，給出了一種熱烈的悲涼。「酷熱」，呼應〈嚴文井〉「正午暴曬的陽臺」，跟陳東東的〈正午〉、呂德安的〈仲夏的一天〉一樣，指向當代中國的「氣候」。〈一、路〉中的「距離」、「環湖中路」、「蟬」、「酷熱」、「銀」、「海」、「暴風雨」等主導動機，將在後面的篇章中以「俯仰之勢遠近而鳴」。〈一、路〉結束於：

走三分鐘就到了　三分鐘後眾僧

轉身　吟哦另一個刺耳的無限

「轉身 吟哦另一個」，暗示了偶數位詩「離題」的寫法，〈二、雪：另一個夏天的挽詩〉「吟哦」的，便是一個最「刺耳的無限」——死亡。「走三分鐘就到了」，說得何等輕鬆，像「他們踩躪了那地方，就回去了」那樣輕鬆；我們將在其餘〈路〉詩中充分領略這輕鬆的慘痛與艱難，以及詩人如何用「極慢的慢板」演奏這短短三分鐘。

〈三、路〉通篇追問：「是否所有海灘上狀如白骨的浮木／都有同一個起源？是否這條路／風中都是海鹽味兒的血緣迎面拍擊？」「是否這塊觸礁的路牌寫進多少首詩／我就有多少個過去？是否一張漁網／僅僅為漏掉？」「是否回家意味著撿回一枚空蚌殼？」「是否太陽也像顆慢慢深黑的老年斑？」——思念父親，還是痛斥邦國？那句「父親的家有個濤聲組成的地址／我起伏行走」，可以從〈愛情哀歌〉「家 從這個詞望去海水最蒼茫」，「愛 從這個詞想像像濤聲拍打的形象」去理解；「我起伏」乃漂泊狀，應和蟬鳴、海浪。〈三、路〉最後寫道：

> 還沒追上父親　耗盡畢生時機後
> 那一抹微笑

楊煉〈吃人生這隻蜘蛛〉：「……而我父親，一生最大的成功或許正是他的一事無成：在吞噬一切人性的瘋狂時代，能撤進自己最後一道壁壘——皮膚，儘量減少參與那個『偉大事業』的機會（將來悔恨的機會）。」[306]這句詩有意跟俾特麗采最後的「微笑」暗暗對比，在〈天堂〉第三十一篇，但丁寫道：

> 我祈求著；而她離得那麼遠，
> 彷彿在微笑，又朝我看了一眼
> 然後轉向了永恆的源泉[307]

父親和俾特麗采都是被深愛著的，至善的引導者，都有著難以企及的境界。

如果說〈三、路〉是杜甫的「無家問死生」（〈月夜憶舍弟〉），那麼〈五、路〉便是李白的「仍憐故鄉水，萬里送行舟」（〈渡荊門送別〉）——「從環湖中路到

---

[306] 〈吃人生這只蜘蛛〉，見《一座向下修建的塔》，193 頁。
[307] 轉引自博爾赫斯：〈貝雅特麗齊最後的微笑〉，王永年譯，見《名家讀外國詩》，中國計劃出版社 2005 年版，25 頁。

泰晤士河甚至不必過橋／一條河邊擱淺的船排練完所有房子的腳本」,「如今河在船艙形的臥室旁流過」。

〈七、路〉:

> 水果攤老盡一顆顆甜腥的少年心
>
> 三分鐘　壓縮版的黃庭堅
>
> 播映還鄉的跋涉　父親演繹一個終點

水果攤上的新鮮水果,會在「酷熱」中失去水分,迅速萎蔫、「老盡」,這裡用了黃庭堅〈虞美人〉「去國十年,老盡少年心」之典。〈歷史哀歌〉的「無時間」的法門是延伸──匯入久遠的歷史,〈故鄉哀歌〉則反其道而行之,將「去國十年」壓縮於「三分鐘」之內。〈七、路〉和〈一、路〉一樣,敘述環湖中路上的「起伏行走」、耳聞目見,不過「蟬聲」不再是「誦經眾僧」,而成了「一場歌劇」,於是〈一、路〉對「路」的思悟,相應地變成了〈七、路〉對「路」的詠嘆。歌劇乃詩歌與音樂結合的藝術,應和《敘事詩》的音樂形式,且歌劇遠源於古希臘悲劇,扣哀歌之體;近源於十六世紀義大利田園劇,扣故鄉主題。〈七、路〉與〈一、路〉最大的區別在於結尾。〈一、路〉「走三分鐘就到了」;〈七、路〉最後寫道:「這首詩和我／同樣把妄想當作歸來」,原來那環湖中路上的行走,只是身在遠方思念父親時的心路歷程。

　　而〈三、路〉中詩人對「路」的獨自追問,演變為〈九、路〉關於「路」的父子問答:

> 爸　人生怎能有許多路?腳下
>
> 這條　或海面上秘密關掉的那些條?
>
> 　　兒子　八十歲只留住一個黑夜
>
> 　　磨快的鋒刃足夠慢慢把玩
>
> ……
>
> 爸　玉琮裡血絲紅豔鮮嫩
>
> 活像腋窩下閃耀細細汗光的女孩兒
>
> 流浪　已給定黑暗的緣分?

> 兒子　一條不放開你的路已
>
> 夠確切　夠瑰麗　生命的海市蜃樓
>
> 浮在沒人注意的一分鐘

「八十歲」與「一個黑夜」,「磨快」之「快」與「慢慢把玩」之「慢」,父親用時間的辯證法來解答兒子的人生困惑。玉琮是一種外方內圓、祭祀蒼茫大地的禮器(而故鄉是大地的中心)。1999 年楊煉回國,父親送他一隻玉琮作為禮物,從〈月蝕的七個半夜〉我們知道,這隻玉琮有著以「極慢的慢板」形成的血沁,加上它那狀如女陰的內孔,便被楊煉意淫為女孩兒(有學者認為玉琮的原始象徵涵義就是女陰),下啟〈十、銀鏈子(插曲)〉的「銀」(「淫」)之主題。除了被把玩的色情,玉琮還有個很重要的內涵:以「共時」囊括「歷時」,漫長的時光被包裹在人工雕琢、象徵宇宙的精美形式之內。楊煉視其為詩歌的絕佳象徵:「玉琮是一首詩」,「詩,把一頁紙變成了玉琮。寫著就是含著,身旁一切時代的夢囈……詩先天反歷史,於是囊括了時間」[308]。〈九、路〉起於「許多路」而終於「一條不放開你」的寫作之路,一如〈現實哀歌〉從「水之茫茫」深入「一滴水之內的茫茫」。在〈十一、路〉中我們發現,這也是「蟬聲」的蹤跡,茫茫「蟬聲」最後凝聚於「探親的一隻蟬」。

　　〈十一、路〉始於「蟬聲以誦經眾僧的俯仰之勢吟哦／茫茫的美學」,而「茫茫就是一個人和宇宙並肩上路」——一種漂泊、孤絕、哀愁而傲岸的天人合一,也有瀰漫〈五、路〉的「累」與「厭倦」。楊煉說:「人生蒼茫的感受是文學之根。唐朝詩人陳子昂的『念天地之悠悠』、李白的『拔劍四顧心茫然』、宋朝蘇軾的『生死兩茫茫』,那種時空茫茫,生死茫茫,也是我內心的感受。」[309]〈十一、路〉結尾寫道:

> 紅磚樓群模仿海上嶙峋的巨石
>
> 夾擊　洶湧的　探親的一隻蟬
>
> 無處來也無處去　除了
>
> 有個和舌頭雕刻在一起的硬度

---

[308] 楊煉:〈月蝕的七個半夜〉,見《幸福鬼魂手記》,221 頁。

[309] 楊煉:〈開掘每個人自己的智慧之井〉,見《一座向下修建的塔》,283 頁。

　　泥土中探出的舌頭　搗毀呼號
　　徑直　歌唱突入死亡內部的現實

「洶湧的」，當然是情感。哀莫大於在還鄉的最後三分鐘路途上，發出「無處來也無處去」的感慨。中國古典詩人常以孤蟬自比，因為它有飲風吸露的高潔，吟風弄韻的抒懷。在此基礎上，楊煉還賦予蟬反抗者和死亡歌手的寓意。蟬只有短短一季的生命，短暫的一生中它唯一的使命便是歌唱，在走投無路的絕境中，以尖銳的歌聲反抗「酷熱」的季候。「和舌頭雕刻在一起的硬度」、「泥土中探出的舌頭」暗示了玉蟬的形象。蟬形玉器早在新石器時代就已出現，商代至戰國墓葬中常有出土（《𧊙》之〈地・第一〉有「一隻將出土的蟬」），用作葬玉中的口含之物——「歌唱突入死亡內部的現實」。「茫茫蟬聲」與「搗毀呼號」的玉蟬，融為「生死兩茫茫」的「探親的一隻蟬」，或者說，詩人希望自己孤絕尖厲的「蟬聲」，最終化作不朽的玉蟬。

　　奇數位的〈路〉是蒼茫的「行走」，偶數位的詩乃蒼茫的「抵達」；奇數位的〈路〉直接書寫歸鄉，偶數位的詩與故鄉主題貌離神合。〈二、雪：另一個夏天的挽詩〉、〈十、銀鏈子（插曲）〉、〈十二、敘事詩〉「吟哦另一種」家園，其餘偶位數詩則是寫父親及其家宅。

　　〈二、雪：另一個夏天的挽詩〉寫到兩種特殊的「鄉」。一是醉鄉：「喝　擴散腫脹噩耗的　必是一場大醉」，有道是「醉鄉路穩宜頻到，此外不堪行」（李煜〈烏夜啼〉）；二是夢鄉：「活算什麼　夢更難忍　盡管我們殊死否認」，這「夢」可以是實指，如蘇軾的「夢到故園多少路」（〈浣溪沙〉），也可以是隱喻，如「照相冊：有時間的夢」。

　　〈四、移動的房間〉：

　　發出脆響的鐘　夢　和一袋米
　　某個深夜一把鑰匙的開鎖聲
　　開啟它的行程　爸　這房間移向你
　　這被召喚出的地點彩排一種更正
　　遺失的月色都邊入刷白的四壁
　　一道窗簾飄向你　幽靈般透明

幽靈般住在過去　夏天

登上一架血肉的梯子四面回顧

這被召喚出的風來自人工湖那邊

這地板襯著微光緩緩遠足

從過去到過去　這城市晚霞斑斕

爸　那是你　釀就時間的厚度

兒子抱來的西瓜　蓄滿粉紅色

兒子的目光鑲在門牌上像個符咒

童年旋緊螺絲　發甜的死者

在一圈圈地平線裡擰著一隻線軸

細細的鼻息中一縷晨曦　脅迫

日子　悲苦和欣喜的同一結構

門小心掩上　房間棲息進詩行

香著追趕家常菜婀娜的舞姿

睡著了也覺得枕邊水仙的臂膀

溫軟流溢　摟住一秒鐘的玲瓏精緻

聽啊　消失撒下瀑布聲　衝撞

我們就顯形　從頭再漂泊一次

「移動的房間」即居無定所，〈月蝕的七個半夜〉：「我們漂浮，房間就無所謂上一個下一個：每天早上，信嗅著地址的這一個；父親饋贈玉琮的那一個；說到底，都是某一個……」[310]「這被召喚出的地點」、「這被召喚出的風」，用海德格爾的觀點來看，就是「召喚入詞語之中……這種召喚把它所召喚的東西帶到近旁」，「在召喚中被召喚的到達之位置是一種隱蔽入不在場中的在場」[311]。「從頭再漂泊一次」，揭示了某種往返不息，正如海德格爾所說，詩歌的「這種喚來（Herrufen）

[310] 《幸福鬼魂手記》，239 頁。
[311] 海德格爾：〈語言〉，見其所著《在通向語言的途中》，商務印書館 2003 年版，12～13 頁。

召喚入某個切近處。但召喚依然不是從遠處奪取被召喚者，後者通過喚往（Hinrufen）保持在遠處。召喚喚入自身，而且因此總是往返不息——這邊入於在場，那邊入於不在場」[312]。本詩韻法的寓意是：每節只有兩個韻腳，象徵房間裡的父子二人；而節與節之間換韻，模擬「移動的房間」。

六、京劇課

牡丹簇擁　細細的蕊上站著亭台
她的腮過渡給他　夢半紅半白
他的多情婉轉成她春天的歌喉
人耶鬼耶　不可能的美裊裊於世外
裊裊近了　撲鼻的粉香托起肉香
蓮步　雲靴　趔得漣漪滿池漾開
他唱　而她為每個拖長的尾音簽名
人生如戲　可並非人人都演得精彩
　　　　　　——父親說

東安市場　吉祥劇院　金魚胡同
都追著妃子　雲想衣裳花想容
歷史想著卸妝後的斷壁殘垣
她和他　美目流盼填充虛無的劇情
水袖甩著千年　誰在乎乾透的名字
酒杯看不見地斟滿　看不見地一飲而空
勒斷的脖子懸在一場黑暗的堂會中
旋舞　真剪下的花頸迎著假的年齡
　　　　　　——父親說

---

[312] 〈語言〉，見其所著《在通向語言的途中》，12 頁。

　　世界埋伏進空氣　隨一聲鶴唳

　　而顯現　朝代啊　殷紅慘白都是喜

　　一隻咽喉深處逼出的唱腔逼出滄桑

　　永遠同一個故事　永遠這對男女

　　踩著舞臺的邊緣就像歲月邊緣

　　踩著現在的刃　懸崖下大海遠去

　　她和他俯瞰我們　非風韻到極點不可

　　爐火純青啊　貫穿耳畔的沉寂

　　　　　　　　——父親說

本詩每節都按照七律的正例來安排韻腳——既是「京劇課」，當然要講究聲韻。楊煉的父親曾是吉祥劇院的少東家，年少時耳濡目染，遂成一生的愛好，對於京劇，他絕對稱得上行家。不難看出，第一節藏著一齣《牡丹亭》，第二節藏著一齣《貴妃醉酒》，這兩齣戲分別是關於夢鄉與醉鄉的，而父親又是那鄉後之鄉（「父親說」讓我們想到子曰詩云）。這首詩也是楊煉藉父親之口闡發自己的詩學理念，如「人耶鬼耶」、「不可能的美」、「非風韻到極點不可」；而「水袖甩著千年」、「永遠同一個故事　永遠這對男女」云云，傳達了「無時間」的意識。這種意識朦朧了故事裡的人物、故事外的戲子、父親、楊煉之間的界限，連「京劇課」也因此呈現出多重意味。對於角色、戲子（「她和他」）而言，這自是京劇本身。對於父親，「京」是故鄉（「東安市場　吉祥劇院　金魚胡同」），其京都義則關聯著他那充滿戲劇性的政治生涯；「劇」有嚴重義（《漢書·趙充國傳》：「即疾劇，留屯毋行」），險峻義（《三國志·呂範傳》：「諸深惡劇也」），艱難義（陸機〈苦寒行〉：「劇哉行役人」），修飾著父親的一生，尤其險惡的仕途。對於楊煉，「京」亦指高丘、高處（《詩經·公劉》：「乃陟南岡，乃覯於京」），「俯瞰我們」呼應此義；「課」還有占卜、推算義（《管子·八觀》：「課凶饑，計師役」），〈京劇課〉即是通曉《易經》的楊煉居高臨下，以京劇為蓍草，卜測著「無時間的現實」。

　　〈八、雨夜〉寫楊煉在故鄉的一個「大雨之夜」的懼怕。自然界的黑夜和風雨，讓他想到現實世界的黑暗和暴風雨，於是「耳膜上所有失去的可能性嘩嘩潑下」，「大雨」的「水之茫茫」再次歸於「一滴水之內的茫茫」：

掛在更渺小的眼角上　一滴

含著你我　還在猜分別的含義

還徒勞地怕靈夢的卵再次分裂開

〈十、銀鏈子（插曲）〉關乎溫柔鄉：

深深拔　銀制的密語

深深　環環相扣的錚亮日子　拔

自肉中那枚摸不到底的洞

夏天的湖岸上陽光鍛造一隻錨

我們搖曳　水的耳語也在

床上　水痕一波波舔向

細腰捧起的嫵媚的肉窩兒

動　銀子一股股絞緊

腳尖鉤住腳尖的金屬繩

拔呀　無視你的嬌嫩

……

「拔」除了抽出，還有攻克、占有之意。「拔」與「錨」相連，構成拔錨起航的景象，在本詩的語境下，此景象混合了流浪與放浪。在這首描寫交媾的詩中，「銀鏈子」（通淫、戀）首先是做愛的意象：「仍在畢生提煉著糾纏之美　鉚定／恥骨與恥骨環環相扣的零」；其次是血緣的象徵（「子」有子嗣義），每個人的生命都始於一次性交；銀又是白色，象徵死亡，而所謂血緣即無數先人的死亡（「環環相扣的零」）。銀之一字，具有生命與死亡兩種意味，故而成為《敘事詩》的關鍵詞之一。

〈十二、敘事詩〉寫烏有鄉（詩歌），那句「精選出詩這唯一一件事」，乃整部《敘事詩》的點題句。詩人「還鄉須斷腸」的原因是：

讓稱之為故鄉的　游動冤魂的情節

被體內鈣化的雪驅趕到烈日下

而他仍要還鄉：

> 繞過星空　朝父親漫步
> 還原為寓意本身

這句詩既直賦又象徵。楊煉的還鄉就是朝向父親的「太空漫步」，用〈哀歌，和李商隱〉中的話說：「把回來的情節／變成一次星際旅行」；同時這句詩也讓我們想到康德所敬畏的「頭頂上的星空，和內在的道德律」，表達了對父親的崇敬與追隨的心意。「朝父親漫步」——用雙腳，及詩歌之韻腳，對楊煉來說還鄉的意義盡在於此。

　　〈哀歌，和李商隱〉是一首被李商隱的詩句分隔成八段的長詩，楊煉選擇了唐代最具詩歌本體意識的唯美詩人李商隱作為對話者，來敘述「詩這唯一一件事」。而此前的四首長篇哀歌和李商隱的全部詩作可以視為對話的基礎。李商隱並非一味風花雪月的詩人，在他現存的六百多首詩中，政治詩的比重高達六分之一，這些詩對九世紀上半葉的許多軍事、政治事件和重大政治問題都做出了回應。[313]除了直接抒寫現實政治的篇章，李商隱還有許多以古鑑今、托古諷今、吊古傷今、藉古抒懷的作品。〈現實哀歌〉、〈歷史哀歌〉在題材、手法上，與李商隱的政治抒情詩頗有相似之處。李商隱同妻子王氏伉儷情篤，他的詩集裡有不少描寫夫妻愛情生活以及念懷王氏的詩作，在意深情切中透出蒼涼的身世之感，〈愛情哀歌〉與之堪有一比；此外李商隱還寫過大量有著謎一樣女主角的豔詩，令人心旌搖曳，渴望迷失，而〈水薄荷哀歌〉同樣頗有一些雕藻淫豔、神秘女性出入其間的段落與篇章。經年的蓮幕漂泊，李商隱寫下許多動人的「故鄉哀歌」。〈故鄉哀歌〉的

---

[313] 例如公元 835 年長安發生「甘露之變」，遠在洛陽的白居易在事變後所寫的〈詠史〉、〈九年十一月二十一日感事而作〉中，為自己及時退隱避過這場災難而慶幸不已，對於事件中慘死的大批朝士，他的態度却非常冷漠。而號稱剛正有奇節，敢於論列大事的杜牧，從一己之私誼出發，在〈李甘詩〉、〈昔事文皇帝三十二韻〉中發表了一番顛倒黑白的議論，完全無視誅宦失敗後，宦官「脅迫天子，下視宰相，陵暴朝士如草芥」的黑暗政治現實。在萬馬齊喑的肅殺情勢下，年輕的李商隱悲憤地寫下了〈有感二首〉，詩人既為文宗授權非人感到惋惜，也為遭受池魚之殃的大批朝士而哀慟，更因狂悖作亂的宦官而切齒，斥之以「凶徒」（「禦杖收前殿，凶徒劇背城」）。何焯說：「唐人論甘露事，當以此詩為最，筆力最全。」（《義門讀書記‧李義山詩》）與此類似，楊煉在天安門事件後寫下一系列憂憤之作，跟諸多作家噤若寒蟬的態度形成鮮明對照。

開頭「距離是我一生的詛咒」，讓我們想到李商隱的「此生真遠客」（〈寓目〉）；結尾「繞過星空　朝父親漫步」，如李商隱的「歸舟天外有」（〈風〉）；而整首〈故鄉哀歌〉顯然互文於李商隱的〈蟬〉。在〈哀歌，和李商隱〉中，楊煉更是直接以李商隱的詩句起興，和李商隱展開了一場以詩歌為主題的「千年對話」。

楊煉選擇和李商隱對話的原因是多方面的。在中國詩歌兩大源頭《詩經》與《楚辭》之間，李商隱更側重於楊煉所宗奉的楚騷傳統[314]。李商隱的〈行次西郊作一百韻〉表現出的憂憤激烈之情，頗得〈離騷〉神韻，〈井泥四十韻〉被視為「〈天問〉之遺」，他的愛情詩更淵藪於屈原的〈九歌〉，尤其是其中的二〈湘〉、〈山鬼〉。但和「餘事做詩人」的屈原相比，另一位楚辭代表作家宋玉對李商隱的影響更大。李商隱豈止推重宋玉的辭賦，他是從生活經歷、政治際遇、思想情感、文學創作等全方位認可宋玉，處處以宋玉自況。中國歷史上的作家大多不以文學為主業，而宋玉可謂中國第一位專業文人，他的工作就是充當頃襄王的文學侍從，寫作辭賦。李商隱同樣以詩文為業，終生擔任幕府記室之職，撰寫了大量表狀啟牒、駢散詩文。像宋玉、李商隱這樣的專業文人，往往視寫作為生命，為之嘔心瀝血，也更醉心於藝術上的精雕細琢──這也是楊煉的創作態度。

李商隱實屬異端，他不以「不師孔氏為非」[315]，他的詩歌明顯偏離了禮教、詩教的傳統正軌，發乎情而不止乎禮，拒絕「中和」、「敦厚」而追求極端的感傷與魅惑。但和李賀的奇而入怪不同，李商隱造語奇而唯美，用〈京劇課〉中楊煉托父言志的話說，「非風韻到極點不可」。

李商隱是一位「朝過三清又拜佛」的詩人，其釋道合流的傾向令他的某些晚期詩作折射出三個世界：第一個世界是現實世界，這是個有情而極哀極苦的世界，迎合著釋道兩家對於現實的悲觀主義，反映了李商隱自身的命運遭際；第二個世界是太虛世界，一個極樂極幻極美極虛的世界，顯得遙不可及，但詩人又可以從現實世界逃逸其中；然而無論現實世界抑或太虛世界，歸根結底是一個真空世界。

---

[314] 這並不是說《詩經》對李商隱沒有影響，事實上「大小雅」憂生念亂、刺議時政的創作態度對他的影響還是相當深刻的；而像〈蒹葭〉這樣空靈的愛情詩，與李商隱的愛情詩也有一定的內在關聯。參見劉學鍇：《李商隱詩歌接受史》，安徽大學出版社 2004 年版，365 頁。

[315] 李商隱：〈容州經略使元結文集後序〉，見《李商隱文編年校注》第五冊，中華書局 2002 年版，2257 頁。

李商隱通過高超的語言藝術，讓一首詩蘊涵現實世界，呈現太虛世界，啟示真空世界，從而帶給我們一種深刻的存在意識。因此，如果說杜甫是一位社會學詩人的話，那麼李商隱大概是唐代最具哲學意味和哲學啟示性的詩人，一名「存在主義」的哀歌詩人。

　　李商隱自謂「哀同庾開府」、「榮華雖少健，思緒即悲翁」，文學史亦將他列為感傷主義傳統的代表詩人。然而李商隱的詩歌實際上超越了一般意義上的感傷，而抵達對於宇宙人生的一種本體性的悲劇意識和虛無感——雖然他只能通過感傷文學的傳統模式來傳遞這種意識。傷別和傷春這兩大感傷文學主題都是他所偏愛的，他曾以「刻意傷春復傷別，人間惟有杜司勛」推許杜牧，其實他本人何嘗不是這樣的詩人？對於時間的流逝以及隨之而來的生離死別，敏感、深情的李商隱始終懷有刻骨的哀愁。而他最動人也最深晦的一首「存在與時間」的哀歌，無疑是〈錦瑟〉：

> 錦瑟無端五十弦，一弦一柱思華年。
> 莊生曉夢迷蝴蝶，望帝春心托杜鵑。
> 滄海月明珠有淚，藍田日暖玉生烟。
> 此情可待成追憶，只是當時已惘然。

本詩向稱千古詩謎，目為詠物詩乃刻舟求劍，錢鍾書說是以瑟喻詩則有些過度詮釋，實際上，錦瑟的根本喻意乃是空空如也的時間：「錦瑟無端」即時間沒有盡頭，錦瑟那極哀的音質亦屬於時間，錦瑟奏弄出的曼妙的、有情的、亦真亦幻的音樂彷彿時間中的華年，音樂止息後的回味就像時間中的追憶……最終，人滅聲滅，聽滅憶滅，惟有錦瑟空空，懸置千年（關於此詩的詳細解讀見附錄）。

　　千年之後，楊煉將「錦瑟」換成「大提琴」，繼續演奏亙古不變的悲歡離合、夢幻泡影，並試圖以一首〈哀歌，和李商隱〉取消千年，混淆彼此，追問詩歌。

　　〈哀歌，和李商隱〉的第一段，以李商隱的「一自高唐賦成後，楚天雲雨盡堪疑」（〈有感〉）起興，或曰「有感」而發。這兩句詩是李商隱藉宋玉之賦〈高唐〉，自陳其詩遭受誤解的狀況，抱怨自己的愛情詩屢屢被人誤讀成〈高唐賦〉式的微辭托諷之作；然而〈有感〉的前兩句「非關宋玉有微辭，卻是襄王夢覺遲」，又告訴我們他的詩確有諷托，這不是自相矛盾嗎？李商隱的意思或許是，他的確有一

部分描寫男女之情的作品乃藉豔寓慨的諷托之作，不過他也指出自己有些愛情詩是非常純粹的，別無寓托；而〈有感〉的矛盾修辭更有可能暗示我們，他還有一些豔詩既是諷喻詩又是愛情詩，兩者兼而有之，讀者不應非此即彼地執於一端。李商隱在〈獻侍郎鉅鹿公啟〉中論議唐代詩歌時說：「我朝以來，此道尤盛。皆陷於偏巧，罕或兼材……推李杜則怨刺居多，效沈宋則綺靡為甚。」[316]說明他追求「兼材」，希望將李杜的「怨刺」與沈宋的「綺靡」熔於一爐，既介入又唯美。而楊煉的寫作亦欲兼容詩意孤獨的反抗與極端唯美意識。〈哀歌，和李商隱〉第一段開篇寫道：

> 而楚天恰是多雲多雨的
> 而昨夜星辰昨夜風　唯一隔著
> 兩個字之間的清霜
>
> 而誰在踱步？一隻船泊進
> 水上水下兩個世界
>
> 雙重的茫茫　他的香
> 嘆冷我們的流水

「昨夜星辰昨夜風」乃純言情筆觸，這句詩來自李商隱的〈無題二首〉。李商隱的無題詩是否有寓托以及寓托的內容是什麼，向來費解，不過〈無題二首〉公認是並無寄托的愛情詩，楊煉的這段詩同樣是不應「疑」的純粹抒情。而中間那節——

> 他停下的音節劈開句子的千江月
> 水的長街上　鳥翅逐一抹去
> 風暴的理由　鳥嘴啄空
> 一粒野漿果的豔紅被灌木鐵絲網
> 圈禁的理由

則喻指「風暴」與「圈禁」的「無時間的現實」。

---

[316] 《李商隱文編年校注》第三冊，1188 頁。

　　開頭部分的「而誰在踱步」，應和著〈故鄉哀歌〉的結尾。「水上水下兩個世界」，在「白珊瑚」（母親）、「古樸的石錨」（二姨）的提示下，可知是指現實世界與幽冥世界，那麼「雙重的茫茫」便是生死兩茫茫的感受了。〈水薄荷哀歌〉整體就是一首時空茫茫、生死茫茫的哀歌。〈現實哀歌〉開篇部分寫到「鋼鐵縫隙間擠出一張臉的茫茫」（茫茫人海中的任何一人），接下來詩人從「水之茫茫」深入「一滴水之內的茫茫」（自我）；〈愛情哀歌〉說「家　從這個詞望去海水最蒼茫」；〈歷史哀歌〉結束於「騎馬人像大海放出的白雲一樣」（白茫茫）；〈故鄉哀歌〉點出茫茫的詩意本質：「蟬聲以誦經眾僧的俯仰之勢吟哦／茫茫的美學」，「茫茫就是一個人和宇宙並肩上路」；而〈哀歌，和李商隱〉「水上水下兩個世界」的「雙重茫茫」，最終歸為詩歌寫作的茫茫太虛幻境：

　　　　茫茫　波浪無岸的呵護
　　　　他的凜冽中
　　　　還有什麼沒寫盡？

　　　　而我們早就像一個疑問一樣
　　　　存在　當你記得的河谷秋意更深
　　　　一幅楚天逸出挽入水聲的長髮
　　　　雲和雨　隔著擺成一千年的思想

　　　　讀吧　所有詩剝開都是愛情詩

這是第一段的結尾，其中的人稱變化及其內涵與〈現實哀歌〉的人稱用法相同，除了「他」指李商隱。「疑問」呼應〈屈原〉「河底不流的疑問」，及「楚天雲雨盡堪疑」。「一幅楚天逸出挽入水聲的長髮」化自李商隱的〈細雨〉：「楚女當時意，蕭蕭發彩凉」。「雲和雨」「隔」成「思想」，道出了千年思想史的離欲、禁欲特徵，正如戴震所言：「今之言理也，離人之情欲求之」[317]。而「讀吧　所有詩剝開都是愛情詩」並非注解李商隱，雖然李商隱的「真珠密字芙蓉篇」需要「剝開」，但並非「剝」成了愛情詩，而是愛情詩被「剝」出其他內容；這句詩主要是楊煉的自

[317] 戴震：《孟子字義疏證》，中華書局 1982 年版，59 頁。

我闡釋,像〈屈原〉、〈魚玄機〉、〈克里斯塔·沃爾芙〉、〈葉芝〉這樣的〈歷史哀歌〉,「剝開都是愛情詩」。

第二段以李商隱的「山上離宮宮上樓,樓前宮畔暮江流」(〈楚吟〉)起興,首句「而最美的愛情詩必是一首贈別詩」,承接上一段結尾,同時扣「離宮」之「離」意;〈屈原〉、〈魚玄機〉、〈克里斯塔·沃爾芙〉、〈葉芝〉均可作為這句詩的例證。李商隱當然是一位「刻意傷別」的詩人,而楊煉更加極端──「非訣別不可」,「我攀登過的那座荒台/非得拆毀成純粹遠去的你」(「荒台」即曾經朝朝暮暮的「陽臺」,杜甫〈詠懷古跡〉中有「雲雨荒台豈夢思」)。楊煉曾說:「告別就是用一種更遙遠的方式占有你」[318],那麼「訣別」應該理解為:以不可能的方式相聚。它指向一種極端唯美主義:

> 一次摔碎鑿刻一道錯金的水面
>
> 都醒在夢中　　他寫比雲更遠的夢中夢
> 我們被一堆亂石早早望見
> 夜夜　　王　　飲著不可能的毒酒解渴
>
> 唯美　　就是愛上不可能本身
> 疊字清音波蕩　　逼人掉頭而去

「錯金」可形容波光粼粼,其原意是指在器物上用金屬絲鑲嵌成花紋或文字的特種工藝,故「錯金的水面」亦在呼應「流去──寫在水上的字」之題。「他寫比雲更遠的夢中夢」化自李商隱的「夢為遠別啼難喚」,「夢中夢」強調「不在」,〈「第一天」〉:「他愛上自己不在的夢中夢」;而「不在」之詩卻又是詩人唯一所在之處。[319]「亂石」,像在〈「虎子」〉中那樣,通「亂世」,這一寓意典出李商隱的〈亂石〉:

> 虎踞龍蹲縱復橫,星光漸減雨痕生。
> 不須並礙東西路,哭殺廚頭阮步兵。

---

[318] 楊煉:〈食肉的筆記〉,見《鬼話·智力的空間》,71 頁。
[319] 楊煉在〈雁對我說〉中寫道:「除了一行詩,我們哪兒都不在。」見《一座向下修建的塔》,6 頁。

「虎踞龍蹲」形容現實猙獰恐怖，「縱復橫」扣「亂」。本詩用阮籍行至絕路大哭而返的典故，喻指走投無路的現實。「星光漸減雨痕生」言「亂石」阻路已久，這裡詩人將「亂石」想像成隕石，故有「星光漸減」一說。李商隱還有一句「石亂知泉咽」（〈春宵自遣〉），由此可以理解為：世亂知歌哀。「王」是楊煉以腐朽君王自況，李商隱那句「微生盡戀人間樂，只有襄王憶夢中」[320]同樣以襄王自謂。從〈王府井——頤和園〉開始，楊煉一直在敘述一種極端唯美主義，現在他終於給出一個「定義」：「唯美　就是愛上不可能本身」。「疊字清音波蕩」，指「山上離宮宮上樓，樓前宮畔暮江流」中「宮宮」、「樓樓」的音韻效果，模仿了「暮江」水聲淙淙的連綿之勢，美得「逼人掉頭而去」。「掉頭」在「毒酒」的語境下，也流露出死意，暗示生命、藝術頹美到近乎死亡的地步。

　　楊煉的這種美學意識，與他對於橫行當世的功利主義、實用主義價值觀的極端厭惡有關，與他的家庭（旗人遺風，「非風韻到極點不可」的戲劇熏陶）有關，與他對李商隱及宮體詩傳統的汲取有關，與他在〈水薄荷傳〉中「混合」的曼德爾施塔姆似乎也有關，後者屬阿克梅派（Acmeism），又稱「至美主義」（acme 在古希臘語裡意思是極端、頂點）。不過「楊氏美學」的主要來源應該是阿克梅派所反對的象徵主義流派，象徵主義對音樂精神的推崇，對語言音樂潛能的開發，以及用複雜的或私人化的象徵表現難以言表之情境的手法，包括波德萊爾式的頹廢，均被楊煉照單全收。戈蒂埃論波德萊爾的一段話可以幫助我們理解楊煉的極端頹美主義詩學：

> 被不恰當地稱為頹廢的風格無非是藝術達到了極端成熟的地步，這種成熟乃老邁文明西斜的太陽所致：一種精細複雜的風格，充滿著細微變化和研究探索，不斷將語言的邊界向後推，借用所有的技術詞彙，從所有的色盤中著色並在所有的鍵盤上獲取音符，奮力呈現思想中不可表現、形式輪廓中模糊而難以把捉的東西，凝神諦聽以傳譯出神經官能症的幽微密語，腐朽激情的臨終表白，以及正在走向瘋狂的強迫症幻覺。[321]

---

[320] 李商隱：〈過楚宮〉。
[321] 轉引自江弱水：〈南朝文學：頹廢的現代性症候〉，《書城》2006 年第 9 期。

第二段有「夢為遠別啼難喚」之意，故第三段以「書被催成墨未濃」相承。第三段中，「水聲的／哀箏銜接滿巫峽草莖的急管」，化用了李商隱的「何處哀箏隨急管」（〈無題〉），「急管」有「催」意；「偷聽相思／與灰燼」化自「一寸相思一寸灰」（〈無題〉）。「墨」可喻千年黑暗現實，又指寫作的筆墨；而「書」無疑是被生離死別「催成」的，「道別」的「哀歌」：

> 就這樣我們用五首哀歌互相道別
> 和自己道別　五個辭行的長句
> 給一條河一個慢慢傾吐出的結構
> 一盞會作曲的燭火埋在水下
> 用五種腥味分解一條魚

「五首哀歌」指五首〈水薄荷哀歌〉。「互相道別」、「和自己道別」，乃哀歌傷別、自傷的實質。「埋在水下」的「燭火」象徵亡靈；「用五種腥味分解一條魚」，意思是用五首哀歌為亡靈招魂。這句詩的靈感來自李商隱的〈楚宮〉，鑑於屈原葬身魚腹，李商隱發出「更困腥臊豈易招」的感慨。

第三段由傷別而傷逝，又從為亡靈招魂過渡到為傳統招魂：

> 每陣雁叫裝訂一本回眸的書
> 河水翻找潛藏肉裡的一枚枚冬至
> 燒制一件落不上紅葉的青瓷

在〈雁對我說〉中，楊煉如此描述他在倫敦李河谷寓所聽到的「雁叫」：「那雁唳提示的是『中國』和『中文』？苦難頻頻的命運，反襯出璀璨的詩歌傳統……隨季節南北遷徙的雁，就成了流離遊子懷鄉病的象徵。那排成一個中文『人』字飛遠的雁行，總是在『回家』的。那一束眺望它們隱沒的目光，總是回不了家的。翻翻唐詩，『雁』簡直是傷心相思的同義語……最善描寫漂泊之苦的杜甫，有詩直接題為〈孤雁〉，這聯對仗『誰憐一片影，相失萬重雲』，早已寫盡了我今天的處境心境。中國古詩強調使用『典故』，那正是通過『互文』的關係，用一個剛寫下的文本涵括、刷新整個傳統。當一聲雁唳，把我此刻的聽覺牽入了唐朝，讓李河谷的水流上溯到一千二百多年前的源頭，那是一種『遠』嗎？抑或逼人之

『近』？」[322]據此可知「河水翻找」的「冬至」喻指詩歌傳統。冬至是二十四節氣中最早被確定的一個，又稱冬節、長至節，是個有著兩千五百年歷史的傳統節日，同時它又是一個沒有固定日期的「活節」，這種古老與「活」力，也屬於我們的詩歌傳統。「紅葉」雖美，卻受限於季節（時間），「青瓷」則不然。而絕對「落不上紅葉的」，只可能是「清詞麗句」的「清詞」，李商隱正是一位以「清詞」著稱的詩人。「清詞麗句」常常並提，但「麗句」重辭采，「清詞」重骨氣；相應的，「落不上紅葉」有不阿附權力、不迎合大眾（走紅）的意思。現在的問題是，那「被催成」的、「雁叫裝訂」的、「回眸的」，究竟是一本什麼「書」？

> ……我們不信任的
> 語言歸納我們抓不住的生命
> 虛無絕美　你徑直撿起這本書
> 他留下的船標點逝水
> 我打磨一面面無關月光的圓圓鏡子

又是眼花繚亂的「人稱遊戲」。「我們」泛指所有詩人，楊煉說過世界上最不信任語言文字的，是詩人[323]，但詩人又不得不用語言將「抓不住的生命」歸納為「虛無絕美」的作品；「你」乃讀者，《敘事詩》最後一首將告訴我們，「你徑直撿起」的「這本書」，名叫「空書——火中滿溢之書」；「他」是李商隱，一位用詩歌之船「標點逝水」的詩人；「我」則是楊煉本人，「磨鏡」涉及「我」的個人詩學——同心圓的結構意識和字思維。前者不難理解，關於後者楊煉曾說：「字，在當代詩的、敘事白話的、古典文言的節奏對比中，像一面出土的銅鏡，一側綠銹斑斕而另一側漸漸被磨亮。」[324]

第三段結束於「寫下一首詩　世界已可以消失」，扣「催成」之「成」。

> 「小園花亂飛」
> 「所得是沾衣」

---

[322] 〈雁對我說〉，見《一座向下修建的塔》，6 頁。
[323] 楊煉：〈冬日花園〉，見《大海停止之處》，338 頁。
[324] 楊煉：〈磨鏡〉，見《一座向下修建的塔》，129 頁。

活埋在玉米田裡的階級敵人感到
鋼筋和打樁機　滋長陰謀的鬍子
一隻水泥小瓮盛滿尿　漸瀝的雨聲不變
而發酸的外語品牌的春天澆濕總轉到腳下的星球
對於現實　我們知道些什麼？

情人最初的白髮短短　細細　鏡中如此嬌嫩
另一個女孩沿著銀色的索道滑行
女兒的更蒼老的女兒　被拈著
像縷鼻息　旅館浴室中從身後滿捧乳房的手
哈氣般散去　窗外夜空的一朵蓮花散去
對於愛情　我們知道些什麼？

海岸上僵直盯視水平線的動物
垂下化石的眉毛　雲恰似又一個朝代咳嗽
蠢進腔腸　雖然遲暮傳染病在皮膚上擠滿疤斑
可對於歷史　我們知道些什麼？

一個人裡面是一群人　遠遠走著
每條路繪出美人兒的曲線
一群人　忙忙引用一個子宮濕潤肥沃的出處
因為贖不回出處　美人兒嬌喘吁吁
用亂倫的歡叫拉長地平線　像徽宗放飛的鶴
對於故鄉　我們知道些什麼？

除了一個字　像座高閣目送著客人
像個漩渦　不停自終點內剝出終點
問　還有多少黑暗錄製在一次激情裡
急急鏟除天邊的積雪　拂淨白紙上手之落花
對於詩　我們知道些什麼？

「小園」云云，見李商隱的〈落花〉;「沾衣」的，有花香更有淚水。楊煉藉這兩句詩表達了這樣的看法：世界混亂無序如「小園花亂飛」，而他之「所得」惟有哀歌。這段詩是上一段那句「我們不信任的／語言歸納我們抓不住的生命」的展開，詩人用五節詩歸納〈水薄荷哀歌〉的五大主題，每一節都隱約應和著李商隱的詩句。

第一節寥寥幾筆，速寫了文革至今的當代現實，隱隱互文於李商隱的〈重過聖女祠〉:「白石岩扉碧蘚滋，上清淪謫得歸遲。一春夢雨常飄瓦，盡日靈風不滿旗。」只不過「滋」長的不是「碧蘚」，而是「陰謀的鬍子」;「淪謫」的也不是「聖女」，而是「階級敵人」(這些人因「地富」而被判定「反壞」，而被處死，他們絕想不到，二十多年後暴利的房產業將開發那塊活埋他們的土地);現實並非「靈風不滿旗」，而是「小瓷盛滿尿」。和李商隱一樣，楊煉也傷春，不過他所傷的是「外語品牌的春天」。世事無常，惟有「雨聲」之哀歌「不變」，落在陰暗、醜惡的現實中。

第二節首句化自李商隱的「曉鏡但愁雲鬢改」(〈無題〉)，或「白髮如絲日日新」(〈春日寄懷〉)。這一節仍是「小園花亂飛」式的筆法，但也構成了一個從「情人最初」到「散去」的過程——「所得是沾衣」。

第三節那句「雲恰似又一個朝代咳嗽／趑進腔腸」，呼應「可惜前朝玄菟郡，積骸成莽陣雲深」(〈隨師東〉)，「趑」乃折回，暗示了歷史的輪迴。也許歷史就是改朝換代，但「又一個朝代」不是什麼螺旋式上升，而是不變的處境(「僵直」、「水平線」)。

第四節寫血緣與故鄉。無論對於血緣這一「體內的故鄉」抑或現實中的故鄉，我們都是「遠遠走著」、「出」、「不回」、「放飛」。「美人」與「鶴」，應和著「閬苑有書多附鶴，女床無樹不棲鸞」(〈碧城三首〉)。故鄉宛如惟有鶴可飛抵的閬苑仙鄉，而徽宗的《瑞鶴圖》一方面畫錯了，飛行的鶴居然彎著脖子，一如家族史之錯亂；另一方面它又妙絕無雙，暗示回不去的詩人以至美之詩作為回鄉的象徵行動。

第五節首句化自〈落花〉的「高閣客竟去」，「手之落花」語更點出「落花」之題。這一節隱約提醒我們，詩是「字」，是「高閣」(通「高格」)，是「目送」(贈別)，是「漩渦」(自我懷疑的形式)，是「不」(否定的美學)，是無盡的盡頭

（「自終點內剝出終點」），是「問」（天問精神），是將黑暗現實「錄製在激情裡」，是不可能（「鏟除天邊的積雪」），最終是對作者及其寫作行為的刪除（「拂淨白紙上手之落花」）。然而對於詩，以及對於現實、愛情、歷史、故鄉，我們真的知道什麼？五節「花亂飛」的敘述，五個含淚的提問，就像朱彝尊評李商隱的〈北齊二首〉時所說：「有案無斷，其旨更深。」[325]葉芝在〈人與回聲〉中同樣寫道：

> 除了在此地彼此面對著，
> 我們還知道些什麼？
> 但噤聲，因為我丟失了那主題，
> 其樂趣或黑夜不過像一場夢憶。[326]

第五段起於「十二玉樓空更空」，繼續追問五大主題。開頭寫道：「我一次次從空中張望這片水／機翼撫過北倫敦　家何在？」這是實寫，同時「空中」即「空」之「中」，呼應「空更空」。「何在」取自「十二玉樓空更空」的前一句「離鸞別鳳今何在」。「家何在」之問合併了愛情、故鄉兩大主題；接下來「一長串繪製雲影的內臟形反光何在」指向歷史主題（第四段有「雲恰似又一個朝代咳嗽」）；而「幽暗樹梢背後一片詭譎的紅光何在」之「幽暗」、「梢」（盯梢）、「詭譎的紅光」（呼應〈七十天——五月四日」〉「野鴨橘紅的舌尖」），影射現實；最後，「一個邀我認出的涵義何在」，顯然指詩歌的涵義。在此之前楊煉提到貝爾、曉渡、帕斯卡爾等老友，他們或是詩人，或是詩歌批評家，或是詩歌翻譯家，不僅殷切地邀楊煉去認出詩歌的涵義，亦慰藉著「空中」的楊煉。但他們被意味深長地置於括號之中，如果刪去，第五段就變成一首十二行的詩了——「十二玉樓空更空」！？楊煉在暗示我們什麼？沒有這幾位知音的「登臨」，他的詩歌「玉樓」就是一座空樓？還是說摒除了具體人事和私人因素，那些重大主題也就失去了意義，詩也會因此更加空無？

> 「歸來已不見
> 錦瑟長於人」

---

[325] 《李商隱詩歌集解》，595 頁。
[326] 傅浩譯，見《葉芝詩集》，河北教育出版社 2003 年版，845～846 頁。

一首贈別詩從 859 年寫到 2008 年

李商隱　　他的梧桐數盡盤旋的鳳凰

他的女道友——羽化為絕望的韻腳

他彌留時眼中的藍　收攏一生

潑濺到筆下的血跡

　　上一段有「水薄荷中亡靈吟唱」，所以這一段主要探討詩人之死，兼及詩人與詩歌，詩歌與「我們」（讀者）的關係。〈房中曲〉中的兩句詩，被楊煉故意誤讀為詩人已逝而詩歌長存的意思，「錦瑟」因那首同名傑作而成為詩歌的象徵。859年崔珏寫下〈哭李商隱二首〉，2008 年楊煉寫〈哀歌，和李商隱〉，千年間人們對李商隱的闡釋和書寫，就像一首不斷延伸的長詩。「梧桐數盡」、「他的女道友」兩句，呼應崔珏詩中「竹死桐枯鳳不來」，「舊交心為絕弦哀」。「眼中的藍」，讓我們想到〈錦瑟〉的「滄海」、「藍田」。「筆下的血跡」呼應〈魚玄機〉「血跡／深陷成刀尖下豔麗的純詩」，以及〈錦瑟〉中啼血的「杜鵑」。血意味著一種悲劇和痛苦的詩學，楊煉並提「藍」與「血」，或許受到《水與夢》轉引的一段文字的啟發：「它勝過貞潔的藍色的海水，向我們身心中靈與肉之間的東西發出召喚，這就是載負著德行和精神的我們人類之水，幽暗的熱血。」[327]

　　李商隱之「別」是永不歸來的死別，「他的墓草青青／如水仙」。「水仙」意象在《敘事詩》中多次出現，其寓意似與李商隱有關——〈板橋曉別〉：「水仙欲上鯉魚去」，即以「水仙」指代凌波而去的男主人公。第六段最後寫道：

……這本書徑直撿起我們

聽清深夜嘎嘎的開片聲

每天建造的裂縫裡　哪個青春

不是晦暗的　虛擲的？年年朗誦

時間的空白　用我們

帶在身上的終點淹沒他的終點

枕著的水波汩汩流淌　詩恆碧

詩人心甘情願騎乘著隕石

---

[327] 《水與夢》，67 頁。

第四段的「你徑直撿起這本書」，變成「這本書徑直撿起我們」，像李商隱這樣的詩人，已然深閎絕美地表達了「我們」，用楊煉的話說，「早已寫盡了我今天的處境心境」。「開片」是一種瓷器釉面隨時間自然開裂的現象，這仍是用「青瓷」暗喻經受時間考驗的「清詞」。請注意「汨汨流淌」，詩人在生命的逝水中言說著逝水年華——「汨」中之「曰」蘊涵了這層意思，直到這言說成為持久的生命，甚至「汨汨流淌」於千年之後、「我們」之中，這就是所謂「詩恆碧」（似乎化自李商隱的「萬古山空碧」[328]）。「隕石」，通過李商隱的詩歌呼應第二段的「亂石」，意象著「形而下下」的頹美詩學與詩人的死亡。

第七段始於「暮雨自歸山悄悄」。楊煉開門見山地說：「一首詩是我們拿生命抵押的全部」，於是貫穿楊煉生命的五大主題也被一同「抵押」。歷史主題：「雨後的燕子穿縫斷簡　殘雲　王夢」（「雨後」扣「暮雨自歸」）；故鄉主題：「陰戶邊緣微微燒焦著／繁殖劫數」寫血緣，「你眼睛的年關／注視更深時　山中的靜注射得更深」，呼應「山悄悄」，寫的是鄉愁（李商隱〈寫意〉：「三年已制思鄉淚，更入新年恐不禁」）；愛情主題：「我不捨的是愛還是內分泌的茫茫？／桌子撒向遠方的血肉都有濕淋淋／女性的語法」；現實主題：「祭祀的大海固執於／一株拒絕移過新年的野茶樹」。而詩是這段詩的核心主題，第七段的兩節，均以「一首詩」起頭，結句分別為「懸崖下錯金的河／目睹交出自己的形式」，和「……野茶樹　長成／謊言傷害不了的形式」，皆煞尾於對形式的強調。「懸崖」是「所有簽名的原型」[329]，「河」暗示了流水自然銜接的結構，而「野茶樹」有著年輪的同心圓結構，這兩種結構的並用意味著歷時與共時的並存，我們可以據此把握《敘事詩》的結構要義。

最後一段錄引了「女蘿山鬼語相邀」和「碧海晴天夜夜心」。開篇寫道：

　　李商隱可以是一隻船的名字
　　剛剛下水的　還不知過去未來的
　　船塢裡一方小小的波浪　搖蕩
　　共時之藍　金屬的嬰兒皮膚上
　　幻覺之藍

---

[328] 李商隱：〈崇讓宅東亭醉後沔然有作〉。
[329] 〈十意象〉，見《鬼話·智力的空間》，141～142 頁。

「李商隱」居然是李河谷中一隻船的名字。此前當我們讀到「一隻船泊進／水上水下兩個世界」,「他的船標點逝水」,還以為「船」只是李商隱在時間長河中流傳的象徵,沒想到它們同時也是直敘。「共時之藍」、「幻覺之藍」,呼應「碧海晴天」、第六段「彌留時眼中的藍」,及第三部總題。哪個「李商隱」更真實?流傳了一千年的,還是「剛剛下水」的?在「共時之藍」和逝者的意義上,在「茫茫」中,唐代的李商隱與漂泊在李河谷上的「李商隱」,以及追和李商隱的「我」,已難分彼此(李商隱的〈木蘭花〉中,木蘭花、木蘭舟和詩人自己同樣難分彼此,「幾度木蘭舟上望,不知原是此花身」):

　　……他的　卻招我
　　飲一杯　兩個時代的濁酒

　　共用一場醉　兩首贈別詩
　　分享一個加速儲存黑暗自我的語言
　　不分彼此　一頁碧藍的樂譜
　　挪動某只被演奏的書寫的手
　　分不出彼此　水上水下雙重茫茫
　　累斷彩鳳雙飛翼　哪兒有彼此?

　　除了一顆心　鬼魂似的邀請
　　離亂的美學　李商隱鑽出又一個浪

「鬼魂似的邀請」扣「女蘿山鬼語相邀」。這段清晰表達了取消時間、混一彼此之意的詩句,仍然是對李商隱的某種應和。常常哀歌歷時之悲的李商隱,同樣具有共時意識。他寫過〈代魏宮私贈〉這樣的代言詩,替魏宮人私贈曹植,以明甄妃之情意,題下自注曰:「黃初三年,已隔存歿,追代其意,何必同時。」詩中寫道:「知有宓妃無限意,春松秋菊可同時。」楊煉的「兩個時代的濁酒／共用一場醉」,不正是「春松秋菊可同時」嗎?

　　　鬼魂作曲家早已設定的結構
　　　非模擬水不可　一叢水薄荷

　　清清的苦　苦苦的香

　　非完成整個存在不可　船和人

　　誕生就是詩的隱喻　詩祭奠

　　仍是一次手牽女蘿終古交尾的隱喻

　　我們都在　一篇

　　王夢過就再也難忘的長賦中

　　被加工成一朵雲之聚散

　　一群星之起落　楚天上縱橫

　　做愛的軌道迷醉於精液芬芳之藍的

　　音　樂　會

　　「非模擬水不可」，又一次提醒我們《敘事詩》的結構，一種流水般「交出自己的形式」。與此相應的是，《敘事詩》中的每一首都有不少水意象[330]，而貌似與水無關的鬼魂意象，亦「在水一方」——在長詩〈水，肯定的〉中，楊煉曾引用《水經注》「少禽多鬼……河水之所潛也」，作為其中某一章的題記。在〈哲人之墟：共時・無夢〉中，楊煉將世界歸納為「一」，這同樣是「水，肯定的」，《水經注・序》開篇即是「《易》稱天以一生水」[331]；而長詩的「尾聲」〈空書——火中滿溢之書〉，以「滿溢」表現了無水的水象。船與流水，象徵著一葉扁舟的自我，漂泊於時間的烏有之河，整個一生就這樣構成了一部「水經」，而詩歌就是「水經注」。在這個意義上，「船和人／誕生就是詩的隱喻」。「詩祭奠」消逝的一切，其方式就是將逝水年華製作成無時間的語言幻象——「手牽女蘿終古交尾」。這句詩既呼應「女蘿山鬼語相邀」，亦可能化自葉芝〈作為德爾斐神諭的消息〉一詩的結尾：

---

[330] 這些水意象包括人體的淚、汗、尿、血、痰、奶、精液，人工的酒、茶、墨、井、水渠，自然界的雨、瀑布、江、河、澤、湖、海、洋，氣狀的霧與固化的冰、雪、冰雹，還有水薄荷、水仙、水袖、水鳥、水晶、水手、水泥、環湖中路等「水邊」意象，以及決、冷、雕、淒、淨、凍、流、落、沉、濺、清、沙、沒、浮、浪、淋、漸、滲、漏、混、浸、淡、淫、淵、澱、渺、深、濕、渴、潛、灌、滿、漂、泊等含「冫」、「氵」之字。

[331] 酈道元著，陳橋驛校證：《水經注校證》，中華書局 2007 年版，1 頁。

林妖與木魅

在水泡中交尾。[332]

　　「一叢水薄荷／清清的苦　苦苦的香」，是「整個存在」的象徵、人格風骨的象徵，更是詩之象徵。楊煉追和李商隱的一個很重要的原因是，這種「清清的苦苦苦的香」的風格，同樣屬於後者。李商隱的「豔麗」人們很容易認識到，前人不乏「詞藻奇麗」（唐李涪語，見《刊誤》）、「綺密瑰妍」（宋敖陶孫語，見《詩評》）、「微密閒豔」（元範梈語，見《木天禁語》）、「語多穠麗」（明許學夷語，見《詩源辨體》）、「沉博絕麗」（清錢謙益語，見《列朝詩集小傳》）等評語，但人們往往忽略了李商隱詩歌在「豔麗」的表象下，有著「清」、「苦」、「香」的魂魄。波德萊爾說過：「要看透一個詩人的靈魂，就必須在他的作品中搜尋那些最常出現的詞。這樣的詞會透出是什麼讓他心馳神往。」[333]我們可以將這一精到的闡釋原則用在李商隱身上。據統計，李商隱詩中使用次數居前四位的形容詞為：長（124 次）、香（109 次）、白（106 次）、清（105 次）。「清」和「香」顯然是李商隱營造詩境時極為偏愛的字眼。他曾用「我亦舉家清」、「清香披蕙蘭」形容家世、人格之美；他曾以「清新俱有得」評價何遜的詩藝（同時也是自許），用「雛鳳清於老鳳聲」稱許少年韓偓的詩才。「清」在李商隱筆下有清高、清虛、清冷、清苦、清詞之意，楊煉在此基礎上添加了清明的死亡意味。「苦」不僅指人生那痛苦、困苦、孤苦、愁苦的不變處境，對詩人而言還應包括苦吟。李商隱在〈戲題樞言草閣三十二韻〉中說：「我有苦寒調」、「聽我苦吟詩」，他也曾用「人高詩苦滯夷門」描述自己的處境。「清」也罷，「苦」也罷，最終統一於人格與詩意之「香」。

　　「我們都在　一篇／……長賦中」，指長詩巨大的涵容性，用李商隱的話說：「三才萬象共端倪」（〈漫成五章〉）。「雲之聚散」、「星之起落」云云，可以和李商隱〈燕台詩〉「喚起南雲繞雲夢」、「未遣星妃鎮來去」、「冰蟾落盡疏星入」、「絮亂絲繁天亦迷」參照閱讀，將無限豔情化入無垠「太空」，正是李商隱的拿手好戲。楊煉通過對「長賦」、「楚天」的描繪，又返回了〈哀歌，和李商隱〉的開端——「一自高唐賦成後，楚天雲雨盡堪疑」。

　　第二部詩結束於被空格強調的「音　樂　會」，除了點明《敘事詩》的音樂結構，這三個字還蘊涵著怎樣的深意？「音」還有語言、言辭義，如陸機《文賦》：「放庸音以足曲」；「樂」乃多音字，有歡樂義；「會」，聚會、相會。五首「水薄荷敘事詩」乃傷「別」的「哀」歌，最終卻歸於語言之「樂　會」，這種極端的反差傳達了和葉芝〈天青石雕〉相似的觀點：人類從古至今的處境就是一個徹底的悲劇，其中唯一的歡樂在於藝術創造本身，在這種創造中，在詩歌裡，那些離散的人兒實現了「手牽女蘿終古交尾」的不可能的歡聚！

　　不僅〈哀歌，和李商隱〉歸於太虛，實際上五首〈水薄荷哀歌〉均以「太空」為歸宿。〈現實哀歌〉最後部分寫道：「對應藍天上一場靜靜精巧的解散」；〈大海，安魂曲，首次，也是再次〉：「只兩個人　加一個星空　別無所求」；〈葉芝〉：「山脊上一抹天青色」，「騎馬人像大海放出的白雲一樣」；〈故鄉哀歌‧十二、敘事詩〉：「雲中之鬼」，「繞過星空　朝父親漫步」。有著「共時之藍」、「幻覺之藍」的天空，既是無限華美，蘊涵天命天道的「天書」，也是至虛無上，對稱於「哲人之墟」的「空書」。

　　〈水薄荷哀歌〉承接上一部詩的結尾，進一步敘述了楊煉從上世紀七十年代末至今的生活經歷。楊煉沒有採用〈照相冊：有時間的夢〉那種準編年體的方式，而是將個人經歷分門別類，一一派入詩歌從古至今最重要、最經常吟詠的五大主題，以此溝通他者，書寫人類的根本處境。這書寫即是轉化，將注定毀壞的可見之物、不斷逝去的外在世界，轉化為鬼魂、音樂等不可見之物和諸多內在幻象。里爾克對《杜伊諾哀歌》的闡述可以幫助我們理解這種轉化：

> 我們的使命就是把這個短暫而羸弱的大地深深地、痛苦地、深情地銘刻在心，好讓它的本質在我們心中「不可見地」復活。我們是不可見之物的蜜蜂。《哀歌》指明了我們這項事業，就是持續不斷的轉換，把所愛的可見之物和可及之物化為我們天性的不可見的震盪和感觸，這種震盪將把新的振盪頻率輸入宇宙的震盪頻道。

里爾克還指出：「只有在我們心中才可能實施這種親密的持續的轉化。」[334]而《敘事詩》第三部〈哲人之墟：共時‧無夢〉的主題，正是詩人冥思的內心。

---

[334] 轉引自霍爾特胡森：《里爾克》，北京三聯書店 1988 年版，225 頁。

　　卡爾維諾的小說《帕洛瑪爾》分為〈帕洛瑪爾休假〉、〈帕洛瑪爾在城裡〉、〈帕洛瑪爾沉思〉三章，每章各九節，任意一節的小標題前都有數字一、二、三的排列組合，這不僅表示章節順序，還意味著三種不同的經驗。其中「一」對應著視覺經驗，文字以描寫為主；與「二」相對應的是人類學、廣義文化的經驗，文字偏重敘述；第「三」類涉及宇宙、時間、無限、自我與世界的關係及思維的性質等因素，屬思辨經驗範疇，文字也由描寫、敘述轉為默思。這部小說的每一章都是上述三種經驗的綜合書寫，不過各章各有側重，〈帕洛瑪爾休假〉著眼於「一」，〈帕洛瑪爾在城裡〉主要寫「二」，〈帕洛瑪爾沉思〉由標題可知更偏重思辨經驗。《敘事詩》三部，每部主要處理的經驗類型與《帕洛瑪爾》三章大體相似。這種相似純屬巧合，〈照相冊：有時間的夢〉作為長詩第一部完全是由相冊內容決定的，第二部〈水薄荷哀歌〉則是自傳及大歷史敘述進一步的發展與完成，一般的自傳作品會結束於此，而楊煉卻按照他發明的「形而下下→形而上」的詩學公式，抵達〈哲人之墟：共時·無夢〉的「形而上」層次。有了這個層次，《敘事詩》就是別爾嘉耶夫所說的那種以自我及其生活命運作為哲學認識對象的自傳，一部「哲學的、精神歷史的和自我認識的自傳」[335]。阿多諾也說過：「審美經驗務必轉入哲學，否則就不是真正的審美經驗。」[336]

　　「哲」字是將「逝」之「辶」換成道說之「口」，楊煉：「存在，濃縮成兩個詞：『消失』和『思想』」[337]（類似道家的「無」與「道」，佛教的「空」與「法」）。對於「哲人」，楊煉有種蘇格拉底式的理解，後者說過，「真正的哲人把死亡當作他們的職業」，而「哲人」的智慧在蘇格拉底看來是指靈魂的這種狀況：靈魂「透過和同質的存在的接觸，停留在絕對的、恆久的和不變的領域內」。[338]「墟」的第一層涵義是高山大丘，如「昆侖之墟」，楊煉認為這是詩歌的最佳比喻：「中國神話裡的昆侖山……古人想像，那是一架神人上下天地之間的『天梯』。這不也正是當代中文詩的最佳比喻？每個詩人、每首詩，都是一架登天的玉梯，下抵黃泉上接碧空，既沉潛又超越。」[339]「墟」的第二層涵義為歷史遺跡，如上古文獻提到

---

[335] 別爾嘉耶夫：《自我認識──思想自傳》，廣西師範大學出版社 2002 年版，2 頁。
[336] 《美學理論》，228 頁。
[337] 〈在死亡裡沒有歸宿〉，見《鬼話·智力的空間》，218 頁。
[338] 《蘇格拉底最後的日子》，86 頁，102 頁。
[339] 見楊煉為《玉梯──當代中文詩選》一書所寫的序言。

的「太昊之墟」、「顓頊之墟」、「祝融之墟」,然而與其說「墟」體現了某種過往痕跡的存留與顯現,不如說它更強調人類痕跡的消逝與隱藏;它是一個主客互涉、激發情思的「空」的現場,一個和時間、記憶、死亡、幽思、虛無有關的場所,具有充分的主觀實在性和客觀虛空性。在〈哲人之墟:共時・無夢〉中,「墟」之毀、廢、虛、空諸義多有表現,呼應著楊煉的頹廢美學與反實在論;〈錫拉庫札詩群:生之墟〉是一首「徘徊墟墓間」的悼亡詩;〈恍若雪的存在——完美之詩〉、〈思想面具〉(六首)乃「墟」一般的顯現與隱藏的辯證法之詩;而「空書——火中滿溢之書」的標題已表明「墟」的本質特徵。「墟」還可引申為境界,如《莊子・天運》:「古之至人……以遊逍遙之墟」[340],〈哲人之墟:共時・無夢〉的結句正是「讓你聽你在逍遙」。要之,「哲人之墟」即作為全部存在歸結的**詩人內心**,一如里爾克《杜伊諾哀歌》所寫的那樣:「充盈的存在/源於我心中。」[341]

美學中的共時概念,主要是指審美意識把一切世代具有形式之美的作品凝聚在自身之內,使它們超越歷史時代、文化變遷的限制,在一種共時形態中全部成為審美意識的觀照對象。而楊煉的共時觀念不僅是審美意識,也是存在意識。他在〈月蝕的七個半夜〉中解釋說:「這個詞被發明出來——『共時的』——剛好夠抵消,我們名字裡每一個詞。古往今來我們的輪迴,輕易被囊括。無所謂『現在』,才無所謂過去與未來。就是說,有『時』,卻沒有『間』;有日子,卻未標明過去和遠近;有人,卻辨不出我或他」;「『共時』,預設了一種不加區別的在——絕對包含所有不在」;「『共時』,意即從末日開始;從對『存在沒有下限』的認識開始;從無視自我開始」;「『共時』,一個反歷史,刻意把孤獨加深到極致。得發明這樣的語言:揭示血,本來就遠離軀體的石頭性質」。[342]看得出,楊煉的「共時」綜合並改造了道家的「恍惚」、「象罔」、「物化」、「至人無己」等命題。與散文〈月蝕的七個半夜〉的思辨闡釋不同,〈哲人之墟:共時・無夢〉主要以隱喻、象徵的方式給出關於共時的啟示。基於共時意識,這部詩採用第二人稱「你」作為敘述人稱。如果說〈照相冊:有時間的夢〉用「他」將自我客體化、異己化,令追憶中的童年恍若「他生」,〈水薄荷哀歌〉通過繁複的「人稱遊戲」,通過「我　任何人」

---

[340] 《莊子集釋》,519 頁。
[341] 里爾克:《杜伊諾哀歌》,林克譯,同濟大學出版社 2009 年版,69 頁。
[342] 《幸福鬼魂手記》,218~221 頁。

的同一，旨在由自我而及「他我」、「一切我」，表達人類的普遍處境；那麼《哲人之墟：共時・無夢》則是以「你」來書寫「非我」、「無我」狀態——第二人稱的哲學意蘊在於它是與「我」相對的、複數的（「一種不加區別的在」），以及虛設的（「你在，就是不在」[343]）。至於「無夢」，楊煉曾說：「年輕的時候，我是個夢的熱烈崇拜者。政治的夢、愛情的夢、文學的夢，一個接一個。可以說我的生活僅僅由自己對一切的幻想構成，卻與現實無關。這種情況，直到一九七六年我在母親去世的噩耗中醒來，且開始不是以幻想，而是以現實為能量寫詩的時候。……我不喜歡談論夢，還因為，夢常常是人類自欺、且欺人的一種方式。除了可以原諒的怯懦，『夢』被到處銷售，因為它市場廣大。不僅一個人能由此輕易解脫困境，就是一種文化也同樣：東方、西方各自做夢，也相互夢見，都曾以為得救之途在草更綠的彼岸。這兒，夢簡直是實用的。直到你醒來時發現自己又一次被愚弄。」[344]

　　從「照片」的私人性、具象性，到「水薄荷」的普遍性、寫意性，再到「哲人之墟」的冥想性、虛空性（或者說介於有無之間的象罔性），構成了一個不斷抽象的過程，正如楊煉所說：「一部作品，是一種抽象藝術精神的體現。」[345]在《抽象與移情》中，W・沃林格區分了人類對於宇宙的兩種古老的態度：移情衝動和抽象衝動。移情衝動以人與外在世界的那種具有泛神論色彩的密切聯繫為條件，本質上是一種客觀化的自我享受。而抽象衝動則是人由外在世界引起的巨大內心不安的產物，人們「困於混沌的關聯以及變幻不定的外在世界，便萌發出了一種巨大的安定需要」，他們在藝術中所覓求的可能，「並不在於將自身沉潛到外物中，也不在於從外物中玩味自身，而在於將外在世界的單個事物從其變化無常的虛假的偶然性中抽取出來，並用近乎抽象的形式使之永恆，通過這種方式，他們便在現象的流逝中尋得了安息之所」。[346]很顯然馬驊的〈雪山短歌〉是移情衝動的產物；《敘事詩》則完全體現了一種抽象藝術精神。〈哲人之墟：共時・無夢〉更是將抽象進行到底，它分為三組，第一組均以「××之墟」為題，雖然楊煉對詩中的人物、情節、場景做了抽象變形的主觀化處理，但現實的影像、事件的痕跡仍大致可見；第二組進一步擺脫了自然的具體形態與客觀真實，充分消解寫實性和情節

---

[343] 楊煉：〈地下室與河〉，見《鬼話・智力的空間》，86 頁。
[344] 〈在死亡裡沒有歸宿〉，見《鬼話・智力的空間》，208～209 頁。
[345] 〈幻象空間寫作〉，見《鬼話・智力的空間》，180 頁。
[346] 《抽象與移情》，17 頁。

性，運用撲朔迷離的語言，直接表現隱在與內在的精神狀態，類似某種「表現性抽象藝術」；第三組將一切抽象為「一」，並終歸於「空」，像趙無極的「抒情抽象派」一樣，體現了得意忘形的東方抽象傳統，這種傳統的終極追求正是「一」、「空」所指代的形而上的「道」。

〈哲人之墟：共時•無夢〉的第一首〈置換之墟〉，描寫航班因暴風雨而取消，詩人被迫滯留機場的情形。詩中「墜毀」、「報廢」、「坍塌」等詞語，以及機場本身，呼應墟意象。漂泊海外二十餘年，機場一次次幫助楊煉實現從此地到彼地的置換，這首〈置換之墟〉，便是共時性地把握機場經驗。那麼〈置換之墟〉僅僅是一首純粹的機場詩嗎？

詩歌的隱喻、象徵，是一種語義由此及彼的「置換」，乾脆說，詩歌就是一種言此意彼的置換藝術。具體到這首詩，前有〈水薄荷哀歌〉的語境鋪墊，使得其意旨完全可能置換到任何主題之下。「一隻等候的沙發陷下／不多不少現實的深度」、「天空黑暗審視的眼神下」，暗示現實主題；「如憂鬱症抖動一個女孩」、「女孩舔著藥味的唇」，愛情主題；「讓你從一根試管中窺望／一場萬雲澎湃的絕望的化學反應」，基於雲的歷史象徵意味指向歷史主題，而歷史正是「人事有代謝，往來成古今」的置換；「暴風雨擲過頭頂」，〈故鄉哀歌〉已將暴風雨與故鄉主題緊緊聯繫在一起，而置換也是血緣這一內在故鄉的主要特徵；〈置換之墟〉更有可能指向詩歌主題，詩歌的置換，除了暗度陳倉的修辭藝術，還包括詩人與前人之間，讀者與詩人之間的「取代」。宇文所安在《迷樓》中說：「新的詩句使人想起舊的詩句，只是為了將舊的詩句取而代之；新的詩取代了舊的詩；詩人處心積慮地篡奪他們偉大前輩的地位，與舊有的每篇名作一爭高低。至於我們讀者，則取代了詩人的位置，以我們的聲音來重複他們的言詞，並且使這些言詞表示我們的意願……詩歌強迫我們關注這一置換事件；它使占有、遺贈、合法使用以及盜用制度化了。」[347] 然而正如「航班又一次取消」，楊煉從此地到彼地的置換並沒有發生一樣，這首機場詩雖有向多個主題置換的徵兆，可這諸多「方向」最終卻統統「報廢」了：

> 你舔報廢的瓢潑的
> 方向　砸著岸

---

[347] 《迷樓》，151～152 頁。

　　一個坍塌在軀體中的重量

　　析出耳畔一個失重的聲音

　　「改期還是退票，先生？」

「析出」指固體從液體或氣體中分離出來，詩人複雜而沉重的內心活動，終結於機場服務人員輕輕一語的客觀真實。這也提醒我們，本詩疑似頗有寓托，實則並無寓托，終歸是一首極具體的機場詩。

　　〈銀之墟〉即「淫之虛」，也就是意淫。從〈高唐賦〉、〈神女賦〉之性夢，經南朝宮體，李商隱、韓偓的豔詩，直至《紅樓夢》的太虛幻境，可以說中國文學色情傳統的主要特徵就是「淫之虛」。三首〈銀之墟〉均為四行一節的六節短詩，均以西洋詩的「隨韻」格式（aabb，ccdd……）押韻。「性」是最具普遍意義的內容，而四行一節幾乎是新詩最普通的形式，楊煉曾說每當他想寫人的共同命運時，「使用這個形式幾乎帶點宿命的成分」[348]。隨韻，上句定韻，下句隨押；與此類似，意淫首先要有定韻般明確的對象，其次才是對此欲望客體如影隨形的色情心理活動。三首〈銀之墟〉的主要區別在於它們各自聚焦一種感官的色情性，〈銀之墟（一）〉寫視覺的色情，〈銀之墟（二）〉主要寫聽覺的色情，〈銀之墟（三）〉則以嗅覺的色情為主。

　　〈銀之墟（一）〉中，「不留下……痕跡」、「遺棄」、「空置」、「廢除」、「廢正是意義」扣墟意象。從「瓶抖開光的璀璨瀑布」，「每天醒來的作品　肌膚如銀／空茫海水下空置的岩石都如銀」，「輕拂這瓶」（「輕拂」通「輕浮」），可以推斷，本詩是對擺放在詩人臥室的一隻銀瓶的意淫，一如唐張籍〈楚妃怨〉的意淫：「美人初起天未明，手拂銀瓶秋水冷」。〈銀之墟（一）〉主要是「視線的遊戲」，除了「霧靄　密林　山岫」，銀瓶還鐫刻了一個女子的背影：

　　沿著小徑　溪水向下　你向上

以及：

　　溪水白亮亮向下　昔日在臆想中

　　你摘掉自我向上

[348]〈冥思板塊移動〉，見《幸福鬼魂手記》，262 頁。

詩人對瓶景的描寫，清雅出塵，又隱隱透出色情。「小徑」讓人聯想到陰「莖」；「白亮亮」的「溪水」如精液；「日」之「臆想」即意淫；「摘掉自我」暗示交合時忘我的狀態。「你向上」說明「你」面向「小徑」、「溪水」，背對觀者，這意味著「你」用無名的身份和無我的背影，完成了對一切女人的抽象。無論是「幽居在空谷」[349]的絕代佳人，還是《金瓶梅》世界淫穢的「摘掉自我」，均被此瓶（詩）歸納。這隻永遠處於當下的古老銀瓶，像玉琮一樣以共時囊括了歷時，它又是壚一般的中空之物，默默傳達著「空即是色」的意蘊。

　　而〈銀之壚（二）〉是對「色即是空」的演繹：

　　　　山花野果要什麼名字？她說
　　　　她抬起眼睛　　三十年前的清波
　　　　漾著香　取代花蕊那縷香
　　　　山之蕊　一瓣瓣剝開詩行

　　　　眺望中仍未完全變黑的下午
　　　　夜還在收緊懸崖　臨風處
　　　　一潭水泛起暗色滿浸寒意
　　　　從腳下　把你驅逐進一點餘輝

　　　　認識的反面銀光閃閃
　　　　擎著針　扎穿鳥鳴奔逃的藍
　　　　深處亮起的燈火剜去山字
　　　　骨髓裡陣陣疼剜去冷字

　　　　而銀不是字　是挽緊髮髻的空
　　　　山氣瀰漫中她的眼睛
　　　　山路般陡峭　一雙麻鞋
　　　　留一枚讓你無盡抽絲的繭子

---

[349] 杜甫：〈佳人〉。

> 抽　一種不得不愛上的陰柔
>
> 摩擦粉紅色　哦一個隘口
>
> 要什麼名字？裸露隱匿都是美
>
> 偃月冠下一世界閱讀不盡的美
>
> 一聲反問來自滿枝如雪的花朵
>
> 折下三十年　那兒沒人說
>
> 斷的香　愛你就性你　百萬次
>
> 死過的名字都這樣成為真的

三十年前楊煉遊歷華山，不無挑逗地問一名女道士，他信手摘下的那朵花叫什麼名字？女道士意味深長地瞥了他一眼，說：「山花野果要什麼名字？」這「一聲反問」令楊煉在日後「百萬次」的追憶中銷魂不已，以至於它已成為一種無所謂過去現在的共時存在（「折下三十年」）。「剗去山字」、「剗去冷字」云云，暗示了雕版印刷之「剗改」現象，原初的情景即為雕版，而回憶是將內心之白紙覆於其上，輕刷「反面」的複印，「百萬」則為印數。在這個過程中，楊煉為之「無盡抽絲」（通屈原的「抽思」）的「銀」，說到底「是挽緊髮髻的空」。第五節的「抽」，既呼應又區別於〈照相冊——有時間的夢〉「抽啊　時間的耳光一記記剪裁」，它有抽思的抒發義，及古典色情小說常用的抽插義，也不無抽象義。詩人拈著花瓣（「摩擦粉紅色」），站在山崖邊（「一個隘口」），意淫著女道士的下體。「裸露」的花朵與「隱匿」的女道士身體，同樣既具體又抽象，花是山花，因無名而成為一朵最普遍的花，女道士亦然。「偃月冠下一世界閱讀不盡的美」，既寫一鈎弦月下的浩瀚山景，又寫女冠之美；而「偃」之仰臥意，及其字象中的「日」、「女」，透出隱晦的色情意味。結尾處，楊煉創造了「愛你就性你」的意動用法，用「性」取代一切粗俗的動詞，這取代也就是以少總多的抽象。

　　〈銀之墟（三）〉重點寫嗅覺的色情，用詩中的話說：「讓嗅覺／倚著你體內人生唯一的方向」。本詩描寫一個和楊煉同「氣」相求的小酒友兼詩友，此女名中含「墨」，曾投身軍旅，拍攝過「慵懶的槍倚在唇邊」的照片（引人色想聯翩），且體有異香：

> 睨視　一株汗腺浸濕的水仙
> 細細的狐狸味兒被追捕到底
> 是不屑逃走的味兒　輕撫醉意

以及：

> 一縷親手包裹成行李的體香

「輕撫」通「輕浮」。「狐，妖獸也，鬼所乘之。」（《說文解字》）狐作為妖獸的觀
念以及「逐狐」意象，可以追溯到西漢焦延壽的《易林》：「鳴鼓逐狐，不知跡處」，
「裸裎逐狐，為人觀笑」，「逐狐做妖，行者離憂」，「逐狐平原，水遏我前」，「牝
狐做妖，夜行離憂」[350]，等等，狐之妖在後世主要被理解為性蠱惑。詩中，楊煉
不斷用「玩具」、「書童」以及「睨」、「狐狸味兒」、「逃走的味兒」、「血絲兒」等
「兒」化之字詞，暗示女孩之幼齒。那麼被意淫成小洛麗塔的「你」，究竟是個怎
樣的女孩？

> 血絲兒沁的汗意射穿那人
> 秋　啊　秋涼最適養心
> 槍口滑落　雪　潛望著歸來
> 讀懂世界那滴墨　躺進潔白

「血絲兒沁的汗意」呼應〈故鄉哀歌・九、路〉「玉琮裡血絲紅豔鮮嫩／活像腋窩
下閃耀細細汗光的女孩」，指向玉琮的共時性。「秋」還被用來形容飛翔的樣子，
如《漢書・禮樂志》「飛龍秋，遊上天」，可喻詩人浮想聯翩的意淫。「沁」、「養心」
暗示一切只是詩人的內心活動（「秋涼……養心」還離合為「愁」）。如果說前兩首
〈銀之墟〉傳達了「空即是色」、「色即是空」的意蘊，那麼這首詩意味著色情即
純潔──「讀懂世界那滴墨　躺進潔白」，原來這個有異香和悟性，能讀懂楊煉詩
的「小狐狸精」純真無邪。這句詩更是寫作之喻，「墨」水寫進「白」紙，而「銀」
歸根結底是詩歌之內的幻象。

---

[350] 《焦氏易林注》，九州出版社 2010 年版，4 頁、116 頁、161 頁、212 頁、215 頁。

哲人之墟

他們可能只不過在談論山羊
緩緩啜一口茶　濃了暮色
連成一片的松針上漂著月亮

松香味兒的大樹穩穩撐著
四合的山影　潑掉一日鳥聲
一張青石凳反鎖遊客

諦聽中　他們被口音剔淨
一隻瓷茶杯沉澱如玉的遠方
輕輕放下時仍溫潤而透明

　　這是一首點題詩，其三韻三行體的韻法除了有漂泊之感，還讓人想到但丁這詩人中最偉大的哲人。本詩很短，一共九行。中國的數字從一到十，各表示不同的宇宙意識，「九，陽之變也。象其屈曲究盡之形」（《說文解字》），可以象徵哲人複雜精微的沉思；九又通久，此詩以韻腳的無限循環應和這一點。

　　山羊在西方文化中隱喻色情（西方神話裡的男神，經常裝扮成山羊調戲凡間的女子），這一內涵上承〈銀之墟〉；它還有替罪羊的意思，這層意思楊煉曾多次「談論」，例如「在柏林動物園的冬夜，自山羊們的叫聲聽出一片嚎哭。像你用你的母語在嚎哭。那時，我知道，這本書的主題，僅僅是死亡和想像」[351]。飲茶在東方意味著一種智者生活。《詩式》作者皎然首倡茶道，他在〈飲茶歌誚崔石使君〉中宣稱：「一飲滌昏昧」，「再飲清我神」，「三飲便得道」。他的好友陸羽在《茶經》中寫道：「蠲憂憤，飲之以酒；蕩昏寐，飲之以茶。」——我們的茶聖並不排斥、貶抑酒，惟其如此他才當得一個聖字。〈故鄉哀歌・二、雪：另一個夏天的挽詩〉中，為了「蠲憂憤」，詩人「飲之以酒」：「喝　擴散腫脹噩耗的　必是一場大醉」；〈哲人之墟〉則「蕩昏寐，飲之以茶」，茶葉或採自〈哀歌，和李商隱〉中「拒絕移過新年的野茶樹」？而「暮色也是一件沒有時態的作品」（〈屈原〉），它不僅透

---

[351] 〈為什麼一定是散文〉，見《鬼話・智力的空間》，6頁。

出死亡意味，亦抽象了紛繁的顏色、形象，統一著世界（「連成一片的松針」）。共時的循環往復的月亮，正是海德格爾所冀求的那種保持著黑暗的光明而非單純的一片光明。「松香味兒的大樹穩穩撐著」，既寫景，又喻智者獨與天地精神往來的高潔。大樹的年輪乃同心圓的共時結構，山、青石凳更是共時性的存在，正如鳥和遊客是歷時性的，鳴於此山的所有鳥，坐過青石凳的眾游客，都被山和青石凳一一刪除或囊括。

　　瓷茶杯如「落不上紅葉的青瓷」，乃共時之物，而茶葉採自遠方，它們象徵了一名詩人的漂泊最終轉化為「形而下下」的內心深度（「沉澱」）。「如玉的遠方」、「溫潤而透明」，正如荷爾德林所寫：

> 智者最終
> 往往喜愛美麗事物。[352]

　　關於智慧有一段著名的公案，黃龍門下惟信禪師有云：「老僧三十年前未參禪時，見山是山，見水是水。及至後來，親見知識，有個入處，見山不是山，見水不是水。而今得個休歇處，依前見山只是山，見水只是水。大眾！這三段見解是同是別？」[353]〈哲人之墟〉亦包含「這三段見解」。它可能只是一首無思無慮的飲茶詩，描寫了從「緩緩啜一口茶」到瓷茶杯「輕輕放下」的過程，就像「他們可能只不過在談論山羊」，與色情、替罪羊、死亡無涉。而根據前面的分析，它也可能是一首「見山不是山」的隱喻之詩，一首關乎死亡、想像、共時、漂泊、美的玄學詩。最後，它可能是「而今得個休歇處」的返璞歸真、空明無礙，用楊煉的話說，「從複雜提升到單純的詩」[354]。正所謂智者見智，〈哲人之墟〉是一首什麼詩，其實取決於隱然在場的「你」讀出了什麼——「大眾！這三段見解是同是別？」

　　這首詩給出了一個東方哲人的形象。西方思想家籠統而言是認識型的，訴諸邏輯和對象化的思維模式，以期達至「純粹理智和純粹理性的知識」[355]，一般不涉及主體境界；而東方哲人從未將思想與存在（者）割裂，總是在物我融融、一

---

[352] 轉引自海德格爾：〈什麼叫思想〉，見其《演講與論文集》，三聯書店 2005 年版，146 頁。
[353] 普濟：《五燈會元》卷十七，中華書局 1984 年版，1135 頁。
[354] 〈智力的空間〉，見《鬼話‧智力的空間》，161 頁。
[355] 康德：《未來形而上學導論》，商務印書館 1997 年版，18 頁。

體存觀中體悟世界，因此境界及其提升是決定性的，深邃的思想往往蘊涵於詩性盎然的境界當中。

〈錫拉庫札詩群：生之壚〉由十首十行詩組成。十是循環計數的終結或起始，呼應著本詩的主題句：「等在終點上的雨也錘痛起點」（第一首），「該結束偏偏成為你開始的理由」（第九首）；十也代表十方，「錫拉庫札」本有八方，再加上「雨的鐵鏈從天而降」（第二首），「哭聲從地下握住趿著涼鞋的腳」（第五首），構成「十方世界」。詩群則是這樣一類詩的集合，它們雖有共同的主題、風格或形式，卻沒有一個總體結構。

本詩群乃「徘徊壚墓間」的悼亡詩，悼念詩人尚未出生的女兒之夭折：「一百三十六天暴露袖珍的女兒／一顆謝絕成形的小心臟解散成／波紋的弧度」——這便是本詩群無結構的深意，因悲悼女兒，一個極具結構意識的詩人模擬女兒「謝絕成形的小心臟」，將詩歌「解散」了一回。詩人徘徊於大雨中的錫拉庫札，女兒的死讓他想到公元前雅典大軍無名戰士的毀滅。因此本詩群既呼應〈修昔底德斯〉，更互文於《伯羅奔尼撒戰爭史》第七卷的最後一章，「戰爭的第十九年。大港戰役。雅典大軍的撤離和覆滅」。

詩群的第一首開篇寫道：

　　等在終點上的雨也錘痛起點
　　大港深邃如耳廓　　防波堤迎向
　　青銅鑲嵌的雨聲

女兒的「起點」也是她的「終點」，而生命的「終點」又成為一首詩的「起點」。「大港」，即「大港戰役」之地，狀如「耳廓」，這共時之耳，永恆地聆聽著。「雨」也共時如「青銅」，第六首寫道：

　　一場錫拉庫札的雨混淆了時間
　　在書中下　　組成文筆冷冷下

「在書中下」是指《伯羅奔尼撒戰爭史》第七卷最後一章這段文字：「雷聲轟鳴，天下雨了，這是一年入秋之時常見的天氣氣象，這使得雅典人更加沮喪，因為他

們把這場雨當成即將毀滅的徵兆。」[356]看來楊煉帶著這部書去了錫拉庫札（第八首：「燈下讀到一支大軍走投無路」），又恰逢那裡下雨，書裡書外的雨「連成一片」，讓楊煉在對女兒的悲悼中，真切地體會到修昔底德斯對覆滅的雅典遠征軍的追懷，以及雅典人「終點」處的絕望。在場的「你」經由雨和書，同不在場的女兒、修昔底德斯、雅典遠征軍「混淆」在一起，這種共時處境用海德格爾的哲學語言來表述就是比主體－客體關係更本原的境域，它把有限的在場者與無限的不在場者合為一個整體。於是表徵了雅典遠征軍慘痛處境的種種「生之墟」意象，也屬於「你」的內在感受。

石坑是錫拉庫札人囚禁俘獲的雅典人及其同盟軍的露天石牢（呼應墟），「石坑中的俘虜，起初受到錫拉庫札人的虐待。他們擁擠在一個狹窄的石坑裡，沒有屋頂遮風避雨，白天烈日當空，空氣閉塞，令人窒息，而夜晚則如度寒秋，氣候的急遽變化，使他們滋生疾病。而且，由於沒有空間，他們不得不在同一個地方做任何事情。因受傷或氣溫變化或類似原因致死者的屍體堆積在一起，因而惡臭難當……總之，囚禁在石坑中的俘虜嘗盡了人們能想像出來的一切痛苦」[357]。而詩群的第二首寫到了「肉做的石坑」：

> 加深囚徒們絕望抓出的指痕
> 床還在這兒　你肉做的石坑
> 囚禁著哭喊　說出就在追逐潮水
> 寫　海藻中沉船就深深起伏
> 又一朵鎖在追悼上的浪碎了
> 又一座勝利紀念碑踩著磷光返航
> 任何語言裡四月都是斷壁殘垣

「勝利紀念碑」跟實際的勝利無關（大港戰役第一個回合之後，錫拉庫札人和雅典人各自都建立了勝利紀念碑），它真正紀念的僅僅是死亡。此外《伯羅奔尼撒戰爭史》中作為死亡動員的「演講辭」，也被「女兒跳跳停停的心複述」（第七首）。

---

[356] 修昔底德斯：《伯羅奔尼撒戰爭史》，廣西師範大學出版社 2004 年版，422 頁。
[357] 《伯羅奔尼撒戰爭史》，426～427 頁。

　　女兒那「一百三十六天」的「活」，像「海豚潛泳」（第三首），是看不見的生之墟：

> ……女兒隱身瞧著
> 你腳下踢起的石頭　一次死
> 翻開人的灰燼

——第七首

> 活是一次看不見的展示　她
> 來過　手中牽著一大群消失

——第八首

就這樣，女兒匯入了無名戰士的命運：「一個胎兒和七千拍賣的奴隸列隊」（第五首）。詩群的最後一首寫道：

> 每一百三十六天大海裂開一次
> 雨滴的小孔中能窺見白白的卵
> 選用這週期　蕩漾的血味兒
> 不讓你心裡那道懸崖安息
> 選用一隻射穿風景的海鷗
> 像個滾著花邊撲上碼頭的女孩
> 劫掠父親　錫拉庫札窗臺下
> 每一百三十六天大海停頓一次
> 摒住　又鬆開　不可能的呼吸
> 無限冷的雨聲終究無限溫柔

楊煉在〈渡過之年〉中說：「用一個假定的瞬間，抵達遺忘的瞬間；用不曾誕生過的，囊括無辜毀滅了的；用一篇散文中下臨無地的辭，代替已不眺望、怕眺望、沒什麼可眺望的目光——你們都是安寧的。直到不可能的，出現了。」[358]本詩群用女兒書寫雅典遠征軍的命運，便是「用不曾誕生過的，囊括無辜毀滅了的」；而

---

[358] 《鬼話‧智力的空間》，91 頁。

「每一百三十六天大海裂開一次」,「每一百三十六天大海停頓一次」,則是「用一個假定的瞬間,抵達遺忘的瞬間」。當詩歌以不可能的方式抵達、囊括、代替存在本身,「你」也就在其中獲得了安寧──「終究無限溫柔」。

在〈哲人之墟:共時‧無夢〉的第一組作品中,〈置換之墟〉相當於布里頓《第三大提琴組曲》的第一樂章〈導奏〉。〈導奏〉是無調性音樂,〈置換之墟〉乃自由詩,且像前者一樣奠定了第三部的思想基調。具體來說,〈置換之墟〉探討了「此」與「彼」的關聯與轉化,而「此」與「彼」又分別表現為〈銀之墟〉的「色」與「空」,〈哲人之墟〉的「存在」與「思想」,和〈錫拉庫札詩群:生之墟〉的「生」與「死」,在這些對立統一的置換中,又都伴隨著「有」與「無」、「顯」與「隱」、「正」與「反」、「少」與「多」、「名」與「無名」(「匿名」)的哲思。

這組作品仍然是敍一己之事,我們大體能把握其本事:候機,暴風雨導致航班延誤,詩人每天醒來看見的銀瓶,「山花野果」的女道士,體有異香的女孩,在山間飲茶,女兒尚未誕生的夭亡,徘徊於錫拉庫札……雖然楊煉給出的語義信息並不完整。在分析二十世紀藝術的抽象技巧時,奧斯本將這類不完全的再現性稱為「語義的抽象」;而另一類抽象程度更高或更高級的藝術則被命名為「非傳統的抽象」,它指的是「不反映自然景色、物體或事件的表現性特徵」[359],與再現性描述無關的藝術類型,用〈恍若雪的存在──完美之詩〉中的話說:「你的狂想/剝離你生存的形象」,「遞增非人的完美」。在下一組作品中,〈一次石雕上手提淨瓶的漫步〉是從「語義的抽象」向「非傳統的抽象」的過渡,而〈恍若雪的存在──完美之詩〉、〈思想面具〉(六首)已是典型的「非傳統的抽象」了。第二組作品以詩歌為共同主題。

一次石雕上手提淨瓶的漫步

廢墟浮上嘴角　一首詩
續寫石頭的信　一根食指
鉤住不奢望寄走的水聲

---

[359] 奧斯本:《二十世紀藝術中的抽象和技巧》,四川美術出版社 1988 年版,124 頁。

陽光暴曬的山坡上

你腋窩酥軟　忘了閒置過

第幾個向海行走的一千年

你雪白的瓶子裡盛滿了鈾

第幾次倒空被發明的海

渾身血脈盯著那瓶口

變得更美　為對抗那瓶口

刺眼的藍等在大理石柱廊盡頭

激情的殘疾　來　毀了再來

一首詩懷著裂變亭亭玉立

一串幽暗的心跳像腳印

原地趟過　恍若最後的

一步踏入石頭的最初

半裸的肩膀下棲著燕子

飛來叫眼淚　飛去叫歡快

你的愛仍然靜靜卡在正午

修飾你的爆炸　玲瓏地

提著所有的字

　　〈錫拉庫札詩群：生之墟〉寫到「旅館窗臺下」有「一種撥動石頭流淌的雕刻藝術」（第一首），「那裸露雙乳的女人迎面走過」（第六首），〈一次石雕上手提淨瓶的漫步〉想必與此有關。這首詩又一次互文於葉芝的〈天青石雕〉。〈天青石雕〉寫一個西方詩人欣賞中國的石雕藝術，本詩則相反；〈天青石雕〉的主題是文明的毀滅與重生，這也是本詩的主題，「來　毀了再來」表明了這一點。葉芝無法預見到，他死後七年人類發明的核彈，會把〈天青石雕〉開篇部分飛機投擲炸彈的景象變成小菜一碟。〈一次石雕上手提淨瓶的漫步〉出現了鈾這種元素，它與文明、藝術有關，曾用做玻璃著色或陶瓷釉料，其晶體結構、提煉難度和蘊涵的能

量，完全符合楊煉對藝術的理解；鈾更與毀滅有關，其「裂變」、「爆炸」的威力如「倒空被發明的海」。〈天青石雕〉中，葉芝認為人類歷史就是一場毀滅與重生不斷循環的悲劇，其中唯一的歡樂是洞悉與呈現這種悲劇性的，藝術的歡樂；〈一次石雕上手提淨瓶的漫步〉用「半裸的肩膀下棲著燕子／飛來叫眼淚　飛去叫歡快」表達了相同的看法。但這首詩並非〈天青石雕〉的簡單仿寫。〈天青石雕〉的最後一節，再現了石雕的景象，包括石頭本身的裂縫和凹痕都歷歷在目；楊煉卻在書寫一種「亦石雕亦詩歌之物」，這又是通過合「二」為「一」，創造一種不可能的存在。正如阿多諾所說：「在藝術中，非存在物通過存在物的斷片（fragments）得以傳達，並匯聚在幻象之中。」[360]

石雕充分傳達了楊煉的共時意識：詩中有「你」，卻沒有人；「忘了閒置過／第幾個向海行走的一千年」；「有『時』卻沒有『間』」；「渾身血脈盯著那瓶口」；「共時……揭示血本來就遠離軀體的石頭的性質」；「恍若最後的／／一步踏入石頭的最初」；「從末日開始」。而「一串幽暗的心跳像腳印」，把「石雕上的一次漫步」變成「一次石雕上的漫步」──詩歌。最後一節將詩歌的完成比作核爆，因為宇宙就是形成於大爆炸的，詩歌和宇宙均「以死亡的形式誕生」。之後，詩脫離主觀世界，成為石雕般「亭亭玉立」的存在。

〈恍若雪的存在──完美之詩〉的主題顯然也是詩。〈一次石雕上手提淨瓶的漫步〉是石（雕）與詩的合一，本詩是雪、詩合一。石和雪，均與楊煉的抽象衝動有關，沃林格指出，「抽象衝動是在非生命的無機的美中，在結晶質的美中獲得滿足的」[361]。雖然都是無機物，但石剛而雪柔，石靜而雪動，石實而雪虛，石沉重而雪輕盈，石凝聚而雪飛散，石不易而雪變化，石頭「沒有時間」，雪花卻是「『瞬間』幾乎與你迎面相撞」[362]。楊煉希望他的詩能兼具石與雪所代表的兩種相反的藝術特質。

在楊煉看來，雪是詩歌的絕佳象徵。雪體現了深情冷眼的態度，純粹、自由、輪迴的觀念以及無人稱的意識（「雪／天生無人稱因而揮霍每個人的死亡」[363]），

---

[360] 《美學理論》，149 頁。
[361] 《抽象與移情》，5 頁。
[362] 〈十意象〉，見《鬼話‧智力的空間》，141 頁。
[363] 〈無人稱的雪（之四）〉，見《大海停止之處》，393 頁。

它是隱藏與表現的完美結合，是色情、死亡，更是「比死亡更逼真的想像」[364]；它輕易就把世界化為烏有，用一種風格統一了宇宙，對此巴什拉說：「宇宙被表達和省略為一個詞：雪。」[365]它完全符合楊煉的抽象衝動、唯美主義、茫茫美學與「形而下下」、「隕落」的詩學，以及包括宇宙的詩歌雄心。從〈「第一天」〉的第一句「山上的雪　融解在陽光裡」開始，雪就作為《敘事詩》的核心意象之一，頻頻落入我們的閱讀。〈恍若雪的存在——完美之詩〉則是共時性地處理這個題材。此前出現過的各種雪意象，在本詩中被一一書寫；不僅如此，本詩的每一行都呼應著前面的篇章，或者說，此前的某些片斷又似是而非地、自由地飄落進這首詩中，「恍若雪的存在」。譬如開篇兩節：

> 整座雪山微微旋轉　當你的臉
> 每秒鐘更埋入訣別的幽暗
> 遠離陽光像遠離一場誣陷
> 說　你暫停過　愛過　雪映藍天
>
> 有過置換的主題　繼續玩味
> 你肉裡吱吱叫的白色沙子
> 一片雲玲瓏寒意的袍子
> 水做的女道士　抹掉自己　恰似縱欲

　　第一節讓我們想到〈「第一天」〉的第一句。〈「第一天」〉寫詩人的誕生，雪融於陽光即「以死亡的形式誕生」之意，而本詩的「遠離陽光」與此相反，乃生存於死亡之中。第一節還呼應著〈「七十天——五月四日」〉「雪山像一支烟裊裊升起／／訣別水靈靈的」，以及〈水薄荷傳〉「斜斜飄落的雪帶著訣別的一瞥」。「有過置換的主題」扣〈置換之墟〉，「肉裡……的白色沙子」隱隱呼應〈現實哀歌〉「雪花的沙子」，及〈故鄉哀歌・十二、敘事詩〉「體內鈣化的雪」。「一片雲寒意玲瓏的袍子」應和著〈現實哀歌〉「一件扮演女性的白袍子」，和〈錫拉庫札詩群：生之墟〉「一件灰白沉思的袍子」。至於「女道士」，則讓我們想到魚玄機、李商隱的女道友，尤其「山花野果」的「你」。

---

[364]　〈無人稱的雪（之六）〉，見《大海停止之處》，396 頁。
[365]　《空間的詩學》，42 頁。

詩中的「每秒鐘」一如〈銀之墟（一）〉「每天醒來的作品」，傳達了共時意識。從這兩節能看出，本詩的韻法為四行一節，每節一韻，節與節之間換韻；我們還必須注意到，每節的第一個話語單元的尾字，如「轉」、「題」，才是每節定韻的關鍵，楊煉以此韻法模擬雪花的生成。雪花的形成需要一個凝結核（一些懸浮在空中的微小固體微粒），沒有可資附著的凝結核，我們地球上將見不到雪花。如果將本詩的每一節都看成一片雪花，那麼定韻的第一個話語單元就是其「凝結核」。

〈恍若雪的存在——完美之詩〉不僅模仿了雪花的生成與輪迴，雪花的無窮（本詩共十節，十乃象徵多的極數），還模仿了雪花的斷續無端與自由飛舞。本詩以詞組和短句為主，看上去更細碎，起承轉合也更靈動，如雪花的舞蹈，儼然一件抽象表現主義藝術作品。自足的片語性是現代詩的標誌性特徵之一，羅蘭·巴特指出古典語言可以歸結為一種有說服力的連續體，而「現代詩中情況正好相反，現代詩摧毀了語言的關係，並把話語變成字詞的一些靜止的聚集段……在現代詩中，自然變成了一些由孤單的和令人無法忍受的客體組成的非連續體，因為客體之間只有潛在的聯繫……於是詩中字詞的迸發作用產生了一種絕對客體，自然變成了一個由各垂直項組成的系列，客體陡然直立，充滿著它的各種可能性」[366]。福柯也說過：「詞……積澱在空白的紙面上，在那裡，它既無聲響又無對話者，在那裡，它要講的全部東西僅僅是它自身，它要做的全部事情僅僅是在它自身的光芒中閃爍不定。」[367]《敘事詩》正是一首極具片語自足性的長詩，〈恍若雪的存在——完美之詩〉更是將這種特性發揮到極致。

為什麼「恍若雪的存在」？因為詩並非自然物，它像玉琮、玉蟬、青瓷、銀瓶、石雕一樣，乃精美的人工製品。

〈思想面具〉（六首）的主題仍是詩歌。應和著第三部總題的「思想」二字，在楊煉看來是詩歌最重要的構成性要素，他將自己的寫作稱為「思想—藝術項目」——「在今天，中國藝術家必須是思想家，否則什麼也不是」。[368]談論阿多尼斯的長詩時他更是斷然宣稱：「說到底，詩歌就是思想。」[369]楊煉的面具觀念主要來自

---

[366] 《零度的寫作》，90 頁。
[367] 《福柯集》，113 頁。
[368] 〈詩意孤獨的反抗〉，見楊煉、友友文學網站。
[369] 楊煉：〈什麼是詩歌精神〉，見阿多尼斯：《我的孤獨是一座花園》，5 頁。

葉芝，而葉芝又是從唯美主義作家王爾德那裡獲得啟發。面具亦真亦假，既隱藏
又表現，它可以讓人超越不斷沉淪的「此在」，進入另一個世界，達至精神上的「綻
放」。面具對於王爾德來說是面對隱蔽真理的途徑；對於葉芝，它「是在行動和藝
術領域自我超越的手段，是戲劇性表演的一種形式，是無盡的遊戲。然而選擇了面
具就帶有悲劇性，因為在面臨業已存在的、有缺陷的經歷的緊急情況下，面具才會
讓詩人有所改變」[370]。在《幻象》中，葉芝將思想和面具放在一起考慮，並指出了
面具的孤獨性質：「面具如果得到允許統治思想時，是使人孤絕的熱情」[371]。《敘
事詩》中，第一部的「照片」是某種面具，第二部的「屈原」、「卡薩爾斯」、「魚
玄機」、「葉芝」、「李商隱」等，都是一種抒情客觀化的面具手法，即借助作者或
崇敬或希望成為的形象，曲折地抒發自我。而在根本意義上，詩歌即思想面具。
海德格爾在〈哲學的終結和思的任務〉一文中，提出了兩個問題：哲學如何在現
時代進入其終結了？以及，哲學終結之際為思留下了何種任務？他斷言：「思想必
須首先學會參與到為思想所保留和貯備的東西那裡」[372]，這已暗示了詩思之途。
梅洛－龐蒂認同並深化了這一思考，他在描述時代的「非哲學狀態」時指出規範的、
明確的哲學確乎衰落了（其實是從事哲學的某些方式的衰落），與此同時，文學藝
術本身成了一種哲學形式。文學藝術與哲學的關係類似於「可見者」和「不可見者」，
兩者深深地交織在一起，一如《可見者與不可見者》所闡釋的那種關係。[373]而楊
煉正是這種「感性哲學」意義上的一位哲人。

〈思想面具〉（六首）仍是敘一己之事，敘述一名詩人最重要的一件事：寫作。
楊煉的敘述始於「必須擰亮那盞燈」（〈思想面具（一）〉），這是寫作之夜的第一個
步驟；結束於「每一夜被撫摸成虛擬的石頭」（〈思想面具（六）〉），「成」意味著
詩歌的完成，「每一夜」說明詩人以此六首詩共時性地處理寫作之夜的經驗。這六
隻「面具」簡直就是具有「不可讀性」的抽象詩，沒有情節，沒有寫實的表象，
沒有符合日常經驗的情景，有的只是一些莫名其妙的意象的奇特組合。它們濃縮、
抽象到這個地步：如果脫離此前篇什孤立地靜觀它們，其意旨將晦澀難解，想要

---

[370] 特倫斯·布朗語，轉引自李靜：《葉芝詩歌：靈魂之舞》，213 頁。

[371] 《幻象》，155 頁。

[372] 海德格爾：《面向思的事情》，商務印書館 1996 年版，73 頁。

[373] 楊大春：《眼與心》中譯者序言，見梅洛－龐蒂：《眼與心》，商務印書館 2007 年版，
9 頁。

把握其中不可見的思想更是無從談起。有鑑於此，我們最好將這六首詩理解為此前篇章的共時性、哲思性匯合。

思想面具（一）

必須擰亮那盞燈　讓側光
斜射進屏住呼吸的白
一塊石膏裡溺死的白

必須復活於影子
斜斜描摹一場被驅逐的雪
驅逐進房間裡　你的安詳

有嗆人的味兒　捏制一枚
尖尖拱出平面的精巧的鼻子
嗅著鄉愁　最香的暮色

從死魚一邊穩穩升起
像座迫使綠色海浪顯形的航標
打濕一盆盆全速航行的花草

照耀眼睛只為刺瞎眼睛
鈣化的耳朵一舉省略掉耳朵
一張臉內臟般藏起思想

把深陷的　易碎的窗口
掛在霜紅的枝葉間　拆散人生
那洇開的依托著空氣的花朵

「擰亮那盞燈」是寫作之夜的第一步，正如在時代的黑夜裡寫作必須擰亮某種精神之燈。頻現於《敘事詩》中的「擰」，有固執（持詩以恆）、扭住轉動（同心圓意識）、抵觸（美學反抗）、獰（獰厲之美）等意味，亦相通於《莊子‧大宗師》之「攖寧」。「擰」之「扌」，擾動也；「擰」之「寧」，寂靜也，而郭慶藩疏

「攖寧」曰：「攖，擾動也。寧，寂靜也……妙本無名，隨物立稱，動而長寂，雖攖而寧者也。」[374]在《火的精神分析》一書中，巴什拉揭示了燈與家宅、寫作、記憶之間的關係：「燈，從這個詞的整個意義上講，就是一位人物。燈在與住宅的心理學，與家庭成員的心理學的關係中起著某種心理作用……燈使家庭生活的一切回憶……保持著生命力。作家為自己寫作，也為我們寫作。燈成為注視他的房間、注視一切房間的精神」；「對燈的家庭存在的思索使我可以聯繫我對內心世界的詩意遐想……我與燈一起回到昔日住宅夜間遐思的地方，那裡早已荒蕪，但它在我的冥想中仍然記憶猶新。」[375]對於楊煉來說，「那盞燈」既是實指，也象徵了來自內心、來自過去的某個光源，這光源「就是一位人物」——亡母：「珊瑚燈　襯著血絲編織的傍晚／淡淡照出一首詩分娩的時刻」（〈母親的手跡〉），「守著一盞燈　守著海底／一枝捨不得睡去的珊瑚」（〈故鄉哀歌‧八、雨夜〉）。

　　「讓側光／斜射進屏住呼吸的白」，就像馬拉美〈和煦的海風〉：「一盞燈清冷的光／投在白色護衛著的空白紙上」[376]。巴什拉解釋說：「如果在燈光照亮的桌面上、白紙上展開孤獨，那孤獨就會發展加深。白紙！這需要穿越卻永遠沒有穿越過的廣袤沙漠。這頁對每個熬夜人始終呈現空白的白紙，難道不是無限周而復始的孤獨信號嗎？……所以，白紙是一種虛無，一種痛苦的虛無，是文字的虛無。」[377]我們應當在此意義上來理解「溺死的白」。「石膏」是用來製作面具的，其材料工作特性在於它需要水的參與和協助。多少個夜晚，詩人在燈下工作著，〈思想面具〉（六首）試圖共時性地把握住這些夜晚和置身其中的詩人，用巴什拉的話說，就是「雕刻雕刻家」——「在每個夜晚，重新雕刻在燈的孤獨中的孤獨存在本身——簡言之，在最初存在之中看到一切、思考一切、寫出一切」[378]。

　　關於「影子」，楊煉在和葉輝對談時說：「到底詩人和詩孰為真孰為假？孰為實孰為幻？到底是一首虛構的詩比詩人更真實，還是肉身性的詩人仍然比詩更真

---

[374] 《莊子集釋》，255 頁。

[375] 加斯東‧巴什拉：《火的精神分析》，岳麓書社 2005 年版，125～126 頁。

[376] 杜小真、顧嘉琛譯，轉引自《火的精神分析》，192 頁。將白色的紙頁當作詩歌的一部分，是馬拉美詩學的一個重要主張，此外馬拉美也認為思想在詩歌稜鏡中的折射比韵律之類的因素更重要，見馬拉美：〈骰子一擲‧序言〉，《馬拉美詩全集》，浙江文藝出版社，117 頁。

[377] 《火的精神分析》，192 頁。

[378] 《火的精神分析》，193 頁。

實？至少我們看見，當屈原、李白、杜甫這些詩人隱入了時間的陰影，詩歌遠遠比詩人更真實；或者說，詩歌還在通過它的存在不停創造那些詩人。因此影子有一個更高層次的真實，因為它概括了所有軀體。」[379]《敘事詩》中，「復活於影子」的，有詩人的幼年：「汩開萬里外　他倒影的水聲幽閉症」（〈「七十天——五月四日」〉）；有家——「水中天」；有詩人插隊的村子：「老白馬知道那村子也是倒退的影子」（〈黃土南店，一九七四年五月四日〉），「村子也漂走了　薄如水彩的倒影」（〈水渠〉）；有母親：「母親轉身時擦掉的淚／也是影子」（〈黃土南店，一九七四年五月四日〉），乃至所有親人：「燈下我們翻閱誰的影子？」（〈故鄉哀歌·九、路〉）總之，所有無可挽回逝去而又在詩人的思想中「復活」的事物，都是「影子」。

雪作為楊煉詩歌的核心意象之一，被寫作本身「驅逐進房間裡」，根據〈移動的房間〉可知，「房間」泛指任何一間楊煉在漂泊中居留、寫作過的房間。「你的安詳」也是發憤抒情的寫作狀態，「嗆人」提示了這一點，它呼應著「嗆炸／大夫的肺」（〈屈原〉），「半夜嗆醒他」（〈嚴文井〉）。「捏制」大妙，面具自是捏制的；此外捏還有虛構義（如干寶《搜神記》：「私捏人訴」），指向《敘事詩》「自我虛構」的實質；而拿捏是需要掌握好分寸的，「精巧」進一步體現了把任何詩都當成純詩來寫的詩藝自覺。那詞語的「鼻子」，「嗅著鄉愁」的「清清的苦　苦苦的香」，正如〈故鄉哀歌·七、路〉所寫：「這首詩和我／同樣把妄想當作歸來」。

「從死魚一邊穩穩升起」，以及第三首的「死鳥」、第四首的「死海豚」，均指向「以死亡的形式誕生才真的誕生」的詩學意識。「綠色海浪」、「一盆盆……花草」，楊煉倫敦寓所養了滿屋的植物，〈一個街名使一場愛情溫暖回顧〉已寫到「滿屋花草熟悉你樓梯上的腳步」；而花草們都在時間中「全速航行」，〈故鄉哀歌·五、路〉已提示我們：「……船排練完所有房子的腳本／甲板上擺滿繡球花」。

「照耀」，〈克里斯塔·沃爾芙〉的結句是「活　在　死亡深深的照耀中」，因此「照耀」即「刺瞎」。「一舉省略掉耳朵」突出了房間與詩的寂靜，楊煉曾說：「像耳朵，沒有聲音就無所謂存在。」[380]「一張臉」指詩人用詞語捏制的思想面具，它既是表現性的，也是隱喻性的。

---

[379] 〈冥思板塊移動〉，見《幸福鬼魂手記》，261 頁。
[380] 〈十意象〉，見《鬼話·智力的空間》，139 頁。

　　〈十意象〉：「『這裡』僅僅是一所房子。簡化到最後，是被稱作『窗戶』的，面對能夠是任何地點的風景……窗戶，『知道』自己將被翻過去，像頁空白的紙。」[381]「窗口」為實景也為幻象而設，顯然是一頁詩稿的隱喻。「洇開」也與紙有關，使我們想起「洇開萬里外　他倒影的水聲幽閉症」（〈「七十天──五月四日」〉），「他星星點點洇開」（〈死・生：一九七六年〉），以及「人性本來的潮濕」（〈現實哀歌〉）。「拆散人生」是為了捏制思想面具之詩，「拆」還有分析、解剖義，如《韓非子・八經》「行參必拆」；而人生之「花朵」依托於空（「空氣」），一縷佛教思想掠過這隻「面具」。

　　從〈思想面具（一）〉中可以看到一名詩人在燈下工作的「雕像」：燈光，白紙，影子，對亡母與故鄉的思念，雪，死亡意識，滿屋的花草，漂泊之感，寂靜，窗口，虛無感，孤獨的思想……

　　〈思想面具（二）〉繼續「影子」的「發育」，這個過程包含了藝術處理的「減法」與「加法」，對稱於現實的殘酷、醜怖的因素，以及某種銳利的風格意識：

　　　什麼也不說　像利刃

　　　於是語言輝煌地說出
　　　一件雕塑無限趨近人形的
　　　不真實的美

沒有無緣無故的風格。《敘事詩》向我們展示了「語言利刃」的形成，例如照相冊裡的「利刃」：「她僅剩的一雙手　切除到照片上」（〈「五十天」〉）；兒時目睹的「利刃」：「食肉的刃立著切削」（〈「虎子」〉）；插隊時遇見的「利刃」：「雨滴的銀指頭整夜測試一把鐮刀的刃」（〈一間喃喃毀滅箴言的小屋〉），「他們的裸背貼近玉米刀形的葉子」（〈綠色和柵欄〉）；此外詩人還主動從愛情中（〈大海，安魂曲，首次，也是再次〉「磨快折刀似的翅膀」），從歷史中（〈魚玄機〉「血跡／深陷成刀尖下豔麗的純詩」），從父親身上（〈故鄉哀歌・九、路〉「磨快的鋒刃足夠慢慢把玩」），學習鋒利。在楊煉看來，鋒利的詩歌不是自白（「什麼也不說」），而是塑造與傳達，「一件雕塑」呼應〈一次石雕上手提淨瓶的漫步〉，詩歌同樣具有「趨近人形」的虛構

---

[381] 〈十意象〉，見《鬼話・智力的空間》，139 頁。

之美。楊煉的「語言利刃」類似梅洛－龐蒂的「物語」，在《可見的與不可見的》
中，梅洛－龐蒂「考慮可以被當作一種武器、一種行動、一種攻擊和一種誘惑的
物語（langue-chose），因為物語讓它在其中生成的體驗的深層聯繫綻放了出來
──這是生命與行動的語言，也是文學與詩的語言」[382]。

思想面具（三）

漆黑的羽毛把翱翔變成靜物
面具刷新你和我的猖狂
戴著說　自由　但是假的

詩句　製作一個燕子們的下午
眼睛　盯著黑手套托起檸檬
明媚是一種公共的恥辱

戴著說　歧途　但酷愛著
藍色清潔劑清除的鳥兒的殘跡
兩個人之間惟有愛的歧途

能映照彼此　把自己
虐待進孤獨的天堂裡去　觀賞
一陣呼嘯中淪為靜物的北風

戴著落葉與河水　說
測量一場天邊積蓄的大雪
用內心珍藏的黑暗彼此對位吧

倒扣在無所不在的牆上
一堆羽毛慢慢腐爛　耳鳴中
一座鳥鳴博物館象徵地活著

---

[382] 梅洛-龐蒂：《可見的與不可見的》，商務印書館 2008 年版，158 頁。

　　詩歌是一種「變成靜物」的「翱翔」，它用藝術創造的自由，凸顯並反抗人的不自由。燕子是有著「折刀似的翅膀」的遷徙之鳥，《敘事詩》中，「詩句」製作的「燕子們的下午」有：「泥濘的燕子／被拴在地下幾米」（〈一問喃喃毀滅箴言的小屋〉），「我走　像只生不逢地的低飛的燕子」（〈魚玄機〉），「掛在你的小屋前　五六隻雨燕」（〈銀之墟（一）〉），「沉船和燕子」（〈錫拉庫札詩群：生之墟〉），「半裸的肩膀下棲著燕子」（〈一次石雕上手提淨瓶的漫步〉）。「你和我」指詩人和他的妻子友友，「黑手套托起檸檬」逗漏了這一點。〈水薄荷傳〉：「……把檸檬放進你掌心／誰會察覺『太陽』一詞被漸漸停用了」，〈一九八九年十月九日，紀念日〉：「一個儀式　十八年後晃著一隻檸檬的／金色」，這大概是楊煉為友友拍攝的紀念照，照片中，太陽化作友友掌心一枚小小的「檸檬」。而詩歌就像這照片一樣，是對一切意識形態的陳詞濫調的「停用」。

　　本詩與其說寫「我和你」，不如說是寫楊煉、友友文學網站（即〈卡薩爾斯〉中「被祖國絞殺」的網站）。該網站也是一款思想面具，「刷新」云云或指網站的建立。「鳥兒的殘跡」，「一堆羽毛慢慢腐爛」，應和著網站首頁這段話：「我們為本網站選擇的標誌，是一隻小鳥的雪白骷髏。當你凝視它，不要以為在看著過去，它的魅力，正在於已不再過去。它的羽毛、皮膚、血肉，不知被脫到了哪裡，如今只剩這骸骨，又小又精巧，像一個形式，突顯出所有飛過的天空。它和一件文學作品一樣，富於思想上的考古學意義。」網站首頁還引用了〈同心圓〉裡的詩句：「直到一隻鳥飛入自己頭骨的雪白結構」，「直到這顆鳥頭不死地爛出思想」。楊煉希望這網站出現在「無所不在」的電腦屏幕的「牆上」，同時「倒扣」即反對，無論楊煉的寫作還是這網站，均在反對「無所不在的牆」。

　　「耳鳴」、「象徵地活著」暗示詩歌只是幻象。如果說自由飛翔的鳥兒是詩人的化身，那麼「鳥鳴」便是詩歌，中國詩歌也確乎始於「鳥鳴」，有詩為證：「關關雎鳩，在河之洲」。而《敘事詩》儼然是一座輝煌的「鳥鳴博物館」[383]。在〈思想面具（三）〉中，一切鳥兒和它們的叫聲，統統被不知什麼鳥的骷髏囊括了。

---

[383] 這座「博物館」的館藏有：「閉上眼聽鳥鳴串成虛線」（〈詩章之一：鬼魂作曲家〉），「鳥鳴用彩繪的尾巴拖著小床」（〈「滿月」〉），「嘎　嘎　野鴨橘紅的舌尖正在表述」（〈「七十天——五月四日」〉），「別處的夏季遠至另一種鳥鳴」（〈童年地理學〉），「一隻金絲雀藏在體內的音叉」（〈王府井——頤和園〉），「母親親手布置好鳥兒筆直擲來的手雷」（〈「一九五七年初春」〉），「海鷗叫著」（〈水中天〉），「布穀鳥點播著片斷」

　　〈思想面具（四）〉指出詩歌意象是一種「借來的存在」，該詩就「借來五顏六色的鹽的幾何學」，以及「死海豚」等。隨後的〈一件事〉寫道：「電視上雪橇疾馳　滿載五顏六色的襯衫／／你的襯衫裡　五顏六色的火／放養一頭怦怦跳蕩頂撞青春的鹿」，看來「五顏六色」不止泛指各式各樣這麼簡單。「五顏」指金銀銅鐵錫五顏，或童顏、紅顏、粉顏、龍顏、鶴顏之人相；「六色」指三原色和三間色，亦指喜色、怒色、哀色、憂色、愁色、傷色之情色，或山色、月色、暮色、夜色、春色、秋色之景色。無論金銀銅鐵，還是童顏、紅顏、龍顏、鶴顏，無論紅黃藍、橙綠紫，還是情色、景色，《敘事詩》中均有繽紛的描繪，死之白被詩人這一棱鏡分解為生命與言辭的五顏六色，在這個意義上，讀詩就是「察顏觀色」。鹽是大海析出的苦澀晶體，象徵了漂泊的詩人與詩。[384]幾何學是一門關於距離和空間的學問，〈故鄉哀歌〉開篇就是「距離是我一生的詛咒」，而空間牽涉楊煉的空間詩學。在〈智力的空間〉、〈幻象空間寫作〉兩文中，楊煉系統地闡述了他的空間詩學，其要點是：中文文字本身已包含了空間的啟示，意象、句式、一首詩乃至一部組詩的結構，都是字的空間意識的逐級放大；詩歌創造空間以囊括時間，通過空間形式歸納自然本能、現實感受、歷史意識與文化結構，使之融為一體；詩的質量不在於詞的強度，而在於空間感的強度，等等。基於這種詩學意識，〈思想面具（一）〉指稱書房的「房間」，在〈思想面具（六）〉中成了詩歌幻象空間的象徵。「幾何學」之「幾何」有追問意味（如「對酒當歌，人生幾何」），本詩還有「唯一該問　還有人能問嗎」的詩句，均指向詩歌的天問精神。在〈什麼是詩歌精神？〉中，楊煉說：「一個問題中的問題，我們還有向自己提問的能力嗎？沒辦法，詩歌精神就是把每首詩變成〈天問〉。」[385]

（《黃土南店，一九七四年五月四日》），「三十年後缺口決堤　一聲鳥鳴」（〈水渠〉），「雁聲一夜夜呼嘯著不在」（〈照相冊──有時間的夢〉），「野鴨……／綠的舌尖倒唱一首黯淡下來的輓歌」（〈現實哀歌〉），「天堂有鳥鳴」（〈嚴文井〉），「空曠得迷上一陣鷗啼的蒼涼」（〈葉芝〉），「五條樂譜幾平行於早晨的鳥鳴」、「用亂倫的歡叫拉長地平線　像徽宗放飛的鶴」（〈哀歌，和李商隱〉），「扎穿鳥鳴奔逃的藍」（〈銀之墟（二）〉），「潑掉一日鳥聲」（〈哲人之墟〉）。

[384] 《敘事詩》中「五顏六色的鹽」有：「嫩如菌絲的黑髮鹹而潮」（〈「第一天」〉），「他的殘餘抵押給了鹽」（〈水中天〉），「鬼魂的鹽分染白一輩子操勞的灌木叢」（〈水薄荷傳〉），「只為嘗嘗自己肉裡滲出的鹹」（〈修昔底德斯〉），「遠景在我的呼吸間撒鹽」（〈葉芝〉），「風中都是海鹽味兒的血緣迎面拍擊」（〈故鄉哀歌・三、路〉），「機翼揭開一望無邊的鹽磧」（〈哀歌，和李商隱〉）。

[385] 楊煉：〈什麼是詩歌精神〉，見阿多尼斯：《我的孤獨是一座花園》，5頁。

　　本詩借來的另一個重要意象是「死海豚」。早在〈滿月〉中，楊煉已將自己比作「一個月長大一歲的小海豚」。海豚有尖尖的嘴和發達的大腦，被稱為「海中智叟」，這很像尖銳而又智慧的詩人；它還擁有「水上水下兩個世界」（〈哀歌，和李商隱〉），不停地躍出水面換氣，又可沉潛於海下三百米的深度，「自幽深處噴出雪白的霧氣」，酷似楊煉「形而下下」的深度詩學。兩者的共同點還有神奇的「導航儀」，海豚使用二百千赫以上的超聲波進行回音定位，楊煉的「導航儀」接收著「深海裡」的「珊瑚燈」的信號：

> 滿房間失重的瓷器　尾隨
>
> 你胸前甜蜜搖蕩的導航儀
>
> 一路碎裂聲正是謝幕的藝術

「謝幕的藝術」暗示長詩臨近尾聲。而《敘事詩》正是響應著生離死別的「一路碎裂聲」[386]。關於「碎」的詩意，楊煉在〈祭品〉一文中說：「碎，不過使死亡豐收了。這世界，每天碎成無數個世界。這生命，一碎再碎成更多的錯誤。直到有一天，連悔恨都不配了。」[387]

---

[386] 例如「沒分裂出四肢已被釘牢了」（〈詩章之一：鬼魂作曲家〉），「被軟的礁石撞碎」（〈「第一天」〉），「自天空雪崩的性質」（〈「第十天」〉），「躺入母親的碎」（〈「五十天」〉），「想像被寂靜粉碎的」（〈詩章之二：鬼魂作曲家〉），「一陣風就吹裂春水」（〈王府井——頤和園〉），「一次次粉碎於一個鮮艷的刻度」（〈姐姐〉），「被一個對水聲的想像慢慢搓碎」（〈一九五七年初春〉），「一根手指就攪碎」（〈水中天〉），「薄冰咔咔碎」（〈一間喃喃毀滅箴言的小屋〉），「從碎了的骨灰瓮開始」（〈死·生：一九七六年〉），「多年前就碎了」（〈照相冊——有時間的夢〉），「卡在碎玻璃間」、「海水洶湧的裂縫」（〈現實哀歌〉），「瀝青一路粉碎」、「倫敦一陣細碎的電子」、「却一一歷數我們的肉的破碎海岸」、「最徹底的粉碎是看不見的」、「有什麼永遠碎了」、「我們的美一如我們的碎」（〈愛情哀歌〉），「歲月般瑣碎的」、「碎玉打翻青羊宮的荷葉」、「廢墟的側面支離破碎」、「碎電腦」、「在潮水上記錄分裂的努力」、「碎玻璃」（〈歷史哀歌〉），「在縫合或粉碎夢的完整性」、「還徒勞地怕靈夢的卵再次分裂開」、「一顆流星為我們摔碎」（〈故鄉哀歌〉），「一次摔碎鑿刻一道錯金的水面」、「那不怕摔碎的」、「每天建造的裂縫裡」、「油漆拍碎的歸來」（〈哀歌，和李商隱〉），「墜毀的碎石聲」、「撞碎」（〈置換之墟〉），「自己的裂縫」、「每一百三十六天大海開裂一次」（〈錫拉庫扎詩群：生之墟〉），「一首詩懷著裂變亭亭玉立」（〈一次石雕上手提淨瓶的漫步〉），「啄碎的心」、「雪崩的辭」（〈恍若雪的存在——完美之詩〉），等等。

[387] 楊煉：〈祭品〉，見《鬼話·智力的空間》，54 頁。

思想面具（五）

返回蝴蝶般精巧扇動的鼻翼
嗅　空氣中持續賦予
持續散開的形式

返回一隻花園中翻飛的老虎
穿上它不認識的名字
世界就繪滿金黃的斑紋

涓涓流去時也涓涓流回
你不認識陶土的形式
卻認出一隻填釀造千年的醉意

那翅膀的形式　落進落日
敷到嘴唇上的深紫色　蝴蝶
認出杜甫吧　夠慘痛　必須夠美麗

臉的形式　遭遇
一隻鳥俯衝的形式　高高挑起
黑　藍　綠　被激怒的羽毛

一陣毛茸茸的語法中
憤怒的花朵贏得了大選
愛只愛消溶在純粹道德中的你

「精巧扇動的鼻翼」呼應〈思想面具（一）〉「拱出平面的精巧的鼻子」，「扇動……翼」乃飛翔之態。楊煉曾說：「作為詩人，我要求的是——持續地賦予形式……一個修飾詞『持續的』，要求為每一首詩發明『它自己的』形式。猶如屈原的〈天問〉、〈離騷〉、〈九歌〉，詩體與其內涵的關係，就像地理特徵與風景的關係。那已不是『最佳的』，幾乎是『唯一的』，甚至是『必然』的。」[388]正因為如此，

---

[388] 〈中文之內〉，見《鬼話・智力的空間》，172 頁。

一首詩被賦予的形式，在下一首詩中必須「散開」，以便重新「發明」與之匹配的形式，《敘事詩》本身就是一個絕佳的例證。第一句流露出返回古典形式主義傳統的意味。而返回不是一味地復古、泥古，乃至淪為古典美感的贗品，它必須建立在對存在、對語言、對自我的深刻思考之上，因此這返回仍是一種極端個人化的創造，就像自然界中，新物種的產生並非因為有新基因出現，而是古老的基因在以新的方式發揮作用。「蝴蝶」必須「穿上它不認識的名字」──「在你之前，沒人這樣寫過……是你的『個人化』，使母語獲得了新的生命」[389]。「涓涓流去時也涓涓流回」，「詩人寫作，本身就是一個『返回與出走』的雙向同一的過程。一面向『回』：回到傳統、到古典、到字、到『字思維』……一面向『前』：向現代、向自我、向活的現代中文，直到在自己建構的『個人程式』裡，再次企及『取消時間』的命題。返回與出走，一個積極的循環」，「返回，帶著出走的欲望；出走，體現曾經返回的深度」[390]。「釀造千年的醉意」的「塤」不僅「企及『取消時間』的命題」，也暗示了音韻之美。詩中的兩個「認出」，均為詩歌意義上的「認出」，呼應著〈哀歌‧和李商隱〉第五段「一個邀我認出的涵義」。

最後三節傳達了「慘痛的美麗」、「詩意的反抗」的詩歌意識。楊煉不是一位文以載道的詩人，他的「純粹道德」類似巴什拉的「自然道德」：「若無清澈明亮的水的形象，若無這種同我們訴說純潔水的優美的同義迭用，純潔這概念又為何物？水接納純潔的各種形象。因此，我曾試著把作為這種象徵主義偉大力量基礎的各種理由理出一個頭緒來。在此，我們便有了對某種基本實體的思考而得到的**自然道德**的例證。」[391]

思想面具（六）

窗口的造型鮮明如造物

嵌著一陣掃射玻璃的冷雨

嵌著站在窗臺上搖搖欲墜的孩子

---

[389] 〈再被古老的背叛所感動〉，見《鬼話‧智力的空間》，305 頁。

[390] 〈再被古老的背叛所感動〉，見《鬼話‧智力的空間》，300～306 頁。

[391] 《水與夢》，16 頁。

都是面具　石膏的玄思
用影子逼你現身　你
撐亮斜射的燈逼黑暗現身

肯定一場雪盲症　不停
把窗外瀰漫的景致移到窗內
孩子繃緊的粉紅色地平線

浸透不可能更空的奶味兒
餵養紛紛灑落的家庭的粉末
鮮嫩的臉滌淨至零

什麼也沒做　世界已經變了
一塊雪白的平面外無需別的葬禮
留給傑作的只是芳香

這房間懸在到處的海底
聽見孩子的月光嘎嘎開裂
每一夜被撫摸成虛擬的石頭

　　嵌著「鮮明如造物」之意象的「窗口」，顯然是詩稿的隱喻——「都是面具」。
「撐亮斜射的燈逼黑暗現身」，楊煉在英譯《同心圓》的序言中寫道：「唯一一隻
小燈泡的光……賦予無所不在的黑暗一種組織，一個模式，沒有它，黑暗無從顯
形」[392]；「斜」在〈思想面具〉中被一再強調，除了指非正統的異端，其字象中還
有自我（余）反抗（在簡化字中，斗即鬥）的意味。

　　楊煉在〈那些一〉中說：「雪盲症，是這個詞。雪中的盲還是盲目的雪？誰盯
著雪看，就一定能認出，潛伏於自己眼底那片黑暗。」[393]說明雪盲症喻指透視黑
暗的能力。與孩子有關的冷雨敲窗的景象，在〈一個街名使一場愛情溫暖回顧〉、
〈錫拉庫札詩群：生之墟〉中均有抒寫，而本詩的孩子不僅呼應流產的胎兒，亦

---

[392] 〈再被古老的背叛所感動——英譯《同心圓》序言〉，見《一座向下修建的塔》，155 頁。
[393] 《幸福鬼魂手記》，144 頁。

指向詩人消逝的童年，對於它們，一頁白紙上「清清的苦　苦苦的香」的詩歌，
就是葬禮。童年是存在的深井，是時間深度的原型，是人類心靈的永恆核心；在
詩人暮年的孤獨中，童年不僅來自回憶，更是出自想像和沉思的純粹抽象。巴什
拉深刻指出：「假若拋開任何的家庭歷史，在越出種種哀悼以及消除一切懷舊的幻
景之後，對我們曾經是的那個孩子進行思索，我們就達到一種無名的童年，達到
純粹的生命中心，最初的生命，最初的人類生命。而這生命在我們之中——讓我
們再次強調這一點——這生命一直留在我們身心中。一次夢想將我們帶回其中。
回憶只是將幻想的門重新打開而已。原型就在那兒，不變不動地留在記憶之下，
靜止不動地留在幻想之下。」這段話可以幫助我們理解作為「粉紅色地平線」的
孩子。巴什拉還說過：「經過沉思與夢想的童年，在孤獨的夢想深處經過沉思的童
年，開始染上哲學詩的色調……詩人在我們身心中喚醒了童年的宇宙性。」[394]〈思
想面具（六）〉便是一首「喚醒了童年的宇宙性」的「哲學詩」。

　　楊煉的寫作是到存在的深海裡垂釣（「懸在……海底」）；「這房間」即詩歌幻
象空間，也就是一頁詩稿之「窗」的縱深，它寫於此地，但「懸在到處」。在〈「七
十天——五月四日」〉中，孩子衣襟上的野鴨子「嘎　嘎」表述，而月光像瓷的釉
面一樣，深夜會發出「嘎嘎的開片聲」（〈哀歌，和李商隱〉），「孩子的月光」融合
了這兩種「嘎嘎」，疼痛而美麗——「月色，也因為我而疼痛」[395]。關於石頭，楊
煉認為：「大自然中最能與時間抗衡的石頭，一經人手觸摸，也加入了我們的世界，
揭示出普通人生內包含的沉甸甸的史詩內核。」[396]寫作的「每一夜」，楊煉都力圖
把詩歌煉製成「虛擬的石頭」，抗衡並囊括時間。

　　六首〈思想面具〉，就像艾略特在〈克拉克演講〉中所說的：「一會兒將感覺
提升至只有抽象的思想才能到達的領域，又或者一會兒將抽象的思想裹上有痛苦喜
悅的肉身。」[397]而在最微妙的情況下，詩句被置於反思與直覺未分之處，類似梅
洛－龐蒂所說的那種「自身之源頭仍處於晦暗中，卻照亮此外的一切的光亮」。[398]

---

[394] 加斯東・巴什拉：《夢想的詩學》，三聯書店 1996 年版，158～160 頁。

[395] 楊煉：〈遺作〉，見《鬼話・智力的空間》，56 頁。

[396] 楊煉：〈一個藝術家的史詩〉，見《一座向下修建的塔》，199 頁。

[397] 轉引自鄧豔豔：《從批評到詩歌——艾略特與但丁的關係研究》，中國社會科學出版
社 2009 年版，128 頁。

[398] 《可見的與不可見的》，161 頁。

　　第二組作品全面「闡述」了楊煉的詩歌觀念、詩歌風格、詩歌要素、形式美學以及寫作動力、寫作境遇、寫作過程本身。而第三組作品是對詩人一生的總結，當然也是對《敘事詩》這樣一首人生之旅的長詩的總體歸納。

　　〈哲人之墟：共時・無夢〉的「第八樂章」是〈鬼魂作曲家──自白〉。〈照相冊：有時間的夢〉有三首「鬼魂作曲家」的〈詩章〉，而整部《敘事詩》中「鬼魂」亦無所不在。[399]〈鬼魂作曲家──自白〉帶著對全部慘痛現實的感悟重返第一部的〈詩章〉，原來人生就是「鬼魂作曲家」譜寫的、死亡所演奏的沉痛美妙的音樂。該詩因此包含兩種詩行排列方式：一類自最左邊排起，表現被死亡演繹的人生音樂，其敘述人稱為「你」；另一類從左邊退後二格排起，乃「鬼魂作曲家」的自白，人稱為「我」。看得見的「你」「活　在　死亡深深的照耀中」，看不見的「我」藏在死亡的幕後（「我藏在」、「我藏進」，是第二類詩行的主導陳述），兩類詩行交錯排列成三組，呼應著第一部的三首〈詩章〉。

　　這首詩中的「你」很難說是誰，而「我」更加神秘，彷彿屈原的「靈」、葉芝的「鬼魂」，抑或對基督教「聖靈」的改造。「聖靈」與楊煉的「鬼魂」均超出了通常的和可辨察的範圍，都像風一樣浩浩渺渺，穿越時空。區別在於：「聖靈」與拯救有關，而「鬼魂」否定拯救，指向藝術創造；前者是和崇高、無限的上帝相結合，後者試圖與古今中外偉大藝術家的靈魂融為一體。因此本詩的人稱修辭意味著：誰不是「活在　死亡深深的照耀中」的「你」？而古往今來「鬼魂作曲家」的宿命精靈作為「隱含作者」，創造了「我」這部傑作。

　　〈哲人之墟：共時・無夢〉的「第九樂章」將人生與世界歸納為「一」。「一」首先是數詞，《敘事詩》最常用的數詞就是「一」了[400]。此外「一」更是中國哲學

---

[399] 例如「照片上的鬼魂／眨眼　吸走每個光圈的陰」（〈王府井──頤和園〉），「墓穴下　字的調皮鬼緊擠在她身旁」（〈二姨〉），「鬼魂的盲文綴滿牡丹重疊的肉色」（〈姐姐〉），「陰魂／保持報復性的弱」（〈「虎子」〉），「跟踪鬼魂也有過的初戀」（〈一間喃喃毀滅箴言的小屋〉）「炕桌上亮著鬼火」、「讀出／鬼魂就佈滿舞臺」（〈現實哀歌〉），「鬼魂的鹽分染白一輩子操勞的灌木叢」、「鬼魂的羊齒草鮮嫩肥綠」（〈愛情哀歌〉），「修昔底德斯　來此尋訪亡靈」，「修昔底德斯　本身是亡靈」，「本布爾本山的靜默繃緊鬼魂的藍」（〈歷史哀歌〉），「一道窗簾飄過　幽靈般透明／／幽靈般住在過去」，「人耶鬼耶　不可能的美裊裊於世外」，「雲中之鬼／熱衷一張從反面沖洗世界的負片」（〈故鄉哀歌〉），「歲月什麼也不說　只聽頭上／某位鬼魂作曲家叫著　笑著玩」、「除了一顆心　鬼魂似的邀請」、「鬼魂作曲家早已設定的結構」（〈哀歌，和李商隱〉），等等。

[400] 譬如「第九樂章」，含「一」的詞句有：「僅僅一件」、「僅僅一片茫茫」、「一瓶酒搖

的一個重要概念，主要指涉「道」（《說文》：「惟初太始，道立於一，造分天地，化成萬物」），並由此引申出與「道」相關的一些涵義，這些涵義在《敘事詩》中或多或少都有體現。

　　「一」有全、滿義，《敘事詩》正是一首結束於「火中滿溢之書」，並試圖包括宇宙的長詩。「一」指思之微，揚雄《太玄經‧玄圖》：「夫一也者，思之微者也」[401]，〈哲人之墟：共時‧無夢〉集中表現了這一點。「一」有通一義，對於「一」與「多」、個別與共相的關係，楊煉的方法是深入「一」以涵蓋「多」，用「一滴水之內的茫茫」來把握「水之茫茫」，正如《莊子‧天地》：「通於一而萬事畢」[402]。「一」有恆一、專一義，如《道德經》：「載營魄抱一」，「敝則新，少則得……是以聖人抱一為天下式」[403]，楊煉一生持詩以恆，包羅萬象的《敘事詩》，歸根結底是在敘述「詩這唯一一件事」。「一」有純一、統一義，《敘事詩》無疑是一首結構嚴密整體高度統一的長詩。「一」有歸一義，「第九樂章」將楊煉的世界歸納為〈一件事〉、〈一次敘述〉、〈一抹顏色〉、〈一種聲音〉、〈一點倒影〉。「一」還指由「道」派生的混沌之氣，或如徐鍇《說文‧繫傳》：「一，旁薄始結之義，是謂無狀之狀，無物之象」，這正是「第九樂章」抒情抽象派的風格，一種「道可道，非常道」的言說方式。

　　一件事

　　　僅僅一件　　在回頭看的眼睛裡
　　　僅僅一片茫茫　　卻
　　　遮住一瓶酒搖出的風景

出的風景」、「一百公里高空」、「一頭怦怦跳蕩頂撞青春的鹿」、「坐在一起」、「一百年」、「一頓晚餐」、「一塊地平線的螢光屏」（〈一件事〉），「一種明晰一種美」、「再錯一次」、「一排悲鳴的雁」、「一滴實心的淚」、「一塊琥珀」、「一次性作曲」、「一把秋空的鐮刀」、「同一本」（〈一次敘述〉），「一剎那」、「一樣」、「一株水仙」、「一生」、「一隻狗眼」、「一枚漏盡鮮血的水仙」（〈一抹顏色〉），「一轉身」、「一艘飛船」、「一片」、「一場雪劍一樣抽出」、「又一年」、「同一次高潮」（〈一種聲音〉），「一張臉」、「一間記憶的溫室」、「一盞燭臺」、「一個人」、「一一劈下」（〈一點倒影〉）。

[401] 《太玄集注》，中華書局 1998 年版，213 頁。
[402] 《莊子集釋》，404 頁。
[403] 《老子校釋》，37 頁，92 頁。

你跳傘到爸爸門口時　一百公里高空
冷凝的叫賣聲正攤開北極光
電視上雪橇疾馳　滿載五顏六色的襯衫

你的襯衫裡　五顏六色的火
放養一頭忪忪跳蕩頂撞青春的鹿

爸爸的室內北極光飄動
繽紛的冰雪坐在一起只感到那飄動

飄了一百年　回頭還堵在盡頭

某個血緣懸在針葉林上方　銜著
你的尾　蘸進夜裡墨跡淋漓
你的角　嵌成天空的嬰兒車
傻樣的歌聲把一頓晚餐還原為紫色
堅信聽到北極光的響聲
不分季節地說　別了

狼眼中霓虹粼粼的河水
不停拆下一塊地平線的熒光屏

沒人走出孩子這件事
敲定聾了的天文學那件事
模仿你傻笑　噴出五顏六色的哈氣

　　我們無法從這首「一片茫茫」的詩中辨認出那些構成日常生活的客觀真實，
一切都是混沌的，如「一瓶酒搖出的風景」。「霓虹粼粼的河水」、「地平線的熒光
屏」混淆於「電視」，「電視上」的「襯衫」混淆於「你的襯衫」，「你的襯衫裡」
的「火」混淆於「鹿」，且「你」像「鹿」一樣有「尾」有「角」……如同趙無極
的繪畫，讓人在一派迷離混沌、五顏六色中去感悟道。
　　「雪橇」，滑行於死亡（「雪」）之上的，速朽的生活。那句「爸爸的室內北極
光飄動」，表達了對父親的敬仰之情；它也讓我們想到〈天堂〉最後一篇：「至高

無上的光呀！你超出於人類思想之外，你把曾經啟示我的再賜一些迴光在我的記憶裡罷」[404]。《神曲》中但丁的引導者是維吉爾和俾特麗采，《敘事詩》中引領楊煉的是屈原、李商隱、修昔底德斯、葉芝、卡薩爾斯、布里頓等「鬼魂作曲家」和「爸爸」。

「雪橇」、「鹿」、「北極光」，點染出北極生活的意境，其嚴酷、苦寒、傳奇、神秘，完全符合楊煉對宇宙人生的看法。現在的問題是，「一件事」究竟指哪一件？第一節寫到「一片茫茫」，而所謂「茫茫」，「就是一個人和宇宙並肩上路」，結尾部分的「地平線」、「孩子」、「天文學」又恰好構成「三才」景象（應和〈思想面具（六）〉的「童年的宇宙性」），因此「一件事」似乎就是指「一個人和宇宙並肩上路」那件事；同時「天文學」中有「文學」二字，甚至可以將它理解為以「文學」為「天」──「精選出詩這唯一一件事」。本詩尾句的「傻笑」混淆於「哈氣」之「哈」，〈哀歌，和李商隱〉已寫到「哈氣般散去」，這就是任何「一件事」的必然結局。

〈一件事〉歸納《敘事詩》之「事」，〈一次敘述〉總結《敘事詩》之「敘」。這首依然撲朔迷離的短詩，首先暗示了敘述的不可能性：「你從不後悔踅入錯誤」，「詞是錯／無詞　就再錯一次」，繼而「概括」《敘事詩》的敘述風格：「一種明晰一種美」，「悲鳴」，「雕琢」，「玲瓏」，「割掉……自戀」，「變幻」。最重要的，〈一次敘述〉認為《敘事詩》是一部「書」。沃爾夫岡‧凱塞爾說過，現代詩人通過組詩寫作「賦予他的作品一種重要的『書籍性質』」；而「書」之為名，亦在標榜一種深閎厚重的審美品質，只有賦予人類經驗「深層構造的統攝和大全」的著作，才配稱為「書」，這正是楊煉的詩歌抱負。而他也希望《敘事詩》具有人類性的同時，又凸顯個人性：

> 你寫的不多不少粉碎成你是的

〈一抹顏色〉是對《敘事詩》的色調及用色原理的總結。《敘事詩》不僅具有音樂性，亦有繪畫之美，其色彩及其象徵意涵十分豐富。拿開篇的〈詩章之一：鬼魂作曲家〉來說，那「一抹顏色」包括：「搭建一座紅色演奏廳」，「小嘴抿著鮮紅的淤泥」，「珍珠白的黏液」，「浸透蔚藍油彩的枝頭」，「綠葉」，「精液化開黑暗」，

---

[404] 《神曲》，501 頁。

「網盡銀亮亮的魚群」,「在血紅的元素裡」,這些「五顏六色」,用〈一抹顏色〉中的話說,是為了「抵消一生無色的化學」。楊煉的用色基於藝術想像——「臆想就是顏色」,這「臆想」也體現了藝術的強力意志:

> 這裡的藍想變就變黑　這裡
> 綠一剎那分解成金黃和銀紅
> 誰的奢華的意志　拒絕你醒來

尼采早就指出現代藝術是一種「施暴政的藝術」,是「色彩、題材和欲望的蠻橫」。這「蠻橫」來自並對抗著「噩夢」般的現實。

　　〈一種聲音〉指情欲的「方言」(私密性)與「回聲」(追憶性):「聽女道士柔柔的箋」,「星星的音樂會加上回聲的縱深」(呼應〈哀歌,和李商隱〉的結尾),「把接吻留給背後黑黝黝的小旅館／重播的孤獨撥動七根弦的世界」,「那首漸漸長成的愛情詩」。本詩最後寫道:

> 沒別的方言除了愛　剛剛做的
> 滲出淚　翻過又一年
>
> 又憑空辨認出　從遠方盪回的
> 同一次高潮迸發的喊聲

可知「方言」是指在內心深處訴說的種種隱秘的愛。這一寓意典出《聖經‧哥林多前書》:「那說方言的,原不是對人說……因為沒有人聽出來。然而他在心靈裡,卻是講說各樣的奧秘。」(14:2)

　　「第九樂章」的前四首總結《敘事詩》的「敘」「事」和「聲」「色」,而〈一點倒影〉歸納其「映像性」:

> 母親死後三十三年才生出驚人的美
> 你書桌上小小的蠟燭在送信
> 小小的祭壇用黑暗為她描眉

燭光搖搖欲墜了三小時

一張臉嵌進金鷗鴣　笑看房間

聖家族挪用的三小時

血肉微微渾濁的空氣中疾馳而過

歷史借走的　夜色還回的

綠油油的水仙旁她仍埋頭織著毛衣

三十三年　針本身撐成死結

一間記憶的溫室測不出溫度

金鷗鴣凍僵的金色　打造嬌嗔的首飾

佩帶在黑暗上　藉一盞燭臺梳妝

誰全然冷漠才陪你共同度過時間

讓一個人更突出家的主題

讓死亡像個新家　倒映擠坐著的

紅顏　俯視你時劍刀一一劈下

母親非物質的光慢慢圖畫到你臉上

抽象成三小時　痴痴潛入海底

每天的周年　你愛上那因為愛

已全然成為你自己的美

　　作為「旅人之歌」的《敘事詩》是一部「《水經注》」，水隱喻時間和想像，其間倒映著諸多「影子」。水不僅通過映像使世界變成雙重的，在巴什拉看來，「水還使遐想者成為雙重的，不僅像是一種空無的形象，而且使他進入一種新的夢幻體驗中去」，這使得「倒影」似乎比實在之物更實在。巴什拉還指出，詩歌的「所有這些形象五花八門，難以用隱喻的現實主義理論來解釋，只有通過倒影的詩歌，通過水的詩歌的最根本的主題，才會真正具有統一性」[405]——這正是總結全詩的「第九樂章」最後歸結於〈一點倒影〉的根本原因。水可以製造映像，火也可以

---

[405] 《水與夢》，50～56 頁。

創造形象:「燭火,在能夠喚起想像的世界之物中,是最偉大的形象製造者之一。燭火迫使我們去遐想……燭火把它的隱喻與形象引入各種各樣的沉思領域」[406]。燭火激發詩與思的精神創造活動,並帶來共時體驗。

　　和愛倫·坡一樣,楊煉詩歌的主導形象也是垂亡母親的形象,盼望再見到亡母的那種想念,構成了一種持久的詩歌動力(「三十三年」)。其他的死亡(如六四死難者),都會喚醒這一最初的形象,及最初那種痛苦。這是一種孤兒的痛苦,「聖家族」暗示了這一點——人類家庭的孤兒,正是神明家庭(「聖家族」)的寵兒[407];「笑看房間」,照片中母親的笑靨,也是辛棄疾「拍手笑沙鷗,一身都是愁」式的反語。

　　「金鷓鴣」是古典詩詞中的一個經典形象,指向一種唯美、雅怨的詩風,鷓鴣的叫聲很像「行不得也麼哥」,古人常藉其抒寫逐客流人之情,這些都是本詩「倒映」這一形象的緣由。「三十三年」、「梳妝」之語,讓我們想起蘇軾〈江城子〉中的「十年生死兩茫茫」、「小軒窗,正梳妝」,只是「無處話淒涼」的對象,換成了亡母。

　　家的主題是《敘事詩》的核心關注。已有學者指出,家源哲學構成了東西方文化的主要差異。西方文化在源頭處已蘊涵了否家的因子:《聖經》中,亞當和夏娃成就人間之家是墮落後被上帝逐出樂園的結果,帶著原罪;古希臘神話中,眾神之王宙斯的家系充斥著父子相殘、夫妻反目、親人成仇的悲劇。而中華文化是一種信仰家源價值的文化,家是中國人的情感認知之源、政治道德之源、生活意義之源。相應的,家即中華文化的詞根,家鄉、國家、儒家、道家、漢家、公家、大家、人家、出家、家常、家法、作家、家風……它甚而上升至道的高度(所謂家道,見《周易·家人》)。然而五四運動「打倒孔家店」使家源價值經歷了第一波毀損(例如在魯迅的〈狂人日記〉、巴金的《家》中,家都是被批判、反抗、逃離的對象),而文革的有黨無家,隨後全面市場經濟的見利忘家,令家源價值受到更大程度的破壞。有鑑於此,楊煉重拾家道,讓一首長詩「更突出家的主題」——既寫破家之噩夢地獄,無家之漂泊煉獄,又寫「我家故我在」的內心天堂,就連死亡,也因為母親在那邊而像個「新家」。

---

[406] 《火的精神分析》,115～116 頁。
[407] 《夢想的詩學》,169 頁。

　　「抽象」，點明《敘事詩》「是一種抽象藝術精神的體現」。「每天的周年」強調了共時。「美」是〈一點倒影〉的最後一字，也是「第九樂章」的落點；「愛」則是「第九樂章」所歸納的長詩主基調：〈一件事〉有對父親的愛；〈一次敘述〉寫到「愛上愛情也愛上厭倦」；〈一抹顏色〉：「噩夢中的人擅長最柔軟的抒情」；〈一種聲音〉：「那首漸漸長成的愛情詩」，「沒別的方言除了愛」；而〈一點倒影〉表達了對母親的愛，詩人最後總結道：「你愛上那因為愛／已全然成為你自己的美」。但丁在〈天堂〉最後一篇中寫道：「宇宙紛飛的紙張，都被愛合訂為一冊。」兩位詩人雖然都把愛當成存在的根基，但還是有所不同，但丁贊頌的是神之愛，而楊煉全然肯定著人之愛。

　　「第九樂章」也概括了《敘事詩》的主要內容。〈一件事〉：父親、故鄉；〈一次敘述〉：現實、漂泊（「悲鳴的雁」，「飄零／就把你引渡進爸爸的泥灣那同一本」，「浸染在風裡」）；〈一抹顏色〉：噩夢、童年（「噩夢中的人……」，「你床頭歪著童年」，「你兩歲已畫下一枚漏盡鮮血的水仙」）；〈一種聲音〉：音樂、愛情（「那首漸漸長成的愛情詩」，「沒別的方言除了愛　剛剛做的」）；〈一點倒影〉：母親、家。貫穿這五首詩的，是詩歌主題：「敲定聾了的天文學那件事」（〈一件事〉），「你寫的不多不少粉碎成你的」、「發育成自己孤獨的祖國」（〈一次敘述〉），「噩夢中的人擅長最柔軟的抒情」（〈一抹顏色〉），「無生命的字騎上星座改變你的生命」、「那首漸漸長成的愛情詩」（〈一種聲音〉），「母親死後三十三年才生出驚人的美」、「已全然成為你自己的美」（〈一點倒影〉）。

　　「第九樂章」仍是敘一己之事，譬如我們從中讀到：「你兩歲已畫下一枚漏盡鮮血的水仙」（〈一抹顏色〉），「綠油油的水仙旁她仍埋頭織著毛衣」（〈一點倒影〉）──這才是《敘事詩》之水仙意象的來源。「第九樂章」更是悟道詩。《莊子‧大宗師》：「夫道，有情有信，無為無形。」[408]「第九樂章」的愛之主題，旨在闡發「道」之「有情有信」；莊子還指出了把握「無為無形」之「道」的途徑：「以有形者象無形者而定矣」[409]，這也是「第九樂章」的方法論。〈知北遊〉中，莊子將存在分為「有有」（有形之物）、「有無」（喻光）、「無有」（指虛空）、「無無」（道），「第九樂章」正是在這幾個層面上展開的。例如「有無」為「爸爸的室內北極光

---

[408] 《莊子集釋》，246 頁。
[409] 〈庚桑楚〉，《莊子集釋》，798 頁。

飄動」（〈一件事〉），「母親非物質的光慢慢圖畫到你臉上」（〈一點倒影〉）。最後，「道」乃「自本自根」[410]，「第九樂章」結束於「已全然成為你自己的美」，詩不載道，但詩人道成肉身，詩本身即是道，自足成立。本「樂章」充分體現了既抒情又悟道的特點，我們時代的悲劇是「知者不復慰藉，慰藉者不復知」，而楊煉試圖為二者搭橋。

正如古希臘敘事詩人、思想家色諾芬尼仰望蒼穹喊出了「一切為一」，楊煉也說過，「所有的世界又被封存於唯一一具軀體之內。就是說，那些一還是一」[411]。因此〈一件事〉、〈一次敘述〉、〈一抹顏色〉、〈一種聲音〉、〈一點倒影〉之「和」，仍然等於「一」。這「一」既歸納全詩，又下啟「尾聲」。郭象注《莊子·天地》曰：「一者，有之初，至妙者也，故未有物理之形耳。」[412]老子也說過：「萬物生於有，有生於無。」[413]所以作為「有之初」的「一」再進一步抽象／還原，無疑就是「空書」了。[414]

《敘事詩》的「尾聲」是一首自挽詩，「敘述」了楊煉的最後一件事──他的死亡（以及長詩的完成），人生之「水經」，「反衍」為「火中滿溢」的「空書」。

空書──火中滿溢之書

> 每一剎那是一張簇新的白紙
> 許多年　一個漫長移動的句子
> 寫下了什麼？你是一根銅弦
> 揉啊　幽咽中投入火的手指

---

[410] 《大宗師》，《莊子集釋》，246 頁。

[411] 楊煉：〈那些一〉，見《幸福鬼魂手記》，141 頁。

[412] 《莊子集釋》，425 頁。

[413] 《老子校釋》，165 頁。

[414] 實際上，〈空書──火中滿溢之書〉之「空」、「書」、「火」意象，業已蘊涵於「第九樂章」。「空」：「一百公里高空」、「嵌成天空的嬰兒車」（〈一件事〉），「空間那朵茶花」、「一把秋空的鐮刀」（〈一次敘述〉），「從天空到內心」、「漏盡」（〈一抹顏色〉），「一片被喚作墨的夜空」、「又憑空辨認出」（〈一種聲音〉），「血肉微微渾濁的空氣」（〈一點倒影〉）。「書」：「什麼不是書」、「哪本書不是花瓣那本」（〈一次敘述〉），「那首漸漸長成的愛情詩」（指情書，〈一種聲音〉），「你書桌上小小的蠟燭在送信」（指家書，〈一點倒影〉）。「火」：「五顏六色的火」（〈一件事〉），「聽井汲取火」（〈一種聲音〉），「燭光搖搖欲墜了三小時」（〈一點倒影〉）。

貼近審視宇宙那撤走的宴席
唱和著什麼？一部組裝的音樂
組裝出寂靜　火舌明豔地指揮

　　你臉頰上的溫度　你的心跳
　　暴露咽喉下死過兩次的月色
　　如雪坍塌　如亂倫的幸福的徵兆

你的知音就在一行詩句中藏著
火　自焚的玫瑰　總定格
於將將燙傷時　將將在手邊
嗅到歷史的焦糊　烟裊裊拂過
擦拭一個人裡無數人的天際
無數水面是一本書　玫瑰色
被天鵝濺落的腳蹼裝訂成暮色

　　一隻青瓷天球瓶寧靜又狂暴
　　用波浪形的耳廓盛滿聆聽
　　你的揚揚揮灑　你咳嗽的同謀

相遇　在一抹流水上命名
相忘　你們彼此為焰　為鏡
為期待　拈出一枚深懷的蕊
墨汁做的半人半鬼的空
無論多遠都讓你們擁抱取暖
瘦瘦的火中　每首詩將將開屏
完成一隻孔雀震顫的表情

　　燭照　一根琴弦上俯身的韻腳
　　向日葵金黃撕碎的語言
　　毀得美一點　唯一的必要

唯一的倒計時只演奏一種思念

給誰呢？一首輓歌中滿滿

溢出這人稱　借用你的第一天

一個煉字　提純可怕的界限

反覆熔鑄的詞性肯定更可怕的無限

唱著血肉　唱著灰燼　黑得不做夢

煉　親密約定最後一天

兩次來到

洗劫後的潔淨　月光的幽咽

縷縷幽香　讓你聽你在逍遙

　　本詩的形式乃七行體與三行體交錯排列。七行體是歐洲的一種音律與韻式均可變化的七行詩節，通常用於抒情詩。三行體的形式因其波浪韻腳透出水意，又因但丁的使用而戴上哲思的光環，《敘事詩》以楊煉降生時的六張「照片」和一首〈哲人之爐〉強化了這兩點，並讓這一詩體染上愛與漂泊的意味。「七」與「三」分別代表了不同的宇宙意識。《說文》：「七，陽之正也。從一，微陰從中衺出。」作為「陽之正」，「七」可象徵火，「微陰從中衺出」——「滿溢」。希伯來人以「七」為聖數，並發展出七日創世及七日循環的宇宙觀；《易經》也有七日循環的觀念，《復·彖》：「反覆其道，七日來復，天行也」[415]。無論東西，「七」都表示宇宙運行的周期規律，更確切地說，「七」象徵時間性的「宙」（往古來今曰宙）。而「三」象徵了空間性的「宇」（上下四方曰宇），《道德經》：「三生萬物」，《說文》：「三，天地人之道也」（基督教則有「三位一體」的觀念）。天不變地亦不變，故四個三行體「遙」韻到底；而天地間的人卻變動不居，所以三行體中間那行的尾韻各個不同；更意味深長的是，該尾韻也決定了隨後七行體的韻腳，這是否暗示了人之於宇宙運行的深刻意義？與七行體的時間性、三行體的空間性密切應和的是：七行體的內容也側重於時間性，如「每一剎那」、「許多年」、「於將將燙傷時」、「歷史的焦糊」、「在一抹流水上命名」、「唯一的倒計時」、「第一天」、「最後一天」；而三行體營造空間感，「臉頰上」、「咽喉下」、「如雪坍塌」，「青瓷天球瓶」、「波浪形」、

---

[415]《周易評注》，72 頁。

「燭照」、「琴弦上」、「向日葵」、「月光」。時空一體，所以兩類詩體通過蜿蜒的韻腳構成一個整體。需要指出的是，「七」作為天行之數與月周期有關，月球近點月周期約二十八天（葉芝的《幻象》就是以二十八月相為結構的），而一個月周期可分為四個特徵點，故「七」為其代表數。我們看到「尾聲」亦有四個七行體，共二十八行；相應的，四個三行體，共十二行，亦為輪迴之數。月亮象徵循環往復，主宰著一切受此規律制約的自然領域（尤其是水），它甚至揭示了人類的根本處境，「人有悲歡離合，月有陰晴圓缺」。在幾乎所有古老的神話中，月亮既瀰漫著痛苦的因素，同時也構成慰藉，因為它掌管著死亡也掌管著再生。不難發現，「月」意象意味深長地出現於代表空間的三行體詩節的首尾處。

　　本詩標題已包含了空／滿、靜／動、火／水的對立統一。空，有虛構義，《文心雕龍‧神思》：「意翻空而易奇，言徵實而難巧也」[416]，而虛構正是《敘事詩》的本質特徵。空更是佛教的根本概念，學派不同，對它的詮釋往往也不一樣，本詩之題似乎更接近般若中觀或如來藏的空觀。般若中觀認為事物具有自性空無與幻象宛然兩方面，後者為假有，假有也是有，不可否定，因為假有包括因緣有，一旦否定就是否定因果；而空亦非實有或別有實體，《中論‧觀四品諦》：「是物屬眾緣，故無自性，無自性故空。空亦復空，但為引導眾生故，以假名說。」[417]如來藏則認為空（不真）與不空（顯實）的統一乃是心的真本體，楊煉的「哲人之墟」庶幾近之。總體而言，《敘事詩》就是一部「十二玉樓空更空」的「空書」。[418]

---

[416] 《文心雕龍注》，494 頁。

[417] 《大正藏》卷三十，33 頁，中。

[418] 除了「第九樂章」那些「空」，楊煉對「空」的書寫還包括：「一次倒空一千次倒敘中的嗚咽」（〈詩章之一：鬼魂作曲家〉）；「自天空雪崩的性質」（〈「第十天」〉）；「消失進酷似一扇玫瑰窗的天空裡去」（〈詩章之二：鬼魂作曲家〉）；「假象牙的天空」（〈王府井——頤和園〉）；「遺容似的天空」，「房間多空曠」（〈二姨的肖像〉）；「這約會的空」（〈「一九五七年初春」〉）；「像個語言循著太空的幽暗軌道」（〈「虎子」〉）；「水是假的　天空也是」（〈水中天〉）；「在他體內看不見的太空爆開焰火」（〈詩章之三：鬼魂作曲家〉）；「胃裡的空」（〈饑餓再教育〉）；「滲出空房間的空」（〈一張畏懼寒冷的狗皮〉）；「一對囤積星空知識的小賊」（〈詩學〉）；「陷進粘合他們隔絕他們的空白」（〈照相冊——有時間的夢〉）；「房間才空了」，「水聲籟合著水泡的空心珍珠」，「空出一件扮演女性的白袍子」（〈現實哀歌〉）；「一道臺階競爭著空」，「寒風也不是空的」，「從梧桐葉上打進星空」，「鎖入窗框中天空的時速」，「只兩個人　加一個星空」（〈愛情哀歌〉）；「何況訣別的空書從不留下任何名字」（直接點出「空書」即訣別之詩），「天空喘息」，「劊子手們跨時空的親昵」，「一隻戳疼天空的斷槳」，「一顆心陡然沉下去的空」，「空曠得迷上一陣鷗啼的蒼涼」（〈歷史哀歌〉）；「無鳥的天空滿目烟黑」，

「尾聲」則將長詩諸「空」歸結為：「墨汁做的半人半鬼的空」。本詩含滿的詞句有「盛滿聆聽」、「滿滿／溢出這人稱」；滿還有完成義，《呂氏春秋・貴信》：「以言非言則百事不滿也」，而《敘事詩》到本詩也就完成了（「完成一隻孔雀震顫的表情」）。關於空、滿，楊煉曾說：「空，召喚著充滿？或越充滿越感到空？兩個方向，卻在一個努力中成正比。『空』的性質，是坍塌、陷落、吸入、下墜、盲目、窒息。由此，羅列出一連串意象：蒼穹、沼澤、陷阱、女性、墓穴、辭、意義。『充滿』，字面上洋溢著奔放的氣息，本質上卻是虛幻和自我懷疑的。」[419]這段話不但可以幫助我們理解空與滿的辯證法，而且也提醒我們「一張簇新的白紙」、「寫下了什麼」、「如雪坍塌」、「濺落」、「黑得不做夢」等詩句，亦具空意。

「空書」靜，而「火」「溢」動。本詩正是一首動靜之詩，一方面極富動感，可謂「無動而不變，無時而不移」（《莊子・則陽》），僅第一節就有「漫長移動」、「揉啊」、「投入」、「貼近審視」、「撤走」、「唱和」、「組裝」、「指揮」等動作；另一方面它又「致虛極，守靜篤」，其「靜態」包括：停止（「總定格／於將將燙傷時」）、動中之靜（「一部組裝的音樂／組裝出寂靜」）、靜中之動（「一隻青瓷天球瓶寧靜又狂暴」）、亦動亦靜（「你們彼此為焰　為鏡」）、或動或靜（「書」有動態的書寫義：「寫下了什麼」；「書」還有靜態的書本義：「無數水面是一本書」）、另類之靜（「洗劫後的潔淨」，淨、靜通假，如《詩經・既醉》：「籩豆靜嘉」）。

「滿溢」透出水象。《敘事詩》中，水首先有其最通常的寓意：時間、人生、情感、音樂；作為形象的載體，它也隱喻了想像。在〈照相冊：有時間的夢〉中，水象徵愛、夢、天真等；〈水薄荷哀歌〉深刻體現了水在《易經》中的主要寓意——困境及重重憂患；〈哲人之墟：共時・無夢〉則側重於水的道家象徵——智慧與道。與水相對的火，同樣是人類生活最基本的現象之一，人類靠它加工食物、防禦野獸、驅散黑暗和寒冷，並通過將祭品燃成灰燼來完成陰陽兩界的溝通，幾

「一把抓起多少時空」，「看不見地一飲而空」，「支起天空的穹頂」，「繞過星空　朝父親漫步」（〈故鄉哀歌〉）；「鳥嘴啄空」，「窗外夜空的一朵蓮花散去」，「時間的空白」（〈哀歌，和李商隱〉）；「天空黑暗審視的眼神下」（〈置換之墟〉）；「拉緊黑暗天空中那些星子」，「空茫海水下空置的岩石」，「挽緊髮髻的空」（〈銀之墟〉）；「第幾次倒空被發明的海」（一次石雕上手提淨瓶的漫步））；「你的空茫」（〈恍若雪的存在——完美之詩〉）；「那洇開的依托著空氣的花朵」，「作品就在陽光中剜出空洞」（〈思想面具〉）。

[419] 〈那些一〉，見《幸福鬼魂手記》，150 頁。

乎可以肯定，遠古的神話、歌謠、敘事詩，就誕生於火堆旁。火對於人類還意味著禁忌、懲罰和毀滅，《說文》：「火，毀也」（本詩以「毀得美一點」應和此義），中國有炮烙之刑，西方有火刑柱，焚書更是一切專制制度消滅異端思想的慣用手段，然而正如愛默生所說，「每一本被焚毀的書，都能夠照亮、喚醒全世界」[420]。至於火之寓意，「第九樂章」已有所歸納。[421]

　　水與火，在長詩的「尾聲」實現了「誠摯而沒有限度的結合」。〈空書——火中滿溢之書〉含「水」、「氵」、「冫」的字詞有「滿溢」、「漫長」、「溫度」、「兩次」、「雪」、「燙傷」、「無數水面」、「濺落」、「波浪」、「盛滿」、「揮灑」、「一抹流水」、「深懷」、「墨汁」、「演奏」、「滿滿」、「溢出」、「血肉」、「洗劫」、「潔淨」；含「火」、「灬」的字詞有「火中」、「火的手指」、「火舌」、「火」、「自焚的玫瑰」、「燙傷」、「焦糊」、「烟」、「焰」、「墨」、「瘦瘦的火中」、「燭照」、「一個煉字」、「熔鑄」、「灰燼」、「黑」、「煉」，而火之毀、熱、明、光諸義在詩中亦有表現。這其中「墨」與「燙」由於亦水亦火的意涵而成為《敘事詩》的關鍵詞。「墨」在不同語境下可具有黑暗、沉默、傳統、書寫等不同寓意，而「燙」純因其水火與共的字象而為楊煉所重。[422]「火中滿溢」首先有「以火為水」之意，我們知道，無論耶穌的「以火施洗」，還是佛教典故「火中生蓮華」，均「以火為水」，隱喻真知與覺悟，這也是「尾聲」之題的第一層涵義；「火中滿溢」還有「亦水亦火」的意味，象徵生命的水與象徵死亡的火融為一體，體現了莊子「死生一如」、「死生存亡之一體」的觀念。這兩個層面是有內在聯繫的，真知與覺悟是要洞悉宇宙的流轉變化（《莊子·至樂》所謂「觀化」），進而在大化周行中安於所化（〈大宗師〉之「安化」）。

　　本詩的「每一剎那」扣「共時」；「黑得不做夢」扣「無夢」。最後一節的「兩次來到」指的是死亡，楊煉曾說：「你知道你至少得死兩次：在現實裡和在文字裡。

---

[420] 轉引自麗貝卡·魯普：《水氣火土　元素發現史話》，商務印書館 2008 年版，310 頁。

[421] 〈一件事〉中的「火」（「你的襯衫裡　五顏六色的火／放養一頭怦怦跳蕩頂撞青春的鹿」），隱喻激情與憤怒；〈一種聲音〉中的「火」（「聽女道士柔柔的箋　揉碎你的桃花／聽井汲取火　說自己的方言」），指涉情欲；〈一點倒影〉之「燭光」，呼應〈死·生：一九七六年〉中那根「蠟燭」，意味著死亡與遐思。

[422] 《敘事詩》含「燙」的詩句有：「一滴淚燙著黑暗」（〈二姨〉），「這一次性歸納燙傷的結構」（〈詩章之三：鬼魂作曲家〉），「等著燙死的方便麵已吃夠了沙塵暴」（〈嚴文井〉），「陽光改寫貝葉上燙銀的文字」（〈一、路〉），「就這樣岸夾著靈耗滾燙的鉗子」（〈錫拉庫札詩群：生之墟〉）。

因此用文字預先創造自己現實的死：一個句子中的日子，雙重展示出互為內涵的可怕結構。」[423]「將將」一詞出現了三次，不可輕易放過，尤其「每首詩將將開屏」之「將將」，除了指恰到好處，在這部長詩的語境下還流露出以下涵義：一、高大莊嚴的樣子，如《詩經·綿》：「應門將將」；二、廣大的樣子，如《荀子·王霸》：「如霜雪之將將」；三、悅耳的金玉之聲，如《詩經·有女同車》：「將翱將翔，佩玉將將」；四、長久，如《楚辭·哀時命》：「哀余壽之弗將」。「將將」的這些涵義完全符合楊煉對詩歌尤其長詩的理解。孔雀開屏為了求偶，「詩將將開屏」同樣冀求知音。

除了「將將」，本詩還有「裊裊」、「揚揚」、「瘦瘦」、「滿滿」、「縷縷」等「清音波蕩」的疊字。疊字在中國古典文學中有著非常廣泛的運用，若論用疊字刻畫人物的精神世界，表現人生之境界，詩人中以屈原最為突出（僅〈離騷〉就有冉冉、纚纚、岌岌、菲菲、申申、浪浪、忽忽、總總、曖曖、剡剡、啾啾、翼翼、婉婉、邈邈等），散文家中則以莊子為最（《辭海》收錄了莊子創造的近二十個疊字詞，如役役、剪剪、俞俞、捲捲、僵僵等）。

莊子對楊煉的影響絕不亞於屈原。楊煉那汪洋恣肆、充滿玄思隱喻的詩性散文，頗得《莊子》神韻；楊煉取消時間的意識也很可能受到後者啟發，〈大宗師〉有云：「見獨，而後能無古今；無古今，而後能入於不死不生」[424]；莊子與老子的主要區別是，老子之道具客觀性、實有性，莊子將它轉化為心靈的境界，老子基於道的秉性強調無為、不爭、柔弱、處後，莊子則全然揚棄這些方法而追求精神境界的超升，在這些方面楊煉顯然是站在莊子一邊的。〈空書——火中滿溢之書〉一詩，莊子的味道極濃，除了「死生一如」的生死觀，還表現在：詩中彼此適然融合的「相忘」，典出〈大宗師〉「不如相忘於江湖」、「不如兩忘而化其道」[425]；「火中」、「黑得不做夢」讓我們想到「入火不熱」、「其寢不夢」的「真人」[426]；「煉」是詩人的名字，還有煉句煉字的意思，而其生死修煉之意典出〈大宗師〉「以天地為大爐，以造化為大冶」[427]。「煉」的這些涵義綜合起來，煉出詩人真身，亦如

---

[423] 〈為什麼一定是散文〉，見《鬼話·智力的空間》，5 頁。
[424] 《莊子集釋》，252 頁。
[425] 《莊子集釋》，242 頁。
[426] 〈大宗師〉，《莊子集釋》，226～228 頁。
[427] 〈大宗師〉，《莊子集釋》，262 頁。

埃及《亡靈書》中那首〈牢記本名，勿昧前因〉所寫：「在巨屋中，在火屋中，／在清點年歲的暗夜裡，／在清算歲月的暗夜裡，／但願還我的本名。」[428]《敘事詩》是一首有著複雜音樂結構和深邃音樂精神的長詩，用莊子的音樂理論來說，「其聲能短能長，能柔能剛，變化齊一，不主故常」，「動於無方，居於窈冥……行流散徙，不主常聲」[429]。莊子認為音樂的最高境界是「聽之不聞其聲」的**無樂之樂**，而「讓你聽」的「洗劫後的潔淨　月光的幽咽／縷縷幽香」不正是如此嗎？對於這種體現了宇宙大道的「至樂」，不能聽之以耳、心，而應以虛空之氣來聽[430]，這就是被楊煉發揮為「哲人之墟」的「心齋」。在「心齋」中，你「聽」到的將是至人、真人所「在」的天人合一的境界：「逍遙」。這逍遙並非超脫此世，抵達某個彼岸世界。無論莊子還是屈原，都是寄沉痛於逍遙之中，「洗劫後的潔淨　月光的幽咽」提醒我們，楊煉的一生同樣也是沉痛的逍遙遊。在本詩的語境下，「逍遙」還有死亡之意，從根本上講，生即樊籠，死則逍遙——「月光的幽咽／縷縷幽香」也透出「冷月葬花魂」的意味。當死亡**置換**了詩人的生命，詩歌將代替詩人，繼續逍遙於未來的時空……

　　李商隱的〈錦瑟〉折射了三個世界，《紅樓夢》讓一道一僧接引眾生，書中有「大觀園」，有「太虛幻境」，最後「白茫茫大地真乾淨」，《敘事詩》同樣包含了這三個世界。詩人沉痛地漂泊於現實世界，唯美地逍遙於太虛世界，最終參悟並寂滅於「火中滿溢」的真空世界。詩人絕不指望彼岸性的拯救或解脫，他唯一的至福是把自己在這個世界上的生活創作成一件藝術品，一件自我完成的藝術品，一件趨於「純淨時光」的藝術品。這件藝術品是個精埒[431]兼美的世界，包含著所有其他的世界，正如德勒茲在《普魯斯特與符號》一書中所說，「藝術的世界就是符號的最終世界……在一種理想的本質之中發現了自身的意義，由此，藝術的啟示性的世界就反過來對所有其他的世界產生作用，它將它們整合，賦予它們一種審美的意義，並洞徹那些它們擁有的仍然晦暗難解的東西」[432]。套用楊煉的句

---

[428] 轉引自張德明：《世界文學史》，浙江大學出版社 2006 年版，9 頁。

[429] 《莊子·天運》，見《莊子集釋》，504 頁、507 頁。

[430] 《莊子·人間世》：「無聽之以耳而聽之以心，無聽之以心而聽之以氣」，見《莊子集釋》，147 頁。

[431] 《莊子·秋水》：「夫精，小之微也；垺，大之殷也」，見《莊子集釋》，572 頁。

[432] 吉爾·德勒茲：《普魯斯特與符號》，上海譯文出版社 2008 年版，14 頁。

式我們可以說，沒別的逍遙，除了卓越而自足的藝術本身；沒別的心齋，除了在一場「和宇宙並肩上路」的「音　樂　會」上，聽懂了那逍遙。

　　當我們將當代中文長詩加以比較，不禁會發現一些意味深長的巧合。譬如《適得其所》與《敘事詩》都煞尾於月光意象，而〈裸國〉與《敘事詩》均結束於空無；一種對仗式的並置手法也被廣泛運用。諸如此類的巧合還有不少，它們或許有其文學或文化傳統方面的緣由，但不宜過分誇大。除此之外，當代中文長詩的確擁有一些深刻的共性。

　　對於中國古典傳統，楊煉們的共同態度是既宗奉又背叛，既返回又出走，努力與其建立創造性的聯繫，並力圖更新之。而屈原作為中國長詩傳統的源頭與核心，依然是一個給予我們無限啟示的，湧動的意義之源，其巨大的身影深深籠罩著當代中文長詩。就形式而言，楊煉們的寫作不是〈離騷〉般魚貫而下的長詩，就是〈九歌〉那樣的組詩型長詩，並未突破屈原開創的長詩模式。就內容而言，〈離騷〉的自我虛構，〈天問〉的宇宙之問，〈九歌〉的人神世界，〈招魂〉的幽冥之旅，〈哀郢〉的現實哀歌，〈橘頌〉的托物言志，〈涉江〉的流亡之詩，〈惜往日〉的自挽之詩……每一首都是垂範後世的某種詩歌類型的偉大典範，借用楊煉的話說：「他的凜冽中／還有什麼沒寫盡？」所謂屈原，就是一個博大淵深、精美絕倫的詩歌宇宙，就是創造力本身。現代西方詩人，幾乎已沒有誰像荷馬那樣寫詩了，而他們的寫作卻也有意無意地接近了屈原。

　　當代中文長詩的另一個共同點是強烈的憂患意識。文化斷裂、冷戰記憶、核戰陰影、共產集權、文革六四、環境災難、帝國主義、恐怖主義、道德淪喪、物欲橫流……這就是我們的時代。也許一首抒情短詩可以為片刻的閒適、歡愉而作，為風花雪月而作，當代中文詩卻無疑是沉重的危機寫作。它或許不出自經驗的強度，卻一定基於經驗的深度與廣度；它或許沒有激情之魅，卻一定意味著智慧之能——而「長」在甲骨文中正是象形一個拄著拐杖的長髮老者的側影；最重要的，長詩雖為個人的創造，卻「不停留於個人的」，總是力圖「回應共同的需要」。在意義世界失落後的「荒原」上，在藝術的自主自律的創造中，在中文之內，楊煉們苦苦追尋，一一發出自己的天問，像一個從不可能開始的神話。

　　長除了與短相對，還有遼闊之義（如「秋水共長天一色」）、高大之義（《呂氏春秋・諭大》：「新林之無長木也」）、久遠之義（《說文》：「長，久遠也」）。長詩之長兼有以上諸義，一首傑出的長詩總是深深地蘊涵著當下世界，又不斷回溯過去，直至本源；它也許不提供救贖真理，但它創造價值，拓展我們的意識，熔煉我們的心魂，並力圖對人類的未來有所啟示。在這個意義上，長詩可謂是人類文明本身的一個隱喻，就像屈原〈九歌〉的結尾所寫的那樣：

　　春蘭兮秋菊
　　長無絕兮終古

附錄

錦瑟無端

　　李商隱早年曾在玉陽山學道，屬上清教派。這一派輕丹鼎之術，更注重內視反聽、存想思神的意念修煉，受此影響，李商隱十分善於表現和拓展心靈世界。道教典籍也為李商隱的創作提供了大量意象、典故和題材，更有論者指出，其無題詩制題藝術、隱比手法，乃是受道藏秘訣隱文表達方式的啟發。李商隱對此應該是有明確意識的，在〈河陽詩〉中，他曾用「真珠密字芙蓉篇」來形容自己唯美隱秘的愛情詩寫作。李商隱同佛教亦頗有淵源，他的詩集裡有十來首反映他與一些僧人交遊的敘憶之作，還有幾篇描寫禪悟體驗的作品；妻子亡故後他傷懷不已，奉佛之心更加虔誠。尤為特別的是，李商隱在詩歌中刻意雜糅釋道二教的語彙，譬如他寫過「紫府仙人號寶燈」、「十二玉樓空更空」、「上士悟真空」這樣的詩句，「紫府」泛指仙人居所，「十二玉樓」乃道教神仙西王母居住的地方，「上士」之謂出自《道德經》（佛家稱大士），而「寶燈」是佛教之名，「空」、「真空」更是佛教概念，人法兩空謂之「真空」，即佛家般若智。由此可見李商隱的釋道合流傾向，這種傾向令他的某些晚期詩作折射出三個世界：第一個世界是現實世界，這是個有情而極哀極苦的世界，迎合著釋道兩家對於現實的悲觀主義，反映了李商隱自身的命運遭際；第二個世界是太虛世界，一個極樂極幻極美極虛的世界，顯得遙不可及，但詩人又可以從現實世界逃逸其中；然而無論現實世界抑或太虛世界，歸根結底是一個真空世界。李商隱通過高超的語言藝術，讓一首詩蘊含現實世界，呈現太虛世界，啟示真空世界，從而帶給我們一種深刻的存在意識。因此，如果說杜甫是一位社會學詩人的話，那麼李商隱大概是唐代最具哲學意味和哲學啟示性的詩人，一名「存在主義」的哀歌詩人。

　　李商隱自謂「哀同庾開府」、「容華雖少健，思緒即悲翁」，文學史亦將他列為感傷主義傳統的代表詩人。然而李商隱的詩歌實際上超越了一般意義上的感傷，

而抵達對於宇宙人生的一種本體性的悲劇意識和虛無感——雖然他只能通過感傷文學的傳統模式來傳遞這種意識。

「傷別」和「傷春」便是感傷文學的兩種傳統表達模式。離情別緒是李商隱這位「更賦贈行詩」的詩人經常吟詠的內容,此類篇章在他的詩集裡比比皆是;「傷春」是他偏愛的另一主題,有人建議他將大量顯得重複的傷春之作加以刪汰,他的回答是:「君問傷春句,千辭不可刪」。李商隱曾以「刻意傷春復傷別,人間唯有杜司勛」推許杜牧,其實他本人何嘗不是這樣的詩人?對於時間的流逝以及隨之而來的生離死別,敏感、深情的李商隱始終懷有刻骨的哀愁。而他最動人也最深晦的一首「存在與時間」的哀歌,無疑是〈錦瑟〉:

> 錦瑟無端五十弦,一弦一柱思華年。
> 莊生曉夢迷蝴蝶,望帝春心托杜鵑。
> 滄海月明珠有淚,藍田日暖玉生烟。
> 此情可待成追憶,只是當時已惘然。

〈錦瑟〉向稱千古詩謎,目為詠物詩乃刻舟求劍,錢鍾書說是以瑟喻詩則有些過度詮釋。錢先生立論的一個重要依據是:〈錦瑟〉被排在詩集首位,「自題其詩,開宗明義,略同編集之自序」。問題是李商隱固然可能將一首極具涵蓋性、代表性,他亦頗為自賞的詩作置於集首,但這並不意味著他創作此詩時是當成序詩來寫的,且不說詩集也未必是他本人編訂。

本詩顯然是一首寓托之作,其第一層寄托並不難解,李商隱寫〈蟬〉〈流鶯〉〈北禽〉,寫〈燈〉〈野菊〉〈哀箏〉……其實都是寫自我,這不過是詩人托物言志、藉物抒懷的慣用手法,〈錦瑟〉也不例外。這件樂器與李商隱的相似之處在於:錦瑟五十弦如商隱年近五旬,錦瑟可奏出音樂如商隱能寫下華章,且瑟之樂哀如其詩悲,錦瑟之錦亦可形容其人格之美,正如他在〈崇讓宅東亭醉後沔然有作〉中所寫:「聲名佳句在,身世玉琴張」。而錦瑟不僅自喻也喻人,無論懷令狐楚家青衣說,還是悼亡說,均推測錦瑟喻指李商隱的愛人,這是因為五十弦之瑟與素女或湘妃的傳說有關。素女是精通音樂和房中秘術的女仙,《漢書‧郊祀志》:「泰帝使素女鼓五十弦瑟,悲,帝禁不止。」李商隱則有「素女悲清瑟」的詩句。瑟與湘妃關聯源於《楚辭‧遠遊》「使湘靈鼓瑟兮」,「湘靈」即湘妃,李商隱的〈七月

二十八日夜與王鄭二秀才聽雨後夢作〉中那句「雨打湘靈五十弦」，即用此典；而〈碧城三首〉之「赤鱗狂舞撥湘弦」，以鼓瑟意象性地描寫性愛。無論素女、湘妃，還是鼓瑟的綺豔、動情意味，均使錦瑟可以象徵跟詩人有過肌膚之親和深切愛戀的女子。〈房中曲〉之「歸來已不見，錦瑟長於人」，拿錦瑟與亡妻作比，而〈錦瑟〉之錦瑟引發的追懷不僅僅指向亡妻。基於錦瑟的雙重寓托，〈錦瑟〉一詩既「抒懷」又「懷人」，李商隱之高妙，恰在於這兩方面天衣無縫地融為了一體。

　　「無端」又是個耐人尋味的詞語。除了〈錦瑟〉，李商隱詩集裡還有四處「無端」，其含義或與有意相對，如「人豈無端別，猿應有意哀」（〈晉昌晚歸馬上贈〉）、「秋蝶無端麗」（〈屬疾〉），或指人生無由、世事難料，如「無端嫁得金龜婿，辜負香衾事早朝」（〈為有〉），或形容觸緒紛來、錯綜莫名，如「今古無端入望中」（〈潭州〉）。「錦瑟無端五十弦」之「無端」似乎包含了上述這些意味，這句詩因此可以理解為：詩人無意間看見那張錦瑟，其「五十弦」讓他想到自己忽忽已年近半百，頓起人生無由之慨，一時觸緒紛來，百感交集（「五十弦」的另一喻意）。「思華年」三字，乃一篇之骨，坐實這是一首「今昔無端入望中」的追憶之詩，確切地說，是在垂老之時追憶自己的青春年華。

　　頷聯的「曉」、「春」呼應「華年」。「莊生」是道教經典人物，「望帝」是古蜀國君，這兩個人物象徵了李商隱青年時期的兩種重要經歷：修道與入仕。二十歲左右時他曾修道玉陽山，醉心於（「迷」）學仙，用他的話說：「兼之早歲，志在玄門」（〈上河東公啟〉）。玉陽學道對他影響深遠，但時間並不長，「曉夢」一詞除了虛幻還有短暫之意，譬如李商隱寫過「三百年間同曉夢」（〈詠史〉），詠嘆南朝的短命王朝。此外，李商隱當然有著雄心勃勃、滿腔熱忱的廟堂抱負，如「望帝春心」。與此同時這兩句詩也是「懷人」語，追念他愛過的兩個女人。在仙境般的玉陽山，李商隱跟某位女冠發生了戀情，其詩集中諸多關於女冠的愛情詩可以證明這一點，那位女冠就是他所「迷」的「蝴蝶」。李商隱使用「迷」字往往跟女色有關，其〈思賢頓〉「空聞下蔡迷」，用了〈登徒子好色賦〉「東家之子」「惑陽城，迷下蔡」的典故；〈中元作〉是一首寫給女冠的情詩，內有「不知迷路為花開」之句。「望帝」典出揚雄的《蜀王本紀》：「……鱉靈治水去後，望帝與其妻通，慚愧，自以德薄，不如鱉靈，委國授鱉靈而去。」李商隱用此典喻指那樁對自己政治生涯有著巨大影響的婚姻。李商隱所處的時代黨爭異常激烈，他的恩師令狐楚屬牛

僧孺黨，但令狐楚剛去世，李商隱就轉依與李德裕黨親厚的王茂元，並娶其女為妻，這在牛黨人士看來簡直「詭薄無行」，於是李商隱的美滿姻緣，也注定了他一生落魄的命運，「黨局嫌猜，一生坎壈，至此基矣」。「望帝春心托杜鵑」即剖白心跡：言自己無意黨爭，婚姻並非政治投機，與妻子王氏更是真心相愛——「春心」乃愛意、相思，如「春心莫共花爭發，一寸相思一寸灰」（〈無題〉）。「莊生夢蝶」的典故既可形容學仙的「化境」，又能表現熱戀中難分彼此的美妙情態；而「望帝托杜」預兆了未來的悲劇命運。

　　腹聯的「月明」、「日暖」之佳辰仍扣「華年」。這兩句言自己修道、功名兩無成。以「珠」喻道，典自《莊子・天地》象罔得玄珠的寓言，李商隱的〈送臻師二首〉「今來滄海欲求珠」，便是用滄海求珠比喻修道；「明珠有淚」乃遺珠之憾，可見修道不成。「藍田」即藍田山，據《長安志》載，「藍田山在長安縣東南三十裡，其山產玉，亦名玉山」。「藍田」句聯繫李商隱的另一首詩〈偶成轉韻七十二句贈四同舍〉則其義自現。公元八四九年李商隱入徐州盧弘止幕，〈偶成〉作於次年春，開篇部分寫道：「藍山寶肆不可入，玉中仍是青琅玕」，意思是盧弘止幕如藍田山寶肆，入幕本非容易，幕中僚士又皆是佼佼者，如「青琅玕」之上品青玉。據此可知「藍田」句是對自己幕府生涯的總結：「藍田」喻幕府，「日暖」指李商隱效力過的所有幕主都對他禮敬有加，儘管如此，他這良材美「玉」卻年華虛擲，抱負成空，如「玉生烟」。腹聯在「抒懷」之外，繼續「懷人」。我們從李商隱其他詩作中已隱約感覺到，那位女冠搖擺於修道和戀情之間，左右為難，〈碧城三首〉中，「珠」即指女冠：「若是曉珠明又定，一生長對水晶盤」，那位女冠對李商隱雖是真心相愛（「明」），卻拿不定主意，致使無法「一生長對」，「曉」亦在暗示戀情短暫。最終李商隱或因私情敗露被逐下山，或因戀愛斷送修道然事又不諧於是黯然離去，而那位女冠又留下多少遺恨（「珠有淚」）？李商隱的〈戊辰會靜中出貽同志二十韻〉對此亦有書寫，詩中，「我本玄元冑，稟華由上津。中迷鬼道樂，沉為下土民」，便是說他本是老子後裔，有著修真佳質，但因中途「迷」於「鬼道」而沉淪未遂，「鬼道」典出《後漢書・劉焉傳》「張魯母有姿色，兼挾鬼道，往來焉家」，與女色有關。「珠」明而不定，「玉」外溫潤而內堅貞，這便是女冠與王氏的區別。李商隱家在（藍田所指代的）長安，因盧弘止亡故，李商隱罷幕歸家之時，王氏這塊「暖玉」已然「生烟」，夫妻二人沒能見上最後一面。女冠與王氏是

李商隱真正深愛過的女子。對於女冠，他用詩歌追懷了一生；而王氏死後，李商隱謝絕了柳仲郢奉上的絕色美姬及續弦提議，「克意事佛」，七年後鬱鬱而終。有些人根據李商隱的豔詩，想當然地判定他是個浮薄浪子，殊不知剝開他那風流綺豔的篇什，裡面是「春蠶到死絲方盡」的無限深情。然而造化弄人，李商隱一生的所有失敗，皆因這美好愛情而起。愛情與厄運相生相剋，愛情既是他那終生坎壈中的最大安慰，也是後者的成因，以及留下太多遺憾、令他無法釋懷的難言之隱。這一聯的「滄海」「藍田」，隱隱透出滄海桑田的意味，「月明」「日暖」的良辰美景，轉眼即是滄桑之變。李商隱的〈一片〉有云：「人間桑海朝朝變，莫遣佳期更後期」，而〈錦瑟〉正是在「後期」追憶「佳期」之作。

由於李商隱的愛情與他一生的是非成敗緊緊糾結，所以他對「此情」的「追憶」，也就是對自己悲劇命運的追思。需要指出的是，「此情可待」之「待」非為等待義，而應解作依恃。李商隱在〈梓州道興觀碑銘〉中說：「無待而三元共獎」，在〈唐梓州慧義精舍南禪院四證堂碑銘〉中寫道：「理在無言，情殊有待」。所謂「無待」「有待」，典自道教經典《關尹子》：「譬如屋宇舟車，待人而成，彼不自成。知彼有待，知此無待……」《莊子‧逍遙遊》中也有「有所待」、「惡乎待」的說法，同樣是指事物的條件性。因此「此情可待」應該理解為情不自成，待人而成。這裡補充一句，李商隱的「無端」很可能來自《關尹子》的「不可言即道」（用他自己的話說：「理在無言」）。關尹子認為「道」即「無端」：「非有道不可言，不可言即道，非有道不可思，不可思即道。天物怒流，人事錯錯然，若若乎回也，戛戛乎鬥也，勿勿乎似而非也。」「只是當時已惘然」：「當時」仍扣「華年」，李商隱認為他的命運在「當時」就已注定，其〈曉坐〉一詩亦有此意，「紅顏無定所，得失在當年」，這是用居無定所的女子形容蓮幕漂泊的自己，紅顏薄命，端在「當年」的「得失」之間。〈錦瑟〉一詩止於「惘然」，它呼應著首聯「無端」、頷聯之「迷」、腹聯之「烟」，詩人深深地茫然於詭譎的命運、時間的迷樓。

以上這些現實世界的遭際坎坷，真實人生的愛恨離合，全都深隱於詩，即使對此茫然不知，我們也能感覺到李商隱的無限哀傷。「真珠密字芙蓉篇」，慘痛的現實就這樣轉化為極度唯美的詩篇，尤其中間四聯，為我們呈現了一個美輪美奐的太虛幻境，一個時間既消逝又重現的美夢。而「真空」才是〈錦瑟〉的根本啟示，本詩至少涉及《大智度論》所列舉的如下之「空」：「離我所故空」，「因緣和

合生故空」、「無常、苦空」、「始終不可得故空」、「以無作解脫門故名為空」。「一切有為法，如夢幻泡影」（《金剛經》）。而「錦瑟」的根本喻意就是空空如也的時間：「錦瑟無端」即時間沒有盡頭（無端即無盡，如《莊子·在宥》：「撓撓以遊無端」），錦瑟那極哀的音質亦屬於時間，錦瑟奏弄出的曼妙的、有情的、亦真亦幻的音樂彷彿時間中的華年，音樂止息後的回味就像時間中的追憶……最終，人滅聲滅，聽滅憶滅，惟有錦瑟空空，懸置千年。

（原載《讀書》2011 年第 3 期）

新銳文叢18　PG0723

新銳文創
INDEPENDENT & UNIQUE

玉梯
——當代中文詩敘論

作　　者	秦曉宇
主　　編	楊宗翰
責任編輯	孫偉迪、王奕文
圖文排版	楊家齊
封面設計	王嵩賀

出版策劃	新銳文創
發 行 人	宋政坤
法律顧問	毛國樑　律師
製作發行	秀威資訊科技股份有限公司
	114 台北市內湖區瑞光路76巷65號1樓
	電話：+886-2-2796-3638　傳真：+886-2-2796-1377
	服務信箱：service@showwe.com.tw
	http://www.showwe.com.tw
郵政劃撥	19563868　戶名：秀威資訊科技股份有限公司
展售門市	國家書店【松江門市】
	104 台北市中山區松江路209號1樓
	電話：+886-2-2518-0207　傳真：+886-2-2518-0778
網路訂購	秀威網路書店：http://www.bodbooks.com.tw
	國家網路書店：http://www.govbooks.com.tw

出版日期	2012年11月　初版
定　　價	520元

國家圖書館出版品預行編目

玉梯：當代中文詩敘論 / 秦曉宇著. -- 初版. -- 臺北市：
新銳文創, 2012.11
　　面；　公分. --
ISBN 978-986-5915-20-9(平裝)

1. 新詩　2. 中國詩　3. 詩評

820.9108　　　　　　　　　　101018699

讀者回函卡

感謝您購買本書，為提升服務品質，請填妥以下資料，將讀者回函卡直接寄
回或傳真本公司，收到您的寶貴意見後，我們會收藏記錄及檢討，謝謝！
如您需要了解本公司最新出版書目、購書優惠或企劃活動，歡迎您上網查詢
或下載相關資料：http:// www.showwe.com.tw

您購買的書名：_____

出生日期：_____年_____月_____日

學歷：□高中 (含) 以下　　□大專　　□研究所 (含) 以上

職業：□製造業　□金融業　□資訊業　□軍警　□傳播業　□自由業
　　　□服務業　□公務員　□教職　　□學生　□家管　　□其它_____

購書地點：□網路書店　□實體書店　□書展　□郵購　□贈閱　□其他

您從何得知本書的消息？

　　□網路書店　□實體書店　□網路搜尋　□電子報　□書訊　□雜誌

　　□傳播媒體　□親友推薦　□網站推薦　□部落格　□其他_____

您對本書的評價：(請填代號　1.非常滿意　2.滿意　3.尚可　4.再改進)

　　封面設計____　版面編排____　內容____　文／譯筆____　價格____

讀完書後您覺得：

　　□很有收穫　□有收穫　□收穫不多　□沒收穫

對我們的建議：_____

_____

_____

_____

11466
台北市內湖區瑞光路 76 巷 65 號 1 樓

秀威資訊科技股份有限公司　　　收

BOD 數位出版事業部

....

（請沿線對折寄回，謝謝！）

姓　　名：_____　年齡：_____　性別：□女　□男

郵遞區號：□□□□□

地　　址：_____

聯絡電話：(日)_____　(夜)_____

E-mail：_____